Eugène Sue

Die Geheimnisse von Paris

Sitten-Roman

Salzwasser

Eugène Sue

Die Geheimnisse von Paris
Sitten-Roman

1. Auflage | ISBN: 978-3-84608-466-3

Erscheinungsort: Paderborn, Deutschland

Erscheinungsjahr: 2015

Salzwasser Verlag GmbH, Paderborn.

Erstes Kapitel.

Die Kaschemme

Was ist Kaschemme? In der Gauner- und Mördersprache ein Gasthaus. Natürlich eines der niedrigsten Gattung. Sein Wirt ist gemeinhin ein Sträfling, der seine Jahre »abgemacht« hat. Zuweilen steht es auch unter dem Zepter einer ehemaligen Zuchthäuslerin. Was in einer solchen Kaschemme verkehrt, ist immer nur der Auswurf der Gesellschaft: Galeerensträflinge, Verbrecher aller möglichen Art.

In der Kaschemme sucht die Polizei, sobald ein Verbrechen verübt worden ist, den Schuldigen und findet ihn auch in der Regel zwischen hier verkehrenden Gästen.

Es war im letzten Monat des Jahres 1838, am 13. Dezember. Ein kalter, regnerischer Abend. In einer dürftigen Bluse passiert ein Hüne von Mann den Pont-au-Change, zur innern Stadt hinein, um sich in dem schauerlichen Gewirr von finsteren, engen Gässchen zwischen dem Justizpalast und der Notre-Dame-Kirche zu verlieren.

Es stürmte heftig. In dem schwärzlichen Wasser, das in der Gassenmitte entlangfloss, spiegelte sich das bleiche Licht der vom Winde geschaukelten Laternen. Der Mann hatte die Rue des Poix erreicht, die mitten im alten Paris liegt, und ging, seitdem er spürte, dass er vertrauten Grund und Boden unter den Füßen hatte, in langsamerem Tempo. Vom Justizpalaste schlug es zehn. Unter den niedrigen, gewölbten Türen, die zu Höhlen zu führen schienen, hockten Weiber, mit halblauter Stimme Stücke aus Volksliedern vor sich hin trällernd. Eins von den Weibern musste dem Hünen von Mann bekannt sein, denn er blieb vor ihm stehen und fasste es am Arme.

»'n Abend, Schuri!« sagte das Weib ängstlich und versuchend, ein paar Schritte zurückzuweichen. – Der Blusenmann erwiderte: »Hab mich also nicht geirrt? Bist doch die Schalldirn? Nun, lass Schnabus kommen, wenn du nicht Appetit hast auf blaue Flecke und lahme Knochen.« – »Ich hab doch kein Geld,« versetzte, am ganzen Leibe zitternd, das Mädchen, das wie jedermann schreckliche Furcht vor Schuri, dem Blusenmanne, hatte. – »Ei, ei! Wie du lügen kannst!« rief der Blusenmann und versetzte dem unglücklichen Mädchen einen Fausthieb in den Unterleib, dass sie vor Schmerz laut aufschrie.

Doch gleich darauf rief er: »Warte, Kanaille! Du hast mich mit der Schere gestochen. Das will ich dir heimzahlen!« – Und wie von der Tarantel gestochen, raste er hinter ihr her in dem dunklen Flure.

»Bleib mir vom Leibe, Schuri!« rief das Mädchen resolut, »oder ich stech dir die Okulori aus. Hättest du mich nicht geschlagen, hätt ich dir nichts getan!« – »Warte, Luder! Jetzt hab ich dich ... Nun sollst du mit mir tanzen!« Und dabei packte er mit seiner großen, derben Faust ihre kleine zarte Hand.

»Die Reihe zum Tanz wird an dich kommen,« sagte da eine Mannesstimme. – »Oho! Bist du es, Rotarm? Gib Antwort, aber greif nicht so derb zu!« – »Ich bin der Rotarm nicht,« sagte die Stimme wieder. – »Mir schnuppe, wer du bist,« rief der Schuri; »aber wem gehört denn die kleine Pfote in meiner Tatze?« – »Mir nicht, aber dem andern da!« sagte die Stimme.

Die Pfote, mit einer Haut so weich und zart wie Seide, unter der sich aber Sehnen und Muskeln wie von Stahl spannten, packte den Schuri an der Gurgel. Mittlerweile war die Schalldirne an das andere Ende des Hauseingangs geflohen und rannte nun mehrere Stufen einer steilen Treppe hinauf. Dann blieb sie stehen und sagte zu ihrem unbekannten Beschützer: »Dank schön dafür, dass Ihr mit mir gehalten! Jetzt bin ich aus dem Schlamassel. Nun lass ihn los und sieh dich vor! Hasts zu tun mit dem Schuri!« – »Und ich bin Sündenkitscher, der nicht tampert,« erwiderte, ihrer Worte nicht achtend, der Unbekannte.

Dann war alles still, dann hörte man ein paar Minuten lang Ringen ... Dann rief eine raue Stimme – die des Banditen, der sich mit aller Gewalt von seinem Widersacher loszumachen suchte, was ihm aber nicht gelingen wollte, da dieser über eine außergewöhnliche Kraft gebot.– »Soll ich dich kapores machen?« rief der Bandit, »berappen sollst du mir für die Schalldirne und für deinen eigenen Part!« Dabei knirschte er mit den Zähnen, als wenn sie ihm brechen sollten.

»Kapores machen? Ich berappen? Ich dich?« versetzte der Unbekannte, »ja doch, mit Knochenmehl und Faustschmalz!« – »Lässt du meine Krawatte nicht los,« ächzte der Bandit, »beiß ich dir deinen Zinken ab, Hund verfluchter!« – Aber die letzten Worte klangen nur noch dumpf, denn der Kerl war schon dem Ersticken nahe. – »Na, da schaff dir nur erst längere Zähne an,« hohnneckte der andere, »denn mein Zinken ist kurz, und mit deinen Okulori wirds auch bald hapern, zumal es recht finster hier ist.« – »Dann tritt mit unter die Laterne!« – »Meinetwegen,« erwiderte der Unbekannte, »dort können wir einander begaffen.« – Mit diesen Worten zerrte er den Banditen an dem Halstuche bis zur Tür und von da bis auf die Straße hinaus, die aber auch nur matt von der Laterne erhellt wurde. Der Bandit wankte, aber bald glückte es ihm, Halt auf den Beinen zu gewinnen. Nun packte er den Unbekannten mit neuem Ungestüm, dessen schlanker Körper die unglaubliche Kraft nicht ahnen ließ, die ihm innewohnte. Wenngleich der Bandit ein wahrer Riese war, dem es an Gewandtheit im Faustkampfe nicht fehlte, so fand er hier doch seinen Meister, denn der Unbekannte bearbeitete den Kopf seines Feindes mit einem Hagel von Faustschlägen, die aber ganz abwichen von dem gewöhnlichen Komment unterm Volke, sich vielmehr des berühmten Londoner Boxers Jack Turner würdig erwiesen und den Schuri auf zweifache Weise betäubten, dass er zuletzt wie ein vom Metzger getroffener Stier auf die Erde schlug und zwischen den Zähnen murmelte: »Ich bin kaputt! Hast mich richtig kaputtgemacht, wie ichs mit dir wollte!«

»Lässt er ab, dann lasst auch Ihr ihm Ruh!« rief das Mädchen von der Schwelle her, auf die sie sich während des Ringkampfes der beiden Männer gewagt hatte; dann sagte sie mit maßlosem Staunen: »Aber wer seid Ihr denn? Außer dem »Meister Bakel« kann den Schuri doch keiner meistern. Aber Ihr sollt bedankt sein, Herr, denn wenn Ihr mir nicht beigesprungen wäret, hätt er mich kalt gemacht, der Rasende!«

Statt dem Mädchen Antwort zu geben, hörte der Unbekannte aufmerksam auf ihre Stimme. Einen so lieblichen, frischen Klang hatte er noch nie vernommen. Er versuchte, ihr ins Gesicht zu sehen, aber dazu war es zu finster und der Laternenschein zu matt. Ein Paar Minuten lag der Bandit da, ohne ein Glied zu rühren; dann bewegte er erst die Beine, dann die Hände; endlich gelang es ihm, sich in die Höhe zu richten ... Die Schalldirne flüchtete wieder nach dem Hausflur und zog ihren Beschützer am Arme hinter sich her ... »Vorgesehen!« flüsterte sie; »er könnte den Stiel leicht umdrehen.« – »Keine Bange, Kindchen, keine Bange!« erwiderte der Unbekannte; »falls er mit der ersten Tracht nicht genug hätte, steht ihm gern eine derbere zur Verfügung.«

Der Bandit hörte die Worte ... »Hast recht,« sagte er, »für heute Hab ich satt; aber verreden mag ichs nicht, dass wir noch einmal aneinandergeraten.« – »He? Verlangts dich wirklich nach frischen Sengen?« rief der Unbekannte in drohendem Tone, »ich sollte meinen, dass ich ehrlich genug an die Arbeit gegangen wäre?« – »Na, das muss dir der Neid lassen, Kamerad,« sagte der Bandit, aber in mürrischem Tone, »hast deine Sache gut gemacht und durchaus ehrlich angefangen, aber ...« – »Aber ... was?« versetzte der Unbekannte, einen Schritt näher auf den Banditen zutretend. – »Aber,« sagte dieser, ich hab meinen Meister gefunden, und – ob früher oder später – du findest den Deinigen auch einmal, wenn es dir auch fürs erste, seit du den Schuri untergekriegt, in unserm Alt-Paris nicht fehlen kann. Alle Dirnen werden dir zu Füßen liegen, und kein Kaschemmenvater wird riskieren, dir einen Pump zu weigern. Aber wer bist du? Du sprichst jenisch, als wärst du unter Jenischleuten aufgewachsen?« – »Na komm, trinken wir ein paar Stampferle mitsammen,« sagte der Unbekannte, »bekannt werden wir bald miteinander sein.« – »So lass ichs mir gefallen«, erwiderte der andere, »mit den Fäusten verstehst du ja, zu arbeiten. Schockschwerenot, hast du mir den Schädel traktiert! Das ging wie bei, Hammer und Ambos. Ein ganz neues Manöver! Darin musst du mir Stunde geben.« – »Ei! Im Moment, sofern es dir recht ist.« – »Aber bloß nicht wieder auf meinem Schädel als Amboss. Mir funkelts ja noch jetzt vor den Augen. Sag mal, kennst du den Rotarm, aus dessen Hause du tratest?« – »Rotarm?« wiederholte der Unbekannte, durch die Frage verblüfft, »was willst du mit Rotarm? Verstehe dich nicht. Wohnt Rotarm hier?« – »Ja, solo. Hat seine Gründe dazu, von Nachbarn und guten Freunden Abstand zu nehmen,« erwiderte der Bandit mit seltsamem Lächeln. – »Um so besser für ihn,« sagte der Unbekannte, der keine Lust zur Weiterführung der Unterhaltung zu haben schien, »kenne weder einen Rot- noch einen Schwarzarm. Bin, weils regnete, bloß auf einen Moment hier unters Dach getreten. Du wolltest dem Mädel an den Kragen, und dafür habe ich dich verhauen, das ist die ganze Geschichte.« »Na, was du nicht sagen willst, lass sein. Ich schere mich nicht um deine Geheimnisse. Wer mit Rotarm zu tun haben will, stellt sich nicht auf den Markt und posaunts aus. Also reden wir nicht weiter davon!« – Darauf wandte er sich zu dem Mädchen. »Na, du bist ja ein ganz gutes Mädel, Schalldirne, ein Wort, ein Mann! War, wenn du mich auch mit der Schere stachst, doch nett von dir, den Kerl da nicht schärfer über mich zu hetzen. Komm, trink mit uns, der Hitzkopf berappt.«

Die drei Leutchen waren nun ein Herz und eine Seele und traten in die Kaschemme. Ein Kohlenträger, auch ein Hüne von Gestalt, hatte sich, während die beiden Männer zusammen gekämpft hatten, behutsam in einen andern Hausflur begeben und abgewartet, wie die Rauferei ausgehen werde. Jetzt folgte er den drei Leutchen in die Kaschemme. Vor der Tür suchte er dem Unbekannten an die Seite zu gelangen und flüsterte ihm auf englisch und in behutsam warnendem Tone zu: »Sehen Sie sich vor, gnädiger Herr, sehen Sie sich vor!«

Mit den Achseln zuckend, trat der Unbekannte durch die Tür und verschwand hinter dem Banditen und dem Mädchen in der Gaststube.

Zweites Kapitel.

Wirtin und Gäste

Die Kaschemme führte das Schild »Zum weißen Kaninchen« und stand mitten in der Rue des Poix. Sie nahm das Erdgeschoss eines hohen Hauses ein, dessen Fassade aus zwei sogenannten Fallbeilfenstern bestand. Über der Tür einer dunklen gewölbten Flur stand: »Hier ist Nachtquartier zu haben.« - Die Gaststube ist ein großer, niedriger Saal mit verräucherter Decke und von Qualm und Rauch geschwärzten Balken, der durch das rötliche Licht eines Überrestes von Wandleuchter erhellt wird. An jeder Seite der großen Stube steht ein halbes Dutzend Tische, die wie die dazu gehörigen Bänke an der Wand festgemacht sind. Im Hintergrunde führt eine Tür nach der Küche; eine andere kleinere Tür führt rechts vom Schenktische auf den Flur hinaus, über den man gehen muss, um zu den Löchern zu gelangen, in denen es für 3 Sous eine Schütte Stroh statt eines Bettes gibt.

»Mutter Ponisse« heißt die Wirtin dieser Kaschemme. Ihre Geschäfte sind dreifacher Art: sie beherbergt Leute zur Nacht, unterhält einen Ausschank verbunden mit Kneipe und verleiht schmutzige Garderobe an die noch schmutzigeren Geschöpfe, die sich in diesen schmutzigen Gassen wie Schmeißfliegen umhertreiben. Sie zählt 40 Jahre, ist alt, groß, korpulent und hat einen Anflug von Bart. Ihre Stimme hat einen fast männlichen Klang, ist rau und heiser. Ihre starken Arme und großen Hände weisen auf große Körperstärke. Von reichlichem Schnapsgenuss hat ihr Gesicht eine Kupferfarbe bekommen.

Auf dem Schenktische stehen allerhand Zinnmaße und Krüge, um die eiserne Reifen gelegt sind. Auf einem Wandbrette stehen allerhand Gläser, die allerhand Liköre enthalten: solche von grünlicher und solche von rötlicher, auch ein paar von goldgelber Farbe.

Neben der Wirtin hockt eine große, schwarze Katze mit gelben Augen, die der Hausteufel der Kaschemme zu sein scheint. Hinter dem Gehäuse einer altertümlichen Wanduhr hängt ein Zweiglein geweihten Osterbuchsbaums, dessen Anwesenheit sich nur erklären lässt, wenn man den Satz gelten lässt, dass das menschliche Gemüt ein unergründlicher Abgrund von Widersprüchen ist.

Zwei Kerle von polizeiwidrigem Aussehen, mit struppigem Barte, kaum mit Lumpen bedeckt, sitzen an einem Tische bei einem Weinkruge, trinken aber kaum einmal, sondern sind in reger, wenn auch leiser Unterhaltung begriffen. Der eine hat eine bleiche, fast bleifarbene Haut. Das Gesicht wird von einer schäbigen griechischen Mütze fast bis zu den Brauen bedeckt. Sein linke Hand hält er fast immer unter dem Tische und lässt, wenn er sich ihrer einmal bedienen muss, so wenig wie möglich davon sehen.

Ein Stück weiter vom Tische entfernt sitzt ein junger Mensch von knapp 16 Jahren mit bartlosem, ebenfalls bleichem Gesicht und mattem Blicke. Um den Hals herum hängt ihm langes, schwarzes Haar. Dieses Musterexemplar frühzeitigen Lasters raucht aus einer kurzen Tonpfeife und trinkt aus einem kleinen Kruge elenden Fusel.

Von den übrigen Gästen lässt sich weiter nichts Besonderes sagen; es sind Männer und Weiber, aber die ersten sind in der Überzahl. Sie sehen alle roh und tierisch aus, lärmen und schreien, reißen Zoten und sitzen, wenn sie sich ausgetobt haben, in dumpfem Schweigen beisammen.

Zu diesen Gästen gesellten sich unser Unbekannter, der Bandit und die Dirne. Jetzt können wir uns den Schuri genau ansehen: Er ist, wie gesagt, ein Hüne von kolossalen Körperverhältnissen, mit aschblondem, fast weißlichem Haar, dicht verwachsenen Brauen und feuerrotem Backenbart von erstaunlicher Länge. Sonnenbrand, Elend und harte Arbeit im Bagno haben ihm die fast allen Galeerensträflingen eigentümliche Bronzefarbe gegeben. Sein Gesichtsausdruck verrät mehr brutale Verwegenheit als wilde Notzeit; wer aber seinen Hinterschädel aufmerksam betrachtet, findet dort die Kennzeichen für Mordsucht stark ausgeprägt.

In seltsamer Anomalie zeigen die Gesichtszüge der Schalldirne einen madonnenhaften Ausdruck, wie er zuweilen auch bei tiefster Verworfenheit erhalten bleibt. Die Dirne steht im 17. Jahre. Ihr Gesicht ist oval geschnitten, die großen blauen Augen werden von langen Wimpern beschattet; auf den runden roten Wangen liegt noch der erste Jugendglanz; ihr kleiner purpurroter Mund und herrliches Blondhaar, ihre feine gerade Nase und ein allerliebstes Grübchenkinn machen es erklärlich, dass die Dirne fast alle Männer dieser verbrecherischen Welt bezaubert, hat doch schon ihre Stimme allein durch ihren reinen harmonischen Klang den unbekannten Mann in Fesseln geschlagen. Sie sang vortrefflich, und dieses Talent hatte ihr in der Kaschemme den Rufnamen der Schalldirne eingetragen, der im Rotwelsch soviel wie Primadonna bedeutet. Neben ihm führte sie auch noch den Namen »Marienblümchen«, der im Rotwelsch beliebten Umschreibung für Jungfrau.

Ihr Beschützer, ein Mann von höchstens 30 Jahren, den wir mit dem Namen Rudolf benennen wollen, war von Mittelgröße. Sein schlanker, wohlproportionierter Körper verriet nicht im geringsten jene erstaunliche Kraft, die er im Kampf mit dem Banditen an den Tag gelegt hatte. Sein Gesicht war regelmäßig und schön, für einen Mann vielleicht zu schön. Sein Teint von zartem Weiß, seine halbgeschlossenen Augen, seine ungezwungene Haltung, sein sarkastisches Lächeln ließ einen blasierten Menschen vermuten, dessen Konstitution durch übermäßigen Lebensgenuss wenn auch nicht zerrüttet, so doch geschwächt ist. Und doch hatte Rudolf mit seiner schmächtigen, zierlichen Hand einen der verwegensten und stärksten Banditen von Paris bezwungen. Sein Blick verriet hin und wieder einen Hang zur Melancholie und sein Gesicht rührendes Mitleid. Wenn aber sein Blick, was fast häufiger der Fall war, einen harten, boshaften Ausdruck annahm, dann machte auch der mitleidige Zug einem grausamen Platz, der jede gefühlvolle Regung auszuschalten schien.

In dem Kampfe mit dem Banditen hatte Rudolf keine Spur von, Zorn oder Hass gegen den ihm nicht gewachsenen Gegner gezeigt, sondern war ihm im Vertrauen auf seine Kraft, Gewandtheit und Gelenkigkeit nur mit Verachtung entgegengetreten. Im Übrigen bekam Rudolf durch sein Benehmen und seine Gewandtheit, mit der er die Gaunersprache redete, eine vollständige Ähnlichkeit mit den Gästen der Wirtin. Um den schlanken Hals hatte er ein schwarzes Tuch geschlungen, dessen Enden auf den Kragen seiner verblichenen Bluse fielen. Die plumpen Schuhe, in denen seine Füße steckten, waren mit einer doppelten Reihe von Nägeln beschlagen, und außer seinen schönen Händen unterschied ihn kaum ein einziger Zug von den in der Kaschemme sitzenden Gästen.

Beim Eintritt legte der Bandit Rudolf eine seiner großen Hände auf die Achsel und sagte: »Es lebe der Mann, der den Schuri bezwungen! Jawohl, Kameraden, bezwungen! Und selbst Meister Bakel wird seinen Meister in ihm finden. Dafür stehe ich ein.«

Bei diesen Worten richteten sich aller Blicke, von der Wirtin bis zu dem geringsten Gaste hinunter, auf Rudolf, und zwar mit einem deutlich sichtbaren Zeichen von Angst und Sorge. Ein paar zogen Gläser und Krüge an den Tischrand zurück, um Rudolf Platz zu machen; andere traten zu dem Banditen, um sich mit leiser Stimme über den Unbekannten zu unterrichten, der sich auf so gloriose Weise in ihren Kreisen eingeführt hatte. Die Wirtin hatte den neuen Gast inzwischen mit ihrem holdseligsten Lächeln bewillkommt. Was noch nie im »Weißen Kaninchen« passiert war, sie war aufgestanden und hatte sich bei Rudolf erkundigt, womit sie ihm dienen könne. Einer der beiden Männer polizeiwidrigen Aussehens, von dem wir bereits sagten, dass er die linke Hand versteckt hielt, fragte die Wirtin, die für Rudolf den Tisch abwischte: »Ist Bakel noch nicht da gewesen?« – »Nein,« versetzte die Wirtin, »aber gestern ist er mit seiner neuen Gesponsin da gewesen.« – »Wer ist das?« – »Hältst du mich etwa für einen Spitzel? Soll ich gar meine Kunden verpetzen?« erwiderte die Wirtin rau und ablehnend. – »Ich werde heute Abend,« sagte der Räuber, »mit ihm zusammenkommen. Wir haben Geschäfte miteinander.« – – »Wird was Schönes sein, du Sündensohn!« – »Oho! Wovon lebt Ihr denn als von uns Sündensöhnen?«

Marienblümchen hatte dem jungen Menschen mit dem bleichen Gesicht, als sie in die Kaschemme trat, mit freundlichem Lachen zugenickt. Schuri sagte zu ihm.: »He, Barbillon, noch immer Schnaps?« – »Lieber hungern, als keinen Schnabus, und lieber in Holzschuhen laufen als ohne Tabak in der

Pfeife,« versetzte der andere mit hohler Stimme, ohne sich vom Platze zu rühren, und gewaltige Rauchwolken von sich blasend.

»Guten Abend, Mutter Ponisse,« sagte die Schalldirne. – »Guten Abend, mein Blümchen,« erwiderte die Wirtin, die Kleidungsstücke musternd, die das Mädchen von ihr geliehen hatte. – »Dir was auf den Leib zu ziehen,« sagte sie, »macht einem Freude, bist du doch reinlich und sauber wie ein Kätzchen. Hab dich ja auch erst zur Dirne aufgezogen, seit du aus dem Kasten kamst. Aber man muss es dir lassen, ein besseres Mädel als dich gibts in unserm ganzen Paris nicht.«

– Das Mädchen schien auf diese Worte der alten Zuchthäuslerin nicht sonderlich stolz zu sein, denn sie ließ den Kopf tief auf die Brust sinken.

Während nun die drei bei ihrer Mahlzeit saßen, trat eine neue Person herein: ein Mann von mittlerem Alter, gewandt und kräftig, in Jacke und Mütze, der an das Leben in Kaschemmen gewöhnt zu sein schien, verlangte er doch in der Gaunersprache, die hier nur üblich war, sein Abendessen. Obgleich er kein Stammgast war, fand er bald keine Obacht mehr, denn Banditen erkennen ihresgleichen ebenso scharf wie ehrliche Leute und wissen vielleicht genauer noch als diese, was sie von jedem einzelnen der ihrigen zu halten haben. Er hatte sich so gesetzt, dass er die beiden Männer von polizeiwidrigem Aussehen, von denen der eine nach Bakel gefragt hatte, scharf ins Auge fassen konnte, ohne dass einer von ihnen es gewahr werden konnte. Bald war die auf einen Moment unterbrochene Unterhaltung wieder im Gange. Schuri zeigte trotz seiner Verwegenheit eine gewisse Unterwürfigkeit gegen Rudolf und getraute sich nicht mehr, ihn zu duzen. So wenig Respekt er vor Recht und Gesetz hatte, so viel Respekt hatte er vor Leibeskraft.

»Ein Wort, ein Mann,« sagte er zu Rudolf, »erzählen wir uns, wer wir sind, damit wir bekannt zusammen werden.« – »Mach du den Anfang,« versetzte Rudolf. – »Albino von Farbe, entlassener Bagnosträfling, Holzflösser am Kai, im Winter vor Kälte halb tot, im Sommer vor Hitze gedörrt, so ist mein Charakter,« sagte der Bandit; »wer aber sind Sie? Ich sehe Sie zum ersten Male in unserem Alt-Paris.« – »Ich bin Fächermaler und heiße Rudolf.« – »So? Fächermaler? Nun, deshalb haben Sie so weiße Hände! Scheint auch zu dem Geschäft ein gutes Teil von Leibeskraft zu gehören, vorausgesetzt dass Ihre Kameraden ebenso sind wie Sie! Warum kommen Sie aber in eine Kaschemme, wenn Sie Arbeiter sind, und zweifelsohne ehrlicher Arbeiter? Hier gibt es doch bloß Kerle aus dem Bagno, die sich anderwärts im Lande nicht sehen lassen dürfen.« – Ich komme her, weil mir an guter Gesellschaft gelegen ist.« – »Hm,« sagte der Bandit, zweifelsvoll den Kopf schüttelnd, »Sie scheinen mir nicht zu trauen und haben wohl auch nicht so unrecht. Indessen erzähle ich gern, wenns Ihnen recht ist, meine ganze Geschichte. Aber eine Bedingung stelle ich dabei: dass Sie mich über die Stöße unterrichten, mit denen Sie mich traktiert haben.« - »Warum nicht? Wenn Ihr weiter nichts wollt? Erzählt also, und dann mag mir das Mädchen sagen, wie es mit ihr steht.« - »Hab nichts dawider,« versetzte das Mädchen. - »Aber Sie bleiben uns dann Ihre Geschichte nicht schuldig?« fragte der Bandit. -»Nein. Kann ja gleich den Anfang machen,« sagte Rudolf. -

»Fächermaler,« sagte das Mädchen, »ein hübsches Geschäft!« - »Wie viel bringts denn ein für den Tag?« fragte Schüri. - Hier bis fünf Franks, doch nur im Sommer, weil da die Tage lang sind. Es gibt nämlich bloß Stücklohn.« - »Sie machen Wohl oft blauen Montag?« - »Ja, solange mein Geld reicht. Sechs Sous brauche ich für Nachtquartier, vier für Tabak: Macht zehn Sous; dann vier Sous für Frühstück und fünfzehn für Mittagbrot, ein paar noch für Schnaps, macht also auf den Tag etwa dreißig Sous. Wer braucht da die ganze Woche zu arbeiten? Da ists doch gescheiter, man lässt sichs die übrige Zeit Wohl sein!« - »Und Ihre Angehörigen?« fragte das Mädchen. - »Die hat die Cholera morbus weggerafft,« versetzte Rudolf. - »Was waren denn Ihre Eltern?« fragte sie weiter. - »Lumpensammler, hatten unter der Halle ihren Stand. Der Vormund verkaufte alles, was da war, und gab mir dreißig Francs als Erlös.« - »Und wer ist Ihr Brotherr?« - »Borel in der Rue des Bourdonnais. Ein Protz und ein Filz, der jeden Arbeiter bis aufs Blut quetscht. Seit meinem fünfzehnten Jahre bin ich bei ihm in der Lehre gewesen. Wohne jetzt in der Rue de la Juiverie, im vierten Stock und heiße Rudolf Durand. Da habt Ihr meine Geschichte,« - »Nun mag die Schalldirne erzählen,« sagte Schuri; »ich warte mit meinem Histörchen bis zuletzt.«

Drittes Kapitel.

Was die Sängerin zu erzählen hatte.

»Wir fangen von vorne an,« sagte der Schuri: »Wer sind deine Eltern?« - »Die hab ich nicht gekannt,« sagte das Mädchen. - »Schnurrig, Mädel. Da sind wir von gleicher Familie!« - »Du bist auch Waise, Schuri?« - »Jawohl, von der Straße, wie du, mein Kind.« - »Und wer hat dich erzogen?« fragte Rudolf. - »Weiß ich nicht. Kann nicht weiter zurückdenken, als bis zu meinem siebenten oder achten Jahre. Da bin ich bei einem alten Weibe gewesen, das die Eule genannt wurde.« - »Oho!« rief der Bandit. - »Ja, für sie musste ich auf dem Pont-Neuf Gerstenzucker feilhalten. Brachte ich weniger als zehn Sous mit heim, bekam ich Prügel und nichts zu essen.« - »Die

Frau war nicht deine Mutter? Das weißt du bestimmt?« fragte Rudolf. – »Ganz bestimmt! Hat mir das Weib doch oft genug vorgeworfen, ich hätte weder Vater noch Mutter, sondern sie hätte mich auf der Straße aufgelesen. Frühmorgens musste ich nach Montfaucon hinaus, Regenwürmer zum Angeln zu suchen, denn tagsüber trieb das Weib unter der Notre-Dame-Brücke einen Handel mit Angelruten.« – »Na, bis Montfaucon ists ein derber Weg, der dir aber recht gut bekommen zu sein scheint. Bist ja gerade gewachsen wie eine Tanne,« sagte der Bandit; »und die schmale Kost scheint dir auch ganz gut bekommen zu sein, denn sie hat dir eine Wespentaille geschaffen. Hast also keine Ursache zu klagen!« – »Aber es hat Prügel genug gesetzt, und wenn mich das Weib schlug, bin ich immer beim ersten Schlag umgefallen. Dann hat sie mich mit Füßen getreten und geschrien, ich hätte gar keine Bouillon in den Knochen, so rund und fett, wie ich sei. Anders als Balg hat sie mich gar nicht gerufen, das war mein Taufname.«

»Na, mir ists ebenso gegangen. Mich hat man nie anders als Hund gerufen! Komisch, Mädel, wie ähnlich die Dinge doch zwischen uns liegen!« – Das Mädchen, das sich vor Rudolf zu schämen schien, rückte näher zu dem Banditen heran, der sie nun fragte, was sie weiter am Tage getrieben, nachdem sie von Montfaucon zurückgekehrt sei. – »Bis gegen Abend musste ich betteln,« sagte das Mädchen, »und sobald es mir einfiel, etwas Essen zu fordern, bekam ich allemal Prügel, und wenn mich hungerte, schickte sie mich mit einem kleinen Mäßchen voll Gerstenzucker auf den Pont-Neuf. Ob ich dort vor Kälte zitterte wie Espenlaub, das hat sie nie gekümmert.« – »Schon wieder ganz, wie es mir gegangen ist,« sagte der Schuri, »mir ists ebenso gegangen.« – »Dort musste ich stehen bis gegen elf. Die Passanten haben mir manchmal ein paar Sous in die Hand gedrückt, weil meine Tränen sie rührten. Mit der Zeit gewöhnte ich mich an die Prügel. »Wenn ich nicht weinte, war die Alte immer außer sich, und um sie recht zu ärgern, lachte ich dann immer aus vollem Herzen, sobald sie zum Schlage ausholte. Abends habe ich, statt Gerstenzucker zu verkaufen, immer gesungen wie eine Lerche, wenngleich es mir wahrlich nicht nach Singen zumute war.« – »Glaubs dir,« sagte Rudolf. – »Einmal fielen, als ich mit Regenwürmern von Montfaucon heimging, Gassenjungen über mich her und raubten mir mein Körbchen. Was meiner wartete, wusste ich: Prügel, aber nichts zu essen! Da hat mich die Alte nicht geschlagen, sondern mich anders gemisshandelt, mir an den Schläfen die Haare ausgerissen, wo es bekanntlich am meisten schmerzt.« – »Sackerment! Das geht ins Aschgraue!« rief der Bandit, mit der Faust auf den Tisch schlagend und die Brauen finster zusammenziehend. »Ein Kind prügeln, geht schließlich noch an; aber Kinder misshandeln, das ist wider alle Moral!«

Rudolf hatte dem Mädchen aufmerksam zugehört. Die Teilnahme, die der Bandit für das Mädchen fühlte, setzte ihn in Verwunderung.

»So gings noch ein paar Tage. Da kam ich wieder einmal heim mit nur drei Sous Einnahme. Da schrie die Alte: Ich fräße alle Tage für sechs Sous, und es fiele ihr nicht ein, mich umsonst noch länger zu füttern. Es war im Winter, und ich hatte bloß eine dünne Leinwandfahne auf dem Leibe, weder Strümpfe noch ein Hemd, bloß Holzschuhe. Die Alte packte mich bei der Hand. Am meisten erschreckte es mich, dass sie nicht fluchte, sondern auf dem ganzen Wege hin bloß zwischen den Zähnen murmelte. In die Rue Mortellerie ging unser Weg nach einem alten, schmutzigen Hause, das eine Schenke hatte. Die Alte ging zu dem Wirte und trank einen halben Liter Schnaps. Das war ihr reguläres Maß. Sie legte sich deshalb auch immer betrunken zu Bette. Ich fiel vor ihr auf die Knie und bat sie flehentlich, mich nicht in schlimmeres Unglück zu bringen. Sie sah mich böse an mit ihrem einen Auge - denn sie war einäugig - und zischte mir giftig zu, sie wollte mir schon zeigen, was man mit solch fauler Kreatur machen müsse, um ihr Lust zur Arbeit zu machen. Sie zerrte mich hinter sich her und eine schmale Stiege hinauf in eine elende Bodenkammer. Dort trat sie zu einem Regale und nahm eine Zange aus einem Fache, womit sie mir - einen Zahn ausreißen wollte, um mich zu quälen und mich hässlich zu machen.« -

Die beiden Männer schrien so ergrimmt auf, dass die anderen Gäste sich verwundert nach ihnen umdrehten ... »Und hat sie dir den Zahn wirklich ausgerissen?« fragte Rudolf. - »Freilich,« sagte das Mädchen, »und hat dabei meinen Kopf zwischen ihre Knie genommen und mich festgehalten wie in einem Schraubstocke. Halb mit der Zunge, halb mit ihren Krallen von Fingern hat sie ihn ausgerissen und mir dann, um mich recht zu erschrecken, zugeschrien, sie wolle mir nun, wenn ich weiterhin so faul bliebe, täglich einen weiteren Zahn ausreißen, und wenn ich keinen mehr im Munde hätte, mich in die Seine schmeißen, wo sich die Fische an mir laben sollten.«

Was Rudolf sympathisch berührte, war, dass aus dem Munde des Mädchens kein einziges Wort des Hasses gegen das alte Weib fiel, so Schweres sie auch von ihrer Grausamkeit erduldet hatte.

»Am andern Tage,« erzählte das Mädchen weiter, »ging ich nicht auf die Würmersuche nach Montfaucon, sondern flüchtete nach dem Pantheon und bin den ganzen Tag gelaufen, bloß um recht weit weg von der bösen Frau zu kommen. Ich fürchtete mich zu sehr vor ihr. Die Nacht habe ich unter einem Holzhaufen auf einem Stätteplatze kampiert. Gehungert hats mich schrecklich, ich habe Holzrinde dagegen gekaut, und bin endlich darüber eingeschlafen. Als es Tag wurde und Leute kamen, bin ich tiefer hinein in den Holzstoß gekrochen, wo es ganz hübsch warm war, fast wie in einem Keller. Am andern Tage - ich wagte mich nicht hervor - habe ich wieder Birkenrinde gekaut und wollte wieder einschlafen, als ich Hundegebell vernahm. Ich wurde munter und lauschte. Das Gebell kam immer näher. Dann hörte ich eine Männerstimme. »Es muss doch jemand sich auf dem Hofe versteckt haben. Sonst würde doch mein Hund nicht bellen.« - »Sicher doch Diebe! Wer sonst?« sagte eine andere Stimme. Dann riefen beide Stimmen: »Such, such!« und da ich fürchtete, von dem Hunde gebissen zu werden, fing ich laut zu schreien an. »Höre doch,« sagte die eine Stimme wieder, »das klingt doch ganz, als wenn ein Kind schrie!«

Und nun hörte ich, wie der Hund zurückgerufen wurde. Dann sah ich Laternenschein. Ich kroch aus dem Holzstoße heraus. Ein dicker Mann mit einem Jungen stand vor mir. »Was willst du auf meinem Hofe, Spitzbübin?« fragte er mich. - Ich erzählte ihm, wie schlecht es mir gegangen; er aber rief: »Papperlapap! Ich lasse mir nichts weismachen. Du willst mich bemausen!« Dann befahl er dem Jungen, auf die Polizei zu gehen, besann sich aber und sagte, er wolle mich gleich lieber selbst hinschaffen. Dort sagte ich, dass ich weder Heimat noch Eltern hätte. Ich wurde in ein Besserungshaus gebracht, wegen Vagabondierens, und war den Richtern aus tiefstem Herzen dafür dankbar, denn im Gefängnisse bekam ich zu essen und keine Prügel, lernte auch nähen, war aber faul und sang lieber, statt zu arbeiten.«

»Weil du eben eine geborene Nachtigall bist,« erwiderte Rudolf lächelnd. - »O, Sie sind recht artig gegen mich, Herr Rudolf,« sagte das Mädchen, »und seitdem heiße ich nun die Schalldirne, statt Balg, wie mich die alte Hexe immer nannte. Mit meinem sechzehnten Jahre wurde ich aus der Besserungsanstalt entlassen. An der Tür traf ich die Wirtin mit ein paar andern alten Frauen, die früher schon in der Besserungsanstalt gewesen waren und mit den Mädchen, die mit mir dort waren, auf recht gutem Fuße standen. Sie sagte mir, sie hätte gute Arbeit für mich, wenn ich zu ihr ziehen wollte. Ich dachte aber, du kannst ja nähen, bist jung und willst auch das Leben ein bisschen genießen. In der Besserungsanstalt hatte ich doch soviel gearbeitet, dass ich beim Austritt bare 300 Francs ausgezahlt bekam, und das kam mir vor wie ein Vermögen. Aber das Geld war bald zu Ende. Ich hatte mir ein Stübchen gemietet. Ich bin eine große Blumenfreundin und hatte mir mehrere Stöckchen gekauft, brauchte auch ein besseres Kleid und einen Schal und bin ein paar Mal ins Boulogner Wäldchen hinaus auf einem Esel geritten. Als ich noch etwa fünfzig Francs übrig hatte, versuchte ich es mit Näharbeit; aber überall wies man mir die Tür. Drei Tage darauf begegnete ich zufällig wieder der Wirtin und einer alten Frau. Sie hatten mich wohl, seit ich aus der Besserungsanstalt gegangen war, nicht aus den Augen gelassen, ich hatte es wahrscheinlich nur nicht bemerkt. Jetzt wusste ich nicht, wovon ich mein Leben fristen sollte, und so ging ich mit den Weibern mit. Ich bekam nun Schnaps von ihnen zu trinken, und bin so geworden, was ich jetzt bin.«

»Ich verstehe,« sagte der Bandit, »und kenne dich nun.« - »Dir scheint es gar nicht recht zu sein, dass du uns deinen Lebenslauf erzählt hast?« fragte Rudolf. - »Ich habs zum ersten Male in meinem Leben getan,« sagte die Sängerin, »und ein Rückblick in meine Vergangenheit muss mich ja trüb stimmen. Ach, wie schön mag es sein, als ehrlicher Mensch dazustehen.« - »Ehrlich? Ehrlich?« rief Schuri, »dann spiele die Posse, versuchs, und du wirst sehen, wie weit du damit kommst.« - »Ehrlich?« sagte das Mädchen, »aber wie soll ich es sein können? Was ich auf dem Leibe trage, gehört meiner Wirtin. Wohnung und Essen bin ich ihr schuldig. Weg von hier kann ich nicht, sie ließe mich auf der Stelle als Diebin festnehmen. Solange ich mich nicht auslösen kann, gehöre ich ihr mit Leib und Seele.« - Ein Schauder überrieselte sie, als sie diese Worte sprach. Dann wandte sie sich zum Schuri und bat um einen Schluck zu trinken ... »Nein, keinen Wein,« sagte sie, als er ihr das Glas hinhielt, »Schnaps, Schnaps, den kann ich besser vertragen, wenigstens betäubt er schnell.«

Viertes Kapitel.

Schuris Geschichte.

Der vor Kurzem eingetretene Gast hielt noch immer die beiden Männer mit dem polizeiwidrigen Aussehen im Auge, besonders den, der immer die linke Hand zu verstecken suchte. Beide hatten während der Erzählung der Sängerin mehrmals leise miteinander gesprochen und ängstlich nach der Tür geguckt. Der mit der griechischen Mütze sagte zu seinem Kameraden: »Bakel kommt nicht. Wenn ihn der Kamerad bloß nicht erschlagen hat!« - »Du meinst, um sich seinen Anteil mit anzueignen? Das wäre nun freilich sehr dumm für uns, denn wir hätten die Gelegenheit dann umsonst ausbaldowert.«

Der Neueingetretene saß zu weit von ihnen, um die Worte verstanden zu haben; er hatte aber wiederholt in ein Papier geguckt, das er aus seiner Mütze langte, aber gleich wieder darin versteckte. Dann stand er vom Tische auf und verschwand, ohne dass es jemand aufzufallen schien. Gerade als er hinausging, war Rudolfs Blick nach der Tür hin geglitten. Auf der Straße sah er den Kohlenträger mit seinem rußgeschwärzten Gesicht stehen und hatte Zeit genug, ihm durch eine ungeduldige Gebärde zu verstehen zu geben, dass ihm diese Aufsicht im höchsten Grade zuwider sei. Der Kohlenträger ließ sich aber hierdurch nicht beirren, sondern verhielt sich nach wie vor in der Schenke. Die Sängerin fand in dem Glase Schnaps, das sie getrunken, ihre Munterkeit nicht wieder, schien vielmehr in die finstersten Gedanken zu versinken. Ein paar Mal hatte sie, als sie Rudolfs festem Blicke begegnete, die Augen niedergeschlagen, ohne sich von dem Eindruck, den der Unbekannte auf sie machte, Rechenschaft geben zu können. Seine Gegenwart bedrückte sie sehr. Sie warf sich vor, dem Manne, der sie aus der Gewalt des Banditen befreit hatte, geringe Dankbarkeit entgegenzubringen. Es tat ihr fast leid, vor ihm die Beichte ihres Lebens abgelegt zu haben. Schuri dagegen war in der besten Laune, höchst mitteilsam und gesprächig. Vor Rudolfs manierlichem Benehmen war sein Groll, in ihm den Meister gefunden zu haben, schnell gewichen. Sein Glas austrinkend, hub er an:

»Sängerin, du hast wenigstens noch die alte Eule gehabt, wenn sie auch wert ist, dass der Teufel sie bei lebendigem Leibe holte. Bis zu der Zeit, da du als Landstreicherin eingesperrt wurdest, hast du wenigstens ein Dach überm Haupt gehabt; ich aber kann mich nicht besinnen, bis zu meinem neunzehnten Jahre, in welchem ich Soldat wurde, in einem Bette geschlafen zu haben.« – »So? Du hast gedient. Schuri?« fragte Rudolf. – »Drei Jahre,« versetzte Schuri, »davon aber später! Die Steine am Louvre, die Gipsöfen in Clichy und die Steinbrüche in Montrouge waren die Gasthäuser meiner Jugend. Mir schwebt düster vor, als hätte ich in meiner Kindheit mit einem alten Lumpensammler das Land durchpilgert und hätte mit dessen Kratzeisen manchen Hieb über den Buckel bekommen. Dann bin ich in Montfaucon bei Abdeckern gewesen und habe die Pferde mit abgestochen. Da mag ich wohl zehn bis zwölf Jahre alt gewesen sein. Es hat mir manchmal das Herz zerschnitten, wenn ich wieder so ein armes Tier in den letzten Zuckungen liegen gesehen habe. Nach vier Wochen hatte ich mich aber daran gewöhnt, und auf der Abdeckerei hatte keiner so scharfe Messer wie ich. Aber was bekam ich für meine Mühe? Von einem an irgendeiner Krankheit krepierten Tier einen Fetzen Fleisch, denn die abgestochenen wurden an die Garköche in der Gegend verkauft, die es ihren Gästen bald als Hirsch, bald als Rindfleisch vorsetzten, je nachdem. Aber ich war trotzdem der glücklichste Mensch, wenn ich mein Stück Pferdefleisch in Händen hielt, und flink wie ein Fuchs war ich damit bei einem Gipsofen, um es mir mit Erlaubnis der Brenner auf den Kohlen zu braten.«

»Aber wie heißt du? Welchen Namen führtest du damals?« fragte Rudolf. – »Ich war damals fast weißer als jetzt, und die Augen waren mir mit Blut unterlaufen. Darum wurde ich immer nur Albino genannt.« – »Aber deine Eltern?« – »Die haben ebenda gewohnt, wo die Eltern unserer Sängerin. Und wo ich geboren bin? An der erstbesten Straßenecke, rechts ober links.« – »Und wie lange warst du in der Abdeckerei?« fragte Rudolf. – »Kanns nicht einmal sagen! Ich hatte mich zuletzt so in die Wut hineingearbeitet, dass ich, wenn ich einmal beim Abstechen war, wie toll drauflos stach und alle Häute verdarb. Das bekam der Meister satt und jagte mich schließlich weg. Nun suchte ich mir Arbeit bei Metzgern, denn für dies Gewerbe hatte ich immer eine gewisse Vorliebe. Aber da kam ich schön an! Diese hochnäsige Sippe verachtete mich ganz ebenso, wie ein Schuhmacher einen Flickschuster. Da habe ich Arbeit in den Montrouger Steinbrüchen gesucht, aber ich habe es bloß zwei Jahre ausgehalten. Dann bin ich zum Militär gegangen und habe einen prächtigen Grenadier abgegeben. Leider gab es damals keinen Krieg, sonst wäre ich vielleicht was Besseres geworden. In die vermaledeite Friedensdisziplin habe ich mich aber nicht finden können, und als mich eines Tages der Sergeant derb herannahm, kam es zwischen uns zur Rauferei, und da packte mich die alte Lust am Messerstechen, die mir noch von der Abdeckerei in den Gliedern steckte, ich stach den Sergeanten nieder und verwundete zwei Soldaten auf den Tod.«

Der Mörder ließ den Kopf sinken und verhielt sich eine Weile schweigend.

»Ich wurde überwältigt, eingesteckt und sollte füsiliert werden, wurde aber zu Zuchthaus begnadigt, weil ich einmal zwei Kameraden aus der Marne gefischt hatte, wo sie ohne mich elendiglich ertrunken wären. Als ich von der Begnadigung hörte, war ich so fuchswild, dass ich meinen Verteidiger fast an der Kehle gepackt hätte. Im Zuchthause zu vegetieren, war mir schrecklicher als ein schneller Tod. Drum habe ich es auch zweimal probiert, selbst Hand an mich zu legen, einmal durch Grünspan, das andere Mal wollte ich mich mit meiner Kette erdrosseln, aber ich bin nun einmal stark wie ein Ochse und zäh wie Sohlenleder. Vom Grünspan bekam ich einen Heidendurst und von der Kette bloß ein blaues Naturhalsband. Dann schwand der Selbstmordrappel; die Lust am Leben erwachte wieder, und ich fügte mich ins Bagnoleben wie andere auch. Dort hab ich unsern Meister Bakel kennengelernt, der mich einmal ebenso verprügelt hat, wie Sie vorhin.«

»So? Er ist also auch Galeerenkandidat?« fragte Rudolf. – »Ja, war auf Lebenszeit verurteilt, ist aber geflohen.« – »Und nicht verraten worden?« – »Ich werde mich doch hüten, ihn anzuzeigen, habe ich doch schon einmal, wie gesagt, seine Fäuste gekostet!« – »Und auch die Polizei ist seiner nicht habhaft geworden? Besitzt sie denn sein Signalement nicht?« – »Bakel würde selbst der Teufel nicht mehr erkennen, wenn er ihm aus der Hölle entwischt wäre! Was an ihm kenntlich, hat er schon längst von seinem Leibe ausgemerzt.« – »Was Ihr sagt!« – »Ja, zuerst hat er sich die Nase abgesäbelt, die fast eine halbe Elle lang war; dann hat er sich das Gesicht mit Vitriol verbrannt.«

»Also sich ganz unkenntlich gemacht?« - »Er ist ein halbes Jahr aus Rochefort weg, und seitdem sind ihm wohl an hundert Gendarmen und Polizisten in den Weg gelaufen, ohne dass ihn einer wiedererkannt hätte.« - »Weshalb ist er ins Bagno gesteckt worden?« - »Weil er gefälscht, gestohlen, gemordet hat. Bakel heißt er deshalb, weil er wie gestochen schreibt und ein grundgescheiter Mensch ist.«

»Über kurz oder lang spinnen sie ihn doch wieder ein,« meinte Rudolf. - »Ihrer zwei gehören aber wenigstens dazu, ihn dingfest zu machen, denn er trägt unter seiner Bluse immer ein paar scharf geladene Pistolen und einen Dolch.« - »Was hast du denn getrieben, seit du wieder in Freiheit bist?« - »Ich verdiene mir auf dem Holzhofe am Sankt-Pauls-Kai, was ich zum Lebensunterhalt brauche.« -

»Warum bist du aber hier im alten Viertel? Ein Dieb bist du doch im Grunde genommen nicht.« -

»Und wo sollte ich mich sonst aufhalten? Ich bin hier unter meinesgleichen und liebe nun mal Gesellschaft. Dabei bin ich gefürchtet wie das Feuer, und die Polizei kann mir nicht an den Kragen als höchstens mal wegen einer Rauferei, und darauf steht keine höhere Strafe als 24 Stunden Arrest.« - »Und bei alledem fühlst du dich doch nicht glücklich?« - »Nun, manchem gehts freilich noch schlechter als mir. Mich plagt bloß immer der Teufel, wenn meine schlimmen Träume von dem Sergeanten und den Soldaten kommen, die ich habe ins Gras beißen lassen. Wäre das nicht, könnte ich ruhig sterben wie jeder andere fromme Mensch, sei es im Krankenhause, sei es an irgendeiner Straßenecke. Gern denke ich freilich nicht an den Tod,« und bei diesen Worten klopfte er an einer Ecke des Tisches seinen Pfeifenkopf aus.

Fünftes Kapitel.

Eine Verhaftung.

Der Mann, der einen Augenblick hinausgegangen war, kam jetzt mit einem andern breitschultrigen Manne wieder, aus dessen Gesicht Mut und Entschlossenheit leuchteten ... »Na, Borel,« sagte er zu ihm, »das nenne ich ein feines Zusammentreffen! Nur immer herein! Trink ein Glas Wein mit!« - Schuri rückte Rudolf näher, auch die Schalldirne, dann flüsterte er, auf die beiden Eingetretenen weisend: »Vorsichtig! Es gibt was ... es ist ein Spitzel ... Augen und Ohren offen gehalten!«

Die beiden Banditen - der mit der griechischen Mütze, der schon einige Male nach Bakel gefragt hatte, und sein Kumpan - standen zusammen auf und machten ein paar Schritte zur Tür hin. Aber die beiden Polizisten stießen einen seltsamen Ruf aus und packten sie. Nun begann ein wildes Ringen. Im andern Augenblick drangen andere Polizisten in die Kaschemme, und vor der Tür blitzten Flintenläufe.

Der Kohlenträger benützte den Tumult, um auf die Schwelle zu treten und Rudolf einen Wink zu geben, indem er den rechten Zeigefinger an die Lippen führte. Rudolf winkte ihm aber ebenso schnell wie gebieterisch, sich zu entfernen, und verfolgte die weiteren Vorgänge mit aufmerksamen Blicken.

Der Mann mit der griechischen Mütze schrie und heulte vor Wut. Halb auf dem Tische liegend, schlug er so wild um sich, dass ihn drei Polizisten kaum halten konnten. Sein Genosse war wie zu Boden geschmettert. Er sah leichenblass aus, und seine Kinnlade zitterte krampfhaft, aber er widersetzte sich nicht, sondern hielt ruhig die Hände hin, um sich die Handschellen anlegen zu lassen. Die Wirtin war an dergleichen Auftritte gewöhnt und verhielt sich ruhig hinter dem Schenktische.

»Was haben die beiden Menschen verbrochen?« fragte sie einen der Polizisten, mit dem sie bekannt war, und der als Borel angesprochen worden war. - »Gestern in der Sankt-Christoph-Straße eine alte Dame ermordet, um sie zu berauben. Die Arme hat kurz vorm Verscheiden noch ausgesagt, sie habe einen der beiden Räuber in die Hand gebissen. Wir hatten gleich Witterung, und mein Kamerad war vorhin ein paar Augenblicke allein hier, sich zu vergewissern, dass wir auf der rechten Fährte seien. Jetzt haben wir die beiden Mordgesellen.«

Den mit der griechischen Mütze mussten die Gendarmen mit Gewalt in den grünen Polizeiwagen heben, der andere, der wie Espenlaub zitterte, konnte sich auf den Füßen nicht halten. Auch er wurde von Polizisten in den Wagen geschoben.

»Mutter Ponisse,« sagte Polizist Borel, »lassen Sie sich vorm Rotarm warnen. Es ist ein boshafter Wicht, der Sie leicht bloßstellen könnte. Vor allem nehmen Sie weder ein Paket noch sonst etwas von ihm in Verwahrsam. Sie machten sich sonst der Hehlerei schuldig.« - »Keine Sorge, Herr Borel! Vorm Rotarm fürchte ich mich wie vorm Teufel. Weiß man doch nie, wohin er will und woher er kommt ... Letztmals hieß es, er käme aus Deutschland herüber.«

Der Polizist fasste, bevor er die Kaschemme verließ, die anderen Gäste ins Auge. Als er Schuri sah, redete er ihn in fast liebevollem Tone an: »Na, auch hier, Tunichtgut? Lange nichts von dir gehört! Wirst wohl, scheints, ein ganz artiges Büble?« – »Sintemalen der Schuri seinen Meister gefunden hat, lieber Herr Borel«, versetzte Schuri, Rudolf die Hand auf die Achsel legend. – »Oho, welch neues Gesicht?« rief der Polizist, »hab ich ja noch nie gesehen!« Und nun fasste er Rudolf scharf ins Auge, der aber leichthin erwiderte: »Werden auch wohl kaum Bekanntschaft miteinander machen, mein Lieber.« – »Nun, das wünsche ich in Ihrem eigensten Interesse«, versetzte der Polizist und sagte der Wirtin Gute Nacht, worauf er noch scherzend sagte: »Ei, Mutter Ponisse, Ihre Kaschemme ist doch die richtige Mausefalle. Drei Mörder habe ich nun schon darin abgefasst.« – »Hoffentlich sinds nicht die letzten«, erwiderte die Wirtin schmunzelnd, »jedenfalls bin ich durchaus zu Ihrem Befehl, Herr Borel!« Als der Polizist verschwunden war, setzte sie hinzu: »Na, Bakel kann sich gratulieren, dass er nicht da war. Der mit der griechischen Mütze hat ein paar Mal nach ihm gefragt, es scheint also, dass sie Geschäfte mitsammen haben. Aber eine Frau wie ich verrät doch ihre Klienten nicht! Nanu! Wenn man den Wolf nennt, kommt er auch gerennt! Ein altes Sprichwort ... Da ist ja der Bakel mit seiner Gesponsin!« und sie wies auf ein Paar, das eben über die Schwelle trat.

Keiner von den Anwesenden konnte sich eines Schauders erwehren; selbst Rudolf konnte sich bei all seiner Unerschrockenheit eines heimlichen Bangens nicht erwehren, als er das grässliche Gesicht dieses Hünen von Räuber erblickte. Es war von bläulichen Narben der Kreuz und Quere zersetzt; durch das Vitriol waren die Lippen dick aufgetrieben, die Nase war quer durchschnitten, sodass an ihrer Stelle bloß zwei hässliche Löcher sichtbar waren. Über ihnen funkelten zwei hellgraue, kleine, runde Augen wie ein Paar Luchsaugen. Eine flache, tigerartige Stirn war über die Hälfte verdeckt von einer fuchsroten, langhaarigen Pelzmütze.

Bakel war nur weniges über fünf Fuß hoch. Sein übermäßig dicker Kopf steckte zwischen breiten, mächtigen Schultern. Lange, muskulöse Arme, kurze, bis an die Fingerspitzen behaarte Hände und auswärtsgebogene Beine vollendeten die Hässlichkeit dieses Menschen. – Das Weib, das an seiner Seite die Kaschemme betrat, war schon alt, ziemlich reinlich gekleidet, hatte ein grünes, rundes Auge, eine Hakennase, schmale Lippen, vorspringendes Kinn und ein Gesicht von maßloser Bosheit und Pfiffigkeit. Es weckte unwillkürlich die Erinnerung an das einer Eule. Rudolf sah sie scharf von der Seite an. Mit stummem Entsetzen hatte die Schalldirne dies Weib gesehen. Zitternd vor Angst rückte sie zu Rudolf und flüsterte: »Die Eule! – Mein Jesus! Die Eule! Die Einäugige!«

Bakel trat an den Tisch, an dem Rudolf mit der Schalldirne und Schüri im Gespräch saßen, und mit rauer, hohler Stimme, die wie ein Tigergeheul sich anhörte, sagte er zu dem Mädchen: »Heda, Blondchen, lass die beiden allein mit sich fertig werden und rück zu mir heran!« -

Das Mädchen gab keine Antwort, sondern rückte noch näher an Rudolf heran. Die Zähne schlugen ihr vor Angst aufeinander ... »Ich - ich werde nicht eifersüchtig werden«, sagte die Eule, indem sie das Gesicht zu einer schrecklichen Fratze verzog. Noch hatte sie ihr einstiges Opfer, »den Balg«, nicht wiedererkannt. - »Na, Dirndl«, rief der schreckliche Mensch, »hast keine Ohren? He?« Und er trat ihr um einen Schritt näher ... »Kommst Du nicht gutwillig, so schlag ich dir ein Auge aus dem Kopfe, dass du aussehen sollst wie meine Eule hier. Und du, Schlankerl mit dem schneidigen Schnauzer, langst du mir die Dirne nicht auf der Stelle über den Tisch herüber, so kriegst du es mit mir zu tun!« Die Hände vor das Gesicht schlagend, rief das Mädchen: »Ach Gott, Herr Rudolf, schützen Sie mich! Schützen Sie mich!« - »Nur ruhig, Kind, nur ruhig!« versetzte Rudolf, dem hässlichen Kerl unerschrocken in die Augen starrend; »wenn dir der Mensch da so zuwider ist, werde ich ihn zum Tempel hinausschmeißen.«

Bakel maß Rudolf mit einem Blicke maßloser Verachtung ... »Du?« fragte er, den Ton lang ziehend. - »Ja, ich«, versetzte Rudolf und stand, der Bemühungen des Mädchens, ihn zurückzuhalten, nicht achtend, vom Tische auf.

Bei dem schrecklichen Ausdruck, den Rudolfs Gesicht annahm, wich Bakel unwillkürlich einen Schritt zurück; auch dem Mädchen und dem Schuri fiel der maßlose Ausdruck von Wut und Bosheit auf der Stelle auf, der die edeln Züge ihres jungen Gefährten plötzlich entstellte, und ihn ganz unkenntlich machte. Beim Kampfe mit Schuri hatte er nur Spott und Hohn gezeigt; Bakel gegenüber schien ihn jedoch ein so wilder Hass zu packen, dass ihm die Pupillen schier aus den Höhlen traten. Rudolf besaß jenen magnetischen, durchdringenden Blick, der Entsetzen erregt und jeden, auf den er sich richtet, fasziniert, sodass er den Blick nicht abwenden kann. Bakel zitterte, wich einen weiteren Schritt zurück und fuhr mit der Hand unter die Bluse. Er hatte das Vertrauen zu seiner Stärke verloren und suchte Hilfe bei seinem Dolche ... Wahrscheinlich hätte ein Mord die Kaschemme mit Blut getränkt, wäre die Eule nicht Bakel in den Arm gefallen ...

»Eine Sekunde, Mörderchen! Eine Sekunde! Die bei ihm sitzt, ist, weiß der Teufel! Mein Balg, meine Jöhre, die mir Gerstenzucker mauste, statt ihn zu verkaufen! ... Luderchen! Wo hast du denn gesteckt die lange Zeit über? Na, siehst, du kommst mir doch immer unter die Finger, Kröte! Aber ängstige dich weiter nicht. Einen Zahn werde ich dir ja nicht wieder ausreißen, aber Tränen will ich dir aus deinen schönen Augen locken, dass sie grün und blau werden sollen. Und schwarz ärgern sollst du dich über mich!

Denk dir, Jöhre, jetzt weiß ich, wer dich in die Welt gesetzt hat. Im Bagno hat Bakel den Kerl getroffen, der dich zu mir brachte, als du noch ein ganz klein Püppchen warst. Denk dir nur, Jöhre, Vater und Mutter von Dir sind reiche Leute.« – »Was? Ihr kennt meine Eltern?« rief das Mädchen. – »Ja, mein Mann weiß, wer deine Mutter ist. Aber ehe ich leide, dass ers dir sagt, reiß ich ihm die Zunge aus. Er ist erst gestern noch mit dem zusammen gewesen, der dich zu mir brachte. Erst warst du bei seiner Frau, aber sie bekam kein Geld mehr für dich. Deine Mama hat sich nämlich nicht viel aus dir gemacht. Die hätts am liebsten gesehen, du wärest schnell gestorben. Aber der Mann, der dich zu mir gebracht hat, hat alle Ausweise über dich, sogar Briefe von deiner Mutter, und wenn er davon keinen Gebrauch macht, na, so hat er seine guten Gründe dazu. Aber flenne, soviel du willst, wer deine Mutter ist, erfährst du ganz sicher nicht.«

»Besser auch«, sagte das Mädchen, eine Träne aus den Augen wischend, »meine Mutter hält mich für tot.«

Rudolf hatte Bakel ganz vergessen über den Reden der Frau, und Bakel, als er sich nicht mehr unter der faszinierenden Gewalt von Rudolfs Blicken befand, war der Schwäche, die ihn befallen hatte, wieder Herr geworden. Dass der schmächtige Mensch daran denken könnte, sich mit ihm im Kampfe zu messen, wollte ihm nicht in den Sinn kommen, und im Vertrauen auf seine Riesenkraft trat er wieder zu dem Mädchen und rief der Eule grob zu: »Genug nun mit den Reden! Wenn du nicht herkommst, Mädel, dann zerfetze ich deinem jungen Laffen seine Fratze, damit ich dir noch schöner vorkomme, als er.«

Mit einem einzigen Satze war Rudolf über den Tisch hinüber. Bakel stellte sich in Fechtpositur, den Oberkörper zurückgeneigt und die beiden Arme vor sich hinstreckend, während er sich auf das eine seiner wuchtigen Beine wie auf einen Pfeiler stützte. Eben als Rudolf sich über ihn herstürzen wollte, ging die Tür der Kaschemme auf, und der Kohlenträger, ein Mann von fast sechs Fuß Höhe, trat rasch herein, schob den Meister Bakel beiseite, trat zu Rudolf heran und sagte diesem auf englisch ins Ohr: »Gnädiger Herr! Tom und Sarah warten am Ende der Straße.« – Rudolf machte, als er die Worte hörte, eine zornige Bewegung und warf einen Louisdor auf den Tisch. Dann rannte er zur Tür hin. Bakel wollte sich Rudolf in den Weg stellen. Rudolf aber versetzte ihm ein paar Faustschläge ins Gesicht, dass ihm Hören und Sehen verging. Wie betäubt wankte er zurück und stürzte mit halbem Leibe über den Tisch hin. Minuten vergingen, bis er sich wieder fassen konnte. Als er aber Rudolf hinterherrannte, war derselbe mit dem Kohlenträger schon im Straßengewirr verschwunden. Von der anderen Straßenseite her traten zwei Männer in die Kaschemme, fast außer Atem, wie von langem und schnellem Laufe. Als Bakel zurückkehrte, sah er noch, wie sich die beiden Männer in der Kaschemme verblüfft umsahen. Dann sagte der eine: »Grässlich! Grässlich! Abermals ist er uns entgangen« – »Geduld, Geduld!« sagte der andere, »jeder Tag ist vierundzwanzig Stunden lang, und ein Menschenleben währet, wenn auch nicht ewiglich, doch lange genug, um eine gestellte Aufgabe zu erfüllen.« Die beiden Männer redeten in englischer Zunge.

Sechstes Kapitel.

Tom und Sarah

Der eine der beiden Männer, die einer weit höheren Klasse angehörten, als die in der Kaschemme verkehrten, war groß und lang, hatte fast weißes Haar, aber schwarze Brauen und schwarzen Backenbart, dazu ein knochiges Gesicht und ein strenges, hartes Aussehen. An dem runden Hute, den er in der Hand hielt, war ein schwarzer Flor befestigt. Sein langer, schwarzer Rock war bis unter das Kinn zugeknöpft. Über engen braunen Tuchhosen trug er lange Stiefel. An Haltung, Wuchs und zartem Körperbau erkannte man leicht eine Dame in Männertracht.

»Tom,« sagte Sarah auf englisch, »fordern Sie etwas zu trinken und erkundigen Sie sich bei den Leuten nach ihm!« – »Jawohl, Sarah«, versetzte der Mann mit dem weißen Haar und den schwarzen Brauen. In fast reinem Französisch ersuchte er sodann die Wirtin um einen guten Trunk.

Der Eintritt der beiden Personen hatte in der Gaststube großes Aufsehen erregt, ließen doch ihre Kleidung und ihr Auftreten sofort erkennen, dass sie gemeinhin nicht an solchen Orten verkehrten, während anderseits ihre unruhigen, besorgten Mienen mutmaßen liehen, dass sie durch wichtige Gründe hierher geführt worden waren. Schürt, Bakel und Eule ließen keinen Blick von ihnen. Das unter dem Namen Schalldirne dem Leser bekannte Mädchen, erschreckt durch die Begegnung mit der Eule, wie durch die Drohungen Bakels, sie mit sich zu nehmen, hatte die Zeit wahrgenommen, um unbemerkt durch die halb offene Tür zu verschwinden. – Die Wirtin stellte eine Flasche auf den Tisch. Tom warf ein Hundertsousstück auf den Tisch, weigerte sich, das Geld zu nehmen, das ihm die Wirtin darauf herausgeben wollte, und forderte statt dessen Mutter Ponisse auf, sich zu ihnen zu setzen. – »Sehr freundlich, mein Herr, sehr freundlich«, antwortete die Wirtin, einen verwunderten Blick auf Tom heftend. – »Geben Sie mir, bitte, Bescheid, liebe Frau«, erwiderte Tom, »auf eine Frage: Wir wollten hier einen Bekannten treffen, einen großen, schmächtigen Herrn, der einen Schnurrbart trägt wie ich.« – »Ach, das ist doch der Herr, der eben noch hier gesessen hat«, sagte die Wirtin; »ein Kohlenträger rief ihn eben heraus, und mit ihm ist er fortgegangen.« - »Gewiss, die beiden sind es«, sagte Tom. - »Waren sie allein hier?« fragte Sarah. - »Der Kohlenträger war nicht mit in der Stube. Der Mann, den Sie mir beschrieben haben, saß hier mit einem Mann und einem Mädel, die bei uns die Namen Schalldirne und Schürmann führen.« Dabei zeigte die Wirtin auf den letzteren, während sie sich nach dem Mädchen vergeblich umsah. Tom und Sarah sahen sich nach Schuri um.

»Kennen Sie den Mann?« fragte Sarah ihren Begleiter, als sie ihn ein paar Minuten lang aufmerksam gemustert hatten. - »Nein. Karl hatte Rudolfs Spur am Eingange zu diesem Gassenlabyrinth verloren; als er aber Murph um diese Spelunke in seiner Kohlenträger-Maske schleichen und in einem fort durch die Fenster lugen sah, merkte er, dass wir wieder die Fährte gefunden hätten, und stattete sofort Bericht ab.«

Während zwischen diesen beiden Personen in dieser Weise leise gesprochen wurde, gab es zwischen Bakel und der Eule eine andere Zwiesprach. »Der große, magere Musje hat der Wirtin hundert Sous hingeworfen. Es ist bald Mitternacht. Draußen regnets und stürmts. Wenn sie Weggehen, schleichen wir ihnen nach. Ich packe den Wicht von hinten und nehm ihm sein Geld ab. Er hat ein Weibsbild bei sich. Da wird er keinen Lärm schlagen.« - »Und sollte sie welchen schlagen wollen«, fügte die Einäugige bei, »dann zieh ich mein Vitriolfläschchen aus der Tasche und zerschlag ihr auf ihrer Fratze.« Dann verzog sie ihr Gesicht in schreckliche Falten. »Du, Mörderchen«, fuhr sie fort, »das aber versprichst du mir, hörst du? Wenn uns der Balg noch einmal vor die Augen kommt, dann packen wir sie und schleifen sie mit.« Auch ihre Fratze will ich ölen, damit sie sich nichts mehr drauf einbilden kann.« - »Du, Eule«, erwiderte Bakel, »soviel sage ich dir, du wirst noch meine Kalle vor Gott und dem Pfaffen, denn deine Ideen und deine Courage suchen ihresgleichen. Du arbeitest geschickter als alle Männer, die ich kenne.«

Da wandte Tom sich an Schuri. »Sagt mal, Freund, wir wollten uns hier mit einem guten Bekannten treffen. Mit Euch hat er hier zu Nacht gegessen. Ihr müsst ihn doch also kennen. Sagt uns doch, wohin er sich von hier begeben hat.« - »Ich kenne den, nach dem Ihr fragt, bloß von den Prügeln her, die er mir vor etwa zwei Stunden verabfolgt hat, als ich einem Mädel ein paar verabfolgen wollte.« - »Und vorher hattet Ihr ihn nicht gesehen?« - »Mit keinem Blicke. Wir trafen uns in dem Hausflur von Rotarms Bude.« - »Frau Wirtin«, rief Tom, »noch eine Flasche von Ihrem Besten!« Dann stand er auf und setzte sich mit Sarah neben Schuri, dem solche Aufmerksamkeit ebenso sehr schmeichelte wie verwunderte. »Ihr habt den Mann, sagt Ihr, vor Rotarms Hause getroffen?« fragte Tom den Schurimann weiter. - »Ja, doch«, versetzte dieser, sein Glas austrinkend. - »Rotarm? Rotarm?« sagte Tom, »ein wunderlicher Name!« - »Auch ein sonderbarer Kerl in unserer Gesellschaft. Einer, der Meiches bekaspert.« - »Das verstehe ich nicht«, sagte Tom ärgerlich; »was meint Ihr mit dem Kauderwelsch?« - »Wie es scheint, sind Sie des Jenischen nicht mächtig?« erwiderte Schuri, »er schmuggelt, heißts, hintergeht Zoll und Steuer. Aber Ihr Freund versteht Jenisch wie ein Alter, trotzdem er sagt, dass er Fächermaler sei, also ein anständiges Gewerbe treibt. Der Notarm, wie gesagt, ist ein Schmuggler. Ich verrate ihn nicht, man brauchts auch nicht, macht er doch selbst gar kein Hehl daraus. Und kriegen kann ihn doch kein Polizist und Gendarm.« - »Was mag Rudolf bei solchem Menschen zu suchen haben?« fragte Sarah. - »Ja, danach Hab ich das Mädel fragen wollen,« erwiderte Schuri, »das bei uns die Schalldirne heißt, weil sie sehr gut singt. Sie hatte sich in Rotarms Bude geflüchtet, und ich hatte sie verfolgt. Statt nun sie zu fassen, bin ich an den Herrn Rudolf geraten, der mir sakrisch mitspielte. Mohrenelement! Kann der Kerl zuhauen! Er hat mir übrigens versprochen, mich in dieser Fertigkeit zu unterrichten.« - »Aber Rotarm«, fragte Tom wieder, »was ist das für ein Mensch?« - »Rotarm? Hm, einer, der alles verkauft, was nicht verkauft werden soll, und alles macht, was nicht gemacht werden soll. Ich meine, was die Polizei zu verkaufen und zu machen verbietet. Es ist halt sein Geschäft - nicht wahr, Frau Ponisse? Wohl an zwei Dutzend Mal hat man bei ihm schon das ganze Haus durchsucht, aber gefunden noch keine Stecknadel!« - »Ja, der Rotarm ist ein gar gewiegter Wicht«, meinte die Wirtin; »wie es heißt, soll unter seinem Hause ein Gang bis zu den Katakomben hinausführen.« - »Welche Nummer hat Rotarms Haus?« - »Es liegt in der Rue des Poix und hat die Nummer 13. Bekannt ists doch in der ganzen Pariser Altstadt.« - »Danke schön! Werde mir die Adresse aufschreiben. Finden wir Herrn Rudolf nicht, dann will ich mich bei Rotarm nach ihm erkundigen,« erwiderte Tom; und während er das sagte, schlug es drüben auf dem Rathause zwölf.

Bakel und Eule verließen die Kaschemme.

Siebentes Kapitel.

Das Geld oder das Leben!

Kaum waren Bakel und Eule in einem Hauseingange neben der Kaschemme verschwunden, als der Schurimann sich nach der Straßenseite hin begab, wo ein Haus im Abbruch war. Bald verlor sich der Schall seiner infolge des vielen Schnaps- und Weingenusses recht schweren Tritte im Geheul des Sturmes und in dem klatschenden Regen. Tom und Sarah kehrten sich nicht an das grause Unwetter, sondern verließen die Kaschemme, um in einer dem Wege, den Schuri eingeschlagen, entgegengesetzten Richtung sich zu entfernen ...

»Die beiden sind verloren«, flüsterte Bakel seiner Gefährtin zu, »halte dein Vitriol bereit. Achtung!« – »Lass uns die Schuhe von den Füßen ziehen!« riet die Eule. – »Hast recht, Weib, wie immer. Da hören sie uns erst im letzten Moment oder überhaupt nicht.« –

Zufolge dieser List wurde das Geräusch ihrer Schritte so matt, dass sie dicht hinter Tom und Sarah einhergehen konnten, ohne gehört zu werden.

Mit einem Male blieb Tom stehen.. »Ich habe mich in der Straße geirrt«, sagte er, »wir hätten links vom Gasthause gehen müssen, an einem im Abbruch befindlichen Hause vorbei. Dort hält unsere Droschke. Jetzt bleibt uns weiter nichts übrig, als umzukehren.« Bakel und Eule schlüpften, um nicht gesehen zu werden, hinter eine Hausecke.

Tom und Sarah gingen bis zur Kaschemme zurück und auf der entgegengesetzten Seite weiter, bis sie vor das im Abbruch befindliche Haus gelangten, dessen Keller eine Art Abgrund bildeten, an welchem sich der Weg entlangzog.

Mit der Schnelligkeit und Gewandtheit eines Tigers sprang nun Bakel auf Tom zu, packte ihn an der Gurgel und rief ihm zu: »Dein Geld her, oder ich schmeiße dich ins Kellerloch hinunter!« Ehe Tom eine Hand rühren konnte, plünderte die Eule mit der größten Fingerfertigkeit Sarahs Taschen aus. Sarah schrie nicht, wehrte sich nicht, sondern sagte mit aller Ruhe: »Geben Sie ihm die Börse, Tom!« Und zu dem Räuber gewandt, sagte sie: »Wir machen keinen Lärm. Tut uns also nichts zuleide!« Toms Kaltblütigkeit verleugnete sich keinen Augenblick während dieses unvermuteten Ereignisses ... »Ich will einen Handel mit Euch schließen,« sagte er zu Bakel, »die Papiere in meinem Taschenbuche können Euch nichts nützen; bringt sie mir morgen wieder, und Ihr sollt 25 Louisdor bar bekommen.« »Nicht wahr? So dumm! Damit du uns den Spitzeln überantwortest!« Da mischte sich die Eule ein ... »Halt, einen Augenblick. Wir können dem Manne die Tasche vielleicht zurückgeben ... Wisst Ihr,« wendete sie sich an Tom, »wo Saint-Denis liegt?« »Ja.« »Nun, gegenüber von Saint-Ouen, da wo der chemin de la révolte aufhört, wird die Ebene ganz flach, dass man weithin über die Felder sehen kann. Kommen Sie morgen früh allein dort hin mit dem Gelde. Ich werde mit der Brieftasche da sein. Wir tauschen beides gegeneinander aus.«

»Nichts da, Eule. Der Mann lässt dich abfassen.« »Aber sei doch nicht dumm, Bakel; man kann dort doch weithin über alle Felder sehen. Wenn ich auch bloß ein Auge noch habe, so macht das nichts ... Ich sehe noch immer für zwei. Kommt der Mann nicht allein, dann kriegt er mich eben nicht zu sehen.« Sarah schien auf einen Gedanken zu kommen. »Habt Ihr«, wandte sie sich an Bakel, »den Mann in dem Gasthause gesehen, der vom Kohlenträger herausgerufen wurde?« »Ein schlanker Mensch mit Schnurrbart? O ja, wollt' ihn doch gerade bläuen, bekam aber von ihm ein paar Fausthiebe, dass ich hintenüber kippte. So etwas ist mir im ganzen Leben noch nicht passiert! Aber heimzahlen werd ichs ihm. Wer mir tausend Franks gibt, dem versprech ich, ihn um die Ecke zu bringen.«

»Sarah!« rief Tom, außer sich vor Entsetzen. »Mensch,« sagte Sarah zu Bakel, »davon ist ja gar keine Rede.« »Und wovon denn?« fragte Bakel. »Sei morgen auf der Ebene von Saint-Denis, dort, wo deine Gefährtin sein will. Dort wirst du meinen Begleiter treffen. Er wird allein da sein und wird dir sagen, was du tun sollst, um tausend Franks zu verdienen. Nein,« setzte sie hinzu, »nicht tausend, sondern zweitausend, sobald es dir gelingt, die Aufgabe, die mein Begleiter dir stellen wird, zur Zufriedenheit zu lösen.«

»Mörderchen«, sagte die Eule leise zu Bakel, »hier ist Geld zu verdienen. Es sind Leute, die Moos haben, aber gegen einen Feind einen Streich ausüben wollen. Der junge Fant ist ihr Feind, und gegen den sollst du was unternehmen. Zweitausend Franks, Bakel, das lohnt doch einiger Mühe.« »Meine Frau wird kommen«, sagte Bakel, »ihr können Sie sagen, was gemacht werden soll. Ich wills mir überlegen.« »Einverstanden. Also morgen früh Punkt sechs.« »Sie sollen das Geld für die Brieftasche haben, und eine Anzahlung auf das, was wir weiter von Euch wollen.« »Gut! Nun aber gehen Sie rechts, wir gehen links, und – lassen Sie uns ungeschoren, verstanden? Sonst ...«

Bakel und Eule entfernten sich geschwind. Aber ungesehen von irgendeinem der an diesem Auftritt beteiligten Personen war ein Mann Zeuge desselben gewesen, und zwar kein anderer als der Schuri, der hinter einem Schutthaufen Schutz vor dem prasselnden Regen gesucht hatte. Was Sarah Bakeln über Rudolf gesagt hatte, fesselte seine Aufmerksamkeit im höchsten Maße, denn die Gefahren, die jetzt seinem neuen Freunde drohten, beängstigten ihn, und er beklagte lebhaft, nichts zu seinem Schutze tun zu können, denn wie und wo sollte er Rudolf finden? Die Wohnung, die ihm der Fächermaler genannt, hatte er ja im Weinrausche schon längst vergessen. Nun, es blieb ihm weiter nichts übrig, als abzuwarten, ob Rudolf den Weg zur Kaschemme wiederfinden werde.

Unwillkürlich war er, von seinen Gedanken beherrscht, hinter Tom und Sarah hergegangen und sah sie jetzt in einen Fiaker steigen. Flugs sprang er hintenauf. Bis um ein Uhr dauerte die Fahrt, dann hielt der Fiaker auf dem

Boulevard de l'Observatoire. Dort stiegen Tom und Sarah aus, um in einem der Gässchen zu verschwinden, die auf diese breite Straße ausmünden. Es war eine rabenfinstere Nacht. Es war dem Schurimann nicht möglich, sich irgendein Zeichen zu suchen, an welchem sich die Stelle hätte wiedererkennen lassen, wo das Paar verschwunden war. Mit dem Scharfsinn eines Indianers zog er sein Messer aus der Tasche und schnitt in einen der Bäume, neben denen der Fiaker gehalten, eine tiefe Kerbe. Dann machte er kehrt und suchte seine urwüchsige Schlafstelle auf, von der er sich eine gar tüchtige Strecke entfernt hatte.

Achtes Kapitel.

Eine Spazierfahrt.

Am andern Tage strahlte die hellste Herbstsonne an dem reinen blauen Himmel. Der Sturm hatte sich gelegt. Gegen elf Uhr vormittags trat Rudolf, der entweder ein neues Zusammentreffen mit dem Paare, das ihn gesucht hatte, nicht mehr scheute oder gar nicht mehr erwartete, an die Rue des Poix und schritt auf die Kaschemme zu. Er war noch immer in seiner Arbeitertracht, aber eine gewisse Eleganz in seinem Wesen, wie allem was er auf dem Leibe trug, ließ sich nicht verkennen. Unter einer neuen, vorn offnen Bluse trug er ein rotes Wollhemd mit blanken Knöpfen. Über dem schwarzseidnen Tuche, das er um den Hals geschlungen hatte, guckte ein weißer Hemdkragen freundlich hervor.

Auf der Schwelle saß die Wirtin. Im Nu war sie auf den Beinen ... »Ah, junger Herr, gehorsamste Dienerin! Sie wollen doch gewiss das Geld haben, was Ihnen von den zwanzig Franks gehört, die Sie gestern mir auf den Tisch warfen? Es sind 17 Livres 10 Sous, die Sie herausbekommen. Aber ich kann vom Preise nichts herunterlassen, denn Sie haben ja vom Besten verlangt, und ich habe wirklich nichts Besseres in meinem Keller, als was ich Ihnen aufgetischt. Und nun noch eins! Es ist gestern stark nach Ihnen gefragt worden, gerade als Sie weg waren, von einem langen Herrn in sehr vornehmer Tracht und einer kleinen Dame, die aber in Männertracht ging.« »So? Die beiden Leutchen haben sich Wohl zum Schuri gesetzt und sich mit ihm unterhalten?« »Jawohl, über dies und das mögen sie gesprochen haben, ich hörte den Rotarm nennen.« »Einerlei. Deswegen komme ich nicht wieder.« »Sondern wegen Ihres Geldes - nicht wahr?« »Ja, und mit dem Mädel, das hier die Schalldirne heißt, möchte ich einen Gang in die Umgegend machen.« »Das kann nicht sein, Herr, denn sie möchte vielleicht der Weg nicht wieder zu mir herführen.« »Und warum nicht?« »Nun, was sie auf dem Leibe trägt, gehört mir, und für Essen, Trinken und Wohnen ist sie mir außerdem 220 Franks schuldig.«

Rudolf zählte 11 Louisdor auf den Schenktisch ... »Da haben Sie, was Ihnen das Mädel schuldet ... Und was bekommen Sie für die Kleider, die Ihnen gehören?« Die alte Zuchthäuslerin war so verblüfft, dass sie sich im ersten Augenblick nicht rühren konnte. »Denkst doch nicht etwa«, sagte Rudolf, als sie endlich ein Goldstück nach dem andern vom Tische aufnahm und scharf musterte, »dass ich dir falsches Geld aufhängen will? Sprich, was bekommst du für die Lumpen, die das Mädel auf dem Leibe trägt?« - Noch immer außerstande, sich zu fassen angesichts einer solchen Summe Geldes, die von einem simplen Arbeiter ihr auf den Tisch geworfen wurde, und zwischen der Bange, übervorteilt zu werden, wie der Sucht, recht viel Vorteil noch aus der günstigen Gelegenheit für sich herauszuschlagen, hin- und herschwankend, überlegte sie einen Augenblick. Dann endlich fand sie Worte und sagte: »Nun, unter hundert Franks kann ich ihr die Kleider, die sie trägt, nicht lassen.« - »Frech, Weib, frech«, rief Rudolf, »für solchen Plunder solche Summe zu begehren! Doch da hast du das Geld. Aber schnell. Schaff die Dirne zur Stelle!«

In der Meinung, der Arbeiter müsse eine Erbschaft gemacht oder einen feinen Fang getan haben, knickste sie höflich und sagte, während sich ein gemeines Lächeln über ihr Gesicht stahl: »Und warum will der schöne Herr nicht selbst zum Dirndl gehen? Wird die eine Freude haben! Hab ich doch gestern gleich gesehen, dass sie sich einen Narren an ihm gefressen hat!« - »Ich sage Euch, geht und holt sie!« rief Rudolf barsch; »sagt ihr, ich wolle mit ihr einen Ausflug aufs Land machen. Kein Wort mehr! Vor allem nichts davon, dass ich bei Euch ihre Schulden bezahlt habe.« - »Jesus! Schneiden Sie bloß nicht solches Gesicht!« rief die Frau; »der Gottseibeiuns sei denen gnädig, die mit Euch anbinden! ... Jesus! Ich gehe ja schon! Ich gehe ja schon!«

Nach Verlauf weniger Minuten kehrte sie mit dem Mädchen zurück, das tief errötete, als sie Rudolfs ansichtig wurde, und verlegen die Augen niederschlug. - »Wollen Sie einen Tag mit mir aufs Land hinausfahren?« fragte Rudolf. - »Gern, Herr«, antwortete das Mädchen, »sofern es meine Herrin erlaubt.« - »Hab nichts dawider«, erwiderte diese, worauf Rudolf, ohne weitere Worte zu machen, des Mädchens Arm nahm und mit ihm über die Schwelle schritt. Am Blumenkai wartete ein Fiaker. Rudolf forderte das Mädchen auf, einzusteigen, und rief dem Kutscher zu: »Nach Saint-Denis. Wohin du dort fahren sollst, werde ich dir später sagen.«

Der Wagen fuhr weg. An dem wolkenlosen Himmel stand die helle Herbstsonne. Durch die Wagenfenster strich die frische Luft ... Da erst sah die Sängerin, dass sie auf einem Kleidungsstücke saß ... »Was? Ein Mantelett?« rief sie. »Ja, für Sie!« erwiderte Rudolf, »damit Sie nicht frieren. Nehmen Sie es um!«

Marienblume, an derartige Zuvorkommenheit nicht gewöhnt, sah Rudolf mit Verwunderung an. Es war ihr eigentümlich zumute. Rudolf flößte ihr einerseits Furcht ein, anderseits fühlte sie sich von gewisser Traurigkeit beschlichen, ohne dass sie imstande war, sich über beide Empfindungen Rechenschaft zu geben ... »Aber, Herr Rudolf,« sagte sie, »Sie sind so lieb und nett gegen mich. Ich muss mich ja schämen.« »Schämen? Weil ich manierlich gegen Sie bin?« »O, mir kommt es so vor, als wenn Ihre Art, mit mir zu sprechen, heut eine ganz andere wäre als gestern?« »Na, welcher Rudolf hat Ihnen denn besser gefallen, der von heute oder der von gestern?« »So sehe ich Sie schon lieber, wie Sie heute sind«, sagte das Mädchen, und doch war es mir gestern, als ständen wir einander näher«; aber von Bange erfüllt, dass sie Rudolf durch diese Worte gekränkt haben könne, lenkte sie gleich wieder ein und sagte: »Wenn ich sage, Herr Rudolf, es sei mir gewesen, als hätten wir einander näher gestanden, so weiß ich doch recht gut, dass so etwas nicht sein kann ...« »Aber, Mädchen, Sie scheinen völlig zu vergessen, was Ihnen die alte Hexe gestern sagte, die Sie Eule nannten!« »Dass Sie meine Mutter kennen? O nein, das vergesse ich nicht, lieber Herr Rudolf, nein, nein! Habe ich doch die ganze Nacht darüber geweint und sinniert, aber ich glaube bestimmt, dass an der ganzen Sache kein wahres Wort ist, und dass die Eule das alles bloß ausgedacht hat, mich recht zu quälen.« »Es kann aber auch sein, dass die Eule mehr weiß, als Sie denken, Kind! Wäre es Ihnen nicht recht, wenn sich Ihre Mutter wiederfände?« »Ach, Herr Rudolf, was könnte es nützen, dass ich meine Mutter fände, wenn sie doch nichts von mir hat wissen mögen? Und wenn sie mich lieb haben sollte, möchte sie sich wohl um der Schande willen, in der sie mich findet, zu Tode grämen!« – »Hat Ihre Mutter Sie geliebt, so wird sie Ihnen auch verzeihen und wird Sie auch lieben. Und wenn sie sieht, in welches Elend ihre Lieblosigkeit Sie gebracht hat, wird sie sich selbst schämen müssen, und das wird Rache genug für Sie sein.«

In diesem Augenblicke fuhr der Wagen an der Stelle vor, wo sich die Straße von Saint-Denis mit *chemin de la révolte* schneidet. Trotzdem die Gegend an landschaftlicher Schönheit kaum etwas aufzuweisen hatte, war Marienblümchen so außer sich vor Freude, dass sich ihr allerliebstes Gesicht schier verklärte. In die Hände klatschend, beugte sie sich zum Wagenschlage hinaus und sagte: »Herr Rudolf, ach! Wie glücklich ich mich fühle! Gras und Felder! Ach, wenn ich aussteigen dürfte? Wie gern ich auf den Wiesen herumlaufen möchte!« – »Dann gut, mein Kind! Wir wollen ein bisschen draußen auf und ab gehen. Kutscher, halten Sie doch!«

Die Freude des Mädchens und die Weise, wie sie sich zum Ausdrucke brachte, zu schildern, will ich nicht versuchen. Der Leser und die Leserin möge sich vorstellen, mit welcher Lust ein Vögelchen die freie Luft begrüßt, das lange in einem engen Käfige geschmachtet hat. Bald lief sie, bald sprang sie, bald bückte sie sich, um einige Blümchen am Wegrande zu pflücken, bald blieb sie ermattet stehen, um Atem zu schöpfen, oder setzte sich auf einen Stamm neben einem tiefen Bache, seinem leisen Gemurmel lauschend. Der durchscheinende weiße Teint bekam eine frischere Farbe. Ihre großen blauen Augen leuchteten in mildem Glanz; ihr rosiger Mund zeigte zwei Reihen glitzernder Perlen, ihr Busen wogte unter dem alten Schaltuche, das sie umhatte, und während sie die eine Hand aufs Herz legte, es zu beruhigen, reichte sie mit der andern Rudolf den Feld- und Waldblumenstrauß, den sie gepflückt hatte.

Ein seltsames Ereignis sollte die Freude des Mädchens jäh vernichten.

Neuntes Kapitel.

Aus Leid in Freud'!

Marienblümchen saß noch auf dem Baumstamm am Bachrande. Mit einem Male tauchte hinter einem Weidenstrauche eine Mannesgestalt auf, und ein wildes Lachen erklang. Das Mädchen drehte sich erschrocken um. Der Schurimann war es, der gelacht hatte. Das Mädchen flüchtete sich wie ein scheues Reh zu ihrem Beschützer. – »Ängstige dich nicht, mein Töchterchen«, rief er ihr nach, »es trifft sich ja schnurrig, dass wir einander auch hier treffen! Aber, Herr Rudolf – man mag sagen, was man will, über uns liegt doch etwas, da oben in dem blauen Dunste über uns, was uns lenkt und leitet – mögen es die Menschen Gott nennen oder Schicksal, einerlei! Es ist, wie wenn es dem Menschen sagen möchte: Geh, wie ich dich führe! Und hierher hat es Sie getrieben, als es mich hertrieb ... Wunderbar, wunderbar, was man nicht alles erlebt!«

»Und was treibst du hier?« fragte Rudolf, aufs Höchste verwundert. »Das sollen Sie gleich erfahren! Aber sagen Sie mir zuerst, wie spät ists jetzt?« – »Halb eins«, sagte Rudolf nach einem Blick auf seine Uhr. »Schön! Dann haben wir noch Zeit. Die Eule wird in einer halben Stunde da sein.« »Die Eule!« riefen Rudolf und Marienblümchen wie aus einem Munde. »Jawohl, die Eule!« sagte Schuri, »und was passiert ist, lässt sich mit zwei Worten sagen: Gestern, als Sie das Wirtshaus verlassen hatten, kamen ...«

»Ein großer Mann und eine Dame in Männerkleidern?« fiel Rudolf ihm ins Wort, »nicht wahr? Die haben nach mir gefragt. Ich weiß es schon. Dann?« »Dann haben sie mich mit Wein traktiert und mich über Sie ausfragen wollen. Aber wenn ich auch was von Ihnen gewusst hätte – was ja doch nicht der Fall ist – so hätte ich doch nichts über Sie gesagt. Meister Rudolf, nachdem Sie mich bezwungen, halten wir zusammen auf Leben und Tod. Wenn ich weiß, warum ich gegen Sie anhänglich bin, soll mich der Teufel holen. Aber es ist schnuppe. Ich kann nicht anders. Ich frage nicht mehr, wie es zugeht. Es ist nun mal so, und damit basta!«

»Mir solls recht sein. Aber fahre nun fort!«

»Der Lange und die Kleine in Männertracht gingen weg, als sie sahen, dass aus mir nichts herauszuholen sei. Ich ging auch weg, die beiden in der Richtung nach dem Justizpalaste, ich in der Richtung nach der Notre-Dame-Kirche. Am Ende der Straße angelangt, kam mir der Regen zu derb über den Hals, sodass ich es vorzog, in ein im Abbruch befindliches Haus einzutreten. Dort kletterte ich in eine Art Keller hinunter, wo ich im Trocknen stand, legte mich platt auf die Erde und wollte eben einschlafen. Da weckte mich Lärm. Ich hörte die Stimme vom Schulmeister, der ganz kordial sich mit einem andern Manne unterhielt. Mohrenelement! Denke ich. Was hat der vor? Und im andern Augenblick erkannte ich die Stimme des langen Kerls und der kleinen Mamsell. Die drei besprachen sich, am Tage drauf sich hier zu treffen.« »Das wäre also heute?« fiel ihm Rudolf ins Wort. »Ja, heut um eins.« »Also jetzt?« »Ja.« »Und wo?« »Dort, wo der Weg von Saint-Denis sich mit dem chemin *de la révolte* schneidet.« »Also hier?«

»Jesus!« rief das Mädchen, »Bakel will herkommen? Ach, Herr Rudolf, vor ihm nehmen Sie sich in acht!« »Sei ruhig, mein Kind, sei ruhig!« sagte Rudolf, sie tröstend; »er soll ja nicht kommen, sondern bloß die Eule! Aber – wie ist der Mann zu den beiden Elenden gekommen?« fragte Rudolf. »Ja, das kann ich nicht sagen Meister. Ich bin vielleicht erst munter geworden, als die Verabredung schon getroffen war, denn der Lange redete von einem Taschenbuche, das er wiederhaben wolle, und das die Eule gegen eine Zahlung von 500 Franks ihm übergeben solle. Ich vermute, Bakel hatte den Langen zuerst bemaust, und dann haben sie ihn – » »Herr Rudolf, es schreckt mich um ihretwillen«, sagte das Mädchen. »Aber, Mädel«, sagte Schuri, »der Herr Rudolf ist doch kein Kind! Freilich, wie du sagst, im Werke kann ja was gegen ihn sein, und aus dem Grunde bin ich hier.« »Erzähl weiter!« sagte Rudolf. »Der Lange und die Kleine haben dem Schulmeister 2000 Franks versprochen, wenn er was vollbringt. Was es aber ist, das er vollbringen soll, weiß ich nicht. Nur soviel habe ich gehört, dass die Eule die Brieftasche herbringen soll, und dass ihr hier gesagt werden soll, um was es sich handelt. Bakel soll dann alles Weitere verrichten.« »Zweitausend Franks um Ihretwillen, Herr Rudolf? Für mich gäbe doch kein Mensch hundert Sous ... Aber, Herr Rudolf! Was müssen Sie für ein Herr sein!«

»Nun, Kind! Das wirst du bald erfahren«, antwortete Rudolf. »Abgemacht, Herr Rudolf! Als die beiden Personen sich entfernt hatten, kletterte ich aus meinem Kellerloch und schlich ihnen nach. An der Notre-Dame stiegen sie in einen Fiaker, ich sprang hintenauf, und so kamen wir auf den Boulevard de l'Observatoire. Dort wars finster wie in einem Backofen. Nicht Handbreit zu sehen. Mir blieb nichts anderes übrig, als in einen Baum eine Kerbe zu schneiden, damit ich mich am anderen Tage wieder herfinden könne. Heut morgen bin ich wieder hingegangen, und habe zehn Schritte von dem Baume ein Gässchen gesehen, durch ein Gitter abgesperrt, und da in dem Erdreiche noch große und kleine Tapsen zu sehen waren, habe ich angenommen, dass die beiden Personen in dem Hause wohnen.«

»Vielen Dank, Kamerad«, sagte Rudolf, »du hast mir da einen recht großen Dienst erwiesen ...« »Bitte, bitte, Herr Rudolf, hat gar nichts zu sagen, wenn ichs mir auch gedacht habe, dass es der Fall sein werde, und wenn ich es auch aus keinem andern als diesem Grunde getan habe.« »Ich weiß es, mein Lieber, kann dir aber nicht anders als durch Worte danken. Bin eben auch bloß ein armer Schlucker von Arbeiter, und wenn nun, wie du sagst, um meinetwillen 2000 Franks geopfert werden, so weiß ich nicht, was ich davon halten soll, es müsste sich gerade um eine Erfindung von mir handeln, das Elfenbein, das wir zu den Fächerstäbchen brauchen, mit Maschine zu schneiden. Aber die Erfindung ist nicht mein alleiniges Eigentum. Um das Verfahren im großen auszuüben, bin ich auf einen Freund angewiesen. Wahrscheinlich will man sich des Modells von der Maschine zu bemächtigen suchen, das bei mir liegt. Durch meine Erfindung ist freilich eine Stange Gold zu verdienen.«

»Der Lange und der Kleine sind also ..« – »Fabrikanten jedenfalls, bei denen ich in Arbeit stehe«, erwiderte Rudolf, »und die ich über meine Erfindung nicht habe unterrichten wollen.« – Da dem andern, mit dessen Verstand es nicht weit her war, wenn es sich um Entwirrung von Komplikationen handelte, diese Erklärung genügte, fragte ihn Rudolf, was er nun hier vorhabe?

»Auf die Eule habe ich gewartet, die doch sicher zuerst an Ort und Stelle ist, und in der Absicht, zu erlauschen, was sie zu dem Langen sagen wird, weil ich mir nämlich gedacht habe, dass Ihnen das würde nützen können. Für die Zusammenkunft ist eine Stelle bestimmt worden, bloß, ein paar Schritte von hier entfernt, dort, wo sich die beiden Wege kreuzen. Von hier aus kann man ja die Ebene weithin übersehen, sodass es einem nicht entgehen kann, wer alles herkommt. Falls ich von der Unterredung nichts hören sollte, falle ich über die Eule her, zahle ihr die Gebühren aus, die ihr das Mädel noch für den ausgerissenen Zahn schuldig ist, und würge sie so lange, bis sie mir den Namen der Eltern des armen Kindes nennt ... Was meinen Sie zu diesem Plane, Herr Rudolf?« - »O, er will mir schon gefallen, aber das Mädchen an der alten Hexe zu rächen, gäbs noch ein besseres Mittel, das ich dir später sagen will. Vorderhand möchte ich wissen, ob du mir einen wirklichen Dienst erzeigen willst?« -

»Nun, heraus mit der Sprache, Herr Rudolf!« - »Kennt dich die Eule?« - »Nein. Ich Hab sie zum ersten Male gestern in der Kaschemme gesehen.« - »Nun, so meine ich: du versteckst dich, kommst aber, wenn sie ganz nahe ist, aus deinem Loche heraus und siehst zu, dass du sie daran verhindern kannst, mit dem Langen zu reden. Wenn er sieht, dass sie nicht allein ist, wird er sich nicht herangetrauen, und sollte er dennoch kommen, so weichst du nicht von ihrer Seite. Auf diese Weise wird er ihr nicht mitteilen können, was er von ihr will.«

»Wenn der Mann Späne macht, nun, dann weiß ich, wie ich mich zu verhalten habe, denn er ist weder ein Bakel noch ein Herr Rudolf ...« »Nun, ich kenne den Mann, mein Lieber, und kann dir versichern, dass er sich nicht an dir reiben wird.« »Sollten sie ein anderes Stelldichein verabreden, so wirst du es doch erfahren, weil du nicht von ihrer Seite weichen sollst. Im Übrigen vermute ich, dass deine Anwesenheit hinreichen wird, ihn in gemessener Entfernung zu halten. Und wenn der Mann nicht da ist, dann suchst du die Eule kirre zu machen.« »Ich diese alte Hexe? Lieber prügle ich mich mit Bakel!« »Still! Die Eule wird natürlich fuchswild sein, dass ihr ein so fetter Bissen entgeht. Du versicherst ihr dafür, dass dir ein noch besseres Geschäft für sie bekannt wäre, bei dem gar viel zu verdienen wäre, wenn Bakel mit von der Partie sein wollte. Du wartest, sagst du, bloß noch auf einen guten Freund, mit dem du dich auch hier hättest treffen wollen. Eine Stunde lang lass sie warten. Dann sagst du ihr, dem Freund müsse doch wohl etwas dazwischen gekommen sein, und so leid es dir tue, müsstest du sie bitten, morgen in aller Frühe zusammen mit Bakel wiederzukommen. Verstehst du?« »Gewiss, Herr Rudolf.« »Um zehn Uhr abends komm sodann an die Ecke, wo sich die Elysäischen Felder mit der Allee des Veuves schneiden.«

»Sollts eine Falle sein, Herr Rudolf, dann nehmen Sie sich ja in acht. Bakel ist ein hämischer Teufel. Sie haben ihm ein paar böse Püffe versetzt. Beim geringsten Verdacht können Sie sein Messer zwischen den Rippen fühlen. Doch jetzt kein Wort weiter! Ich sehe dort unten einen weißen Punkt aufschimmern. Ich vermute, es ist die Haube des Satans. Gehen Sie! Gehen Sie! Ich krieche wieder in mein Kellerloch.« »Und heut Abend in der zehnten Stunde ...« »An der Stelle, wo sich die Allee des Veuves mit den Elysäischen Feldern schneidet ... Ganz recht!«

Den letzten Teil der von den beiden Männern geführten Unterhaltung hatte Marienblümchen nicht mehr gehört, sie saß schon wieder, ihres ihr nachfolgenden Begleiters harrend, in dem Fiaker.

Zehntes Kapitel.

Die Meierei.

Rudolf verharrte nach dieser Unterhaltung eine Weile im ernsten Nachdenken. Das Mädchen getraute sich nicht, ihn zu stören, sondern blickte tieftraurig vor sich hin. Endlich blickte Rudolf auf und sagte, freundlich lächelnd: »Wo sind Sie mit Ihren Gedanken? Es ist Ihnen gewiss nicht recht gewesen, dass Sie den Schuri hier trafen? Nicht wahr? Wir waren doch so lustig!« - »Im Gegenteil, Herr Rudolf, es ist mir recht lieb, dass wir ihn getroffen haben, kann er Ihnen doch von Nutzen sein!« - »Nun, befassen wir uns nicht weiter mit der Sache, meine Liebe! Mir sollte es schmerzlich sein, wenn ich Sie betrübt hätte, bin ich doch nur in der Absicht hierher gefahren, um Ihnen einmal einen fröhlichen Tag zu bereiten.«

Je länger das harmlose Mädchen den Blick auf das stille, lachende Landschaftsbild gerichtet hielt, das sich vor ihren Augen ausbreitete, desto heller klärte sich ihr Gesicht wieder auf ... »Ach, Herr Rudolf«, sagte sie, »sehen Sie doch das kleine Feuer dort unten auf dem Felde. Gewiss haben dort Leute Kartoffelkräutich in Brand gesteckt. Wie der weiße Qualm aufsteigt! Und dann dort den Pflug mit den beiden Schimmeln davor! O, wenn ich ein Mann wäre, dann möchte ich nichts anderes sein als Landwirt. Es muss herrlich sein, mitten auf stillem Felde hinter dem Pfluge herzugehen, fern draußen den großen Wald zu sehen ... bei einem Wetter wie beispielsweise heute ..« »Nun, Kind, da du so artig bist«, sagte Rudolf scherzend, »wollen wir bis in die Meierei hinausfahren. Zu der Frau, die mich als Kind aufgezogen hat.« »O, wird das schön werden, Herr Rudolf! Da bekommen wir doch auch Milch?« »Natürlich, auch herrlichen Rahm, wenn Sie wollen, Butter von der besten Sorte und frische Tageseier.«

»O, will ich da vergnügt sein, Herr Rudolf!«

Aber da fiel ihr ein, dass der Tag zu Ende gehen und dass sie, wenn der Abend käme, wieder zurück in die Kaschemme werde wandern müssen, und dass ihr das schreckliche Leben nach dieser Abwechslung bloß noch schrecklicher vorkommen werde. Tief aufschluchzend bedeckte sie das Gesicht mit den Händen.

»Was ist Ihnen denn, Marienblume?« fragte Rudolf verwundert, »was macht Ihnen denn so tiefen Kummer?«

»Ach nichts, Herr Rudolf, nichts!« sagte sie, sich eine Träne aus den Augen wischend und ein mattes Lächeln versuchend, »seien Sie mir bloß nicht böse, dass ich betrübt bin! Es ist wirklich nichts, gar nichts ... es war bloß ein Einfall ... Ich werde gleich wieder lustig sein.«

Die Wolke leichten Trübsinns, die auf der Stirn des Mädchens stand, hatte sich schnell wieder verzogen. Marienblümchen wollte die Gegenwart genießen und sich mit der Zukunft nicht befassen.

Bald sah man nun die Kirchturmspitze von Saint-Denis. Eine Weile hatten sie still nebeneinandergesessen, dann fragte Rudolf plötzlich das Mädchen: »Marienblume! Haben Sie schon einmal einen Mann lieb gehabt?« »Noch nie in meinem Leben, Herr Rudolf!« erwiderte das Mädchen, zur Beteuerung die Hand aufs Herz legend. »Und warum noch nie?« »Sie haben doch die Menschen gesehen, die das Haus meiner Dienstherrin besuchen? Und um jemand sein Herz zu schenken, darf noch kein Makel auf einem haften.« »Und haftet denn auf dir ein Makel?«

»Ich kenne doch meine Eltern nicht einmal, Herr Rudolf«, erwiderte sie schluchzend; »ach, Herr Rudolf, wenn ich Sie bitten darf, so sprechen Sie nicht weiter hiervon!« »Es sei, mein Kind! Lass uns von anderen Dingen sprechen ... Aber weshalb schauen Sie mich so ernst an? Ihre hübschen Augen füllen sich schon wieder mit Tränen. Habe ich Ihnen etwa weh getan?« »Nicht doch! Nicht doch!« sagte sie, »aber Sie sind so lieb und gut zu mir, dass ich weinen muss, auch wenn ich es nicht wollte! Und dann sagen Sie auch nicht Du zu mir, wie im Wirtshause all die Menschen, die dort aus- und eingehen. Sie haben mich ja auch bloß hierher gebracht, um mir eine Freude zu machen, und wenn ich froh und lustig bin, dann zeigt auch Ihr sonst so ernstes Gesicht einen freudigen Ausdruck. Und dann haben Sie gestern für mich beinahe Ihr Leben gewagt!«

»Sie fühlen sich also heute wirklich glücklich?« fragte Rudolf. »Ich werde dies viele, viele Glück mein Leben lang nicht vergessen, Herr Rudolf! Habe ich doch nur wenig Freude gehabt auf Erden, so bescheiden ich in meinen Wünschen auch bin. Wenn ich bloß meiner Wirtin die Schuld abtragen könnte, in der ich ohne mein Verschulden bei ihr stehe, und dann soviel Geld hätte, dass ich ohne Sorgen leben könnte, bis ich Arbeit fände.«

Rudolf blickte ernst vor sich hin. Er gedachte des grausamen Schicksals, das auf dem armen Mädchen gelastet hatte; er gedachte ihrer Mutter, die vielleicht in Reichtum und Luxus lebte, vielleicht eine glänzende Rolle in der Welt spielte und geehrt, umschwärmt war ... während ihr armes Kind, ein unglückliches Mädchen, der Schande überliefert werden sollte, die Dachkammer der Eule mit der Zelle einer Besserungsanstalt, diese wieder mit der Kaschemme einer herzlosen Zuchthäuslerin hatte vertauschen müssen! Das betrübte Mädchen sah ihrem Begleiter in das ernste Gesicht und sagte traurig zu ihm: »Seien Sie mir nicht böse, Herr Rudolf! Solche Gedanken sollte ich eigentlich gar nicht haben! Sie nehmen mich mit aufs Land hinaus, um mir ein paar heitere Stunden zu bereiten, und ich klage Ihnen die Ohren voll. Du mein Gott! Ich weiß nicht, wie es zugeht; es kommt mir ganz von selbst in den Sinn. Glücklicher als jetzt habe ich mich ja nie im Leben gefühlt. Wo kommen bloß die Tränen her, die mir die Augen füllen? Nicht wahr, Herr Rudolf, Sie sind mir nicht böse? Sehen Sie, die Traurigkeit vergeht ja wieder, so schnell, wie sie gekommen ist ..« Noch einmal blinzelte sie kräftig, um die Tränen aus den Augen zu entfernen, die sich immer wieder darin festsetzen wollten. Rudolf blickte sie mit innigem Mitleid an.

Der Fiaker hatte eben das Dorf Sarcelles passiert. Rudolf rief dem Kutscher zu, rechts abzubiegen, durch Villiers-le-Bel zu fahren und dann links immer gradeaus zu fahren ... »Nun können wir wieder Luftschlösser bauen, Marienblümchen,« sagte er, »zumal es ja keinen von uns Geld kostet.« – »Nun, da wollen wir doch einmal sehen, ob ich raten würde, was für Luftschlösser Sie sich aussuchen möchten.« – »Nun, angenommen, dieser Pfad hier führte nach einem niedlichen, seitab von der großen Heerstraße gelegenen Dörfchen ... das so recht hübsch hinter Bäumen versteckt und am Ufer eines Büchleins läge, neben einer Meierei, auf der einen Seite läge ein Obst-, auf der andern ein Gemüsegarten ..«

»Aber, Herr Rudolf, dieses kleine Dörfchen liegt ja doch vor mir, dort drüben! Sehen Sie es denn nicht?« – »Und in dem Dörfchen steht ein schmuckes Landhäuschen, unten mit einer großen Küche für die Leute, oben mit einem saubern, nett eingerichteten Essstübchen für die Pächterin, mit grünen Jalousien vor den Fenstern und hübschem Mobiliar ... Und die Pächterin, Kind, wäre Ihre Tante?«

»Ach, und die hätte mich lieb, so recht von Herzen lieb, Herr Rudolf«, rief das Mädchen in schwärmerischem Entzücken; »ach! Wie schön muss es doch sein, von solcher Frau aufrichtig geliebt zu werden!« Sie faltete die Hände und wandte mit einem unbeschreiblichen Ausdruck inniger Freude die Augen zum Himmel empor ..

»Und oben im ersten Stock«, fuhr Rudolf fort, »läge Ihr eignes Stübchen, Marienblümchen, mit zwei Fenstern, die auf Blumengarten und Wiese hinausgingen, und von wo aus Sie das kleine, muntere Bächlein sehen könnten. Und hübsch tapeziert müsste es sein und schöne Gardinen haben, ein großer Rosenstock und ein Jelängerjelieber sollten drin stehen, sodass Sie bloß die Hand auszustrecken brauchten, wenn Sie einen Blumenstrauß flechten wollten..«

– »Ach, Herr Rudolf, wie schön Sie das alles auszumalen wissen! Da möchte man gern hundert Jahre alt werden, damit die Freude nie ein Ende hätte!«

Rudolfs Worte hatten sie der Wirklichkeit entrückt, aber nur auf Augenblicke, denn bald trat ihr die raue Wirklichkeit wieder vor die Seele ... »Ach, Herr Rudolf«, sagte sie, »Sie haben mir doch eben recht wehgetan. Einen Augenblick habe ich gemeint, im Paradiese zu sein, und nun ...« – »O, das Paradies ist kein Traum, armes Kind, sondern eitel Wirklichkeit! Da, sehen Sie!« und er zeigte auf ein schmuckes, kleines Landhäuschen ... »Kutscher, halt!«

Der Fiaker hielt. Marienblümchen blickte unwillkürlich auf. Wie staunte sie! Eine Weile lang kam ihr alles wie Zauberei vor ... »Aber, Herr Rudolf«, sagte sie, »wie soll ich mir das alles deuten? Es ist doch nur ein Traum? Gott! Wie mich das alles unruhig und ängstlich macht!«

– »Aber, Kind, du brauchst gar keine Angst zu haben, die Pächtersfrau ist meine Amme, und in dem Häuschen bin ich auferzogen worden. Heute Morgen in aller Frühe habe ich an sie geschrieben, dass ich ihr einen hübschen Besuch bringen werde, und nun bist du da, und meine gute Amme wird mir recht geben, dass ich ihr so geschrieben habe.«

Der kleine Pachthof, wohin Rudolf das Mädchen brachte, lag dicht vor dem zwei Stunden von Ecouen entfernten, unbekannten, versteckt in einem Wäldchen liegenden Dorfe Bouqueval. Kaum hielt der Wagen, als eine Frau von etwa fünfzig Jahren, in der gewöhnlichen Tracht der reichen Pächterinnen in der Pariser Umgegend, mit ernstem, fast kummervollem Gesicht auf die Schwelle trat und Rudolf mit ehrerbietiger Eilfertigkeit entgegentrat. Marienblümchen errötete tief und stieg zaudernd aus ...

»Grüß Gott, meine liebe Frau Georges«, sagte Rudolf zu der Frau, »wie Sie sehen, halte ich pünktlich Wort.« – Zu dem Kutscher sich wendend, sagte er: »Du kannst nun nach Paris zurückfahren. Da hast du dein Geld für die Fahrt!« – Der Kutscher, ein kleiner, untersetzter Mensch, der den Hut tief in die Augen hineingedrückt hatte, während der hohe Pelzkragen seines Mantels fast sein ganzes Gesicht verhüllte, steckte das Geld in die Tasche, ohne mit einem Worte zu antworten, setzte sich wieder auf den Bock, gab seinem Pferde die Peitsche und war mit Pferd und Wagen bald in der Allee verschwunden. Rudolf dachte: »Der Mann hats ja recht eilig, nach einer so langen Fahrt gleich wieder heimzukommen, kaum Zeit, sich umzusehen, und gesprochen hat er überhaupt nichts? Na, es geht ihm gewiss darum, den andern Tagesteil noch recht auszunützen.«

Da trat das Mädchen ängstlich auf ihn zu ... »Aber, Herr Rudolf«, sagte sie, »Sie schicken ja den Wagen fort? Ich muss doch heute Abend wieder bei meiner Dienstherrin sein! Sie müsste mich ja sonst für eine gemeine Diebin halten! Was ich auf dem Leibe trage, gehört doch ihr, und Geld für Wohnung und Kost bin ich ihr außerdem schuldig.« »Seien Sie ganz ohne Sorge, Kind«, erwiderte Rudolf, »und lassen Sie sich sagen, dass Sie der garstigen Frau in dem Wirtshause keinen Sou mehr schuldig sind, denn ich habe - seien Sie mir aber deshalb ja nicht etwa böse - alles für Sie bezahlt, was die Frau als Ihre Schuld von mir gefordert hat. Meine liebe Frau Georges wird Ihnen andere Kleider geben, solche, wie sie sich für Sie schicken, und die Ihnen auch passen werden ... Sie sehen, als Tante entpuppt sie sich ja schon!«

Noch immer war es dem Mädchen, als ob sie träumte. Bald sah sie die Pächterin, bald Rudolf an und konnte gar nicht glauben, was sie hörte ... »Herr Rudolf,« bat sie, »seien Sie nicht unbarmherzig! Sie täuschen mich doch nicht?« »Aber, Kind«, versetzte Rudolf mit einer Stimme noch immer liebevoll, aber doch auch wieder so ernst und würdevoll, wie sie ihn noch nie gehört hatte ... »wenn es nach Ihrem Herzen ist, so können Sie hinfort hier bei Frau Georges das ruhige Stillleben führen, dessen Schilderung Sie noch eben in so hohem Maße entzückte. Wenn die gute Frau Georges auch nicht wirklich Ihre Tante ist, so wird sie doch, wenn sie mit Ihnen bekannter ist, innigem Anteil an Ihrem Schicksal nehmen, und in den Augen der Leute hier sollen Sie nicht anders angesehen werden als die Nichte der Frau. Wenn es auch eine kleine Unwahrheit ist, die wir da begehen, so wird sie doch beitragen, Ihnen Ihre Stellung hier nicht eben unangenehmer zu machen.«

Marienblume presste die Hände über die Brust. Dankbarkeit, Freude, Staunen, Hochachtung kamen auf ihrem schönen Antlitz zum Ausdruck, wieder traten ihr Tränen in die Augen, und voll innigen Gefühls sagte sie: »Herr Rudolf, Sie müssen vom Himmel gesandt sein, einem armen, unglücklichen Wesen, das Sie gar nicht kennen, das Sie aus Not und Schande befreien, des Guten soviel zu erweisen.« - Rudolf erwiderte mit tief melancholischem Lächeln und einem Ausdruck unsäglicher Güte auf dem Gesicht: »Du armes Kind! Auch ich habe, trotzdem ich noch jung bin, des Unglücks viel erlitten. Das mag Ihnen mein Mitgefühl mit Unglücklichen erklären. Marienblümchen, oder wie ich Sie hinfort genannt wissen möchte, Marie, gehen Sie nun mit Frau Georges ins Haus hinein! Ehe ich zurück nach Paris reise, werde ich noch einmal mit Ihnen sprechen. Ich werde mein schönstes Glück mit mir nehmen, wenn ich höre, dass Sie sich hier wohl und glücklich fühlen.«

Marie gab keine Antwort, aber sie neigte das Haupt zu ihm herab, presste einen dankbaren Kuss auf seine Hände und ging mit Frau Georges ins Haus hinein. Frau Georges betrachtete sie mit herzlicher Teilnahme.

Elftes Kapitel.

Murph und Rudolf.

Im Hofe, wohin sich Rudolf nun begab, traf er den Hünen, der ihn tags vorher in der Verkleidung eines Kohlenträgers bis zur Kaschemme begleitet und dort von Toms und Sarahs Ankunft unterrichtet hatte. Der Mann hieß Murph und mochte in seinem fünfzigsten Lebensjahre stehen. Er hatte eine Glatze, nur an den beiden Schläfen zeigten sich noch ein paar blonde Haarbüschel, mit silbergrauen Härchen vermischt. Sein breites, ziemlich rotes Gesicht war bis auf den kurzen Backenbart von fast rötlicher Farbe glatt rasiert. Er war ziemlich beleibt, aber trotz Alter und Korpulenz noch recht rüstig und gewandt. Aus dem etwas phlegmatischen Gesicht ließ sich Wohlwollen und Entschlossenheit lesen. Murph war Engländer, als solcher aber ein echter Gentleman.

Als Rudolf in den Hof trat, schob Murph eben in die Tasche eines kleinen Reisewagens ein paar blank geputzte Pistolen. – »Wem willst du denn mit den Dingern zu Leibe?« fragte Rudolf. – »Überlassen Sie das mir, gnädiger Herr«, versetzte Murph grillig, vom Kutschtritt steigend; »setzen Sie Ihre Angelegenheiten in Ordnung; ich tue es mit den Meinigen.« – »Zu wann hast du die Pferde bestellt?« – »Für den Abend, wie Sie befahlen.« – »Heut morgen bist du angekommen?« – »Um acht Uhr. Frau Georges hatte genügend Zeit zu den nötigen Vorbereitungen.« – »Du bist schlechter Laune? Hast du Ursache, dich über mich zu beklagen?« – »Ich dächte, übergenug Ursache, gnädiger Herr. Es war bis jetzt kein Kinderspiel, und der Tag wird nicht ausbleiben, an welchem Ihnen ernste Gefahr droht, an welchem Ihr Leben bedroht wird ... Müssen Sie es denn durchaus aufs Spiel setzen? Gestern Abend erst wieder, um diesen Rotarm auszukundschaften, – dem ich den Teufel auf den Hals wünsche – in dieser abscheulichen Gasse von Alt-Paris, hätte wenig gefehlt, so ...« –

»Oho! Du zweifelst doch nicht etwa an meinem Mute und an meiner Leibeskraft?« – »An keinem von beiden, haben Sie doch wenigstens an hundertmal bewiesen, dass davon keine Rede sein kann! Crabb in Ramsgate hat Ihnen ja das Boxen aus dem FF beigebracht, Lacour in Paris das Stock-, und Bertrand, der berühmteste Fechtlehrer, das Hiebfechten, Lacour der Kuriosität halber auch noch das Rotwelsch oder die Gaunersprache. Sie waren ja in allem bald so weit, dass Sie Ihre Lehrmeister aus dem Felde schlugen. Sie haben Muskeln von Stahl, treffen die Schwalbe im Fluge ... das ist alles richtig ...«

Rudolf hatte mit Behagen zugehört, wie Murph sich über ihn und seine Eigenschaften ausließ, und fragte jetzt mit Lächeln: »Na, also! Weshalb bangt es dir um mich?«

- »Ich wittere einen törichten Streich von Ihnen, Herr.«

- »Ei, was du sagst! Na, heraus mit der Sprache, und nicht geniert!« - »Gnädiger Herr, Ihr neuer Schützling..«

- »Was hast du wider ihn? Kannst du mir das bisschen Freude nicht gönnen, ein unglückliches Wesen an diesen ruhigen Ort hier zu bringen, wo sie unter Obhut der wackern Frau Georges von allem Herzeleid genesen wird?«

- »Nun, was soll ich reden? Sie tun doch, was Ihnen beliebt!« - Ich tue, was mir recht dünkt,« versetzte Rudolf mit deutlichen Anzeichen von Ungeduld; »und möchte mir ausbitten, hierüber kein Wort weiter zu verlieren!« - »Ich wüsste nicht, dass Sie jemals nötig gehabt hätten, mir den Mund zu verbieten, gnädiger Herr«, versetzte Murph mit Selbstbewusstsein, »aber hoffentlich wirds auch nie notwendig werden, dass Sie mir befehlen müssen, den Mund aufzutun.« - »Murph!« rief Rudolf mit steigendem Unwillen. - »Mein gnädiger Herr!« - »Ich vertrage, wie du weißt, keinen Widerspruch, Murph!« - »Und doch kommt es mir zu, gnädiger Herr, Widerspruch zu erheben!«

- »Wenn ich dich meines Vertrauens würdigte, Murph«, erwiderte Rudolf mit einem Stolz im Gesicht, der sich unmöglich in Worte kleiden lässt, »so geschah es nur unter der Bedingung, dass du niemals vergäßest, in welcher Stellung du dich bei mir befindest!«

»Ich gehe in mein fünfzigstes Jahr, Herr«, versetzte Murph, »und bin immer Gentleman gewesen. So dürfen Sie denn doch nicht mit mir sprechen!« - »Still!« - »Gnädiger Herr! Einen braven Menschen zwingen, an Dienste zu erinnern, die er geleistet hat, verträgt sich nicht mit Würde.« - »Dienste? Dienste, die du mir geleistet? Bezahle ich dich nicht höchst anständig? Habe ich jemals etwas umsonst verlangt?« Rudolf hatte mit seinen harten Worten nicht die Demütigung verbinden wollen, die Murph zum Lohndiener herabwürdigte; leider fasste aber dieser die Worte nicht anders auf. Er wurde rot vor Zorn, presste mit schmerzlichem Unwillen beide Fäuste gegen die Stirn, heftete die Augen auf Rudolf, dessen edles Antlitz von Hochmut verunstaltet wurde, unterdrückte mit aller Gewalt einen tiefen Seufzer und blickte Rudolf mit einem Ausdruck von innigem Mitleid an ... »Gnädiger Herr«, sagte er mit bewegter Stimme, »kommen Sie wieder zu sich! Um solche Worte gegen mich zu äußern, müssen Sie entweder schrecklich aufgeregt oder Ihres vollen Verstandes nicht mächtig gewesen sein.«

Rudolfs Jähzorn stieg auf den höchsten Grad. Seine Augen flammten, aus seinen Lippen wich alle Farbe; die Faust zum Schlage erhebend, trat er auf Murph zu, der um einen Schritt zurückwich und erregt, fast wider seinen Willen, rief: »Gnädigster Herr! Bleiben Sie eingedenk des 13. Januars!« - Es war ein faszinierender Eindruck, den diese Worte auf Rudolf machten. Die Muskeln seines Gesichts spannten sich ab; unverwandt starrte er Murph an; dann ließ er das Haupt sinken und sagte leise, aber tief ergriffen: »Herr, Herr! Sie sind - grausam - und ich - ich habe geglaubt - und Sie - Sie auch!« Es war ihm nicht möglich, weiter zu sprechen, die Stimme versagte ihm. Auf eine Steinbank sinkend, schlug er beide, Hände vor das Gesicht ...

»O, mein guter, guter Herr!« sprach Murph trostlos, »verzeihen Sie Ihrem alten, getreuen Murph! Ich habe die Worte ja bloß gesprochen, um Sie vor einer Handlung des Jähzorns zu bewahren. Es hat mich weder Zorn dazu gebracht, noch habe ich einen Vorwurf damit erheben wollen. Es ist geschehen wider meinen Willen, aus reinem Mitleid! Aber es war unrecht von mir, mich so weit reizen zu lassen. Darum bitte ich Sie um Verzeihung. Aber wer sollte Ihren Charakter kennen, wenn nicht ich? Habe ich doch keinen Schritt von Ihrer Seite getan seit Ihrer Kindheit! Verzeihen Sie mir, gnädiger Herr, dass ich an grausigen Tag erinnerte ... O, welche Buße haben Sie sich dafür selbst auferlegt!«

Rudolf richtete das Haupt wieder in die Höhe. Leichenblass, sagte er mit milder, tiefbetrübter Stimme: »Genug, alter Freund, genug! Lass mich dir danken dafür, dass du meinen Jähzorn mit diesem einzigen Worte abkühltest! Erspare es mir, mich wegen meiner hässlichen Reden zu entschuldigen! Du weißt, der Weg vom Herzen bis zu den Lippen ist weit. Ich war ein Narr. Reden wir nicht weiter über den Fall!« - Nach einer Pause setzte er hinzu: »Murph, wie mir scheint, ist dir nicht recht, was ich für das arme Mädchen getan habe?« - »Gnädiger Herr, ich war im Unrecht.« - »Nein, ich sehe ein, der Schein war wider mich. Aber da mein ganzes Leben offen vor dir liegt wie ein Buch, und da du mir bei der Aufgabe, die ich mir gesetzt habe, treu und mutig zur Seite stehst, so ist es von mir Pflicht oder, wenn du das lieber hörst, Gebot der Dankbarkeit, dich zu überzeugen, dass mich nicht Leichtsinn bestimmt, dem armen Kinde zu helfen.«

»Dass Sie Ihre Güte an Unwürdige verschwenden, gnädiger Herr, habe ich nicht gemeint ...« - »Lass dir sagen, alter Freund! Frau Georges und das arme Mädchen, das ich ihr heute zugeführt habe, sind von zwei verschiedenen Punkten ausgegangen, um in den gleichen Abgrund des Unglücks zu stürzen. Die eine war reich, glücklich, geehrt, geliebt, geschmückt mit allen Tugenden und Vorzügen des Weibes und musste ihr Leben gebrandmarkt, vernichtet sehen durch den heuchlerischen Bösewicht, an den verblendete Eltern sie ketteten. Mit Freuden sage ich es, dass ohne mein Dazwischentreten diese ärmste aller Frauen in Not und Elend umgekommen wäre, weil sie sich schämte, jemandes Hilfe in Anspruch zu nehmen. Und wer sie unterstützte, der ehrte Gott! ... Und entdeckte ich nicht auch vor einer Stunde in dem Gemüte dieses braven Mädchens Schätze von Anmut, Herzensgute und Züchtigkeit? Ja, mein alter, braver Murph! Bis zu Tränen gerührt war ich, als ich das Herz des lieben Kindes so hell und rein vor mir sah! Und dabei zeiht man mich der Blasiertheit, der Härte, der Unbeugsamkeit? Nein, nein! Dank sei dem lieben Gott, dass mir noch immer ein Herz im Busen schlägt! Weißt du auch, dass dies arme Wesen von einer Mutter geboren wurde, die zu den reichsten Familien des Landes gehört, und dass diese Mutter es verleugnet, es von sich gestoßen, dem Elend, der Schande überliefert hat, um ihren Fehltritt zu verdecken? Um diese Frucht ihrer verbotenen Liebe aus der Welt zu tilgen, ohne einen Mord an dem Kinde zu begehen, dem sie das Leben gegeben? ... O, wenn es mir gelingt, diese Frau zu finden! Sie soll es schrecklich büßen, was sie an dem armen Wesen gesündigt hat! Nie habe ich solchen schrecklichen Hass im Herzen gefühlt, wie gegen sie, Murph! Und doch kenne ich sie nicht! Habe sie nie mit einem Blicke gesehen. Aber du weißt, Murph, wie süß manche Rache für mich ist! Welche Wonne mir Schmerzen zuweilen bereiten, wie ich dürste nach gewissen Tränen!« Murph, im tiefsten Herzen betrübt über den grimmigen, fast teuflischen Ausdruck, der sich auf Rudolfs Gesicht malte, als er diese Worte sprach, erwiderte: »O, gnädiger Herr, ich weiß es, dass wer Ihr Mitleid, Ihre Teilnahme verdiente, von Ihnen oft gesagt hat: »Er ist ein Engel!« während all die anderen, die Ihre Verachtung, Ihren Zorn, Ihren Hass auf sich luden, verzweifelt ausriefen: Er ist der lebendige Teufel!« und Ihnen geflucht: Haben in Ewigkeit!«

Zweiter Teil.

Erstes Kapitel.

Der Abschied.

Marie war, als Rudolf die Meierei verließ, kaum wiederzuerkennen in ihrem schneeweißen Musselinkleide, mit dem züchtigen Busentuch und dem schmucken Häubchen, unter dem die beiden dicken blonden Zöpfe hervorquollen, das jungfräuliche Gesicht zierlich umrahmend. Bevor er den Fuß über die Schwelle setzte, nahm er Madame Georges beiseite ... »Nun, meine liebe Frau Georges, was halten Sie von Fräulein Marie?« – »Ich sagte Ihnen schon, lieber Herr Rudolf, dass sie in meiner Stube auf die Kniee niedersank, als sie das Kruzifix erblickte, und welch tiefes religiöses Gefühl sie dabei offenbarte, das kann ich Ihnen gar nicht schildern. Ich bin aber der festen Überzeugung, dass ihr Gemüt noch völlig unverdorben ist. Die Art, wie sie ihre Dankbarkeit gegen Sie zum Ausdruck bringt, ist auch so natürlich, so aufrichtig, so frei von aller Ziererei, dass sich an ihrer Aufrichtigkeit durchaus nicht zweifeln lässt. Ganz verzückt wurde sie, als ich ihr sagte, dass sie hier bleiben solle, dass sie nicht wieder in das garstige Wirtshaus zurückzugehen brauche. Sie umschlang meine Kniee und bat mich, ihr eine gute Freundin, eine liebe Mutter zu sein. Das tut niemand, Herr Rudolf, dem es nicht ernst darum zu tun ist, sich jemals Liebe zu sichern. Ich habe ihr auch gesagt, dass sie immer mein Kind hinfort bleiben werde, denn ich wüsste, wie schwer sie in ihrem bisherigen Leben gelitten habe.«

»Nun, so hätte ich ja wieder einmal Gelegenheit gefunden, meine liebe Frau Georges, mich als guter Mensch zu zeigen. Ich bin ebenso überzeugt wie Sie, dass das arme Ding Ihre Teilnahme verdient, und dass Sie hier, um zu ernten, nur zu säen brauchen. Mariens Gegenwart wird Ihnen in mancher Hinsicht eine Wohltat sein, liebe Frau Georges. In gewissem Grade wird Sie die Leere in Ihrem Herzen auszufüllen vermögen.« – »Nun, ich will mich mit ihr zu befassen suchen, wie ich mit ihm mich befasst hätte«, erwiderte die Frau mit Tränen in den Augen.

Rudolf nahm ihre Hand ... »Geben Sie noch immer nicht alle Hoffnung auf, gute Frau Georges«, sagte er, »wenn auch unsere Nachforschungen bislang ergebnislos verlaufen sind, so ändert sich hierin doch vielleicht bald einiges. Gestern habe ich einen gewissen Rotarm zu sprechen gesucht, konnte ihn aber leider noch nicht treffen. Ich vermute, dass er imstande ist, Auskunft über Ihren Sohn zu geben. Als ich den Fuß aus seinem Hause setzte, geriet ich mit einem andern Menschen in Streit, weil er dieses arme Mädchen mit Schlägen bedrohte, und so hat es sich gefügt, dass ich Ihnen Marien zuführen konnte. Vorgenommen habe ich mir ja schon lange, Einblick in die Lebensweise dieser Gattung Menschen zu gewinnen, denn ich meine bestimmt, auch dem alten Satan dort noch ein paar andere Seelen zu entreißen. Haben Sie Nachricht von Rochefort?« setzte er mit ernster Miene hinzu. – »Nein«, antwortete Frau Georges, am ganzen Leibe zitternd. – »Nun, um so besser. Der Unmensch wird den Tod in dem Schlamme gefunden haben, dem er zu entrinnen suchte. Sein Signalement ist ja in aller Leute Händen, und wenn es sich um einen solchen Bösewicht handelt, werden doch von der Polizei alle Register gezogen. Acht Wochen ist er nun freilich schon aus dem Bagno heraus ...«

Rudolf stockte unwillkürlich ... Die Frau fiel ihm ins Wort ... »O, sagen Sie es nur! Ja, vor acht Wochen ist er ausgebrochen, meines Sohnes Vater!« – Wieder erbebte die Frau am ganzen Leibe. – »O, wenn das unglückliche Kind noch lebt, wenn es seinen Namen nicht geändert haben sollte, wie ich ... o, dann welche Schmach! Welche Schmach! O, und wer weiß, vielleicht hat sein Vater gar die schlimme Drohung, die er gegen mich ausstieß, wahr gemacht?« – Sie hielt eine Weile inne, das Gesicht mit den Händen bedeckend ... »Herr Rudolf, zuweilen befällt mich eine schreckliche Angst, denn mir ist immer zumute, als ob mein Mann gesund aus Rochefort entkommen sei und mit der Absicht sich trüge, mir nach dem Leben zu fahnden, wie er wohl auch meinen Sohn schon ermordet haben mag, denn was sollte er sonst mit ihm angefangen haben?«

»Sie sagten mir«, erwiderte Rudolf, »er habe vor fünfzehn Jahren ins Ausland fliehen wollen? Da musste ihm freilich ein Kind in solchem Alter beschwerlich sein.« – »O, lieber Herr Rudolf, als mein Mann« – die unglückliche Frau erbebte wieder, als sie dieses Wort über die Lippen brachte – »an der Grenze verhaftet und ins Gefängnis überführt wurde, wo ich ihn sehen durfte, da rief er mir die schrecklichen Worte zu: »Dein Kind habe ich an mich genommen, weil du an ihm mit deinem Herzen hängst, und weil es mich in die Lage setzt, Geld von dir herauszupressen Dich gehts nichts an, ob es am Leben bleibt oder stirbt. Lebts, so wird es sich in den besten Händen befinden: darauf verlass dich; stirbts, soll seine Schande über dich kommen, wie du schon seines Vaters Schande zu schleppen hast.« Vier Wochen später war mein Mann zu lebenslänglichem Bagno verurteilt. Seitdem hat all mein Schreiben, all mein Bitten nichts gefruchtet; kein Wort habe ich vernommen von dem Schicksale meines Kindes, das damals fünf Jahre alt war, und jetzt, wenn es noch lebt, in sein zwanzigstes Jahr tritt ... Ach, Herr Rudolf, wo mag mein Sohn sein? Was mag aus ihm geworden sein?«

»Hatte Ihr Sohn denn gar kein Zeichen an sich, woran er sich erkennen ließe?« fragte Rudolf. – »Nein, Herr Rudolf«, sagte Frau Georges, »nur den kleinen Heiligen Geist, in Lapis Lazuli geschnitten, den er an einem silbernen Kettchen am Halse trug. Von meiner Mutter ererbte ich dieses vom Heiligen Vater geweihte Kleinod. Sie trug es schon als Kind und hielt es in hohen Ehren. Auch ich habe es getragen, bis ich es meinem Sohne umhängte. Und gerade dieser Talisman sollte ihm zum Verderben werden. Ach, der arme Knabe! Der arme Knabe!«

»Wie kann man das sagen, liebe Frau Georges? Wie kann man zweifeln an Gottes Allmacht?« – »Ich zweifle gewiss nicht, Herr Rudolf, an Gottes Macht und Gottes Güte. Hat mich nicht seine Güte schon mit Ihnen bekannt gemacht, Herr Rudolf?« –.Wohl, wohl, meine liebe Frau Georges!

Aber es hätte nur schon früher geschehen sollen! Da wäre Ihnen doch manches Jahr des Kummers erspart worden!« – »Es ist mir ja der schwerste Kummer durch Sie genommen worden, Herr Rudolf! Sie haben dies Gut für mich gekauft ...« – »Und zufolge Ihrer trefflichen Verwaltung, liebe Frau Georges, bringt mir dies Gut ...« – »Aber,, Herr Rudolf,« unterbrach ihn Frau Georges, »zahle ich nicht den Pachtschilling an unsern braven Abbé Laporte? Und wird er nicht auf Ihren Wunsch an die Armen verteilt?« –

»Sie haben den lieben Mann doch von meiner Ankunft unterrichtet? Ich möchte ihm gern meinen kleinen Schützling ans Herz legen. Meinen Brief hat er doch bekommen?« – »Gleich am Morgen seines Eintreffens hat ihn Herr Murph dort abgegeben.« –Ich habe dem Abbé darin erzählt, wie es sich mit dem armen Mädchen verhält, weil ich noch nicht genau wusste, wie es sich mit meiner Herkunft machen würde. Hätte ich nicht kommen können, so hätte Murph das Mädchen hergebracht.« –

Ein Bauer trat in den Garten, wo sich Rudolf mit Frau Georges unterhielt, und sagte zu Frau Georges, dass der Herr Pfarrer auf sie warte. – »Sind die Postpferde zur Stelle?« fragte Rudolf. – »Eben werden sie eingespannt, Herr Rudolf«, erwiderte der Mann. – Frau Georges, der Pfarrer, sowie alle auf dem Pachthofe beschäftigten Leute kannten Mariens Beschützer unter keinem andern Namen als dem eines Herrn Rudolf. – »Was ich Ihnen noch sagen möchte, liebe Frau Georges«, nahm Rudolf wieder das Wort, als er mit der wackern Frau zum Wohnhaus zurückging, »Marie hat meines Wissens eine recht schwache Brust; es wird gut sein, einen tüchtigen Arzt zurate zu ziehen; Sie lassen mir doch recht oft Nachricht zukommen, wie es ihr geht? Wenn sie sich erholt hat, wollen wir uns mit ihrer Zukunft befassen. Ich meine, es wäre wohl das Beste, wenn sie immer bei Ihnen bleiben könnte. Darüber lässt sich aber erst sprechen, wenn Sie sagen können, dass Sie in allen Hinsichten zufrieden mit ihr sind.«

»Das ist mein heißer Wunsch, Herr Rudolf! Ich möchte, das Mädchen könnte mir mein Kind ersetzen, das den Gegenstand meiner steten Sehnsucht bildet.« – »Hoffen wir das Beste für Sie und für Marien!«

Gerade als Rudolf mit Frau Georges sich dem Wohnhause näherte, betraten es auch Murph und Marie. Murph ging jedoch, sobald er Marien der Frau Georges übergeben, wieder aus dem Zimmer, um die Zurüstungen zur Abreise zu treffen. Am Kamine saß der weit über achtzig Jahre alte Abbé Laporte, der an dem Kirchlein schon seit der Revolution angestellt war. Sein hageres Gesicht war von weißem Haare eingerahmt, das tief auf den Kragen und auf die Soutane niederfiel. Die Hände zitterten ihm, als er sie aufhob, die Eintretenden zu segnen ... »Herr Abbé«, sagte Rudolf, indem er sich tief vor dem Greise verneigte, »Frau Georges will so gut sein, sich des armen Mädchens anzunehmen, und auch Sie, Herr Abbé, möchte ich recht bitten, ihr mit Liebe entgegenzukommen.« – »Auf unsre Liebe hat sie ein Recht wie alle, die sich uns mit Liebe nahen. »Gottes Güte ist unerschöpflich, mein liebes Mädchen, und er hat es Ihnen bewiesen dadurch, dass er Sie in den schmerzlichen Prüfungen, die er über Sie verhängte, nicht verließ, sondern schützend die Hände über Sie hielt. Der edle Mann, der Sie aus Not und Drangsal rettete, hat das Wort der Schrift erfüllt, das da heißt: Der Herr ist nahe denen, die ihn anrufen; er wird die erhören, die ihn fürchten; er wird ihre Stimme erhören und sie erretten. – Auch an Frau Georges werden Sie ein Beispiel seiner Güte vor Augen haben, und in mir jederzeit einen willigen Ratgeber. So wird der Herr in seiner Güte sein Werk vollenden.«

»Und ich werde«, sagte Marie, »zu ihm beten für die, welche Mitleid mit mir gehabt und mich wieder zu ihm geführt haben, mein Vater«, sagte Marie, mit einer fast unwillkürlichen Bewegung vor dem Geistlichen auf die Kniee sinkend. – »Und nun leben Sie Wohl, Marie«, sagte Rudolf, ihr ein goldenes Kreuz an schwarzem Samtbande gebend; dann setzte er hinzu: »Nehmen Sie das kleine Kreuz zum Andenken an mich! Ich habe heut morgen den Tag Ihrer Befreiung und Erlösung eingravieren lassen – es wird ja nicht lange dauern, bis ich wieder herkomme ...« Murph öffnete, während Marie das Kreuz inbrünstig an die Lippen drückte, die Tür und meldete, dass die Pferde angespannt seien ... »Leben Sie Wohl, mein Vater«, sagte Rudolf zu dem Abbé, »leben Sie Wohl, meine gute Frau Georges! Ich lege Ihnen Marien ans Herz ... Und Sie, Marie! Noch einmal lebe wohl!«

Zweites Kapitel.

Die Zusammenkunft.

Tags darauf befand sich Rudolf, noch immer in Handwerkertracht, Punkt 12 Uhr vor der Tür des Wirtshauses »Zum Bienenkörbe«, unweit vom Tore von Bercy. Abends vorher hatte Schuri sich an dem ihm von Rudolf bezeichneten Orte eingefunden. Um Mittag herum goss es in Strömen. Rudolf sah von Zeit zu Zeit ungeduldig nach dem Tore hin. Endlich sah er in der Ferne einen Mann mit einem Weibe kommen, in denen er, trotzdem sie durch einen Schirm beschattet wurden, Bakel und die Eule erkannte. Als sie näher kamen, erkannte er weiter, dass mit beiden Personen eine völlige Umwandlung vorgegangen war: Der Räuber trug jetzt nicht mehr seine ärmliche Kleidung, sondern ging in langem, grünem Rock, mit blendend weißem Halstuch über einem saubern Hemd, und hatte einen braunen runden Hut auf dem Kopfe. Das Weib hatte einen großen Schal um und eine weiße Haube auf. In der Hand hielt sie einen Strickbeutel. Wären nicht beide so schrecklich anzusehen gewesen, der Mann mit dem von Vitriol verbrannten Gesicht und das Weib mit ihrem einen Auge, so hätte man sie recht gut für ehrsame Bürgersleute halten können.

Der Regen hatte momentan ausgesetzt. Rudolf ging, seinen Abscheu überwindend, dem hässlichen Paare ein paar Schritte entgegen. Bakel sprach jetzt nicht mehr Rotwelsch, sondern ein elegantes Französisch, das sich um so befremdlicher anhörte, als es einen Mann von guter Bildung verriet und von dem Wesen eines Verbrechers, als den Rudolf den Mann gestern gesehen, grell abstach. Rudolf wurde, als er Bakel gegenübertrat, mit einem tiefen Bückling von ihm begrüßt, während das Weib heuchlerisch knickste.

»Freut mich sehr, Ihre Bekanntschaft zu machen«, sagte Bakel, »oder vielmehr aufzufrischen«, setzte er hinzu; »aber wichtige Dinge sinds, die uns jetzt zusammenführen. Gestern Abend gegen elf Uhr habe ich den Schuri in der Kaschemme gesehen und herbestellt, falls er Lust haben sollte, es mit uns zu halten; es scheint ihm aber nicht sonderlich viel daran zu liegen.« - »Sie wollen die Sache also in die Hand nehmen?« - »Jawohl, falls Sie ... aber wie heißen Sie eigentlich, Herr ...« - »Rudolf ist mein Name.« - »Also, Herr Rudolf«, sagte Bakel, »wir wollen uns in die Kneipe setzen, denn ich habe noch nichts zum Frühstück gegessen und meine Frau ebensowenig. Während wir essen, lässt sich ja von den Geschäften reden.« - »Meinetwegen.« - »Nun, Entschädigung müssten Sie uns eigentlich geben«, begann der Mann, »denn Sie sind doch schuld, dass wir Zweitausend Franks eingebüßt haben. Meine Frau hatte mit dem Langen, der zuletzt in der Kaschemme nach Ihnen fragte, eine Zusammenkunft in Saint-Quen verabredet. Er wollte uns, wenn wir Arbeit für ihn verrichten wollten, zweitausend Franks auszahlen. Schuri hat mir einigermaßen erklärt, wie sich die Sache verhält; aber, Finette«, sagte der Räuber zu dem Weibe, »geh doch immer voraus und bestelle uns einen Imbiss. Wir kommen gleich nach.« Zu Rudolf gewandt, fuhr er fort: »Außerdem sollten uns 500 Franks für eine Brieftasche verabfolgt werden, wenn wir sie wieder aushändigen wollten. Aber das haben wir uns anders überlegt, nachdem wir gesehen haben, dass die Papiere mehr wert zu sein scheinen, und werden die Brieftasche nicht wieder herausrücken.« - Bei diesen Worten klopfte er auf die Brusttasche seines Rockes.

Rudolf war sehr froh, dass der Mann die Papiere noch bei sich hatte, die ihm erst zwei Tage vorher von Tom geraubt worden waren und die für ihn von sehr hohem Werte waren. Der Auftrag, den er Schuri gegeben, hatte keinen andern Zweck gehabt, als ihn dem Weibe fernzuhalten. Auf diese

Weise hatte er darauf gerechnet, die Brieftasche sich wieder anzueignen. – »Wir können zusammen ein Geschäft machen,« sagte er, »wenn es Ihnen recht ist. Ich kaufe Ihnen, wenn uns der Anschlag glückt, die Brieftasche ab. Die Papiere, die darin liegen, werden mir, da ich dem Eigentümer nicht fremd bin, mehr nützen als Ihnen. Ich hatte Schuri eine ganz nette Sache vorgeschlagen. Zuerst schien es ihm nicht recht zu sein. Nachher hat er sich aber anders besonnen, indem er mir riet, mich an Sie zu wenden.« – »Ich möchte nicht neugierig erscheinen, anderseits doch aber gern wissen, warum Sie gestern früh mit Schuri eine Begegnung hatten, und was ihn veranlasst hat, mit der Eule zu reden. Er war verlegen und nicht imstande, mir eine klare, bestimmte Auskunft zu geben.«

Rudolf fand nach einigem Besinnen zum Glück eine halbwegs wahrscheinliche Mär, die Schuris Ungeschick erklären konnte ... »Die Sache verhält sich so«, sagte er; »mir gefiel die Sache, die ich im Sinne hatte, deshalb, weil sich der fragliche Hausherr zurzeit in Paris befindet, und vorderhand nicht zu befürchten stand, dass er aufs Land zurückkehren werde. Es wäre draußen in Pierrefitte. Meine Cousine dient bei dem Herrn; sie sagte mir, es lägen etwa 60 000 Franks in Gold draußen in Pierrefitte.« – »Und Sie wissen dort Bescheid?« – »Wie bei mir selber. Der Portier ist wohl ein kräftiger Mann. Ich redete mit Schuri, wie gesagt; zuerst war er ganz dabei, dann wollte er nicht mehr; aber einer von denen, die ihre Kameraden verraten, ist er keinesfalls.« – »Nein. Schuri ist ein ehrlicher Kerl. Er hält unbedingt seinen Mund. Aber – da sind wir an Ort und Stelle.«

Rudolf wollte den Räuber vorausgehen lassen, hatte wohl auch gute Gründe dazu. Bakel wehrte sich aber so sehr dagegen, dass Rudolf schließlich in die Schenke vorausgehen musste. Bakel klopfte, ehe er sich setzte, die Wände ab, um sich von ihrer Dicke zu überzeugen ... »Es wird notwendig sein, leise miteinander zu sprechen,« sagte er, »es ist keine dicke Wand vorhanden.«

Eine Aufwärterin brachte das bestellte Frühstück. Der Räuber setzte sich, als sie gegangen war, so neben Rudolf, dass es ihm nicht möglich war, anders als an dem Räuber vorbei die Tür zu gewinnen ... »Ich merke, Sie wollen mich am Hinausgehen verhindern?« sagte Rudolf kaltblütig. – Bakel nickte. Dann zog er aus der Rocktasche einen langen Dolch, der in einen Holzgriff gefasst war ... »Bloß vorsichtshalber,« sagte er, die Brauen zusammenkneifend. – Rudolf seinerseits griff kaltblütig unter seine Bluse und zog einen Revolver hervor, den er Bakel unter die Augen hielt und dann wieder unter der Bluse verschwinden ließ. – »Ich sehe«, sagte der Räuber, »wir passen zueinander, aber so recht verstehen Sie mich noch immer nicht. Sollte mir die Polizei an den Kragen kommen wollen, so würde ich, ob ich

Ihnen den Besuch zu verdanken hätte oder nicht, Ihnen ohne Besinnen dies Eisen zwischen die Rippen jagen.« - »Und ich würde dir gewiss nicht bloß zusehen«, sagte die Eule. - Rudolf zuckte die Achseln, goss sich ein Glas voll Wein und trank es auf einen Schluck aus ... »Stecken Sie nur Ihr Käsemesser wieder zu sich«, sagte er lachend, »hier gibts kein Huhn zu spicken, auch keinen Hasen. Sie finden an mir schon Ihren Mann. Darüber ohne Sorge! Apropos«, wandte er sich an die Eule, »kennen Sie wirklich die Eltern des Mädchens, das unter dem Namen Schalldirne hier bekannt ist?« - »Mein Mann hat in die Brieftasche des Langen zwei Schriftstücke gesteckt, die darüber Aufklärung geben. Aber die Dirne soll nichts davon erfahren. Kommt sie mir wieder zwischen die Finger, solls ihr schlecht bekommen!«

Bei diesen Worten legte sie ihr Umschlagetuch ab. Trotzdem er sich sehr in der Gewalt hatte, konnte Rudolf nicht hindern, dass er zusammenfuhr, als er an einer dicken, vergoldeten Halskette, die das Weib trug, einen kleinen heiligen Geist aus Lapis Lazuli an silbernem Ringe hängen sah, der ganz dem von Frau Georges geschilderten glich. - Da schoss Rudolf ein Gedanke durch den Sinn. Von Schuri hatte er gehört, dass der vor einem halben Jahre aus dem Bagno entwichene Verbrecher sich vor der Polizei durch Verunstaltung seines Gesichts gesichert habe, und von Frau Georges hatte er gehört, dass ihr Mann vor einem halben Jahre aus dem Bagno entwichen sei, ohne dass irgendjemand wusste, wohin er sich geflüchtet habe, oder was aus ihm geworden sei. Sollte dieser Bakel der Mann seiner armen Frau Georges sein? Dass dieser Verbrecher zur wohlhabenden Gesellschaftsklasse gehört hatte, stand nach der gewählten Ausdrucksweise, deren er fähig war, nicht wohl zu bezweifeln. Ein Gedanke schloss sich nun an den andern. Rudolf besann sich, dass ihm Frau Georges von dem verzweifelten Widerstande erzählt hatte, den dieser rasende Verbrecher den Polizisten entgegensetzte, als er abgeführt werden sollte, und dass er, dank seiner ungeheuren Körperkraft, fast noch entkommen wäre. Wenn nun Bakel - wie er jetzt unter seinesgleichen genannt wurde - wirklich der Mann von Frau Georges war, dann musste er doch wissen, was aus seinem und ihrem Kinde geworden! Glücklicherweise fiel es dem Räuber nicht auf, dass Rudolf in sich gekehrt eine lange Weile sitzen blieb, seine Aufmerksamkeit wurde durch das Essen in Anspruch genommen, von dem er die besten Bissen seiner Kameradin auf den Teller legte.

Nach einer Weile sagte Rudolf zu dieser: »Sie haben da eine wirklich sehr schöne Kette ..« - »Ja, aber unecht, ich behelfe mich mit ihr nur so lange, bis mir mein Mann mal eine echte kaufen kann.« - »Und was ist das für ein kleines blaues Ding dran?« fragte Rudolf weiter. - »Auch, ein Präsent von meinem Manne ..« Rudolf war nun überzeugt, dass er sich auf der rechten Fährte befand, und wartete ängstlich gespannt auf die Antwort des Verbrechers. Der saß aber und ließ sich das Essen schmecken. Erst nach einer Weile sagte er zur Eule: »Das Ding darfst du nicht weggeben, Finette, auch wenn du eine bessere Kette bekommst, ist es doch ein Talisman!« - »Was? Ein Talisman?« fragte Rudolf, scheinbar gleichgültig, »wer glaubt wohl noch an so etwas? Wo, zum Teufel! Haben Sie ihn denn aufgestöbert? So etwas bekommt man doch heute kaum noch!« - »Talismane werden freilich nicht mehr gemacht, Herr«, erwiderte der Verbrecher, »aber der, den Sie am Halse meiner Frau sehen, ist von sehr hohem Alter. Um aber auf das Geschäft zu kommen, von dem Sie sprechen, und das also in der Allee des Veuves liegen soll?« - »Ganz recht!« erwiderte Rudolf, »Nr. 17, und bewohnt von einem steinreichen Manne, namens ...«

- »O, ich brauche seinen Namen nicht zu wissen «, erwiderte der Räuber, »aber in einer Stube des Landhauses, sagen Sie, liegen 60 000 Franks in Gold?« - Rudolf nickte. - »Und Sie sind im Haus bekannt?« - Rudolf nickte wieder.

- »Das Haus ist schwer zu erreichen?« - »Nach der Allee des Veuves schließt es eine sieben Fuß hohe Mauer ab, davor liegt ein Garten, und im Erdgeschosse hat es Fenster. Sie sagen, der Schatz werde nur von einem Portier bewacht?« - Rudolf nickte. - »Und wie haben Sie sich den Plan gedacht?« - .Einfach genug. Es wird über die Mauer gestiegen und entweder die Tür gesprengt oder ein Fensterladen aufgebrochen.« - »Und wenn der Pförtner munter wird?« - »Das möchte zu seinem Besten nicht eben sein«, erwiderte Rudolf, »hat der Plan Ihren Beifall?« - »Ehe ich die Gelegenheit nicht mit meiner Alten ausbaldowert habe, kann ich Ihnen, wie Sie wohl einsehen werden, Bescheid nicht geben. Verhält sich aber alles so, wie Sie sagen, nun, dann halte ich es fürs beste, ohne Säumnis an die Arbeit zu gehen, am besten schon heut Abend.«

Der Räuber fasste Rudolf dabei scharf ins Auge ... »Heut Abend schon?« wiederholte Rudolf, »nein, das ginge nicht. Heut Abend bin ich behindert.« - »Wirklich? Nun, und morgen kann ich nicht.« - »Warum?« - »Aus demselben Grunde nicht wie Sie,« sagte der Räuber lachend. -

Nach einigem Nachdenken versetzte Rudolf: »Nun, mag' es sein, wie Sie wollen, heut Abend also! Wir treffen uns, bestimmen Sie nur, wo?« - »Wo?« wiederholte Bakel, »besser schon, wir gehen überhaupt nicht auseinander.« - »Wie meinen Sie das?« - »Was ist da weiter zu meinen? Die Allee des Veuves wird bald öde und verlassen sein. Wir können uns also ganz bequem in der zehnten Stunde dorthin auf den Weg machen.« - »Ich gehe wohl nicht fehl, wenn ich Misstrauen bei Ihnen in meine Absichten voraussetze.« - »Lassen wir alle Sentimentalität beiseite. Ich will annehmen, dass an Ihrer Mitteilung etwas Wahres ist, und da es ja lohnt, sich um die Hälfte von 60 000 Franks ein bisschen anzustrengen, will ich den Versuch machen. Aber sogleich heute Abend oder überhaupt nicht. Wird es nichts, weiß ich, wie ich mit Ihnen daran bin; und Sie dürfen, wenn ich damit schlecht abschneide, sicher drauf rechnen, dass ich mich früher oder später bei Ihnen abfinden werde.« – »Nun, und dass ich Ihnen nichts schuldig bleiben werde, darauf dürfen Sie ebenfalls rechnen.« – »Aber wozu denn all die Reden?« mischte sich die Eule ein; »es ist ja weder gehauen, noch gestochen. Mein Mann hat doch ganz recht. Entweder gleich heut Abend oder überhaupt nicht.«

Rudolf sah sich in die ärgste Verlegenheit gesetzt. Ließ er sich diesen Anlass, den Mann in seine Gewalt zu bringen, entgehen, so fand sich jedenfalls in absehbarer Zeit kein anderer. Er verließ sich auf den Zufall, auf seine Gewandtheit, Kraft und Unerschrockenheit und sagte zu Bakel: »Gut also, wir bleiben bis zum Abend beisammen. Eine Zigarre gibts doch bei Ihnen?« – »Selbstverständlich,« erwiderte Bakel, »meiner Frau macht ein bisschen Tabaksqualm gar nichts aus.« – »Werden Sie auch genug Zigarren haben?««Fragte Rudolf aufstehend; »ich könnte ja welche holen.« – »Nichts da! Bleiben Sie nur. Das kann meine Frau besorgen.«

Der Räuber hatte seine Absicht durchschaut, die Frau, ging und Rudolf setzte sich wieder. Beide Hände unter der Bluse versteckend, unterhielt er sich wieder mit dem Räuber und nahm, als er sich unbeobachtet wähnte, einen Bleistift aus der Westentasche und brachte flink ein paar Worte auf einen Zettel. Alles verrichtete er aber unter seiner Bluse. Um den Worten einen gewissen Grad von Deutlichkeit zu wahren, setzte er sie weit auseinander, und nachdem es ihm geglückt war, damit zustande zu kommen, ohne die Aufmerksamkeit seines Kameraden zu wecken, stand er auf und trat ans Fenster, denn nun galt es, den Zettel seiner Bestimmung zuzuführen. Er begann, ein Liedchen zu trällern und an die Scheibe zu trommeln. Bakel trat zu ihm und fragte: »Nun, Kamerad, was ist denn das für eine Melodie?« – »Meine Rose kriegst du nicht!« – »Sehr nette Melodie! Möchte bloß wissen, ob sie anderen auch gefällt. Man siehts ja sofort, wenn sich die Leute umdrehen.«

Drittes Kapitel.

Vorbereitungen.

Nach wenigen Augenblicken kam die Frau von dem Gange zurück. – Rudolf sagte: »Wie es scheint, hat der Regen nachgelassen. Wie wäre es, wenn wir uns nach einem Wagen selbst bemühten? Man wird ja ganz steif vom Sitzen.« – »Was sagen Sie?« meinte Bakel; »nicht mehr regnen sollte es? Sie sind doch nicht etwa blind geworden?« - Nun, dann wollen wir von der Kellnerin einen Wagen holen lassen«, sagte Rudolf, sich eine Zigarre anstekkend: »hergeholt werden muss einer.« - »Das war das Gescheiteste, was Sie bisher gesagt haben«, erwiderte Bakel, »heda, Jungfer!« Und als die Person kam, drückte ihr Rudolf ein paar Sous in die Hand. Im Nu war sie unterwegs, einen Wagen zu holen. Im Wirtshause befand sich auch ein Weinschank. Am Schenktische stand ein Kohlenträger mit geschwärztem Gesicht, den großen Hut über die Augen gedrückt, und bezahlte seine Zeche, als die drei Personen vorbeigingen. Rudolf tauschte, so scharf ihn auch der Räuber überwachte, einen Blick mit Murph aus; er wollte, um auch ein paar Worte mit ihm zu wechseln, zuletzt einsteigen, aber Bakel zwang ihn, gleich hinter dem Weibe sich in den Wagen zu setzen. Leise rief ihm Bakel zu, ob er es durchaus drauf anlegen wolle, sich um alles Vertrauen bei ihm zu bringen, aber der Kohlenträger erschien, ebenfalls ein Lied trällernd, auf der Schwelle der Schenke und warf Rudolf einen verwunderten, fast besorgten Blick nach.

Der Kutscher fragte, wohin er fahren solle. Rudolf rief laut: »In die Allee des Veu -« ... Aber Bakel fiel ihm ins Wort und überschrie ihn: »Ins Wäldchen, in die Akazienallee!« Dann warf er den Schlag zu. - »Was fällt Ihnen bloß ein«, sagte er im Wagen zu Rudolf, »vor allen Leuten zu sagen, wohin wir wollen? Solche Unvorsichtigkeit kann uns am ehesten ins Pech bringen.« - Der Wagen setzte sich in Gang. - »Das stimmt«, erwiderte Rudolf, »daran habe ich nicht gedacht. Aber gut wäre es doch, wir machten ein Fenster auf? Der Rauch wird unerträglich in dem engen Abteil.«

Rudolf ließ, ohne auf Antwort zu warten, das Fenster herunter und ließ dabei den Zettel, auf den er unter seiner Bluse ein paar Worte geschrieben, und den er zusammenzudrehen verstanden hätte, hinausfallen. Murph hatte den Wagen nicht aus den Augen gelassen; Rudolfs Beginnen war ihm nicht entgangen. Als er das zusammengedrehte Stück Papier aus dem Fenster fallen sah, war er sogleich zur Stelle, es aufzuheben.

Als der Wagen etwa eine Viertelstunde weit gefahren war, rief Bakel dem Kutscher zu, nach der Place de Madeleine zu fahren, da er sich anders besonnen hätte. - Rudolf sah ihn verdutzt an. - »Nun«, meinte Bakel, »von diesem Platze aus kann man überallhin gelangen, mein junger Herr, und wenn man uns molestieren wollte, so dürfte zum wenigsten die Aussage des Kutschers belanglos sein.«

Als der Wagen sich dem Weichbilde näherte, galoppierte ein lang aufgeschossener Mann in weißleinenem Oberrock, den Hut tief in die Stirn gedrückt, sodass das an sich braune Gesicht fast schwarz aussah, auf stolzem Rappen vorüber. - Rudolf, sich aus dem Wagen beugend und Murph nachblickend, sagte: »Das muss man sagen, ein schönes Pferd ohne stattlichen Reiter ist immer eine halbe Sache. Seh einer, wie der Hüne jagt! Haben Sie den Mann gesehen?« – »Er, war zu schnell vorbei«, erwiderte Bakel, »als dass man ihn hatte sehen sollen.« – Rudolf ließ sich nichts von seiner Freude darüber merken, dass Murph seinen Zettel gefunden und die fast hieroglyphischen Zeichen darauf glücklich entziffert hatte. Bald hielt der Wagen auf der Place de Madeleine. Einen Augenblick hatte der Regen ausgesetzt; die Wolken aber hingen noch so schwer am Himmel, dass es fast bereits Nacht war. Die drei Personen gingen nach dem Cours-la-Reine ... »Da fällt mir etwas ein«, sagte der Räuber; »man sollte sich doch überzeugen, ob auch alles zutrifft, was Sie mir von dem Hause in der Rue des Veuves erzählt haben. Wozu hat man denn eine Frau?« – »Sie wollen sie wohl auf Kundschaft ausschicken?« fragte Rudolf. – »Allerdings.« –

Die Eule zitterte förmlich vor Ungeduld. – »Nr. 17 wars, nicht wahr?« fragte sie; »ich habe freilich bloß ein Auge; aber sehe besser darauf, wie andere auf beiden. Da, nimm den Schirm, Dicker«, sagte sie zu ihrem Manne, »in einem halben Stündchen bin ich wieder da. Verlass dich drauf. Was gemacht werden kann, das wird gemacht.« – »Wir setzen uns die Zeit über ins Blutige Herz, gleich hier in der Nahe. Findest du den Lahmen unterwegs, dann bring ihn mit. Er kann Schmiere stehen, während du drinnen visitierst.« – »Richtig. Der Lahme ist pfiffig wie ein Fuchs, und wenn er auch erst zehn Jahre alt ist, so hat er doch ...«

Bakel blinzelte ihr zu, und die Eule schwieg. – »Was für eine Schenke ist denn das Blutige Herz?« fragte Rudolf. – »Darüber müssen Sie sich selbst beim Wirte erkundigen«, antwortete Bakel. – »Wie heißt er?« – »Sie können ihn nennen, wie es Ihnen passt«, antwortete Bakel, »denn er hat überhaupt keinen Namen, steht aber Rede und Antwort auf jeden. Aber da sind wir schon zur Stelle, und gerade zur rechten Zeit, denn es fängt schon wieder zu regnen an.« – »An Ort und Stelle? Wie meinen Sie das?« sagte Rudolf, »wo soll denn das Wirtshaus stehen? Ich sehe ja keins.« – »Aber gucken Sie sich nur ordentlich um!« – »Na, aber wo denn?« – »Na, muss denn alles über der Erde liegen? Blicken Sie doch mal unter sich! Da werden Sie gleich erblicken, was Sie suchen!«

Rudolf war es entgangen, dass er vor einem jener Wirtshäuser unter der Erde stand, deren es vor einigen Jahren noch an manchen Stellen der Champs Elysées, namentlich in der Nähe des Cours-la-Reine, gab. Zu einer Art Grube führte eine in dem fetten Erdreiche angelegte Treppe hinunter. An sie lehnte sich ein niedriger, schmutziger Bau, dessen Dach, mit Ziegeln hergestellt, auf denen dichtes Moos wucherte, kaum zur Erdoberfläche hinauf reichte. Als Keller und Schuppen dienten der erbärmlichen Spelunke ein paar wurmstichige Bretterhütten. Ein halb zerbrochenes Blechschild, ein von einem Pfeile durchbohrtes blutiges Herz darstellend, rasselte, vom Winde geschüttelt, hin und her.

»Na, wie gefällt Ihnen unsere Stammkneipe?« fragte Bakel, Rudolf mit spöttischen Blicken messend; »aber ehe wir hinuntergehen, muss ich erst zusehen, ob der Wirt auch da ist.« - Dabei gab er mit der Zunge einen seltsamen Schnalzlaut von sich. Gleich darauf erklang von unten herauf ein ebensolcher Klang. - »Na, der Wirt ist also da« sagte Bakel; »Pardon, junger Mann! Immer den Damen das Vorrecht! Lassen Sie die Eule vorangehen. Ich schließe mich als letzter Ihnen an.

Viertes Kapitel.

Das blutende Herz

Der Wirt dieser seltsamen Spelunke trat, nachdem er den Schnalzlaut des Gastes erwidert hatte, auf die Schwelle. Es war jener Mann, den Rudolf schon mehrere Tage in Alt-Paris gesucht hatte, und den er bisher bloß unter seinem Spitznamen Rotarm kannte. Es war ein bleicher, hagerer Mensch von etwa fünfzig Jahren, mit einem Gesicht, das mit seiner spitzen Nase und starken Backenknochen an dasjenige eines Marders erinnerte. Die kleinen schwarzen Augen mit ihrem scharfen, durchdringenden Blicke gaben ihm einen erstaunlichen Ausdruck von Schlauheit und Verstand. Auf dem schon stark ergrauten Hinterkopfe saß eine alte, schon stark vergilbte Perücke, die von seiner gelben Haut kaum abstach. Er trug, wie die Kellner in Weinschenken, eine graue Jacke und lange, schwärzliche Schürze.

Kaum waren die drei Gäste die Treppe hinunter, als ein Kind von höchstens zehn Jahren, klein, lahm und verwachsen, aber mit klugem, wenn auch bleichem, kränklichem Gesicht, zu dem Wirte trat. Auf den ersten Blick sah man, dass es dessen Sohn war, denn es sah ihm wie aus den Augen geschnitten ähnlich, hatte denselben scharfen, durchdringenden Blick, auch seine Stirn verschwand fast unter dem Walde von gelblichen, harten, borstenähnlichen Haaren. Das braune Beinkleid und die graue Kutte, die er anhatte, wurden durch einen Ledergürtel über der Taille gehalten.

»Na, da ist er ja, unser kleiner Hinkefuß«, sagte Bakel, »Finette, tummle dich! Der Abend bricht herein. Wir müssen die Zeit, solange es noch hell ist, wahrnehmen.« - Zu Rotarm gewandt, setzte er hinzu, dessen mit dünner Fistelstimme gesprochenen Gruß durch ein paar Klapse auf die Schulter erwidernd: »Hörst du, meine Frau braucht auf eine Viertel- oder halbe Stunde deinen Jungen. Sie hat auf dem Wege hierher etwas verloren. Er soll ihr suchen helfen.« - Rotarm blinzelte dem Räuber zu und befahl seinem

Jungen, der Eule zu folgen. – Der hässliche Junge, durch das boshafte und hässliche Gesicht der Eule angezogen, hinkte zu ihr heran und ließ ihr seine Hand ... »Na, solche artigen Kinder lässt man sich doch gefallen,« sagte die Einäugige; »da war ich freilich mit meinem Balge schlimmer dran; die ekelhafte Jöhre zog immer, wenn ich sie rief, ein Gesicht, als wenn sie Essig geschluckt hätte. Na, dann komm, Hinkebein! Männchen,« dann wandte sie sich an Bakel, »ich werde auf der Stelle wieder da sein.«

Rudolf musste sich, um den Weg zur Tür herein zu finden, bücken. Als er in die wunderliche Schenke trat, sah er auf den ersten Blick, dass sie aus zwei getrennten Räumen bestand. Zwei schmale Fenster mit kleinen, von Spinnweben überdeckten Fenstern erhellten sie kaum. An ihren Wänden hing feuchter Schimmel. Rotarm und Bakel hatten, während Rudolf sich durch die Tür zwängte, Zeit gefunden, schnell ein paar leise Worte, von mancherlei geheimen Zeichen begleitet, zu wechseln ... »Ich trinke einen Becher Schnaps«, sagte der Räuber, sich an einen der kleinen grünen Tische setzend, die in der andern Stube standen.

Hier unten wurde es so dunkel, dass niemand den dort gähnenden Eingang zu den fast immer durch eine Falltür geschlossenen Keller hätte sehen können. Dicht bei ihm stand der Tisch, an den sich der Räuber setzte, und zwar so, dass er das dunkle tiefe Loch mit dem Rücken vor Rudolfs Augen vollständig verdeckte. Rudolf blickte, um die Unruhe, die ihn quälte, zu verbergen, zum Fenster hinaus. Er hatte Bange, dass Murph doch die wenigen, zudem undeutlich geschriebenen Worte auf dem zusammengeknüllten Papiere nicht völlig verstanden haben möchte, und dass ihm in letzter Stunde noch die Gelegenheit, Kenntnis von den Geheimnissen zu erhalten, die ihn so lebhaft beschäftigten, entgehen möchte. Dass er es mit einem hinterlistigen Mörder zu tun hatte, der vor keiner Gewalttat zurückschreckte, und dessen Kraft und Gewandtheit der Seinigen kaum nachstehen mochten, darüber war er sich keine Sekunde im Zweifel.

Anderseits waren ihm starke Aufregungen derart zum Bedürfnis geworden, dass er in den Hindernissen, die sich seinem Plane gegenüberstellten, einen gewissen prickelnden Reiz fand. Um aber keine Ursache zu Argwohn zu geben, nahm er neben Bakel an dem Tische Platz und bestellte sich ebenfalls einen Becher Schnaps. Rotarm maß ihn, nachdem er abermals ein paar leise Worte mit Bakel gewechselt, mit neugierigen, höhnischen, wohl auch misstrauischen Blicken.

»Was meinen Sie, wenn wir, falls meine Frau mit dem Bescheide kommt, dass die Leute, denen wir einen Besuch zugedacht haben, zu Hause seien, schon um acht Uhr anträten?« fragte Bakel mit einem lauernden Blicke. – »Das wäre zwei Stunden zu früh«, erwiderte Rudolf, »ich kenne die Leute und sage Ihnen, dass wir vor zehn Uhr uns nicht zu ihnen begeben dürfen.« - »Sie scheinen mir ein recht arger Dickschädel zu sein, junger Mann«, sagte Bakel, »aber ich muss mich schon in alles fügen, was Sie sich vornehmen. Drum sei es, wie Sie meinen. Wir brechen also erst um zehn Uhr auf.« -

Rotarm sprang auf. Ein ähnlicher Schnalzlaut, wie er schon einmal erklungen war, als Bakel kam, hatte seine Aufmerksamkeit geweckt ... »Die Eule kommt wieder«, sagte er, und gleich darauf stand sie auch auf der Schwelle. - »Es stimmt, Männchen«, sagte sie, auf den Tisch zutretend. Sie war pitschnass vom Regen und setzte sich zwischen Bakel und Rudolf. - »Ja?« fragte Bakel. - »Ja«, wiederholte sie, »der junge Mensch hat die Wahrheit gesagt.« - »Na, sehen Sie?« fiel Rudolf ihr ins Wort. - »Unterbrechen Sie die Frau nicht«, fuhr der Räuber Rudolf an. »Finette, erzähle weiter!« -

»Ich ließ den Kleinen, als ich die Nummer siebzehn erreicht hatte, Schmiere stehen. Es war noch hell. Als ich klingelte, machte mir ein großer, dicker Portier auf, ein Mann von etwa fünfzig Jahren, mit schläfrigem, gutmütigem Gesicht, rotem Backenbarte und einer Glatze. In der Haube, die ich mir vorher aufgesetzt hatte, sah ich wie eine Frau aus der Nachbarschaft. Kaum hatte der Portier sich gezeigt, so fing ich an zu jammern, mir sei mein Papagei verflogen. Ich hätte ihn von der Rue Marboeuf, wo ich wohnte, von Garten zu Garten verfolgt. Jetzt wäre er hierher geflogen. Ich bat, mir Zutritt in den Garten zu gestatten, was mir auch erlaubt wurde.«

Bakels Gesicht strahlte vor Freude, als er auf die Eule hinschaute, und rief mit Stolz: »Ja, das ist noch eine Frau! Das ist noch eine Frau!« - Rudolf fügte bei, um beim Räuber eine bessere Meinung von sich zu wecken: »Ja, es war ein recht, recht kluger Schachzug!« - Die Eule erzählte weiter: »Der Portier erlaubte mir also, in den Garten zu gehen. Ich guckte mich dort überall um, damit mir nichts entginge. An den Innenmauern sind überall Geländer, richtige Treppen. Links an der Ecke steht eine Fichte, die ganz gut als Leiter dienen kann. Im Erdgeschoss hat das Haus sechs Fenster und vier Kellerlöcher, aber ohne Kellerhälse. Obere Stockwerke gibt es nicht. Vor den Fenstern sind Läden. Die Eingangstür ist eine Glastür mit zwei Vorsetzern.« - »Stimmt alles genau«, bemerkte Rudolf. - »Links im Hofe«, fuhr die Einäugige fort, »sieht ein Ziehbrunnen. Hier ist die Mauer ohne Geländer. Das Brunnenseil ließe sich aber, falls der Rückzug zur Tür abgeschnitten würde, recht wohl als Ersatz für das fehlende Geländer brauchen.«

»Du bist doch auch im Hause drin gewesen?« fragte Bakel mit Stolz. - »Allerdings«, versetzte die Einäugige, »da ich meinen Papagei nicht fand, stellte ich mich erschöpft und bat den Portier, mich ein paar Augenblicke auf der Schwelle ausruhen zu dürfen. Der Mann erlaubte es mir nicht bloß, sondern brachte mir als Labetrunk ein Glas Wein mit Wasser. Überall liegen Teppiche, sodass man weder Tritte noch eine eingedrückte Scheibe klirren hören würde. Rechts und links befinden sich Türen mit gewöhnlichen Schlössern, die kinderleicht aufgehen. Im Hintergrunde befindet sich eine Tür, stark und verschlossen. In dem Hause riecht es förmlich nach Geld. Ich hatte mein Stück Wachs in der Tasche. Um ein paar Augenblicke den Portier zu entfernen, klagte ich über starke Schwäche und bat den Mann, mir ein Stück Zucker zu geben. Er ging in die Nebenstube, und bald darauf hörte ich Silberzeug klirren. Vergiss nicht, Mann, dass in diesem Zimmer wahrscheinlich Silber über Silber liegt. Ich tat, als wenn mich ein starker Husten befiele, und näherte mich langsam der Tür, mit meinem Stück Wachs in der Hand, das ich nun auf das Schloss drückte. Da hast du den Abdruck davon, Männchen!« Die Eule gab dem Räuber das Stück Wachs ... »Das ist doch die Tür zu dem Gelde?« fragte die Eule. - Rudolf nickte. - »Aber es ist nicht alles Geld da«, fügte die Eule mit funkelndem Auge; »als ich ans Fenster hintrat, um noch einmal zu sehen, ob sich mein Papagei angefunden, sah ich in einem Zimmer links von der Tür auf einem Schreibsekretär etwa ein Dutzend Geldsäcke stehen.«

»Wo ist der lahme Junge?« fragte Bakel mit einem Mal. - »Er steht noch immer Schmiere vor der Gartentür, zwei Schritte davon entfernt, in einem Loche. Er sieht im Finstern wie die Katzen. Ein anderer Zugang zum Hause ist nicht vorhanden. Kommen wir hin, so werden wir von ihm erfahren, ob vor uns jemand hineingegangen ist oder nicht.« - »Schön! Hast deine Sache gut gemacht«, sagte Bakel, dem hässlichen Weibe einen Kuss gebend.

Kaum hatten die Worte den Weg über seine Lippen genommen, als er wie ein Tiger über Rudolf herstürzte, so unversehens, dass Rudolf den Angriff nicht zu parieren vermochte, ihn an der Kehle packte und in das hinter dem Tische gähnende Kellerloch stürzte. Die Eule schrie vor Entsetzen laut auf. Als das Geräusch von Rudolfs Sturz verhallt war, stieg Bakel, wohlbekannt in dem Hause, langsam in den Keller hinunter und lauschte. Zuerst war nichts zu hören; kurz darauf kreischte in der Kellertiefe eine verrostete Tür. Dann herrschte wieder völlige Stille, gepaart mit völliger Finsternis. Die Eule langte aus ihrem Beutel ein Streichholz und steckte ein Lichtchen an, dessen matter Schein sich in der düstern Stube verbreitete ... Da erschien des Räubers grässlich entstelltes Gesicht wieder im Rahmen des Kellerhalses.

Vor die Kellertür eine eiserne Stange schiebend, rief er: »Nun geschwind nach der Allee des Veuves! Geschwind! Denn in einer Stunde möchte es zu spät sein.«

Fünftes Kapitel.

Im tiefen Keller.

Rudolf war durch den Sturz in die Tiefe ohnmächtig geworden und bewegungslos an der Kellertreppe liegen geblieben. Der Räuber hatte ihn bis zum zweiten, noch tieferen Kellerloche geschleppt, hinter ihm die dicke, mit Eisen beschlagene Tür zugeschlagen und sich darauf wieder zu der Einäugigen begeben, um mit ihr über den Einbruch, vielleicht gar Mord, in der Allee des Veuves zu beraten.

Eine Stunde war reichlich verstrichen, als Rudolf wieder langsam das Bewusstsein wiedergewann. Um ihn herum lagerte tiefe Finsternis. Als er die Arme ausstreckte, um sich einigermaßen zu orientieren, traf er auf Steine. Zu seinen Füßen griff er in etwas Kaltes, das nichts anderes war als eine Wasserpfütze. Nach allerhand Mühen glückte es ihm, sich auf die oberste Stufe hinauf zu arbeiten. Die Betäubung wich langsam von ihm, er versuchte, sich ein paar Mal zu bewegen, dann lauschte er, hörte aber weiter nichts als ein fortwährendes gleichmäßiges Rauschen, dessen Ursache er alsbald erriet: Es rührte von dem in den Keller eindringenden Wasser her. Die Seine hatte Hochwasserstand, und der Keller, worin er sich befand, lag auf Überflutungsterrain.

Diese unmittelbare Lebensgefahr gab Rudolf all seine Stärke wieder. Blitzschnell war er die ganze Treppe hinauf gerutscht. Oben stieß er gegen eine Tür, gegen die er sich mit aller Wucht seines Körpers stemmte, aber sie rührte sich nicht in ihren Angeln. In dieser verzweifelten Situation wanderten seine Gedanken zu Murph ... »Ist er nicht scharf auf seiner Hut,« dachte er schaudernd, »dann fällt er diesem Unhold sicher gleich mir zum Opfer, und niemand anders als ich ist davon Ursache ... Armer Murph!« – In der Hoffnung, in dem Keller einen Gegenstand zu finden, der sich als Hebel benutzen lassen möchte, stieg er die Kellerstufen wieder hinunter. Auf der vorletzten Stufe stieß er mit dem Fuße an ein paar weiche Körper: Ratten! Sie waren vor dem Wasser aus ihren Löchern gewichen. Bis an die Knie im Wasser stehend, suchte er in dem Keller überall herum, ohne dass es ihm gelang, etwas zu finden. Am Leben verzweifelnd, stieg er langsam die Treppe wieder hinauf. Er schrie aus Leibeskräften, in der Hoffnung, die Gäste oben möchten ihn hören; aber nichts, nichts, als das schwache, ununterbrochene Rauschen des ständig steigenden Wassers drang zu seinen Ohren. Nur fünf Stufen waren noch frei von Wasser. Richtete sich Rudolf an der Tür in die Höhe, stieß er mit der Stirn an die Decke. Wann ihn der Tod ereilte, ein langsamer, schrecklicher Tod, das ließ sich fast auf die Sekunde berechnen. Und immer höher hinauf flüchteten sich die Ratten, auf der Suche nach einem Ausgang, den sie gleich ihm nicht finden konnten. An seinen Kleidern kletterten sie in die Höhe. Wenn er sie von sich streifen wollte, bissen sie ihn in die Hände. Beim Sturz in den Keller war seine Bluse aufgerissen worden, an den nackten Stellen seiner Brust suchten die ekelhaften Tiere Zuflucht, und so oft er sie von sich schleuderte, ebenso oft kamen sie auch wieder an ihn heran.

Immer und immer wieder schrie er nach Hilfe, aber niemand hörte ihn, und was ihn jetzt mit unsagbarem Entsetzen erfüllte, war die Gewissheit, dass er bald nicht mehr die Kraft haben würde, zu schreien, denn schon reichte ihm das Wasser bis an die Brust. Wie lange würde es noch dauern, dann hätte es eine Höhe gewonnen, dass es ihm bis an den Mund reichte!

In diesem letzten Augenblicke, vor der Nähe eines grässlichen Todes, gedachte er noch einmal all jener Umstände, die ihn bewogen hatten, sich auf ein erhabenes Unternehmen einzulassen, das seine beiden Leidenschaften: die Liebe zum Guten und den Hass gegen alles Schlechte, befriedigte, ihm aber auch Buße für die eigenen Vergehen sein sollte. Aber er fiel nicht darob in Verzweiflung, sondern ertrug sein grauses Geschick mit Demut und Unterwürfigkeit, wenn er sich auch, so lange noch der Lebensinstinkt in ihm arbeitete, sich mit aller Kraft seines Geistes gegen den Tod wehrte. Es wurde ihm zumute, als drehe er sich um sich selbst: Schwindel befiel ihn und riss seine Gedanken in seine raschen, schrecklichen Wirbel hinein; das Wasser brauste ihm in den Ohren, und eben wollte der letzte Schimmer von Verstand in ihm verlöschen, als sich neben der Kellertür eilige Schritte und Stimmengeräusch vernehmen ließen ... Er fand die Kraft nicht mehr, sich aufrecht zu halten, sondern glitt tiefer und tiefer in das noch immer steigende Wasser hinunter ... Da wurde die Kellertür aufgesprengt. Das Wasser schoss mit gewaltigem Druck in die entstandene Öffnung hinein, und Schuri packte Rudolf an beiden Armen, um ihn im letzten Augenblick vorm Tode, des Ertrinkens zu retten.

Sechstes Kapitel.

Schuris Tat und Erzählung

In das vor dem Einbruchsversuche Bakels von der einäugigen Eule besichtigte Haus in der Allee des Veuves durch Schuri gebracht, ruht Rudolf in einem wohnlich eingerichteten Stübchen. Im Kamine flammt ein helles Feuer, auf einer Kommode steht eine Lampe, die ebenfalls eine lebhafte Helle verbreitet; der Raum, wo das von dicken Damastvorhängen umgebene Bett steht, ist dunkel. Ein mittelgroßer Neger mit weißem Wollhaar, im blauen Frack mit orangegrünem Bande im Knopfloche, zählt nach der goldnen Sekundenuhr, die er in der Hand hält, die Pulsschläge Rudolfs. Am Fuße des Bettes, in schmutzigen Lumpen, steht mit übereinandergeschlagenen Armen, ohne ein Glied zu rühren, Schuri. Um den Kopf herum hängt ihm nass und verworren das flachsfarbige Haar. Von dem langen roten Barte tropft Wasser hernieder. Auf dem hässlichen Gesicht liegt ein unbeschreiblicher Ausdruck von Mitleid und Teilnahme. Der schwarze Arzt hat dem von Ohnmacht umfangenen Rudolf einen Löffel Medizin gereicht. Rudolf regt sich. – »Nun, die Starre lässt nach,« spricht der Arzt, »durch den Aderlass ists ihm leichter geworden, bald wird alles vorüber sein.« – »Also gerettet!« ruft Schuri, außerstande, seine freudige Erregung zu meistern; »Bravo! Bravo!« – Von dem lauten Rufe Schuris geweckt, richtet Rudolf sich auf, blickt sich scheu um, sammelt seine Gedanken und ruft: »Murph? Wo ist Murph?« – Ehrerbietig antwortet der Neger-Arzt: »Wollen gnädige Hoheit sich beruhigen! Noch dürfen wir hoffen.« – »Murph ist verwundet?« fragt Rudolf. – »Allerdings, Hoheit!« versetzt der schwarze Arzt. – »Wo ist Murph? Ich will ihn sehen«, ruft Rudolf. – »Es wäre gefährlich, ihn jetzt irgendwie zu beunruhigen. Er schläft.« – »Ihr hintergeht mich, Doktor! Murph ist tot, ist ermordet, und ich – ich bin die Ursache davon!« jammert Rudolf, die Hände zum Himmel aufhebend. – »Bei meiner Ehre, Hoheit, Murph lebt, wenngleich er sehr schwer verletzt wurde. Ich habe alle Hoffnung«, sagt der schwarze Arzt, »ihn am Leben zu erhalten.« – »Und doch fürchte ich, dass Ihr mir die Wahrheit verheimlicht«, versetzt Rudolf, sich wieder in die Höhe richtend, »lasst mich unverweilt zu ihm tragen. Einem Freunde ins Auge zu schauen, ist immer wohltuend.« – »Ich versichere noch einmal«, erwidert der Negerarzt, »dass Herr Murph bald genesen wird, sofern nicht Zufälle eintreten, die sich zurzeit nicht abwägen lassen.« – »Lieber David«, ruft Rudolf, »ists wirklich so?« – »Was ich Ihnen sage«, versetzte der schwarze Arzt, »ist die lautere Wahrheit. Hoheit wissen doch, dass noch nie eine Lüge über meine Lippen den Weg genommen hat.« – »Aber wie ist dies alles zugegangen?« unterbricht Rudolf den Arzt; »Wer hat mich aus dem schrecklichen Keller gezogen? Wer hat mich vom Tode des Ertrinkens errettet? Mir ists nur undeutlich zumute, als hätte ich die Stimme Schuris gehört. Oder sollte ich mich geirrt haben?« – »Nein. Sie haben sich nicht geirrt«, erwidert der Arzt; »der brave Mann kann Ihnen selbst erzählen, wie es zugegangen, denn er allein hat das Werk Ihrer Rettung vollbracht.« – »Wo ist Schuri?« ruft Rudolf. – »Da steht er«, sagt der Arzt, »er scheint sich nicht zu Ihnen herzugetrauen.« – »Tritt näher, du Wackrer!« spricht Rudolf, seinem Retter die Hand entgegenhaltend.

Schuri fühlte sich um so beklommener, als er aus dem Munde des schwarzen Arztes verschiedentlich das Wort Hoheit als Anrede für Rudolf gehört hatte ... »Ich bitte um ... um Verzeihung, Herr Ru ... Gnädigster Herr, wollte ich sagen«, fing Schuri an zu stammeln. - »Nenne mich, wie sonst: Rudolf,« erwiderte dieser, »mir ist das lieber, und dann - erzähle mir, wie alles zugegangen, und wie es dir möglich war, den Keller zu finden? Aber da fällt mir ein: Wo ist Bakel?« - »In Sicherheit«, antwortete der schwarze Arzt. - »Zusammengeschnürt wie eine Tabakrolle«, sagte Schuri, »was die beiden für ein Gesicht schneiden mögen, wenn sie einander in die Augen sehen!« - »Ach, und Murph? Mein armer Murph?« klagte Rudolf, »jetzt erst besinne ich mich! Ist er schwer verwundet worden, David?« - »Er wird genesen, Hoheit«, sagte der Arzt, »wenn auch einige Zeit darüber hingehen wird.« - »Ich will furchtbare Abrechnung halten, David, und rechne dabei, auf Euch,« rief Rudolf, »nun aber du, Schuri! Wie war es möglich, dass du noch zur rechten Zeit kamst?« - »Sie wissen, gnädiger Herr Rudolf«, erwiderte, ängstlich sich umsehend, der unter dem Namen Schuri dem Leser bekannte Mann, »dass Sie mir gestern Abend einen Auftrag an Bakel gaben. Ich habe ihn längere Zeit überall gesucht, bis ich ihn endlich in Kumpanei mit der Eule auf dem; Kirchhofe der Notre-Dame bei einem von der Gilde traf, der als Schneider gilt, aber Trödler, Hehler und Dieb in einer Person ist. Bei ihm kauften sie allerhand ein. Bakel sagte mir, als ich ihm von der Sache erzählte, die Sie für ihn hätten, er würde sich einfinden. Heute früh habe ich mich auf den Weg gemacht, um Ihnen seine Antwort auszurichten. Darauf sagten Sie mir, ich solle morgen vor Tage wiederkommen, tagsüber zu Hause bleiben, aber abends etwas erleben, das der Mühe lohne. Ich erriet, was darunter gemeint war, dass nämlich Bakel was ausgewischt werden solle, und das ging mir keineswegs wider den Strich, denn Bakel ist ein arger Bösewicht, der den Viehhändler umgebracht hat ... Mittlerweile fiel mir ein, Bakel sei ein durchtriebener Gesell und könne gar leicht eine Falle wittern, deshalb den Ort, an dem ihm Herr Rudolf für den andern Tag ein Stück Arbeit vorschlagen wolle, schon heute visitieren oder visitieren lassen, zuletzt vielleicht auch Lust bekommen, die Sache allein, ohne irgendwessen Beihilfe auszuführen.« - »Und so kam es auch«, bemerkte Rudolf, »du hattest richtig geraten. Auf diese Weise also fügte es die Vorsehung, dass ich dir das Leben zu verdanken habe.« - »Ich muss mich selbst wundern, Herr Rudolf«, sagte Schuri, »dass mir, seit ich Sie kenne, Dinge passieren, die oben im Himmel eingefädelt zu sein scheinen, und dann sehen Sie, Herr Rudolf, wenn man sich immer behandelt gesehen hat wie einen Hund, sobald man es bloß wagte, sich wieder ehrlicher Gesellschaft zu nähern, dann ... dann berührts einen gar seltsam, wenn man sich von jemand freundlich behandelt sieht ... Doch davon genug!« rief er, »ich soll Ihnen ja erzählen, wie alles zugegangen ist. Nun denn, ich habe da so bei mir gedacht, ich müsse mich irgendwo verstecken, wo sich mir die Gelegenheit böte, die Mauer und die Gartentür zu überschauen, da es einen andern Eingang zu dem Hause ja doch nicht gebe. Und da es regnete, machte ich mich auf den Weg nach den Champs Elysees, um mir dort eine Unterkunft zu suchen. Was aber sehe ich dort? Zehn Schritte vor Ihrer Tür ein kleines Wirtshaus. Dorthinein trat ich und setzte mich ans Fenster, keinen Blick von Ihrer Tür lassend. Da sehe ich mit einem Male die Eule mit Rotarms lahmem Jungen kommen.« – »Rotarm? Rotarm?« fragte Rudolf, »heißt der Wirt der unterirdischen Schenke in den Champs Elysées so?« – »Jawohl, Herr Rudolf«, erwiderte Schuri, »wussten Sie das nicht?« – »Nein. Ich war der Meinung, er habe seine Wohnung in Alt-Paris.« – »Dort wohnt er auch«, antwortete Schuri, »er wohnt eben überall, Freund Rotarm, der schlaue Wicht mit seiner gelben Perücke und spitzen Nase. Kurzum, als ich Eule und Jungen kommen sah, dachte ich bei mir: Gut, jetzt gibts was! Und wirklich: Der Junge verkriecht sich in einen Graben der Allee, von wo aus er den Blick nach Ihrer Tür hin frei hat. Die Eule setzt sich eine Haube auf, tritt an die Tür heran und klingelt. Murph macht ihr auf und lässt sie herein. Nach einer langen Weile kommt sie wieder und spricht zu dem lahmen Jungen, der noch immer im Graben lag, ein paar Worte. Als sie hierauf allein wegging, habe ich mir gesagt: »Nun aber aufpassen, Schuri! Der lahme Junge bleibt hier, die Eule geht wieder ... wohin anders, als zu Bakel und zu Herrn Rudolf, die zusammen beim Rotarm geblieben sind? Die Eule hat also hier bloß baldowern sollen, und heut Abend soll was vorgehen, Herrn Rudolf aber haben sie sicher aus dem Wege geschafft, um freie Hand zu haben. – Ich denke weiter: Wie die Dinge stehen, gehe ich am besten ... Hm, überlege ich, wenn aber inzwischen Bakel kommt? Am gescheitesten wäre es doch, du gingest zu Herrn Murph und stecktest es ihm! Da lauert aber der verfluchte lahme Junge an der Tür, sage ich mir, und wenn er dich sieht, so warnt er doch die Eule, und das kann alles verderben, zumal sich Herr Rudolf vielleicht doch anders besonnen hat und schon heute Abend tun will, was erst morgen sein sollte. Nun ging ich ins Freie, um zu überlegen, zog meine Bluse aus, band mein Halstuch ab, ging in den Graben und nahm den lahmen Jungen beim Kragen, ohne mich an sein Geschrei zu kehren, und schnürte ihn in meine Bluse wie in einen Sack, den ich oben mit den Ärmeln, unten mit dem Halstuche zusammenband und auf den Buckel nahm. Nicht lange, so komme ich an einen Gemüsegarten, um den eine kleine Mauer herumläuft. Ich packe meinen Sack und schleudere ihn über die Mauer in ein Rübenfeld. Freilich quiekt der lahme Junge wie ein Schwein, aber weiter als auf etwa zwei Schritte war seine Stimme doch nicht zu hören. Darauf mache ich mich schleunigst auf die Socken, bis ich zu einem Baume komme, von dem aus sich Ihre Tür überblicken lässt. Keine zehn Minuten, so hörte ich Schritte. Der Regen fiel noch immer, und eine Finsternis herrschte, dass der Teufel sich hätte auf den Schwanz treten können. Ich lauschte. Die Eule wars ... »Lahmer, Lahmer!« rief sie leise. Ich aber dachte: »Ja, such du nur!« Da hörte ich Bakels Stimme: »Bei dem Regen wirds dem Jungen zuwider geworden sein zu warten; aber wenn ich ihn morgen erwische, ziehe ich ihm die Haut vom Leder.« – »Männchen«, hörte ich drauf die Eule wieder, »nimm dich in acht! Vielleicht ist er weggegangen, um uns was zu berichten? Wenns nun eine Falle wäre? Der andre wollte doch erst um zehn?« – »Eben darum«, sagte Bakel drauf, »jetzt ists erst sieben: Du hast Geld gesehen; wer nicht wagt, gewinnt nicht; drum gib mir die Zange her!«

»Von wem hatte er die Werkzeuge?« fragte Rudolf. – »Von Rotarm«, versetzte Schuri; »der hält immer Vorrat; im Nu war die Tür aufgebrochen ... Da höre ich wieder die Einäugige: »Du Männchen, schieb den Dolch da hinter deine Weste, damit du ihn gleich bei der Hand hast«, worauf Bakel in den Garten schlich. Ich sagte mir gleich: Herr Rudolf ist nicht dabei, also entweder tot oder irgendwohin verschleppt; ihm kann ich nicht helfen, aber Bakel kann Herrn Murph, Herrn Rudolfs Freund, der nichts Schlimmes vermutet, um die Ecke bringen wollen. Ich bin im Nu vom Baume hinunter und schlage die Eule mit zwei Fausthieben nieder; dann renne ich in den Garten; aber, Herr Rudolf, dorthin kam ich zu spät, denn Herr Murph, der jedenfalls Geräusch gehört hatte, war schon draußen und mit Bakel auf der Vortreppe im Kampfe. Herr Murph war schon schwer verwundet, hielt aber Bakel noch fest. Ich fiel über beide her und packte den Bakel. »Ich bins, Herr Murph«, rief ich, »ich, der Schuri!« – Bakel aber, wie vom Donner gerührt, schreit: »Spitzbube! Welcher Satan führt dich hierher?« – »Oho! Nicht so neugierig, Kujon!« antworte ich, ihm ein Bein zwischen die Knie stellend und den Arm fassend, in welchem er den Dolch hielt; Bakel schnaubte wie ein Ochse und wehrte sich wie ein Löwe. Den Dolch hatte ihm Herr Murph nicht entwinden können, denn Bakels Faust ist wie ein Schraubstock. Endlich gelang es mir, beide Hände hinter seinen Nacken zu bringen und zusammen zu schlingen, wie wenn ich ihn umarmen wollte ... »Und nun sehen Sie zu«, sagte ich zu Murph, »ob Sie draußen Hilfe finden. Ich will warten, bis Sie zurückkommen; draußen hinter der Gartentür liegt die Eule, die lassen Sie nur mit in Sicherheit bringen, wenn Sie Hilfe haben.« Ich blieb mit Bakel allein, und was ihm bevorstand, das wusste er. Ich hatte noch immer beide Arme um seinen Hals geschlungen. Wir lagen halb auf der Erde, halb auf der untersten Treppenstufe. Mein Gesicht lag auf dem seinen. Ein Bein hatte ich ihm zwischen die Kniee gesteckt. Trotzdem hob er uns beide zusammen mit dem Leibe über einen Fuß hoch empor; aber noch immer hielt ich ihm meine Hände unter dem Kopfe und seinen Arm unter meinem Leibe. Da mit einem Male sehe ich die Eule oben auf den Stufen stehen. Donnerwetter! Mir wars, als sei mir der leibhafte Teufel erschienen.

Bakel knirschte mit den Zähnen, das runde Auge des Weibes funkelte wie Grünspan ... »Finette«, rief Bakel, als er ihrer ansichtig wurde, »ich habe den Dolch fallen lassen; heb ihn auf und stoß ihn dem Schuft zwischen die Rippen.« – »Einen Moment!« versetzte keuchend die Eule, »erst muss ich zu mir kommen«, und sie umkreiste uns wie ein Unglück kündender Vogel. Endlich erblickte sie den Dolch, aber als sie nach ihm greifen wollte, gelang es mir, ihr einen Tritt zu versetzen, dass sie stürzte; aber sie raffte sich flugs wieder auf ... da sah ich einige Bewaffnete die Treppe herunter stürzen, zuletzt Murph, der sich leichenblass auf einen Neger stützte. Nun wurde Bakel gepackt und gebunden, ebenso die Eule. Nun wusste ich aber noch immer nicht, wo Herr Rudolf steckte. Ich nahm die Eule ins Gebet, aber sie wollte nichts sagen. Da packte ich sie am Armgelenk und fing an zu drehen. Sie hielt es aus, bis es zu knacken anfing. Da ging ihr doch die Courage aus, und sie sagte: »Bei Rotarm im Keller vom Blutigen Herzen steckt er.« – Unterwegs wollte ich den lahmen Jungen aus dem Rübenfelde mit heimnehmen, fand ihn aber nicht mehr, denn er hatte sich mit den Zähnen aus dem Sack herausgebissen. Als ich nun ins Blutige Herz kam, fand ich Rotarm nicht sogleich; und als er endlich sichtbar wurde, wollte ich ihn an der Kehle packen; aber er sagte: »Ich kann mir denken, dass du wegen des jungen Laffen kommst, mit dem sich Bakel einen schlechten Witz gemacht hat. Lass mich los! Ich habe von Bakel nicht mehr als von dir. Geh in meinen Keller, da wirst du deinen jungen Laffen finden.« – Ich rannte hin, sprengte den Keller auf, das Wasser schoss mir entgegen. Da erblickte ich Ihre beiden Arme, fischte Sie noch glücklich heraus und trug Sie auf dem Rücken hierher.«

Rudolf richtete sich auf und reichte Schuri die Hand ... »Ich verdanke dir das Leben, Schuri«, sagte er, »und werde die Schuld, – darauf verlass dich, – gebührlich wettmachen. Du hast Herz genug, um zu wissen, welches Gefühl mich in diesem Augenblicke bewegt: kein anderes als schwere Sorge um einen guten und ehrlichen Freund, dem du gleich mir das Leben gerettet hast, aber auch einen schrecklichen Rachedurst wider den Mann, der uns beinahe umgebracht hätte ... David«, wandte er sich an den Negerarzt, »ein Wort!« und er sprach eine Weile leise mit ihm.

David schauderte ... »Sie zögern?« fragte Rudolf; »und doch haben wir so oft miteinander darüber gesprochen! Jetzt ist die Zeit da, den Plan in Ausführung zu bringen.« – »Von Zögern, gnädiger Herr, ist keine Rede. Ich stehe im Gegenteil ganz auf Ihrer Seite, was Ihre Anschauungen über eine vollständige Reform des Strafwesens anbetrifft. Aber die Strafe, die Sie verhängen wollen, ist, so einfach, wie sie ist, doch zugleich schrecklich. Im vorliegenden Falle ist freilich ihre Anwendung gerechtfertigt. Der Räuber, über den sie verhängt werden soll, hat Verbrechen gerade genug begangen, um ihn lebenslänglich ins Bagno zu bringen, drei Totschläge: an dem Viehhändler, an Murph und an Ihnen! Die Strafe ist also nur gerecht.«

»Dabei bleibt ihm der unbegrenzte Horizont der Reue«, ergänzte Rudolf Davids Worte; »und mit fünftausend Franks, David, wird er doch auskommen?« – »Unbedingt, Hoheit!« – »Mein Freund«, wandte Rudolf sich an Schuri, der ganz verblüfft ihm zugehört hatte, »mit dem Herrn hier muss ich ein paar Worte sprechen. Tritt unterdes hier in dies Nebenzimmer. Auf dem Schreibtische wirst du eine Brieftasche finden. Nimm fünf Tausendfranks-Scheine heraus und bring sie mir her!« – »Für wen?« fragte Schuri unwillkürlich. – »Für Bakel! Zugleich sage den Leuten, dass sie ihn herschaffen.«

Siebentes Kapitel.

Bakels Strafe

In einem rot ausgeschlagenen, glänzend erleuchteten Zimmer, an einem großen, mit rotem Teppich bedeckten Tische sitzt, im langen schwarzen Schlafrock, der die Blässe seines Gesichts noch mehr hervorhebt, Rudolf zwischen dem schwarzen Arzte und Schuri. Auf dem Tische liegen zwei Brieftaschen. Die eine hat Bakel gestohlen, die andere gehört ihm. Neben ihnen liegt die vergoldete Kette der Eule, an der der kleine Heilige Geist aus Lapis Lazuli hängt, ferner der noch blutige Dolch, mit dem Murph verwundet worden, das Brecheisen, dessen sich Bakel bei seinen Einbrüchen zu bedienen pflegt, endlich die fünf Tausendfranks-Scheine, die Schuri aus dem ihm von Rudolf bezeichneten Zimmer geholt hat.

Bakel liegt, noch immer gefesselt, auf einem in die Zimmermitte geschobenen großen Rollstuhle. Rudolf ist nicht mehr in gereizter Stimmung, sondern ruhig und gefasst, ernst und bekümmert. Er steht im Begriff, eine feierliche, schreckliche Tat zu begehen ... »Du bist aus dem Bagno von Rochefort entwichen. Du warst auf Lebenszeit verurteilt wegen Fälschung, Diebstahl und Mord. Dein wirklicher Name ist Anselm Duresnel.« – »Ich bestreite alles, was man mir nicht beweisen kann,« erwiderte Bakel trotzig. – »Was willst Du bewiesen haben?« fiel Schuri dazwischen, sich zu Bakel herumdrehend, »sind wir nicht beide zusammen in Rochefort gewesen?«

Rudolf winkte Schuri, zu schweigen, und fuhr fort: »Du bist Anselm Duresnel und wirst es, wenn wir weiter sind, auch eingestehen. Auf der Straße von Poissy hast du einen Viehhändler beraubt und erschlagen.« – »Ich bestreite es.« – »Nun, auch das wirst du später zugeben.« – Der Räuber blickte Rudolf verwundert an. – »Du bist in der vergangenen Nacht in dieses Haus eingedrungen in der Absicht, zu stehlen, und hast seinen Besitzer verwundet. Tags vorher hast du einen Mann und eine Frau in Alt-Paris überfallen, hast ihnen diese Brieftasche geraubt und dich ihnen gegenüber erboten, mich für den Preis von eintausend Franks zu ermorden.«

»Sie sind nicht mein Richter,« rief Bakel trotzig, »ich verweigere Ihnen von jetzt ab jede Antwort.«

»Es war mir bekannt, dass du aus dem Bagno gebrochen, wie auch, dass du die Eltern eines unglücklichen Mädchen kennst, die allein durch deine Mitschuldige, die Eule, ins Unglück gestürzt worden ist. Ich hatte weiter nichts im Schilde, als dich durch einen Diebstahl hierher zu locken. Denn es ist mir kein Zweifel: in ehrlicher Absicht dich herzuschaffen, wäre ja doch ausgeschlossen gewesen. Gestern habe ich deinen wahren Namen durch einen Zufall erfahren.« – »Der Name, den Sie mir beimessen, ist falsch. Ich heiße nicht Duresnel.« –

»Heiligtumschänder!« rief Rudolf, indem er die Halskette der Eule von dem Tische nahm und auf den kleinen Heiligen Geist aus Lapis Lazuli zeigte, mit drohender Stimme: »Heiligtumschänder! Diese Reliquie hast du einem ehrlosen Geschöpf gegeben, trotzdem sie dir dreimal heilig hätte sein sollen, denn deinem Sohne ist sie als fromme Gabe von seiner Mutter und seiner Großmutter zu teil geworden.«

Wie vom Donner gerührt durch diese Aufklärung, ließ Bakel den Kopf sinken und gab keine Antwort.

»Gestern,« nahm Rudolf wieder das Wort, »erfuhr ich, dass du vor fünfzehn Jahren deinen Sohn seiner Mutter geraubt hast, sowie dass du allein weißt, was aus ihm geworden ist. Und eben dies war ein neuer Grund für mich, dich festzunehmen. Was mich persönlich angeht, will ich nicht rächen; aber heute Nacht hast du abermals Blut vergossen, ohne dass du Ursache dazu gehabt hättest, denn der Mann, den dein Mordstahl getroffen hat, ist zu dir gekommen voll Vertrauen und hat nach deinem Begehren gefragt ... Und was hast du ihm darauf geantwortet? »Das Geld oder das Leben!« und hast mit dem Dolche nach ihm gestoßen.«

»Was du redest, ist falsch und erlogen,« schrie Bakel. – »Murph lügt nicht,« erwiderte Rudolf mit Kaltblütigkeit, »deine Verbrechen schreien nach Buße. Du müsstest das Blut, das du vergossen, sühnen durch den eigenen Tod. Aber aus Mitleid mit deinem Sohne und seiner Mutter, die einst deine Frau war, soll dir die Strafe des Schafotts erspart bleiben. Es soll heißen, du seiest bei dem Kampfe umgekommen. Bereite dich also zum Tode vor! Du siehst, die Gewehre, deren Kugeln dich niederstrecken sollen, sind geladen.«

Aus Rudolfs Zügen sprach unversöhnlicher Hass. Bakel hatte im Vorzimmer zwei Männer mit Gewehren stehen sehen. Dass man wusste, wie er in Wirklichkeit hieß, bezweifelte er nicht mehr, ebenso wenig, dass man ihn umbringen wolle, um seiner Familie diese letzte Schmach zu ersparen. Wie alle seines Schlages war er eben so roh wie feige. Er hielt seine Stunde für gekommen und zitterte vor Schreck; mit kreideweißen Lippen rief er einmal über das andere: »Gnade! Gnade!« – »Für dich,« erwiderte Rudolf, »gibt es keine Gnade, und wird dir keine Kugel durch den Kopf gejagt, dann winkt dir über kurz oder lang doch das Blutgerüst.« – »Es soll mir lieber sein,« schrie er, »denn um ein Vierteljahr lebe ich dann doch noch länger. Ihnen kann es doch gleich sein ... Darum gewähren Sie mir Gnade! Gnade!« – »Willst du mir sagen, wo sich dein Sohn befindet?« – »Ja, wenn mir einige Zeit noch zu leben vergönnt wird, will ich alles, alles bekennen, was ich weiß,« lallte Bakel. – »Willst du mir sagen, wie die Eltern des jungen Mädchens heißen, das die Eule in seiner Jugend so schändlich gequält und gemartert hat?« – »In meiner Brieftasche liegen Papiere, die Sie auf die rechte Spur führen werden. Die Mutter scheint eine sehr vornehme Dame zu sein.« – »Und wo ist dein Sohn?« – »Ich habe ihn einem Komplizen übergeben, der so glücklich war zu entkommen, als ich verhaftet wurde. Er hat ihn aufgezogen und ihm beigebracht, was ihm zu wissen nottat, damit er eine Stelle in einem Bankgeschäft bekleiden konnte. Von da aus sollte er uns über gewisse Dinge regelmäßigen Bericht erstatten. Während ich alles für meine Flucht aus Rochefort bereitete, korrespondierten wir in Chiffreschrift.« – »Den eigenen Sohn also hat er auf die Bahn des Verbrechens geführt!« rief Rudolf schaudernd, und schlug die Hände vor das Gesicht. – »Es handelt sich ja bloß um eine kleine Fälschung«, fuhr der Räuber fort, »und als mein Sohn vernahm, wozu er die Hand bieten sollte, gab es einen schlimmen Tanz zwischen ihm und dem Manne, der ihn erzogen hatte, erzogen zu unseren Zwecken, und so verschwand er eines Tages. Das mag vor etwa anderthalb Jahren passiert sein. In Paris hat mein Komplize seine Spur verloren. Er hat alles Mögliche versucht, ihn wieder in seine Gewalt zu bekommen; aber es hat ihm alles nichts genützt. Ich habe Ihnen gesagt, was ich weiß, und erwarte nun, dass Sie Ihre Zusage, mich nur wegen des gestern begangenen Diebstahls zu strafen, erfüllen.«

»Und wie steht es mit dem Viehhändler aus Poissy?« fragte Rudolf. – »Das kann unmöglich herauskommen, denn es existieren gar keine Beweise. Ihnen will ich es ja bekennen, um Ihnen meinen guten Willen zu zeigen; aber wirklichen Richtern würde ich alles abstreiten, solange sie mir nichts beweisen können.« – »Du gibst also den Mord zu?« – »Ich wusste nicht, wovon ich leben sollte; die Eule hat mir davon abgeraten; und wenn Sie mich der Justiz nicht ausliefern wollen, so würden Sie wohl noch erleben, dass ich mich bessere.« – »Nun gut, du sollst leben und der Justiz nicht überantwortet werden, aber ich werde dich richten und strafen«, schloss Rudolf mit dröhnender Stimme; »du sollst weder ins Bagno kommen, noch aufs Schafott, denn aus dem Bagno brächest du bei deiner gewaltigen Stärke doch wieder aus, und vom Gerichtssaale bis zum Schafott ist der Weg zu kurz, um als Strafe gelten zu können. Aus diesem Grunde also sollst du nicht das Schafott besteigen, und sollst auch nicht wieder zurück ins Bagno.«

Bakel war wie vernichtet, denn zum ersten Male in seinem Leben fürchtete er eine unbestimmte Zukunft mehr als den Tod; und solche unklare Furcht war ihm grässlich.

»Anselm Duresnel,« nahm Rudolf wieder das Wort, »ich werde deine Kräfte lähmen! Bisher haben die Stärksten vor dir gezittert; jetzt sollst du vor den Schwächsten zittern! Mörder, du hast Geschöpfe Gottes in ewige Nacht gestürzt, für dich wird das Dunkel der Ewigkeit schon bei Lebzeiten beginnen, in dieser selbigen Stunde. Deine Strafe soll deinen Verbrechen gleichkommen, aber sie wird dir wenigstens einen Vorteil sichern: Den unbegrenzten Horizont der Reue lassen. Für immer von der Außenwelt geschieden, wirst du gezwungen sein, unablässig in dein Inneres zu schauen, und auf diese Weise wird, wie ich hoffe, deine eiserne Stirn sich noch einmal mit Schamröte bedecken, wird deine verstockte Seele sich der Milde erschließen. Du bist kühn und grausam, und weil hinfort du schwach sein wirst, wirst du sanft und demütig werden. Nach einem langen, der Buße für deine Verbrechen gewidmeten Leben wird dein letztes Gebet aufsteigen, dir das unverhoffte und unverdiente Glück, zwischen deiner Frau und deinem Sohne zu sterben, zu Teil werden zu lassen ...«

Rudolfs Stimme war bei diesen letzten Worten weich geworden. Mit unsagbarer Wehmut schüttelte er das Haupt und sprach zu dem Negerarzte: »David! Gehen Sie ans Werk! Möge, wenn ich irre, Gott mich allein strafen und nicht Sie!« Er verbarg das Gesicht hinter seinen Händen.

Zwei schwarz gekleidete Männer traten in das Zimmer. Der Doktor zeigte auf ein anstoßendes Kabinett. Dorthin rollten sie den Stuhl, auf dem der Räuber so fest gebunden war, dass er kein Glied rühren konnte ... »Bindet ihm, sodass die Stirn freiliegt, den Kopf mit einem Tuch am Stuhle fest und ein anderes Tuch steckt ihm in den Mund!« befahl David, mit in das Kabinett tretend. – »Sie wollen mich morden. Gnade, Gnade!« rief Bakel. – Dann wurde es auf ein paar Sekunden still, und dann vernahm man nichts als ein dumpfes Gemurmel.

»Herr Rudolf«, nahm darauf Schuri das Wort, der leichenblass geworden war, mit zitternder Stimme, »ich fürchte mich – Was geht vor? Sagen Sie es mir, Herr Rudolf! Oder liege ich in Träumen? Was macht der Schwarze mit Bakel? ... Herr Rudolf, man hört nichts, und um dieser Stille willen fürchte ich mich noch mehr.«

Nun trat David wieder aus dem Kabinett. Wenn auch auf seinem Gesichte keine Blässe nach unserer Vorstellung zu sehen war, so war doch von seinen Lippen alle Farbe gewichen. - Auf sein Klingeln rollten die beiden Männer den Rollstuhl herein und nahmen den Knebel aus Bakels Munde ... »Soll ich gefoltert werden?« rief Bakel, mehr von Zorn erfüllt, als von Schmerz geplagt; »warum haben Sie mir an den Augen herumgestochen? Sie haben mir wehgetan! Und warum bringen Sie mich in einen stockfinstern Raum? Soll ich im Finstern gefoltert werden?«

Eine kurze Weile herrschte grauenvolle Stille ... Endlich sagte David mit tiefbewegter Stimme: »Du bist nicht im Finstern, sondern bist blind!« - »Das kann nicht sein,« erwiderte Bakel, indem er sich anstrengte, seiner Fesseln frei zu werden; »Sie haben bloß künstliche Finsternis geschaffen, um mich zu schrecken.« - »Nehmt ihm die Fesseln ab«, befahl Rudolf, »er mag aufstehen und gehen.« - Sein Befehl wurde ausgeführt. - Bakel sprang schnell auf die Beine, machte ein paar Schritte, die Hände vorstreckend, und sank im nächsten Augenblicke, die Arme gen Himmel erhebend, auf den Rollstuhl nieder. - »David, geben Sie ihm die Brieftasche!« - Als auch dieser Befehl ausgeführt worden, fuhr Rudolf fort: »In der Brieftasche findest du Geld genug, um bis zu deinem Lebensende an irgendeinem kleinen, einsamen Orte Obdach und Unterkunft zu finden. Du bist jetzt frei. Geh und bereue! Der allgütige Gott ist barmherzig.«

»Blind!« wiederholte Bakel, mechanisch nach der Brieftasche greifend. »Also doch wahr?« - »Du bist frei«, sagte Rudolf, »du hast Geld - also geh!« - »Ich kann doch nicht«, erwiderte Bakel, von Schauder geschüttelt, »wie soll ich gehen? Ich sehe ja nicht mehr.« - »Für deinen Unterhalt ist ja gesorgt. Wende deinen Überschuss von Kraft, den du nur brauchtest, Verbrechen zu üben, dazu an, eine Unterkunft zu finden. Für Geld bekommt der Mensch ja alles.« - »O, man wird es mir stehlen«, schrie Bakel. - »Stehlen?« wiederholte Rudolf, »und wie viel hast du gestohlen? Empfinde nun, was die empfanden, denen du ihr Gut und Eigentum stahlest!« - »Um Gottes willen«, bat Bakel flehentlich, »lassen Sie mich von jemand führen. Wie soll ich über die Straße kommen? Bringen Sie mich lieber um!« - »Nein!« rief Rudolf streng, »du sollst bereuen, und die Reue wird nicht ausbleiben.« - »Ich will nicht bereuen, nun und nimmer«, versetzte Bakel trotzig, »aber rächen will ich mich, rächen an allen, die mich geblendet haben!« Und weißer Gischt trat ihm auf die Lippen; die Fäuste ballend, mit den Zähnen knirschend, sprang er vom Stuhle auf. Aber schon beim ersten Schritte stolperte er ... »Es geht nicht«, jammerte er, außer sich vor Wut; »ich kann nicht laufen; wohin soll ich die Füße setzen? Kein Mensch hat Mitleid mit mir.« - »Und mit wem hattest du es?« fragte Rudolf. - Da trat Schuri zu ihm heran und legte ihm die Hand auf die Schulter. - Bakel zuckte zusammen ... »Wer fasst mich an?« rief er; »wer legt die Hand an mich?« - »Ich«, sagte Schuri. - »Wer bist du?« - »Schuri.« - »Willst du mich in eine Falle locken?« - »Ich bin kein schlechter Kerl, das weißt du«, versetzte Schuri, »und werde dein Unglück nicht ausnützen. Komm mit! Wir wollen gehen. Es wird Tag.«

Rudolf konnte nicht länger Zeuge der weiteren Vorgänge sein, sondern begab sich mit dem Negerarzte in ein anderes Zimmer, und auch die beiden Diener verschwanden. Schuri und Bakel blieben zusammen allein. - »Ists wahr, dass in der Brieftasche Geld ist?« fragte Bakel nach einer Weile. - »Ja, ich selbst habe fünftausend Franks hineingelegt. Du sollst dich irgendwo in Pension geben und dein Leben in Ruhe und Reue beschließen. Natürlich kanns nur irgendwo auf dem Lande, bei bescheidenen Bauern, sein; oder soll ich dich zur Wirtin des Weißen Kaninchens führen?« - »Nein. Die mauste mir doch alles und ließe mich dann im Elend sitzen.« - »Oder zu Rotarm?« - »Da wäre ich noch schlechter dran als bei der Wirtin, denn der Kerl vergiftete mich in wenigen Tagen, um sich meines Geldes zu bemächtigen.« - »Wohin aber dann?« - »Ich kanns nicht sagen,« erwiderte Bakel, »Schuri, du warst nie ein Dieb. Komm und steck mir die Brieftasche unter die Jacke, sodass ich sie nicht verlieren kann; dass die Eule sie auch nicht sieht, denn sie würde mich ebenfalls plündern bis aufs Hemd!« - »Die Eule?« wiederholte Schuri, »die liegt im Spital, mit einem Denkzettel von mir, an dem sie zu knabbern haben wird.« - »Schuri! Was aber soll aus mir werden, was soll aus mir werden, nachdem ich geblendet bin? Und wenn ich nun hinter dem schwarzen Schleier, der mir vor die Augen gehängt ist, die Gestalten all derer sehe ..« - Und wieder schauderte es ihn. - »Schuri«, fragte er plötzlich, »was ist aus dem Manne von gestern Abend geworden?« - »Er lebt.« - »So!« sagte Bakel dumpf, »also einer weniger! Schade, schade!« - Dann stützte er sich auf Schuris Arm und verließ das Haus in der Allee des Veuves.

Achtes Kapitel.

Isle Adam.

Vier Wochen waren verstrichen. In dem Städtchen Isle-Adam, das freundlich am Ufer der Oise, ziemlich mitten im Walde gelegen ist, zerbrachen sich die Leute den Kopf, wer wohl das beste Metzgergeschäft im Orte gekauft habe, das bisher von der verwitweten Frau Dumont geführt worden war. Es musste ein reicher Mann sein, hatte er doch den Laden vollständig neu restaurieren lassen. Drei Wochen lang waren dort Arbeiter beschäftigt gewesen; quer durch den Laden ging ein messingnes Gitter, den Verkaufsstand vom Publikum scheidend; rechts und links vom Gitter standen große Säulen, die zwei mächtige Stierhäupter trugen, als Stützen für das Gesims, an dem die Firma befestigt wurde, die in großer Goldschrift auf schwarzem Grunde die Zeile zeigte:

Francoeur, Metzgermeister,
Verschleiß von Fleisch- und Wurstwaren.

Zwei Stunden nach Ladeneröffnung fuhr ein zierliches Korbwägelchen, von kräftigem Rappen gezogen, vor. Zwei Männer stiegen aus: Murph, der wieder hergestellt war, aber noch immer kreidebleich aussah, und Schuri, in dem anständigen Anzuge, den er jetzt trug, gegen früher gar nicht wiederzuerkennen. Auch sein Gesicht hatte sich ganz verändert: Von der früheren Rohheit war keine Spur mehr darauf zu sehen.

Die beiden Männer traten in eine hübsche, mit Nussbaummöbeln ausgestattete Stube, hinter dem Laden gelegen, deren Fenster auf den Hof hinaus gingen. Murph nahm eine Flasche aus dem Schranke und sagte: »Heute Morgen ists frisch, Schuri, vielleicht ein Schnäpschen gefällig?« – »Mit Verlaub, Herr Murph, ich werde keinen Schnaps trinken. Mich wärmt die Freude über diese glückliche Wandlung meines Schicksals. Gestern haben Sie mich vom Floßplatze geholt, wo ich ja derb schuften musste, aber doch den Tagelohn redlich verdiente, den ich zu meinem Lebensunterhalte brauchte. Und dann holten Sie mich und gingen mit mir in einen Kleiderladen, kauften mir die schönen Sachen und bestellten mich vor das Tor Saint-Denis. Dort hielten Sie mit Ihrem Wagen, und nun sind wir hier!« sagte Schuri, in die Hände klatschend; »aber hier wohnt doch ein Metzger? Draußen hackt doch ein Geselle Fleisch? Und was für schönes Fleisch liegt im Schaufenster und hängt im Laden? Wie erinnert mich das alles an meine Jugend! Ach, hätte ich werden können, wonach mir das Herz stand, dann wäre ich nichts anderes im Leben geworden als Schlächter.«

Murph führte ihn durch den Laden in den Stall, in welchem drei stattliche Ochsen und etwa zwei Dutzend Schafe standen. Dann in den Pferdestall, in den Schuppen, ins Schlachthaus, auf den Boden, kurz überall im Hause umher. Überall herrschte die peinlichste Sauberkeit, überall leuchtete der Wohlstand in die Augen; Murph fragte Schuri, ob er auch die oberen Stockwerke besichtigen wolle. – »Noch weiß ich nicht, was ich hier soll«, erwiderte Schuri, indem er sich scheu umsah; »soll ich hier als Gesell eintreten? Wenn dies der Fall wäre, Herr Murph«, setzte er leise hinzu, »dann wäre es doch notwendig, dem Meister ...« – »Nun, was meinen Sie?« fragte

Murph, als Schuri stockte. – »Dann wäre es doch nötig«, wiederholte Schuri, »dem Meister zu sagen, dass ...« – »Nun, was denn?« fragte Murph wieder, »der Mann, der Ihnen Arbeit geben will, ist gerade oben.« – »Nun, ich müsste ihm doch sagen – denn wenn es nachher herauskäme, stünde ich doch als Lügner da – dass ich im Bagno – gesessen habe!« – »Sie haben recht«, erwiderte Murph, »nun, so kommen Sie. Ich bin mit dem Manne bekannt und werde für Sie bei ihm ein gutes Wort einlegen.«

Sie gingen zusammen die Treppe hinauf. Eine Tür öffnete sich. Sie standen vor Rudolf ... »Murph, mein ewig getreuer Freund, lass uns ein paar Augenblicke allein!« – Dann wandte sich Rudolf an Schuri: »Nicht wahr, Murph hat dich überall im Hause herumgeführt?« – »Jawohl, Herr Rudolf, es ist ein stattliches Haus und ein prächtiger Laden. Und das alles so nett und sauber! Herr Murph sagt, ich solle hier auf einen Tagesverdienst von vier Franks kommen. Nun, ich werde mir schon nichts zuschulden kommen lassen, um mir solche Gelegenheit nicht zu verscherzen.« – »Nun, lieber Schuri«, erwiderte Rudolf, »ich möchte Ihnen noch etwas anderes vorschlagen. Alles, was Sie hier in dem Hause sehen, auch das Haus selbst, soll Ihnen gehören, und dazu noch die tausend Livres, die sich hier in der Brieftasche befinden.«

Auf Schuris Gesicht trat ein dummes Lächeln; er schob den langhaarigen Filzhut zwischen den Händen hin und her, ohne für Rudolfs Worte, trotzdem sie an Deutlichkeit kaum zu wünschen ließen, Verständnis zu finden. Rudolf nahm wieder freundlich das Wort: »Ich sage Ihnen, dass alles, was Sie hier sehen, Haus und Inventar, Ihr Eigentum sein soll. Verstehen Sie? Ich habe dies alles für Sie gekauft und mache es Ihnen zum Geschenk.«

Schuri kratzte sich verlegen hinter den Ohren und schlug die Augen nieder. Es war ihm nicht möglich, eine Antwort zu finden, denn wenn er auch recht gut hörte, was Rudolf zu ihm sagte, so konnte er doch nicht fassen, dass so etwas möglich sein könnte, hatte er doch zeitlebens im Zustande der tiefsten Erniedrigung gelebt, und sich so im Handumdrehen in solch völlig andere Lebensverhältnisse zu finden, war ihm ein Unding, wofür ihm auch als Gegenleistung für den unendlich großen Dienst, den er Rudolf geleistet, der richtige Begriff abhanden blieb.

»Wie gesagt, Schuri, von jetzt ab sollen Sie hier Herr sein«, nahm Rudolf von Neuem das Wort, »sollen hier schalten und walten als alleiniger Besitzer. Ich erwarte von Ihnen nichts weiter dafür, als dass Sie bestrebt sein werden, sich eines ehrenvollen Lebens als städtischer Bürger zu befleißigen. Im Übrigen sind Sie mir durchaus nicht zu Dank verpflichtet, denn ich gebe Ihnen einzig und allein nach Verdienst.« – Schuri fand endlich die Sprache wieder ... »Wie, Herr Rudolf«, sprach er tief ergriffen, »weil Sie mich schlugen, ich wollte sagen, mich besiegten, was noch keinem, selbst dem Bakel, nicht gelungen war, erzählte ich Ihnen, wie es mir in meinem Leben ergangen; und warum tat ich es? Weil ich Sie in Ihrem Arbeitskittel als einen von unsersgleichen hielt; und weil ich ferner zu Ihnen, was mir auch noch nie passiert war, eine aufrichtige Neigung im Herzen fühlte, habe ich mich ein bisschen getummelt, Ihnen, als Sie in größter Lebensgefahr schwebten, beizuspringen. Das hätte ich ja schließlich für einen andern Kameraden wohl auch getan, denn elend ersaufen lässt man doch kaum jemand! Und nun wollen Sie sich bei mir so nobel dafür abfinden? Wollen mir Haus und Hof und ein schönes Schlächtergeschäft und obendrein bares Geld - und solch eine große Summe - schenken? Das geht doch nicht an, Herr Rudolf! Das geht auf keinen Fall an!« - »Schuri«, versetzte Rudolf, »Sie erzählten mir die Geschichte Ihres Lebens ungeschminkt, ohne mir die verbrecherischen Momente darin zu verhehlen oder nur zu beschönigen. Und das weckte Vertrauen bei mir, dass Sie noch für die menschliche Gesellschaft nicht ganz verloren seien, dass Sie im Gegenteil noch als ein nützliches Glied derselben gelten könnten, sobald Sie jemand fänden, der sich Ihrer mit Eifer und gutem Willen annähme. Ich habe Sie weiter beobachtet und aus verschiedenen Umständen ersehen, dass meine Ansicht die richtige gewesen sei, und darum will ich Sie auch belohnen für die edle Tat, die Sie an mir vollbracht haben, will Sie in die Lage setzen, als ehrlicher Bürger und angesehener Handwerksmeister Ihr Leben zu beschließen. Aber was ich Ihnen sagen will, ist damit noch immer nicht erschöpft.« -

»Und welche Loblieder«, fragte Schuri, der nun seinen Humor wiederfand, scherzend, »wollen Sie mir schlechtem Kerl noch weiter singen?« - »Schuri«, erwiderte Rudolf, »wärest du wirklich ein schlechter Kerl, dann würden wir jetzt einander nicht so gegenüberstehen, wie es der Fall ist. Du hast nicht bloß mir das Leben gerettet, sondern auch dem liebsten Freunde, den ich auf der Welt habe, Murph. Und weiter hast du aus Mitleid mit dem Unglücke desjenigen Menschen, der auch dir nach dem Leben gestellt hat, ihm Hilfe und Beistand angeboten und ihn in deine eigene ärmliche Wohnung, Notre-Dame Nr. 9, aufgenommen, hast ihn von dort nach Saint-Mande gebracht!«-»Allerdings, Herr Rudolf. Er bat mich, ihm einen Gurt zu kaufen, worin er sein Geld verwahren könne, und ihm alles Papiergeld in Silbergeld umzuwechseln. Den Gurt habe ich ihm auf den Leib genäht. In Saint-Mande hat er für sein Leben täglich dreißig Sous zu bezahlen, und den Leuten, bei denen er Unterkunft gefunden hat, ist es auch eine kleine Hilfe.«- »Freund Schuri, Sie müssen mir noch einen Gefallen tun«, sagte Rudolf.-»Und welchen, Herr Rudolf?« rief Schuri; »bitte, sprechen Sie, sprechen Sie!« - »Gehen Sie nach einigen Tagen zu ihm mit dem Attest hier und führen Sie ihn ins Spital zum heiligen Krispin. Dort wird er Aufnahme finden. Es ist bereits alles für ihn ausbedungen gegen eine einmalige Einzahlung von 4500 Franks, die ihm Unterkunft auf Lebenszeit sichert. Dort braucht er also nur mit Reue und Buße sich zu befassen ... Nun aber tritt in deinen neuen Beruf, mein Lieber, und eröffne deine Metzgerei!«

Schuri stand ein paar Minuten lang da, wie vom Donner gerührt. Er konnte das Glück, das jetzt Wirklichkeit war, nicht fassen. Endlich sagte er mit tiefer Bewegung: »Herr Rudolf, ich danke Ihnen. Ein armer Mensch wie ich kann nicht viel Worte machen. Drum kann und mag ich nichts weiter sagen als: Nie im Leben werde ich hinfort einem Unglücklichen Hilfe und Beistand versagen, denn Not und Hunger sind wie die alten Weiber, die die arme Schalldirne verführten, und nicht jeder besitzt, wenn er in den Schlamm gesunken ist, Kraft genug, sich wieder daraus emporzuarbeiten.« - »Schuri, du kannst deiner Dankbarkeit nicht bessern Ausdruck geben«, erwiderte Rudolf, »tritt näher! In diesem Sekretär findest du den Kaufvertrag über dies Grundstück und die darin seit über vierzig Jahren betriebene Metzgerei. Der Kaufvertrag lautet auf den Namen Francoeur.« - »Francoeur?« wiederholte Schuri, indem er Rudolf wieder wie verblüfft angaffte. - »Schuri,« erwiderte Rudolf, »du trägst keinen bürgerlichen Namen mehr. Darum gebe ich dir den neuen Namen Francoeur. Ich bin überzeugt davon, dass du ihm Ehre machen wirst.« - »Gnädigster Herr, ich gelobe es Ihnen«, antwortete Schuri, tief ergriffen. - »Ich werde mit Ihnen, lieber Herr Francoeur«, sagte Rudolf, »zu dem Bürgermeister von Isle-Adam gehen, der Sie als Mitbürger aufnehmen wird. Er ist ein ehrsamer Herr, ein Menschenfreund, der gern bereit sein wird, an meinem Werke mitzuarbeiten. Ich werde bei ihm für Sie Bürgschaft leisten und, um Sie gut im Orte einzuführen, in Ihrem Namen eine Stiftung von tausend Franks monatlich für die Ortsarmen auf zwei Jahre machen. Allmonatlich werde ich Ihnen diesen Geldbetrag einschicken, und im Verein mit dem Bürgermeister und dem Ortsgeistlichen sollen Sie ihn zum Besten von Isle-Adam verwenden. Es wird also nur von Ihnen abhängen, sich die Achtung dieser beiden angesehensten Männer der Stadt und die Liebe ihrer Einwohner zu erwerben und zu sichern. Doch nun kommen Sie mit mir nach dem Schlachthause. Sie müssen mit Ihrem Gewerbe den Anfang machen, denn Ihr Laden will bedient sein, und Sie sollen mir zeigen, dass Sie Ihrem neuen Stande keine Unehre machen werden.« -

»Mohrenelement, Herr Rudolf«, rief Schuri, als sie zusammen den Stall betreten hatten, zog den Rock vom Leibe und streifte die Hemdsärmel auf. »Da werde ich ja wieder jung! Da sehe ich mich wieder als Gesell in dem Schlachthofe! Juchhe! Sie sollen sehen, wie mir die Arbeit von Händen geht!« Und er packte ein Schlachtmesser und riss einen Hammel aus der Hürde. Rudolf verfolgte sein Verhalten mit ängstlicher Spannung. Schuris

Augen funkelten wild; mit einem Ruck hatte er das Tier in die richtige Stellung zwischen seine Beine gebracht, am Kopfe gepackt, ihm den Hals gestreckt und quer durchschnitten. Einen leisen Klageton von sich gebend, richtete das Tier sein brechendes Auge auf seinen Schlächter, während sein Blut weit umher spritzte und des letzteren Gesicht traf. Der Eindruck, den das ihm von der Wange tropfende Blut auf Schuri machte, war furchtbar. Das Messer entfiel seiner Hand. Sein Gesicht gewann einen schrecklichen Eindruck. Die Augen traten aus ihren Höhlen. Das Haar stieg ihm zu Berge ... und mit einem Male sprang er entsetzt von dem verblutenden Tiere hinweg und schrie mit halberstickter Stimme: »Der Sergeant! Der Sergeant!« wich, wie besessen, bis in den finstersten Winkel des Schlachthauses zurück, stemmte sich mit Brust und Armen wider die Wand, wie wenn er sie in dem Bemühen, einer grausigen Erscheinung zu entfliehen, einrennen möchte, und schrie in einem fort: »Der Sergeant! Der Sergeant!«

Es wurde Rudolf und Murph sehr schwer, ihn zu beruhigen, und erst nach einer langen Krisis fand er seine Ruhe wieder. Rudolf führte ihn aus dem Schlachthause in die Wohnstube zurück ... »Herr Rudolf«, sagte hier Schuri zu seinem Wohltäter, »soviel Liebe Sie mir auch erweisen wollen, so muss ich doch sagen: Ich will lieber noch tausendmal elender und ärmer sein, als ich war, statt ein Gewerbe zu betreiben wie das eines Schlächters. Ach, als ich das brechende Auge des armen Geschöpfes auf mich gerichtet sah, da stieg mein Traumgesicht wieder vor mir auf; ich sah den Sergeanten und den jungen Rekruten vor mir, die meinem Dolche zum Opfer fielen und sich nicht verteidigen konnten. Heute habe ich es gespürt, dass ich den Anblick von Blut und Messer nicht mehr ertragen kann. Jedes Mal, wenn ich ein Tier schlachten müsste, käme dies Traumgesicht wieder über mich, und wie lange möchte es dauern, so hätte ich all mein bisschen Verstand eingebüßt! Nein, lieber blind wie Bakel, statt ein solches Gewerbe betreiben!«

Rudolf war tief ergriffen, aber froh des Eindrucks, den der Anblick von Blut auf seinen Schützling gemacht hatte. Einen Augenblick lang hatte der instinktmäßige Blutdurst, das tierische Element über den Menschen in Schuri gesiegt. Dann aber hatte die Reue den Sieg über den Instinkt errungen. Das galt Rudolf als eine ideale, hehre Lehre. Er wandte sich an Schuri mit den Worten:

»Hätten Sie mein Anerbieten angenommen, lieber Francoeur, so wären Sie Herr über dies Haus und diesen Hof und dieses einträgliche Geschäft gewesen; ich hätte damit eine Schuld getilgt, die mich mein Leben lang verfolgt hätte, wäre sie auf mir lasten geblieben. Aber ich sehe ein, dass jeder Anblick von Blut Sie an das Verbrechen erinnert, das Ihre Seele bedrückt, denn noch ist die Reue nicht in Ihrem Herzen erstorben, und darum meine ich auch jetzt, ein solches Gewerbe, wie ich es Ihnen als Belohnung bieten zu sollen meinte, wäre Ihnen zur schlimmen Strafe geworden. Darum will ich Ihnen einen anderen Vorschlag machen. Ein Grundherr in Algier hat mir ein großes Stück Land abgetreten, auf welchem eine Meierei mit Viehzucht errichtet werden soll. Der Grund und Boden ist sehr fruchtbar, der Mann aber, der das Unternehmen betreiben will, muss sowohl Soldat als Landwirt sein, denn das Stück Land liegt an der Grenze des von Frankreich besetzten Gebietes. Zurzeit wird es im Auftrag des Besitzers von einem Manne verwaltet, der Ihnen über alles, was Ihnen dortzulande zu wissen nottut, die nötige Aufklärung geben wird. Es ist ein braver, resoluter Mann, den Sie so lange bei sich behalten können, als Ihnen notwendig erscheint. Dort werden Sie, wenn Sie sich erst einmal eingerichtet haben, schnell zu Wohlstand gelangen, außerdem Ihrem Vaterlande durch Ihren Mut und Ihre Stärke von großem Nutzen sein können, denn bei Ihren Kenntnissen als Soldat wird es sich sozusagen von selbst fügen, dass Sie an die Spitze der an der Grenze liegenden Pachthöfe treten und aus ihrer Bewohnerschaft eine Truppe bilden, die Ihr tapferer Sinn bald zu heroischen Taten elektrisieren wird. Wenn Ihnen mein zweites Anerbieten willkommener ist als das erste, so kann schon morgen alles in Ordnung sein. Die Urkunden, die Sie als Besitzer des Stückes Land in Algier legitimieren, brauchen nur unterzeichnet zu werden; die Meierei bringt jetzt dreitausend Franks Reingewinn, den Sie durch Arbeit und Sparsamkeit leicht auf das Doppelte bringen können; also sagen Sie mir, wie Sie über diesen weiteren Vorschlag denken.«

Die Freude Schuris, über dessen Charakter und Neigungen der Leser ja nicht mehr im Zweifel ist, brauche ich nicht zu schildern. Am andern Tage schon war er unterwegs nach Algier.

Neuntes Kapitel.

Nachforschungen.

Rudolfs ständige Wohnung war nicht das Haus in der Allee des Veuves, sondern einer der vornehmsten Paläste in der Vorstadt Saint-Germain am Ausgange der Rue Plumet. Bei seiner Ankunft in Paris hatte er, um den ihm als Souverän zustehenden Ehren aus dem Wege zu gehen, durch seinen Geschäftsträger bei dem französischen Hofe die Erklärung abgeben lassen, dass er als Graf von Düren zu leben beabsichtige. Aber dieses übrigens ziemlich durchsichtige Inkognito schloss nicht aus, dass er ein ziemlich großes Haus führte.

In einem großen Zimmer des Erdgeschosses saß um die zehnte Stunde Murph an einem Sekretär und versiegelte verschiedene Depeschen. Da riss ein schwarz kostümierter Huissier, der eine silberne Kette um den Hals trug, die beiden Flügel der aus dem Vorzimmer zu diesem Privatkabinett Rudolfs führenden Tür auf und meldete Seine Exzellenz den Herrn Baron von Graun. – Murph begrüßte, ohne sich in seiner Arbeit stören zu lassen, den eintretenden Herrn durch einen kordialen Händedruck ... »Wärmen Sie sich ein bisschen, Herr Botschafter«, sagte er verbindlich, »ich bin im Moment zu Ihren Diensten.« –

»Sir Walter Murph, Geheimsekretär Seiner durchlauchtigsten Hoheit«, erwiderte froh gelaunt der Baron, ein Mann im fünfzigsten Jahre, mit dünnem, grauem, leicht gepudertem Haar, dessen Gesicht Schlauheit, dessen Haltung den vornehmen Herrn verriet, »soll ich warten, bis Hoheit aufgestanden sind? Oder soll ich ihm die Nachrichten, die ich für ihn habe, auf der Stelle übermitteln?« – »Nein, mein lieber Baron«, erwiderte Murph, »Hoheit haben befohlen, ihn vor zwei Uhr nachmittags nicht zu wecken. Sagen Sie mir also, was für Nachrichten Sie bringen. Sobald Hoheit aufgestanden sind, werde ich sie ausrichten.« – »Die letzten Depeschen, die ich Seiner Hoheit überbringen konnte«, begann Exzellenz Graun – ... »meldeten«, fiel Murph ihm ins Wort, »dass drüben alles gut gehe.« –

»Es ist auch in der Tat nur eine Stimme über die kluge, feste Verwaltung unseres interimistischen Regenten. Freilich liegen auch die Dinge recht einfach«, bemerkte der Baron, »war doch das Uhrwerk ausgezeichnet und von unserm Herrn und Gebieter ausgezeichnet geregelt, brauchte also nur regelmäßig aufgezogen zu werden, um tagtäglich Stunde für Stunde anzuzeigen.« – »Und hier, lieber, Baron, gibts gar nichts Neues?« fragte Murph; »ist wirklich nichts ruchbar geworden? All unsre geheimnisvollen Abenteuer ...« – »... sind nach wie vor für jedermann Geheimnis«, ergänzte Exzellenz den Satz; »man hat sich seit der Ankunft von Hoheit am Pariser Hofe daran gewöhnt, ihn nur selten zu sehen, und glaubt, er liebe die Einsamkeit, mache vielleicht auch recht viel Ausflüge in unsere schöne Umgebung. Niemand als die Gräfin Sarah Mac Gregor und ihr Bruder Tom Seyton of Halesbury und Charles weiß etwas von den Verkleidungen Seiner Hoheit. Aber keine von diesen drei Personen hat das geringste Interesse, etwas darüber verlauten zu lassen.« – »Ein recht, recht großes Unglück, lieber Baron«, sagte Murph, »dass diese liebe Gräfin jetzt Witwe geworden.« – »Sie hatte sich doch 1827 verheiratet?« – »Ganz recht, kurz nach dem Tode des unglücklichen Mädchens, das jetzt sechzehn oder siebzehn Jahre alt wäre, und das Seine Hoheit noch immer beweint, wenn auch nicht mehr von ihm gesprochen wird.« »Die Trauer über diesen Verlust lässt sich um so leichter erklären, als Seiner Hoheit Ehe kinderlos geblieben ist.« – »Daher erklärt sich wohl auch das Interesse, das Seine Hoheit an dem armen Mädchen nimmt, das unter dem Namen Schalldirne von ihm aufgefunden wurde, und das mit seiner so schmerzlich beklagten Tochter im gleichen Alter steht.« – »Es ist wirklich eine unglückliche Schicksalsfügung, dass jene Sarah, von der man für alle Zeit befreit zu sein glaubte, gerade anderthalb Jahre nach dem Tode der trefflichen Gemahlin Seiner Hoheit wieder auftaucht. Die Gräfin sieht sicher diesen doppelten Witwenstand für eine Gunst des Schicksals an.« – »Und ihre maßlosen Hoffnungen leben von Neuem auf, trotzdem sie recht gut weiß, welch tiefe Abneigung Seine Hoheit gegen sie im Herzen fühlen. Gott gebe, dass sie nicht neues Unglück über uns bringe! Stehen wir doch gerade in jenem grauenvollen Monate und nicht mehr weit vom 13. Januar. An diesem grässlichen Tage beschleicht mich immer Furcht, dass unserm gütigen Herrn ..«

»Aber ich sagte Ihnen doch schon, dass Gräfin Sarah die törichtsten Pläne verfolgt, seitdem der Tod jenes armen Mädchens das letzte Band zerrissen hat, das unsern Herrn noch an sie fesseln konnte. Verharrt sie bei ihren Hoffnungen, so muss sie tatsächlich von Sinnen sein.« – »Und wenn sie es ist, dann ist sie nur um so gefährlicher«, erwiderte Murph, »ihr Bruder teilt, wie Ihnen ja bekannt ist, die ehrgeizigen Neigungen der Schwester, trotzdem wohl Ursache genug vorhanden wäre, beide davon zu bekehren.« – »Es war doch ein bitteres Unglück, das vor achtzehn Jahren durch den teuflischen Abbé Polidori angezettelt wurde.« – »Seit einem Jahre soll sich der Schurke in großer Armut befinden, wieder hierherum sich aufhalten und den Lebensunterhalt durch den Betrieb einer höchst verwerflichen Industrie gewinnen.«– »Welch ein tiefer Fall für einen Mann von so umfassenden Kenntnissen, von solchem Geist und solcher Klugheit!« – »Aber mit einem so bösen Herzen! – Gebe Gott, dass er der Gräfin Wege nicht kreuzt, denn von einer Verbindung dieser beiden bösen Geister hätten wir die größten Gefahren zu befürchten. Ein Glück, dass Sie mir, wie Sie sagen, beruhigende Nachrichten bringen – Nachrichten, die auf den von dem Räuber Bakel und seiner Genossin, der Eule, gegebenen Auskünften beruhen.«

»Hier sind die diesbezüglichen Papiere«, sagte der Baron, »die uns über die Herkunft des unter dem Namen der Schalldirne bekannten Mädchens unterrichten, wie auch über den dermaligen Aufenthalt von François Germain, dem Sohne des unter dem Namen Bakel bekannten Räubers.« – »Es wäre mir lieb, wenn Sie mir diese Auskünfte vorlesen wollten«, sagte Murph, »ich weiß, welche Absichten Seine Hoheit verfolgt, vermag also zu beurteilen, ob die Auskünfte, die Sie bringen, ausreichend sind oder nicht. Mit Ihrem Geschäftsträger sind Sie doch noch immer zufrieden?« – »Er ist ein verständiger und verschwiegener Mann«, erklärte der Baron, »hin und wieder ist es gut, ihm einen Dämpfer aufzusetzen, denn gewisse Aufklärungen - das wissen Sie ja - behält sich unser Herr selbst vor.« - »Und welchen Anteil Seine Hoheit an dem allen nimmt, beziehungsweise hat, ist ihm noch immer nicht bekannt?« - »Nein. Meine diplomatische Stellung dient mir als guter Vorwand für die Erkundigungen, mit denen ich ihn beauftrage. Sein Name ist Badinot. Er hat viele Unteragenten und ist mit fast allen Klassen der Gesellschaft in enger Beziehung. Er war früher Rechtsanwalt, büßte aber seine Praxis wegen verschiedener Unregelmäßigkeiten in seinen Amtsgeschäften ein, ist aber natürlich noch immer über die finanziellen und gesellschaftlichen Verhältnisse der meisten seiner Klienten unterrichtet. Er ist ja kein schlimmer Mensch, lieber Murph, aber eine jener geheimnisvollen Existenzen, wie sie eben nur in Paris möglich sind. Aber befassen wir uns doch mit den Nachweisen, wie ich sie nach Badinots Berichten zu Papier gebracht habe.« - »Gewiss, lieber Baron!« erwiderte Murph, »ich bin ganz Ohr.« - Und Exzellenz von Graun las, wie folgt:

»Ausweis *über Marienblümchen.* - Zu Anfang des Jahres 1827 hat ein gewisser Peter Tournemine, im Bagno zu Rochefort als Fälscher interniert, der unter dem Spitznamen »Eule« bekannten Frau Gervais gegen eine einmalige Vergütung von eintausend Franks ein Mädchen im Alter von 5-6 Jahren in Pflege gegeben. Das Kind blieb zwei Jahre bei der Frau, ist aber dann, weil es die schlimme Behandlung der bösen Frau nicht mehr ertragen konnte, spurlos verschwunden. Erst vor etwa sechs Wochen hat es ein Zufall gefügt, dass die Eule den Aufenthalt des Mädchens entdeckte. Unter dem Namen Schalldirne fand sie es in einer Winkelschenke von Alt-Paris wieder. Kurz vorher hatte besagter Tournemine, der mit dem anderen Bagnosträfling Bakel in Rochefort bekannt geworden war, einem Manne namens Rotarm, der mit allen Sträflingen Verkehr unterhält, ein ausführliches Schreiben über das Kind behändigt, woraus hervorgeht, dass Tournemine im Auftrage einer Frau Seraphim, Haushälterin eines Notars Jules Ferrand, die Eule als Kinderpflegerin ausfindig gemacht hat. Rotarm sollte nun diese Frau Seraphim tüchtig schröpfen. Hierbei trat jedoch zutage, dass sie lediglich vorgeschobene Person von besser und höher gestellten Leuten gewesen ist. Rotarm hatte nun die Eule, die seit Langem Genossin Bakels war, von dem Inhalte des Schreibens unterrichtet. Durch Bakel war nun die Kenntnis davon zu Rudolf gelangt, und dieser hatte Erkundigungen über Frau Seraphim und den Notar Ferrand einziehen lassen. Man hatte festgestellt, dass letzterer in der Rue du Sentier Nr. 14 seine Wohnung hätte, als sittenstrenger, äußerst sparsamer und frommer Mann gälte, und dass Frau Seraphim noch immer bei ihm in Dienst wäre, wie auch, dass er ohne Frage Auskunft über die Geburt, des unter dem Namen der Schalldirne bekannten Mädchens dürfte geben können.«

»Sehr schön, Herr Baron«, sagte Murph, als Exzellenz Graun hiermit schloss, »ich bezweifle nicht, dass Tournemines Aussagen auf Wahrheit beruhen. Wie aber steht es mit Bakels Sohne?« – Baron Graun gab nun nachstehende Mitteilungen über *François Germain*: »Vor etwa anderthalb Jahren kam ein junger Mensch, François Germain mit Namen, aus Nantes, wo er in der Bankfirma Noel & Co. angestellt gewesen war, nach Paris. Hier hatte er, wie dem Leser schon bekannt ist, durch einen Mitschuldigen Bakels zu dem Zwecke Anstellung gefunden, den beiden Räubern als Spion zu gelten. Solches Ansinnen hatte der Jüngling aber mit Entrüstung zurückgewiesen, vielmehr seinen Chef von den Plänen, die gegen ihn geschmiedet würden, unterrichtet und Nantes in aller Stille den Rücken gewandt, um sich vor der Rache der beiden Verbrecher in Sicherheit zu bringen. Sobald diese von Germains Verhalten Lunte bekommen, hatten sie Rotarm zurate gezogen und mit dessen Hilfe Germains habhaft zu werden gesucht, weil sie durch ihn weiteren Verrat fürchteten. Zwar war es ihnen gelungen, Germains Aufenthalt zu ermitteln, Germain hatte aber vom Fenster aus Bakels Mitschuldigen vor seinem Hause auf und ab gehen sehen und es für geraten gehalten, den beiden Schurken zuvorzukommen. Das war ihm geglückt, und so hatten die Schurken abermals das Nachsehen.

Vor sechs Wochen hatten sie aber ausgekundschaftet, dass er in der Rue du Temple Nr. 17 seine Wohnung hätte, und wenig fehlte, so fiel er ihnen eines Abends auf dem Nachhausewege in die Hände. Hiervon hatte Bakel nichts gesagt, als Rudolf ihn verhörte. Germain wusste, von welcher Seite dieser abermalige Angriff gegen ihn erfolgt war, und wechselte abermals seine Wohnung. So standen nun die Dinge, als Bakel durch Rudolf seine Strafe erhielt. Hier hatten nun die von Rudolf angeordneten Nachforschungen eingesetzt, die Folgendes ergeben hatten:

In der Rue du Temple habe Germain etwa ein Vierteljahr gewohnt und sich in der ganzen Nachbarschaft eines sehr guten Leumunds erfreut. Aber wo er sich jetzt aufhalte, darüber könnte allein ein junges Mädchen, »Lachtaube« genannt, eine niedliche Grisette, die mit Germain auf bestem Fuße stände und mit »Marienblümchen« zusammen im Gefängnisse gesessen habe, Auskunft geben.« – Als der Baron hier eine Pause machte, nahm Murph das Wort ... »Wir sind noch immer nicht zu Ende, Exzellenz«, sagte er, »wissen Sie schon, wie es sich mit dem Marquis von Harville verhält?« – »Ja«, antwortete der Baron, »und wenigstens in finanzieller Hinsicht sind die Befürchtungen Seiner Hoheit grundlos. Badinot behauptet, die Verhältnisse Harvilles seien nie besser und geordneter gewesen als momentan.« – »Hoheit meinte, das Gegenteil müsse der Fall sein, und wäre dem Marquis in diesem Falle mit dem Ihnen ja bekannten Zartgefühl näher getreten. Nun wird er sich freilich darein finden müssen, davon Abstand zu nehmen; aber bedauern wird er es, dessen seien Sie versichert.« – »Dessen brauchen Sie mich doch wahrlich nicht zu versichern«, antwortete der Baron, »hat doch Hoheit nie vergessen, was sein Vater dem Marquis zu verdanken gehabt hat. Sie wissen, dass mein Vater 1815, als die politischen Verhältnisse der europäischen Mächte neu geordnet wurden, nahe daran war, seines Landes verlustig zu gehen, und dass der Marquis, der sehr viel bei dem Zaren Alexander galt, meinem Vater die wichtigsten Dienste leistete, um ihm Land und Herrschaft zu erhalten.« – »Seltsam, wie sich gute Handlungen zuweilen aneinanderfügen! Harvilles Vater war 1792 des Landes verwiesen worden und fand nun beim Vater Seiner Hoheit die gastfreundlichste Aufnahme, reiste nach dreijährigem Aufenthalt an unserm Hofe nach Russland und konnte durch Alexanders Gunst dem Fürsten den Dank für dessen Freundschaft sehr schnell abstatten.« – »Aus dem Jahre 1815 datiert wohl auch die Freundschaft zwischen dem damaligen Prinz Rudolf und dem jungen Harville?« – »Ganz recht, und beide erinnern sich der glücklichen Zeit ihrer Jugend mit lebhafter Freude. Aus dem Grunde hat auch die arme Madame Georges sich des Wohlwollens Seiner Hoheit in so großem Maße zu erfreuen.« – »Madame Georges? Duresnels Frau?« rief der Baron verdutzt, »die Frau des als Bakel bekannten Verbrechers? Ist die Frau denn mit Harville verwandt?« – »Sie ist die Cousine seiner Mutter und war mit ihr eng befreundet, genoss auch das Wohlwollen des alten Marquis.« – »Aber wie konnten Harvilles in eine Heirat mit solchem verbrecherischen Menschen wie diesem Duresnel willigen?« – »Ihr Vater, ein Herr von Lagny, war vor dem Ausbruch der Revolution in Languedoc Verwalter der Staatsmagazine und im Besitz eines sehr bedeutenden Vermögens. Es gelang ihm, sich der Landesverweisung, die über den gesamten Adel von Frankreich verhängt wurde, zu entziehen. Als im Lande wieder einigermaßen Ruhe herrschte, hielt Duresnel um die Hand von Lagnys Tochter an. Lagny wollte seine Tochter versorgen, und da Duresnel einer sehr guten Familie entstammte, auch ein großes Vermögen besaß, schien der Tochter das größte Glück zu winken. Aber sehr bald offenbarte sich der wahre Charakter dieses Menschen, der ein Verschwender und leidenschaftlicher Spieler war und die arme Frau in das tiefste Unglück stürzte. Binnen wenigen Jahren hatten die maßlosen Ausschweifungen des Mannes sein und seiner Frau Vermögen verschlungen; Duresnel verfiel, um Geld zu machen, dem Verbrechen in die Arme, beging erst Fälschungen, dann Diebstähle und Räubereien und wurde zuletzt zum Mörder. Der Krug ging auch bei ihm nur solange, bis er zerbrach. Er wurde verhaftet und zu lebenslänglichem Bagno verurteilt, während seine arme Frau in Not und Elend geriet.« – »In dieser traurigen Lage wendete sie sich doch an die Marquise von Harville, ihre beste Freundin und Blutsverwandte?« – »Die Marquise war schon einige Zeit vor Duresnels Verurteilung dahingeschieden. Zu ihren Angehörigen zurückzukehren, litt des armen Weibes Scham nicht, aus diesem Grunde nahm sie auch den Namen Georges an. Dagegen offenbarte sie sich dem Herrn Harville als dem Sohne ihrer besten Freundin, und durch ihn lernte unsre Hoheit ihn kennen. Dabei erfuhr Hoheit das verwandtschaftliche Verhältnis, in welchem Frau Georges zu der Familie Harville steht?« – »Jawohl. Hoheit lernte die Frau bald recht gut kennen und nahm sich ihrer aufs edelste an, kaufte die Meierei Bouqueval für sie, hat aber, weil er seine Wohltaten, wie Sie wissen, nicht gern an die große Glocke hängt, mit Herrn Harville bis jetzt noch kein Wort darüber gesprochen. In Bouqueval lebt jetzt auch das unter den Namen Marienblume und Schalldirne bekannte Mädchen.« – »Nun finde ich Verständnis für das doppelte Interesse, das Seine Hoheit an der Auffindung des Sohnes dieser armen Frau hat.« – »Wie steht es denn eigentlich um diese Gräfin Mac Gregor?« – »Vor etwa siebzehn Jahren führte ein unglücklicher Zufall den Vater des Marquis mit Sarah Seyton of Halesbury zusammen in eine Gesellschaft, die beim englischen Botschafter gegeben wurde. Der alte Herr gab ihr, als sie mit ihrem Bruder Tom Deutschland bereiste, Empfehlungsschreiben an den Vater Seiner Hoheit mit, mit dem er in Korrespondenz stand. Wäre dieser Fall nicht eingetreten, so wäre wohl manches Unglück erspart geblieben, denn Hoheit hätten dann dieses Weib überhaupt nicht kennengelernt. – Bei dieser Gelegenheit erinnere ich mich der Depesche, jenes andere teuflische Geschöpf betreffend: Cecily, die unwürdige Gattin des ehrenwerten David.« – »Unter uns gesagt, lieber Murph,« erwiderte der Baron, »diese verwegene Mestize hätte längst dieselbe Strafe verdient, die Hoheit an Bakel hat vollstrecken lassen.« – »Ja, sie hat Blut genug vergossen, diese ausgefeimte und doch so schöne, verführerische Sünderin! Mich packt immer ein maßloser Schauder, wenn ich in einem schönen Körper eine verderbte Seele finde.« – »Hoheit bestehen also noch immer darauf, dass wir ihr zur Flucht aus der Feste verhelfen, in der sie auf Lebenszeit interniert worden?« – »Ja, und die Depesche, die ich heute früh, kurz vor Ihrem Eintritt erhielt, befiehlt, Cecilys Flucht so rasch wie möglich zu bewirken, überhaupt alles so einzurichten, dass sie in knapp vierzehn Tagen hier sein kann.« – »Ich verstehe das nicht. Durchlaucht zeigen doch immer so große Abneigung vor ihr.« – »Vermindert hat sie sich bestimmt nicht.« – »Und doch soll sie kommen? Leicht wird es ja schließlich, wenn Cecily nicht hält, was man von ihr erwartet, immer sein, ihre Auslieferung durchzusetzen. Was brauchts weiter, als dem Sohne des Gerolsteiner Kerkermeisters den Wink zu geben, dass man ihre Entführung durch ihn wünscht? Die Mestize wird sich zur Flucht nicht nötigen lassen. Ihrem Urteil entgeht sie ja nicht dadurch, denn sie bleibt nach wie vor eine Gefangene, deren Verhaftung Hoheit jederzeit beantragen kann.« - »Nun, wir werden ja sehen, was geschieht. Hoheit wünscht, dass von unsrer Kanzlei ein Trauschein Davids eingeholt werde, da David als Hofbeamter Seiner Hoheit in seinem Schlosse getraut worden ist. Als David von Hoheit erfuhr, dass Cecily kommen solle, war er wie versteinert. Dann rief er: »Hoffentlich ersparen mir Durchlaucht den Anblick dieses Ungeheuers.« - Darauf sagte Hoheit: »Ängstigen Sie sich nicht! Sie sollen das Weib nicht sehen; aber ich muss sie kommen lassen, da ich ihrer zu gewissen Plänen unbedingt bedarf.« - David fühlte sich durch diese Zusage erleichtert; dass er sich aber durch die Erinnerungen, die sich an dieses Weib knüpften, schwer bedrückt fühlt, glaube ich trotz allem.« - »Der arme Nigger ist ihr vielleicht noch immer gut. Eine sehr hübsche Person soll sie ja sein.« - »O gewiss, und nur das scharfe Auge eines Kreolen könnte das Mischblut in ihr erkennen.« - »Wie ist denn der David zu ihr gekommen, lieber Murph? Sie wissen, wie alles, gewiss auch das! Erzählen Sie es mir doch!« -

Zehntes Kapitel.

Davids und Cecilys Geschichte.

»In Florida lebte ein reicher amerikanischer Pflanzer, namens Willis, der einen mit außerordentlichem Verstand begabten jungen Negersklaven hatte. Nachdem der Sklave mehrere Jahre im Krankenhause der Pflanzung verwendet worden war, kam Willis auf den Gedanken, ihn Medizin studieren zu lassen. Da es hierzu in Florida an Unterrichtsanstalten fehlte, schickte Willis seinen Sklaven nach Frankreich, von wo derselbe nach acht Jahren, mit der Doktorwürde ausgestattet, zurückkehrte, von Willis mit Begeisterung willkommen geheißen. Nun entfaltete David in Florida eine segensvolle Tätigkeit als Arzt; seine unglücklichen Brüder verehrten ihn als ein von der Vorsehung gesandtes Wesen; es gelang ihm auch, ihre wirtschaftliche Lage zu verbessern. Nach Verlauf von etwa einem Jahre fing eine Sklavin der Willis'schen Pflanzung an, durch ihre Schönheit aufzufallen. Sie hieß Cecily, und bald stellte sich heraus, dass sie David liebte, der ihr bei einer Epidemie, die in der letzten Jahreshälfte die Pflanzung heimsuchte, das Leben gerettet hatte. Sie stand in ihrem sechzehnten Jahre und hatte auch die Aufmerksamkeit des Pflanzers, eines sehr sinnlich veranlagten Mannes, auf sich gezogen. Cecily beichtete David ihr Unglück, denn sie konnte Willis nicht lieben und wollte sich ihm opfern. David beruhigte sie und erbat sich von Willis, um Cecily aufs Wirksamste zu schützen, Cecily zur Frau, bekam aber von diesem abschlägigen Bescheid, ja Willis sagte, David scheine zu vergessen, dass er ja selbst noch Sklave sei und gar kein Recht habe, ihm bei Cecily in die Quere zu kommen. Da trat David zum ersten Male als Mann auf, der seine Pflichten nicht verletzen, aber auch seine durch den achtjährigen Aufenthalt im Auslande erworbenen Rechte nicht gering achten lassen wollte. Darüber geriet Willis in Zorn und drohte David mit der Kette. Ein schlimmes Wort gab nun das andere, und nach zwei Stunden stand David am Pfahle, mit von Peitschenhieben zerfleischtem Rücken, während Cecily vor seinen Augen in das Schlafzimmer des Pflanzers geschleppt wurde. Aber die Nemesis blieb nicht aus. Willis wurde bald darauf von schwerer Krankheit befallen, und ärztliche Hilfe, als Davids, war nicht zur Stelle. Willis misstraute David aber, von dessen Rache er das Schlimmste fürchtete. Es blieb ihm aber zuletzt doch nichts anderes übrig, als Davids Hilfe in Anspruch zu nehmen, und David rettete ihn, wurde aber zum Lohne dafür von dem Pflanzer, sobald er ihn nicht mehr gebrauchte, wieder in Arrest gesteckt.« – »Man kann es sich erklären, denn Willis erblickte in ihm doch einen ständigen Vorwurf,« sagte der Baron, »und wenn, wie Sie sagen, die Neger ihn vergötterten, so war wohl direkte Gefahr für den Pflanzer nicht ausgeschlossen.« – »Ganz recht, es wurde laut gemurrt, und Willis meinte, die Keime zu einer Empörung wahrzunehmen. Die Folge hiervon war, dass er David noch schärfer bewachen ließ als bisher, um ihm jede Möglichkeit zur Rache abzuschneiden. Als die Dinge so weit gediehen waren, kamen wir in Frankreich an. Seine Hoheit hatte auf Sankt-Thomas eine dänische Brigg gemietet, mit der wir sämtliche Pflanzungen an der Küste befuhren und überall glänzende Aufnahme fanden. So auch bei Willis. Im Weinrausche erzählte uns Willis von seinem Sklaven David und dessen Verhältnis zu Cecily. Hoheit wollte ihm die ungeheuerliche Geschichte nicht glauben, worauf Willis uns in Davids Kerker führte. Etwas Grässlicheres, als wir in diesem scheußlichen Loche erblickten, hatte ich in meinem Leben noch nicht vor Augen gehabt. Die beiden Wesen, die hier an Ketten geschmiedet lagen, glichen nicht Menschen mehr, sondern Gespenstern. David sprach kein Wort, über die Lippen des Mädchens aber kamen wehklagende Laute. Mit schneidendem Hohne fragte der Pflanzer den armen David, warum er sich nicht von all seinem Gebreste heile, da er doch in Paris auf seine Kosten so lange studiert hätte? – David hob seine Rechte empor und sprach nur, ohne den Pflanzer eines Blickes zu würdigen, in feierlichem Tone das einzige Wort: »Gott!« – Willis aber, trunken von Wein, streckte ebenfalls die Faust gen Himmel und rief: »Geh mir mit deinem Gott! Solange er mir nicht meine Sklaven entreißen kann, ehe der Tod sie abruft, so lange glaube ich nicht an ihn!«

»Mit Abscheu wandten wir uns ab. Hoheit äußerte kein Wort, aber auf der Stelle gab er Befehl zum Marsche nach der Brigg zurück. Als aber um ein Uhr die Pflanzung in tiefem Schlafe lag, landeten wir von Neuem. Hoheit drang mit acht Bewaffneten in Davids Kerker und befreite ihn, wie auch die mit ihm die Haft teilende Kreolin. Dann drang er in das Schlafzimmer des Pflanzers, warf ihm einen Sack voll 25,000 Dublonen aufs Bett und rief ihm zu: »Gestern lästertet Ihr Gott, indem Ihr ihn herausfordertet, Euch Eure Sklaven vorm Tode zu entreißen. Heute entreiße ich sie Euch! Möge Gott Euch richten!«

»Darauf verließen wir die Pflanzung. Willis war wie betäubt und stand ab von jeglicher Verfolgung. Nach wenigen Minuten waren wir wieder auf der Brigg und gingen unter Segel.«

»Für ein solches Verhalten unserer Hoheit kann es niemand an Verständnis fehlen, der es mit angesehen, wie er Bakel hat bestrafen lassen,« bemerkte der Baron; »aber hatte dieses Abenteuer nicht noch andere Folgen?« – »Nein, denn wir fuhren unter dänischer Flagge. Hoheit wahrte ihr Inkognito auf das Strengste, sodass wir allgemein für reiche Engländer gehalten wurden. Wohin hätte also Willis Beschwerden richten sollen? David sowohl als Cecily waren so arg mitgenommen, dass sie nur durch die sorgsamste Pflege dem Tod entrissen werden konnten. Von da ab steht David im Dienste Seiner Hoheit als Leibarzt und ist einer seiner getreuesten Sklaven.«

»Und nach der Landung in Europa hat David die Kreolin geheiratet?« fragte der Baron. – »Ja. In der Schlosskapelle sind sie, wie schon gesagt, getraut worden. Cecily vergaß aber schnell, was David um ihretwillen gelitten, vergaß auch den eigenen Schmerz schnell und schämte sich bald, als die Frau eines Negers zu gelten. Sie sank von Stufe zu Stufe, bis sie zuletzt mit einem verworfenen Liebhaber ihrem Manne nach dem Leben trachtete. Als dies ruchbar wurde, ließ Hoheit sie lebenslänglich einsperren, und zwar, wie auch schon bemerkt, auf der Festung Gerolstein. Jetzt hat es Durchlaucht beliebt, sie freizulassen – zu ihrem Staunen, Herr Baron, und zum meinigen nicht minder. Aber – es ist über unsrer Unterhaltung spät geworden. Hoheit wünscht, dass so schnell wie möglich ein Kurier nach Gerolstein abgehe.« – »Sehr wohl, lieber Murph,« sagte der Baron, den Hut vom Tische nehmend, »empfehlen Sie mich bei Hoheit aufs Wärmste und vergessen Sie nicht, dass heut Abend Ball im ***schen Gesandtschaftshotel ist. Hoheit will selbst anwesend sein ...« –

»Heute Abend?« fragte Murph: »ach, richtig, Herr Baron! Nun, ich komme, wenn es auch etwas spät werden dürfte, denn meines Wissens will Hoheit noch heute das mysteriöse Haus in der Rue du Temple besichtigen.«

Dritter Teil.

Erstes Kapitel.

In der Rue du Temple.

Noch am selben Tage, an dem die Besprechung des Barons Graun mit Murph stattgefunden, bei trübem Wetter, in der dritten Nachmittagsstunde, begab sich Rudolf in die Rue du Temple. Die Stube des Portiers lag am Fuße einer finstern, feuchten Treppe. Selbst bei Tage musste eine Lampe brennen, um die dunkle Höhle zu erhellen. Rudolf trug eine Kleidung, die ihn wie einen Kommis im Werkeltagsanzuge erscheinen ließ. Mit dem Wunsche, das Zimmer anzusehen, das in dem Hause zu vermieten stand, trat er in die durch eine Lampe, die hinter einer mit Wasser gefüllten Glaskugel stand, matt erhellte Stube. Schon daran hätte sich erkennen lassen, dass der Pförtner dem edlen Schuhmacherhandwerk angehörte; allen Zweifel hieran hob aber der hässliche Ledergeruch, welcher in der Stube herrschte, und die große Menge alten Schuhzeugs, das der ausbessernden Hand des Pförtners harrte.

Pipelet - wie der flickschusternde Pförtner hieß - war im Augenblick nicht zur Stelle, sondern wurde durch seine Frau vertreten, die ganz sicher die hässlichste, schmutzigste, keifigste, giftigste aller Pariser Pförtnerfrauen der damaligen Zeit war.

»Das Zimmer, nach welchem Sie fragen,« entgegnete die Frau mürrisch auf Rudolfs Frage, »liegt im vierten Stock, kann aber momentan nicht besichtigt werden, denn mein Mann ist ausgegangen.« - »Wenn Sie nichts dawider haben,« versetzte Rudolf, »werde ich ein Weilchen warten. Ich möchte das Zimmer gern haben. Stadtteil und Straße gefallen mir, und das Haus auch, denn soviel man sehen kann, wird es sehr sauber gehalten. Ich möchte auch gleich fragen, ob Sie die Aufwartung für mich übernehmen möchten.« - Frau Pipelet fühlte sich durch die Lobreden über die Wirtschaft, die im Hause herrschte, nicht wenig geschmeichelt, und erklärte, für 6 Franks monatlich die Aufwartung gern besorgen zu wollen. Auf Rudolfs Frage, wie teuer das Zimmer sei, erwiderte Frau Pipelet: »Mit Schlafkabinett 150 Franks. Es ist das Äußerste. Herr Rotarm, der Wirt, ist ein sehr genauer Herr. Er wohnt in der Rue des Poix und hat auch ein Restaurant in den Champs-Elysées.« - »Ich denke, das Haus gehört einem Herrn Bourdon?« - »Das kann sein,« versetzte Frau Pipelet, »wir haben es aber nur mit Herrn Rotarm zu tun, der die Mieten einkassiert, auch über die baulichen Veränderungen, die hin und wieder vonnöten sind, das entscheidende Wort spricht.« - Um sich ganz in das Vertrauen der Pförtnersfrau einzuschleichen, bat er sie, aus der nächsten Destillation eine Flasche vom »Besten« mit drei Gläsern zu holen, und gab ihr dazu ein Hundertsousstück.

Darob funkelte die Nase der Biederfrau flugs in allem Glanze des Schnapsdurstes und mit den Worten: »Ihnen muss man ja auf der Stelle gut sein,« verließ sie die Stube.

Als Rudolf allein war, konnte er nicht umhin, sich mit dem wunderlichen Zufalle zu befassen, der ihn abermals mit Rotarm zusammenbrachte. Was ihn am meisten wunderte, war, dass Germain sich ein ganzes Vierteljahr in diesem Hause hatte aufhalten können, ohne von Bakels Komplizen entdeckt zu werden, die doch mit Rotarm in Verbindung standen. Da pochte ein Briefträger ans Fenster und gab mit der Bemerkung, dass er drei Sous zu fordern habe, zwei Briefe herein. Ein Brief, stark nach Moschus riechend, war an Frau Pipelet gerichtet und zeigte auf dem roten Siegel zwei Buchstaben: C. R., mit einem Helm darüber auf einem gesternten Schilde des Kreuzes der Ehrenlegion. Die Adresse war mit fester Hand geschrieben. Rudolf schloss hieraus, dass sie von keiner Frauenhand herrühre. Der andere Brief war nur mit einer Oblate zugemacht; er trug die Aufschrift: »An Herrn Zahnarzt Cäsar Bradamanti,« in offenbar entstellten Buchstaben. Rudolf meinte, er müsse einen traurigen Inhalt haben, zumal an einigen Stellen deutliche Spuren von Tränen auf dem gewöhnlichen grauen Papiere zu sehen waren.

Frau Pipelet kam mit einer Flasche Likör und drei Gläsern zurück ... Rudolf gab ihr die beiden vom Briefträger dagelassenen Briefe ... Einen Blick auf den nach Moschus duftenden werfend, sagte sie: »Oho! Fein satiniertes Papier? Ist am Ende gar ein Liebesbrief. Aber – wer könnte sich herausnehmen ...« sie schwieg ein Weilchen; dann rief sie: »Richtig, jetzt hab ichs! Von dem Kommandanten kommt er, von niemand sonst! Der andere? Hm, der interessiert mich wenig; er gehört dem windigen Zahnbrecher im dritten Stocke ... Sie könnten mir doch den an mich gerichteten vorlesen, junger Herr! Wollen Sie so liebenswürdig sein?« – »Sehr gern,« antwortete Rudolf, dem es nicht unlieb war, auf diese Weise zu erfahren, mit wem die Frau in Briefwechsel stand ... »Morgen um elf Uhr wird man in den beiden Stuben Feuer anmachen, die Spiegel putzen, die Kappen von den Stühlen abziehen. Hierbei ist aber darauf zu achten, dass die Vergoldung an den Möbeln nicht beschädigt werde! Sollte ich noch nicht da sein, wenn um ein Uhr ein Fiaker kommt und nach mir als Herr Karl fragt, so soll man die Dame in die Wohnung hinaufgehen lassen, aber die Schlüssel wieder mit hinunter nehmen und mir behändigen, wenn ich selbst komme.«

Rudolf begriff auf der Stelle, um was es sich handelte, trotzdem der Brief nicht besonders geschickt gefasst war. Er fragte die Frau: »Wer wohnt denn im ersten Stock?« – Darauf legte die Alte den gelben, dürren Finger auf ihre Hängelippe und antwortete mit einem Lächeln, das schelmisch sein sollte:

»Hm, Liebesaffären, Liebesaffären!« Sie schien erst weiter nichts sagen zu wollen, besann sich dann aber anders und fuhr fort: »Was ich davon weiß, kann ich Ihnen ja sagen, zumal es nicht eben viel ist. Es mag etwa sechs Wochen her sein, da sah sich ein Tapezier den ersten Stock an, der gerade zu vermieten stand, fragte, was es kosten solle, und kam alsbald mit einem stattlichen jungen, blonden Herrn wieder, den er als Kommandant anredete. Der Herr trug das Kreuz der Ehrenlegion und sehr feine Wäsche, auch einen kleinen zierlichen Schnurrbart. Ihm gefiel alles, und am andern Tage wurde der Vertrag mit Rotarm geschlossen. Der Tapezier bezahlte die Miete auf ein halbes Jahr voraus und möblierte die Wohnung auf das Feinste. Als alles fertig war, kam der junge Herr wieder, erklärte sich in jeder Hinsicht zufrieden und sagte zu Alfred, meinem Manne: »Ich werde nicht allzu oft hier sein, nehme aber an, dass Sie alles imstande halten und, wenn ich Ihnen meine Ankunft anzeige, die nötigen Vorkehrungen treffen werden?« - »Selbstverständlich, Herr Kommandant!« erwiderte mein Mann, forderte dafür monatlich zwanzig Franks, aber der junge Herr handelt wie ein Jude, und so haben wir uns auf zwölf Franks monatlich geeinigt.« - »Ist der Herr seitdem schon da gewesen?« fragte Rudolf. - »Das ist eben das Merkwürdige an der ganzen Geschichte. Es scheint, als wenn der junge Herr Kommandant niederträchtig an der Nase herumgeführt würde. Schon dreimal hat er wie heut geschrieben und befohlen, Feuer anzumachen und die Betten zu überziehen, da eine Dame kommen werde; aber wer niemals kommt, das sind die - Damen!«

»Aber der Herr kam?« - »Ja. Das erste Mal war er ganz vergnügt und wartete zwei volle Stunden. Beim zweiten Male kam wenigstens ein Dienstmann mit einem Billett an Herrn Karl ... »Herr Kommandant,« sagte ich, als ich ihm das Billett behändigte, »heute scheints wieder nichts zu werden.« - Da guckte er mich groß an, machte den Brief auf, las ihn und sagte: »Dass heute niemand kommen werde, habe ich ja schon vorausgewusst.« Beim dritten Male dachte ich wirklich, dass es zu etwas kommen werde; mit freudestrahlendem Gesichte kam der Kommandant und schien seiner Sache mehr als sicher zu sein. Nicht lange, so fuhr ein Fiaker vor, der Kutscher sprang vom Bocke und öffnete den Schlag; wir sahen eine Dame mit einem Muff auf den Knien und einem schwarzen Schleier vor dem Gesicht. Sie hielt das Taschentuch vor den Mund, und mir war es, als ob sie weinte. Kaum hatte auch der Kutscher den Schlag heruntergelassen, als sie sich zu ihm beugte und ein paar Worte sprach, worauf er verwundert den Schlag wieder zuwarf. - Beide Hände vor das Gesicht drückend, legte sie sich in den Wagen zurück, ich aber konnte mich in meinem Versteck nicht mehr halten, sondern rannte zur Tür und fragte den Kutscher, als er auf den Bock stieg, wohin er fahren solle. - »Dorthin zurück, woher wir kommen.« – »Und wohin ist das?« fragte ich weiter. – »Nach der Rue Saint-Dominique, Ecke der Rue Belle Chasse.«

Bei diesen Worten schreckte Rudolf zusammen, denn einer seiner besten Freunde, der Marquis von Harville, der seit einiger Zeit in Schwermut verfallen war, wohnte in der genannten Straße. War es die Marquise, die auf solche Art ihrem Verderben entgegenrannte? Schöpfte ihr Gemahl Argwohn gegen sie? War etwa diese Untreue seiner Frau der Wurm, der an seinem Herzen nagte? Aber Rudolf kannte doch die Personen, die den Umgang der Marquise bildeten, und besann sich nicht, je einen Menschen darunter gesehen zu haben, auf den das ihm von der Pförtnerin gegebene Signalement des Kommandanten passte. Konnte nicht auch die Dame, von der jetzt die Rede war, sich in der Rue Saint-Dominique einen Fiaker genommen haben, ohne dort zu wohnen? Was waren sonst für Beweise dafür vorhanden, dass es die Marquise sei? Und doch war es Rudolf nicht möglich, sich eines gewissen Argwohns zu entledigen.

»Seitdem, wie gesagt,« schwatzte die Frau weiter, »haben wir weder den schönen jungen Herrn noch die Dame wiedergesehen; aber nun muss ich doch mal nach meinem Essen sehen; ich habe ein Huhn auf dem Feuer, und mit meinem Alfred ist nicht zu spaßen, wenn er heimkommt und sein gutes Stück Fleisch nicht im Schmortopfe findet.«

Während Frau Pipelet sich ihren häuslichen Angelegenheiten widmete, spukten Rudolf allerhand trübe Gedanken im Kopfe herum. Die Dame, die nun zum drittem Male in dem Hause, dessen Verwaltung Pipelets führten, erwartet wurde, war sicher über den unvorsichtigen Schritt, zu dem sie sich hatte verleiten lassen, in letzter Stunde heftig erschrocken und zauderte noch immer, sich zu einem Stelldichein zu begeben. Schließlich mochte sie aber dem unwiderstehlichen Drange nachgegeben haben, war unter Tränen bis an die Tür des Hauses gefahren, wo sie ihren schmachtenden Liebhaber treffen sollte, hatte aber in dem Augenblicke, als sie sich für ihr ganzes Leben unglücklich machen wollte, noch einmal ihr Gewissen schlagen hören und war der Schande abermals entflohen. Und um wessen Willen setzte sie sich ihr aus? Warum nahm sie also solche Gefahr auf sich? Rudolf kannte die Welt und das menschliche Herz. Nach den flüchtigen Andeutungen der Pförtnersfrau meinte er über den Charakter des Seladons, der die Wohnung im ersten Stocke gemietet hatte, völlig im Klaren zu sein. Aber Rudolf kannte doch auch die Frau des Marquis, und zwar als eine Dame von Geist, Gemüt und Geschmack. Rudolf wusste, dass ihr Ruf nie auch nur durch den leisesten Hauch getrübt worden war. Er konnte sich unmöglich denken, dass sie hinter diesem Abenteuer stecken solle. – Als die Pförtnerin wieder sichtbar wurde, fragte Rudolf, wer denn eigentlich im zweiten Stocke wohne? - »Eine Frau Burette, die sich ihr Brot auf recht bequeme Weise, durch Kartenlegen nämlich, verdient. Es kommen die vornehmsten Leute zu ihr, und sie lässt sich horrend bezahlen. Übrigens ist die Wahrsagerei nicht ihr einziges Geschäft.« - »So? Und was treibt sie weiter?« - »Sie gibt Geld auf Pfänder. Mit dem Gesetz verträgt sich das freilich nicht; aber wenn die Menschen immer bloß tun wollten, was gesetzlich erlaubt ist, da könnten wohl gar viele die Hände in den Schoß legen. Das wenigstens ist meine Meinung. Die Burette gibt aber niemals einen Schein aus der Hand, und so hat die Polizei eben gar keine Beweise wider sie in der Hand und muss es sich gefallen lassen, dass sie von der Frau verlacht wird. Ich wünschte Sie könnten einmal sehen, was alles zu der Frau hingeschleppt wird.« - »Treibt die Person etwa noch andere Geschäfte?« - »Nein, nicht dass ich wüsste ... Darüber weiß freilich niemand Bescheid, was sie in einem kleinen Stübchen vornimmt, zu welchem kein Mensch Zutritt hat außer Rotarm und einem alten einäugigen Weibe, das den Spitznamen Eule führt.«

Rudolf sah die Frau verwundert an, die sich aber dadurch nicht beirren ließ, sondern meinte: »Ein possierlicher Name, nicht wahr?« - »Allerdings. Kommt die Frau oft her?« - »Jetzt hat sie sich sechs Wochen lang nicht sehen lassen, vorgestern war sie aber wieder da. Sie geht ein bisschen lahm.« - »Und was hat sie bei dieser Frau Burette - so nannten Sie sie doch? - zu tun?« - »Ja, wer kanns wissen? Ich habe bloß bemerkt, dass beide - Rotarm sowohl als die Eule - wenn sie in das Stübchen eintreten, immer ein Paket unterm Arme haben, aber keines wieder mit hinausnehmen. Ganz geheuer ists in dem Stübchen nicht, denn immer riechts nach Schwefel, wenn sie drin sind, und fortwährend hört mans dann blasen, als wenn x Blasebälge arbeiteten. Ich denke mir, die Frau Burette hat allerhand Hexenwerk vor. Das denkt auch Herr Bradamanti, der oben im dritten Stock wohnt. O, das ist ein gar gelehrter Herr, dieser Bradamanti! Ein Italiener von Geburt, aber einer, der sich auf alle Kräuter versteht und den Menschen die Zähne auszieht wie das Donnerwetter, auch mit einem Haarwasser handelt, das an jeder Stelle des menschlichen Körpers einen richtigen Pelz hervorzaubert, sobald es, heißt das, genau nach Vorschrift angewandt wird, die nun freilich etwas sehr kompliziert sein soll. Er schneidet auch Hühneraugen und versteht, kranke Magen auszupumpen, und allerhand schöne Künste noch. Seit etwa vier Wochen hat Rotarm ihm seinen lahmen Jungen in die Lehre gegeben, um ihm Zucht und Sitte beizubringen, denn Rotarm hat alles Ernstes Bange, dass der Junge, wenn er ihn weiter so verwildern lässt, noch einmal am Galgen baumelt. Und so unrecht mag er damit wohl auch nicht haben, denn der Junge ist tatsächlich boshaft wie ein Affe und spielt dem ehrlichen Bradamanti manchen Teufelsstreich. Und Bradamanti hat schließlich auch Ursache, den Vorsichtskommissarius zu spielen, denn hin und wieder wird er auch von Mädchen aufgesucht, die unter den Folgen eines zu liebevollen Herzens zu leiden haben ...«

Die Pförtnersfrau raunte Rudolf ein paar Worte ins Ohr, die ihm ein gewisses Gruseln verursachten ... »Das sind ja recht garstige Geschichten,« sagte er, »die Sie da erzählen,« und blickte sich entsetzt um, als ob auf dem Hause ein böser Fluch laste ... »Sind denn solche Schandtaten wirklich möglich?« sagte er halblaut vor sich hin, »und kann ein Mensch dabei so ruhig und gleichgültig bleiben wie diese alte Frau, wenn sie einem solch grässliche Dinge mitteilt?« Und wieder dachte er des Briefes an den Scharlatan, der auf so geringwertiges Papier mit verstellter Hand geschrieben und dessen Adresse zum Teil verwischt war. In den Tränen, die darauf gefallen waren, meinte er den Schlüssel zu einem grausigen Drama zu wittern, und eine Ahnung schien ihm zu sagen, dass die über den Italiener im Umlauf befindlichen schrecklichen Gerüchte des triftigen Grundes nicht entbehrten!

Zweites Kapitel.

Herr Pipelet, der Pförtner.

Der Leser möge dessen eingedenk bleiben, dass sich die Ereignisse, von denen hier die Rede ist, im Jahre 1838 zutrugen. Als eine Figur dieser Zeit mag er sich auch den Mann vorstellen, mit dem wir uns jetzt befassen müssen. Ernst und bedächtig tritt er in die Stube herein, der Mann mit der Riesennase, dem Riesenschmerbauch und dem Pachuner-Gesicht, das an die alten Nussknacker Alt-Nürnbergs erinnert, der den Namen Pipelet trägt und nun wohl an sechzig Jahre zählen mag. Sein Haupt ist bedeckt mit einem breitkrempigen Hute, den das hohe Alter rostrot gefärbt hat. Der alte grüne Frack, den er trägt, hat ein paar Riesenschöße, die vor Speck glänzen, und Klappen, die so starr von Schmutz geworden sind, dass sie richtig vom Leibe abstehen.

Der Mann grüßte Rudolf zwar freundlich, aber in die Freundlichkeit war herber Wermut gemischt. - »Du, Alfred,« sagte die Frau, »der Herr will die Stube mit dem Kabinett oben im vierten Stock mieten, wir haben auf dich gewartet und unterdes ein Gläschen von dem Besten da genippt.« - Diese Liberalität gewann Rudolf das Herz des Biedermanns auf der Stelle. Die Rechte an den Vorderrand seines rostfarbenen Hutes legend, sagte er mit einer eines Schulkantors nicht unwürdigen Bassstimme: »Sie dürfen sich darauf verlassen, dass wir alles zur vollsten Zufriedenheit verrichten werden, was unsers Amtes als Pförtner des Hauses ist, in welches Sie als Mieter einzuziehen die löbliche Absicht haben.« Darauf machte er eine Pause und setzte hinzu: »Bloß eins muss ich mir ausbedingen: Maler dürfen Sie nicht sein.« - »Warum nicht? Haben Sie schon mal einen Maler im Hause gehabt?« - »Leider, leider,« erwiderte Pipelet, »obendrein einen, der Cabrion hieß, der mir zugesetzt hat wie - na, wie ein Henker! Aber jetzt - jetzt gehört ihm meine Verachtung, meine maßlose Verachtung.« Und Pipelet ballte bei der Erinnerung an den Menschen, der ihn aufs Blut drangsaliert hatte, beide Fäuste.

»War es der letzte Mieter der Wohnung, um die wir beide handeln?« fragte Rudolf. - »Nein. Nach ihm hat ein netter Mensch in der Wohnung gehaust: Ein junges Kerlchen namens Germain, François Germain, und vor Germain hat Cabrion drin gewohnt. Aber an den, Herr, denke ich, solange ich lebe. Das war ein Kerl, der einen ins Narrenhaus bringen konnte.« - Und in heftiger Erregung lief Pipelet auf und ab. - »Denken Sie nur, Herr Rotarm hat ihm, bloß um ihn loszuwerden, den Zins auf ein halbes Jahr wieder herausgezahlt! Sie wissen doch wohl schon, dass Rotarm alle Mieten kassiert, den Oberverwalter spielt, usw. Nein! Von den grässlichen Streichen, die er uns allen im Hause gespielt hat, dieser Cabrion, meine ich, hat niemand eine Ahnung. Der Kerl spielte alle nur erdenklichen Blasinstrumente, um uns zu ärgern! Pfeife, Fagott, Harmonika, Posaune, Trompete und - schrecklich! Sogar - zwei Flöten, sage ich! Alle Kater und Katzen rannten über die Dächer auf und davon, und was war die Folge? Scharen von Ratten und Mäusen hielten bei uns Einzug!« - »Na, da kann man sich freilich denken, dass Sie von Malern nichts mehr wissen mögen,« meinte Rudolf, »aber desto zufriedener waren Sie mit seinem Nachfolger, dem Herrn Germain?« - »O, das war ein netter Mensch, dienstwillig, treu wie Gold, gar nicht stolz, aber recht fidel, das heißt auf seine Art, ohne jemand beschwerlich zu werden, wie dieser Cabrion, den ich lebendig in die Hölle wünsche.« - »Na, mein lieber Pipelet,« redete Rudolf ihm zu, »denken Sie nur nicht mehr an ihn! Sagen Sie mir lieber, welchen Hausbesitzer hat denn dieses Juwel von Mieter, wie man sich Herrn Germain nach Ihrer Beschreibung vorstellen muss, beglückt?« - »Kanns nicht sagen,« antwortete Pipelet, »kein Mensch weiß es und kein Mensch soll es wissen, wo sich Herr Germain aufhält, allein ausgenommen unsere Lachtaube.« - »Wer ist denn das?« fragte Rudolf. - »Eine Näherin, die auch in unserm vierten Stocke wohnt,« erklärte der Pförtner, »eine andere Perle, aber im besten Sinne gemeint, denn sie bezahlt ihre Miete immer pünktlich voraus und hält auf große Reinlichkeit in ihrem Stübchen, ist auch gegen jedermann so artig und nett, ist fleißig und bringt es oft über zwei Franks den Tag.«

»Das interessiert mich weniger,« sagte Rudolf, »als wie es kommt, dass Fräulein Lachtaube Herrn Germains Wohnung kennt?« - »Hm, als er auszog,« erklärte die Frau, »sagte Germain zu uns: Briefe erwarte ich keine mehr; sollte aber noch einer kommen, dann geben Sie ihn nur dem Fräulein Lachtaube.« - »Ja,« bemerkte Pipelet, »gegen das Mädchen ließe sich gar nichts sagen, wenn sie nicht die Torheit begangen hätte, sich von diesem Scheusal von Cabrion die Kur machen zu lassen.« - »Ach, schwatz doch kein dummes Zeug!« sagte die Frau, »das liegt doch bloß daran, dass die beiden Leutchen oben zusammen im vierten Stock wohnten. Dass es dem Mädchen nicht ernst darum zu tun war, weißt du ja ebenso gut wie ich.« - »Herr Germain hat sich wohl auch mit dem Mädchen ganz gut vertragen?« fragte Rudolf mit einem spöttischen Seitenblicke. - »O, der erst recht,« antwortete eifrig die Frau, »die beiden sind ja ohnehin wie füreinander geschaffen, sind beide hübsch und jung und« ... - »Germain hat das Mädchen also nicht wiedergesehen, seit er aus dem Haus ausgezogen ist?« - »Nein, höchstens einmal sonntags, was ich natürlich nicht wissen kann. In der Woche nimmt sich das Mädchen keine Zeit, sich mit Liebhabern zu befassen. Zwischen 5 und 6 Uhr ist sie schon auf den Beinen, bis um 10 Uhr arbeitet sie, manchmal sogar bis nach 11, und geht niemals aus ihrer Stube, außer wenn sie Einkäufe zu besorgen hat. Sie ist auch recht gut und mildtätig. Bei den armen Leuten oben unterm Dache, die wahrscheinlich in den nächsten Tagen exmittiert werden dürften, hat sie mit Herrn Germain mehr denn eine Nacht die kranken Kinder gewartet und gepflegt.«

»Was Sie sagen! Also arme Leute wohnen auch hier?« fragte Rudolf. - »Ja,« versetzte die Pförtnerin, »und recht, recht armes Volk! Fünf kleine Kinderchen, die Mutter auf den Tod krank, die Großmutter altersschwach, und der Mann kaum imstande, das trockne Brot zu verdienen.« - »Das sind ja schreckliche Zustände,« sagte Rudolf, »und hilft denn niemand diesen armen Menschen?« - »O, was wir tun können, geschieht ja,« sagte Pipelet, »aber mehr als in unsern Kräften steht, können wir eben auch nicht tun. Seit uns der junge Herr, der Kommandant - wie wir ihn nennen - zwölf Mark im Monat für die Aufwartung gibt, habe ich ja einmal in der Woche Fleisch gekocht und den armen Leuten ein paar Teller Brühe hinaufgetragen. Der arme Germain hat ihnen hin und wieder eine Flasche Wein geschenkt, dabei immer sich so gestellt, als wenn er Wein von seinen Eltern bekäme. Morel - so heißt der arme Mensch, der kaum das trockne Brot verdient, hat dann ein paar kräftige Schlucke genommen und darüber den Hunger vergessen, der ihm die Eingeweide zerriss.«

»Was ist denn der Mann?« - »Er ist Steinschneider und soll in imitierten Waren ein Meister sein, hat sich aber bei dem lungenmörderischen Handwerk vollständig ruiniert. Na, Sie werden ihn ja sehen und sich dann überzeugen, dass ich nicht zu viel gesagt habe. Für sieben Menschen Brot schaffen, ist freilich keine Kleinigkeit. Da heißts sich rühren. Die älteste Tochter geht ihm ja tüchtig zur Hand, aber was ein Mädchen verdienen kann, wenns ehrlich bleiben will, na, das weiß man doch.« - »Wie alt ist das Mädchen?« - »Siebzehn Jahre und bildschön, o, mehr als bildschön! Und in Dienst bei einem Notar Ferrand.« - »Was? Beim alten, reichen Ferrand in der Rue du Sentier?« rief Rudolf, über dies neue Zusammentreffen fast mehr noch verwundert als über das frühere, denn eben bei diesem Notar und seiner Wirtschafterin sollte er sich ja doch Auskunft über das unter dem Namen Schalldirne bekannte Mädchen holen.

»Ach, richtig!« sagte die Pförtnerin. »Sie kennen ihn doch nicht etwa?« - »O doch! Er wird von dem Handelshause beschäftigt, in welchem ich angestellt bin,« erklärte Rudolf. - »Nun, dann werden Sie ja wissen, dass er ein arger Geizhals ist? Und was Luise angeht, die Tochter des Steinschneiders oben,« setzte die Frau hinzu, »so mögen es wohl anderthalb Jahre her sein, dass sie bei ihm im Dienst ist. Es ist ein lammfrommes Ding und über die Maßen emsig und fleißig, trotzdem sie einen gar knappen Lohn bekommt, keinen Sou über achtzehn Franks. Sechs braucht sie natürlich für ihren Unterhalt, die andern zwölf aber gibt sie den Ihrigen. Ein Mädel, Herr, wie es ihrer viele sicherlich nicht gibt! Ein Vierteljahr ist der Vater bettlägerig gewesen, die Mutter hat infolge der angestrengten Pflege all ihr bisschen Gesundheit eingebüßt und liegt jetzt auf den Tod krank darnieder; in diesem Vierteljahr haben die sieben Personen von den zwölf Franks des Mädchens gelebt; einiges mögen sie wohl bei der Burette versetzt haben, und ein paar Taler mag ihnen die Geschäftsfrau vorgeschossen haben, für die der arme Mann arbeitet: Die Inhaberin des Ladens, meine ich, in welchem die falschen Edelsteine verkauft werden, die der Arme schneidet. Aber wir wollen nicht weiter davon sprechen, denn es kann einem alle Lust am Leben vergehen, wenn man sich mit den Menschen da oben befasst. Na, ein Glück wenigstens, dass Herr Rotarm ihnen die Wege weisen wird! Es ist ja bedauerlich, dass es den Menschen so traurig geht; aber ein anständiges Haus darf doch nicht unter solchem armen Volke leiden! Na, da will ich Ihnen jetzt Ihre Wohnung zeigen. Kommen Sie, wenn ich bitten darf.«

Drittes Kapitel.

Vier Stockwerke.

Die dunkle, feuchte Treppe führte zuerst zu der Wohnung im ersten Stocke, die der unter dem Namen »der Kommandant« bekannte junge schöne Herr, gemietet hatte. Die Tür, die zu ihr führte, war neu gestrichen; am Schlosse blinkte ein vergoldeter kupferner Drücker, und von der schmutzig grauen Wand stach eine schmutzige Klingelschnur mit rotseidner Quaste recht auffällig ab. - Die Tür, die im zweiten Stockwerk zu der Wohnung der Kartenlegerin und Wahrsagerin führte, bot einen noch wunderlicheren Gegensatz zu dem allgemeinen Eindruck, den das Haus bot: über ihr hing eine ausgestopfte Eule, und daneben befand sich ein Schiebefensterchen, das mit Draht stark vergittert war, aber einen Blick auf die Zutritt begehrenden Gäste gestattete. – Vor der Wohnung des italienischen Scharlatans, der nach der im Hause herrschenden Meinung ein höchst sündhaftes Gewerbe trieb, hing eine schwarze Tafel, auf der sein Name mit Pferdezähnen eingegraben stand. Statt des sonst üblichen Hasen- oder Rehfußes endigte die Klingelschnur im Vorderarme eines Affen, der mit der noch daran hängenden Hand in dem vertrockneten Zustande einen widerwärtigen Anblick bot, sah er doch aus, wie wenn er von einem Kinde herrührte.

Rudolf wollte an der Tür vorbeigehen, als er einen Laut wie unterdrücktes Schluchzen hörte, auf den ein schriller Schmerzensschrei folgte. Rudolf fuhr zusammen; schnell wie der Blitz durchfuhr ein Gedanke seinen Sinn, und er trat an die Tür und zog heftig die Klingel. – »Was fällt Ihnen ein, Herr?« fragte der Pförtner erschrocken. – »Haben Sie nicht den Schrei vernommen?« fragte Rudolf. – »Gewiss. Wahrscheinlich zieht Bradamanti wieder jemand einen Zahn aus oder gar ein paar.«

Unwahrscheinlich war ja die Erklärung nicht, wenn man sich das Schild ansah, das über dem Türknopfe hing. Aber sie genügte Rudolf nicht. Zuerst kam keine Spur von einer Antwort, trotzdem Rudolf sehr heftig geklingelt hatte. Nach einer Weile erblickte aber Rudolf hinter einem runden Fenster neben der Tür ein hageres, bleiches Gesicht, das von einem ins Graue übergehenden rötlichen Bart überwuchert war. Aber schon in der andern Sekunde war das Gesicht wieder verschwunden. Rudolf stand da, wie an den Boden gewurzelt. War es Täuschung oder Wirklichkeit? So kurze Zeit er das Gesicht gesehen, so war es ihm doch gewesen, als wenn er darin gewisse charakteristische Züge wiedererkannt hätte: die grünen, unter starren Brauen funkelnden Augen, die Totenblässe, die schmale, an einen Adlerschnabel erinnernde Nase mit der eigentümlich ausgedehnten Nasenwand: Dies alles erinnerte ihn frappant an einen gewissen Abbé namens Polidori, von dem schon zwischen Murph und Exzellenz Graun die Rede gewesen war. Nur eins weckte Zweifel in ihm: Der Priester, den er in diesem Scharlatane wiederzuerkennen meinte, hatte kein so fuchsrotes, sondern tiefbraunes Haar gehabt. Im Übrigen wunderte er sich keineswegs, dass der einem geweihten Stande angehörige Mensch, von dessen scharfem Verstande und bedeutendem Wissen er mehr denn eine Probe kannte, gesellschaftlich so tief gesunken war; dass der Mann moralisch verderbt war, die Menschheit verachtete und der Völlerei anhing, hatte er schon gewusst, als er zum ersten Male mit ihm in Beziehung gekommen war, also vor fünfzehn oder sechzehn Jahren.

»Wohnt der Mann schon lange hier?« fragte er Pipelet. – »Seit etwa Jahresfrist. Im Januar ist er wohl eingezogen. Er zahlt, wie gesagt, pünktlich und hat mich von einem heillosen Reißen befreit. Bloß einen Fehler hat er: Er zieht über alles im Leben her und schont keinen seiner Mitmenschen. Bei den Witzen, die er mitunter reißt, überläufts einen eiskalt«.

Rudolf wurde hierdurch noch mehr bestärkt, sich Gewissheit über diesen Mann zu schaffen, denn wenn sich hinter ihm wirklich jener Polidori versteckte, so konnte ihm dessen Anwesenheit hier im Hause von unberechenbarem Nachteile werden. Von der Meinung immer stärker beherrscht, dass sich hinter dem schrillen Schmerzensschrei, den er vernommen, ein schlimmes Geheimnis verberge, folgte Rudolf dem Pförtner in das obere Stockwerk und betrat mit ihm das Zimmer, das er zu mieten in Aussicht genommen hatte, und das sein Licht durch zwei auf die Straße hinausgehende Fenster erhielt. Einen Moment dachte er, auf die Wohnung zu verzichten, hatte aber der Gründe zu viel, die ihn zum Gegenteil bestimmten, und so drückte er dem Pförtner hundert Sous in die Hand und sagte: »Mir gefällt die Stube recht gut. Ich werde morgen mein Mobiliar schicken und Ihnen unten Draufgeld geben. Dass ich mit Herrn Rotarm selbst rede, ist wohl nicht notwendig?« – »Durchaus nicht,« antwortete der Pförtner, die hundert Sous vergnügt in die Tasche schiebend, »er kommt immer nur her, wenn er mit Mutter Burette etwas zu reden hat. Mit den Mietern mache ich in der Regel alles ab. Aber Sie haben mir Ihren Namen noch nicht genannt, Herr?« – »Rudolf.« – »Bloß Rudolf?« – »Jawohl, Herr Pipelet, bloß Rudolf!« versetzte Rudolf lächelnd. – »Na, ich frage ja nicht aus Neugierde, denn Sie wissen doch, Name und Wille sind frei, wie die Gedanken auch.« – »Eins noch, Herr Pipelet,« sagte Rudolf, »ich darf wohl morgen einmal zu Morels gehen, mich als Nachbar vorstellen und fragen, ob ich ihnen irgendwie nützlich sein kann?« – »Warum nicht?« antwortete Pipelet; »kann mir schon denken, worauf Sie hinauswollen. Sie möchten wohl auch bei der kleinen Nachbarin den netten Nachbar spielen? Unsre Lachtaube hat doch sicher schon gehört, dass sich jemand die Wohnung ansieht, und steht gewiss schon Posten, um Sie zu sehen, wenn Sie wieder hinuntergehen. Na, passen Sie nur auf! Ich werde die Tür stark ins Schloss fallen lassen, damit sie es hört, dass wir kommen.«

Rudolf sah wirklich, dass die mit ein paar Amorettenfiguren bemalte Tür leicht angelehnt war, sah auch durch die schmale Spalte hindurch den Schatten von einem Näschen und ein großes schwarzes, lebhaftes und neugieriges Auge. Sobald er aber mit dem Schritt ein wenig anhielt, wurde die Tür schnell herangezogen. – »Na, was habe ich gesagt?« meinte der Pförtner, »aber – einen Moment! Ich will mich nun doch auf mein kleines Observatorium begeben.« – »Was nennen Sie so?« fragte Rudolf. – »Über der Leiter hier liegt ein Vorsaal, dahinter liegt Morels Stübchen, und hinter einer Tapete befindet sich ein kleines schwarzes Loch, durch das man sehen kann, und auch hören, genau so gut, wie wenn man mit in der Stube ist. Spionieren und horchen ist ja sonst meine Sache nicht; manchmal aber gehe ich doch hin, weil es mich prickelt, ein bisschen Elend mal *in natura* zu sehen, nicht bloß, wie man es sonst im Theater bloß sieht. Komme ich dann wieder in meine eigene Stube, so komme ich mir vor wie in einem Palaste.« – Pipelet stieg die Leiter hinauf, die zu der Dachwohnung führte, und sagte zu Rudolf, er möchte inzwischen hinuntergehen, er würde gleich wieder bei ihm sein.

Rudolf warf einen letzten Blick nach der Tür, hinter der die Jungfer Lachtaube weilte, und wollte eben hinuntergehen, als er im unten liegenden Stockwerk jemand durch die Tür treten hörte. Er erkannte den leichten Tritt eines weiblichen Wesens, unterschied auch das Rauschen eines Seidenkleides. Da er nicht neugierig erscheinen mochte, blieb er einen Augenblick stehen, ging jedoch, sobald er nichts mehr hörte, ebenfalls hinunter. Als er ins zweite Stockwerk gelangte, sah er ein Taschentuch auf den Steinfliesen liegen; er bückte sich danach: es gehörte sicher der Dame, die eben aus der Wohnung des Scharlatans getreten war; als er es näher ansah, bemerkte er in dem einen Zipfel ein L. und N. mit einer Herzogskrone darüber. Das Tuch war nass, doch sicher von Tränen. Ohne es zu wollen, war er also auf die Spur eines jedenfalls höchst traurigen Erlebnisses gekommen. Unten angelangt, fragte er die Pförtnersfrau, ob eben eine Dame vorbeigegangen sei?« – »Jawohl,« antwortete die Frau, »groß und schlank, und schwarzverschleiert. Sie kam von Herrn Bradamanti herunter. Der kleine lahme Strick musste ihr einen Fiaker holen. Sie stieg ein. Mich hat es bloß gewundert, dass der Junge sich hintenaufschwang. Doch gewiss, um zu sehen, wohin die Fahrt ging, denn der Kerl ist neugierig wie eine Elster und flink wie ein Wiesel, trotz seinem lahmen Beine.«

Rudolf dachte bei sich, auf diese Weise käme sicher der Scharlatan erst hinter den Namen der Dame, und machte sich nun selbst auf den Weg, zufrieden mit den Resultaten dieses Ausflugs.

Viertes Kapitel.

Tom und Sarah.

Sarah Seyton, verwitwete Gräfin Mac Gregor und etwa 37 bis 38 Jahre alt, war die Tochter eines vornehmen schottischen Landedelmannes, von vollendeter Schönheit, aber stolz und ehrgeizig fast bis zum Wahnsinn, seitdem ihr durch eine alte Frau aus dem Hochlande, die sie eine Zeit lang bedient hatte, der Besitz eines Thrones verheißen worden war. Ihr Bruder Tom war nicht minder abergläubisch wie sie, bestärkte sie in ihren Hoffnungen und lebte fast nur noch der Verwirklichung dieses Phantoms, war jedoch keineswegs so verblendet, nur auf einen Thron ersten Ranges zu spekulieren, sondern in seinem Sinne auch zufrieden mit dem eines Reiches von sekundärer Bedeutung, wenn es nicht anders ging, auch eines Fürstentums, möglichst freilich eines von souveränem Range. Nun hatte Deutschland damals eine recht große Menge von jungen präsumptiven Thronerben. Sarah war protestantischen Glaubens, und Tom war es recht gut bekannt, dass es deutschen Fürsten keine große Schererei machte, eine Ehe zur linken Hand einzugehen. Der Entschluss, nach Deutschland zu gehen, war mithin schnell gefasst, und da Sarah mit Schönheit und Eleganz die mannigfachsten Talente vereinte, über einen gewandten, lebhaften Geist und eine große Gabe, sich zu verstellen, verfügte, so fiel es dem Geschwisterpaare nicht schwer, nach einem etwa sechsmonatigen Aufenthalt in Paris, wo sie manches von ihrer britischen Zugeknöpftheit verlernten, die Bekanntschaft des alten Marquis von Harville machten, der in England mit ihrem Vater bekannt geworden war, und sich des Wohlwollens der Gemahlin des englischen Gesandten versichern konnten, in Deutschland Fuß zu fassen. Das erste Ländchen, das im Reiseplane des Geschwisterpaares vermerkt worden war, war das Großherzogtum Gerolstein, wohin es sehr gute Empfehlungsschreiben besah, und dessen mutmaßlicher Thronfolger Gustav Rudolf kaum achtzehn Jahre zählte. Die Ankunft der jungen schottischen Edeldame an dem stillen, ernsten, streng patriarchalischen Hofe war halb und halb ein Ereignis. Der Großherzog war seinem Ländchen ein weiser Regent, und man hätte sich ein glücklicheres Leben, als dort herrschte, kaum denken können. Gegen den alten Marquis von Harville fühlte er Liebe und Dankbarkeit im Herzen, seit ihm dieser im Jahre 1815 bedeutende Dienste geleistet hatte, und da Tom und Sarah von ihm ein warmes Empfehlungsschreiben mitbrachten, wurden sie begreiflicherweise am Gerolsteiner Hofe mit offenen Armen aufgenommen. Schnell hatte Sarah den festen, loyalen Sinn des Herrschers erkannt, und ehe sie sich um den Sohn bemühte, der ihr sicher zu sein schien, hielt sie es für richtiger, sich das Wohlwollen des Herrn Papa zu erwerben. Sehr bald aber sollte sie sich überzeugen, dass dieser, mit so großer Liebe er auch an dem Sohne hing, von gewissen Grundsätzen über Fürstenpflicht und Dynastie-Gesetzen unter keinen Umständen abweichen werde. Schon trug sie sich mit der Absicht, von ihren Plänen Abstand zu nehmen, da machte ihr Bruder geltend, dass Rudolf ja noch sehr jung sei, dass ihm allgemein Sanftmut und Herzensgüte nachgerühmt werde, dass er für schüchtern, träumerisch und unentschlossen gelte, und dadurch ließ sie sich bestimmen, noch in Gerolstein zu bleiben und den Dingen Zeit zur Entwickelung zu lassen. Sie wusste jedermann für sich zu gewinnen, und wurde bald der Abgott des greisen Großherzogs, wie auch von dessen noch lebender Mutter, der verwitweten Großherzogin Judith, die zwar schon 96 Jahre zählte, aber noch immer Sinn und Geschmack für alles Junge und Schöne hatte.

So oft das Geschwisterpaar von Abreise sprach, immer wusste die alte Großherzogin ihrem Sohne vorzustellen, dass er alles tun müsse, es an seinen Hof zu fesseln, da sie Sarah nicht mehr entbehren könne. Dadurch kam es, dass Baronet Tom Seyton of Halesbury zum ersten Stallmeister am großherzoglichen Hofe, zum argen Verdruss aller einheimischen, wahrlich nicht eben geringen Reflektanten, erhoben wurde. Darüber war das erste Vierteljahr verstrichen, und noch immer war kein Wort über Rudolf gefallen, der kurz nach der Ankunft des Geschwisterpaares mit einem Adjutanten und seinem Getreuen, dem Baronet Murph, zu einer Truppen-Inspektion hatte abreisen müssen. Das war für Sarah ein günstiger Zufall, denn sie gewann dadurch Zeit, die Fäden zu ihrem Gewebe zu ordnen, ohne die Aufmerksamkeit des Großherzogs unmittelbar auf sich zu lenken, was durch etwaige Aufmerksamkeiten des jungen Prinzen gegen sie leicht hätte der Fall sein können.

Fünftes Kapitel.

Sie Walter Murph und Abbé Polidori.

Rudolf war von Kindheit an schwächlich, und diese Eigenschaft hatte seinen Vater auf den Gedanken gebracht, seine Erziehung englischen Lehrern anzuvertrauen, die im Sport bewandert sind und in dessen Übung ein gesundheitsförderliches Element erblicken, von dem man in Deutschland zur damaligen Zeit noch so gut wie keine Vorstellung hatte. Seine Wahl fiel auf einen Hünen von Landsassen aus Yorkshire, Sir Walter Murph, dessen Grundsätze und Anschauungen seinen vollen Beifall fanden. Jahrelang residierte nun der Erbgroßherzog in Murphs Gesellschaft auf einem mitten zwischen Wäldern gelegenen kleinen Jagdschlosse, ein paar Stunden von Gerolstein entfernt, und widmete sich allerhand Leibesübungen und landwirtschaftlichen Arbeiten. In der reinen, frischen Landluft schien der Prinz sich förmlich umzuwandeln, die fahle Blässe wich aus seinem Gesicht und machte einer frischen Röte Platz. Er lernte Strapazen ertragen, gewöhnte sich Mut und Energie an und konnte es im Faust und Ringkampfe bald mit Jünglingen aufnehmen, die ihm im Alter weit voraus waren. Nachdem Sir Walter Murph sich seiner Aufgabe zur vollkommensten Zufriedenheit des Großherzogs erledigt hatte, musste er auf einige Zeit, um Erbschafts- und andere Angelegenheiten zu ordnen, nach England zurückreisen, und nun meinte der Großherzog, seinem Sohne auch eine gediegene wissenschaftliche Bildung geben zu sollen. Hierzu berief er einen gelehrten Mann aus Italien, der den Rang eines Abbé bekleidete und im Rufe eines tüchtigen Philologen, klugen Arztes und hervorragenden Chemikers stand. Diesmal aber war die Wahl des Großherzogs auf keinen Mann von edler Gesinnung, wie Murph es war, gefallen, sondern auf einen heuchlerischen, boshaften und gottlosen Menschen, der unter einer frömmelnden Außenseite den schlimmsten Unglauben verbarg, wohl eine hervorragende Menschenkenntnis besaß, aber die Menschen bloß von ihrer schlimmen Seite her kennengelernt und ausgenützt hatte, mit einem Worte der gefährlichste Mentor für einen jungen Fürstensohn war, der ihm zur Seite gestellt werden konnte.

Rudolf gab das freie, ungebundene Leben, das er mit seinem ersten Erzieher geführt hatte, ungern auf und mochte nichts davon wissen, sich hinter die Bücher zu setzen und sich den zeremoniellen Sitten am väterlichen Hofe zu fügen. Vom ersten Augenblick an begegnete er dem italienischen Abbé mit dem äußersten Widerwillen, der seinerseits alles aufbot, sich bei dem jungen Prinzen in Gunst zu setzen, und ihm deshalb in allem freien Willen ließ. Während Rudolf fast allen Unterricht schwänzte, stellte Polidori ihn dem Großherzog als den fleißigsten Schüler dar, den er je besessen, verschwieg ihm des Sohnes Abneigung gegen jedes Studium, drillte ihn für ein paar Prüfungen, die in Gegenwart des Großherzogs abgehalten werden mussten, und erreichte auf diese Weise bei seinem Zöglinge, dass dessen Widerwille schwand und einer gewissen Kordialität das Feld räumte, die aber von der tatsächlichen Liebe und Zuneigung, die er für Murph im Herzen trug, himmelweit verschieden war. Der Italiener war sich darüber keine Sekunde im unklaren, war aber zu pfiffig, es sich im geringsten merken zu lassen, reizte statt dessen die Fantasie des ihm anvertrauten Jünglings durch üppige Schilderungen vom Hof- und Fürstenleben, wie es zurzeit eines Ludwig XIV. geherrscht hatte, und beteuerte wiederholt, dass einem glücklich begabten Fürsten extravagante Genüsse nicht bloß nicht schädlich, sondern vielmehr insofern höchst förderlich seien, als sie seinen Sinn der Gnade und Milde zugänglich machten. Dergleichen Unterhaltungen waren natürlich Gift für ein jugendliches und feuriges Gemüt, und an dem väterlich sittenstrengen Hofe, wo es nur harmlose Zerstreuungen und Genüsse gab, träumte nun Rudolf von wüsten Orgien und tollen Nächten, von Hirschparks-Freuden und hin und wieder wohl auch von einer romantischen Liebelei.

So war ein weiteres Jahr ins Land gegangen. Der wackere Murph war noch immer nicht nach Gerolstein zurückgekehrt, wurde nun dort aber bald erwartet.

Ungefähr zusammen mit ihm tauchten Tom und Sarah am Gerolsteiner Hofe auf, und es dauerte nicht lange, so hatte sich zwischen Tom und Polidori, die beide in dem geraden, ehrlichen Murph einen Todfeind witterten, eine höchst bedenkliche » *entente cordiale*« herausgebildet. Bald war der Italiener auch über die Absichten nicht mehr im unklaren, die das Geschwisterpaar an den Gerolsteiner Hof geführt hatten. Nun galt ihm der jungen Schottin Anwesenheit in gewissem Sinne als Fingerzeig, dass Rudolfs Fantasie ihn flügge für Liebesaffären gemacht habe, und er nahm sich vor, Sarah mit ihm zusammenzukuppeln. Auf ein Herz, das zum ersten Male in Liebe entflammte, musste die Schottin – so sagte sich Polidori – einen unverlöschlichen Eindruck machen; sie sollte ihm dazu dienen, Murphs Einfluss auf den jungen Prinzen zu beseitigen. Tom, Sarah und Polidori fühlten sich solidarisch verpflichtet, gegen Rudolfs besten Freund gemeinsam zu Felde zu ziehen: Und was kommen musste, kam denn auch.

Sechstes Kapitel.

Erste Liebe.

Rudolf, der nun die schöne Schottin täglich sah, verliebte sich bald rasend in sie, und auch Sarah ließ mit dem Gegengeständnis ihrer Liebe nicht warten, doch unterließ sie nicht, ihn gleich auf den Rangunterschied zu verweisen, der sich ihrem Glücke zweifellos entgegensetzen werde. Sobald nun Tom sah, dass Rudolfs Leidenschaft auf den höchsten Grad gestiegen war, ja dass ein Eclat, der alles verderben könnte, fast unvermeidlich schien, beschloss er, einen Hauptcoup zu führen. Er zog den Italiener ins Vertrauen, dessen Charakter als Abbé ja eine vertrauliche Mitteilung durchaus rechtfertigte, und bekannte ihm, dass die Beziehungen zwischen dem Erbgroßherzog Rudolf und seiner Schwester sich derart gestaltet hätten, dass die Heirat zwischen ihnen unbedingte Notwendigkeit geworden sei, falls er nicht mit der Schwester über Nacht aus Gerolstein verschwinden sollte. Ehe er zugeben könne, dass seine Schwester in Schande fiele, sähe er lieber, sie stürbe. Toms hochfliegender Plan setzte Polidori in helle Verwunderung, denn für so ehrgeizig hatte er Toms Schwesterchen nicht gehalten; er erklärte Tom rückhaltlos, dass der Großherzog in solche Verbindung nun und nimmer willigen werde, und setzte ihm auch die Gründe, die es ihm wehrten, auseinander. Tom wandte gegen diese Gründe nicht das Geringste ein, warf aber die Frage auf, ob sich nicht mit einer heimlichen Vermählung rechnen lassen sollte, von der die Öffentlichkeit erst nach dem Ableben des Großherzogs erführe ... Da Sarah einer alten Adelsfamilie Schottlands entstammte, wäre solche Lösung vielleicht nicht ausgeschlossen, zumal sie ja nicht ohne Präzedenz sei; Tom ersuchte Polidori in seiner Eigenschaft als Mentor des Prinzen, ihm in längstens acht Tagen bestimmten Bescheid zu geben, da seine Schwester länger nicht mehr in ihrer quälenden Ungewissheit verbleiben könnte.

Der Abbé befand sich in der größten Verlegenheit. Machte er dem Großherzog Anzeige, so lief er Gefahr, sich den präsumptiven Thronfolger auf alle Zeit zu entfremden; klärte er diesen auf über die ehrgeizigen Absichten, die Toms Schwester verfolgte, so setzte er sich in das schiefe Licht, der Dame des prinzlichen Herzens eine Schlappe beifügen zu wollen; wie konnte er ermessen, mit welchen Absichten der junge Prinz sich trüge? Wie er eine Moralpredigt hinnehmen würde? Bot er anderseits die Hand zu der von Tom angeregten Heirat, so stand es außer Zweifel, dass er sich nicht bloß Tom und Sarah, sondern auch den Prinzen zu Dank verpflichtete, und so beschloss er auch, doch unter einem bestimmten Vorbehalte, Toms Schwester zu diesem Ehebunde behilflich zu sein. Er hatte sich hinsichtlich Rudolfs Herzens auch nicht geirrt, denn als er diesem die Möglichkeit zeigte, sich durch eine heimliche Vermählung in den Besitz des geliebten Weibes zu setzen, hätte wenig gefehlt, so wäre dieser ihm um den Hals gefallen. Er nannte ihn seinen Retter, seinen besten Freund, ja seinen zweiten Vater. Nun sah sich Polidori nach Zeugen für die Trauung um und fand sie auch in der Person eines Geistlichen und eines Gutspächters der Umgegend. Nun wurde während einer zufälligen Abwesenheit des Großherzogs Rudolf mit Sarah getraut, und die Wahrsagung der alten Hochländerin war zur Wahrheit geworden: Sarah war die Gattin eines Thronerben geworden!

Das von Tom und Polidori im Schach gehaltene junge Paar wusste sich so geschickt zu benehmen, dass niemand am großherzoglichen Hofe irgendetwas ahnte. Im ersten Vierteljahr dieses Verhältnisses pries sich Rudolf als den glückseligsten Menschen unter Gottes Sonne. Er bereute den Schritt auch nicht, als anstelle der Leidenschaft ruhige Überlegung trat, entsagte vielmehr gern um des Besitzes des ihm angetrauten Weibes willen all jenen Träumen von einem üppigen Leben, die durch Polidoris Schilderungen in seinem Gemüt erwacht waren. Da sollte ein von Sarah mit Ungeduld erwartetes Ereignis die Ruhe, die noch immer in Gerolstein herrschte, in wilden Sturm verwandeln. In ihrer Herzensnot kam Sarah auf den Gedanken, dem Großherzog, der sie, wie seine Mutter, ganz in sein Herz geschlossen hatte, alles zu bekennen. Rudolf erschrak davor, denn wenn er sich auch der Liebe seines Vaters versichert halten durfte, so kannte er anderseits doch dessen starre Grundsätze, wenn es sich um Fürstenpflicht handelte.

Auf all seine Einwände aber hatte Sarah nur die rücksichtslose Antwort: »Ich bin deine Frau vor Gott und den Menschen. Wie kannst du mir zumuten, ob des Zustandes, in den du mich versetzt hast, zu erröten? Habe ich nicht vielmehr allen Grund, stolz darauf zu sein? Warum willst du mir wehren, mich solches Zustandes laut zu rühmen?«

Die Aussicht, Vater zu werden, hatte Rudolfs Liebe zu Sarah verdoppelt, und so hatte Tom, der die Partei seiner Schwester energisch nahm, leichtes Spiel, bekam jedoch insofern einen Strich durch die Rechnung gemacht, als ihm vom Großherzoge der Befehl erteilt wurde, die Gestüte des Landes einer Inspektion zu unterziehen. Dadurch wurde er auf die Zeit von vierzehn Tagen vom Hofe ferngehalten. Sarah versprach ihm tägliche Nachricht über den Fortgang der Angelegenheit, aber in einer Gesellschaft bei der Großherzogin-Mutter sollte es zu dem Eclat kommen, den Tom so gern vermieden hätte. Außer Sarah waren noch verschiedene Hofdamen anwesend, und als Sarah von der Großherzogin-Mutter aufgefordert wurde, sich zu ihr zu setzen, zischelten die übrigen Damen ... denn auch die unerfahrensten konnten die Augen nicht mehr verschließen vor dem, was Sarah gar nicht mehr verhehlen wollte, denn den gesegneten Zustand hätte ihr jetzt wohl kaum jemand schon angesehen, wenn sie es nicht besonders darauf angelegt hätte, sich damit zu brüsten, in der Absicht, Rudolf zum Eingeständnis seiner Ehe mit ihr zu zwingen. Die Großherzogin-Mutter mochte ihren Augen nicht trauen und sagte leise zu Sarah: »Aber, mein liebes Mädchen, Sie haben sich heute gar nicht vorteilhaft gekleidet. Sonst lässt sich Ihre Taille mit den Fingern umspannen, heute aber kennt man Sie ja gar nicht wieder!«

Über die schrecklichen Ereignisse, welche dieser Entdeckung fast auf dem Fuße folgten, wird der Leser später unterrichtet werden; heute möge er sich mit der Mitteilung - die dem Leser wohl kaum noch überraschend sein wird - begnügen, dass das Mädchen, dessen Bekanntschaft er unter den Namen Marienblümchen und Schalldirne bereits gemacht hat - Rudolfs Tochter aus seiner Ehe mit Sarah war, dass aber er sowohl wie Sarah sie für tot hielten.

Siebentes Kapitel.

Der Ball

In der Rue Plumet fuhr in der elften Nachtstunde an der Tür eines Palastes eine Staatskutsche, von zwei prächtigen Grauschimmeln gezogen, vor. Auf dem mit gefranster Decke überzogenen Bocke saß ein Hüne von Kutscher im blauen Pelzrock, mit großem Marderkragen, silbernen Tressen und Schnüren besetzt. Hintenauf stand ein gepuderter Hüne von Lakai in blauer Livree neben einem Jäger mit ungeheurem Schnauzbarte, dessen breit bordierter Hut von einem gelb und blauen Federbusche verdeckt war. Die Kutsche war mit Atlas ausgeschlagen; die Laternen warfen helles Licht hinein; Rudolf saß darin, links von ihm Exzellenz Graun, ihm gegenüber der getreue Murph. Auf seinem Leibrock trug Rudolf, dem Souverän zu Ehren, von dessen Gesandten das Ballfest gegeben wurde, zu dem Rudolf fuhr, den Stern mit Diamanten des *schen Ordens; um Walter Murphs Hals hingen Band und Emaillekreuz des goldnen Adlerordens von Gerolstein; Exzellenz Graun trug die gleiche Auszeichnung.

»Seltsam, wie ähnlich doch mancher Mensch einem Chamäleon ist!« meinte Rudolf, »man sollte eigentlich kaum davon sprechen, aber in diesen Kontrasten, in denen zum Beispiel ich mich bewege, liegt doch ein eigentümlich pikanter Reiz. Heut bin als Fächermaler in einer gemeinen Schenke der Rue des Poix; morgen Handlungsdiener, der der Frau Pipelet ein Glas Likör anbietet; heut Abend wieder einer der wenigen Menschen, die von Gottes Gnaden als Herrscher über die Erde gesetzt sind.« – »Ich möchte, da wir noch allein sind,« bemerkte Murph, »eine Frage an Sie stellen: Meinen Sie im Ernste in dem italienischen Scharlatane den Abbé Polidori wiedererkannt zu haben?« – »Ganz ohne Zweifel,« versetzte Rudolf »zumal Sie ja doch gewusst haben, dass er seit einiger Zeit sich in Paris aufhält.« – »Ich habe, wenn nicht vergessen, so doch vermieden,« sagte Murph, »mit Hoheit darüber zu sprechen, ist mir doch bekannt genug, wie schrecklich Ihnen die Erinnerung an diesen Menschen ist.«

Rudolfs Züge verfinsterten sich von Neuem. Er versank in trübes Sinnen und sprach kein Wort mehr, bis der Wagen in den Hof des Gesandtschaftspalais eingefahren war, dessen Fenster sämtlich erleuchtet waren, vor dem eine doppelte Reihe von Lakaien in Staatslivree stand, die sich bis zu den Wartesälen hinzog, in denen sie von den Kammerdienern abgelöst wurden.

Graf und Gräfin ** hatten bis zu Rudolfs Ankunft im ersten Empfangssaale geweilt; als er mit Murph und Graun eintrat, hefteten sich aller Blicke auf ihn. Er hatte ein so ausgesprochen fürstliches Exterieur, dass seine Erscheinung tatsächlich Sensation machte. Die Frau des Gesandten, Gräfin **, ging ihm entgegen und begrüßte ihn mit den Worten: »Hoheit, Sie erweisen uns eine so hohe Ehre, dass ich tatsächlich nicht weiß, wie ich meinen Dank in Worte kleiden soll.« – »Sie wissen doch, Frau Gräfin, dass ich es mir allezeit angelegen sein lasse, Ihnen meine Huldigung zu Füßen zu legen. Mir wird die Erinnerung an die von Ihnen veranstalteten Festlichkeiten nie aus dem Gedächtnisse schwinden, denn Feste würdig zu arrangieren, verstehen Sie ja doch sozusagen allein.« - »Hoheit sind wirklich zu gütig ...« - »Gnädige Frau, erlauben Sie mir, Ihnen meinen Arm zu bieten? Ich habe von einem Blumengarten sprechen hören, der feenhaft eingerichtet und zur gegenwärtigen Jahreszeit geradezu wie ein echtes Weltwunder wirken soll. Möchten Sie mich so glücklich machen, es mir persönlich zu zeigen?« - »Sehr schmeichelhaft, Hoheit! Aber - Sie werden bald erkennen, dass ich auch hierin all Ihrer Nachsicht bedarf, wenn der Eindruck, den Sie von diesem Weltwunder - wie Sie scherzhaft sagen - gewinnen, nicht allzu sehr hinter der Wirklichkeit zurückbleiben soll.«

Rudolf reichte der Gräfin den Arm und führte sie durch mehrere Säle, während ihr Gemahl sich mit dem Baron Graun und mit Sir Walter Murph, mit denen er schon seit Jahren intim bekannt war, angelegentlich unterhielt.

Es war eine lange, stattliche Galerie von 40 Klafter Länge und 3 Klafter Breite, die durch ein leichtes, kuppelförmiges Glasgehäuse in etwa 50 Fuß Höhe überdacht war; ihre vier Seitenwände waren mit zahllosen Spiegeln bedeckt; kräftige Orangenbäume und große Kamelien bildeten zum Eingange hin Spalier. Bis zu dem Kuppeldache hinauf schlangen sich Girlanden von Blättern und Blüten in Spiralen; Tulpen, Narzissen, Hyazinthen, Zyklamen und Iris schufen eine Art natürlichen Teppichs, auf dem alle Farben und Schattierungen in der lieblichsten Weise vertreten waren. Bunte Papierlaternen hingen an langen Schnüren, stellenweis unter lauschigem Grün versteckt. Drei Treppenfluchten führten zu der Galerie hinauf, deren Flammenhelle das Halbdunkel gleichsam einrahmte, worin sich die Umrisse der hohen Bäume des Wintergartens zeigten, der durch zwei hohe Vorhänge aus karmesinrotem Samt halbgeschlossen war und einem Fenster von riesenhaften Dimensionen glich, durch das man in einer herrlichen Nacht auf eine schöne Landschaft hinausblickt. Geschwächt durch die Ferne und durch das Stimmengewirr auf der Galerie, verklangen die Töne des Orchesters melodisch unter den starren Blättern der exotischen Bäume. Unwillkürlich wurde in diesem Garten leise gesprochen, sodass man kaum das leichte Geräusch der Tritte und das Rauschen der Atlasgewänder hörte. Alle Sinne wurden durch die leichte, von tausend Wohlgerüchen aromatischer Gewächse erfüllte Luft und die ferne Musik in eine liebliche Ruhe versetzt. Rudolf konnte einen Ausruf der Überraschung nicht zurückhalten, sondern sagte zu der Gräfin: »Wahrlich, gnädige Frau, so etwas hätte ich nicht für möglich gehalten. Was man hier sieht, ist ja nicht bloß Luxus, mit vornehmstem Geschmack gepaart, sondern wirkliche lebendige Poesie.« - »Eure Durchlaucht dürfen mir nicht allzu sehr schmeicheln, sonst werde ich ja verwöhnt. Betrachten Sie doch jene reizende junge Dame dort! Es sind doch andere meines Geschlechts auch auf der Welt, die nach Ihrem Lobe lechzen. Dass die Marquise von Harville überall gefällt, wo man sie sieht, werden Sie mir kaum abstreiten wollen. Nicht wahr? Ist nicht auch ihr Wesen entzückend? Gewinnt sie nicht durch den Kontrast der starren Schönheit, die neben ihr wandelt?«

Im nämlichen Augenblicke stiegen die Gräfin Sarah Mac Gregor und die Marquise von Harville die letzte Treppenflucht hinauf, die von der Galerie nach dem Wintergarten führte.

Achtes Kapitel.

Die Begegnung.

Es war keine übertriebene Schilderung, die die Gräfin von der Marquise von Harville gegeben hatte. Sie war tatsächlich von imposanter Schönheit, von einer um so selteneren Schönheit, als dieselbe weniger in der Regelmäßigkeit der Züge, als in dem unbeschreiblichen Reize des gesamten Ausdrucks ihres Gesichtes beruhte, aus dem ein unsägliches Maß von Herzensgüte sprach. Ihr blendend weißer Teint war vom frischesten Rot überhaucht, und über die Schultern, die fest waren wie Marmor und schöner glänzten als weißer Marmor, fiel das hellbraune Haar in langen Locken. Ihr frischer Mund verhielt sich zu dem herrlichen Augenpaar, wie ein freundlich gewinnendes Wort zu dem sanftesten aller melancholischen Blicke.

Sie trug ein weißes Kreppkleid, das mit rosa Kamelien garniert war, unter denen, halb versteckt, Diamanten gleich funkelnden Tautropfen blitzten. Über ihre weiße, reine Stirn lief anmutig ein Band, gewunden aus Kamelienblättern.

Gräfin Sarah, die an ihrer Seite schritt, war etwa 35 Jahre, schien aber nicht älter als dreißig zu sein. Ihr Aussehen schien wie ein Beweis dafür, dass Selbstsucht am besten konserviert. Ein leichtes Embonpoint lieh ihr eine in gewissem Sinne üppige Grazie. Das Feuer ihrer glühend schwarzen Augen auszuhalten, waren nur wenige Menschen imstande. Ihre feuchten roten Lippen deuteten auf Entschlossenheit und Sinnlichkeit. Auch sie trug über der Stirn einen diademartigen Schmuck in Form eines Kranzes aus natürlichen und smaragdgrünen Pyrrhusblättern, der zu dem gescheitelten kohlschwarzen Haare vortrefflich passte und ihrem leidenschaftlichen Profil mit der römischen Nase ein an die Antike erinnerndes Aussehen gab.

Beide hatten Rudolf in dem Augenblicke gesehen, als sie gleich ihm dem Wintergarten zuschritten; Rudolf aber schien sie nicht zu sehen, denn er stand, als sie sichtbar wurden, gerade an der Ecke einer Allee.

»Der Fürst ist so lebhaft von der Gemahlin unsers Gesandten eingenommen, dass er auf uns gar nicht achtet,«, sagte die Marquise zu Sarah. – »O, glauben Sie doch nicht so etwas, liebe Clemence,« versetzte Sarah, die vertraute Freundin der Marquise, »er hat uns sicher gesehen, fürchtet sich aber, mit mir zusammenzutreffen, weil er noch immer gegen mich eingenommen ist.« –

Da Rudolfs Verhältnis zu Sarah und die aus ihm resultierenden Ereignisse etwa 17–18 Jahre zurücklagen, war in der Gesellschaft nichts darüber bekannt, zumal sowohl Rudolf als auch Sarah recht wichtige Gründe hatten, darüber zu schweigen. – »Ich begreife seinen Starrsinn, Ihnen aus dem Wege zu gehen, weniger denn je und habe ihm sein seltsames Benehmen gegen Sie, eine doch einst so gute Freundin, mehr denn einmal vorgehalten. Aber er sagte mir immer: »Ja, meine Liebe, was ist dagegen zu machen? Wir sind nun doch einmal Todfeinde, ich habe mir den Schwur geleistet, kein Wort mehr mit ihr zu wechseln, und dies Gelübde, setzte er hinzu, muss mir um so heiliger sein, als es mich ja doch des Umganges mit einer so liebenswürdigen Dame beraubt! Oder – schätzen Sie solchen Verlust vielleicht für gering?« – »Glauben Sie mir, liebe Freundin,« erwiderte die Gräfin Sarah, »irgendwelcher Grund zu solcher Todfeindschaft liegt keineswegs vor. Wäre nicht eine dritte Person dabei mit im Spiele, so hätte ich Sie in das große Geheimnis schon längst eingeweiht. Aber was ist Ihnen denn, meine Liebe? Sie scheinen ja in gar tiefes Sinnen versunken zu sein?« – »O, mir ist nichts, gar nichts, liebe Freundin. In der Galerie war es so heiß, dass ich Kopfschmerzen bekommen habe. Setzen wir uns doch hier einen Augenblick nieder!«

Sie nahmen nebeneinander auf einem Plaudersofa Platz. Die junge Frau erwiderte mit keinem Worte, und Sarah sagte im Tone freundschaftlichen Vorwurfes zu ihr: »Haben Sie denn gar kein Vertrauen zu mir? Wollen Sie ihn tatsächlich alle Hoffnung mit ins Grab nehmen lassen?« – »Was reden Sie da?« rief die Marquise erschrocken.

»Sie kennen ihn noch nicht, meine Liebe! Er ist doch immer so unglücklich gewesen, dass man es gar nicht für möglich halten sollte. Sie könnten Freude daran finden, ihn noch immer zu peinigen.« – »Kein Wort mehr davon, wenn Sie mich lieb haben,« rief Frau von Harville, »denn Sie tun mir bitterweh. Was hat mich denn anders ins Unglück gestürzt, als eben das Mitleid mit seiner Lage?« setzte sie, unwillkürlich seufzend, hinzu. – Sarah schien die letzten Worte nicht zu verstehen und fuhr fort: »Und wie sehr verdient er das Interesse, das Sie ihm widmen! Gestehen Sie es doch nur ein! Wie könnte auch solch edles Antlitz nicht seiner Seele Spiegel sein? Ich habe ihn einmal in Uniform gesehen und muss sagen, dass ich nie eine schönere Mannesgestalt gesehen habe. Würde der Adel nach Verdienst und Gestalt gemessen, so müsste er Herzog und Pair sein.« – »Ach, bitte, sprechen wir von etwas anderm,« sagte Frau von Harville nach einer ziemlich langen Pause; »meinetwegen,« setzte sie mit erzwungener Heiterkeit hinzu, »von Ihrem Todfeinde, dem Fürsten, den ich so lange nicht gesehen habe. Ich muss Ihnen bekennen, dass ich ihn höchst anziehend finde. Doch Ihnen habe ich es zu verdanken, dass mein Faible für ihn nicht allzu lange gedauert hat. Die Rolle der Todfeindin haben Sie so vortrefflich gespielt, haben mir soviel von dem Fürsten erzählt, dass ich es nicht in Abrede stellen kann, dass anstelle der Zuneigung Abneigung getreten ist.« – »Aber so sagen Sie mir doch,« fragte Sarah, »ist Ihr Gemahl heut Abend hier?«

»Nein,« antwortete Frau von Harville sehr verlegen, »er hatte keine Lust auszugehen.« – »Mir kommt es so vor, als lasse er sich jetzt immer weniger in Gesellschaft sehen, während Sie immer in arge Unruhe geraten, sobald die Rede auf Ihren Gemahl kommt.« – »Ich? Aber das ist doch Ihr Ernst nicht!« – »In Ihren Zügen kommt, wenn Sie auf ihn zu sprechen kommen, vielleicht ohne dass Sie es wollen, eine gewisse schüchterne Abneigung zum Ausdruck, ein Widerwillen, wie ihn jemand durch eifersüchtiges, mürrisches Wesen hervorrufen kann.«

Frau von Harville antwortete rasch: »Nein, mein Mann ist weder eifersüchtig, noch mürrisch.« Dann fuhr sie, sicher in der Absicht, ein ihr lästig gewordenes Gespräch abzubrechen: »Herr du meine Güte! Da kommt der unausstehliche Lucenay, ein Intimus von meinem Manne. Und ich meinte, er sei an tausend Meilen weit weg.« – »Es hieß tatsächlich, er sei auf ein paar Jahre nach dem Orient gereist. Das nenne ich eine unvermutete Heimkehr, die der Herzogin sicherlich recht unangenehm gewesen sein wird, mag ihr auch der Herzog nirgendswo in den Weg treten,« meinte Sarah mit feinem Lächeln. »Im Übrigen wird sie ja nicht die einzige sein, die über diese plötzliche Wiederkunft grollt. Herr von Saint-Remy, das Muster aller Elegants, der ganz Paris durch seinen Luxus blendete, wird sich auch nicht wenig ärgern, soll er doch so gut wie ruiniert sein, wenn man es auch an dem Aufwand, den er macht, nicht merkt; seine Frau freilich ist ja unermesslich reich ...« Sie hielt jäh inne – – – »Ach, Gott!« rief sie, »der Herzog hat uns gesehen, er kommt, wir müssen uns schon drein ergeben!«

Der Herzog von Lucenay, einer der vornehmsten Familien Frankreichs angehörig und noch jung, mit einem Gesicht, das einst schön und männlich gewesen, aber durch die maßlose Ausschweifung, der er sich hingegeben, den hässlichen Zug der Abgelebtheit bekommen hatte, war hastig und jäh in seinen Bewegungen, schrie und lachte ungebärdig, führte auch allerhand unflätige Reden im Munde, dass man sich immer seines hochadeligen Namens erinnern musste, um zu begreifen, wie er Zutritt zur vornehmsten Gesellschaft von Paris finden konnte. Seine Gemahlin war eine Dame von nicht geringer Schönheit, die trotz ihrer dreißig Jahre noch zu den interessantesten Erscheinungen dieser Kreise zählte, doch nicht tadellos in ihrem Wandel war, was man ihr aber in Anbetracht des unausstehlichen Wesens ihres Mannes bereitwillig nachsah. –

»He, he!« rief er, »was sieht man da? Die schönste Dame auf dem ganzen Balle zieht sich zurück? Darf das sein? Na, das wäre ja die unverantwortlichste Sünde, die jemand begehen könnte! Das brauchen doch wir uns nicht bieten zu lassen, wir – Männer! Haben wir doch ein Recht drauf, alle Schönheit zu bewundern, die ...« – »Aber, lieber Herr Herzog, reden Sie doch nicht gar zu laut,« bemerkte die Marquise, »Sie zwingen uns sonst, Sie zu meiden!« – »Wie Sie das sagen, Marquise!« erwiderte der Herzog, »ich kenne Sie ja gar nicht wieder! Kommen Sie her, reichen Sie mir Ihren Arm und machen Sie mit mir einen Gang durch die Galerie!« – »Aber doch nicht mit Ihnen!« versetzte abwehrend die Herzogin, »ach, bitte rühren Sie das Bukett nicht an! Auch den Fächer nicht! Sie zerbrechen ja doch immer alles, was Sie in die Finger bekommen.« – Der Herzog lachte so laut, dass Frau von Harville sich gewiss auf der Stelle entfernt hätte, wäre nicht im selben Augenblicke Herr Karl Robert – der junge hübsche Herr, den Frau Pipelet »den Kommandanten » zu nennen liebte – von der andern Seite hergekommen. So fürchtete sie, es könne wohl aussehen, als sei sie ihm entgegen gegangen, und blieb beim Herzoge stehen ... »Ei, der Tausend!« rief Lucenay, »wo kommen Sie denn hergeschneit, Karl Robert? Hab Sie doch eben erst in den Pyrenäen getroffen! Marquise, ein großartiger Kerl, dieser Karl Robert! Singt wie ein Schwan und tanzt wie Apollo ... Na, Sie sollen sehen, wie ich ihn aufziehe! Wünschen Sie, dass ich Sie mit ihm bekannt mache?«

Karl Robert trat näher. Seine hohe Gestalt war gut proportioniert, sein Gesicht zeichnete sich durch die tadellose Reinheit der Züge aus, dennoch fehlte es seiner Gestalt an Grazie und Eleganz, er hatte eine steife, gezwungene Haltung, und seine Hände und Füße waren groß und gemein. Sobald er aber die Marquise von Harville erblickte, trat auf seine Züge plötzlich ein Ausdruck tiefer Melancholie, und so geschwind, dass man nicht anders konnte, als ihn für erheuchelt halten, und doch war es nicht sowohl Heuchelei, als tiefes Unglück, unsägliche Trostlosigkeit, sodass Frau von Harville, als er jetzt vor ihr stand, unwillkürlich an die Unglück verkündenden Worte denken musste, die eben aus ihrem Munde gefallen waren.

»Ach, guten Tag, Bester,« rief Lucenay ihm zu, ihn am Arme packend, als er vorbeigehen wollte, »was fehlt Ihnen? Sie sehen ja ganz elend aus!« – Mit der kläglichsten Stimme antwortete Karl Robert, einen langen, melancholischen Blick auf die Marquise werfend: »Wohl fühle ich mich freilich gar nicht.« – »Können Sie denn Ihren ewigen Keuchhusten gar nicht mehr los werden?« fragte Lucenay, dem Anschein nach mit echter Teilnahme. – Auf Karl Roberts Gesicht trat helle Zornesröte, und heftig erwiderte er: »Wenn Sie sich für meine Gesundheit wirklich so lebhaft interessieren, dann haben Sie vielleicht morgen früh die Güte, mir eine Kondolenzvisite zu machen?« – »Wie sagten Sie?« versetzte Lucenay stolz, »gewiss, ich werde nicht ermangeln, durch meinen Lakai nach Ihrem Befinden vorfragen zu lassen.« – Karl Robert verneigte sich leicht und ging weiter. Frau von Harville stand auf, nahm Sarahs Arm, ging Herrn Karl Robert nach, der vor Unwillen schier außer sich war, und sagte im Vorbeigehen leise zu ihm: »Morgen ein Uhr bin ich bei Ihnen ..«

Dann kehrte sie mit der Gräfin in den Ballsaal zurück und fuhr bald darauf nach Hause.

Neuntes Kapitel.

Herzogin von Lucenay.

Rudolf war Zeuge der flüchtigen Szene zwischen der Marquise und Herrn Karl Robert gewesen, die auf den Disput zwischen ihr und dem Herzog von Lucenay gefolgt war. Die bedeutungsvollen Blicke waren ihm nicht entgangen, die zwischen beiden gewechselt worden waren, und ein geheimes Gefühl sagte ihm, dass der stattliche junge Mann einundderselbe sei, mit dem, den die Pförtnersfrau »Kommandant« zu nennen liebte. Aus diesen Gedanken riss ihn Baron Graun.

»Wenn Hoheit mir einen Moment Gehör schenken wollen,« sagte er, »so bitte ich, mir in das kleine Zimmer nebenan zu folgen, wo uns niemand hören kann. Ich möchte Ihnen kurz über die Erkundigungen berichten, die ich für Sie einholen sollte.« – Rudolf folgte dem Baron.. »Die einzige Herzogin, auf die die beiden Initialen N. und L. passen können, ist die Herzogin von Lucenay, geborne von Noirmont,« sagte der Baron, »sie ist heute Abend anwesend; eben habe ich ihren Mann gesehen, der vor fünf Monaten eine Reise nach dem Orient unternahm, die ungefähr ein Jahr hatte dauern sollen, von der er aber vor einigen Tagen unvermutet zurückgekehrt ist.«

Rudolf durchschaute alles. Besondere Veranlassung, sich für die Dame zu interessieren, hatte er nicht; es schauderte ihm aber bei dem Gedanken, dass, wenn sie wirklich bei dem Scharlatan gewesen war, ihr Name diesem Schurken bekannt sein musste, der tatsächlich kein anderer als der Abbé Polidori war und ihr den lahmen Jungen hinterher geschickt hatte, und dass nun von ihm jeder Missbrauch mit dem furchtbaren Geheimnis, das die Frau in seine Hände gegeben hatte, getrieben werden konnte, und auch werden würde!

»Gerade als mir Herr von Grangeneuve,« fuhr Baron Graun fort, »hierüber Aufklärung gab mit dem Beifügen, dass die unvermutete Rückkehr des Herzogs seiner Gemahlin und einem unserer ersten Elegants, dem Vicomte von Saint-Remy, höchst ungelegen komme, stellte er noch die Frage an mich, ob ich meinte, dass Eure Durchlaucht geruhen würden, sich dem Vicomte vorstellen zu lassen? Der Vicomte ist nämlich der Gerolsteiner Gesandtschaft attachiert worden und würde sich glücklich schätzen, Eurer Durchlaucht seine Aufwartung machen zu dürfen.«

Rudolf konnte eine Bewegung der Ungeduld nicht unterdrücken und sagte: »Es kommt mir höchst ungelegen, aber abschlagen kann ich es doch auch nicht. Sagen Sie meinetwegen dem Grafen **, er möge so freundlich sein, mir Herrn von Saint-Remy vorzustellen.«

Der Graf kam mit dem Vicomte, einem schönen jungen Herrn von etwa 25 Jahren, schlanker Figur und tadelloser Haltung, wie auch einnehmendem Gesicht, das mit einem dichten, seidenweichen Schnurrbart geziert war, während Kinn und Wangen glatt waren wie bei einem Mädchen. Die langen Schleifen seiner Halsbinde wurden von einer einzigen Perle zusammengehalten, die durch ihre Größe, die Reinheit ihrer Form und ihren blendenden Glanz von unschätzbarem Wert war. Der Vicomte besaß einen sehr großen Rennstall und trieb einen maßlosen Luxus mit Pferden und Karossen. Er war auch ein Liebhaber vom Spiel, und seine Wetten bei den jährlichen Rennen bezifferten sich auf 2-3000 Louisdor im Minimum. Das Haus, das er in der Rue de Chaillot führte, galt als Muster von Pracht und Eleganz, und doch war es stadtbekannt, dass er sein ganzes väterliches Erbe schon lange vergeudet hatte. Böse Zungen erklärten seinen Aufwand nur deshalb für möglich, weil er Beziehungen zu der steinreichen Herzogin von Lucenay unterhielt, wie es ja auch vonseiten der Gräfin Sarah geschehen war. Es wurde aber hierbei übersehen, dass der Herzog die Hand auch auf dem Vermögen seiner Frau hielt, und dass der Vicomte von Saint-Remy im Jahre wenigstens 50,000 Taler verausgabte. Noch andere wollten wissen, dass er mit den Jockeys bei den Rennen unter einer Decke steckte. Die meisten indessen kümmerten sich überhaupt nicht darum, woher der Vicomte das Geld nahm, das er jährlich mit so freigebiger Hand unter die Leute brachte, gehörte er doch durch seine Geburt der höchsten Aristokratie des Landes an, über deren Hilfsquellen sich damals niemand den Kopf zu zerbrechen pflegte. Von der Damenwelt wurde er vergöttert, war er doch ein junger, stattlicher Mann und auch ein sehr schöner Mann.

Die Vorstellung erfolgte in der üblichen Weise, Rudolf wechselte ein paar Worte mit dem neuen Mitgliede der Gerolsteiner Gesandtschaft, nickte dann leicht zum Zeichen, dass der Vicomte entlassen sei, worauf dieser sich tief verbeugte und zurücktrat. Rudolf war ein scharfer Menschenkenner, für den ein Blick genügte, sich über jemandes Charakter ein Urteil zu bilden. Gegen den Vicomte fasste er auf der Stelle Widerwillen, denn aus seinen Augen meinte er, hinterhältige Schlauheit leuchten zu sehen. – In tiefen Gedanken über das seltsame Zusammentreffen, das der Zufall herbeigeführt hatte, begab sich Rudolf wieder nach dem Wintergarten und setzte sich in ein geheimes, verstecktes Plätzchen im Treibhause, neben ein Dickicht, das von einem hohen Pisangbaume fast ganz verdeckt wurde. Eine kleine, durch Gitterwerk maskierte Tür, die über einen langen Korridor zum Buffetsaale hinführte, unfern von Baum und Dickicht, stand halb offen.

Eine Weile saß er hier in Sinnen versunken, als er durch eine ihm wohlbekannte Stimme aufgeschreckt wurde, die seinen Namen nannte. Auf der andern Seite des kleinen Dickichts saß, unsichtbar für ihn, wie er für sie, die Gräfin Sarah mit ihrem Bruder Tom, in englischer Sprache sich mit ihm unterhaltend. Tom war nur wenige Jahre älter als Sarah, hatte aber schon schneeweißes Haar. Auf seinem Gesicht lag ein Ausdruck von untilgbarer Zähigkeit und Willensstärke. Sein Blick war finster, und seine Stimme klang hohl. In seinem Gemüt schien ein tiefer Schmerz oder Hass zu wohnen. Was Rudolf hörte, war das folgende Zwiegespräch ...

»Die Marquise hat sich auf eine Weile auf den Ball bei Nervals begeben, glücklicherweise aber entfernt, ohne mit Rudolf gesprochen zu haben. Ich habe immer den Einfluss gefürchtet, den er auf sie übt, und den ich mit bestem Willen nicht bekämpfen kann. Früher oder später wird die Frau, die ich immer instinktiv gefürchtet habe, und die meinen Plänen doch einmal hinderlich werden wird, in ihr Verderben rennen.« – »Ich glaube, du befindest dich mit all diesen Vermutungen im Irrtum, denn nach meiner Überzeugung hat Rudolf sich nie mit der Marquise befasst.« – »Das glaube ja nicht!« erwiderte Sarah; »die Marquise hat, wie ich ganz bestimmt glaube, vor Rudolf keinen Mann geliebt; erst er hat in ihrem Herzen gezündet. Ich habe versucht, durch Gerede, das ihn verdächtigen musste, diese Liebe im Aufkeimen zu ersticken, aber das Bedürfnis nach Liebe war in ihrem Herzen erwacht, und als sie bei mir jenen Karl Robert sah, fiel ihr seine Schönheit auf, wie man von einem schönen Gemälde frappiert wird. Leider ist der Mensch ebenso albern wie schön, hat aber einen höchst sentimentalen Ausdruck in seinem Blicke. Ich pries den Adel seiner Seele und die Hoheit seines Charakters, kannte anderseits die angeborne Gutmütigkeit der Marquise und riet Robert, sich immer recht betrübt zu stellen, immer zu seufzen und vor allem recht wenig zu sprechen. Durch seinen Gesang, sein Aussehen, vor allem aber durch seine Melancholie hat er es fast zustande gebracht, sich die Liebe der Marquise zu erwerben. Sie sahen einander hin und wieder unter vier Augen bei mir, und etwa dreimal in der Woche musizierten wir drei zusammen. Der sentimentale Jüngling seufzte, ließ ein paar süße Worte fallen, steckte ihr auch dann und wann ein Liebesbriefchen zu. Vor allem aber ging es ihm darum, ein Stelldichein von der Marquise bewilligt zu erhalten, aber ihre Liebe war doch nicht stark genug, sie aller Grundsätze zu überheben. Es dauerte eine geraume Weile, bis sie sich endlich entschloss, aus Mitleid mit der Verzweiflung ihres stummen Anbeters ihre Einwilligung zu einem Stelldichein zu geben. Aus Freude oder wohl mehr aus Stolz machte er mich mit seinem Glück bekannt, aber als die Stunde des Stelldicheins gekommen war, ließ sich die Marquise nicht sehen, und so war es beim zweiten, wie auch beim dritten Male.« – Sie schwieg eine Weile, wie wenn sie auf eine Äußerung Toms wartete. Da sie ausblieb, nahm sie wieder das Wort ... »Du siehst, wie schwer sie kämpft. Und warum kämpft sie? Weil ihr noch immer Rudolf im Sinne liegt. Aber heute Abend hat sie abermals diesem Robert eine Zusammenkunft versprochen, und diesmal wird sie, wie ich bestimmt meine, ihr Wort halten.« – »Und worauf stützt sich diese Zuversicht?« fragte Tom. – »Lucenay hat ihn tief gekränkt und lächerlich gemacht. Aus Mitleid wird sie ihm bewilligen, was sie sonst wohl kaum bewilligt hätte.«

»Und mit welchen Plänen trägst du dich nun?« fragte Tom. – »Dieser Robert wird nicht verstehen, dass eine Frau, wie die Marquise, sich aus Mitleid zu einer solchen Handlung bestimmen lassen kann, und dieser Mangel an Verständnis wird die Marquise gegen ihn einnehmen und nach Verrichtung ihrer Illusion wieder an Rudolf ketten; sie muss aber für Rudolf für immer verloren sein! Hat er sie nun im Verdachte eines Abenteuers, bei dem er keine wirkende Rolle spielt, so wird er sie verabscheuen.« – »Du willst also den Marquis unterrichten?« – »Gewiss, und noch heute Abend. Nach ihren Reden hat er ja bereits eine Ahnung, weiß aber nicht, gegen wen er seinen Verdacht richten soll. Es ist Mitternacht. Wir verlassen den Ball. Du begibst dich ins erste beste Kaffeehaus und teilst Herrn von Harville durch ein kurzes Billett mit, dass seine Frau sich morgen um ein Uhr nach der Rue du Temple begeben wolle, um da mit einem Galan zusammenzutreffen. Er ist eifersüchtig wie ein Mohr und wird seine Frau abpassen. Das Übrige kannst du dir allein ausmalen.«

»So etwas ist aber grundschlecht,« sagte Tom; »ich will ja tun, was du begehrst, wiederhole aber, dass meiner Ansicht nach die Marquise deinen Plänen nicht so gefährlich ist, wie du dir denkst. Weit gefährlicher scheint mir das junge Ding zu sein, das Rudolf, als Handwerker verkleidet, vor etwa sechs Wochen auf die Meierei hinausgebracht hat, und mit dessen Erziehung er sich angelegentlich befasst. Sie soll ja aus gewöhnlichstem Stande sein, ist aber eine hervorragende Schönheit. Hier lässt alles darauf schließen, dass es sich um keine flüchtige Neigung handelt. Um aber dieses, meiner Meinung ernstlichere Hindernis gegen deine Pläne zu beseitigen, ist es notwendig, dass wir sehr vorsichtig handeln. Es war auch schwer genug, genaue Erkundigungen über die Leute einzuziehen, die auf dem Gute wohnen, aber ich weiß jetzt Bescheid, und halte den Augenblick zu handeln für gekommen. Ein Zufall hat mir die alte gräuliche Hexe wieder in den Weg geführt, die wir als Eule kennengelernt haben; und ihre Beziehungen zu Leuten, wie jenem Räuber, der uns bei dem Ausflug nach Alt-Paris überfiel, werden uns jetzt von Nutzen sein können. Ich bin willens, die Sache morgen zum Abschlusse zu bringen.«

»Tom,« sagte Gräfin Sarah, »sind diese beiden Hindernisse aus unserm Wege, dann wird unser großer Plan ...« – »Je nun, es hat noch seine Schwierigkeiten, er wird aber gelingen. Entgeht uns aber auch diese letzte Hoffnung,« setzte er mit einem traurigen Blicke auf Sarah hinzu, »dann, Sarah, bin ich frei.« – »Ja, Tom, dann sollst du frei sein,« versetzte Sarah. – »Du wirst die Bitten, die meine Rache schon zweimal sistierten, nicht wieder an mich richten?« fragte er, mit einem Blick auf den schwarzen Krepp an seinem Hute und auf die schwarzen Handschuhe, die seine Hände bedeckten ... und bitter lächelnd setzte er hinzu: »Ja, ich warte noch immer; du weißt, dass ich seit sechzehn Jahren diese Trauer trage, und dass ich sie nicht eher ablegen werde, bis ...« – Er winkte mit der Hand ... »Doch still! Man kommt vom Souper zurück, und da es dir geraten erscheint, den Marquis von Harville vom Stelldichein seiner Gattin zu unterrichten, so wird es gut sein, wenn wir uns auf den Weg machen. Die Zeit rückt vor.«

Und das Geschwisterpaar verließ den Saal.

Vierter Teil.

Erstes Kapitel.

Ein Rendezvous.

Rudolf konnte leider die Marquise nicht, wie er gerechnet hatte, retten; sie sollte, nachdem sie den Saal im Gesandtschaftspalais verlassen, einen Höflichkeitsbesuch bei Frau von Nerval machen; ihre Empfindungen bestürmten sie aber so heftig, dass sie den Mut, auf den andern Ball zu gehen, nicht fand, sondern heimkehrte. Und dadurch wurde alles verdorben. Baron

Graun, wie fast alle Personen, die bei der Gräfin ** geladen gewesen waren, war auch von Frau von Nerval geladen worden, und Rudolf ließ durch Baron Graun dort nach Frau von Harville vorfragen, um sie für denselben Abend noch um eine Unterredung zu ersuchen. Der Baron kehrte aber unverrichteter Dinge zurück, da die Marquise gar nicht auf dem Balle erschienen war. Rudolf war außer sich, denn er hatte mit Recht gemeint, ihr vor allem den Verrat anzeigen zu sollen, den man an ihr hatte begehen wollen. Nun war es zu spät, denn der schändliche Brief war dem Marquis kurz nach Mitternacht zugestellt worden.

Am andern Morgen ging Marquis von Harville langsam in seinem Schlafzimmer auf und nieder - am Kamin lag ein Stuhl und ein Tisch, beide aus Ebenholz, umgestürzt; auf dem Teppich lagen Glasscherben, halb zertretene Kerzen, und ein Armleuchter war weit von dem Flecke hinweggerollt, wo er sonst zu stehen pflegte. Das waren die deutlichen Zeichen eines heftigen Kampfes, der hier vor sich gegangen sein musste.

Herr von Harville war etwa 30 Jahre alt und hatte ein männliches Gesicht von im allgemeinen angenehmem, mildem Ausdruck, das jetzt bleich und verzerrt aussah. Er trug noch denselben Anzug wie tags vorher. Sein Hals war entblößt, die Weste offen, das Hemd zerrissen, stellenweis, wie mit Blut befleckt. Das sonst wohlgeordnete braune, gelockte Haar hing ihm wirr über die bleiche Stirn.

»Morgen um ein Uhr wird Ihre Frau sich zu einem Stelldichein in der Rue du Temple Nr. 17 begeben. Folgen Sie ihr dorthin. Dann werden Sie erfahren, dass Paris um einen Hahnrei reicher ist. Gratuliere zu solcher Überraschung!« Das stand in dem Billett, das er vom Marmorsimse genommen, und jetzt mit gierigen Blicken im bleichen Lichte des Wintergartens verschlang.

Da wurde die Tür geöffnet, und ein greiser Kammerdiener trat ein. Ohne seine Stellung Zu verändern, das Billett in der Hand zerknüllend, wandte der Marquis sich zur Seite. - »Was willst du?« herrschte er den Diener an, der kein Wort erwiderte, aber einen schmerzlichen Blick auf die im Zimmer umherliegenden Gegenstände warf ... »Gnädiger Herr!« rief er nach einer Weile, »Blut an Ihrem Hemd? O Gott! O Gott! Sie haben sich gewiss verwundet! Aber warum haben Sie denn nicht geklingelt wie sonst?« - »Lass mich!« - »Aber, Herr Marquis! Das Feuer ist ja ausgegangen. Es ist schrecklich kalt hier.. nach Ihrem ...« - »Still! Ich sage dir doch, du sollst mich in Ruhe lassen!« -

An allen Gliedern zitternd, hub der Diener wieder an: »Herr Marquis! Sie hatten doch Herrn Doublet befohlen, heut morgen Punkt elf hier zu sein! Jetzt ist's so weit. Herr Doublet wartet mit dem Notar.« - »Gut,« sagte der

Marquis bitter, seine Ruhe allmählich wiederfindend; »lass die Herren kommen.« - »Sie warten schon im Kabinett.« - »Nun, dann gib mir andere Sachen! Aber schnell, ich muss gleich ausgehen.«

Während Joseph sich damit befasste, in dem Gemache seines Herrn Ordnung zu machen, trat dieser an den Gewehrschrank, musterte ein paar Minuten lang die darin befindlichen Waffen, winkte Joseph zufrieden und sagte: »Du hast doch nicht vergessen, meine Waffen oben im Jagdkasten zu putzen?« - »Vor vier Wochen sind sie doch erst vom Büchsenmacher gekommen.« - »Sieh nach, was dran fehlt, und bring sie mir her! Ich werde wohl bald auf die Jagd gehen und wünsche, dass alle meine Waffen in saubersten Ordnung seien.«

Nachdem er sich umgezogen, trat der Marquis in sein Kabinett, wo sein Intendant Doublet und der Schreiber eines Notars auf ihn warteten. - »Das Dokument muss dem Herrn Marquis noch vorgelesen werden,« sagte Doublet, »dann braucht es bloß unterfertigt zu werden.« - »Haben Sie es gelesen, Doublet?« - »Jawohl, Herr Marquis!« - »Nun, das genügt. Ich unterzeichne.« Sobald dies geschehen war, ging der Schreiber. - »Von jetzt ab,« sagte Doublet mit triumphierendem Blicke, »steigen Ihre Einnahmen aus dem Grund und Boden auf anderthalbhunderttausend Franks. Ich glaube, es ist Ihnen nicht unbekannt, dass ein solches Bareinkommen zu den großen Seltenheiten, auch bei uns in Frankreich, zählt.« - »Nun, dann gehöre ich also zu den Glückspilzen der Erde?« meinte Harville lächelnd; »ein solches Glück, wie es mich verfolgt, steht ja fast ohnegleichen da!« - »Gott sei Dank, Herr Marquis, es mangelt Ihnen ja an nichts; Jugend, Reichtum, Gesundheit: das alles besitzen Sie! Und was schöner noch als dies alles ist: eine edle Gattin und ein Töchterlein, süß wie ein Engel!«

Der Marquis maß den Intendanten mit finsteren Blicken ... »»Wie viel Geld haben Sie in der Kasse?« - »19,300 Franks, Herr Marquis, das bei der Bank deponierte Geld nicht gerechnet.« - »Bringen Sie mir noch heut Vormittag 10,000 Franks in Gold, und sollte ich nicht da sein, so geben Sie es Joseph.« - »Binnen einer Stunde wird das Geld da sein.« - »Adieu, Doublet!« - Doublet verneigte sich, und Herr von Harville sank, das Gesicht in beide Hände vergrabend, wie vernichtet auf einen Stuhl. Es waren die ersten Tränen, die er seit Sarahs Billett vergoss ... »O!« rief er, »grausamer Hohn des Schicksals, das mich mit Reichtum bedacht hat! Was bleibt mir, in den goldnen Rahmen zu fassen? Meine Schande - meiner Frau Schande - Schande, die bei einem Eclat schließlich auch mein Kind, meine Tochter mittrifft! Muss ich mich zu diesem Eclat entschließen, oder soll ich Mitleid walten lassen?« - Funkelnden Auges richtete er sich auf und sprach finster vor sich hin: »Nein, nein! Blut, Blut! Das Schreckliche ist der Tod des Lächerlichen!« - Plötzlich hielt er inne, wie wenn ein Gedanke recht tiefen Eindruck auf ihn machte, und heftig fuhr er fort: »Ich weiß ja, was der Grund dazu ist: Widerwille, der in ihrem Herzen gegen mich wohnt! Sie scheut sich vor mir! Aber ist's denn meine Schuld? Muss sie mich drum hintergehen? Verdiene ich nicht statt Hass eher Mitleid? - Nein, nein! Blut, Blut!.. Beide, alle beide sollen bluten! Ganz sicher hat sie doch dem andern, dem andern alles gebeichtet!« - Und dieser Gedanke drohte ihn ganz außer sich zu bringen: er hob die geballten Fäuste gen Himmel, fuhr sich mit der heißen Hand über die Augen und kehrte, da er die Notwendigkeit fühlte, vor seinem Dienstpersonal ruhig zu erscheinen, in sein Schlafzimmer zurück. Dort nahm er aus dem Jagdnecessaire ein kleines Pulverhorn, Kugeln und Zündhütchen, schloss es wieder zu, steckte den Schlüssel zu sich und langte aus dem Waffenschrank ein Paar Taschenpistolen.

In diesem Augenblicke kehrte Joseph zurück, um zu melden: »Die Frau Marquise ist empfangsbereit.« - Als er gegangen war, sprach der Marquis weiter vor sich hin: »Es ist ein Drama wie jedes andere. Gut denn, ich will zu ihr gehen, will die perfide Fratze mit der gleisnerischen Freundlichkeit angaffen, unter der sie zweifellos an den begangenen Ehebruch denkt; will die Lüge von ihrem Mund hören, dieweil ich in ihrem schon verderbten Herzen das Verbrechen lese. - Ja, ein merkwürdiges Schauspiel, wenn man sieht, wie eine Frau, die ihrem Manne Schmutz anhängt, der nur durch Blut abzuwaschen, ihn ansieht, ihm Rede und Antwort steht!« Er verließ das Zimmer, ging jedoch nicht zu seiner Gemahlin, sondern auf den in der Nähe seines Hauses befindlichen Droschkenplatz.. »Nach der Rue de Belle-Chase, Ecke der Rue Saint-Dominique, an der Gartenmauer warten!« - Mit diesen Worten stieg er in eine Droschke und ließ die Fenster herunter. Bald war die Droschke dem Hause des Marquis gegenüber angelangt. Von hier aus konnte niemand das Haus verlassen, ohne dass Harville ihn sehen musste.

Das von seiner Frau gewährte Stelldichein war auf ein Uhr bestimmt. Harville ließ keinen Blick von der Tür. Es schlug Mitternacht, als sich die Tür seines Palais langsam öffnete. Die Frau Marquise trat heraus.. »Hm,« sagte der Marquis in bitterer Ironie, »so aufmerksam? Sie scheut sich, den Galan warten zu lassen.«

Der Eindruck, den er hatte, war so schmerzlicher Art, dass er sich kaum beherrschen konnte, als er das Fenster ein wenig aufzog, um dem Kutscher zuzurufen: »Du siehst doch die Dame dort im blauen Schal und schwarzen Hute?« - »Die an der Mauer entlang geht?« - »Ja.« - »Die jetzt zum Droschkenplatze geht?« - »Ja doch! Sobald sie eine Droschke nimmt und einsteigt, so fahre hinterher!« - »Gut!«

Gleich darauf fuhren beide Droschken ab, aber nach einer kleinen Weile bemerkte der Marquis zu seiner nicht geringen Verwunderung, dass sein Wagen vor der in der Nähe befindlichen Kirche hielt.

Tausenderlei Gedanken bestürmten den Marquis. Zuerst meinte er, es sei seiner Frau aufgefallen, dass ein Wagen hinter dem Ihrigen herfahre. Dann aber drängte sich ihm die Meinung auf, dass der Brief, den er bekommen, nichts als eine gemeine Verleumdung sei.. Was sollte seine Frau Frömmigkeit heucheln, wenn sie sich schuldig fühlte? Wie könnte sie mit dem Heiligsten solchen Spott treiben?

Im nächsten Augenblicke zog freudige Hoffnung in sein Herz, denn zwischen dieser anscheinenden Frömmigkeit und dem Schritte, der seiner Frau angedichtet wurde, lag ja ein zu großer Kontrast.. Aber die tröstliche Täuschung war von keiner langen Dauer, denn der Kutscher bog sich jetzt zu ihm und raunte ihm zu: »Die Dame steigt wieder ein.« - »So fahre ihr hinterher!« - »Gut! Die Geschichte wird ja recht nett!« Und der Kutscher rieb sich die Hände.

Die Droschke fuhr über die Kais, am Rathause vorbei, die Rue Sainte-Avoye entlang und bog endlich in die Rue du Temple ein. Ein paar Sekunden später trat der Marquis hinter seiner Frau her in das Haus.

Zweites Kapitel.

Ein Engel.

Frau Pipelet stand mit ihrem Manne in der Haustür, als die Marquise erschien. Aber die Treppe lag so im Dunkeln, dass man sie nicht wahrnehmen konnte. Die Marquise blieb deshalb davor stehen und sah sich um. Als sie die Pförtnerin erblickte, fragte sie mit bewegter, fast klangloser Stimme: »Herr Karl.. wo?«

Frau Pipelet stellte sich, als verstände sie die Frage nicht, um ihrem Manne Zeit zu schaffen, das Gesicht der Dame durch den Schleier hindurch zu erkennen.. »Ach, Herr Karl?« fragte sie nach einer Weile. »Aber, meine Dame, Sie sprechen so leise, warum denn? Nun, Herr Karl wohnt gleich über der Treppe. Sie brauchen nur gradaus zu gehen, um auf die Tür zu laufen.« - Als sie sah, wie die Marquise den Fuß auf die Treppe setzte, lachte die Pförtnersfrau und dachte bei sich: »Na, heute wirds mal zum Klappen kommen.. Prosit die Mahlzeit!.. Da bekommt wieder mal so ein liebes Männchen ein Küken ins Nest gelegt, an dem ihm wohl das allerwenigste zugehört.« Die Marquise, vor Scham und Schreck fast außer sich, wäre sicher wieder umgekehrt, hätte sie nicht vor der Pförtnerloge wieder vorbeigehen müssen, vor der noch immer die Frau mit dem Manne stand, die sie so hämisch angesehen hatten.. So aber ging sie weiter die Treppe hinauf. Wie aber staunte sie, als sie sich auf der obersten Stufe Rudolf gegenübersah, der ihr eine Börse in die Hand gab mit den Worten: »Ihr Gemahl weiß alles. Er folgt Ihnen auf dem Fuße.« – Da erklang die kreischende Stimme der Pförtnerin: »Wohin denn, Herr? Wohin?« – »Er ist es,« sagte Rudolf, der Marquise nach der Treppe zum zweiten Stockwerk winkend.. »Die Familie oben im fünften Stock,« flüsterte er, »wird Ihnen Beistand leisten: Sie heißt Morel.« –

»Herr,« rief unten die Pförtnerin wieder, »ich lasse Sie nicht vorbei, wenn Sie mir nicht sagen, wohin Sie wollen!«

»Ich will mit der Dame sprechen, die eben ins Haus getreten ist,« antwortete der Marquis.

»So? Na, das ist etwas anderes! Dann gehen Sie meinetwegen!«

Infolge des Spektakels hatte Herr Karl Robert die Tür leicht angelehnt. Da trat Rudolf rasch zu ihm und schloss die Tür hinter sich ab, und zwar gerade in dem Augenblicke, als der Marquis von Harville davor trat. Rudolf hatte gefürchtet, trotz der herrschenden Dunkelheit von ihm erkannt zu werden, und deshalb die Gelegenheit wahrgenommen, sich vor ihm zu entfernen. Als Herr Karl Robert Rudolf vor sich stehen sah, war er ganz verdutzt, hatte er doch auf dem Balle Rudolf kaum gesehen und trug doch Rudolf augenblicklich mehr denn bescheidene Kleidung..

»Herr, was..« hub Herr Karl Robert an. – »Still!« versetzte Rudolf leise und mit einem solchen Ausdruck ängstlicher Sorge, dass der andere unwillkürlich den Mund schloss.

Ein Gepolter, wie wenn ein schwerer Körper falle und ein paar Stufen hinunterrolle, drang durch die Stille, die in dem Hause geherrscht hatte. – »O! Der Unglückliche hat sie ermordet!« rief Rudolf. – »Ermordet? Wen?« versetzte Robert; »aber sagen Sie mir doch: Was geht denn hier vor?«

Rudolf hatte, ohne zu antworten, die Tür halb geöffnet. Der lahme Junge kam, mit der rotseidenen Börse in der Hand, die Rudolf der Marquise in die Hand gedrückt, die Treppe hinunter gerast. Oben hörte man den leichten Schritt der Marquise und den schweren ihres ihr in die höheren Stockwerke folgenden Gemahls, zwar war es Rudolf unfasslich, wie der lahme Junge zu der Börse gekommen sein konnte; immerhin war er ruhiger geworden und sagte zu Robert: »Gehen Sie nicht hinaus! Wenig fehlte, so hätten Sie alles verdorben.«

»Aber, mein Herr ...« begann Robert wieder in ungeduldigem, fast unwilligem Tone, »wollen Sie mir endlich sagen, was dies alles bedeutet?« – »Weiter nichts, als dass der Marquis alles weiß, und dass er jetzt seiner Frau in die oberen Stockwerke folgt.« – »O, mein Gott! Mein Gott!« rief Karl Robert, voll Entsetzen die Hände faltend, »und was will sie oben?« – »Was kann Ihnen daran liegen, das zu wissen?« antwortete Rudolf; »bleiben Sie hier und gehen Sie nicht früher weg, als bis es Ihnen die Pförtnersfrau sagt.«

Eine Beute des Schrecks und des Erstaunens, stand Robert da und ging in die Pförtnerstube hinunter ... »Liebe Frau Pipelet,« sagte er, »würden Sie mir wohl einen Dienst erweisen?« Dabei drückte er der Frau fünf Louisdor in die Hand. – »Sobald die Dame, die vorhin eingetreten ist, wieder herunterkommt, so erkundigen Sie sich doch, wie es um Morels steht, und sagen Sie ihr, dass sie sich um die Leute wirklich einen Gotteslohn verdiene. Der Herr, der ihr hinterher ins Haus getreten, ist ihr Mann; die arme Frau ist aber noch rechtzeitig gewarnt worden, sodass sie zu Morels hinaufgehen und sich stellen konnte, als käme sie mit einem Almosen zu ihnen. Sie verstehen doch?«

»Na, ob ich verstehe!« erwiderte die Frau, »wollen Sie in der Ecke hier hinter dem Vorhange stehen bleiben? Ich höre sie kommen.«

Rudolf versteckte sich geschwind. Marquis und Marquise kamen die Treppe hinunter. In Harvilles Zügen stand der Ausdruck reinen Glückes zu lesen, gemischt mit Verwunderung und Verlegenheit. Die Marquise sah ruhig, aber bleich aus ... Frau Pipelet trat aus ihrer Stube und sagte: »Nun, meine gute liebe Dame, wie gehts oben bei den armen Leuten? Nicht wahr, die Not kann einem das Herz umdrehen! Ich sagte Ihnen ja schon das letzte Mal, als Sie hier waren, dass es nun wohl zu Ende gehen werde. Aber Sie sind den armen Leuten wirklich ein Engel!«

Mit bewunderndem Blicke maß der Marquis seine Gemahlin und rief: »O, ein Engel! Ja, ein Engel bist du auch, meine teure Clemence! Schändlich doch, solch erbärmliche Verleumdung!« Und als er durch die Tür trat, setzte er hinzu: »Clemence, wie tief bin ich in deiner Schuld! O, gewähre mir Verzeihung!« – Wehmütig antwortete die Frau: »Und wer bedürfte der Verzeihung nicht?«

Tief bewegt durch diese Szene, trat Rudolf aus seinem Versteck ... »Nun können Sie Ihrem Kommandanten sagen, dass das Feld rein ist und dass er sich wieder zeigen darf.« – Frau Pipelet ging zu dem Mieter hinauf und klingelte. Karl Robert öffnete, maß die Frau mit einem zornigen Blicke, als sie ihn fragte, ob sie morgen wieder heizen solle, und ging, ohne über das seltsame Zusammentreffen mit Rudolf und über den ganzen Hergang die geringste Aufklärung bekommen zu haben. Gerade als er durch den Hausflur ging, trat ihm der lahme Junge in den Weg ... »He, was willst du hier, Strolch?« fragte ihn Frau Pipelet. –

»Hat nicht die Eule nach mir gefragt?« erkundigte sich der Junge, statt auf die Frage der Frau zu antworten. - »Die Eule? Nein! Warum sollte sie dich suchen?« - »Ich sollte mit ihr aufs Land hinaus fahren,« antwortete der Junge, indem er sich in der Tür herumlümmelte. »Mein Vater hat Bradamanti gebeten, mir heute Urlaub zu geben, eben weil ich aufs Land hinaus sollte.« Plötzlich rief er: »O, da kommt eine Droschke! Das ist die Eule! Juchhe! Wir fahren!«

In dem Wagen kam wirklich das grässliche Gesicht der Einäugigen in Sicht, die dem kleinen Lahmen winkte. Der Kutscher öffnete den Wagenschlag, und der Junge stieg ein. Aber - die Eule war nicht allein, denn in der andern Ecke des Wagens saß Bakel, in einen alten Mantel mit Pelzkragen gehüllt und das Gesicht durch eine schwarzseidene Mütze verdeckt.

Der Wagen verließ die Rue du Temple. Nach Verlauf von zwei Stunden, in der Abendzeit, hielt er vor einem Kreuze an der Stelle, wo von der Straße ein öder Hohlweg zur Meierei Bouqueval hinführte, in der sich unter Obhut der Frau Georges die Schalldirne befand.

Drittes Kapitel.

In der Meierei

Die Meierei galt in der ganzen Gegend als Musterwirtschaft. An dem Tage, an welchem wir den Leser zum zweiten Male dorthin führen, war Marie, die Schalldirne, - wie sie in der Schenke hieß - mit der Fütterung des Federviehs beschäftigt. Ihr kleines Häubchen ließ die Stirn und das blonde Haar Mariens unbedeckt. Wie es unter der Pariser Landbevölkerung Mode war, hatte sie über das Häubchen ein breites, rotes Tuch gebunden, dessen Zipfel über die Schultern fielen. Ein über dem Busen zusammengelegtes weißes Batisttuch wurde zur Hälfte durch den hohen, breiten Latz ihrer grauen Leinwandschürze verdeckt. Ein Mieder aus dunkelblauem Tuch mit engen Ärmeln hob die schlanke Taille hervor, und schneeweiße Strümpfe und Stöckelschuhe, die in kleinen Holzschuhen steckten, ergänzten den schlichten, ländlichen Anzug, der durch Mariens natürliche Reize etwas ungewöhnlich Graziöses erhielt. Aus der an beiden Zipfeln zusammengenommenen Schürze warf sie Körner unter die sie umringende geflügelte Schar.

Unterdes saßen Madame Georges und der Abbé Laporte am Kamin im kleinen Zimmer und unterhielten sich von dem Mädchen, das für sie immer einen interessanten Gesprächsgegenstand bildete.

»Sie haben recht, liebe Frau Georges,« sagte Laporte, »wir müssen das Herrn Rudolf melden. Fragt er sie, dann wird sie ihrem Wohltäter doch vielleicht aus Dankbarkeit sagen, was sie vor uns verborgen hält.« – »Mariens traurige Stimmung, Herr Abbé,« sagte Frau Georges, »lässt sich durch nichts zerstreuen, ja selbst ihr Fleiß beim Unterrichte kann sie nicht davon ablenken.« – »Sie hat wirklich recht gute Fortschritte gemacht,« sagte der Abbé. – »Nicht wahr? Lesen, schreiben und rechnen kann sie ja schon besser als ich, und ich brauche mich um die Bücher in der Meierei schon gar nicht mehr zu kümmern. Ach, und wie lieb hat sie hier jedermann!«

»Sagten Sie nicht,« fragte der Abbé, »dass Mariens Traurigkeit sich besonders zeigt, seitdem Frau Dubreuil, die Pächtersfrau vom Lucenayschen Landgute, hergekommen?«

»Ganz recht,« antwortete Frau Georges, »so kam es mir vor, aber Frau Dubreuil, wie auch ihre Tochter waren von Marien recht begeistert, und noch heute überhäufen sie sie mit Beweisen ihrer Freundschaft, kommen auch in der Regel Sonntags her, aber trotzdem Klara Marien wie eine Schwester liebt, scheint sie nach jedem solchen Besuche trauriger zu werden.«

Da trat Marie in die Stube ... »Wo warst du, Kind?« fragte Madame Georges. – »In der Obstkammer,« antwortete das Mädchen: »Das Obst hat sich recht gut gehalten, es war nur wenig davon angefault.« – »Sie müssen sich einmal von ihr in die Obstkammer führen lassen, Herr Abbé,« sagte Frau Georges, »Sie glauben gar nicht, wie schmuck sie dort alles hergerichtet hat.« – »O, ich habe ja schon die Milchkammer bewundert,« antwortete der Abbé lächelnd, »darum könnte sie jede Hausfrau beneiden. Aber – eben ist die Sonne untergegangen. Es wird Ihnen knapp Zeit bleiben, mich nach Hause zu bringen. Da, nehmen Sie Ihren Mantel! Wir wollen gehen, liebes Kind. Sonst überfällt Sie die Nacht auf dem Heimwege. Aber es ist heut kalt, und darum wohl besser, Sie bleiben hier, und eines von den Leuten bringt mich nach Hause.«

»Aber, Herr Abbé,« sagte Marie, den Geistlichen mit ihren großen blauen Augen ansehend, »ich müsste ja denken, Sie seien gar nicht mehr zufrieden mit mir, wenn ich Sie nicht begleiten dürfte.« Und rasch hatte sie ihren Mantel aus grobem weißen Wollenstoff übergeworfen und fasste den Geistlichen unter.

»Ein Glück nur,« sagte dieser, »dass es nicht weit ist bis zu mir, und dass der Weg nicht unsicher ist. Sonst hätte ich es heute entschieden nicht gelitten, dass mich Marie begleitet.«

Zusammen mit dem Mädchen verließ der Geistliche die Meierei, und nach Verlauf weniger Minuten kamen sie zu dem Hohlwege, in welchem die Eule mit Bakel und dem lahmen Jungen sich versteckt hatte.

Viertes Kapitel.

Ein Hinterhalt.

»Still, Mann,« sagte die Eule zu Bakel, als sie den geistlichen Herrn mit Marien durch den Hohlweg gehen sah, »Schickschen und Schwarzer sind eben vorbei. Nach der Beschreibung, die uns der Lahme von ihr gegeben, muss sie es sein. Ist sie auf dem Rückwege bis hierher gekommen, müssen wir über sie herfallen und sie nach dem Wagen schleppen.« – »Und wenn sie schreit?« – sagte Bakel, »du sagst doch, die Häuser seien ganz in der Nähe ... da wird man das Geschrei doch im Dorfe hören! Nein, lass ihr doch den Lahmen entgegengehen und ihr sagen, seine alte Mutter sei im Hohlwege gestürzt und sie solle ihr zu Hilfe kommen. Ist sie in der Mitte des Hohlwegs, dann fallen wir über sie her. Du packst sie mit der einen Hand an der Gurgel, mit der andern hältst du sie fest. Dann packen wir sie in meinen Mantel und schleppen sie bis zum Wagen. Dann im Trabe nach der Ebene von Saint-Denis, wo der lange Mann in Trauerkleidern auf uns warten will.«

»Abgemacht, Mann,« erwiderte, lustig lachend, die Eule, »du bist doch immer der Klügste! Ja, das nenne ich doch noch einen Mann!« Und zu dem Lahmen sich wendend, fragte sie: »He, Strick, du möchtest Wohl gern wissen, wovon wir reden? Na, wenn du hübsch artig bist, dann wollen wir dich schon unser Rotwelsch noch lehren. Alt genug bist du ja nun dazu.« – »Ach ja, lassen Sie es mich lernen, gute Frau,« sagte der Junge, »lieber bleibe ich ja bei Ihnen als bei dem alten Scharlatan, dem ich immer Gewürze stoßen oder das Pferd putzen muss. Wüsste ich nur, wo er sein Rattengift für Menschen versteckt, dann täte ich ihm gern was in die Suppe, um von ihm loszukommen.«

»Oho, woher weißt du denn,« fragte die Eule, »dass dein Herr Rattengift für Menschen hat?« – »Er hat's selber mal gesagt, als ich im schwarzen Kabinett mich versteckt hatte, wo er seine Flaschen und Apparate aufstellt, und wo er in den kleinen Töpfen und Flaschen kocht. Zu einem Herrn sagte er's, dem er ein Pulver in einem rosa Papiere gab: Wer davon dreimal was bekäme, der müsste unter die Erde, ohne dass jemand wüsste, wie und warum, und ohne dass eine Spur davon übrig bliebe.« – »Und wer war der Herr?« fragte Bakel. – »Ein schöner junger Herr, mit schwarzem Schnurrbart und einem richtigen Mädchengesicht. Er ist nachher noch einmal gekommen und da hat mich der Bradamanti ihm nachgeschickt, weil er wissen wollte, wo er wohnt. Auf diese Weise habe ich den Namen des Herrn erfahren. Er wohnt in der Rue de Chaillot Nr. 11 und heißt Saint-Remy.«

»Ei, du bist ja ein Bengel zum Anbeißen,« rief die Eule, dem kleinen Lahmen einen Kuss gebend, »über deine Pfiffigkeit geht so bald nichts, wie es scheint.« – »Ja,« sagte der Schulmeister, »du sollst mich armen Blinden führen und den Leuten sagen, du seiest mein Sohn. So schleichen wir uns in die Häuser, und, potz alle Teufel! Wenn uns die Eule getreu bleibt, dann werden wir manchen guten Fang machen. Diesem Teufel von Rudolf, der mir die Augen ausstechen ließ, will ich schon zeigen, dass ich noch nicht am Ende meiner Taten angelangt bin. Die Neigung zum Schlimmen hat er mir nicht aus dem Herzen reißen können. Ich werde hinfort der Kopf von uns sein, während du das Auge bist, Junge, und die Eule die Hand. He, du bist doch mit dabei?« –

»Ja, ich gehöre dir an für Strick und Galgen, Mörderchen!« sagte die Eule, »bin ich doch gleich, als ich aus dem Stockhause kam und im Weißen Kaninchen hörte, wo du stecktest, zu dir aufs Dorf hinausgerannt und habe den Leuten dort gesagt, dass ich deine Frau sei.« –

Diese Worte weckten im Herzen Bakels eine schlimme Erinnerung; er änderte auf einmal den Ton und die Sprache und rief mit zorniger Stimme: »Ja, so mitten allein unter rechtschaffenen Menschen wurde es mir langweilig. Da kam ich auf den Einfall, es wieder mit dir zu versuchen; aber bekommen ists mir schändlich; denn schon am andern Tage war mir mein Geld aus dem Gürtel gestohlen. Kein anderer kanns mir gemaust haben als du! Warum schlage ich dich nicht auf der Stelle nieder, sobald du mir mal nahe kommst? Aber – der Teufel soll mich holen! Ich bin nun ganz in deine Hände gegeben, seit ich das Augenlicht verloren habe.« – Und doch machte er einen Schritt in der Richtung, wo er die Eule vermutete. Ihr zum Schutze hob der lahme Junge einen Stein auf und zielte damit nach Bakel, den er damit an der Stirn verwundete. Wild wie ein verwundeter Stier, richtete Bakel sich in die Höhe, machte ein paar Schritte, strauchelte jedoch bald ... »Brich den Hals, Luder!« keifte die Eule und lachte, denn trotz der blutigen Bande, die sie an diesen Unhold fesselten, war es ihr doch lieb, ihn unschädlich gemacht zu sehen, sodass er von seiner Riesenkraft, auf die er sich einst soviel zugute getan, keinen Nutzen mehr hatte. Der lahme Junge blies in ihr Horn. Als Bakel zum zweiten Male stolperte, rief er: »Aber, Alterchen, mach doch die Augen auf! Oder hast du dir deine Brille nicht recht geputzt?«

Der Hüne sah sich außerstande, den Jungen zu fassen. Wütend stampfte er auf den Boden, legte die geballten Fäuste über die Augen und brüllte wie ein Tiger, dem sein Bändiger einen Maulkorb angelegt hat ...

»Warum redest du solchen Unsinn von deinem Gelde?« fragte die Eule hämisch; »weshalb soll ich es dir mausen? Ich dächte, für mich wäre es bequemer, du trügest es für mich?« – »Außer dir ist niemand in meiner Kammer gewesen,« versetzte der Räuber, »wen soll ich außer dir im Verdacht haben? Nachts bist du drin gewesen und hast mir mein Geld gemaust,« wiederholte er. – »Aber rede doch keinen Unsinn!« sagte sie, »wäre ich denn jetzt noch bei dir, wenn ich dein Geld hätte? Sei doch nicht so dumm! Hätte ich es, dann wäre ich wenigstens so lange von dir weggelaufen, bis es zu Ende war. Dann aber hättest du mich gewiss wiedergesehen, denn seitdem du keine Pupillen mehr hast, Mörderchen, gefällst du mir noch einmal so gut. Also sei artig und beiß dir die Zähne nicht aus Wut entzwei!«

»Du hast recht,« stöhnte der Blinde; »es ist mein Fatum! Es war nicht recht von mir, dich solches Diebstahls zu beschuldigen, auch nicht, den Lahmen schlagen zu wollen. Seid mir beide nicht böse deshalb,« bettelte er. – Der Lahme aber sagte lachend: »Wenn wir dir nicht böse sein sollen, Alterchen, dann musst du uns kniefällig um Verzeihung bitten.« – »Nein! Hat der Strick gute Einfälle!« rief die Eule lachend; »ei! Es muss doch ein famoser Anblick sein, dich mal auf den Knien zu sehen, Mörderchen! Also kniee nieder, wie wenn du deiner Eule eine Liebeserklärung machen wolltest. Geschwind, geschwind! Oder wir laufen weg von dir und in einer halben Stunde ists Nacht – was willst du dann allein anfangen? Also geschwind, geschwind!«

»Was tuts ihm, ob es Tag ist oder Nacht?« sagte der Lahme; »seine Fenster sind doch immer vernagelt!«

Der Räuber aber ließ sich auf die Knie fallen und bettelte, hin und her rutschend, beide um Verzeihung und fragte dann: »So! Nun habe ich euch nach Wunsch getan. Seid ihrs zufrieden? Aber nun werdet ihr mich doch nicht im Stichelassen?« – »Aber warum sollten wir es, wenn du artig bist. Mörderchen?« antwortete die Eule: »nein, nein! Sei ohne Furcht. Ehe ich dich im Stiche lasse, will ich lieber mein Leben lassen. Ich hab immer einen Mann gern bei mir gehabt. Wozu seid ihr Männer denn auf der Welt, als um uns her zu sein? Und wärs auch bloß, um an ihm seine Wut auslassen zu können! Vor dem hübschen Balge, das mir der Teufel wieder in die Hände spielen möchte – denn ich habe noch immer meine Idee, ihr mit Scheidewasser die Fratze zu ruinieren – habe ich einen Jungen gehabt, ders aber nicht bei mir aushalten konnte und bald das Zeitliche segnete. Dafür habe ich sechs Jahre brummen müssen. Nachher habe ich Vögel gequält, und nicht wenige lebendig gerupft; aber das ist mir bald langweilig geworden, denn keiner hats lange ausgehalten. Als ich aber aus dem Stockhause kam, fiel mir die Schalldirne in die Hände, und der Hab ich das bisschen Leben verteufelt sauer gemacht; aber sie riss mir aus. Dann hab ichs mit einer Hündin probiert, aber das Biest biss mich einmal, dass ich acht Tage lang die Hand nicht brauchen konnte. Zur Strafe habe ich ihm eine Vorder- und eine Hinterpfote abgeschnitten und mich dann an dem Anblicke gegeckt, wenn er zu laufen probierte. Aber er ist auch bald krepiert. Na, und nun bist du an der Reihe, Mörderchen; jetzt sollst du mein Sündenbock sein für alles, was ich noch gegen Welt und Kreaturen auf dem Kerbholze habe. Du bist ein starker Kerl, und dich zu quälen bis aufs Blut, muss ein ganz anderes Vergnügen sein, als einen Vogel zu rupfen, ein Kind zu schinden oder einem Hunde die Pfoten abzuschneiden ... Verstehst du, Mörderchen? Na, komm, wir wollen mal anfangen!«

Und sie griff nach einem Stricke und warf ihn ihm über die Schultern. Dann zog sie an und schrie: »Hü, hü! Lauf, Gaul! Kusch dich, Hund! Beiß, Luder, beiß! Aber schneide doch kein so grimmiges Gesicht, Mörderchen! Wenns dir nicht passt, Mörderchen, dann sags! Tu dir keinen Zwang an, sondern sags frisch von der Leber weg! Lauf, wohin dirs passt, und lass uns im Stich! Die Welt steht dir ja offen ... nicht wahr, lahmer Strick? Hab ich recht oder nicht?«

»Freilich kann er laufen, wohin es ihm beliebt. Immer der Nase nach, Alter! Nur immer hübsch der Nase nach!« rief der Junge und wollte sich ausschütten vor Lachen. Jäh aber brach er ab, denn es hallten Schritte im Hohlwege wider. Kurz nachher kam eine rüstige Bäuerin, einen Korb auf dem Kopf tragend, mit einem großen Hunde neben sich, durch den Hohlweg, um dann auf dem Pfade weiter zu gehen, den vor ihr der Geistliche mit dem Mädchen gegangen war.

Fünftes Kapitel.

Im Pfarrhause.

Auf dem Hügel, auf dem sich das von großen Wäldern umgebene Schloss von Ecouen erhebt, blieb der Geistliche einen Augenblick stehen, um sich an dem Anblick der lieblichen Szenerie zu weiden, die sich vor seinen Augen entfaltete ... »Ist es nicht, Kind,« sagte er zu dem neben ihm stehenden Mädchen, »als ob uns die Stille und Unendlichkeit, die sich vor uns hier auftut, eine Vorstellung von der Ewigkeit gäbe?« Er senkte den Blick zu dem Mädchen nieder und nahm mit Erstaunen wahr, dass Tränen in ihren Augen standen.

»Aber, liebes Mädchen,« sagte er, »was ist Ihnen? Haben wir Sie nicht schon oft gefragt nach der Ursache Ihrer Betrübnis? Sie wissen doch, was Sie Ihrer anderen Mutter, der edlen Frau Georges, für Angst und Sorge bereitet? Sie haben uns noch nie eine bestimmte Antwort auf unsre Frage gegeben. Wir sind noch nie in Sie gedrungen, es uns zu sagen, so gern wir Ihnen auch schon Linderung gebracht hätten.«

»Wie soll ich mich Ihnen verständlich machen?« antwortete Marie unter Tränen, »ich kann es nur versuchen, indem ich auf die ersten Tage zurückgreife, die ich bei der guten Frau Georges verlebte. Als ich auf dem Wege hierher hörte, dass ich in der Meierei bleiben, dass ich Frau Georges nicht mehr verlassen solle, war es mir, als ob mir der Himmel einen süßen, süßen Traum beschert hätte. Zuerst war ich von meinem Glücke wie betäubt. Es kamen wohl Stunden über mich, in denen ich beschämt meiner Vergangenheit dachte, aber weil alle so gütig gegen mich waren, meinte ich, mich allen gleich halten zu müssen. Da aber kam ein Tag ...« Sie fing bitterlich zu schluchzen an ...

»Bleiben Sie ruhig, Kind!« sagte der Abbé, »fassen Sie Mut und erzählen Sie weiter!« – Marie trocknete sich die Augen und fuhr fort: »Vater, Sie besinnen sich doch, dass am Allerheiligenfeste Frau Dubreuil, die Pächterin des Herzogs von Lucenay in Arnouville, ein paar Tage mit ihrer Tochter bei uns in Lucenay war? Ich wurde in die Stube gerufen. Klopfenden Herzens trat ich ein. Frau Georges zeigte mir das liebe Mädchen und fügte: Da sieh, Marie, eine Freundin für dich! – Und Klara, das liebe Kind, trat auf mich zu und küsste mich ... Vater! Da wurde es mir auf einmal so wehmütig ums Herz, und die Wange brannte mir vor Scham und Reue, denn ich musste an alles denken, was meine Vergangenheit befleckt hat, und es kam mir vor wie ein Betrug, wie eine Heuchelei, dass ich mich nicht gegen solchen Kuss von so züchtigen, reinen Lippen gewehrt hatte.«

»Aber, Kind!« sagte der Abbé! Marie aber ließ ihn nicht ausreden, sondern rief im Übermaße ihres Schmerzes: »Ach, Vater, Vater, als mich Herr Rudolf aus Paris hinweg nahm, ist mir meine Niedrigkeit noch nicht recht bewusst gewesen; aber durch den Unterricht, den Sie mir gaben, durch Ihren Rat und durch Ihr Beispiel, durch die Liebe der Frau Georges ist mir klar geworden, dass ich nicht bloß unglücklich gewesen, sondern auch sündhaft, vielleicht mehr noch als unglücklich! Und seit diesem Tage verlässt mich der Gedanke nicht mehr, dass ich schwer, schwer gesündigt habe, und ich kann keinen Augenblick mehr Ruhe finden.«

»Kind, Kind! Was Sie mir bisher gesagt haben,« sagte der Geistliche, »redet nur für Ihr Herz, für Ihren Edelsinn! Erzählen Sie mir also weiter!«

»Solange Klara in der Meierei war, konnte ich mich nicht zur Fröhlichkeit stimmen, während sie die fröhlichste Kameradin war, die man sich denken konnte. Sie gab mir fortwährend Beweise von ihrer Freundschaft und erzählte mir, dass sie, wenn sie das achtzehnte Jahr erreicht hätte, sich mit einem Pächtersohne aus Goussainville verheiraten solle, dass die Vermählung zwischen beiden Familien längst eine ausgemachte Sache sei. Und dann forderte sie mich auf, ihr zu erzählen, wie es mir bisher im Leben ergangen sei. Ich meinte, vor Scham in die Erde sinken zu müssen; wusste ich doch nicht, was Frau Georges von mir gesagt hatte. Ich sagte ihr also nur, dass ich eine Waise sei, dass ich mich bei sehr garstigen Menschen befunden, keine glückliche Jugend verlebt, dass ich erst gelernt hätte, was Glück sei, seit ich Aufnahme in dem Hause der lieben Frau Georges gefunden. Da fragte Klara, wohl mehr aus Mitleid, als aus Neugierde, ob ich in der Stadt oder auf dem Lande groß geworden sei, wie mein Vater hieße, ob ich meine Mutter gekannt hatte. Ach! Wie schrecklich waren mir diese Fragen! Konnte ich anders darauf antworten als mit einer Lüge? Und hatten Sie mich doch gelehrt, welch große Sünde es sei, zu lügen! Ach! Hätte man mich doch meinem unglücklichen Schicksale überlassen, wenn die Erkenntnis von gut und böse für mich so verderbensvoll werden musste!«

»Marie! Marie!« rief der Abbé. – »Nicht wahr, Vater, was ich da rede, ist schlecht, ist böse? O, darum habe ich Ihnen ja nicht alles sagen wollen! Manchmal überkommt mich eine Stimmung, als wenn ich lieber unter Schlägen gestorben wäre, statt in Verhältnisse zu kommen, denen ich doch nun und nimmer werde gerecht werden können.« –

»Hoffen Sie auf die unendliche Barmherzigkeit des Unendlichen,« sagte der Priester mit ernster Stimme, »wenn es auch für Sie hienieden nur Reue und Buße gibt; Vergebung und ewige Seligkeit,« setzte er hinzu, die Hand zum Firmamente erhebend, »werden Sie jedoch dort oben finden!«

»Wehe, Wehe über mich!« rief Marie verzweifelt, »mein ganzes Leben wird nun, und währte es auch so lange wie das Ihrige, wäre es so rein von Sünde wie das Ihrige, gebrandmarkt sein durch die Erkenntnis, durch die Erinnerung an die Vergangenheit!« –

»Nicht wehe, Marie, sondern wohl Ihnen! Denn Gott hat Sie eine kurze Weile auf dem Pfade des Lasters wandeln lassen, um Ihnen alle Glorie der Neue und jenen ewigen Lohn zu reichen, der der Buße gebührt.«

Eben wollte Marie auf diese Worte des frommen Mannes antworten, als die Bauerfrau hinzutrat, die auf dem gleichen Wege wie sie, durch den Hohlweg gegangen war, und die sie jetzt einholte. Es war eine in der Meierei als Magd dienende Frau. »Herr Pfarrer,« sagte sie, »die Frau Georges hat mich mit dem Korb voll Obst Ihnen nachgeschickt: Auch soll ich Jungfer Marie wieder nach Hause begleiten, da es schon so spät ist. Deshalb habe ich auch Türk mitgenommen,« setzte sie hinzu, den großen Hund streichelnd, der es mit einem Bären an Kraft hätte aufnehmen können, »es ist ja noch nie gehört worden, dass im Hohlweg jemand überfallen worden wäre; aber vorgesehen ist immer besser, als nachgesehen!«

»Recht von dir, Claudine!« sagte der Abbé, »übrigens sind wir ja nun bei mir angelangt. Bestelle der Frau Georges meinen allerbesten Dank!«

Darauf trat der Abbé in seinen Garten, während Marie mit der Frau und dem Hunde den Rückweg zur Meierei antrat.

Sechstes Kapitel.

Ein Zusammentreffen.

Es war eine sternenhelle, kalte Nacht. Die Eule hatte sich mit Bakel, seinem Rate zufolge, in dem Hohlwege an eine Stelle begeben, die von dem Fußwege entfernter, dagegen näher dem an seinem Rande haltenden Wagen lag. Der Lahme war ein Stück nach der Pfarre gelaufen, weil er Marien durch die Bitte, seiner armen alten Mutter zu helfen, in den Hohlweg locken sollte. Aber kaum war er ein paar Schritte über den Hohlweg hinaus, als er auch den Schall der beiden Frauenstimmen hörte. Schnell hinkte er in den Hohlweg zurück, der Eule mitzuteilen, dass Marie nicht allein, sondern mit einer Frau zusammenkäme.

»Soll ihr der Teufel den Hals umdrehen!« fluchte die Eule, während Bakel den Lahmen fragte, ob er wisse, wer mit dem Mädchen käme? – »Wahrscheinlich doch die Bäuerin, die mit dem Hunde eben durch den Hohlweg kam,« antwortete er, die Eule ansehend. – Diese sagte: »Nun, die Kleine könnte ich ja auf mich nehmen, aber die andere? Bakel ist blind, der Junge lahm ... Was macht man da am besten? Sprich doch ein Wort, Mann!« fuhr sie den Räuber an; »du bist ja sonst so gescheit, oder hast du auch neben deinem Augenlicht die Sprache eingebüßt?«

Der Räuber versetzte: »Heut ist eben nichts zu machen, denn wenn die beiden Weibsleute schreien, bekommen wir das ganze Dorf auf den Hals.« – »Und auf die tausend Franks, die der Lange im Trauerkostüm uns zugesichert hat,« rief die Eule wütend, »wenn wir die Mamsell bringen, sollen wir verzichten? Das könnte mir passen! Dein Messer her! Mann, Dein Messer! Ich steche die Bäuerin nieder. Mit der Kleinen werden wir beide, der Junge und ich, schon fertig.«

»Nein,« versetzte der Räuber fest und bestimmt, »heute heißts: Hände weg! Morgen ist auch noch ein Tag.« –

Hundegebell erfüllte den Hohlweg. Türk hatte die im Hohlwege lauernden Menschen gewittert; er war fast nicht mehr zu halten ... »Dein Messer!« rief die Eule mit drohender Stimme. – »Nimm's dir,« versetzte der Räuber, »gutwillig gebe ich es nicht, denn es wäre uns nicht zum Guten.«

Einen Augenblick lang lauschte die Eule aufmerksam; dann sagte sie: »Es ist vorbei. Es ist zu spät. Aber du sollst mir dafür büßen. Geh an den Galgen! Geh an den Galgen!« schrie sie wütend und ballte dem Räuber die Faust. »Tausend Franks habe ich durch deine Hundsfötterei verloren.« – »Und dreitausend haben wir vielleicht gewonnen,« rief der Schulmeister in überzeugtem Tone, »höre, was weiter geschehen soll! Das Mädel führt den Pfaffen alle Abend heim. Dass heut jemand mit ihr gegangen, ist ein Zufall. Morgen wird uns das Glück winken. Morgen kommst du mit dem Kutscher und dem Wagen wieder. Dagegen führt mich der Lahme heute in die Meierei, erzählt dort, wir hätten uns verlaufen, ich wäre sein Vater, ein armer blinder Mann, und bittet für die Nacht um ein Obdach. Das wird niemand geweigert. Der Lahme mag sich Türen und Fenster ansehen, mag die Ein- und Ausgänge mustern. Wenn die Pacht fällig wird, haben solche Leute immer Bargeld im Hause. Hab ich doch selbst einmal Güter mein eigen genannt,« setzte er verbittert hinzu, »weiß also, wie es bei solchen Leuten zugeht. Die Meierei liegt einsam. Sind wir erst einmal orientiert, dann können wir mit ein paar Bekannten wiederkommen.«

»Du bist wirklich ein Halunke,« sagte die Eule, die sich durch Bakels Worte hatte besänftigen lassen, »rede nur weiter, Mörderchen!«

»Morgen früh werde ich über Schmerzen klagen und mich stellen, als könnte ich nicht vom Flecke. Sollten mir die Leute nicht glauben wollen, so werde ich die Narbe zeigen, die ich noch vom Kettentragen an meinem Beine habe. Abends aber, sobald das Mädel mit dem Pfaffen aus dem Hause ist, werde ich sagen, dass es mir besser sei, und mich mit dem Lahmen nach dem Hohlwege auf den Weg machen. Das Mädel, das uns schon kennt, wird nicht mehr erschrecken, wenn sie unser ansichtig wird. Sie wird auf uns zutreten, und wenn ich sie mit den Armen erreichen kann, dann verlass dich drauf, dass sie mir nicht mehr entrinnt. Ich bringe sie in Sicherheit, ohne dass sie sich muckst, und die tausend Franks sind unser! Und weiter: In ein paar Tagen machen wir mit unseren Kumpanen der Meierei unsre Visite und rauben drin, was nicht niet- und nagelfest ist.«

»Bakel, du bist ein großer Kerl,« rief die Eule, »und keiner nimmt's mit dir auf. Komm, lass dich umarmen! Also auf morgen!« – »Auf morgen!« wiederholte Bakel, und während das Weib zum Wagen zurück schlich, wanderten Bakel und der Lahme durch den Hohlweg zur Meierei; das aus den Fenstern blinkende Licht diente ihnen als Leitstern ...

Auf solchem Wege führte das Schicksal Anselm Duresnel seiner Ehefrau zu, die er seit seiner Bagnohaft nicht mehr gesehen hatte.

Siebentes Kapitel.

Ein schrecklicher Abend.

Die Gutsdienerschaft saß beim Abendbrote. Vater Chatelain, der älteste, führte den Vorsitz und sprach das Tischgebet, machte nach frommem Brauche das Kreuz über das Brot und schnitt jedem zu, was auf seinen Teil kam. Dann stellte er den Wein auf den Teller, der seinen Platz mitten auf der Tafel erhielt. Da schlugen die Hunde im Hofe an; der alte Schäferhund, der noch das Gnadenbrot bekam und unter dem Ofen lag, knurrte zur Antwort darauf. Im andern Augenblicke wurde draußen geläutet ... »Es muss jemand am Tore sein,« sagte Vater Chatelain; – »wer kann noch so spät kommen? Sieh doch einmal nach, René!«

Der junge Bursche, dem dieser Name gehörte, ließ mit Bedauern die Suppe im Stiche und ging hinaus ... »Seit langer Zeit ist es das erste Mal, dass Frau Georges und Jungfer Marie nicht mit uns essen,« sagte Chatelain; »wenn ich auch recht tüchtigen Hunger habe, wirds mir doch nicht halb so gut schmecken, als wenn ich Ihnen gegenübersäße.« – »Frau Georges ist zu Jungfer Marie hinaufgegangen, die sich nicht recht wohlfühlte, als sie von der Pfarrei zurückkam,« sagte Claudine, die Magd, die Marien nach Hause begleitet und so, ohne es zu ahnen, die finsteren Pläne der Eule zuschanden gemacht hatte.

Es verging nur kurze Zeit, so kam René wieder mit der Nachricht, ein armer Blinder mit einem lahmen Jungen stünde draußen, und bäte um ein Obdach für die Nacht. – »Frau Georges ist ja immer so gütig,« sagte Chatelain, »dass sie keinem ein Nachtquartier abschlägt, am wenigsten wohl einem Blinden! Aber gesagt werden muss es ihr. Claudine besorge das!« Dann sagte er zu den Leuten: »Rückt ein bisschen zusammen und stellt noch zwei Teller auf den Tisch: einen für den Blinden und einen für den Lahmen! Es ist doch sicher anzunehmen, dass Frau Georges ihnen die Tür nicht weisen lässt.« – »Bloß über eins wundere ich mich,« sagte René, »dass die Hunde so wütend waren. Besonders Türk war schier außer sich, als die beiden Leute über den Hof geführt wurden. Die Haare bäumten sich bei ihm wie bei einem Igel.«

Claudine kam mit dem Bescheide zurück, dass Vater Chatelain für die beiden armen Leute ein Nachtessen und eine Schlafstelle besorgen solle. Wieder bellten die Hunde draußen, und wieder hörte man Renés Stimme, sie zu beruhigen. Dann ging die Tür auf, und Bakel mit dem lahmen Jungen kam herein ... »Auf Eure Hunde könntet Ihr aber doch bessere Obacht geben,« sagte Bakel, der vor Schreck an allen Gliedern zitterte; »wenig fehlte, so hätten sie mich zerrissen.« – »Ja, so böse habe ich unsere Hunde noch nie gesehen,« bemerkte René, die Tür hinter sich zumachend, »ob es an der Kälte liegt? Fast wären sie ja mir an den Hals gesprungen!«

Auch den alten Schäferhund musste Chatelain am Halsbande fassen, denn er war ganz ebenso wild wie die Hunde draußen ... »Kusch dich, Lysander!« rief Vater Chatelain; »lass die draußen bellen, du aber verhalte dich still!«

Vor Bakels hässlichem Gesicht grauten sich die Leute so, dass sie zum Teil zurückwichen, zum Teil sprachlos stehen blieben. Dem Lahmen entging das natürlich nicht; ihm bereitete es maßlose Freude, da er sich hiervon den besten Erfolg für den geplanten Raub versprach.

»Wärmen Sie sich nur erst ein bisschen am Ofen,« sagte Vater Chatelain zu Bakel, »und dann setzen Sie sich mit uns zum Essen. Komm, Junge, führ deinen Vater her!« – »Vergelts Euch Gott,« sagte der Junge in heuchlerischem Tone; »Vater, komm, aber sieh dich vor, dass du nicht fehl trittst!«

Der Schäferhund war zu dem Blinden herangekrochen und hatte ihn beschnopert. Während er erst nur geknurrt hatte, fing er jetzt gräulich zu heulen an. – »Tod und Teufel!« dachte Bakel bei sich; »die verfluchten Biester wittern doch nicht etwa noch Blut? Als ich den Viehhändler umbrachte, hatte ich die gleichen Hosen an.«

»Dass Lysander heult,« sagte René leise, »bedeutet nichts Gutes.« – Aber Vater Chatelain brachte ihn zur Ruhe und fragte dann Bakel, ob sein Sohn lahm geboren sei oder sich nur verletzt habe ... »recht schade,« setzte er hinzu, »dass Sie nicht vor drei Wochen schon hergekommen sind. Da war ein Doktor aus Paris da, ein tüchtiger Mann, aus der Rue des Veuves ... Aber was ist Ihnen denn?« fragte er Bakel, jäh abbrechend, denn ein heftiges Zittern schüttelte den Blinden wieder, und sein Gesicht verzerrte sich zu einer grässlichen Fratze.

»Wenn Sie der Weg wieder nach Paris führt,« sagte Vater Chatelain, »dann sollten Sie doch einmal zu dem Herrn gehen. Er soll gegen Arme sehr gütig sein. Also Rue des Veuves Nr. 17, Sie finden ihn aber auch, wenn Sie die Nummer nicht behalten sollten, denn Sie brauchen bloß nach dem schwarzen Arzte zu fragen, denn Herr Dr. David ist nämlich ein Neger.«

Bakels Gesicht war von Narben so zerfetzt, dass man sein Erbleichen nicht bemerken konnte. Aber als er die Hausnummer gehört und gehört hatte, dass es ein Negerarzt sei, der hier gewesen sei, da ahnte er, dass es derselbe sein möchte, der die grausame Strafe an ihm vollzogen hatte, deren Folgen er in jedem Augenblick an sich verspürte ... Zum ersten Mal in seinem Leben beschlich ihn eine Art abergläubischer Furcht, und er fragte sich, ob wirklich Zufall allein ein so merkwürdiges Zusammentreffen bewirkt haben könne.

»Die Meierei ist nicht so, wie sie durchschnittlich sind,« schwatzte Vater Chatelain weiter, »hier gibts wohl alle Tage tüchtig Arbeit, aber auch alle Tage gutes Essen, ein gutes Gewissen und auch ein gutes Bett. Wir sind unser zwar nur sieben Mann, aber Arbeit verrichten wir für vierzehn, werden aber auch ebenso gut bezahlt. Unser Herr hat freilich eine ganz besondere Art, sich zu bereichern, ist auch ein ganz besonderer Herr, dem wir alle mit Leib und Seele ergeben sind.«

»Wenn Sie einen so guten Herrn haben,« sagte der Räuber, »wäre dann nicht vielleicht in einem Winkel ein Plätzchen für mich frei für die kurze Zeit, die mein Leben noch dauern kann?« – Vater Chatelain sah den Frager voll Verwunderung an. – »Dazu kann ich freilich nichts sagen,« antwortete Chatelain, »da müssten Sie sich schon an »unsere liebe Frau von edler Hilfe« selbst wenden.« – »An wen?« – »So nennen wir unsre Herrin; verstehen Sie es, sie für sich einzunehmen, so ist Ihre Sache in Ordnung.« – »Versuchen bei ihr will ich es,« rief der Räuber, dem es allen Ernstes darum zu tun war, sich von der Tyrannei der Eule loszumachen. Aber bei dem lahmen Jungen fand seine Freude keinen Widerhall, denn ihm lag am Leben auf dem Lande gar nichts ... »Aber, Vater,« fragte der Lahme, »die gute Tante, die dich so pflegt und liebt, wirst du doch nicht im Stich lassen wollen? Die liebe Tante Eule! Die käme doch mit dem Vetter Barbillon gleich her, dich wieder abzuholen!« – »Junge, du irrst dich am Ende doch, wenn du dir einbildest, sie könnte mich nicht missen?« – »Aber, wie könnt Ihr so etwas denken, Vater?« erwiderte der Junge, »nein, nein! Tante Eule wäre auf der Stelle da! Sie hat's mir auf die Seele gebunden, alles für dich zu tun!«

»Schon gut, schon gut,« unterbrach ihn Bakel, »das soll mich nicht hindern, morgen früh mit der guten Dame ein paar Worte zu reden; aber Sie wollten mir sagen, wie die Dame heißt?« – »Ach richtig,« antwortete Vater Chatelain, »und warum sollte ich auch mein Wort nicht halten? Aber wenn Sie einen vornehmen Namen erwartet haben, so sind Sie nun freilich im Irrtum, denn unsre liebe Frau von edler Hilfe führt den schlichten Namen Frau Georges, und unser eigentlicher Gutsherr – denn Frau Georges ist nur Pächterin – heißt Herr Rudolf.«

Wenig fehlte, so wäre Bakel vor Schreck in die Erde gesunken ... Wie ein Blitzstrahl hatten die beiden Namen ihn getroffen ... »Meine Frau!« murmelte er entsetzt, »mein Peiniger!« – Dass er durch eine zufällige Übereinstimmung der beiden Namen getäuscht werde, konnte er nicht annehmen, denn Rudolf hatte, bevor er ihn zu der entsetzlichen Strafe verurteilte, zu deutlich der Teilnahme Worte geliehen, die ihn für Frau Georges erfüllte.

Sodann bewies ihm doch die Erwähnung des Negerarztes mehr denn genug, dass er sich nicht irrte ... Das Entsetzen, das ihn packte, schüttelte ihn so, dass er nach einem Halte suchen musste. Dann aber suchte er nach der Hand des Lahmen und erhob sich ... »Komm, Junge,« sagte er, »wir wollen gehen, ich will weg von hier. Führe mich hinaus!«

»Was? Jetzt in der Nacht wollen Sie gehen?« fragte Vater Chatelain, »das kann doch Ihr Ernst nicht sein; armer alter Mann?« Und zu dem Lahmen sagte er leise, man müsse ja fürchten, es sei bei dem Vater nicht richtig im Oberstübchen. – Dann sah der Lahme klug auf, seufzte tief und nickte ... Dann legte er den Finger an die Stirn, zum Zeichen, dass es beim Vater wirklich so sei, wie der alte Oberknecht dächte, und da er keine Lust verspürte, sich um das warme Nachtlager zu bringen, sagte er: »Aber, Vater, schon wieder der hässliche Anfall? Sei doch bloß ruhiger! Wohin sollen wir denn in der kalten Nacht?« Und zu Vater Chatelain gewandt, sagte er: »Nicht wahr, Sie leiden nicht, dass der arme alte Mann sich jetzt noch auf den Weg macht?«

»Hab keine Bange, Kind,« erwiderte Chatelain, »wir machen deinem Vater nicht auf; da kann er ja nicht weg und wird sich drein finden müssen, die Nacht hier zuzubringen.« – »Ich lasse mich zu nichts zwingen,« erwiderte Bakel; »zudem könnte es auch sein, dass ich, da die Frau Georges nur Pächterin ist, dem Gutsherrn zur Last fiele.« – »Dem Gutsherrn?« erwiderte Chatelain, »o, der ist jetzt nicht hier, sondern kommt erst in fünf bis sechs Tagen. Tragen Sie unserer lieben Frau nur immer Ihre Bitte morgen vor, heute wird sie leider nicht mehr herunterkommen, sonst würde sie Ihnen sicher heute schon sagen, dass Sie auf ein Plätzchen rechnen dürfen, und dass sie es auf sich nehmen wird, den Gutsherrn für Sie freundlich zu stimmen.«

»Nein, nein!« rief der Räuber, wieder von Entsetzen geschüttelt, »ich habe mich anders besonnen. Mein Sohn hat recht. Tante Eule wird sich meiner erbarmen. Komm, Junge, wir wollen zur Tante Eule.«

Aber was half es ihm, gehen zu wollen, wenn ihm der Lahme nicht beistand? Und der mochte nun einmal nichts davon wissen, so spät noch auf die Wanderschaft zu gehen. So sehr sich nun Bakel fürchtete, seine Frau möchte ihn, all der Verstümmelungen, die er an sich vorgenommen, ungeachtet, wiedererkennen, und so sehr es ihn infolgedessen von dannen trieb, so musste er sich doch fügen und bleiben. Aber damit ihn seine Frau nicht sehe, sagte er zu Chatelain: »Auf Ihre Versicherung hin, dass ich weder Ihrem Herrn noch Ihrer Pächterin zur Last falle, will ich das angebotene Nachtquartier annehmen: Da ich aber schrecklich abgespannt bin, will ich mich gleich zu Bett legen, aber morgen in aller Frühe aufbrechen,«

»Ich werde den armen Mann eine Strecke fahren,« sagte René, »denn Madame hat mir gesagt, ich solle vom Notar in Villiers-le-Bel im kleinen Wagen Geld holen.«

– »Meinetwegen,« sagte Chatelain, »aber du wirst zu Fuße gehen, denn die gnädige Frau hat sich die Sache anders überlegt und meint, es sei mit dem Gelde Zeit bis zum künftigen Montag. Solange kanns also auch beim Notar bleiben.« Zu dem Räuber und dem Lahmen sich wendend, sagte er: »Folgt mir, ich will Euch in Eure Kammer führen.«

Über einen langen Korridor ging er ihnen voraus zu einem Stübchen ebener Erde. Dort setzte er den Leuchter auf einen Tisch und ging mit den Worten: »Na, ich denke, hier werden Sie ganz gut schlafen. Möge der liebe Gott Ihnen eine gute Ruhe bescheren!« – Der Räuber setzte sich, in finsteres Sinnen verloren, auf eine Bettkante. Der Lahme ging Chatelain in dem Gange hinterher ... »Na, was hast du noch auf dem Herzen?« fragte der Alte.

– »Ach, lieber Herr, mein Vater leidet oft an Krämpfen in der Nacht. Allein kann ich nicht helfen. Ob mich Wohl jemand hört, wenn ich in der Nacht rufen sollte?«

Der alte Diener wies auf eine Tür nahe der Treppe ... »Da schläft in jeder Nacht jemand,« sagte er; »du brauchst den Mann also nur zu wecken; er wird gleich bei der Hand sein.« – »Ach, lieber Herr, wenn Sie selbst zur Hand sein könnten?« – »Sei nur ohne Sorge!« antwortete Chatelain, »ich muss im andern Part schlafen, kanns also nicht hören, wenn etwas hier vorgeht; aber Jean René ist ein kräftiger Bursche, der Wohl einen Ochsen niederschlagen könnte. Solltest du aber noch jemand anders brauchen, dann wecke nur die alte Köchin, die eine Treppe hoch neben unserer guten Herrin schläft. Im Notfalle gibt die schon eine gute Pflegerin ab.« – »Vielen Dank, lieber Herr! Vielen Dank für das Mitleid, das Sie mit meinem armen Vater haben.« –

Mit diabolischer Schlauheit hatte der schlimme Knabe einen Teil derjenigen Nachrichten erfahren, die er im Interesse der Pläne, die Bakel mit der Eule hier verfolgten, in Erfahrung gebracht: Er wusste, dass der Teil des Gebäudes, in welchem er die Nacht zubringen sollte, nur von Frau Georges, Jungfer Marien, einer alten Köchin und einem Knechte bewohnt wurde.

»Hast du gehört,« flüsterte ihm der Schulmeister zu, als er hereinkam, »die Leute reden von einem großen Posten Geld, der am Montag hier sein solle. Da könnten wir doch unsre Visite wiederholen! Hier bleiben zu wollen, wäre doch sehr dumm, denn bei diesem gutmütigen Bauernvolk hielte ich es in Zeit von acht Tagen nicht mehr aus.« Mit maßloser Wut setzte er hinzu: »Ja, ein guter Fang winkt uns hier, aber wenn es auch nicht der Fall wäre, so käme ich doch wieder, in Gesellschaft der Eule, um mich an dem Weibe zu rächen, das ganz ohne Frage jenen Schurken von Rudolf wider mich gehetzt hat ... An ihm kann ich mich nicht rächen, aber an meiner Frau kann ich es und werde ich es! Sie soll mir büßen für alles, und müsste ich Feuer ans Haus legen und mich unter den Trümmern begraben lassen, so täte ich es, täte es auf jeden Fall!«

»Na, was meinen Sie, Alterchen, wenn ich Sie zu der Tür führte, die in ihr Zimmer geht?« fragte der Lahme; »ich weiß, wo es liegt, ja, ich weiß es.« – »Was? Du weißt, wo ihr Zimmer liegt?« rief Bakel mit grimmiger Freude. – »Ja, und noch mehr: die Hauptsache ist, dass hier in dem Haustrakt bloß ein einziger Mann schläft, weiß, wo seine Tür ist; der Schlüssel steckt draußen ... Knack! Den Schlüssel herumgedreht, und der Mann ist eingesperrt!«

»Wer hat dir das alles gesagt?« fragte der Räuber, unwillkürlich aufstehend. – »Ich weiß noch mehr,« sagte der Junge wieder, »neben der Stube Ihrer Frau Gemahlin schläft eine alte Köchin. Wieder knack! Den Schlüssel herumgedreht, und auch die sitzt hinter Schloss und Riegel! Dann sind wir Herren im Hause, haben Ihre Frau und die junge Mamsell im Sack, können sie beide abmurksen oder entführen, ganz wie Euer Gnaden bestimmen.«

Bakel schwieg geraume Zeit. Dann sagte er mit grässlicher Ruhe und entsetzlicher Aufrichtigkeit: »Höre mich an! Noch habe ich Leben genug in mir. Was sind Gefängnis, Bagno, Guillotine im Vergleich zu dem, was ich heut morgen erlitten! Und so wird es immer um mich stehen. Komm, führe mich zu der Tür, hinter der meine Frau schläft. Ich will sie erstechen. Was frage ich danach, ob ich dadurch mein Leben verwirke? Wenn ich bloß weiß, dass ich meine Rache gekühlt habe! – O, wenn du wüsstest, was ich leide, so hättest selbst du Mitleid mit mir! Ists mir doch, als müssten mir alle Adern im Kopfe springen! – Komm,« bat er den Jungen mit fast flehender Stimme, »führe mich hin zu der Tür, hinter der ich mein Weib finde! Alles, alles, was sich dort befindet, soll dir dafür gehören!« – »Altes Ungeheuer!« rief der Lahme mit einem Ausdruck von Verachtung, Unwillen und Abscheu, der seinem frechen Gesicht einen Anstrich von Ernst gab, »ich soll der Stiel zum Beile sein? Nein, lieber ließe ich mich totschlagen, ehe ich Sie zu Ihrem armen Weibe führte.«

»Dann gib das Licht her,« schrie der Räuber, wie von Sinnen, »damit ich ein Feuerchen anstecke, durch das ihr alle zusammen in Flammen aufgeht!« – »Hahaha! Hahaha!« lachte der Lahme, »hätte man dir nicht die Lichter ausgeblasen, dann könntest du sehen, dass wir gar keins da haben!« – Bakel seufzte, stöhnte, streckte die Arme von sich und stürzte seiner vollen Länge nach mit dem Gesicht auf den Boden. Unbeweglich blieb er liegen ... »O, das ist mir nichts Neues, Alterchen,« rief lachend der Lahme, »du willst mich bloß zu dir locken, damit du mir eins auswischen kannst! Wenns dir zu langweilig wird, platt auf der Erde zu liegen, dann wirst du schon wieder aufstehen.« – Und barfuß, das Licht mit der Hand verdeckt haltend, schlich Rotarms Sohn sich auf den Gang, um von den Schlössern der vier Türen, die auf den Korridor hinausführten, Wachsabdrücke zu nehmen.

Als er damit fertig war und wieder in die Stube zurücktrat, lag Bakel noch immer auf den Dielen. Nun wurde der Junge doch ängstlich und legte das Ohr auf den Rücken des Räubers. Noch atmete er, und darum glaubte der Lahme, der Räuber brüte noch immer über einer List. Aber nur ein Zufall hatte Bakel vorm Tode bewahrt: der Zufall, dass er auf das Gesicht und auf die Nase gestürzt war und infolgedessen stark geblutet hatte. Jetzt versank er in jenen Zustand, halb Schlaf, halb Wahnsinn, der häufig auf epileptische Anfälle folgt, und hatte einen seltsamen, grässlichen Traum:

Er sah sich wieder in dem Hause der Allee des Veuves, und Rudolf vor sich, sah sich wieder in dem Zimmer, worin er die grässliche Strafe erlitten hatte, und in dem Zimmer war nichts verändert: Rudolf saß an dem Tische, rechts von ihm stand der Neger, links, vor Bestürzung ganz außer sich, Schuri. Wie Raubvögel unbeweglich über dem Opfer schweben, es gleichsam durch einen Zauber bannend, bevor sie es zerreißen, so schwebt auch über ihm eine riesige Eule mit dem Kopfe der Einäugigen, die ihr rundes, grünlich schillerndes Auge nicht von ihm wendet ... Wie man im Dunkel, wenn man sich daran gewöhnt, langsam die Gegenstände unterscheiden lernt, die man zuerst kaum gesehen, so erkennt auch Bakel, dass ihn ein großer Blutsee von dem Tische trennt, an dem Rudolf sitzt ...

Dieser starre Richter wächst langsam zu Riesengröße, mit ihm der Neger und Schuri. Bis zur Zimmerdecke hinauf wachsen sie, die sich im selben Verhältnis hebt, wie sie wachsen ...

Bald aber verwischt sich dieses Bild. Aus der bewegten Oberfläche steigt, wie mephitischer Dunst aus einem Sumpfe, bleicher Nebel auf, und mitten darin sieht Bakel bleiche Gespenster und Mordszenen auftauchen, bei denen er selbst die führende Rolle spielt.

Zuerst sieht er einen kleinen Greis mit kahlem Scheitel, der einen braunen Rock anhat und über den Augen einen grünen Schirm trägt. Er sitzt in einer Stube an einem Tische und zählt beim Schein einer Lampe Goldstücke, die er zu Häufchen formt. Durch das von einem bleichen Mondstrahl erhellte Fenster, vor dem sich die Wipfel von Bäumen schaukeln, erblickt Bakel sich selbst, sein böses Gesicht an die Scheiben pressend. Jeder Bewegung des kleinen Greises folgt er mit blitzenden Augen. Dann drückt er eine Scheibe ein, reißt ein Fenster auf, stürzt sich auf sein Opfer und stößt ihm ein langes

Messer tief in den Rücken zwischen den Schultern ... so rasch, so sicher, dass die Leiche des Alten auf dem Stuhle sitzen bleibt, ohne sich im geringsten zu rühren ...

Er will das Messer zurückziehen. Es widersteht allen Anstrengungen. Und wie die Klinge seines Dolches im Leibe seines Opfers festsitzt, so sitzt auch seine Hand fest am Griffe des Dolches. Da hört er auf den Fliesen des Nebenzimmers Sporen klingen und Säbel klirren ... Näher, und näher kommt das Geräusch. Der Schlüssel wird im Schlosse herumgedreht. Die Tür geht auf ... Und darauf verschwindet die Vision, aber über ihm schwebt die Eule, schlägt mit den Fittichen und kreischt: »Der alte Richard in der Rue du Roule ... dein erster Mord! Mörderchen! Mörderchen! Mörderchen!«

Der Nebel zerteilt sich. Ein ander Bild! ... Der Tag will grauen. Tot am Wege liegt ein Viehhändler. Die zertretene Erde, der aufgerissene Rasen lassen erkennen, dass das Opfer verzweifelten Widerstand geleistet hat. Der Mann hat fünf Wunden in der Brust. Er ist schon tot, und noch immer pfeift er seinen Hunden und ruft laut: »Hierher, Karo, flink, hierher!« - Und wieder schlägt die Eule, über ihm schwebend, mit den Fittichen, äfft das Röcheln des Sterbenden nach, lacht wieder fünf Mal grell hintereinander und krächzt:

»Der Viehhändler aus Poissy - dein zweiter Mord! - Mörderchen! Mörderchen! Mörderchen!«

Abermals deckt sich die Oberfläche des Blutsees mit Nebel: diesmal ist er grünlich und transparent, scheint einem mit Wasser gefüllten Kanäle ähnlich zu sehen ... Zuerst sieht man das Kanalbett mit dickem Schlamme bedeckt, der aus unzähligen, mit bloßem Auge nicht unterscheidbaren Reptilien besteht, die sich aber, wie unter einem Mikroskope, vergrößern und entsetzliche Gestalten annehmen, die zu riesenhaften Verhältnissen anwachsen.

Ein Körper plumpst ins Wasser, das ihm ins Gesicht spritzt ... Aus einer unendlichen Menge von Blasen, die an die Wasserfläche emporsteigen, sieht er jäh eine Frau aufsteigen, die sich vorm Ertrinken wehrt ... Dann sieht er sich selbst und die Eule, ein Kästchen in schwarzer Leinwand schleppend, vom Kanale hinwegrennen: Aber den Todeskampf des Opfers, das er und die Eule in den Kanal geworfen haben, erblickt er von Phase zu Phase ...

Und wieder schwebt über ihm die Eule und flattert mit den Flügeln, und wieder kreischt sie ihm zu: »Die Frau aus dem Kanäle Saint-Martin! - Dein dritter Mord! - Mörderchen! Mörderchen! Mörderchen!«

Eine kräftige, feierliche Stimme ertönt: die Stimme Rudolfs. Bakel erbebt vor Entsetzen. Er lauscht. Die Stimme ist nicht mehr zornig, sondern traurig ... »Armer Elender,« sagte er zu Bakel, »für dich hat die Stunde der Reue noch nicht geschlagen; wann sie schlagen wird, weiß Gott allein. Noch ist das Maß deiner Verbrechen nicht voll, die Strafe für deine Verbrechen nicht voll. Du magst gelitten haben, hast aber nicht gebüßt. Das Werk der Gerechtigkeit wird durch das Schicksal vollendet. Die deine Mitschuldigen waren, sind deine Quäler geworden, denn ein Weib und ein Kind demütigen dich und foltern dich. Durch neue Missetat wolltest du dich betäuben. In gräulichem Blutdurst gehst du mit dem Plane um, dein Eheweib zu ermorden. Sie weilt hier, unter dem gleichen Dache mit dir, schläft ohne Schutz in einer Stube, nur wenige Schritte entfernt: Du kannst ohne Hindernis zu ihr gelangen, nichts kann sie deiner Wut entreißen, nichts als deine Ohnmacht, deine Blindheit. Was du eben geträumt, könnte, sollte dir eine Lehre sein, könnte dir zur Rettung sein. Was deiner wartet,« schloss Rudolf, »ist ein Schicksal so entsetzlicher Art, dass sich keine schwerere Strafe aussinnen ließe, und wenn du büßen solltest für alle Verbrechen aller Menschen! Wehe, wehe über dich! Das Fatum will, dass du die grässliche Strafe vernimmst, die deiner wartet, ohne dass du das Geringste tun kannst, ihr zu entgehen ... Vernimm also deine Zukunft ...«

Da war es dem Räuber und Mörder, als hätte er das Licht seiner Augen wiedererlangt ... er schlug die Augen auf ... er sah ...

Doch was er sah, machte auf ihn einen so furchtbaren Eindruck, dass er einen schrillen Schrei ausstieß und aus dem entsetzlichen Traume auffuhr, der ihn verfolgte ...

Achtes Kapitel.

Ein Brief.

Es schlug eben neun, als Frau Georges leise in Mariens Stube trat, die einen so leisen Schlaf hatte, dass sie auf der Stelle wach wurde. Eine helle Wintersonne warf ihre Strahlen durch die Jalousien und Vorhänge und warf einen goldenen Schein über das Stübchen, dem bleichen und doch so lieblichen Gesichte die ihm fehlende Farbe leihend.

»Nun, Kind,« sagte Frau Georges, »bist du heut nicht schon in aller Frühe aus dem Schlafe geschreckt worden?« – »Nein, liebe Frau Georges.« – »Das ist ja recht gut,« sagte die Frau, »ich dachte nur, du seiest durch den armen Blinden, der gestern um Nachtquartier für sich und seinen Knaben bat, geweckt worden; Chatelain sagte wenigstens, die beiden Leute wollten beizeiten wieder aufbrechen.« – »Ich habe nichts gehört, Frau Georges.« – »Und doch stehst du aus, als ob du recht schlecht geschlafen hättest, deine Augen sind trübe.« - »Ich bin heut Nacht von recht garstigen Träumen gequält worden, habe das Weib wiedergesehen, das mich als Kind so schrecklich peinigte, und bin so heftig erschrocken, dass ich keinen Schlaf mehr habe finden können.« - Sie umschlang den Hals ihrer andern Mutter und verbarg das Gesicht an ihrer Brust. »Aber, mein liebes Kind, regt dich das denn jetzt noch auf?« - »Ach, liebe Frau Georges, Sie sind so gütig gegen mich, und es bedrückt mir das Herz schwer, dass ich Ihnen nicht schon gesagt habe, was ich gestern Abend dem Herrn Pfarrer gebeichtet habe. Aber er mag es Ihnen morgen sagen. Mir wäre es nicht möglich, alles noch einmal zu beichten.«

Da klopfte es an der Tür, und Claudine trat ein ... »Peter ist im Einspänner von Frau Dubreuil aus Arnouville gekommen und hat hier den Brief für Sie mitgebracht. Er sagt, es sei sehr eilig.« - Frau Georges las das Folgende:

»Sie würden mir einen recht großen Gefallen erzeigen, liebe Frau Georges, wenn Sie gleich zu mir kommen könnten. Peter könnte Sie her- und nach Tische gleich wieder heimfahren. Ich weiß tatsächlich nicht, was ich in dem vorliegenden Falle mache; mein Mann ist in Pontoise. Ich habe außer Ihnen und Marien niemand, an den ich mich momentan wenden könnte. Klara küsst ihre liebe kleine Schwester in Gedanken und erwartet sie mit Ungeduld. Kommen Sie, wenn irgend möglich, noch vormittags und nicht später als elf. Ich halte Frühstück bereit.

Ihre aufrichtige Freundin

Dubreuil.«

»Um was mag es sich handeln?« fragte Frau Georges ihr Pflegekind; »glücklicherweise beweist der Ton in dem Briefe, dass nichts Schlimmes geschehen ist.« - »Soll ich mitfahren, Frau Georges?« fragte Marie. - »Das wäre am Ende nicht klug, denn es ist kalt,« erwiderte Frau Georges; »aber ein bisschen Zerstreuung wäre es sicher für dich; und wenn du dich warm anzögest, so könnte man es wohl wagen, Kind.«

Kurz nachher stiegen Frau Georges und Marie in einen jener stattlichen Einspänner, die zur damaligen Zeit unter den reichen Pächtern in der Pariser Gegend Mode waren, und bald rollte der Wagen, von vier kräftigen Pferden gezogen, auf dem von Bouqueval nach Arnouville führenden Wiesenwege entlang. Die großen, zur Besitzung gehörigen Baulichkeiten legten Zeugnis ab von der Größe des Gutes, das Fräulein von Noirmont dem Herzoge von Lucenay durch Heiratsgut in die Ehe gebracht worden war. Peters Peitschenknall meldete Frau Dubreuil die Ankunft ihrer Gäste. Sie eilte ihnen vors Haus entgegen und hieß sie mit aufrichtiger Herzlichkeit willkommen.

Frau Dubreuil war annähernd fünfzig Jahre alt, hatte ein freundliches, mildes Gesicht, war insofern eine Seltenheit als Brünette, als sie blaue Augen hatte, und hatte ein sehr einnehmendes Wesen.

Klara ließ Marien den wärmsten Platz am Kamine, drückte ihr wiederholt herzlich die Hände, herzte und küsste und schalt sie, dass sie sich so selten bei ihr sehen lasse. – Frau Georges erkundigte sich bei Frau Dubreuil, in welcher Hinsicht sie ihr dienen könne. – »Ach, meine Liebe, in mancherlei Hinsicht,« antwortete Frau Dubreuil, »und Sie sollen gleich hören. Wie Ihnen wohl nicht unbekannt ist, gehört dieses Besitztum der Frau Herzogin von Lucenay. Wir haben deshalb auch immer mit ihr zu verkehren gehabt, den Pachtschilling an sie abgeführt, und so weiter. Sie ist eine sehr gütige und liebe Dame, die ich noch als Mädchen gekannt habe, als ihr Vater, der selige Fürst von Noirmont, noch hierher kam. Vor Kurzem trat sie mit dem Wunsche an uns heran, ihr den Pachtschilling auf ein Halbjahr vorauszuzahlen. Vierzigtausend Franks findet man nicht, wie man immer sagt, gleich immer in der Schieblade, aber es ließ sich doch machen, und wir brachten ihr am andern Tage das Geld nach Paris hinein. Früher mahnte uns die Herzogin nie, wenn wir ein paar Tage im Verzuge blieben; jetzt aber müssen wir, wenn wir nicht erinnert sein wollen, dafür sorgen, dass das Geld am Tage vorm Fälligkeitstage in ihren Händen ist. Nun bekomme ich gestern durch einen expressen Boten das folgende Schreiben von der Frau Herzogin: »Meine liebe Frau Dubreuil! – Sie müssen dafür sorgen, dass übermorgen der kleine Pavillon im Garten imstande ist. Lassen Sie es an nichts fehlen, was die Einrichtung anbetrifft, und der Person, die ich Ihnen als Bewohnerin schicke, lassen Sie dieselbe Aufmerksamkeit und Fürsorge zuteilwerden, als wenn Sie mich selbst bei sich hätten. Ich rechne auf Ihre mir so oft bewiesene Ergebenheit. Einen Kuss für mein kleines Patchen. Ihre Ihnen immer gewogene Noirmont von Lucenay.«

»Sie sehen mich nun in der dümmsten Verlegenheit, meine Liebe, denn von besserem Mobiliar habe ich gar nichts; außerdem lässt mich das Schreiben in völliger Unkenntnis darüber, ob die avisierte Person ein Herr oder eine Dame ist. Und danach richtet sich doch die ganze Einrichtung. Sagen Sie mir bloß: Wie verhalte ich mich da am besten?«

»Der Pavillon ist für gewöhnlich unbewohnt?« fragte Frau Georges. – »Ja – verstanden wird darunter das kleine weiße Haus, das allein am Gartenende steht, und das für die Frau Herzogin gebaut wurde, als sie noch Fräulein war. Es hat drei freundliche Stuben. Am Gartenende steht noch die kleine Schweizerei, in der die Frau Herzogin als Kind das Milchmädel spielte. Seit sie vermählt ist, hat sie den Pavillon nur zweimal wieder besucht, das erste Mal vor sechs Jahren, und zwar zu Pferde mit ...« - Aber wie wenn sie sich durch Mariens und Klaras Anwesenheit behindert fühlte, weiter zu sprechen, sagte sie, den Faden abbrechend: »Aber ich rede und rede, und aus der Verlegenheit bringt mich das nicht. Raten Sie mir doch, liebe Freundin, bitte, bitte!« - »Ich an Ihrer Stelle schickte einen vernünftigen Menschen nach Paris ... es ist jetzt elf Uhr. Um ein Uhr kann er in Paris sein, geht zu einem Tapezier, bestellt bei ihm, was für den Pavillon notwendig, mit dem Beding, dass heut Abend, spätestens heute Nacht alles hier sein müsse. Unmöglich ist's nicht, die Sache zu besorgen, aber Zeit darf nun freilich nicht mehr versäumt werden.« -

»Und was den Zweifel angeht, ob wir einen Herrn oder eine Dame zu erwarten haben?« wandte Frau Dubreuil ein. - »Bestellen Sie so, als ob eine Dame zu erwarten sei. Kommt statt ihrer ein Herr, wird's ihm nur um so besser gefallen.« - »Liebe Freundin, Sie haben, wie immer, das Richtige getroffen.«

Eine Magd meldete, dass das Frühstück aufgetragen sei, und auch, dass die Milchfrau von Rains draußen warte.

- »Die arme Frau!« sagte Frau Dubreuil unwillkürlich.

- »Wer ist denn die Frau, dass sie Ihnen solchen Ausruf entlockt?« fragte Frau Georges. - »Eine fleißige Bäuerin, die vier Kühe hatte und sich davon ernährte, dass sie täglich die Milch nach Paris hinein schaffte. Ihr Mann war Schmied. Sie fuhren letzter Tage einmal zusammen nach Paris, wo er sich Eisen einkaufen wollte, während seine Frau ihre Milchkundschaft besorgte, und wollten sich an einer Straßenecke wieder treffen. Dort fand sie der Mann im Streit mit betrunkenem Volk, das ihr alle Milch verschüttet hatte. Bei der daraus entstehenden Schlägerei wurde der Mann niedergestochen.«

»Das ist ja schrecklich!« rief Frau Georges, »und den Mörder hat die Polizei doch festgenommen?« - »Leider ist er entkommen oder hat nicht festgestellt werden können. Dadurch ist nun die Frau in Not und Bedrängnis gekommen, hat ihr Vieh verkaufen müssen, auch das bisschen Feld, das sie besaß, und da sich der Schlossverwalter von Rains für die arme Frau bei mir verwandt hat, habe ich ihr eine zufällig bei mir offene Stelle angeboten. Die hat sie angenommen und wird nun heute ihren Dienst antreten. Ach, Klara,« sagte sie zu ihrer Tochter, »führe doch die Frau in die Leutestube, während ich dem Oberknecht sagen will, dass er sich auf den Weg nach Paris machen soll.«

»Gewiss, Mütterchen; aber ich kann doch die Marie mitnehmen?« - »Selbstverständlich. Ohne einander könnt ihr beide nun doch einmal nicht sein ... Nicht wahr, Frau Georges, man muss den beiden Kindern Zeit zum Plaudern gönnen?«

Kaum hatten die beiden Mädchen den Hof betreten, als ein Ruf des Unwillens erklang, und zwar aus keinem andern als dem Munde der unglücklichen Bäuerin, die keine andere war als die, die täglich die Milch in die Schenke »Zum weißen Kaninchen« gebracht und Marien auf der Stelle wiedererkannt hatte.

Fünfter Teil.

Erstes Kapitel.

Die Milchfrau.

Unter einem Schuppen stand ein Wägelchen, mit einem Esel davor, und drei Kinder waren damit beschäftigt, das geringe Mobiliar abzuladen, das die Bäuerin, die bei Frau Dubreuil ihren Dienst antreten wollte, eben in den Hof gefahren hatte. Die Frau mochte etwa 40 Jahre alt sein und hatte ein grobes Gesicht mit schroffem, resolutem Ausdruck. Sie ging noch in Trauer. Ihr ältester Knabe mochte zwölf Jahre alt sein.

Kaum hatte sie Marien erblickt, als sie einen Schreckensruf ausstieß, mit von Unwillen verzerrten Zügen auf sie zustürzte und die im Hofe beschäftigten Arbeiter mit den Worten aufmerksam machte: »O, das ist ja eine von den Dirnen, die den Mörder meines armen Mannes genau kennen. Ich habe sie wenigstens zwei Dutzend Mal mit ihm zusammen gesehen, kaufte sie doch immer von mir für einen Sou Milch, wenn ich an der Straßenecke vom Weißen Kaninchen hielt. Sie weiß es, wie der Bösewicht heißt, der meinen armen Mann niedergestochen hat, gehört sie doch mit zu der Banditenklique, die in dieser Spelunke ihr Wesen treibt ... Warte, Balg, mir sollst du nicht entgehen!«

Klara, durch diesen unvermuteten Angriff gegen Marien aufs Äußerste verblüfft, war sprachlos. Als aber die Bäuerin immer heftiger und böser wurde, wies sie sie mit den Worten zurecht: »Dir muss der Kummer den Verstand getrübt haben. Wovon du sprichst, lässt sich ja nicht zusammenreimen. » – »Aber ich irre mich doch nicht, liebes Fräulein!« erwiderte trotzig die Frau; »nein! Sehen Sie doch nur, wie bleich das elende Weibsstück geworden ist! Aber warte nur! Die Polizei soll dir die Zunge schon lösen! Und wenn du dir einbildest, dass ich dich laufen lassen werde, so bist du arg auf dem Holzwege. Du kommst nicht aus meinen Händen, und wenn ich dich an den Haaren zur Bürgermeisterei schleifen sollte!«

»Unverschämte Kreatur!« rief da Klara außer sich vor Entrüstung, »geh auf der Stelle deines Weges! Wie kannst du dich unterstehen, meiner armen lieben Freundin, meiner Schwester, solchen Schreck einzujagen?«

»Die Ihre Schwester, gnädiges Fräulein?« rief die Bäuerin und schüttelte den Kopf; »eine Dirne, die ich monatelang in Alt-Paris habe herumlaufen sehen? Und Ihre - Schwester?«

Unter den Arbeitern wurde lautes Murren laut, das sich wider Marien richtete. Natürlich stellten sie sich auf die Seite der zu ihrer Klasse gehörigen Bäuerin. Klara aber, der vor diesen Kundgebungen angst wurde, rief den Leuten zu: »Schafft die Frau hinweg! Es kann nicht anders sein, als dass ihr der Gram den Verstand verwirrt hat. Marie, sei ihr nicht böse! Die arme Frau weiß wirklich nicht, was sie spricht.«

Marie stand bleich, stumm, außerstande, ein Glied zu rühren, da und bemühte sich umsonst, sich von den Händen der stämmigen Frau freizumachen. - »Gut, Fräulein,« sagte diese, »Sie weisen mir die Tür? Nun, dann kommt, ihr armen Waisen, packt alles wieder auf den Wagen, wir wollen uns anderswo Brot suchen, der liebe Gott wird uns schon nicht verlassen. Aber das Frauenzimmer nehmen wir mit zur Bürgermeisterei, denn sie muss uns den Namen des Schurken sagen, der euren Vater umgebracht hat. Kennt sie doch die ganze Bande! Und wenn Sie sich trotz Ihres Reichtums mit solchen Kreaturen befassen, dann,« rief sie hohnlachend, »brauchen Sie wahrlich nicht so hart gegen arme Leute, wie uns, zu sein.«

Eben ging Frau Dubreuil über den Hof, nachdem sie den Pavillon einer Musterung unterzogen hatte ... »Ach, Mutter,« rief Klara ihr zu, »nimm doch Marien in Schutz gegen die Frau hier« - dabei zeigte sie auf die Bäuerin - »O, wenn du wüsstest, was sie über Marien alles geredet hat!«

»Aber was soll das heißen?« fragte Frau Dubreuil, sich besorgt umschauend, nachdem sie Mariens erschrecktes Gesicht betrachtet hatte. - »Nun, Madame,« sagten die Arbeiter, »Sie werden gewiss das Rechte finden!« - »Liebe Madame,« rief die Witwe, Mariens Arm loslassend, »ich erkenne Ihre Güte gewiss an; aber ehe Sie mich mit meinen Kindern aus dem Hause weisen, nehmen Sie doch die Dirne hier ins Verhör. Sie wirds nicht ableugnen können, dass sie im Weißen Kaninchen als Kellnerin war.« - »Jesus, Marie! Hörst du, was die Frau sagt?« rief Frau Dubreuil in höchster Verwunderung. - »Na, so rede doch! Bist du die Schalldirne oder nicht?« fragte die Milchfrau. - »Ja,« antwortete die Unglückliche leise, ohne die Frau Dubreuil anzusehen, »ja, so hat man mich dort genannt!« -

»Nun also,« riefen die Arbeiter, »wenn sie es gesteht!« - »Na, und nun wird sie auch weiter zugeben, dass sie mit dem Mörder meines armen

Mannes oftmals geredet hat. Ich weiß es, dass sie ihn kennt, einen jungen blassen Menschen, der immer die Zigarre im Munde hat, in Bluse und Holzschuhen, mit langem Haar ... He! Kennst du ihn oder nicht? Gib Antwort, oder ich schüttle dich, dass dir Hören und Sehen vergehen soll!«

»Ich habe in Alt-Paris freilich wohl mit dem Menschen, der Ihren Mann umgebracht hat, hin und wieder einmal reden können; aber wen Sie meinen, weiß ich nicht, gibts doch dort mehr als einen Mörder!« – »Was sagt das Mädchen?« rief Frau Dubreuil entsetzt, »mit Mördern hat sie gesprochen?« – »Mit wem verkehren denn solche Geschöpfe, wie sie eins ist, anders?« sagte die Bäuerin. –

Frau Dubreuil, durch eine so unvermutete Enthüllung, die Mariens letzte Worte bestätigt worden, aufs Höchste überrascht, wich mit Abscheu vor ihr zurück und zog Klara mit Gewalt an sich, die ganz trostlos und im höchsten Grade erschrocken war, auch all die Anklagen, die gegen dieses Mädchen von der Bäuerin erhoben wurden, nicht verstand. Mit Tränen in den Augen sah sie die Freundin, stumm, wie eine Verbrecherin vor ihren Richtern, dastehen.

»Komm, meine Tochter, komm!« sagte Frau Dubreuil, »das ist kein Umgang für dich! Aber wie hat sich bloß unsre liebe Frau Georges ihrer annehmen können? ... Wie hat sie zulassen können, dass meine Tochter ... Aber nein! Das ist ja geradezu grässlich! So etwas lässt sich ja gar nicht denken! Sie muss doch aufs Erbärmlichste getäuscht worden sein! Wie kannst du es, als ein so verworfenes Geschöpf, wagen, dich mit meiner Tochter auf du und du zu stellen? Ins Gefängnis gehörst du, aber nicht unter ehrliche Leute!«

»Jawohl, ins Gefängnis gehört sie,« riefen die Arbeiter, »denn sie kennt den Mörder!« – »Ist am Ende gar seine Mitschuldige!« riefen andere. – »Siehst du,« schrie die Bäuerin, Marien die Faust unter die Nase haltend, »es gibt doch noch eine Gerechtigkeit!« – »Euch, brave Frau,« sagte Frau Dubreuil zu der Bäuerin, »werde ich nun nicht wegschicken, im Gegenteil! Dankbar werde ich Euch sein für den Dienst, den Ihr mir und meinem Kinde durch die Entlarvung dieses schlechten Geschöpfes geleistet habt!«

Mit diesen Worten ging sie weg und zog Klara hinter sich her. Die Arbeiter machten Miene, Marien zu ergreifen. Schon reckten sich rohe Fäuste nach ihr, um sie zur Bürgermeisterei zu schleppen; da bahnte sich Frau Georges einen Weg durch die Menge ... »Ihr Bösen! Schämt Ihr Euch nicht, solche Gewalttat gegen ein unglückliches Kind zu verüben!«

»Sie ist doch eine ...« riefen die Arbeiter. – »Sie ist meine Tochter!« erklärte Frau Georges; »und wenn Ihr wissen wollt, wie es sich um sie verhält, dann fragt unsern lieben Herrn Laporte, den Ihr doch gewiss alle liebt und verehrt! Er schenkt niemand sein Wohlwollen, der es nicht verdient!«

Diese schlichten Worte gingen den Arbeitern sehr zu Herzen, denn Abbé Laporte wurde in der ganzen Gegend fast wie ein Heiliger verehrt. Frau Georges nahm Mariens Arm und wollte mit ihr weggehen, die Arbeiter räumten bereitwillig das Feld, aber die Bäuerin trat einen Schritt vor und sagte resolut zu Frau Georges:

»Ich lasse das Mädchen nicht aus dem Garne, bis sie beim Bürgermeister angegeben hat, wie der Schurke heißt, der meinen armen Mann ermordet hat, und wo er zu finden ist.« – »Liebe Frau,« versetzte Frau Georges, »hier braucht meine Tochter keine Aussage zu machen, und wenn das Gericht sie vernehmen will, wird es meine Tochter schon zu finden wissen. Bis dahin hat jedoch niemand ein Recht, sie zu verhören.«

Wenige Minuten nach diesem Auftritte kam Peter mit dem Wagen, und Frau Georges stieg mit Marien ein, um nach Bouqueval zurückzukehren.

Zweites Kapitel.

Eine Begegnung.

Die Sonne sank am Horizonte nieder. Die Ebene war still und öde. Marie war, dem Abbé ihr neues Leid zu klagen, auf dem Wege zur Pfarrei und näherte sich dem Hohlwege, durch den sie gehen musste, um zu der Wohnung des Geistlichen zu gelangen, als sie sich einem kleinen lahmen Jungen gegenübersah, in blauer Bluse und blauer Mütze, der bitterlich geweint zu haben schien und, als er Marien erblickte, auf sie zulief.

»Ach, meine liebe gute Jungfer,« sagte er, »erbarmen Sie sich doch meiner! Meine Großmutter, eine schon sehr alte Frau, ist im Hohlwege gefallen und hat sich Schaden getan. Ich fürchte, sie hat sich ein Bein gebrochen. Ich kann ihr nicht aufhelfen, denn ich bin zu schwach dazu.« Marie, durch den Schmerz des Lahmen gerührt, antwortete: »Stark genug, deiner Großmutter beizustehen, bin ich auch nicht; aber wir wollen sehen, was sich für die arme Frau tun lässt ... Du bist wohl nicht aus unsrer Gegend?« fragte sie, dem Lahmen folgend. – »Nein, meine liebe Jungfer,« versetzte der Junge, »wir sind aus Ecouen.« – »Und wohin seid Ihr unterwegs?« – »Wir wollen einen Pfarrer aussuchen, der auf jenem Berge dort wohnt,« antwortete der Lahme in der Absicht, Mariens Vertrauen noch zu mehren. – »Doch nicht zu dem Abbé Laporte?« – »Jawohl, zu ihm! Meine Großmutter ist sein Beichtkind.« – »Ach, ich wollte auch gerade zu ihm. Ist das ein seltsames Zusammentreffen!« sagte Marie, immer weiter, in den Hohlweg gehend. – »Großmutter, Großmutter!« rief der Junge, »da bin ich und bringe dir die Hilfe!« Er rief es, um Bakel und der Eule anzuzeigen, dass er mit der Beute komme, nach der sie ihn ausgeschickt hatten. Da wurde Hufschlag eines galoppierenden Rosses vernehmlich, und an der Wegbiegung tauchte ein Reiter auf, dem ein Reitknecht auf dem Fuße folgte. Der Lahme erkannte in dem Reiter mit dem hübschen gebräunten Gesichte den Vicomte von Saint-Remy, der in dem Rufe stand, der Galan der Herzogin von Lucenay zu sein.

Mariens Schönheit fiel ihm auf der Stelle auf ... »Mein süßes Kind,« sprach er sie an, »möchten Sie mich nicht den Weg nach Arnouville führen?« – Marie schlug vor dem kecken Blicke des jungen Mannes die Augen nieder und erwiderte schüchtern: »Wenn Sie aus dem Hohlwege heraus sind, brauchen Sie ja bloß den ersten Fußweg rechts entlang zu reiten. Die Kirschenallee, in die Sie dann gelangen, führt Sie direkt nach Arnouville.« – »Vielen Dank, süßes Kind! Aber Sie müssen mir nun noch sagen, ob ich in Arnouville Frau Dubreuils Pachtgut leicht finden werde?«

Unwillkürlich erbebte das Mädchen bei dieser andern Frage, denn sie wurde durch sie an die peinliche Szene erinnert, der sie vor ihrem Abschiede von Arnouville ausgesetzt gewesen war ... »Die Gutsgebäude stoßen an die Allee, die Sie nach Arnoubille führt,« sagte sie schnell.

Nochmals, dankend, sprengte der Vicomte mit seinem Reitknechte davon.

Marien fiel die unbekannte Person ein, für die man so schnell bei Frau Dubreuil den Pavillon hatte herrichten müssen, und die sicher niemand anders war als der junge schöne Herr. Noch ein paar Minuten hallte der Hufschlag der beiden Rosse durch den Hohlweg, dann war alles still. Der Lahme atmete auf, und um seine beiden Genossen von Neuem aufmerksam zu machen, rief er, aber noch immer mit gedämpfter Stimme: »Großmutter! Ich bringe ein liebes kleines Ding, das dir auf die Beine helfen will. Bring also Bakel heran!« – »Geschwind, mein Kind!« drängte Marie, »der Reiter hat uns ein paar Minuten geraubt, und ich werde zu Hause erwartet.« – »Gewiss, Balg!« schrie die Eule, über Marien herfallend, »wir warten schon lange zu Hause auf dich,« und mit der einen Hand ihr die Kehle umspannend, dass sie nicht schreien konnte, mit der andern sie unter dem Gesäß packend, um sie am Gehen zu hindern, warf sie die Unglückliche Bakel in die Arme, während der Lahme den grauen Mantel um sie schlug und sie so fest darein hüllte, dass sie sich weder bewegen, noch anders als dumpf stöhnen konnte.

»Nur hurtig zum Wagen hin!« rief die Eule. – »Aber wer soll mich führen?« fragte Bakel mit dumpfer Stimme, die leichte, weiche Last in seinen Herkulesarmen fast zerquetschend, – »Mein Männchen denkt doch an alles,« sagte die Eule, schlug ihren Schal zurück, knüpfte ihr rotes Halstuch ab, drehte es der Länge nach zusammen und rief Bakel zu: »So! Mach das

Maul auf, nimm den Zipfel zwischen die Zähne und beiße fest zu! Der Lahme fasst das andere Ende und wird dich ziehen.« - Wenige Minuten nachher lag Marie in der Droschke, in der die Eule wieder hergefahren war. Trotzdem es Nacht war, wurde der Wagen festgeschlossen; die drei Verbrecher fuhren mit ihrem dem Tode nahen Opfer nach der Ebene Saint-Denis, wo Tom ihrer wartete.

Drittes Kapitel.

Clemence von Harville.

Als Rudolf Frau von Harville aus drohender Gefahr befreit hatte, war er, sehr angegriffen, aus der Rue du Temple nach seiner Wohnung zurückgekehrt, den der armen Familie und dem als Lachtaube bekannten Mädchen zugedachten Besuch auf den andern Tag verschiebend. In der vierten Stunde bekam er einen Brief ... »Ich verdanke Ihnen mein Leben und will Ihnen meinen Dank hierfür nicht schuldig bleiben. Morgen ists mir vielleicht nicht mehr möglich, Ihnen zu danken. Können Sie mir die Ehre erweisen, heute Abend zu mir zu kommen, dürften Sie diesen Tag, wie Sie ihn begonnen haben, durch eine edle Tat beschließen. Clemence von Harville.« - So sehr er sich darüber freute, der Marquise einen Dienst erwiesen zu haben, bedrückte es ihn doch, auf diese Weise in einen gewissen Grad vertraulicheren Verkehrs mit ihr getreten zu sein. Die Schönheit und Anmut der Frau hatten auch auf ihn ihren Eindruck nicht verfehlt, und da er die Freundschaft ihres Gemahls nicht aufs Spiel setzen mochte, hatte er es seit einiger Zeit vermieden, sich ihr zu nähern. Auch war ihm die Unterhaltung zwischen Tom und Sarah nicht aus dem Gedächtnis gekommen, die er in dem Gesandtschaftspalais erlauscht hatte. Um ihren Hass und ihre Eifersucht auf sie zu rechtfertigen, hatte Sarah, und nicht ohne allen Grund, behauptet, Frau von Harville hege noch immer, wenn auch vielleicht ohne es sich selbst zu gestehen, ernste Zuneigung zu Rudolf. Sarah war zu klug und zu scharfsinnig, auch eine zu gute Kennerin des menschlichen Herzens, um nicht erraten zu sollen, dass Clemence, von dem Manne, der so tiefen Eindruck auf ihn gemacht, sich für verschmäht haltend, nur aus Ärger hierüber sich dem Wunsche ihrer Freundin gefügt und, für Herrn Roberts vermeintliches Unglück wohl erwärmt, darüber jedoch Rudolf selbst durchaus nicht vergessen hatte.

Gleich, nachdem Rudolf sie auf die Gefahr aufmerksam gemacht hatte, in der sie schwebte, war sie in das fünfte Stockwerk hinaufgeeilt. Dabei hatte sie von einer Windung aus, die die Treppe machte, Karl Robert in einem so anmaßenden Anzuge angesehen, dass sie auf der Stelle erkannt hatte, wie sehr sie sich in dem Manne getäuscht hatte. Herzensgüte hatte sie zu einem Schritte verleitet, der sie ins Verderben stürzen konnte, und nicht sowohl aus Liebe, als vielmehr aus Mitleid hatte sie ihm ein Stelldichein bewilligt, das ihn über die blöde Rolle trösten sollte, in die ihn in ihrem Beisein auf dem Balle im Gesandtschaftspalais ihr Gemahl, der Herzog, versetzt hatte.

Die Standuhr in dem Zimmer verkündete die neunte Stunde. Je näher die für Rudolf bezeichnete Zeit heranrückte, desto höher stieg die Unruhe der Marquise. Aber sie raffte sich auf, gelangte nach einigem Besinnen zu dem Entschlusse, Rudolf ein tiefes Geheimnis mitzuteilen, ein Geheimnis grausamer Natur, und war erfüllt von der Hoffnung, dass sie durch solche Offenheit vielleicht die von ihr so heiß ersehnte Achtung Rudolfs zurückgewinnen werde. Eine geheime Empfindung weckte auch im Gemüte der Marquise Zweifel an der Aufrichtigkeit von Sarahs Liebe.

Nach Verlauf einiger Minuten trat ein Diener herein, um Frau Ashton mit dem gnädigen Fräulein Tochter zu melden. Die Marquise nickte, und ihr Kind, ein Mädchen von etwa 4 Jahren, kam herein, geführt von der englischen Kinderfrau. Klärchen, ein schwächliches Kind, eilte mit ausgebreiteten Armen auf ihre Mama zu, die sich bei Madame Ashton erkundigte, wie es um die Gesundheit ihres Kindes bestellt sei. – »Es ist ja recht gut gegangen,« antwortete sie, »aber gestern fürchtete ich, der Anfall möchte wiederkehren ...« »Wirklich?« rief die Herzogin ängstlich, ihr Kind ans Herz ziehend, »es ist aber günstig verlaufen?« – »Nun, Klärchen hat heut Nachmittag ein bisschen geruht, mochte aber, ohne die Frau Marquise gesehen zu haben, sich nicht schlafen legen.« In diesem Augenblicke öffnete der Kammerdiener beide Flügeltüren und meldete: »Seine königliche Hoheit der Großherzog von Gerolstein!«

Die Marquise wollte ihr Kind seiner Wartefrau übergeben und dieser sagen, sich aus dem Zimmer zu entfernen, aber Rudolf bückte sich lächelnd zu dem Kinde nieder und ersuchte die Marquise, ihm doch die Gelegenheit zur Erneuerung seiner Bekanntschaft mit der kleinen Freundin seines Herzens nicht zu rauben, die ihn, wie er fürchten müsse, wohl schon vergessen habe. Das Kind sah ihn ein paar Augenblicke mit seinem großen schwarzen Augenpaare neugierig an; dann erkannte sie ihn, nickte ihm freundlich zu und küsste ihm die Hand. Die Marquise wie auch Rudolf waren über die Unterredung, die ihnen bevorstand, beide in gewisser Verlegenheit, sahen sie deshalb nicht ungern auf ein paar Minuten durch die Gegenwart des Kindes verschoben. Bald aber führte Madame Ashton, die nicht neugierig erscheinen mochte, Klara hinweg, und Rudolf war mit Clemence allein.

Er fühlte, wie peinlich es der Frau sein müsse, das Gespräch zu beginnen, und brach deshalb das Schweigen ... »Sie sind einem gemeinen Verrate zum

Opfer gefallen, Frau Marquise, und wenig fehlte, so wären Sie durch eine abscheuliche Anklage der Gräfin Mac Gregor in Verderben und Unglück gestürzt worden.« – »Meine Ahnung hat mich also nicht getäuscht?« rief Clemence, »aber wie erhielten Eure Hoheit davon Kenntnis?« – »Auf dem Gesandtschaftsballe hat mir ein Zufall Kenntnis von dem Bubenstück gebracht, das der Bruder dieses Weibes im Komplott mit ihr wider Sie plant. Erlassen Sie es mir, Ihnen zu sagen, wie ich dahinter gekommen bin. Um den Verrat dieser Schottin zu vereiteln, erwartete ich Sie in der Rue du Temple.«

Nach einer kurzen Pause erwiderte die Marquise: »Ich kann Ihnen meine Dankbarkeit nur dadurch beweisen, dass ich Sie zum Mitwisser eines Geheimnisses mache, das ich bislang vor jedermann gehütet habe, das mich zwar in Ihren Augen nicht rechtfertigen kann, Ihnen mein Benehmen aber in günstigerem Lichte erscheinen lassen wird.« – Sie schöpfte tief Atem, dann fuhr sie fort: »Was ich Ihnen zu sagen habe, ist tiefernster Natur und steht mit den Ereignissen von heute früh in engster Verbindung. Ihr Rat könnte mir von außerordentlichem Nutzen werden; ehe ich Sie jedoch darum bitte, lassen Sie mich Ihnen ein paar Worte über die Zeit vor meiner Verheiratung mit Herrn von Harville sagen.«

Rudolf verneigte sich, und Clemence fuhr fort: »In meinem 16. Jahre verlor ich meine Mutter, an der ich mit innigster Liebe hing, war sie doch die Herzensgüte selbst, hat sie mich doch ganz allein erzogen. Denken Sie sich nun unser beider Erstaunen, als eines Tages, kurz, nachdem ich mein 16. Lebensjahr vollendet hatte, mein Vater mit der Mitteilung vor uns trat, eine junge Witwe, deren Geist aber durch herbes Unglück gestählt worden sei, werde anstelle meiner Mutter meine weitere Erziehung in die Hand nehmen. Meine Mutter sei ja schon lange kränklich und könne der immer schwieriger werdenden Aufgabe nicht mehr genügen. Meine Mutter widersetzte sich diesem Ansinnen, und auch ich bat den Vater, keine fremde Person zwischen sie und mich zu stellen, aber all unsre Einreden, all unsre Tränen konnten ihn von seinem Vorhaben nicht abbringen. Madame Roland, die sich für die Witwe eines in Indien verstorbenen Obersten ausgab, zog in unser Haus ein.« –

»Was? Also die Person, die Ihr Herr Vater nach dem Ableben Ihrer Mutter zur Frau nahm?« – »Ganz recht! Sie war nicht hübsch, auch nicht interessant, aber klug und verstand vortrefflich, zu heucheln. Sie mochte 25 Jahre alt sein, war aschblond, hatte fast weiße Brauen und große, hellblaue Augen. Von Charakter war sie treulos bis zur Grausamkeit, aber von kriechender Freundlichkeit. Wie mein Vater sich für diese Frau hat begeistern können, der doch sonst soviel auf Bildung und Anstand hielt, ist mir noch heute ein Rätsel. Meine Mutter aber durchschaute auf der Stelle den ganzen Zusammenhang, es ging ihr schrecklich nahe, wenn sie vielleicht auch weniger meines Vaters eheliche Untreue beklagte als die Störung des bislang in unserm Hause waltenden Friedens und das böse Beispiel.«

»In welchem Lebensjahre stand Ihr Vater damals?«

– »In seinem 60., und trotz des hohen Verstandes, den jedermann an ihm schätzte, ließ er sich von dieser Frau umgarnen, und zwar dermaßen, dass er sich in den Illusionen, in die meine Stiefmutter ihn wiegt, dem Anscheine nach glücklich fühlt. Meine Mutter hatte eine heftige Auseinandersetzung mit meinem Vater und erklärte, dass sie sich so lange von seinem Tische trenne, wie diese Person in unserm Hause weile. Mein Vater blieb unbeugsam, und meine Mutter nicht minder. Hinfort spielte sich unser beider Leben im Zimmer meiner Mutter ab, während Madame Roland, ohne sich irgendwelchen Zwang aufzuerlegen, an die Stelle meiner Mutter im Hause und in der Gesellschaft trat, bis meine Mutter schwer erkrankte. Leider starb der Arzt, der sie bislang behandelt hatte. Durch die Roland bekam ein Italiener Zutritt zu unserm Hause, mein Vater betraute ihn mit der weiteren Behandlung meiner Mutter, und Polidori ...« Rudolf schreckte zusammen ... »Welchen Namen nannten Sie?« rief er, heftig erregt. – »Aber was ist Ihnen denn?« fragte Clemence, erschreckt über das Staunen, das sich in Rudolfs Gesicht malte. – »Nein, nein!« sprach Rudolf bei sich, »ich muss mich irren! Es sind doch seitdem annähernd sechs Jahre verstrichen, und Polidori lebt doch erst seit zwei Jahren unter anderm Namen in Paris. Gestern habe ich ihn noch gesehen, diesen Scharlatan Bradamanti ... Ein seltsames Zusammentreffen wäre es ja freilich, wenn es zwei Ärzte dieses Namens gäbe. Wie alt war dieser italienische Arzt, Frau Marquise?« – »Im fünfzigsten Jahre konnte er stehen.«

– »Und wie sah er aus?« – »Er hatte ein finstres Gesicht, graue Augen, Adlernase ...«

»Er ist's, er ist's!« rief Rudolf unwillkürlich. »Sagen Sie mir, Frau Marquise, wohnt dieser Mensch jetzt in Paris?«

»Ich kann es nicht sagen, Hoheit,« antwortete die Marquise: »Etwa ein Jahr nach meines Vaters Verheiratung verließ er Paris. Eine mir bekannte Dame, Frau Herzogin von Lucenay, hatte ihn damals auch zum Arzt.«

– »Frau von Lucenay?« fragte Rudolf erschrocken. – »Ja doch, Hoheit! Was wundert Sie dabei? Vor etwa vier Wochen erkundigte ich mich bei ihr nach dem Manne. Sie wich einer Antwort ziemlich verlegen aus und sagte, es sei ziemlich lange Zeit nichts mehr von ihm zu hören gewesen, von manchem werde er sogar für tot gehalten ...«

»Sonderbar,« sagte Rudolf, an den Besuch der Herzogin bei Bradamanti denkend. – »Also kennen Sie diesen Arzt?« fragte die Marquise. – »Sagen Sie lieber: Diesen Verbrecher, denn die schwärzesten Missetaten lasten auf seiner Seele.« – »Es kann Ihr Ernst nicht sein,« rief Clemence entsetzt, »ein Mann, der mit jener Madame Roland befreundet gewesen, der meine Mutter als Arzt behandelt hat, sollte ein Verbrecher sein? Aber – Sie haben doch vielleicht recht! Denn unter seinen Händen starb meine Mutter binnen wenigen Tagen ...« – »Nun, danken Sie wenigstens Gott, dass Ihr Vater, nachdem er sich mit Madame Roland verheiratet, keines Arztes mehr bedurfte!«

– »Hoheit, Hoheit!« rief Frau von Harville, »sollten meine Ahnungen mich also doch nicht getäuscht haben?« – »Was wollen Sie damit sagen?« rief Rudolf. – »Die Krankheit meiner Mutter hatte fünf Tage gedauert, ich war nicht von ihrem Bett gewichen; eines Abends trat ich auf die Terrasse hinaus, frische Luft zu schöpfen; da sah ich den Arzt mit Madame Roland aus ihrem Zimmer treten. Ich stand im Schatten und konnte von ihnen nicht gesehen werden; sie sprachen leise zusammen; ich verstand von dem Arzte nur das Wort: Übermorgen; und als die Frau abermals in ihn hinein sprach, wiederholte er das Wort ein paar Mal hintereinander. Das war am Mittwoch gewesen, und am Freitag war meine Mutter tot. Das Wort fiel mir immer und immer wieder ein. Mir war es, als hätte es den Tod verkündet, doch meinte ich immer, er habe nur als Arzt auf die kurze Zeit aufmerksam machen wollen, die meiner Mutter noch vergönnt sei zu leben; aber wie sehr ich die beiden Personen auch jetzt noch verabscheue, an ein eigentliches Verbrechen hätte ich nie glauben mögen. Bald nachher fuhr mein Vater mit mir nach der Normandie, wo wir die erste Trauerzeit verleben sollten. Es dauerte aber nicht lange, so erklärte er, mich allein lassen zu müssen; aber Madame Roland werde sich meiner annehmen, da sie das Hauswesen hinfort führe. Es half mir nichts, dass ich mich weigerte, mit ihr unter einem Dache zu leben; mein Vater beharrte auf seinem Willen, und ich musste mich fügen, so abscheulich mir diese Person war. Ich spreche deshalb so ausführlich über diese Zeit, weil ich über die Situation, in der ich mich damals befand, keinerlei Unklarheit bestehen lassen möchte, denn sie zwang mich, trotz einer Andeutung, die mich hätte aufklären sollen, Harville meine Hand zu geben. Noch ein anderer Schmerz blieb mir vorbehalten, denn diese Madame Roland war taktlos genug, die Räume zu beziehen, in denen meine Mutter gewohnt hatte. Mein Vater sagte aber auf meine Beschwerde, dass ich mich darüber nicht wundern, sondern mich daran gewöhnen solle, in der Frau meine zweite Mutter zu erblicken. Aber ich ließ keine Gelegenheit, die sich mir bot, unbenutzt, meinen Widerwillen gegen die Frau laut werden zu lassen. Darüber wurde er zornig und zankte mich in ihrem Beisein aus. Seine Gleichgültigkeit gegen mich nahm so überhand, dass er sich um mich gar nicht mehr kümmerte, sondern mich tun ließ, was mir passte, bis er mir eines Morgens erklärte, diesem unerquicklichen Zustande nach Ablauf unsrer Trauerzeit durch die Verheiratung mit Frau Roland ein Ende machen zu wollen. »Unsre finanziellen Verhältnisse erfordern es,« sagte er, »dass du dich vor mir verheiratest; dein mütterliches Erbe beziffert sich auf eine Million, die du zur Mitgift bekommen musst. Ich werde mich von jetzt ab um eine passende Verbindung für dich umsehen. Verschiedene Anträge dazu liegen mir schon vor.« – Eines Tags kam Herr Dorval, der Notar meiner Mutter, mit geheimnisvoller Miene im Parke zu mir, wo ich in der Regel spazieren ging.

»Fräulein,« sagte er zu mir, »ich möchte nicht von dem Herrn Grafen ertappt werden, aber lesen Sie den Brief da und verbrennen Sie ihn dann gleich; es handelt sich für Sie um etwas Wichtiges.« – Gleich darauf ging er. – In dem Briefe stand, dass ich mit dem Marquis von Harville verheiratet werden solle; es sähe ja so aus, wie wenn die Partie vortrefflich für mich stände; aber ich solle doch nicht vergessen, dass die Familien von zwei Mädchen, mit denen er schon verlobt gewesen sei, mit ihm kurz nach dem Verlöbnis gebrochen hätten. Weshalb, konnte mir der Notar nicht sagen; aber seine Pflicht sei es, mich hiervon zu unterrichten.«

Rudolf sagte nach kurzem Besinnen: »Ja, mir fällt ein, dass mir Ihr Mann in knapp einem Jahre von zweierlei Heiratsplänen erzählt hat, die sich, und zwar wegen Geldangelegenheiten, schrieb er, plötzlich zerschlagen hätten.« – Frau von Harville lächelte bitter und antwortete: »Sie sollen sogleich die Wahrheit erfahren. Natürlich wurde ich durch den Brief des Notars nicht bloß neugierig, sondern auch ängstlich. Wer war Herr von Harville? Mein Vater hatte nie mit einem Worte seiner erwähnt. Da fuhr auf einmal ganz unverhofft Madame Roland nach Paris. Sie sollte höchstens acht Tage abwesend sein, und doch wollte mein Vater sich gar nicht in die kurze Abwesenheit schicken. Den Tag nach ihrer Rückkehr beschied mich mein Vater zu sich. Er war allein mit meiner Stiefmutter ... Morgen kommt Marquis von Harville, sagte er zu mir, ein junger, sehr reicher und sehr talentvoller Herr. Er hat dich in Gesellschaft gesehen, ist entzückt von dir und bewirbt sich um deine Hand. Alles ist bereits geordnet, und du kannst in sechs Wochen eine glückliche Frau sein. Schlägst du aber – was ich nicht wünschen möchte – aus irgendwelcher Marotte die Partie aus, so wirst du dich doch verheiraten, und zwar nach meinem Willen, verstehst du? Sobald meine Trauerzeit vorbei ist. Bis dahin wirst du dich in allen Hinsichten nach den Wünschen meiner Frau richten, sofern du länger in meinem Hause verweilen willst.«

»Ich hörte, lieber Vater, Herr von Harville sei bereits zweimal verlobt gewesen?« – Das weiß ich; aber,« antwortete mein Vater, »es hat gar nichts auf sich; man ist in beiden Fällen nicht in der Geldfrage einig geworden. Hast du mir keinen andern Einwand zu nennen, so können wir dich schon als verheiratet ansehen, und zwar für glücklich verheiratet, denn ich wünsche weiter nichts als dein Glück!« »Und Madame Roland?« fragte Rudolf. – »O, die Heirat war ihr eigenstes Werk. Sie wusste recht gut, warum sich die beiden Partien zerschlagen hatten, und eben darum lag ihr soviel daran, mich mit dem Marquis zu verheiraten. Sie wollte sich für den Hass, den ich ihr immer gezeigt, rächen dadurch, dass sie mir ein mehr als schreckliches Schicksal bereitete.« – »Das wäre ja geradezu bestialisch,« rief Rudolf, »doch wie verhielt es sich um den Marquis?« – »Er kam. Ich fand keinen hässlichen Mann in ihm, auf seinem Gesicht lag sogar ein gewisser Zug von Gutmütigkeit, nur seine Stimmung war etwas trübsinnig. Es berührte mich angenehm, dass er sich gegen einen greisen Diener sehr gütig zeigte, der ihn erzogen hatte. Kurz nach seiner Ankunft blieb Herr von Harville zwei volle Tage in seinem Zimmer. Mein Vater wollte ihn aufsuchen, um sich zu erkundigen, wie es ihm ginge. Aber der alte Diener erklärte, sein Herr leide an heftigem Kopfweh, sodass er niemand sehen könne. Als ich ihn am dritten Tage wiedersah, war er sehr blass, sehr verändert. Aber je länger ich mit ihm zusammen war, desto liebenswürdigere Eigenschaften erkannte ich an ihm. Er erriet die Verhältnisse, die zwischen Madame Roland und mir bestanden. Mit vielem Takt gab er mir zu verstehen, dass er mich um deswillen nur um so mehr liebe und schätze. Ich sagte ihm, dass sich durch meines Vaters Wiederverheiratung die Vermögensverhältnisse zu meinen Ungunsten verschieben würden. Er ließ mich nicht ausreden, sondern bewies mir die vornehmste Uneigennützigkeit, sodass ich meinte, die Familien, mit denen er vor der Meinigen in Beziehungen gestanden, müssten sehr eigen – wenn nicht gar habsüchtiger Natur gewesen sein. Je näher der Tag unserer Vermählung rückte, desto glücklicher pries sich Harville. Und doch sah ich ihn wiederholt recht traurig. Es schien ihm etwas schwer das Herz zu bedrücken, als wolle er mir ein tiefes Geheimnis anvertrauen, fände aber den Mut nicht dazu. Mir fielen seine beiden ersten Verlöbnisse ein, und wieder beschlich Angst und Bangen mein Herz. Mich überkam es wie eine Ahnung, dass ich in mein Unglück renne; das Leben im Vaterhause war mir aber so zur Qual, dass ich meine Besorgnis verscheuchte.«

Nach kurzer Pause begann sie wieder: »Ein paar Tage vor der Hochzeit kamen Harvilles Trauzeugen: Herzog von Lucenay und Herr von Saint-Remy. Eingeladen von meiner Seite waren nur die allernächsten Verwandten. Nach der Trauung umarmte mich mein Vater, auch Frau Roland. Mit heuchlerischer Freundlichkeit sagte sie zu mir, indem sie mir einen Kuss auf die Wange drückte: »Vergessen Sie mich nicht, wenn Sie sich in Ihrer Ehe recht glücklich fühlen, denn ich habe Sie verheiratet.« – Um elf Uhr war die Trauung vorüber, und eine Stunde später waren wir in Paris, wo wir in der zehnten Abendstunde eintreffen mussten. – Hätte ich von Herrn von Harville nicht gewusst, dass er im Glücke immer traurig sei, so hätte ich mich gewiss über sein Schweigen gewundert. Mich selbst hatte eine sehr große Trübnis befallen, als ich den Fuß in den Wagen gesetzt hatte, und sie verließ mich auch nicht, als ich vor Harvilles Hause ausstieg. Aber – zu Ende! Zu Ende!« rief sie heftig. »Wenn Sie nicht alles erführen, müssten Sie mich ja verachten! Wir gingen in die für uns bestimmten Gemächer. Die Dienerschaft ging. Wir waren allein. Mich beschlich eine schreckliche Angst. Vor Schluchzen konnte ich nicht sprechen. Aber – mein Gemahl hatte ein Recht an mir, und ich musste mich fügen. Er trat auf mich zu, und da sah ich plötzlich, wie seine Augen sich mit Blut füllten ... jäh packte er mich am Arme, wie wenn er ihn mir zerbrechen wollte ... Vergebens suchte ich mich seiner eisernen Umklammerung zu entziehen. Er hörte mein Betteln nicht. Er hielt mich wie in einem Schraubstock. Sein Gesicht wurde durch grässliche Zuckungen verzerrt. Die Augen rollten in ihren Höhlen. Vor dem Munde stand ihm blutiger Schaum. Und noch immer hielt er mich fest ... bis endlich seine Finger sich lösten und er in einem Anfalle schrecklicher Epilepsie zu meinen Füßen niederschlug und wie eine tote Masse dalag ... Das war meine Brautnacht! Das war die Rache, die meine böse Stiefmutter an mir nahm für den Trotz und den Hass, den ich ihr entgegengebracht!«

»Unglückliches Weib!« sagte Rudolf, tief ergriffen: »es ist entsetzlich!« – »O, was aber noch schrecklicher ist.« sagte Clemence, »o! Dass diese Nacht ewig verflucht sei! – Mein Kind, mein Töchterchen, hat die schreckliche Krankheit von ihrem Vater geerbt!«

Die Marquise bedeckte das Gesicht mit den Händen und vermochte kein Wort mehr zu sprechen ... Auch Rudolf schwieg.

Viertes Kapitel.

Mildtätigkeit

Clemence stützte die Stirn in die Hand. Tränen standen ihr in den Augen. Ihre Wange brannte vor Scham, und sie vermied, so schwer war ihr die Offenbarung ihres tiefen Leides geworden – Rudolfs Blicke ... Nach langer Pause begann dieser: »O, jetzt errate ich den Grund von Harvilles Traurigkeit, den ich mir bisher nicht erklären konnte.« – »O, beklagen Sie ihn nicht!« erwiderte die Marquise, »denn nie ist ein Verbrechen mit kälterer Grausamkeit verübt worden!« – »Sie haben recht! Ihre Stiefmutter konnte sich auf so entsetzliche Weise rächen, wenn er über seine Krankheit schwieg: und auch das war von ihm ein Verbrechen!« sagte Rudolf, setzte aber nach einer Weile hinzu: »Doch Geduld! Vielleicht werden auch Sie Ihren Rächer finden!« -

Verwundert über den Ton, in welchem Rudolf dies sagte, fragte die Marquise, wie Rudolf das meine? - »Ich habe fast immer,« erklärte er in demselben Tone, der, je länger sie ihn hörte, sie um so schrecklicher berührte, »das Glück gehabt, böse Menschen, die ich kannte, gestraft zu sehen. Was sagte Ihnen Ihr Mann nach dieser Brautnacht?« - »Er teilte mir unbefangen mit,« erwiderte sie, »dass sich sein Verlöbnis mit den beiden Töchtern anderer Familien nur deshalb zerschlagen habe, weil beide rechtzeitig hinter das Geheimnis seiner Krankheit gekommen seien!« - »Schändlich!« - »Um aus dieser grässlichen Lage herauszukommen, versuchte ich, bei anderen Männern Liebe zu finden; aber - ich gestehe es - ich habe nur Täuschungen erlebt, die grausamsten Täuschungen, und sinke wieder in das jammervolle Leben zurück, das ich an der Seite meines fallsüchtigen Mannes führe ... Und heute? Wollte mich nicht heute Harville mit dem Leben büßen lassen, dass ich wieder einmal versucht hatte, glücklicher zu sein, als es mir an seiner Seite möglich ist?« Sie holte tief Atem. - »O, seit diesem schrecklichen ersten Beisammensein leben wir getrennt voneinander. Vor der Welt aber nehme ich alle Rücksicht, die die Schicklichkeit fordert, gegen ihn und habe auch, mit dieser einzigen Ausnahme, noch niemand ein einziges Wort von diesem schrecklichen Geheimnisse gesagt.« - »Wenn der Dienst, Frau Marquise, irgendwelche Belohnung verdient hat,« erklärte Rudolf, »dann würde ich mich durch solchen Beweis von Vertrauen Ihrerseits tausendfach belohnt ansehen. Da Sie mich jedoch um Rat befragen, so ...« - »Ja, Hoheit, ich bitte darum.« - »So erlauben Sie mir, Ihnen zu sagen, dass Sie sich um einen schönen Genuss bringen, wenn Sie eine Ihrer trefflichsten Eigenschaften nicht zur Geltung bringen, um einen Genuss, der nicht bloß ein Bedürfnis Ihres Herzens befriedigen, sondern Ihnen auch allen häuslichen Kummer fernhalten würde ...«

»Was meinen Hoheit damit?« - »Dass, wenn Sie sich damit Unterhaltung schaffen wollten, dass Sie den Menschen Gutes erwiesen und gewissermaßen die Rolle der Vorsehung spielen wollten!«

Frau von Harville sah Rudolf verwundert an ... »Daran habe ich allerdings noch nicht gedacht, Wohltaten zu üben in der Absicht, mir damit Unterhaltung zu schaffen.« - »Und doch bleibe ich bei dem Ausdrucke, den ich gewählt habe,« versetzte Rudolf, »denn er bringt das, was ich sagen will, trefflich zum Ausdruck. Würden Sie hingegen mit mir einen Pakt schließen wollen, um ein paar schwarze Ränke zu zerstören, dann würden

Sie rasch erkennen, dass, von der edlen Tat abgesehen, oft nichts merkwürdiger, anziehender, seltsamer, ja zuweilen sogar spaßhafter sein kann als dergleichen mildtätige Abenteuer. Sehen Sie, man empfindet dabei etwa dasselbe, was Sie heute Morgen fühlten, als Sie sich nach der Rue du Temple begaben. Der einzige Unterschied ist der, dass Sie heute dachten: Erkennt man mich, bin ich verloren; beim Wohltun würden Sie denken: Erkennt man mich, so wird man mich segnen. Da Sie aber zu Ihren Tugenden auch die Bescheidenheit rechnen dürfen, so würden Sie auch die schlimmste List aufbieten, um solchem Segen zu entgehen.« –

»O, Hoheit retten mich,« rief Frau von Harville, »wie viel neue Ideen, wie viel trostreiche Hoffnungen wecken Ihre Worte in mir! Ja, Sie haben recht: Wenn man sein Herz und seinen Geist damit beschäftigt, dass man sich Armensegen erwirbt, so kommt dies fast auf Liebe heraus oder es ist mehr als Liebe!« Und nach einer Pause setzte sie hinzu: »Ja, ich trete solch eigenartigem Bunde mit frohem, dankerfülltem Herzen bei und werde, um unsern Roman zu beginnen, schon morgen wieder zu jenen Unglücklichen gehen, denen ich heut morgen nur ein paar Trostworte bringen konnte, denn ein lahmer Junge, der mir auf der Treppe in den Weg lief, benützte meine Unruhe und Herzensangst, mir die Börse zu stehlen, die Sie mir in die Hand gedrückt hatten.«

Rudolf wollte nicht merken lassen, dass ihm die Absicht der Marquise, zu Morels zu gehen, nicht angenehm war, und sagte deshalb vergnügt: »Nun, wenn Sie sich meinem Willen unterordnen wollen, dann bleiben die Morels einstweilen von unseren Plänen ausgeschlossen. Ja, Sie müssen mir versprechen, in dies Haus den Fuß nicht wieder zu setzen, denn ich selbst wohne dort ...« – »Sie, Hoheit? Aber Sie scherzen!« – »Nein, ich scherze nicht. Es ist freilich bloß eine bescheidene Wohnung zum Preise von nur 200 Franks im Jahr und 6 Franks monatlich für die Reinigung ... aber meine Nachbarin ist die niedlichste Grisette von ganz Paris, ein Fräulein Lachtaube, und für einen Kommis voyageur, der nur 1800 Franks Fixum im Jahre hat, ist das doch keine geringe Annehmlichkeit – nicht?« – »Ihre so unvermutete Anwesenheit in diesem Hause muss mir ja ein Beweis sein, dass Sie die Wahrheit reden. Sicher handeln Sie so aus irgendwelcher guten Absicht, aber welche gute Tat lassen Sie mir? Welche Rolle bestimmen Sie für mich?«

»Die Rolle des tröstenden Engels und – erlauben Sie mir das garstige Wort – die Rolle eines listigen Teufels, denn wie es gewisse Wunden gibt, die nur von weiblicher Hand geheilt werden können, so gibt es auch ein stolzes, misstrauisches, verstecktes Unglück, das nur durch weiblichen Spürsinn entdeckt werden, durch den unwiderstehlichen Zauber der Weiblichkeit mitteilsam gemacht werden kann.« - »Und wann werden Sie mich in die Lage setzen, diese Eigenschaften zu betätigen?« fragte die Marquise. - »Nach vier Tagen gewähren Sie mir wohl das Vergnügen, Ihnen einen Besuch zu machen?« - »Erst in vier Tagen!« rief Clemence, ohne sich zu verstellen. - »Fassen Sie Mut, Freundin! Ihrem Leben fehlte es bisher an einem Zwecke, Ihnen gebrach es in Ihrem Kummer an einer Zerstreuung. Glauben Sie mir: in der Zukunft werden Sie solche finden, und dann werden Sie vielleicht sogar soviel Trost finden, dass Sie aufhören werden, Ihren Gemahl zu hassen ... Sie werden mit ihm, wie auch mit Ihrem Kinde Mitleid fühlen lernen. Und was das letztere angeht, so lässt sich wohl, da ich nun den Grund seiner Krankheit kenne, Hoffnung auf Genesung fassen ..«

»Wäre das möglich?« rief die Marquise gespannt. - »Mein Leibarzt ist zwar unbekannt als Arzt, aber ein sehr gelehrter Mann, der sich lange in Amerika aufgehalten hat. - Ich erinnere mich, von ihm gehört zu haben, dass er verschiedene Sklaven von der schrecklichen Krankheit geheilt hat. Hoffen wir also das Beste!«

Clemence heftete auf Rudolfs edles Antlitz einen Blick unaussprechlichen Dankes; ihr erschien der Mann, der ihr soviel Trost spendete, fast wie ein König.

Fünftes Kapitel.

Armut

In der ärmlich eingerichteten Dachstube des Hauses Rue du Temple Nr. 47, die von einem durch zwei Holzspäne auf einem viereckigen Brettchen gehaltenen Talglichte spärlich erhellt wird, saß an dem viereckigen, plump gearbeiteten, von Fett und Talg bedeckten Arbeitstische der Steinschneider Morel, vor sich eine Handvoll Diamanten und Rubinen von bewunderungswürdiger Größe und seltenem Glanze. In der Stube ist es bitterkalt. Den Mann hat Schwäche befallen. Von Zeit zu Zeit schüttelt ihn ein heftiger Schauder. - Sieben Personen hausen in dem kleinen Raume. Eine kranke Frau mit ihrer achtzig Jahre alten, in Blödigkeit versunkenen Mutter und fünf Kindern, von denen das älteste kaum zwölf Jahre alt ist. Auf einem Strohsack liegen Mädchen und Knaben zusammen, mit ärmlichen Lumpen auf dem Leibe.

Morels Frau Magdalene ist 36 Jahre alt, hat ein vergälltes, gelbes Gesicht, das durch ein blaues Tuch, das sie um die Stirn geschlungen hat, noch mehr verunschönt wird. Ihr Gesichtsausdruck ist matt und kraftlos, er verrät, dass Magdalene zu jenen weichlichen Naturen gehört, die den Kampf scheuen und sich lieber in alles fügen, statt sich zusammenzuraffen. Über ein grobes, zerrissenes Betttuch, mit dem er die Frau zugedeckt, hatte er noch ein paar Kleidungsstücke gelegt, die so alt und geflickt waren, dass kein Pfandleiher sie hätte nehmen mögen. Auf diese schreckliche Armut wirft das Talglicht seinen flackernden Schein. Durch die Dachritzen pfeift der Wind. Mit unwillkürlicher Angst heften sich die Augen all dieser armen Menschen, von der blöden Großmutter bis zum jüngsten Kinde herab, auf den Steinschneider, ihre einzige Hoffnung, ihre einzige Hilfe. In ihrer Selbstsucht sehen sie ihn als Ursache ihrer Not an, da er nicht mehr Kraft genug hat, für sie zu arbeiten. Die Kranke klagt über Durst. Morel fährt aus dem Schlummer und blickt zu ihr hin.

Er ist ein Mann von vierzig Jahren, mit einem offnen, klugen, aber durch Not und Trübsal abgezehrten Gesicht, das von einem grauen, struppigen Barte, der schon seit Wochen kein Messer gesehen, überwuchert ist. Er hat als Kind die Blattern gehabt, wovon noch Narben über Narben zeugen. Seine kahle Stirn ist von Runzeln gefaltet, seine Augenlider sind durch übermäßiges Wachen gerötet. Sein rechter Arm zeigt als Folge der fortwährenden Drehung des Schleifsteins eine starke Entwicklung der Muskeln, während sein linker Arm und seine linke Hand stark abgezehrt und kraftlos sind, haben sie doch immer nur die Facetten der Diamanten am Schleifsteine zu halten gehabt.

»Warte, Frau,« sagt er, »ich will dir was zu trinken bringen!« Er ging zum Dache hin, goss aus dem dort stehenden Kruge, nachdem er die Eiskruste gelöst, von dem kalten Wasser eine Tasse voll und reichte sie der Frau, die gierig die Hände danach ausstreckte. Aber er schien sich zu besinnen und sagte nach einer Weile: »Nein, Frau, es könnte dir schaden, bei deinem Fieber ... wir wollen es erst ein bisschen abstehen lassen.« – »Mir schaden?« wiederholte die Frau verbittert, »das wäre ja nur gut, denn um so schneller gehts zu Ende und befreit dich von meiner Last. Es bleiben dir dann bloß die Kinder noch, denn die Mutter kanns ja doch auch nicht mehr lange machen.«

»Wozu solche Worte, Magdalene?« erwiderte Morel dumpf, »ich verdiene sie doch wahrlich nicht! Was ich wohl erwarten darf, ist, dass du mir keinen Schmerz bereitest. Lass mich doch nicht auch noch den Kopf verlieren! Was soll denn aus euch werden, wenn ich nicht mehr sollte arbeiten können? Wäre ich für mich allein, dann machte ich mir keine Sorge, sondern lieber allem ein Ende.« – »Wie kann ich einem so guten Manne, wie dir, noch harte Worte sagen?« – »Du bist ja krank, Frau, und das macht dich verdrossen. Sage mir alles, was du willst, bloß nicht, dass ich von dir erlöst sein wolle.« – »Aber wozu nütze ich dir, lieber Mann?« – »Lassen wir all die Betrachtungen, Frau,« antwortete Morel, »ich will suchen, mich für die

Kinder zu erhalten; da, trink, aber nimm nur kleine Schlucke, denn das Wasser ist noch sehr kalt.«

Die Frau nahm die Tasse und trank sie gierig auf einen Zug aus ... »Ja, Morel,« sagte sie, »du hast recht, das Wasser ist recht kalt, recht kalt!« - »Ich habe es dir ja gesagt, du bist krank, Frau ...« - Der Mann zog die Jacke aus und deckte sie der Frau noch auf die Füße. Nun stand er nackt und bloß da, denn er hatte kein Hemd auf dem Leibe ... »Mann,« sagte die Frau, »du wirst dich erkälten.« - »Nicht doch,« sagte er, »frierts mich, dann ziehe ich die Jacke eben wieder an.« - »Mann, Mann!« wehklagte die Frau, »warum sind wir nur so tief unglücklich und bitterarm? Womit haben wir das verdient?« - »Lass nur gut sein, Frau,« erwiderte er, »es hat ein jedes seine Not und Plage, die Hohen sowohl als die Niedrigen ...« - »Die gute Mamsell Lachtaube,« wehklagte die Frau, »die schon so oft bei uns gewacht hat, hat gestern zwei Kinder mit zu sich hinüber zum Essen genommen.« - »Das gute, liebe Ding!« rief der Mann, »ja, auch sie kennt die Not, und wie ich immer sage: Wenn nur die reichen Leute wüssten!« - »Was es nur mit der Dame gestern für ein Bewenden hatte, Mann?« fragte die Frau matt. »Sie kam doch so verstört und erschrocken herein. Wozu hat sie gefragt, ob es uns an etwas fehle, wenn sie sich nicht um uns kümmert? Sie muss es doch gesehen haben, woran es uns fehlt! An allem, dächte ich, und doch hat sie nichts von sich hören lassen!« - »Sie sah ja so sanft und lieb aus, wenn sie auch recht aufgeregt war, und kommt doch vielleicht noch wieder.« - »Sage mal, Mann, wann wollte die Mathieu die Steine wieder abholen?« - »Heute Morgen. Sie hat mir zehn Rheinkiesel zu schleifen gegeben, die sie für echt ausgeben will, und auf die ich deshalb besondere Sorgfalt verwenden muss. Juwelier Baudouin ist von einer Herzogin mit dem Verkauf ihrer Brillanten betraut worden und will sich mit unechten Steinen behelfen. Die Mathieu besorgt doch für Baudouin alle diese Geschäfte und lässt noch bei vier andern schleifen. Natürlich braucht er auch Zeit, die falschen Steine zu fassen.« - »Und wie viel Geld wirst du heute von der Mathieu bekommen?« - »Gar keins, denn ich habe ja schon 120 Franks auf die Arbeit voraus.« - »Wir haben aber seit gestern schon keinen Pfennig mehr.« - »Ich weiß es wohl,« sagte Morel traurig. - »Und was soll nun werden?« - »Ja, das weiß der liebe Gott!« - »Und die Burette gibt wohl auch nichts mehr?« fragte die Frau. - »Die Burette?« sagte der Mann, »ach, geh doch! Worauf soll sie noch etwas geben? Sind nicht schon alle Habseligkeiten bei ihr versetzt? ... Sie müsste gerade die Kinder als Pfand nehmen!« rief er verbittert. - »Was soll denn aber werden?« fragte die Frau; »möchtest du nicht noch einmal an den Notar Ferrand dich wenden? Vielleicht hilft er uns?« - »Kein Wort von ihm!« rief Morel, »lieber gehe ich in den Tod!«

Das sonst so milde Gesicht des Steinschneiders zeigte bei diesen Worten einen grimmigen Ausdruck und färbte sich mit leichtem Rot. Schnell war er auf den Beinen und ging in der Stube auf und nieder ... »Frau,« rief er, »ich bin kein schlechter Kerl, aber diesem Ferrand wünsche ich alles Böse wieder, das er mir getan hat!« – »Was aber soll werden, wenn er dich wegen des Wechsels von 1300 Frks., der doch schon seit einem Vierteljahre verfallen ist, ins Gefängnis sperren lässt? Hält er dich nicht wie einen Vogel am Faden? Ich kann ihn auch nicht ausstehen, den Menschen; da wir aber einmal von ihm abhängen, so müssen wir uns schon drein finden ...«

»Dass er unsre Tochter entehrt? Nicht wahr? Darauf willst du hinaus?« rief Morel mit bitterer Ironie; »ach! Meine armen Kinder! Meine liebe, schöne Luise! Wäre sie nicht so schön, dann wäre ich weniger unglücklich, dann hätte der Mann sich nicht bereit finden lassen, mir den Betrag zu leihen! Ich bin ehrlich und fleißig und Baudouin hätte mich mit dem Gelde nicht gedrängt, sondern es mir ratenweis abgezogen; ich hätte mein Kind nicht in Gefahr zu setzen brauchen bei diesem Ungeheuer!« – »Ach, du siehst gleich wieder zu schwarz. Wenn ihr auch der Notar nachstellt, so bleibt doch unsre Luise ein rechtschaffenes und braves Mädchen!« – »Ja, das ist sie, und fleißig ist sie auch. Habe ich es dir nicht oft genug gesagt, dass es mir schrecklich schwer wurde, sie in Dienst gehen zu lassen, als mich das Malheur traf, den einen Diamanten zu verlieren? Uns wäre sie doch die größte Freude gewesen, aber seit sie fort ist, hat uns unser Glück verlassen!«

»Und wenn man denkt, dass einer von den Diamanten, die dort auf deiner Bank liegen, ausreichte, die Wechselschuld zu tilgen und unser Kind von dem Notar weg und wieder zu uns zu nehmen!« sagte die Frau langsam. – »Was nützt es, das immer und immer zu wiederholen? Freilich, wenn ich ein reicher Mann wäre! Aber so müssen wir uns in unser Schicksal fügen,« setzte er mit schmerzlicher Ungeduld hinzu. Da wurde stark an die Tür geklopft, Morel stand verwundert auf und machte die Tür auf. Zwei Männer traten ein: Einer war ein magerer, großer Mann mit gewöhnlichem, stark mit Finnen bedecktem Gesicht, der in der Hand einen schweren Knotenstock hielt. Der abgeschabte schwarze Samtkragen des langen, bis oben zugeknöpften, mit Schmutz bespritzten grünen Rockes ließ einen langen, roten, dicht behaarten Hals sehen. Der andre war kleiner, dick und untersetzt, hatte ein gemeines Gesicht, war aber mit barockem Luxus gekleidet: das Hemd von zweifelhafter Weiße wurde durch Brillantenknöpfe gehalten und auf der verschossenen schottischen Weste, die von einem gelblichen Überrock verdeckt wurde, hing eine lange goldene Kette.

»Pfui Teufel,« rief der erstgeschilderte der beiden Männer Malicorne hieß, »stinkt's aber hier nach armen Leuten!«

Durch die halb offne Tür guckte das hämische Gesicht des lahmen Jungen, der die beiden Männer die Treppe hinaufgeführt hatte und jetzt lauschte und spionierte.

»Was wünschen Sie hier?« fragte Morel, der sich rasch die Jacke wieder angezogen hatte; über die Grobheit der Männer empört, wollte er ihnen die Tür weisen, da fragte Bourdin, der letzteingetretene der beiden, seinen Überrock aufknöpfend und mit seiner goldnen Kette spielend: »Sie sind wohl der Steinschneider Morel?« – »Jawohl.« – »Na, Kamerad,« sagte Malicorne, der andere der beiden, »da werden wir wohl kaum was finden! Denn wäre was da, da wäre der Vogel doch gewiss ausgeflogen, wie Musje Saint-Remy, von dem wir eben kommen.« – »Stimmt, Bourdin, Ungeziefer, wie das hier, klebt immer am Loche.«

»Jesus!« rief Magdalene, »nimm doch deine Steine in acht, Morel! Wer weiß denn, was das für Leute sind! Dann könntest du wieder dafür aufkommen.« – Morel trat an seinen Arbeitstisch und breitete beide Hände, wie schützend, über die Steine, die er in Arbeit hatte. Der lahme Junge sah das von der Tür aus und dachte bei sich: »Seh einer an! Wenn Morel, wie es immer heißt, bloß falsche Steine schliffe, dann hielte er doch die Hände nicht so drüber! Wahrscheinlich heißt's bloß immer so, damit keiner Lust zum Mausen bekommt. Warte, Kujon! Das stecke ich der Eule!«

Morel trat auf die beiden Männer zu und drohte ihnen, wenn sie nicht gleich wieder gingen, mit der Wache. – Die beiden lachten hell auf. Dann sagte Malicorne: »Wache? Na, mein guter Herr, das kommt uns zu, nicht aber Euch, damit zu drohen ... Seht doch her, was wir Euch hier zu präsentieren haben. Bezahlt mal das Wechselchen, sonst marschiert Ihr mit nach Clichy, versteht Ihr?«

Morel fuhr entsetzt auf ... »Was? Ich ins Gefängnis?« rief er, »wer lässt mich denn einstecken? Ich habe nichts verbrochen.« – »Aber bezahlt habt Ihr dem Gläubiger nicht, was Ihr ihm schuldig seid!« sagte Bourdin. »Hier habt Ihr das gerichtliche Urteil! Dem Notar sollt Ihr bei Vorzeigung dieses 1300 Franks nebst Zinsen vom Verfalltage ab und den durch die Klage entstandenen Kosten zahlen, widrigenfalls Ihr ins Schuldgefängnis wandert. Da steht's, Urteil vom 13. September dieses Jahres, wider Euch gefällt vom Pariser Handelsgericht und bestätigt vom Appellgericht.«

»Und Luise? Luise?« rief Morel, fast von Sinnen, »wo ist sie? Ist sie denn aus Ferrands Hause? Sonst ließe er mich doch nicht ins Gefängnis führen! Jesus! Was mag aus unserm Kinde geworden sein?« – »Na, marsch, wenn Ihr nicht bezahlen könnt!« rief Malicorne grob, »aus diesem Loche sehnt sich jeder, der noch riechen kann! Hier ist's ja, wie verpestet!«

Morel hörte kein Wort von dem, was gesprochen wurde; plötzlich aber trat ein Ausdruck heller Freude auf sein Gesicht ... »O, gewiss hat Luise dem Notar den Dienst aufgekündigt. Nun, so kann ich leichten Herzens ins Gefängnis wandern! Aber,« setzte er hinzu, »wer wird meine Frau und meine Kinder ernähren? Im Gefängnis werde ich doch keine Steine schleifen dürfen. Man wird denken, ich sei wegen liederlichen Wandels eingesperrt worden ... Will denn dieser Mensch den Tod der Meinigen? Will er unser aller Tod?«

Der Schlag, der Morel drohte, war so schrecklich, so unvermutet, dass ihn die Kräfte zu verlassen drohten. Er saß bleich, mit stierem Blicke, auf seinem Schemel, ließ die Arme hängen, den Kopf auf die Brust gesenkt, ganz in sich zusammengesunken ... »Na, wird's nun bald?« rief Malicorne, Morel an der Achsel packend, und suchte ihn zur Tür hin zu drängen. Die Kinder fingen an zu schreien, die Frau warf sich vor den beiden Männern auf die Knie, und die blöde Großmutter winselte in ihrem Winkel wie ein Hund ... Da sollte eine schaurige Episode die Szene noch schauriger machen ... »Mutter, Mutter!« rief das älteste der Mädchen, das bei ihrem kranken Schwesterchen auf dem Strohsacke kauerte, »unsre Adele starrt mich in einem fort an, und mir kommt's ganz so vor, als ob sie gar nicht mehr atmete!«

Das Schwesterchen, das an der Schwindsucht litt, war sanft entschlafen, ohne einen Laut der Klage, das Auge auf die Mutter gerichtet. Morel fuhr aus seinem Stumpfsinn auf, war mit einem Satze neben dem Strohsacke und hob sein vierjähriges Kind in die Höhe ... Es war tot. Kälte und Hunger hatten sein Ende beschleunigt. Die schwächlichen Glieder waren schon kalt und starr.

Sechstes Kapitel.

Luise.

Morels Verstand schien unter all den harten Schlägen wanken zu wollen. Die Frau rief nach dem Kinde ... »Ja doch, ja doch,« antwortete der Mann, »eins nach dem andern, Mutter! Sie kommen alle an die Reihe!« Die Hände vor das Gesicht schlagend, fing er laut an zu jammern, während seine Frau die kleine Leiche in das Stroh ihre Lagerstatt legte. Die andern Kinder weinten bitterlich.

Einen Augenblick hatte dies unsägliche Elend auch die beiden Gerichtsbeamten mitleidig gestimmt; doch dauerte die Empfindung nicht lange, und Malicorne forderte den armen Steinschleifer von Neuem auf, sich zu dem Gange fertigzumachen, indem er sagte: »Na ja, das Kind musste nun auch nicht gerade jetzt sterben, aber was kanns helfen? Sterben müssen wir doch einmal alle, der eine wird früher abkommandiert als der andere, einer schon in seiner Jugend, andere erst im hohen Alter. Dagegen gibts nun mal keinerlei Kraut! – Aber jetzt marsch weiter! Wir haben, noch jemand anders abzuholen, an Arbeit fehlt's für uns nicht, und wenn ich nicht sehr irre, so bekommen Sie unterwegs noch recht gute Gesellschaft.« Morel hörte nichts von diesen Worten, sondern stand, in finsteres Sinnen vertieft, mit dem toten Kinde auf den Armen da ... »Der Mensch verliert schließlich noch seinen Verstand,« meinte Bourdin zu seinem Kameraden; »sieh doch nur, was für Augen er macht! Man könnte sich schier vor ihm fürchten.« – »Aber wir müssen doch einmal zurande kommen,« sagte Malicorne, »die Spesen zahlt halt der Gläubiger, denn hier ist ja nichts zu holen ... Also, Mann,« wandte er sich wieder zu Morel, ihm auf die Achsel klopfend, »Zeit zu warten haben wir nicht mehr; machen Sie sich zum Mitgehen fertig und zwingen Sie uns nicht erst zu Gewaltmaßregeln, was ja doch keinen Zweck hätte.« –

Da trat ein junges, niedliches Mädchen in die Dachstube ... »Was sagen Sie?« fragte sie die beiden Männer, »ins Gefängnis sollen Sie, Herr Morel?« – »Ach, liebes Fräulein,« rief eines von den Kindern, »helfen Sie doch dem Vater!« – Und ein anderes Kind rief: »Ach, liebes Fräulein, die kleine Adele ist tot!«

»O, über all den Jammer!« wehklagte Lachtaube; und ihre Augen füllten sich mit Tränen ... »wie soll da ich helfen? Ich bin doch auch nur ein armes Ding!« – »Ja, wir können's auch nicht ändern,« sagte Malicorne höhnisch, »wenn kein Geld da ist und keins geschafft werden kann, dann hilfts eben nicht; dann muss der Mann mit!«

Morel hatte auf einen Augenblick das Bewusstsein seiner Lage wiedergefunden ... »Ich darf die Diamanten nicht hier zurücklassen,« sagte er, auf die auf dem Tische herumliegenden Steine zeigend, »denn meine Frau ist nicht mehr recht bei sich, und die Person, die mir die Arbeiten vermittelt, wollte heute herkommen und sie abholen. Die Steine haben doch keinen geringen Wert!«

»Schön,« sagte der Lahme wieder, »das will ich der Eule stecken!«

Malicorne sagte zu Morel, er möge doch die Steine mitnehmen, in Clichy lägen sie doch so sicher wie auf der Bank. »Doch nun geschwind! Wir wollen still hinausgehen, damit die Frau nichts merkt!« Morel nahm einen Moment wahr, in welchem Frau und Kinder sich mit der kleinen Leiche befassten, und verließ vorsichtig die Stube. Kaum aber war er auf die Treppe getreten, so hörte er die Stimme seiner ältesten Tochter ... »Vater, Vater! Gott sei Dank, ich komme noch gerade zurecht!« rief Luise und stürmte die Treppe hinauf ... Eine raue Stimme von unten rief: »Keine Bange, Kind!« –

und sie gehörte niemand, als Frau Pipelet, die mit Luisen hergerannt war, aber fast keinen Atem mehr hatte, »keine Bange! Ich stelle mich vorm Hause mit meinem Manne auf, und lasse niemand heraus, ehe Sie Ihre Sache ausgerichtet haben.« »Bist du es wirklich, Luise?« rief Morel, während ihm Tränen in die Augen traten; »aber was fehlt dir? Du siehst ja schrecklich bleich aus!« – »Mir fehlt nichts,« versetzte Luise, stotternd; »ich bin nur so schnell gerannt ... Da ist das Geld, Vater, du bist frei! Lass die Menschen laufen!« Und sie übergab Malicorne eine Rolle mit Goldstücken.

»Wo hast du das Geld her, Luise?« fragte Morel, dem Mädchen angstvoll in die Augen starrend. –

Unterdessen zählte Malicorne nach ... »Ja,« sagte er. »es stimmt. Der Stamm wäre in der Ordnung. Aber wie stehts mit den Kosten und Zinsen? Das macht noch beinahe ebenso viel!« – »Aber, Vater, es waren doch bloß 1300 Franks, die du an Ferrand zu bezahlen hattest? Nicht wahr?« fragte Luise, voll lebhafter Bestürzung zu dem Vater aufschauend. – »Ganz recht, aber Kosten und Zinsen machen auch beinahe 200 Franks aus!«

»Ach du lieber Gott!« klagte Luise, »daran habe ich nicht gedacht! Ich bezahle den Rest später, lieber Herr, rechnen Sie, was ich jetzt bezahlt habe, auf Abschlag! Bitte, bitte!« – »Auf so etwas dürfen wir uns nicht einlassen, liebes Fräulein. Das wäre wider die Instruktion. Wenn Sie die 200 Franks zusammenhaben, kommen Sie damit nach Clichy. Dann werden die Leute dort Ihren Vater schon freilassen; aber – vergessen Sie dann auch nicht, dass Sie das Geld noch für Unterhalt Ihres Vaters zu bezahlen haben. Der Tag wird mit 4 Franks gerechnet.«

Luise bettelte um Nachsicht ... »Na, da haben wirs!« rief Malicorne, »nun geht das Gewinsel von Frischem an! Das kriegt man aber satt!« – Und zu Morel sich wendend, sagte er: »Marsch nun! Und wenn Sie sich noch immer dagegen sperren, so nehme ich Sie am Kragen und zerre Sie die Treppe hinunter.«

»Ach, lieber Gott!« klagte Luise, »und ich dachte, ihn gerettet zu haben!«

»Nein!« rief Morel verzweifelt, »es gibt keinen Gott! Mögen die Pfaffen reden, was sie wollen!« und er stampfte wild mit dem Fuße ... »Und doch gibts einen gerechten Gott!« sagte eine Stimme, die von der andern Seite des Daches her klang, »der sich der rechtschaffenen Menschen immer annimmt, wenn sie in unverschuldeter Not sind ...« – Und Rudolf trat in die Tür, blassen Angesichts und tief ergriffen ...

Die beiden Büttel traten unwillkürlich einen Schritt zurück, als sie den fremden Mann erblickten. Auch Morel und seine Tochter waren außer sich vor Bestürzung ... Rudolf nahm ein paar Bankscheine aus seiner Brieftasche und behändigte sie Malicorne mit den Worten: »Da haben Sie, was Stamm, Zinsen und Kosten zusammen betragen. Geben Sie dem armen Mädchen die Goldstücke wieder, die sie Ihnen bezahlt hat.«

Der Büttel nahm das Geld, beguckte es von allen Seiten, ehe er es einsteckte, fasste dann Rudolf mit inquisitorischem Blicke ins Auge und fragte, ob er auch mit vollem Recht über soviel Geld verfügen dürfe ... Rudolf war schlicht gekleidet, auch durch sein Verweilen mit Pipelet in der Dachstube mit Staub bedeckt ...

»Hast du nicht verstanden,« versetzte Rudolf schroff, »dass du dem Mädchen das Geld wiedergeben sollst?« und als der Mann keine Anstalten dazu machte, packte er ihn so fest am Handgelenk, dass er auf die Knie niederstürzte und zu winseln anfing. – Kaum aber hatte ihn Rudolf losgelassen, so trat er zornig auf ihn zu und fragte, wie Rudolf dazu komme, ihn mit du anzureden? – Rudolf drohte, ihn wieder zu packen ... Da zauderte aber Malicorne nicht länger, sondern gab Luisen das Geld zurück und rannte, da er Stamm, Zinsen und Kosten durch Rudolf bekommen, die Treppe hinunter und aus dem Hause heraus.

Siebentes Kapitel.

Lachtäubchen

Des Steinschneiders Tochter Luise war ein Mädchen von auffallender Schönheit, eine große, schlanke Erscheinung, in der Regelmäßigkeit der Züge der Juno, in der Zierlichkeit der Gestalt der Diana vergleichbar. Der gebräunte Teint, wie auch die durch Arbeit angegriffenen Hände und ihr schlichtes Kleid taten dem schönen Gesamteindruck, den sie machte, keinen Abbruch. Sie war zwar heute recht bleich und auch sichtlich bekümmert, trotzdem ihr Vater aus den Händen der Schergen, die ihn ins Gefängnis hatten führen wollen, befreit worden war; es fiel wohl beides aber niemand außer Rudolf auf, der den Vater in den Vorsaal hinausgezogen hatte und aus Besorgnis, eine allzu große Freigebigkeit möchte sein Inkognito in Gefahr bringen, anderseits aber bekümmert um die arme Familie, die Gedanken des Mannes, um nach keiner Seite behindert zu sein, auf eine andere Fährte lenken wollte. »Gestern früh,« fragte er, »ist doch eine junge Dame hier gewesen?« – »Jawohl, Herr, und allem Anschein nach hatte sie reges Mitgefühl mit unserer Armut.« – »Nicht mir, sondern ihr haben Sie nächst dem allgütigen Gott zu danken, dass Ihnen Hilfe in Ihrer Kümmernis zu teil wird. Sie hat gestern Erkundigungen über Sie und Ihre Familie eingezogen, und Sie hatten nur allzu recht, heute Morgen zu ihrer Frau Magdalene zu sagen: »Ach, Frau, wenn nur die reichen Leute wüssten ...« –

»Aber wer hat Ihnen das gesagt? Und woher kennen Sie den Namen meiner Frau?« – »Ich war seit heute früh in Ihrer Nähe: Versteckt in der Bodenkammer neben Ihrer Stube.« – »Jesus! Und warum?« rief Morel. – »Wo hätte ich bessere Auskunft über Sie bekommen sollen als durch Sie selbst?« Erwiderte Rudolf: »Mir musste es in erster Linie auf ungeschminkte Wahrheit ankommen. Der Pförtner sprach von der Kammer in der Absicht, sie mir als Holzstall zu geben. Ich habe sie mir heute früh angesehen, mich eine Stunde darin aufgehalten und die Meinung gewonnen aus den Reden, die ich von Ihnen in dieser Zeit hörte, dass es keinen rechtlicheren und biederen Charakter geben könne als den Ihrigen. Es traf sich gestern so gut, dass ich einige Schulden einziehen konnte. Was ich daraus gewann, reichte gerade hin, der wohltätigen Dame, die sich für Sie interessiert, das zur Tilgung Ihrer Schuld notwendige Geld zur Verfügung zu stellen. Sie haben alles Unglück, das Sie betroffen, so standhaft und ohne sich Ihrer Würde und Ehre zu begeben, ertragen, dass Hilfe, wenn irgendwo, so hier am Platze ist, und um deswillen ist es mir eine Freude, Ihnen im Auftrage Ihrer Wohltäterin sagen zu dürfen, dass Sie hinfort keine unmittelbaren Lebenssorgen mehr haben sollen.«

»Sprechen Sie im Ernst? O, nennen Sie mir zum wenigsten den Namen der edlen Dame, damit ich sie in mein Gebet einschließen kann.« – »Ich kann Ihren Wunsch nur unter der einen Bedingung erfüllen, dass Sie den Namen keiner zweiten Person sagen, sei es, wer es sei.« – »Ich gebe Ihnen mein heiliges Versprechen,« rief Morel begeistert. – »Nun, der Name der Dame ist Marquise von Harville.« – »Er wird nie aus meinem Gedächtnisse, nie aus meinem Gebete schwinden. Wie soll ich ihr danken, dass sie mir meine Frau und meine Kinder rettet? Ach, Herr, wenn unsre liebe, gute Luise bei uns bleiben kann und uns in unsrem Haushalte unterstützen kann, dann werden wir uns vorkommen in unsrer ärmlichen, bescheidenen Wohnung wie im Paradiese.«

»Nun, Luise soll Sie nicht mehr verlassen. Das soll der Lohn sein für Ihre Standhaftigkeit und Rechtlichkeit,« antwortete Rudolf; »jetzt aber sagen Sie mir, dieser Jakob Ferrand ...« – Über Morels Stirn huschte eine finstere Wolke. – »Dieser Jakob Ferrand,« nahm Rudolf wieder das Wort, »ist doch der Notar in der Rue de Sentier?« – »Allerdings, Herr. Sie kennen ihn doch nicht etwa?« rief Morel; »wenn mein armes Kind nur nicht ...« – Es war ihm nicht möglich, den Satz zu vollenden. Er schlug die Hände vor das Gesicht. Rudolf erriet den Grund seines Kummers. – »Ich sollte meinen,« sagte er, »gerade dieses rücksichtslose Vorgehen des Mannes, lieber Morel, müsste Sie beruhigen! Sicher hat er Sie ins Schuldgefängnis setzen lassen wollen, um Ihre Tochter, die sich ihm widersetzte, mürbezumachen. Ich habe übrigens alle Ursache, den Mann für einen höchst unredlichen Charakter zu halten. Aber,« fuhr er nach einer kurzen Pause fort, »sollten Sie recht haben, lieber Morel, sollten Ihre Befürchtungen sich bestätigen, dann glauben Sie auch, dass Ihnen ein Racheengel erschienen ist, der den Mann, wenn er sich wirklich an Ihrer Tochter vergangen hat, mit unerbittlicher Strenge verfolgen wird.«

Jungfer Lachtaube trat aus ihrer Stube und trocknete sich mit ihrer Tändelschürze die Augen. – »Nicht wahr, hübsche Nachbarin,« sprach Rudolf sie an, »Herr Morel kann nichts Besseres tun, als die Zeit über, bis sein Gönner, in dessen Auftrage ich ja nur hier bin, eine passendere Wohnung für ihn gefunden, hinüber in die von mir hier im Hause gemietete zu ziehen?« – Jungfer Lachtaube schien so betroffen, dass sie keine Antwort fand. – »Ich muss für meinen Herrn,« nahm Rudolf wieder das Wort, »ein paar eilige Arbeiten machen; aber ich rechne darauf, dass Sie mir ein Plätzchen an Ihrem Arbeitstische für die kurze Zeit abtreten? Ich werde Sie ganz gewiss nicht stören. Morels könnten aber, wenn sich die Pförtnersleute für Geld und gute Worte bereitfinden ließen, beim Umzuge zu helfen, ohne jeden Aufenthalt ihre alte Wohnung räumen und in die Meinige einziehen.«

»Vater,« rief einer der Knaben, den Fuß auf den Flur hinaussetzend, »du möchtest zur Mutter kommen.« – »Gehen Sie, mein lieber Morel,« sagte Rudolf, ihm auf die Schulter klopfend, »sobald unten alles in Ordnung, lasse ich es Ihnen sagen.«

Darauf wandte er sich zu Lachtäubchen ... »Nun, schöne Nachbarin, hätte ich an Sie eine recht große Bitte: mich in den nächsten Laden zu führen, wo wir für unsere armen Freunde das Allernötigste kaufen können. Sie verstehen das gewiss recht gut, und ich möchte mich in aller Hinsicht dabei auf Sie verlassen.« – »O gewiss!« rief Lachtäubchen, von Begeisterung erfüllt, »ach! Ich will gewiss alles tun, was in meinen Kräften steht.«

Lachtäubchen stand ungefähr in dem gleichen Alter wie ihre einstige Mitgefangene, die Schalldirne; aber zwischen den beiden Mädchen bestand ungefähr der gleiche Unterschied, wie zwischen Lachen und Weinen; die eine war von Temperament zart, poetisch, empfindlich; die andere prosaisch, munter und mitleidig, eines jener Pariser Mädchen, die der Stille den Lärm, der Ruhe die Bewegung, dem sanften Rauschen des Windes, des Wassers und der Wellen die laute Orchestermusik in den Kolosseumsbällen usw. vorziehen, die lieber ein Feuerwerk sehen, als den Blick zum heiteren Sternenhimmel hinauf richten, die der Stille der Felder und Fluren den betäubenden Straßenlärm vorziehen. Und doch setzte sie den Fuß aus ihrem Stübchen bloß alle Morgen in der Frühe, um das Frühstück für sich und das tägliche Futter für ihre beiden Vögelchen zu holen, und an Sonntagen, aber anderswo als in Paris zu wohnen, hätte sie für ein Ding der Unmöglichkeit angesehen, und sie wäre, hätte man sie von dort in die Provinz verpflanzt, vor Verzweiflung in den ersten vier Wochen am Heimweh gestorben.

Lachtäubchen war kaum achtzehn Jahre alt, nicht groß, sondern eher klein zu nennen, aber von tadellosem Wuchse, fast übervoller Büste und rundlicher Fülle, doch genau den Verhältnissen von Körper und Größe angepasst. Ihre flinken Bewegungen erinnerten an das zierliche Trippeln der Wachtel oder Bachstelze; sie ging weniger als schwebte gleichsam über das Pflaster, das sie mit ihren Füßchen kaum zu betreten schien.

Rudolf hatte Lachtäubchen immer nur in Morels dunkler Wohnung gesehen oder auf dem kaum helleren Vorsaale, und die strahlende Frische seiner kleinen Nachbarin blendete ihn jetzt förmlich. Das vorn schmale, weit nach hinten gerückte Häubchen zeigte zwei breite, dicke Flechten von glänzendem Schwarz, die weit über die Stirn hineinhingen. Die feinen schmalen Brauen sahen aus wie mit Tusche gemalt und rundeten sich über den beiden munteren, schalkhaften Augen von tiefem Schwarz. Ihre festen vollen Wangen hatten eine an den Hauch eines Pfirsichs erinnernde Färbung; ihr kleines Stumpfnäschen guckte keck in die Welt hinein; den eher großen als kleinen Mund mit den roten, feuchten Lippen und kleinen weißen Perlenzähnen umspielte ein neckisches Lachen; drei reizende Grübchen, zwei auf den Wangen, eines auf dem Kinn, nicht weit von einem schwarzen Schönheitsmale am Mundwinkel, liehen dem Gesicht einen Zug von schalkhafter Anmut.

Rudolf stand noch immer unbemerkt an der Tür und rührte kein Glied, während seine schöne Nachbarin noch immer allein zu sein dachte und sich mit der zierlichen weißen Hand das Haar glatt strich, dann den kleinen Fuß auf einen Stuhl stellte und sich bückte, um sich den Schuh zuzuschnüren. Natürlich konnte Rudolfs neugierigen Blicken der blendend weiße Strumpf und das Bein von untadelhafter Fülle der Form nicht entgehen.

Lachtäubchen war in Gedanken bei ihrem neuen Nachbar, der ihr recht gut gefiel, sowohl von Aussehen als von Charakter, hatte er sich doch gegen die arme Familie Morel so gütig gezeigt, ihr sein Zimmer abzutreten: ein Beweis von Herzensgüte, der ihm das Herz der kleinen Näherin auf der Stelle gewonnen hatte. So wünschte sie sich von Herzen Glück, dass ein Logisherr wie der Herr Rudolf, auf die bisherigen Mieter, den Herrn Cabrion und den Herrn Franz Germain, gefolgt war, hatte sie doch recht gebangt, dass das Zimmer entweder gar nicht oder an jemand vermietet werden möchte, mit dem sie nicht harmonieren könne.

Rudolf musterte das Stübchen, während sich das Mädchen noch immer mit ihren Schuhen zu schaffen machte. Es war ein recht schmucker, sauberer Ort. Die Wände waren mit grauen Papiertapeten bekleidet. Auf dem marmorartig gestrichenen Kamine standen ein paar schöne, grüne Blumentöpfe; in einem kleinen Uhrgehäuse hing eine silberne Taschenuhr als bescheidener Ersatz für die sonst übliche Stutzuhr. Daneben stand ein spiegelblanker kupferner Leuchter, mit einem Wachslicht darin, auf der andern Seite eine ebenso blank geputzte Lampe. Über dem Kamine hing ein ziemlich großer Spiegel in schwarzem Holzrahmen. Bett und Fenster waren durch bunte Wollvorhänge verdeckt. Rechts und links vom Alkoven standen zwei Schränke, worin die Garderobe und das geringe Hausgerät aufbewahrt waren. Eine blank polierte Nussbaumkommode, vier Nussbaumstühle, ein mit grünwollner Decke bedeckter Tisch, ein Lehnstuhl aus Strohgeflecht und eine Fußbank, auf der gewöhnlich Lachtäubchen saß, bildeten das ganze Mobiliar.

An einem der Fenster hing ein Käfig mit einem Paar Kanarienvögeln, den Kameraden des holden Mädchens. Auf dem Fensterbrett stand ein Kasten aus Holz, mit Erde gefüllt und zur Winterszeit mit Moos belegt. Ihn pflegte das Mädchen seinen Garten zu nennen, denn im Sommer zog sie allerhand hübsche Blümchen darin.

Als Rudolf jetzt eine Bewegung machte, drehte sich Lachtäubchen um, tat aber gar nicht verwundert, sondern, rief ihm, ohne ihre Stellung zu verändern, munter zu: »Ei, Sie da, Herr Nachbar?« – Aber im Nu verschwand der niedliche Fuß unter den weiten Falten des braunen Kleides. – »Sie sind wohl hereingeschlichen?« fragte sie schelmisch. – »Sie haben mich nicht kommen hören. Ich bin hereingekommen wie jeder andere Mensch, war aber vor Staunen über die saubere, niedliche Einrichtung so verdutzt, dass ich eine Weile ganz sprachlos war. Die Gardinen sind doch gar zu schmuck! Und die Kommode sieht aus, wie wenn sie aus Mahagoni wäre, so blank ... Es hat Sie viel Geld kosten müssen.«

»Reden wir nicht weiter davon. Als ich aus dem Gefängnisse herauskam, hatte ich 450 Franks in meinem Besitze, aber fast alles ist wieder flöten gegangen.« – »Was reden Sie von Gefängnis? Sie haben doch nicht schon gesessen?« fragte Rudolf. – »Ach! Das ist eine gar verwickelte Sache. Es passierte, als ich kaum zehn Jahre alt gewesen war.« – »Wer hatte bis dahin für Sie gesorgt?« – »O, ein paar recht brave alte Leute. Aber sie starben an der Cholera. Ich wusste da nicht, was ich anfangen sollte, und so ging ich auf die unserm Hause gegenüberliegende Wache und sagte zu dem schildernden Posten: Ach, lieber Herr Soldat, mir sind die Eltern gestorben, und ich weiß nicht, wohin ich mich wenden soll. Da kam ein Offizier herbei und ließ mich zur Polizei abführen, und er hatte nichts Eiligeres zu tun, als mich ins Stockhaus unter dem Vorgeben zu stecken, ich sei eine Landstreicherin.

Herausgelassen wurde ich erst wieder, als ich das sechzehnte Jahr vollendet hatte.«

»Und Ihre Eltern?« – »Wer mein Vater gewesen, weiß ich nicht. Als ich die Mutter verlor, war ich sechs Jahre alt; sie hatte mich aus dem Findelhause zu sich genommen, nachdem sie mich zuerst dorthin hatte geben müssen. Die braven Leute, von denen ich spreche, wohnten in unserm Hause, waren kinderlos und nahmen sich meiner an, als sie hörten, dass ich die Mutter auch verloren hätte.« – »Was waren es denn für Leute?« fragte Rudolf; »ich meine, ihrem Stande nach.« – »Der Mann war Maurer, die Frau verdiente sich durch Sticken ihr Nadelgeld.« – »Und Sie hatten es gut bei ihnen?« – »Ach, sie ließen mir allen Willen, freuten sich, wenn ich recht lustig und vergnügt war, und an Lustigkeit hat es mir auch nicht gefehlt.«– »Daher wohl der Kosename, den Sie führen?« fragte Rudolf. – »Ganz recht, der Name rührt von meinem Pflegemütterchen her und ist mir auch geblieben. Es waren wirklich recht gute Leute, meine Pflegeeltern, lieber Herr Rudolf, und wenn ich auf sie mich besinne, könnte ich des Erzählens manchmal kein Ende finden. Aber jetzt will ich nur schnell den Schal vom Bette nehmen und um die Taille stecken, denn wir müssen gehen. Ehe wir alles für Morels gekauft haben werden, was sie brauchen können, wird geraume Zeit vergehen.«

»Wir wollen im Vorbeigehen bei Pipelets mit vorsprechen, damit sie wissen, was mit den Sachen geschehen soll, wenn sie hergebracht werden,« sagte Rudolf: »Es muss natürlich alles in meine Wohnung geschafft werden, in die Morels ja vorläufig ziehen sollen.« –

Als sie wieder aus der Pförtnerstube traten, um sich auf den Weg nach einem Kaufhause zu machen, kam ein Mensch in Sicht, so dicht in einen Mantel gehüllt, dass man kaum die Augen sehen konnte, und fragte, ohne bis an die Tür der Pförtnerstube zu treten, ob Frau Burette zu Hause sei. – »Sie kommen doch nicht etwa aus Saint-Denis?« fragte Pipelet, ein pfiffiges Gesicht schneidend. – »Jawohl,« gab der Mann zur Antwort. »Ein Viertel auf zwei.« – »Na, dann gehen Sie dreist hinauf,« erwiderte auf die wunderliche Antwort der Pförtner, der noch immer das pfiffige Lächeln zeigte. – Der Mann war schnell auf der Treppe verschwunden. –

»Was hat das zu bedeuten?« fragte Rudolf. – »Hm, bei der Burette oben geht wohl was Besonderes vor; es bleibt in einem Hin- und Herrennen, und heute früh hat sie zu mir gesagt: Ich solle alle, die aus Saint-Denis kämen und sagten, »jawohl; ein Viertel auf zwei«, ohne Umstände zu ihr hinauf lassen, sonst aber niemand.« – »Das nimmt sich ja gerade so aus wie ein Losungswort,« meinte Rudolf. – »Ganz recht; drum habe ich auch bei mir gedacht: Es müsse was oben im Gange sein. Heut Nacht ist übrigens der kleine Lahme, der beim Herrn Bradamanti im Dienst ist, in der zweiten Stunde mit dem Weibe, das den Spitznamen Eule hat, hergekommen. Die Eule ist bis gegen vier Uhr da geblieben, dann im Fiaker, der vorm Hause solange gewartet hat, weggefahren. Wohin, weiß ich nicht, und was sie hier gewollt hat, auch nicht. Aber ich denke, sie wird wieder herkommen, denn die Burette hat mir gesagt, die Eule könne ich ohne Weiteres hinauflassen, auch wenn sie das Losungswort nicht sagen sollte.«

Rudolf dachte sogleich, da sei doch wieder eine neue Missetat im Gange, hatte jedoch nicht die geringste Ahnung, dass sie ihn so nahe angehen sollte. – Drum sagte er jetzt zu der Pförtnerin: »Nun, liebe Frau, Sie vergessen doch nicht, was ich Ihnen über die Morels gesagt habe? Sie sorgen für eine kräftige Suppe und lassen für die Familie Essen aus dem nächsten Gasthause holen? Nicht wahr?«

Die Frau versprach es, Rudolf reichte dem Mädchen den Arm und verließ mit ihr Haus und Straße.

Achtes Kapitel.

Ein seltsamer Fund.

Auf den Schnee, der in der Nacht gefallen war, hatte sich eine empfindliche Kälte eingestellt. Das Pflaster der Straße war fast ganz getrocknet. Das junge Paar schlug den Weg zu dem großen und wunderlichen Kaufhause ein, das schon damals unter dem Namen »Temple« in Paris bestand. Es stand ungefähr in der Mitte der Rue du Temple, unweit von einem Brunnen an der Ecke eines großen Platzes, und bildete ein unregelmäßiges Parallelogramm, das mit einem Schieferdache gedeckt war und durch einen langen Gang, der es in der Mitte und Länge durchschnitt, in zwei ungefähr gleiche Hälften geteilt wurde, die ihrerseits wieder von einer Menge kleiner Seiten- und Quergässchen nach allen Richtungen hin gequert, aber sämtlich durch das Schieferdach vor eindringendem Regen geschützt wurden. Von neuen Waren war in dem Kaufhause kein Stück zu finden, sondern nur allerhand Altwaren, die von vielen in Kasten streng voneinander geschiedenen Trödlern verschleißt wurden. Tuchreste, alte Schuhe, alte Stiefel, Herren- und Damenhüte, Schnuren, Troddeln, Seide, Baumwolle, Zwirn und was sonst von den Frauen zu ihren Handarbeiten gebraucht wird, Herren- und Damen-, auch Kindergarderobe waren auf der einen Hälfte, Wohn- und Wirtschaftsgeräte, Betten, Matratzen, Vorhänge, Ton- und Eisenware auf der andern Seite des Kaufhauses untergebracht.

Kaum hatte das Paar diesen Teil betreten, als es mit allerhand Angeboten sogleich überschüttet wurde. Eine gutmütige, korpulente Verkäuferin sprach sie als junges Ehepaar an. Das gefiel Rudolf, und er sagte zu seiner Begleiterin, dass sie bei Frau Bouvard - so lautete der Name, der auf dem Schilde des Verkaufsstandes stand- die nötige Bettware einkaufen wollten. Lachtaube musterte die ausliegende Ware mit Kennerblicken ... Frau Bouvard merkte auf der Stelle, dass sie es mit keiner unerfahrenen Person zu tun hätte, und sagte: »Bitte, meine liebe Dame, hier habe ich einen wunderhübschen Gelegenheitskauf: zweimal überzuziehen, ganz funkelnagelneu! Und dann sehen Sie sich doch mal den schönen Wäscheschrank an: ich handle ja in der Regel nicht mit Möbeln, aber die Leute, von denen ich den Schrank habe, mussten ihn aus Not verkaufen, und die Frau mochte sich gerade von dem Schranke gar nicht trennen, der ein altes Erbstück zu sein scheint.«

Rudolf betrachtete den alten Schrank aus Rosenholz jetzt aufmerksamer und gewahrte in der Mitte der mit verschiedenem Holz ausgelegten Klappe einen Namenszug, ein M und ein R mit einer Grafenkrone darüber. Hieraus schloss er, dass der Schrank dereinst einem Gliede der vornehmen Welt gehört haben müsse. Er musterte ihn aufmerksam, zog einen Kasten nach dem andern auf, bis er bei dem letzten sich durch ein zwischen geklemmtes Papier daran behindert sah. Mühsam gelang es ihm endlich, aber nicht wenig erstaunt war er, in dem Hinderungsgegenstande einen Brief folgenden Inhalts zu erkennen:

»Mein Herr! - Nur das allerschwerste Missgeschick kann mich zu dem Schritte zwingen, den ich jetzt tue. Beim Tode meines Mannes fiel ein Vermögen von annähernd 800 000 Franks an mich, die durch meinen Bruder beim Notar Ferrand hinterlegt wurden. Ich hatte mich mit meiner einzigen Tochter nach Angers begeben. Dorthin sandte mein Bruder mir die Zinsen. Auf welche schreckliche Weise mein Bruder um das Leben kam, ist Ihnen bekannt. Er hatte sich durch unvorsichtige Spekulationen ruiniert und gab sich vor acht Monaten selbst den Tod. Kurz vorher schrieb er mir noch, dass er über die beim Notar Ferrand hinterlegte Summe keine Quittung bekommen habe. Das sei nun einmal bei diesem Notar nicht Brauch, da er auf seinen ehrlichen Ruf sich stütze. Ich würde, sagte mir der Bruder, nur bei dem Manne vorzusprechen brauchen, um alles Geld, was ich brauche, dort abzuheben. Es verging ein Jahr, ehe ich nach Paris kam und mich zu dem Notar verfügte. Sie können wohl denken, dass ich nun mit meinen Mitteln recht knapp war, denn wie schon gesagt, die bei Ferrand hinterlegte Summe bildete mein Gesamtvermögen, und andere Einkünfte hatte ich nicht. Es war indessen nicht früher möglich gewesen, die Reise nach Paris zu unternehmen, und auf Briefe hatte der Notar mir nicht geantwortet. Sie können sich nun meinen Schreck denken, als ich von dem Manne auf meine Frage nach dem Gelde hörte, ich befände mich in einem unentschuldbaren Irrtume, wenn ich meinte, mein Bruder habe bei ihm irgendein Depot, sondern im Gegenteil bei ihm ein Darlehn von 2000 Franks aufgenommen. Ich, war außer mir, fragte, was denn sonst aus der Summe geworden sein könne; der Notar sah mich kalt an und erwiderte, das könne er freilich nicht wissen, da er doch meinen Bruder nicht gehütet habe. Ich war einer Ohnmacht nahe, denn ich wusste mir keinen Ausweg in der grässlichen Not, in die mich diese Auskunft des Mannes stürzte. Ich erklärte dem Notar, ich könne so etwas von meinem Bruder, der die Redlichkeit selbst gewesen sei, nicht glauben, denn er hätte sich eher selbst alles Geldes entäußert, statt mich und mein einziges Kind in solches Elend zu stürzen. Der Notar blieb bei seiner Behauptung und verwies mich an das Gericht, falls ich in ihn Misstrauen setzte. Mit dem Tode im Herzen verließ ich den Mann. Was sollte ich wider ihn machen? Ich hatte ja gar nichts in den Händen, weder von ihm noch von meinem Bruder als dessen Zuschrift, dass er mir das Geld zu sehr hohen Zinsen unterbringen wolle. Geld hatte ich auch nicht mehr, und dass von irgendwelchem Anwalt ohne Geld ein Rat nicht zu haben sei, wusste ich ja doch zur Genüge. Darum musste ich es lassen, wie es stand und lag, denn einen Prozess zu führen, war ich nicht imstande, und so blieb mir weiter nichts übrig, als mit meiner Tochter ...«

Hier brach der Brief ab. Was nun folgte, war so stark durchstrichen, dass es nicht mehr zu entziffern war. Aber unten in der Ecke konnte Rudolf noch die Worte lesen: »an die Herzogin von Lucenay zu schreiben.«

Als er den Brief gelesen hatte, fiel ihm ein, wie niederträchtig sich derselbe Ferrand gegen Morel und dessen Tochter benommen hatte, und es nahm ihn nicht wunder, ihn jetzt auch im Licht eines Betrügers offenbart zu sehen. Anderseits meinte er, dass ihm der Zufall die Spur zu einem Unglück weise, bei dem sich Herz und Fantasie der Marquise von Harville werde betätigen können. Der Brief, den er eben gelesen, und der sicher nicht an die Person abgeschickt worden war, für die er bestimmt gewesen, zeigte auf einen stolzen Charakter, den jedes Ansinnen eines Almosens sicher empören würde. Es galt also hier, List anzuwenden, wenn man Hilfe bringen wollte.

Lachtäubchen riss Rudolf aus seinem Sinnen durch die Worte: »Nun, mein Lieber, ich denke, unsre Schützlinge können zufrieden mit der Einrichtung sein, die wir ihnen besorgen. Jetzt handelt es sich nur noch darum, zu bezahlen, was wir für sie eingekauft haben.« – »Daran solls nicht fehlen, meine Liebe,« erwiderte Rudolf, »aber da fällt mir ein, während ich die Rechnung bei Frau Bouvard abmache, könntest du eigentlich Garderobe für Frau Morel und für die Kinder aussuchen. Was du einkaufst, lass doch hierher bringen. Dann kann ja alles miteinander zu ihnen geschafft werden.« – »Gewiss, gewiss! Du hast ja immer recht! Warte also hier ein bisschen, lange bleibe ich ja nicht; ich kenne zwei Verkaufsstände, wo ich schon wiederholt gekauft habe und immer gut bedient worden bin. Dort finde ich auch alles, was sich für Morels eignet.«

Als sie hinweggeeilt war, meinte Frau Bouvard zu Rudolf: »Das muss man sagen, lieber Herr! Eine recht niedliche Hausgesponsin haben Sie sich ausgesucht. Die versteht ja ihre Sache aus dem ff.« – »Nicht wahr?« erwiderte Rudolf, »ich fühle mich auch wirklich recht glücklich, liebe Frau.« – »Na, und die Gesponsin gewiss auch!« – »Sie mögen recht haben, aber ich möchte nun doch auch wissen, was ich Ihnen schuldig bin,« sagte Rudolf. – »Hm, bis auf 330 Franks hat mich Ihre kleine Madame heruntergedrückt. Was verdiene ich an der Sache dabei noch? Keine fünfzehn Franks! So billig kauft man nämlich heute doch nicht mehr ein, wie es allgemein heißt, trotzdem die Leutchen, von denen ich die Sachen hier gekauft habe, in recht großer Not waren.« –

»Den Schrank haben Sie wohl auch von ihnen?« fragte Rudolf. – »Allerdings, Herr. Wirklich, wenn man bloß daran denkt, könnte sich einem das Herz im Leibe herumdrehen. Kommt da vorgestern eine junge, hübsche Dame her, aber so bleich und hager, dass man es ihr auf den ersten Blick ansah, dass sie das liebe Leben nicht hatte. Ihre Garderobe war ja sauber, aber stark mitgenommen, aus allem guckte verschämte Armut hervor; sie fragte mich, während ihr die Röte auf die Wangen trat, ob ich zwei vollständige Betten und einen alten Wäscheschrank kaufen wolle, und als ich sagte, ich müsste mir die Sachen doch erst ansehen, bat sie mich, gleich mitzukommen, sie wohne auf der andern Boulevard-Seite, am Kanale des Saint-Martins-Kai. Es war ein gar armseliges Haus, wohin sie mich nun führte; bis in den vierten Stock hinauf! Dort klopfte sie an eine wurmstichige Tür, ein Mädchen von etwa vierzehn Jahren machte auf, die auch so bleich und hager war und ebenso in Trauerkleidern ging wie die ältere Dame. Ich merkte gleich, dass ich Mutter und Tochter vor mir hatte, wenn auch kein Wort zwischen den beiden Frauen gewechselt wurde. Alles, was in der Wohnung vorhanden war, beschränkte sich außer den beiden Betten und dem Wäscheschrank auf ein paar Stühle, einen alten Koffer, eine Kommode und auf ein Paket, das in ein Tuch eingewickelt war. Die ältere Dame bat mich, Matratzen, Betten, Decken und Vorhänge redlich abzuschätzen, und als ich die Tränen in den Augen des jungen Mädchens sah, konnte ich es nicht über das Herz bringen, mein eigenes Interesse scharf wahrzunehmen, sondern tat, wie ich auf Treu und Glauben versichere, mein übriges, und ob ich sonst keine Möbel kaufe, nahm ich doch den alten Sekretär auch mit und habe ihn, wie Sie mir glauben können, über den Wert bezahlt.«

»Nun liebe Frau, den Schrank kaufe ich Ihnen ab,« antwortete Rudolf. – »Mir solls recht sein, lieber Herr,« sagte die Frau »denn sonst bleibt er mir vielleicht gar auf dem Halse. Als wir handelseins waren, sagte sie zu ihrer Tochter: »So, Klara! Nun nimm das Paket!« ... Ja, Klara war der Name: Ich besinne mich ganz genau. – Dann gab sie mir den Schlüssel zu dem Sekretär, ich sah in ihren Augen eine Träne stehen; mir kam es vor, als ob ihr das Herz dabei blute, sich von dem alten Möbel trennen zu müssen: Aber sie tat sich Zwang an, ihre Würde vor mir zu bewahren; ich zählte ihr das Geld auf den Tisch, zusammen 115 Franks, und ging, nachdem ich die Sachen weggeschafft hatte. Seitdem habe ich die Leutchen nicht wiedergesehen.«

»Wie hieß die Dame?« – »Ja, das kann ich nicht sagen.« – »Und wo wohnt sie?« – »Auch das kann ich nicht sagen,« sagte die Frau. – »In der früheren Wohnung muss sie aber doch bekannt gewesen sein?« – »Doch nicht, Herr! Als ich beim Torwart vorbeiging, sagte der: »Ach! Sie haben wohl oben im vierten Stock eingekauft? Na, wenn die armen Menschen sich nicht nur noch ein Leid antun! Vor einer Weile haben sie sich durch das Hinterhaus entfernt, ohne zu sagen, ob sie wiederkommen wollen oder wohin sie sich zu begeben denken. Ich weiß nicht, was aus ihnen noch werden soll.« Rudolfs Hoffnungen schwanden. Wie sollte er, ohne andern Anhalt als den Namen Klara, den Brief und den darin enthaltenen Hinweis auf die Herzogin von Lucenay, erwarten können, die Frau zu finden, von der diese Ausweise herrührten? Nur die Beziehungen, die zwischen der Herzogin und der Marquise bestanden, konnten vielleicht einigermaßen dazu helfen. Er bezahlte die Frau, worauf sie fragte, wohin sie die Sachen bringen solle. Als Rudolf die Hausnummer 17 in der Rue du Temple sagte, rief die Trödlerin, dass sie das Haus ja recht gut kenne.

»Sind Sie schon dort gewesen?« fragte Rudolf. – »Mehr als einmal,« versetzte die Frau; »wohnt doch eine Frau dort, die Geld auf Pfänder leiht, kauft und verkauft und auch sonstige Geschäfte noch mit allen möglichen Leuten macht. Aber was gehts mich an? Ich habe bloß einiges gekauft bei ihr und bin noch einmal später bei ihr gewesen, um für den jungen Mann, der im vierten Stock wohnte, etwas Mobiliar zu erstehen ...«

»Wohl Franz Germain? Wie?« – »Ganz recht. Kennen Sie ihn etwa?« – »o freilich! Schade, dass er aus der Rue du Temple gezogen ist, ohne seine neue Wohnung zu sagen. Ich habe schon versucht, ihn ausfindig zu machen, aber ohne Erfolg.« – »Ich meine gehört zu haben, dass er bei einem Notar angestellt sei,« fugte Rudolf. – »Doch nicht gar beim Ferrand?« erwiderte die Trödlerin; »es war doch mit dem jungen Menschen eine gar zu komische Sache: Er kam zu mir, ich solle ihm all sein Mobiliar abkaufen; ich machte ihm den Preis, und er ging darauf ein; er mag wohl mit mir zufrieden gewesen sein, denn er kam nach vierzehn Tagen wieder und kaufte sich ein Bett; aber als er bezahlen wollte, fand er, dass er seine Börse vergessen; ich wollte ihm das Bett hinschicken und mir das Geld dabei mitnehmen; er sagte aber, er sei selten zu Hause, ich solle lieber beim Notar Ferrand vorsprechen, wo er nachmittags sicher zu treffen sei; dass er dort angestellt sei, hat er mir nicht gesagt; aber als ich am andern Tage hinging, war er in der Kanzlei und bezahlte mich auf Heller und Pfennig ... Von einem jungen Menschen ists doch wunderlich, heute sein Mobiliar zu verkaufen und morgen sich wieder Neues anzuschaffen.«

Rudolf meinte, den Grund hierfür in dem Bestreben Germains, seine Widersacher von seiner Spur abzubringen, suchen zu sollen, und da er fürchten mochte, dass sie, wenn er umzöge, wie andere Leute, leicht seine neue Wohnung erfahren möchten, hielt er es wahrscheinlich für gescheiter, in der alten Wohnung sein bisschen Gerät zu verkaufen und sich in der neuen neu einzurichten. Das Herz krampfte sich ihm vor Freude darüber, dass es ihm endlich gelungen sei, den Sohn von Frau Georges ausfindig zu machen, zusammen, und kaum konnte er es erwarten, ihn ihr in die Arme zu führen. Als Lachtaube mit freudestrahlendem Gesicht zurückkam, und ihm jubelnd zurief: »Sehen Sie, ich habe ganz richtig gerechnet, die Rechnung macht netto 640 Franks, aber nun sind Morels auch eingerichtet wie Patrizier,« - reichte er ihr dankerfüllten Herzens die Hand, gab der Trödlerin ihr Geld und begab sich mit seiner schmucken Gefährtin hinweg.

Neuntes Kapitel.

Eine Verhaftung

»Jesus, Jesus,« rief Lachtäubchen, als sie bei sich zu Hause wieder eintraten, »es ist ja ein Polizeikommissar mit seinen Leuten da.« - Und kaum waren sie ins Haus getreten, als sich der an seiner Schärpe kenntliche Herr mit ernstem, strengem Gesicht ihnen nahte. - »Hier wohnt doch der Steinschneider Hieronymus Morel?« lautete die Frage, die er ihnen stellte. - »Jawohl, Herr Kommissar,« antwortete an ihrer Statt die aus ihrer Loge tretende Frau Pipelet. »So führen Sie mich zu ihm!« befahl der Kommissar kurz, gebot seinem Sergeanten, das Haus scharf zu bewachen, den Flur nicht zu verlassen und einen Wagen holen zu lassen.

Als er mit der Pförtnersfrau die Treppe hinaufging, wandte sich Rudolf an ihn, in der Erwartung, es mit einem humanen Beamten zu tun zu haben ... »Ich weiß ja nicht, Herr, welch neuer Schlag dem armen Manne droht; gestern ist ihm ein Kind an Hunger und Kälte vor den Augen gestorben, und in der verwichenen Nacht ist er von einer sehr schweren Prüfung heimgesucht worden: es handelte sich um einen von ihm ausgestellten Wechsel, infolgedessen er in Schuldhaft abgeführt werden sollte; nur durch eine mildtätige Person ist er hiervon erlöst worden. Soll die arme Familie etwa schon wieder ihres Ernährers beraubt werden?«

»Nicht ihn betriffts heute,« versetzte der Kommissar kurz, »sondern seine Tochter ... er hat doch eine Tochter, die Luise heißt?« – »Das Mädchen?« rief Rudolf erschrocken, »und wessen klagt man sie an?« – Der Kommissar maß ihn mit scharfem Blicke; dann sagte er: »Ich glaube, dass den Mann unverdientes Elend trifft; aber er wird all seine Stärke vonnöten haben, den neuen Schlag zu ertragen, der ihm droht: Seine Tochter ist des Kindesmordes angeklagt.« – »Luise? Was sagen Sie? O Gott, ihr armer Vater!« rief Rudolf, tief ergriffen. – »Ich muss meiner Pflicht gehorchen,« sagte der Kommissar, die weitere Unterhaltung abschneidend, »das Mädchen ist denunziert worden, und zwar von einem in jeder Hinsicht achtbaren und vertrauenswürdigen Herrn ...« –

»Von wem?« fragte Rudolf hastig. – »Von dem Herrn, der bisher ihr Brotgeber war,« versetzte der Kommissar, Frau Pipelet folgend, die schon ein ganzes Stück vorausgeeilt war. – »Vom Notar Ferrand?« rief Rudolf empört. – Der Kommissar nickte, Rudolf aber rief, außer sich vor Entrüstung: »Ha, dieser Schurke!« – »Ich muss Sie darauf aufmerksam machen,« versetzte der Kommissar barsch, »dass Sie von einem unserer achtbarsten Mitbürger nicht in solcher herabwürdigenden Weise sprechen dürfen. Ich kann nur annehmen, dass Sie über ihn gänzlich falsch unterrichtet sind, denn sonst müsste ich Sie auf der Stelle zur Rechenschaft ziehen.« – »Sie haben recht, Herr Kommissar,« sagte Rudolf, »und es erfüllt mich mit Bedauern, in einem vielleicht völlig begründeten Unwillen vergessen zu haben, dass hier nicht der Ort und der gegenwärtige Augenblick auch nicht dazu geeignet ist, derartige Erörterungen anzustellen. Aber um eine Gefälligkeit möchte ich Sie nichtsdestoweniger ersuchen: Das Mädchen, das mit der Pförtnersfrau vorausgeht, dürfte gern bereit sein, Ihnen Ihr Zimmer zur Verfügung zu stellen. Es möchte wohl angehen, Luisen dorthin rufen zu lassen und den Vater im Stillen zu unterrichten, damit der auf den Tod kranken Mutter wenigstens der schwere Kummer erspart bliebe.« – »Wenn Sie mir Bürgschaft dafür leisten wollen, dass das Mädchen keinen Fluchtversuch unternimmt, will ich dieser Bitte willfahren ...«

Beide kamen jetzt auf dem Flure des vierten Stockwerks an, vor der Tür, die zu der von dem Steinschneider Morel mit seiner Familie bewohnten Stube führte. Da ging mit einem Male diese Tür auf, und Luise trat bleich und mit verweinten Augen auf die Schwelle ... »Vater, leb Wohl,« fügte sie, »ich bin bald wieder da, aber ich muss jetzt gehen.« – »Aber, Luise, mein

Kind,« rief Morel, indem er seiner Tochter nachlief und sie aufzuhalten suchte, »so höre doch nur, was ich dir noch zu sagen habe.«

Als sie nun Rudolf und den Polizeikommissar vor sich stehen sahen, blieben beide wie an den Boden gewurzelt stehen ... »Ach, gnädiger Herr,« redete Morel Rudolf an, »Sie sind unser Retter. Helfen Sie mir, Luisen zurückzuhalten!« - Rudolf brach das Herz. Es gebrach ihm an Kraft zur Antwort. Der Kommissar wandte sich zu dem Mädchen und fragte mit strenger Stimme: »Sie sind Luise Morel? Tochter des Steinschneiders Morel?« - »Jawohl, Herr,« erwiderte Luise, am ganzen Leibe zitternd. - »Und Sie sind Hieronymus Morel, Steinschneider, und Vater des Mädchens?« fragte der Kommissar Morel?« - »Jawohl, Herr,« antwortete auch dieser; »aber ...« - Der Kommissar zeigte auf die Stube, in der sich Rudolf bereits befand. - »Dann treten Sie beide hier herein!« sagte er streng; »ich weiß, Morel,« fuhr er hier fort, »dass Sie ein rechtschaffener Mann sind, der aber vom Unglück verfolgt wird; darum erfüllt es mich mit tiefem Schmerz, Ihnen sagen zu müssen, dass ich mit dem Auftrage hierher kommandiert worden bin, Ihre Tochter Luise zu verhaften.«

»Jesus, Jesus!« schrie Luise auf, »alles ist entdeckt! Vater, Vater, es ist um mich geschehen! - Ich bin verloren, ich bin verloren!« - Morel wich entsetzt zurück. »Was sagst du? Was redest du?« rief er, »bist du bei Sinnen oder nicht? Warum droht dir Verhaftung? Was hast du verbrochen?« Und mit drohend erhobener Faust trat er auf den Kommissar zu ... »Sie wollen mir mein Kind entreißen? Ich lege meine Hand ins Feuer, sie kann nichts verbrochen haben, was der Polizei ein Recht gäbe, Hand an sie zu legen.« - Rudolf trat auf ihn zu und nahm ihn am Arme ... Ihm fiel plötzlich das Geld ein, das Luise hergebracht, den Vater vor der Schuldhaft zu bewahren ... Der gleiche Gedanke kam auch Morel, und er rief: »Nicht wahr, das Geld, das du heute früh hattest? Du wolltest doch den Wechsel aus der Welt schaffen, und dann sähest du erst, dass es doch nicht dazu reichte?« Während er seinem Kinde einen schrecklichen Blick zuwarf, nahm Rudolf wieder das Wort ... »Beruhigen Sie sich, Morel! Luise kann nichts getan haben, das sie in Gefahr bringen könnte; ihre Unschuld wird sich herausstellen, es wird alles zu einem guten Ende kommen.«

Luisens Wangen erröteten vor Unwillen über des Vaters Gedanken, sie könne an fremdem Eigentum sich vergriffen haben, und der Ausdruck ihres Gesichtes, der Klang ihrer Stimme gaben dem Vater seine Ruhe wieder. Der Kommissar nahm jetzt wieder das Wort ... »Nicht des Diebstahls wird Ihre Tochter angeschuldigt, Herr Morel,« sagte er, tief ergriffen, »sondern ...«

»Luise, Luise!« rief Morel, »sprich! Ich will alles wissen! Sage du es mir, weshalb dich die Polizei verfolgt. Lass es mich nicht hören aus fremdem Munde! Sprich, sprich! – Ich kann es eher tragen, wenn ich es aus deinem Munde höre.« –

Aber Luise schwieg, und der Kommissar, um dem Auftritte ein Ende zu machen, sprach: »Des Kindesmordes ist Ihre Tochter angeklagt! Aber ...« setzte er hinzu, als er sah, wie leichenblass der Vater wurde, »fassen Sie sich. Mann! Sie steht ja nur unter der Anklage. Bewiesen ist ihr das Verbrechen nicht.« – Da löste sich Luisens Zunge, und sich mühsam in die Höhe richtend, sagte sie, leise zwar, aber fest und bestimmt: »Nein, nein, Vater! Es ist nicht wahr! Ich habe das Kind nicht umgebracht, es kam schon tot zur Welt, das schwöre ich dir bei allem, was mir heilig ist! Aber, Vater, ich hatte all meine Besinnung verloren, wusste nicht, was mit mir vorging, und nur das ist mein Vergehen! Nur das und kein anderes! Wie kannst du denken, dass ich imstande gewesen wäre, das Kind, dem ich das Leben gegeben, das Leben wieder zu nehmen!«

Beide Hände gegen Luisen erhebend, wie wenn er sie durch Wort und Gebärde vernichten wollte, rief Morel mit schrecklicher Stimme: »Hinweg von mir, Elende! Solchen Schimpf auf deines Vaters Haupt zu laden!« – Luise brach zusammen ... »Gnade, Gnade, Vater!« stammelte sie, »Gnade, Gnade!« –

Eine Pause grässlichen Schweigens trat ein. Dann wandte Morel sich mit Eiseskälte zu dem Kommissar und sprach: »Führen Sie das Geschöpf hinweg! Sie ist mein Kind nicht länger!« Er wollte gehen, aber Luise fiel vor ihm nieder, umklammerte seine Knie und rief, bitterlich weinend und flehentlich zu ihm aufschauend: »Vater, Vater! Fluche mir nicht! Ich will dir ja alles, alles sagen, wie es gekommen, wie es zugegangen ist! So schlecht, wie du meinst, ist dein Kind nicht!« – »Gott, mein Gott! Mein Kind!« rief Morel, voll Verzweiflung dem Umsinken nahe. – Da trat Rudolf zu ihm und sagte leise: »Fassen Sie sich. Mann! Wie, wenn sie sich geopfert hätte, um Sie zu retten?«

Rudolfs Worte machten einen niederschmetternden Eindruck auf den unglücklichen Vater. Die Zähne zusammenpressend, maß er sein Kind mit einem Blicke voll unsäglichen Schmerzes und stammelte: »Ferrand? Ferrand?« – Luise wandte sich, ihre Fassung einigermaßen wiedergewinnend, zu dem Kommissar: »Herr,« rief sie, »vergönnen Sie mir ein paar Worte mit meinem Vater und mit diesem Herrn da! Vielleicht sehe ich keinen von beiden wieder. Ich möchte mich vor ihnen rechtfertigen.« – Stumm nickend, trat der Kommissar in den Hintergrund. – Luise, totenbleich, einer Ohnmacht nahe vor Schmerz über die Enthüllung, die sie geben sollte, nahm zitternd die magere, arbeitsharte Hand des Vaters. Und als er sie ihr nicht entzog, brach sie in klägliches Schluchzen aus und bedeckte sie mit Küssen ... Sein Zorn war verraucht; die lange zurückgehaltenen Tränen rannen ihm über die Wangen..

»Ach, Vater,« stammelte sie, »wenn du wüsstest, wie tief, wie tief ich zu beklagen bin!« – »Mein Kind, diesen Gram werde ich nimmer vergessen, solange mir der gütige Gott noch das Leben lässt! Jesus, Jesus! Du, im Gefängnisse! Du auf der Anklagebank! Wer kann es ausdenken? Und ich außerstande, dir zu helfen! Doch nun rede, Kind! Aber im Namen Gottes keine Unwahrheit! Ich beschwöre dich, Luise! Keine Unwahrheit! Und mag es noch so grässlich sein, was du mir sagen musst!«

»Vater,« antwortete Luise, »ich will dir alles, alles sagen, nur versprich mir, niemand ein Wort davon zu sagen! Hörst du niemand! Wüsste er, dass ich gesprochen,« fuhr sie fort, am ganzen Leibe zitternd, »dann wärest auch du verloren, verloren wie ich, denn du kennst die Bosheit und die Macht dieses Menschen nicht!« – »Ferrands?« fragte Morel. – »Ja,« antwortete Luise, sich umschauend, wie wenn sie fürchtete, von jemand gehört zu werden ... Nach einigem Besinnen fuhr sie fort: »In meiner Erzählung wird von jemand die Rede sein, der mir einen großen Dienst getan, und der sich gegen dich und meine Angehörigen sehr gütig gezeigt hat; ihm habe ich versprechen müssen, ihn ungenannt zu lassen.« – Rudolf dachte auf der Stelle an Germain und sagte: »Sollten Sie den jungen Mann meinen, der bei diesem Notar in Stellung ist und meines Wissens Franz Germain heißt, so dürfen Sie völlig beruhigt sein: Ich werde über ihn nicht das Geringste sprechen, sondern seinen Namen gegen jedermann verschweigen.« – Luise sah Rudolf verwundert an ... »O, Sie kennen Franz Germain?« – Und auch Morel rief: »Sie kennen den jungen braven Menschen, der ein Vierteljahr im Hause hier gewohnt hat? Aber auch du, Luise, hast doch immer getan, als kenntest du ihn nicht!«

»Vater, es war so abgemacht zwischen uns,« antwortete Luise, »Germain hatte triftigen Grund, niemand wissen zu lassen, dass er bei Ferrand in Stellung sei. Die Stube bei uns im vierten Stock zu mieten, habe ich ihm seinerzeit geraten, weil ich recht gut wusste, dass er einen guten Nachbar abgeben werde.«

»Eine Frage, Morel!« sagte Rudolf; »durch wen ist Ihre Tochter zu dem Notar gekommen?« – »Als meine Frau so schwer erkrankte, habe ich die Frau Burette, die Pfandleiherin in unserm Hause, die mit der Haushälterin des Notars bekannt war, gebeten, sich bei dem Manne für sie zu verwenden, falls ein Mädchen für den Dienst im Hause gebraucht würde.« – Rudolf wandte sich zu Luisen: »Ich bin zwar über einige Umstände, die Ferrands Hass wider Ihren Vater zugrunde liegen, unterrichtet, möchte Sie aber bitten, Mir kurz zu sagen, was zwischen Ferrand und Ihnen vorgegangen ist, seit Sie bei ihm in Dienst getreten sind. Für Ihre Verteidigung in dem Prozesse, der doch wider Sie ohne Frage eingeleitet werden wird, kann das nur von Nutzen sein.«

»In der ersten Zeit habe ich keine Ursache gefunden,« erwiderte Luise, »zu irgendwelcher Klage. Arbeiten musste ich freilich sehr viel, die Haushälterin war sehr streng, Zerstreuung wurde mir gar keine gegönnt, aber ich habe alles mit Geduld ertragen. Der Herr zeigte immer ein strenges, finsteres Gesicht, besuchte regelmäßig die Kirche und bekam sehr oft Besuch von geistlichen Herren. Ich hätte ihm in keiner Weise gemisstraut. Außer dem Hausverwalter und der Frau Seraphim - so heißt die Haushälterin - war niemand weiter in dem Hause, einem großen, einzeln stehenden Gebäude zwischen Hof und Garten. Im obersten Stock, fast unterm Dache, lag meine Kammer. Saß ich dort allein, beschlich mich öfter Furcht. Nachts war es mir zuweilen, als ob sich unter mir zu ebener Erde dumpfe Geräusche hören ließen. Ich wagte nicht, mich zu rühren, dann hörte ich, dass unten tagsüber Herr Germain arbeite, und dass sich seine Kasse dort befände. Eine der Türen unten war mit Eisen beschlagen, die beiden Fenster waren hoch hinauf zugemauert. Eines Abends hatte ich sehr lange zu tun; und als ich mich endlich zu Bette legen wollte, hörte ich auf dem Flure leise Schritte. Zuerst dachte ich, die Haushälterin sei es; vor meiner Tür machten die Schritte Halt; ich fragte, wer da sei, bekam aber keine Antwort; ich ängstigte mich und rückte meine Kommode vor die Tür; die Nacht verging aber ohne weitere Störung. Am andern Morgen bat ich die Haushälterin, ein Schloss vor meine Tür zu legen; Herr Ferrand aber meinte, indem er mit den Achseln zuckte, ich müsse wohl eine recht große Närrin sein, mich so zu fürchten, und ich getraute mich nicht, meine Bitte zu wiederholen. Kurz darauf ereignete sich die unglückliche Geschichte mit Vaters Diamantenverlust. Wir waren in Verzweiflung, wussten wir doch nicht, wie wir uns aus dieser schwierigen Sache herauswinden sollten. Ich erzählte es der Haushälterin des Notars. Sie sagte mir: »Sprechen Sie doch mal mit dem Herrn. Vielleicht tut er was für Ihren Vater.« -

Luise machte eine Pause, um tief Atem zu schöpfen; dann griff sie sich mit beiden Händen an die Stirn und ließ einen tiefen Seufzer hören ... »Am nämlichen Abend,« fuhr sie dann fort, »trat Herr Ferrand selbst auf mich zu, als ich in die Stube trat, um das Geschirr aufzuräumen, und sagte: »Wie ich höre, fehlen deinem Vater 1300 Franks. »Geh gleich zu ihm und sage ihm, er könne sich das Geld morgen in der Kanzlei von mir holen; ich weiß ja, dass er ein rechtschaffener Mann ist, und will ihm gern beistehen.« Sie können denken, dass mir Freudentränen in die Augen traten, und dass ich kaum wusste, wie ich dem Manne danken sollte, der mit seinem gewohnten barschen Wesen mich abwies ... »Schon gut, schon gut,« sagte er zu, mir, »ich tue ja bloß, was Christenpflicht ist!« - Ich rannte abends, als ich mit meinen Arbeiten im Haushalte fertig war, zum Vater und meldete ihm die frohe Kunde. Um mich Herrn Ferrand dankbar zu erweisen, verdoppelte ich meinen Fleiß. Nun aber fing die Haushälterin an, mich zu hassen und zu peinigen, wo sie irgend konnte. Herr Ferrand hatte das Geld auf ein Vierteljahr vorgestreckt. Wenn die Haushälterin zugegen war, verhielt er sich nach wie vor barsch und unfreundlich gegen mich; wenn wir zusammen allein waren, guckte er mich immer häufiger von der Seite an auf eine Weise, die mich in Verlegenheit setzte; wenn ich dann rot wurde, fing er an zu lachen. Einmal nachmittags ging die Haushälterin ganz wider ihre Gewohnheit aus. Die Schreiber waren auch außerhalb beschäftigt. Ich war mit Herrn Ferrand ganz allein und hatte im Vorzimmer zu tun. Da klingelte er mir. Ich traf ihn in seinem Schlafzimmer, wo er vor dem Kamine stand; er winkte mich zu sich heran, und mit einem Male umschlang er mich mit beiden Armen. Ich sah, dass er ganz rot im Gesicht war, dass seine Augen funkelten; ich war so erschrocken, dass ich mich nicht rühren konnte; aber dann überkam mich plötzlich eine solche Angst vor dem Manne, dass ich all meine Kraft zusammennahm und ihn von mir stieß. Es gelang mir, wieder ins Vorzimmer zu flüchten. Dort hielt ich mit beiden Händen die Tür zu; aber mit vor Zorn zitternder Stimme rief er mir durch den Türspalt zu: »Du bringst bloß deinen Vater ins Unglück, wenn du dich gegen mich sperrst; er ist mir 1300 Franks schuldig, und bekomme ich mein Geld nicht, so lasse ich ihn in das Schuldgefängnis stecken. Bloß du kannst ihn vor diesem Schicksal bewahren, wenn du mir zu Willen bist.«

»Ich flehte ihn um Gnade an, erklärte, mich in jeder Hinsicht dankbar zu erweisen, die nicht wider meine Ehre verstieße; da hörte ich, dass er die Vorzimmertür abschloss, die er, trotzdem es finster war, gefunden hatte, und nun wusste ich, dass ich in seiner Gewalt war. Er kam bald mit einer Lampe in der Hand wieder. Wieder suchte ich mich mit aller Kraft zu wehren; ich ließ mich schlagen, kratzen, bis mir das Blut von den Wangen lief ...«

»Jesus!« rief Morel, »und für solche Verbrechen soll es keine Strafe geben?« - »Vielleicht doch,« versetzte Rudolf, nachdenklich werdend; dann sagte er zu Luisen: »Erzählen Sie weiter - erzählen Sie alles!«

»Es dauerte lange, bis mich die Kräfte verließen; im letzten Augenblicke jedoch trat der Hausverwalter mit einem Briefe in das Vorzimmer; Ferrand drohte mir, als er Schritte hörte, nicht bloß mich, sondern auch meinen Vater ins Verderben zu stürzen, sobald ich ein Wort darüber verlauten ließe, was zwischen uns vorgegangen sei; den Vater ließe er wegen seiner Schuld, mich aber wegen Diebstahls einstecken. Tags darauf ging ich nach Hause, um meinem Vater alles zu bekennen. Aber ich fand die Mutter schwerkrank, die Meinigen brauchten das bisschen Geld, das ich bei dem Notar verdiente, und so sagte der Vater, ich solle deshalb nicht aus dem guten Dienste gehen ... Was sollte denn werden, wenn ich nicht bloß keinen Dienst hätte, sondern vielleicht gar ins Stockhaus käme!« –

»Ja,« nahm nun Morel das Wort, »Luise redet die Wahrheit; wir waren so tief in unser Elend gesunken, dass wir uns nicht aufraffen konnten, das Mädchen zu uns zu nehmen, sondern dass wir sie wieder zurück zu dem alten Sünder schickten! Gott! Ach, Gott! Und ich will dem armen Mädchen jetzt zürnen, dass sie zuletzt doch dem Wüstlinge unterlag?«

Er schaute stier vor sich hin. Solches Unglück war zu schwer für ihn ... »Und was hat er dir ferner angetan, der Böse?« lallte er. – »Vater, Vater! Das Böseste kommt noch. Fasse dich, fasse dich! O Gott! Ich kann den Blick nicht ertragen, mit dem du mich anstierst!« Und nach einer Pause, in der sie, Hilfe suchend, den Blick zu Rudolf gewandt hatte, fuhr sie fort: »Als ich mich Mutter fühlte, leugnete er, mich nachts durch Opium eingeschläfert und missbraucht zu haben, und wollte mich aus dem Hause werfen. Ich flehte ihn um Erbarmen an, sagte ihm, dass die Meinigen in größter Not seien, dass sie auf den geringen Verdienst, den ich bei ihm hätte, angewiesen seien, und gelobte ihm, gegen keinen Menschen etwas über meinen Zustand verlauten zu lassen. Darauf behielt er mich in seinem Dienste. Fünf Monate verflossen unter schrecklichen Qualen und Ängsten; noch immer war es mir geglückt, die Leute im Hause zu täuschen; im letzten Vierteljahr meiner Schwangerschaft war das aber nicht mehr möglich, und nun drohte mir Ferrand wieder mit Entlassung. Es folgte eine schreckliche Nacht. Wohin sollte ich mich flüchten? Da kam mir ein schlimmer Gedanke. Die Pförtnersfrau hatte mir gesagt, es wohne ein Mann im Hause, der allerhand Wunderkuren verrichte. Ich schrieb an diesen Mann ...«

»Vorvorgestern, nicht wahr?« fragte Rudolf, »und beim Schreiben hatten Sie unglückliches Kind geweint? Und Tränen waren auf das Papier gefallen und hatten die Schrift verlöscht?« – Luise heftete einen Blick des Entsetzens auf Rudolf. – »Woher wissen Sie das?« stotterte sie. – »Ängstigen Sie sich nicht!« antwortete Rudolf; »ich war in der Pförtnerstube, als der Brief dort abgegeben wurde, und konnte ihn zufällig sehen.« – »Nun denn, Herr, ja! Ich habe dem Manne, der mir als ein Herr Bradamanti genannt worden war, geschrieben, ohne mich zu nennen, und ihn, da ich mich nicht zu ihm hingetraute, gebeten, ins Chateau d'Eau zu kommen. Ich hatte den Kopf verloren. In der Absicht, ihn um Rat zu fragen, ging ich nun aus Ferrands

Hause, sah aber bald ein, dass ich auf gar schlimmen Wegen wandelte, und kehrte wieder um. Ferrand wusste darum, dass ich den Gang machen wollte. Er glaubte, ich könne erst in zwei Stunden wieder da sein. Als ich an die kleine Gartenpforte kam, stand sie halb offen, was mich nicht wenig verwunderte, denn in der Regel wurde sie fest verschlossen gehalten. Ich ging hinein und trug den Schlüssel in Ferrands Zimmer, wo er gewöhnlich seinen Platz hatte. Es lag gerade vor der Schlafstube und im hintersten Teile des Hauses. Die laufenden Geschäfte wurden immer vorn in der Kanzlei besorgt; hier hinten gab er solchen Leuten Gehör, die intimere Aufschlüsse von ihm haben wollten. Gerade als ich den Schlüssel auf den Tisch legte, ging die Schlafstubentür auf. Ich sah, dass in der andern Stube Licht brannte, und dass ein Mann bei Ferrand war. Kaum hatte mich dieser gesehen, als er mich an der Gurgel packte und mich schüttelte. Und dann hörte ich ihn rasend vor Wut schreien: »He? Du spionierst? Warte, das will ich dir austreiben. Steh mir Rede, was du hier wolltest! Oder ich erwürge dich!« Er besann sich aber bald eines andern, jagte mich, ohne weiter etwas zu sagen, in die Essstube zurück und schloss hinter mir die Tür ab.«

»Von einem Gespräche zwischen den beiden Männern hatten Sie nichts gehört?« fragte Rudolf. – »Nicht das Geringste. Hätte ich eine Ahnung davon gehabt, dass er jemand bei sich in dem Kabinett habe, wäre es mir sicher nicht eingefallen, den Fuß über die Schwelle zu setzen. Das durfte ja nicht einmal die Haushälterin. Am andern Tage verrichtete ich meine Arbeiten wie sonst, trotzdem ich recht krank und schwach war und beim Aufräumen ein paar Mal mich einer Ohnmacht nahe fühlte. Beim letzten Anfall wäre ich schier umgefallen, wenn ich mich nicht an einem Mantel hätte festhalten können, der an einer Wand hing: Es passierte mir dabei, dass ich ihn vom Nagel riss und so unter ihn zu liegen kam, dass er mich fast verdeckte. Im selben Augenblick wurde die Glastür des Alkovens eingeklinkt, und ich hörte Ferrands Stimme. Er sprach sehr laut: mir kam der Auftritt vom vorigen Abend in die Erinnerung; mich beschlich Angst vorm Tode, und ich getraute mich nicht, zu rühren. Er hatte mich wahrscheinlich darum nicht gesehen, weil der Mantel mich verdeckte. Aber wenn er mich gesehen hätte, dann hätte er doch sicher nicht geglaubt, dass hier ein Zufall obwalte. So hielt ich den Atem an und wurde wider Willen Ohrenzeuge des Schlusses einer Unterredung, die sicher schon geraume Zeit gedauert hatte.«

»Und wer führte die Unterredung mit Ferrand?« fragte Rudolf. – »Ich kann es nicht sagen. Kannte ich doch nicht einmal die Stimme des Menschen, der bei Ferrand war. Ich habe nur das Folgende gehört: »Nichts kann einfacher sein,« sagte die unbekannte Stimme, »durch einen Schmuggler oder doch Steuerhinterzieher namens Rotarm bin ich der eben besprochenen Affäre halber mit Leuten zusammengebracht worden, die auf einer kleinen Insel unfern von Asnières hausen und Flussräuberei treiben. Vater und Großvater sind hingerichtet worden; die Mutter lebt aber noch mit drei Jungen und zwei Mädchen im Lande, und von ihnen sticht eins das andere an Schlechtigkeit aus, die für Geld zu allen Schandtaten zu haben sind. Um was handelt es sich aber denn? Den kleinen Irrwisch von Frauenzimmer - der Ihnen den Kopf so dick macht - werden die Martials - so heißen die braven Leute - bald um die Ecke gebracht haben, und schwemmt die Kröte am Ufer an, nun, dann ist sie eben selbst ins Wasser gegangen. Dafür sorgen schon ein paar Tränkchen, die ihr rechtzeitig beigebracht werden. Draußen auf dem Dorfe macht man sich mit einer Leiche nicht viel Schererei. In Paris ists ja was anderes. Da sieht man schärfer hin ... Aber wann gedenken Sie, Ihre kleine Kröte nach Asnieres hinaus zu spedieren? Ich muss doch Martials von der Rolle in Kenntnis setzen, die sie bei der Affäre spielen sollen.«

»Die Mamsell kann schon morgen dort sein,« versetzte Ferrand, »ich werde ihr weismachen, dass Dr. Vincent sie besuchen soll.« - »Der Name verrichtets ebenso gut wie jeder andere,« erwiderte der Unbekannte, »ich habe also nichts dagegen einzuwenden.« - Darauf hörte ich, wie Stühle gerückt wurden; Ferrand sagte noch zu dem Menschen, er verlange von ihm, dass er reinen Mund halte; worauf der Unbekannte sagte, Ferrand hätte ihn, und er Ferrand in den Händen; sie könnten einander also immer von Nutzen, aber wohl kaum von Nachteil oder gar zum Schaden sein ... Zwei Stunden später holte mich Frau Seraphim - die Haushälterin - aus meiner Kammer, in die ich mich kränker als vordem zurückgezogen hatte ... »Der Herr will mit Ihnen sprechen« sagte sie. - »Gleich?« fragte ich erschrocken, denn mir war es zumute, als sei die Unterhaltung der beiden Männer um meinetwillen geführt worden. - »Jawohl,« versetzte Frau Seraphim, »und was Sie von ihm hören werden, wird Ihnen geschwind wieder die Farbe ins Gesicht bringen.«

Ferrand war wieder in seinem Kabinett ... »Es scheint nicht zu best mit Ihnen zu stehen,« sagte er. Ich war verwundert, dass er mich nicht, wie bisher, du nannte. - »Das ist aber weiter nicht zu verwundern,« nahm er wieder das Wort, »das hängt mit Ihrem Zustande zusammen und rührt wesentlich von dem Bestreben her, Ihren Zustand zu verheimlichen ... Aber,« setzte er hinzu in freundlicherem Tone, »Sie tun mir leid, denn nach ein paar Tagen werden Sie Ihren Zustand vor niemand mehr verbergen können. Über mein Haus mühte so etwas natürlich Schande bringen, und über Ihre Familie herbes Unglück. Es ist also für Sie und alle übrigen das Beste, wenn Sie auf einige Zeit verschwinden. Darum habe ich mir vorgenommen, Sie auf ein Vierteljahr aufs Land hinaus zu bringen. Ich kenne unfern von

Asnieres Leute mit Namen Martial. Dort werden Sie aufgehoben sein wie ein Kind vom Hause. Ärztlichen Beistand kann Ihnen ein mir befreundeter Arzt leisten, der Doktor Vincent ... Sie sehen also, dass ich es nur gut mit Ihnen meine.«

»Ein ganz schändliches Komplott!« rief Rudolf empört aus; »jetzt wird mir alles verständlich; Ferrand dachte, Sie hätten am Abend vorher ein für ihn bedeutsames Geheimnis erlauscht und wollte Sie aus dem Wege schaffen.« –

»Mir war es entsetzlich zumute; ich konnte nicht antworten, sah aber den Mann, der wie ein Teufel vor mir stand, eine Weile lang an, bis er mich fragte: »Nun, verstehen Sie mich nicht?« – »O ja,« erwiderte ich, am ganzen Leibe zitternd, »aber ich ginge lieber nicht aufs Land.« – »Was?« rief Ferrand, noch immer sich den Zorn verhaltend, »du schlägst meine Güte in den Wind?« – Ich konnte weiter nichts sagen, sondern sah ihn nach wie vor stumm und starr an. – »Aber deiner Familie Schande zu machen, scheust du dich nicht?« schrie er; »ich sage dir kurz und bündig: entweder gehst du morgen zu den Leuten, die ich dir nannte, oder du sagst deinem Vater, ich hätte dich aus dem Hause gewiesen und er müsse ins Gefängnis wandern.« – »Frau Seraphim war, als sie die laute Stimme ihres Herrn hörte, herbeigerannt, und mit ihrer Hilfe gelangte ich in meine Kammer, wo ich unter großen Schmerzen bis gegen ein Uhr früh auf meinem Bette lag. Da stellten sich die ersten Wehen ein, und ich wusste, dass ich das Kind, das ich unter meinem Herzen trug, vor der Zeit zur Welt bringen würde.«

»Aber warum haben Sie nicht um Hilfe gerufen?« fragte Rudolf. – »Ich wagte es nicht,« antwortete Luise, »und das sollte mir zum Unglück werden, denn statt dessen erstickte ich mein Geschrei, indem ich weinend vor Schmerz in das Bett biss. Nun folgten qualvolle Augenblicke, bis ich endlich der Bürde ledig war, die ich unter dem Herzen getragen hatte. Aber das Kind, dem ich das Leben geschenkt hatte, lebte nicht, sondern war tot; ohne Zweifel infolge seiner vorzeitigen Geburt.«

Luisens Stimme erstickte in Schluchzen. Morel hatte die Erzählung seines Kindes mit dumpfer Gleichgültigkeit angehört. Erst Luisens Tränen lösten ihm die Stimme ... »Sie weint, sie weint,« lallte er, »warum? Warum?« Und nach kurzer Pause sprach er weiter: »Ach ja, ich weiß, ich weiß – Ferrand, der Notar, sprich nur weiter, nur weiter ... Du bist ja meine Tochter, meine arme Luise ... ich habe dich nach wie vor lieb ... aber ich habe dich ja gar nicht mehr erkannt, mein Kind! Wie wird mir denn? Ach, mein Kopf! Mein Kopf!«

»Ich drückte mein Kind an mich,« fuhr Luise fort, »freilich verwunderte es mich, dass ich es nicht atmen hörte, aber ich dachte, kleine Kinder atmen wohl nicht laut. Dann aber fiel mir auf, dass es eiskalt war. Es war finster in der Stube. Licht konnte ich nicht machen. Ich suchte es zu erwärmen, ohne dass es mir gelang; ich dachte, die Kälte in meiner Kammer sei daran schuld; ich wartete, bis es hell geworden war, dann hielt ich mein Kind zum Lichte hin, und sah, dass es sich nicht rührte, fühlte, dass es kalt und steif blieb ... ich legte ihm die Hand aufs Herz ... es schlug nicht, sondern stand still, ganz still ...« Luise konnte die Tränen nicht länger zurückhalten. Sie weinte bitterlich, und sie war lange Zeit nicht imstande, ein Wort zu sagen ... »In diesem Augenblicke,« sagte sie dann, »ging etwas Unbeschreibliches in mir vor. Verzweiflung, Schreck, Zorn übermannten mich; ich fürchtete, wenn man mein Kind tot neben mir fände, so würde man mich beschuldigen, es umgebracht zu haben; und da überkam mich der Gedanke, es zu verstecken; ich hoffte, meine Schande würde der Welt dann verborgen bleiben, mein Vater würde mir nicht mehr zürnen, und ich würde auch Ferrands Rache entgehen, weil ich, meiner Bürde ledig, mich ja nach einem andern Dienste umsehen könnte, der mir die Möglichkeit schüfe, nach wie vor für meine Eltern und Geschwister mitzusorgen. Diese Gedanken, Herr, waren es, die mich bestimmten, über meine Niederkunft zu schweigen und den Leichnam meines Kindes zu verstecken. Als es Tag zu werden anfing, bin ich aufgewacht. Nun zögerte ich nicht länger, sondern nahm die Leiche, wickelte sie in ein Tuch und ging leise die Treppe zum Garten hinunter. Dort wollte ich ein Loch in die Erde graben und die Leiche verscharren. Aber es hatte in der Nacht gefroren, die Erde war hart und steif; ich konnte, da es mir an Werkzeug gebrach, mit der Arbeit nicht vom Flecke kommen und versteckte die Leiche im Keller, wohin ja im Winter kein Mensch zu gehen pflegte, deckte einen Blumenkasten über sie und schlich wieder in meine Stube hinauf, ohne von jemand gesehen worden zu sein. Wie ich bei meiner Schwäche den Mut und die Kraft fand, das alles zu verrichten, kann ich mir noch jetzt nicht erklären; aber in der neunten Stunde kam Frau Seraphim, um zu sehen, warum ich noch nicht aufgestanden sei; ich sagte ihr, dass ich mich zu krank fühlte, um aufzustehen, und zu Bett bleiben möchte, aber am andern Tage aus dem Hause gehen werde, da Herr Ferrand mir den Dienst aufgekündigt habe.

»Nach einer Stunde etwa kam er selbst ... »Sie sind wieder kränker,« sagte er, »das kommt von Ihrem Eigensinne her. Hätten Sie meinem Rate gefolgt, dann konnten Sie heute schon bei den braven Leuten sein, die Ihnen Unterstand geben wollten. Heute Abend wird der Doktor Vincent kommen.« – Mich schüttelte die Furcht; ich erklärte, es sei unrecht von mir gewesen, Herrn Ferrands freundliches Anerbieten auszuschlagen, ich wolle es jetzt aber annehmen, es sei also unnötig, den Arzt herkommen zu lassen. Ich sagte das aber nur, um Zeit zu gewinnen, denn mein Wille war, aus dem

Hause und zu meinem Vater zu gehen, noch immer in der Hoffnung, dass alles verschwiegen bleiben werde.

»Ich verließ nun den ganzen Tag das Bett nicht. In der Nacht, als alles im Hause schlief, fand ich Kraft, mich auf den Boden hinauf zu schleichen, um ein Beil zu holen. Damit grub ich ein Loch in die Erde, holte mein totes Kind, bettete es in den kleinen Blumenkasten und verscharrte es ... Ach! Wie schwer ist es mir geworden! Bittere Tränen habe ich vergossen. Endlich aber bin ich in meine Kammer zurückgeschlichen und habe mich wieder in mein Bett gelegt. Heftiges Fieber befiel mich. Früh am Morgen ließ Ferrand fragen, wie es mir gehe. Ich ließ ihm sagen, dass ich mich wohler befände und wohl am andern Tage die Fahrt aufs Land hinaus würde machen können. Ich musste aber noch einen Tag länger im Bette bleiben, denn ich war noch immer sehr schwach, dass ich nicht gehen konnte. Am dritten Tage ging ich aber in die Küche hinunter, blieb bis zum späten Abend dort und ging dann in den Garten hinunter, um zu beten. Als ich wieder nach meinem Dachstübchen hinaufstieg, trat Herr Germain aus der Kanzlei, in der er bis dahin gearbeitet hatte; er sah sehr bleich aus, steckte mir aber schnell eine Geldrolle in die Hand und flüsterte mir zu: »Da, nehmen Sie! Ihr Vater soll morgen in aller Frühe wegen einer Wechselschuld von 1300 Franks verhaftet werden. Bringen Sie ihm das Geld morgen so zeitig wie möglich. Ich weiß erst seit heute, was ich von meinem Prinzipal zu halten habe; aber ich werde ihm die Maske vom Gesicht reißen. Sie dürfen jedoch niemand sagen, dass ich Ihnen das Geld gegeben habe.«

»Er ließ mir keine Zeit, ihm zu danken, sondern war sogleich wieder in der Kanzlei verschwunden ... Und nun,« schloss Luise, erschöpft und kaum noch imstande zu sprechen, aber in die Tasche greifend, aus der sie eine Rolle Goldstücke hervorlangte, »nun habe ich noch eine, wohl meine letzte Bitte: das Geld hier Herrn Franz Germain zurückzugeben. Freilich hatte ich ihm versprochen, niemand zu sagen, dass er es mir gegeben, und dass er bei Ferrand angestellt sei: Sie haben es ja aber schon gewusst, ehe ich es Ihnen sagte; ich begehe also keinen Vertrauensbruch, wenn ich Sie mit diesem Auftrage betraue - vor Gott, der mich hört, wiederhole ich feierlich, dass ich in allem die reine Wahrheit gesprochen habe, weder etwas hinzugetan, noch etwas davon genommen habe.« - Mit einem Male aber verfärbte sie sich, zeigte auf ihren Vater und schrie: »Jesus, Herr! Was geht mit meinem Vater vor?«

Der Steinschneider hatte den letzten Teil der Erzählung seiner Tochter mit düsterer Gleichgültigkeit angehört; sein Verstand war schon längere Zeit erschüttert, jetzt schwankte er eine Zeit lang hin und her, flackerte noch ein paar Mal auf, verdunkelte dann aber plötzlich ... Jetzt wusste er nicht mehr, was um ihn her vorging, was neben ihm gesprochen wurde ... Luise trat zu ihm, von unsäglicher Angst erfüllt, und rief ihn an ... Morel sah sich scheu und unstet um ... dann blickte er die Tochter an ... dann antwortete er mit sanfter, trauriger Stimme: »Ja doch, ja doch, der Notar ... Ferrand ... muss 1300 Franks von mir bekommen ... ich bin sie ihm schuldig ... es ist der Blutpreis Luisens ... ich muss arbeiten, arbeiten ... um ihn zu bezahlen ... um ihn zu bezahlen ...«

»Jesus, Jesus!« schrie Luise, »ist das ein Unglück! Ist das ein Unglück! Und wer ist daran schuld? Wer außer mir!« – »Fassen Sie sich, Luise!« rief Rudolf, tief ergriffen, und wandte sich zu dem unglücklichen Vater: »Morel, Freund! Wir sind ja da ... Ihre Tochter ist ja doch bei Ihnen; sie ist unschuldig, und ich will mit dafür sorgen, dass ihre Unschuld auch vor Gericht anerkannt wird!« Und wieder zu Luisen gewandt, wiederholte er: »Fassen Sie sich, Ihr Vater hat zu viel Schmerz gelitten, soviel Gram und Kummer kann kein Mensch ertragen; aber er wird wieder zu sich kommen, sein Verstand wird nicht für immer umnachtet sein. Seien Sie überzeugt, dass Ihr Schicksal entscheidend sein wird für die Entlarvung und Bestrafung eines großen Verbrechers!« Er hob die Hand zum Schwure ... »Das schwöre ich vor Gott,« sprach er feierlich, »dass ich nicht eher ruhen will, als bis den Mann, dessen Verbrechen so klar zutage liegen, die Nemesis ereilt hat!«

Die Tür ging auf, und der Polizeikommissar trat ein.. »Es tut mir leid,« erklärte er, »Ihnen sagen zu müssen, dass die Zeit, die ich Ihnen für die Unterredung bewilligen konnte, abgelaufen ist.« – »Wir sind zu Ende,« versetzte Rudolf, »Luise hat ihrem Vater« – dabei zeigte er mit tiefem Schmerze auf Morel – »nichts weiter zu sagen, denn er kann nicht mehr fassen, was sie ihm sagt; sein Verstand ist umnachtet.«

Zwei Stunden nach Luisens Verhaftung wurde der geisteskranke Steinschneider mit seiner geisteskranken Mutter auf Rudolfs Veranlassung nach dem Irrenhause Charenton gebracht. Seiner kranken Frau teilte Lachtaube mit aller erdenklichen Schonung die beiden schrecklichen Nachrichten von der Verhaftung ihrer Tochter wegen Kindesmordes und von dem Wahnsinn ihres Mannes mit. Zuerst weinte die Frau die bittersten Tränen; allmählich fand sie aber Trost in der Wandlung, die ihre Verhältnisse zufolge der Fürsorge Rudolfs genommen hatten, und das wirkte so außerordentlich wohltätig auf sie, dass sich ihr Krankheitszustand langsam bessern zu wollen schien.

Sechster Teil.

Erstes Kapitel.

Jakob Ferrand.

Zu der Zeit, da diese Erzählung spielt, lief am einen Ende der Rue du Sentier noch eine lange, mit Kalk beworfene Mauer entlang, die Ferrands Garten eingrenzte und da an ein Gebäude stieß, das sich zur Straße hinwandte und nur ein Stock hoch war. Ein großes Tor, zu dessen beiden Seiten zwei große Schilder von vergoldetem Kupfer, den Notariatssitz anzeigend, hingen, führte zu einem bedeckten Gange hin. Rechts lag das Stübchen eines alten halbtauben Pförtners, der zur Schneiderzunft gehörte. Daneben führte eine schmale, finstre Wendeltreppe zur Expedition hinauf, die, wie eine Inschrift unten besagte, im ersten Stockwerk zu suchen war. Nach dem Garten zu hatte das Haus nur vier Fenster, denn zwei waren vermauert. Der Garten war von Gebüsch überwuchert. Kein einziges Beet war darin. Etwa ein halbes Dutzend Ulmen, ein paar Akazien, Fliedergesträuch, verblichener Rasen, Gänge, von Brombeerhecken überwuchert, im Hintergrunde ein niedriges Gewächshaus und als Horizont die hohlen kahlen Mauern der Nachbarhäuser mit wenigen, meist vergitterten Fensterchen: So sah es in dem Garten des Notars aus ...

Er war ein sehr sparsamer Herr, dieser Notar, der so gut wie gar kein Haus machte, zu den Misanthropen gehörte und allen Luxus, alle Zerstreuungen, die mit Geldkosten verbunden waren aufs Äußerste hasste. Alles kam ihm im Übrigen auf den Schein an, und diesem opferte er alle persönlichen Neigungen. Er stammte auch aus einer Familie von Geizhälsen. Aber Ferrand war eine Ausnahme von diesem Schlage Menschen, denn er wagte viel, und »wagen« ist bekanntlich sonst ein Wort, das in dem Lexikon dieser geringwertigen Subjekte fehlt. Das kam daher, weil er viel auf seine Klugheit sich zugute tat; er war auch im Grunde genommen kaum einmal im Leben in wirklicher Bedrängnis, denn er war um ein Auskunftsmittel niemals verlegen, und was er tat, tat er immer mit so maßloser Kühnheit, dass ihm, wenn es je versucht worden wäre, von Gerichts wegen nichts angehabt werben konnte. Ferrand war auch noch in anderer Hinsicht eine Ausnahme: Abenteuerliche, willensstarke Menschen, die vor Übeltaten nicht zurückschrecken, werden in der Regel von irgendeiner Leidenschaft, Spiel, Luxus oder Verschwendung, beherrscht: Ferrand nicht, aber er war schlau und zäh wie ein Häscher, grausam und entschlossen wie ein Mörder; ihn beherrschte eine andere Leidenschaft, die ihn aber fast zum Tiere erniedrigte: Bei ihm war der sinnliche Trieb aufs Stärkste ausgeprägt; befiel er ihn, dann kannte er sich nicht mehr, dann konnte er zum Wolfe, zum Tiger werden. So hatte er Luise verfolgt, bis sie ihm unterlegen war; darum hatte er ihrem Vater das Geld vorgeschossen, nur um auf diese Weise das Mädchen fest in seine Gewalt zu bekommen. Luisens Schönheit musste ihn in sehr starke Bande geschlagen haben, sonst hätte er sich in solche Geldausgaben ganz gewiss nicht gestürzt, denn nicht selten überwog der Geiz alle anderen Laster, sogar die Sinnlichkeit, bei ihm.

Ferrand stand höchstens im 50. Lebensjahre, sah auch erst wie ein Vierziger aus, war von Mittelgröße, hatte eine etwas gebückte Haltung, war breitschulterig, vierschrötig, rothaarig und dicht behaart, sodass er etwas vom Bären an sich hatte. Das Haar lag ihm glatt an den Schläfen, die Stirn war kahl und glatt, die Brauen fehlten ihm fast ganz, und die gelbliche Haut seines Gesichts war so stark mit Flecken bedeckt, dass sie kaum sichtbar war. Ergriff ihn aber die Leidenschaft, dann färbte sich sein Gesicht mit tiefer Röte.

Er hatte ein plattes Gesicht, eine stumpfe Nase und dünne, schmale Lippen, sodass sein Mund aussah, wie in das Gesicht eingeschnitten; sobald er lächelte - was nie anders geschah als aus Bosheit - traten die Spitzen seiner Zähne, die fast durchweg schwarz und schadhaft waren, zum Vorschein. Er war fast immer glatt rasiert, sein Gesicht hatte einen strengen, kalten Ausdruck, in der Regel auch den einer frommen Heuchelei, der um so schärfer hervorzutreten pflegte, als er den durchdringenden Blick seiner kleinen schwarzen, überaus lebhaften Augen hinter großen, grünen Brillengläsern versteckte.

Er trug sich mit gesuchter Nachlässigkeit, die fast bis zur Unsauberkeit ging; aber dadurch weckte er den Eindruck eines von der Welt abgelenkten, zynischen Philosophen, was ihm bei seinem Berufe nicht von Nachteil war.

Seine Kanzlei sah aus wie jede andere, und seinen Schreibern haftete auch nichts Besonderes an. Im Vorzimmer standen vier alte Stühle. Über ihre Pulte gebeugt, saß zwischen Schränken und Aktenregalen, etwa ein halbes Dutzend Jünglinge, die sämtlich fleißig die Feder führten. Der erste Schreiber, auch wohl Bureauvorsteher tituliert, hielt sich gewöhnlich im Vorzimmer auf, wo er all die Klienten, die nicht unbedingt den Notar sprechen mussten, abzufertigen pflegte; zwischen dem Vorzimmer und dem Privat-Kabinett des Notars lag ein kurzer Gang. Eben hatte es an einer altertümlichen Kuckucksuhr, die zwischen den beiden Fenstern der Schreibstube hing, zwei Uhr geschlagen. Unter den Schreibern entstand eine gewisse Unruhe ..

»Hätte mir jemand gesagt, Germain sei ein Dieb,« sagte einer von Schreibern, »so hätte ich ihm ins Gesicht gesagt, dass er lüge.« - »Na, ich auch.« -

»Ich habe es auch kaum mit ansehen können, wie er abgeführt wurde,« sagte ein dritter; »aber siebzehntausend Franks sind freilich eine Summe!« – »Aber in den fünf Vierteljahren, seit Germain Kassierer ist, hat doch alles bisher auf den Centime gestimmt.« – »unrecht wars von Ferrand, ihn einstecken zu lassen,«Sagte der erste wieder, »hat er sich doch hoch und teuer verschworen, nur 1300 Franks auf ein paar Stunden entliehen zu haben, die er ja auch wiedergebracht hat.« – »Ja, aber Menschen von Ferrands Grundsätzen lassen eben nicht mit sich spaßen,« meinte ein anderer. – »Er macht, wie es scheint, reinen Tisch,« zischelte einer, »in der Frühe gings der Luise an den Kragen, und am Vormittag muss Germain ins Loch.«

»Ach, da kommt Chalemel! Der bringt vielleicht was Neues vom feschen Saint-Remy.« – »Hm,« antwortete Chalemel, »sein Wagen war schon vorgefahren, und ein Diener musste mir sagen, er käme auf der Stelle, setzte aber hinzu, er sähe gar nicht gut aus ... Aber, meine Herren! Herrscht dort ein Luxus! Davon hat ja kein gewöhnlicher Sterblicher eine Ahnung.« – »Na, Schulden genug hat der Herr Vicomte bekanntlich und muss sich stündlich darauf gefasst machen, dass er ins Schuldgefängnis abgeführt wird.« – »Ein Wechsel von 3400 Franks ist vom Gerichtsamt hergeschickt worden. Der Gläubiger besteht drauf, dass er in unsers Herrn Kanzlei bezahlt werde. Warum? Ist aus der Zustellung nicht ersichtlich.«

»Nun, er muss doch bezahlen können,« meinte ein anderer wieder, »denn gestern Abend ist er vom Lande wieder in die Stadt gekommen, nachdem er sich drei Tage lang versteckt gehalten hat.«

»Und weshalb ist er nicht schon gepfändet worden?« – »Ist das eine alberne Frage! Gehört ihm denn was? Das Haus gehört nicht ihm, das Mobiliar ist auf den Namen seines Dieners gekauft worden, Pferd und Wagen gehören dem Kutscher ... O! Der Vicomte ist ein gar schlauer Kunde ... Doch wovon war die Rede? Was gibts Neues?« – »Ach! Denken Sie sich! Vor zwei Stunden kommt Ferrand wie ein Wilder in die Kanzlei gestürzt, schreit nach Germain und behauptet, von ihm um 17000 Franks bestohlen worden zu sein.« – »Aber das ist doch Unsinn,« versetzte Chalemel, »da kenne ich doch Germain besser.« – »Ferrand hat ihn aber verhaften lassen, trotzdem er beteuert hat, nur 1300 Franks aus der Kasse entnommen zu haben, die er aber auf der Stelle wiederbrachte. Aber Ferrand blieb dabei, Germain habe 17 000 Franks, 2000 in Gold und den Rest in fünfzehn Tausend-Franks-Scheinen, gestohlen, die er in einem grünen Portefeuille in seinem Privatkabinett verwahrt hätte.. Es half Germain nichts, seine Unschuld zu beteuern. Ferrand war unerbittlich und ließ ihn festnehmen.«

»Aber Germain ist doch die Ehrlichkeit in Person!« rief Chalemel wieder. – »Nun, eins spricht sehr zu seinen Ungunsten: Er wollte doch niemals sagen, wo er wohnte.« – »Freilich. Das stimmt.« – »Und dann sah er immer so aus, als ob er etwas auf dem Herzen hätte.« – »Vielleicht Luisens wegen?« fragte einer. – »Wisst Ihr denn nicht, was von der alten Seraphim gesagt wird?« rief ein anderer, »Germain soll ja Luisens Liebhaber und Vater von ihrem Kinde sein!« – »Na, solch ein Schleicher!« – »Ach, schwatzt doch kein sinnloses Zeug!« verwies sie der erste Schreiber, »so etwas ist doch hundsgemeine Lüge!« – »Das sage ich auch,« stimmte ein anderer bei, »mir hat Germain doch erst vor vierzehn Tagen gesagt, dass er sich in eine kleine Nähmamsell verliebt habe, die er in einem Hause, wo er gewohnt, kennengelernt habe. Als er von dem Mädchen sprach, traten ihm die Tränen in die Augen.«

»Lassen wir Germain beiseite,« sagte der erste Schreiber, zu Chalemel tretend; »es wird sich schon herausstellen, wie es sich mit ihm verhält.. Sagen Sie mir lieber, wie Sie Ihren Auftrag erfüllt haben?« – »Herr von Saint-Remy wird sogleich kommen, Herr Dubois,« versetzte Chalemel, »er hat mir gesagt, dass er die Wechselsumme zahlen werde.« – »Waren Sie auch bei der Gräfin Mac Gregor?« – »Allerdings. Hier ist ihre Antwort.« – »Und bei der Gräfin d 'Orbigny?« – »Sie lässt sich bei Herrn Ferrand bedanken. Gestern früh ist sie aus der Normandie gekommen, hat so schnell nicht auf Bescheid gerechnet, schickt aber beifolgenden Brief. Ich bin auch beim Intendanten von Harvilles gewesen, um mich wegen der Kontraktkosten zu erkundigen; auch der Intendant hat gleich bezahlt. Hier ist das Geld. Aber fast hätte ich die Karte hier vergessen, die mir der Pförtner gab, und auf der mit Bleistift ein paar Worte geschrieben stehen. Der Herr hatte nach dem Notar gefragt und das Billett da gelassen.«

»Walter Murph,« las der Bürovorsteher, »wird sich erlauben, in einer höchst wichtigen Sache um 3 Uhr wieder zu erscheinen ... Murph? Ich kenne keinen Klienten dieses Namens.« – »Eins noch,« sagte Chalemel, »Badinot meinte, ich solle bestellen: So wie es Herr Ferrand gemacht habe, sei alles gut.« – »Schriftlich hat er nichts mitgegeben?« fragte der Bureauvorsteher; »oder hatte er keine Zeit?« – »Er lässt nur sagen, dass Herr Karl Robert im Laufe des Tages mit dem Herrn zu sprechen suchen werde. Soweit ich gehört zu haben meine, hat er sich gestern mit dem Herzoge von Lucenay duelliert.«

»Oho!« riefen alle wie aus einem Munde: »Ein Wagen!« – »Es ist die Kalesche des Herrn von Saint-Remy,« erklärte der Bureauvorsteher: Und wenige Augenblicke später trat Herr von Saint-Remy auf die Schwelle.

Zweites Kapitel.

Herr von Saint-Remy

Lärmend, mit dem Hut auf dem Kopfe, trat Herr von Saint-Remy in die Kanzlei und fragte, ohne jemand anzusehen, in wegwerfendem Tone: »Wo ist der Notar?« - »In seinem Privatzimmer,« versetzte der Bureauvorsteher: »einen Augenblick! Ich werde Sie gleich melden.« - »Sagen Sie ihm, Herr von Saint-Remy sei da und finde es seltsam, dass ihm zugemutet werde, in einem Geschäftszimmer warten zu sollen.«

Nichtsdestoweniger verstrich eine volle Viertelstunde, bis der Notar ihn zu sich bescheiden ließ. Einen größeren Gegensatz als zwischen den beiden Männern, die sich jetzt zum ersten Male sahen, lässt sich kaum denken. Beide waren gute Menschenkenner und gewohnt, auf den ersten Blick zu erraten, mit wem sie es zu tun hatten. Saint-Remy seinerseits hatte gemeint, in dem Notar einen Tropf oder einen Gecken zu finden, und sah sich zu seinem Missbehagen einem lauernden, hinterhältigen Gauner gegenüber. Ferrand nahm sein schwarzes Käppi nicht ab, und Saint-Remy behielt den Hut auf dem Kopfe ...

»Es kommt mir höchst sonderbar vor, dass Sie mich wegen des Bagatellbetrages herbestellen, statt ihn bei mir zu kassieren. Mir soll es nicht wieder einfallen, Badinot Wechsel zu geben. Haben Sie mir sonst noch was mitzuteilen?«

Ferrand verzog keine Miene, schloss die Rechnung ab, die er vorhatte, und sah den Vicomte mit eiskalter Miene an ... Dann sagte er barsch: »Bitte, wo haben Sie das Geld?« - Seine Ruhe und Kälte brachten den Vicomte, der von allen Männern um sein Glück bei der Damenwelt beneidet wurde, schier außer sich ... Sein Stolz, bäumte sich gegen solche geringschätzige Behandlung vonseiten eines Menschen, der auf der Gesellschaftsleiter keinen höhern Rang als den eines Notars innehatte! - Ebenso barsch fragte er: »Bitte, wo sind die Wechsel?«

Ferrand wies mit seinem dicht behaarten Zeigefinger, ohne zu antworten, auf eine lederne Brieftasche neben ihm. Bebend vor Zorn, aber fest gewillt, sich aus seiner kalten Ruhe nicht bringen zu lassen, nahm der Vicomte aus seiner Rocktasche ein zierliches Etui mit reich vergoldetem Deckel, zog vierzig Tausendfranks-Scheine heraus und zeigte sie dem Notar. - »Wie viel Geld?« fragte dieser. - »Vierzigtausend Franks.« - »Geben Sie her!« - »Geben *Sie* her!« erwiderte der Vicomte: »Zug um Zug!«

»Es wäre nicht das erste Mal ...« sagte Ferrand, die Hand nach den Banknoten ausstreckend und eine nach der andern gegen das Licht haltend. - »Was meinen Sie?« rief Saint-Remy, kaum noch imstande, an sich zu halten; während Ferrand, die Achseln zuckend, fortfuhr: »dass einem falsche Banknoten präsentiert würden.« Nachdem er die Scheine angesehen und nacheinander gemustert hatte, trat er an sein Pult, nahm ein Heftchen voll

Stempelpapiere heraus, zwischen denen zwei Wechsel lagen, addierte die darauf verzeichnete Summe und sagte, einen Tausendfranks-Schein und eine Rolle von 300 Franks auf den Tisch legend: »So, das bekommen Sie von den 40 000 Franks heraus. Mein Klient hat mich angewiesen, die Kosten sogleich mit zu erheben.«

Dem Vicomte ging die Ruhe aus. Statt das Geld zu nehmen, erwiderte er mit zornbebender Stimme: »Warum sprechen Sie bei Bankscheinen, die Sie von mir bekommen, von falschen, die schon gesehen worden seien?« - Ferrand maß den Vicomte mit durchdringendem Blicke ... »Sehr einfach, mein Herr,« sagte er, »weil ich Sie zu mir geladen habe, um Ihnen zu sagen, dass Sie sich wegen Fälschungen zu verantworten haben werden.« - Der Vicomte fuhr zurück ... »Lassen Sie mich ruhig ausreden,« fuhr Ferrand fort, aber mit strenger, bekümmert aussehender Miene: »Sie wissen, junger Herr, dass Ihres Vaters Name in höchster Achtung gestanden hat, und nur deshalb habe ich Sie zu mir beschieden, denn wäre dies nicht der Fall, so stünden Sie schon heute vor dem Untersuchungsrichter und nicht in meiner Kanzlei!«

»Ich verstehe den Sinn solcher Reden nicht,« erwiderte der Vicomte, noch immer trotzig. Aber Ferrand ließ sich hierdurch nicht beirren, sondern rief: »Vicomte von Saint-Remy! Vor acht Wochen haben Sie einen Wechsel ausgestellt für William Smith, von Meulaert und Co. in Hamburg diskontiert. Der Wechsel war beim Bankhause Grimaldi in Paris domiziliert und nach drei Monaten fällig.« - »Nun, und ...?«Fragte Saint-Remy. - »Der Wechsel ist gefälscht. Meulaert und Co. haben mit einem Manne namens William Smith niemals zu tun gehabt. In ganz Hamburg ist ein Mann dieses Namens nicht bekannt.« - Saint-Remy rief entrüstet: »Dann bin ich eben betrogen worden, denn ich habe den Wechsel für bares Geld angenommen.« - »Von wem?« - »Von eben diesem William Smith!« erwiderte Saint-Remy: »Ich habe ihn als die Redlichkeit selbst gekannt und ohne alles Bedenken den Wechsel von ihm in Zahlung genommen.« - »Aber ich wiederhole, der Wechsel ist gefälscht, und der augenblickliche Inhaber des Wechsels ist überzeugt, dass Sie selbst die Fälschung begangen haben; Er behauptet, Beweise dafür in Händen zu haben, und war vorgestern bei mir, um mich zu veranlassen, Sie zu mir zu bescheiden und Ihnen unter gewissen Bedingungen den falschen Wechsel auszuhändigen. Er fordert bis morgen früh ein Reugeld von 100 000 Franks, widrigenfalls die Angelegenheit bei der Staatsanwaltschaft anhängig gemacht werden soll. Also bis morgen früh haben Sie noch Frist,« schloss Ferrand, den Vicomte mit scharfen Blicken musternd, »der Wechsel liegt bei dem Austernhändler Petit-Jean, Kai de Billy, Nr. 16.«

Saint-Remy war mit hochtrabendem Wesen zu Ferrand gekommen, jetzt fühlte er sich wie niedergeschmettert und hätte, wäre er nicht so völlig Herr über sich gewesen, den schrecklichen Eindruck nicht verheimlichen können, den diese unvermutete Enthüllung auf ihn machte, die von ganz unberechenbaren Folgen für ihn sein konnte. Eine lange Pause folgte, denn der hochmütige Edelmann brauchte Zeit dazu, sich zu einer Bitte bei diesem kalten, nüchternen Manne der Justiz zu bequemen, der so rücksichtslos das Recht wider ihn vertrat. Endlich sagte er: »Sie geben mir einen Beweis von Teilnahme, Herr, für den ich Ihnen nicht genug dankbar sein kann: ich bedauere lebhaft, Ihnen so unhöflich gegenübergetreten zu sein.« – »Bleiben wir bei der Sache,« versetzte Ferrand, »Ihr Vater war ein Mann von Ehre, und ich meine alles tun zu müssen, dass sein Name nicht vor das Schwurgericht gebracht werde. Um Weiteres handelt es sich im vorliegenden Falle nicht.« –

»Bis morgen hunderttausend Franks aufzutreiben, ist mir absolut nicht möglich. Verwenden Sie, bitte, die vierzigtausend Franks, die ich Ihnen jetzt überbracht habe, zum Rückkaufe des unglückseligen Papieres – oder schießen Sie mir die Summe auf eine gewisse Zeit vor. Sie sind ein reicher Mann, und wenn Sie für die Manen meines Vaters ...« – »Aber, Mann, sind Sie von Sinnen?« fuhr Ferrand auf, »ich soll Ihnen Bürgschaft leisten für hunderttausend Franks?« – »Ich beschwöre Sie, Herr ...« – »O, bleiben wir doch bei der Sache,« antwortete der Notar streng, »wer Güte verdient, kann Güte von mir empfangen ... Aber,« setzte er mit spöttischem Lächeln hinzu, »Ihre Pferde stampfen schon vor Ungeduld.«

Da wurde an die Tür geklopft ... »Wer ist da?« fragte Ferrand. – »Die Gräfin von Orbigny,« antwortete der Bureauvorsteher. – »Ich lasse bitten, einzutreten,« antwortete der Notar, ohne sich zu bedenken; dann wandte er sich an den Vicomte mit den Worten: »Da, nehmen Sie einstweilen die 1300 Franks; vielleicht gelingt es Ihnen, Petit-Jean damit eine kleine Frist abzuringen.«

Die Stiefmutter der Marquise von Harville trat in demselben Augenblick ein, als Vicomte von Saint-Remy, verdrießlich darüber, dass er sich vergeblich vor dem Notar gedemütigt, hinausging. – »Ei, guten Tag, Vicomte,« sagte Frau von Orbigny, »lange nicht gesehen! Habe es lebhaft bedauert!« – »Freilich, seit der Verheiratung der Frau von Harville habe ich noch nicht wieder die Ehre gehabt,« versetzte Saint-Remy, sich verneigend und bemüht, ein Lächeln zu zeigen; »waren Sie seitdem immer in der Normandie?« – »Leider! Mein Mann will jetzt nirgendwo anders als auf dem Lande leben, und was ihm recht ist, ist mir auch recht! – Sie sehen mir doch wohl die Dame aus der Provinz auf den ersten Blick an? Seit sich meine Stieftochter mit dem Marquis von Harville vermählt hat, bin ich noch nie wieder in Paris gewesen. Kommen Sie vielleicht öfter mit ihm zusammen?«

»Harville lebt sehr zurückgezogen und ist recht mürrisch geworden. In Gesellschaft ist er sehr wenig zu sehen,« versetzte Saint-Remy mit einem Anfluge von Ungeduld. »Aber ich muss jetzt gehen, gnädige Frau, Sie entschuldigen mich wohl? Vor Ihrer Abreise werde ich wohl kaum das Vergnügen haben, Sie noch einmal begrüßen zu dürfen?« – »Sich noch einmal zu mir zu bemühen, Herr Vicomte,« antwortete Frau von Orbigny, »hätte kaum Zweck, denn ich habe mich nur auf ein paar Tage in einem Hotelgarni einquartiert. Sollten Sie aber im Laufe des Sommers oder Herbstes in unsre Nähe kommen, würden wir uns über einen Besuch außerordentlich freuen. Also adieu, lieber Vicomte!«

Saint-Remy verneigte sich tief vor Frau von Orbigny und stürmte, mit maßloser Verzweiflung im Herzen, hinaus. Nach kurzem Besinnen sprach er bei sich: »Es geht nicht anders, es muss sein!« und rief seinem Kutscher, der den Schlag offen hielt, zu, ins Hotel Lucenay zu fahren.

Drittes Kapitel.

Ein Testament.

Frau von Orbigny war eine kleine, schmächtige Blondine mit fast weißen Lidern und mattblauen Augen. Ihr Blick war heuchlerisch, ihr Benehmen einschmeichelnd und hinterlistig; sie trat behutsam dem Notar näher ... »Ihr Schreiben aus der Normandie,« wandte Ferrand sich an seine Klientin, »habe ich erhalten; was ist das für eine wichtige Sache, in der Sie mich zu sprechen wünschen?« – »Seit mich der brave Doktor Polidori an Sie gewiesen, sind Sie mir doch immer ein guter Berater gewesen,« sagte Frau von Orbigny leichthin. – »Seit er Paris verlassen,« versetzte der Notar, ebenso leichthin, »habe ich noch keine Nachricht von ihm, warte aber tagtäglich darauf.« Ferrand belog die Frau, denn er hatte Polidori erst den Tag vorher gesehen, um ihn unter dem Namen eines Dr. Vincent zu Martials nach Asnières zu schicken mit dem Auftrage, dort Luise Morel auf die Seite zu bringen. Eine ähnliche Absicht, diesen Bösewicht für sich zu gewinnen, der jetzt den Namen Bradamanti trug, führte Frau von Orbigny nach Paris.

»Um Polidori handelt es sich aber jetzt nicht,« nahm Frau von Orbigny wieder das Wort, »sondern um meinen Mann, dessen Gesundheit von Tag zu Tag schlechter wird, und der von früh bis spät von seinem Testamente faselt, mir aber nicht geben will, was mir dem Gesetze nach zusteht.«

– »Und wie soll es mit seiner Tochter werden?« fragte Ferrand streng; »Herr von Harville hat mich seit etwa Jahresfrist mit der Führung seiner

Geschäfte betraut; sollte also Ihr Mann etwas gegen sein Kind im Schilde führen, so hätten Sie meinerseits keine Unterstützung zu erwarten.«

– »Nun, ich sage ja meinem Manne auch immer,« erwiderte Frau von Orbigny, »dass er kein Recht habe, sie zu enterben. Er meint aber, sie besäße von ihrer Mutter eine reichliche Million, und ihr Mann wäre ja auch Millionär; warum solle er also nicht mir hinterlassen, was nach dem Erbe von 25 000 Franks Rente, die er mir vermachen wolle, noch verbleibt?« – »Und warum weist er sie an mich?« fragte Ferrand. – »Er will all meinen Skrupeln den Boden abschneiden: So sagte er; und darum sprichst du am besten mit einem Manne von so strenger Rechtlichkeit wie Notar Ferrand. Meint er, dass du nicht annehmen sollest, was ich dir anbiete, so wollen wir nicht weiter über die Ungelegenheit reden. Ich habe mich diesem seinem Wunsche gefügt, und demnach sind Sie unser Sachwalter und – Schiedsrichter.«

»Es geschieht nun Wohl schon zum dutzendsten Male, dass man mich zum Schiedsrichter wählt, immer mit Bezug auf meine Rechtlichkeit. Es ist wirklich zum Verdrießlichwerden! Was habe ich von solchem Renommee? Doch immer nur Arbeit, Sorge, Verdruss!« – »Lieber Ferrand.« erwiderte Frau von Orbigny, »seien Sie mir gegenüber etwas nachsichtiger und schreiben Sie an meinen Mann ein paar Zeilen, dass er Ihnen Vollmacht übermittelt ... zum Verkaufe ...« – »Um welche Summe handelt es sich wohl?«

– »Um 4–500 000 Franks.« – »Ich hatte mehr gerechnet. Nun, Sie haben sich für Ihren Mann geopfert. Ihre Tochter ist schon sehr reich, Ihnen kann Geld nur recht kommen. Also meine ich, unter solchen Umständen können Sie ohne Bedenken annehmen, was Ihnen Ihr Mann aussetzen will.« – »So? Meinen Sie?« erwiderte Frau von Orbigny, die sich wie alle Welt durch die sprichwörtliche Rechtlichkeit Ferrands täuschen ließ, war sie doch über diesen Punkt von Polidori noch nicht aufgeklärt worden; »nun gut,« schloss sie, »so will ich annehmen.«

Wieder pochte der Bureauvorsteher ... »Wer ist denn schon wieder da?« rief Ferrand verdrießlich. – »Gräfin Mac Gregor.« – »Ich lasse bitten, einen Moment zu warten,« sagte der Notar. – »Leben Sie wohl, lieber Herr Ferrand,« sagte Frau von Orbigny, »und schreiben Sie meinem Manne wegen der Vollmacht, da er es nun doch einmal nicht anders haben will.« – »Sehr wohl,« erwiderte Ferrand. –

Frau von Orbigny ging, und Gräfin Mac Gregor trat ein.

Viertes Kapitel.

Sarah Mac Gregor.

Jakob Ferrand kannte die Dame noch nicht, die jetzt mit ihrer gewohnten Ruhe und Sicherheit in sein Privatzimmer eintrat, und kannte die Absicht nicht, die sie zu ihm führte. Er maß die Gräfin mit einem inquisitorischen Blicke und nahm, trotzdem sie sich jetzt mehr denn je ihrer eisigen Ruhe befleißigte, ein schwaches Zittern ihrer Brauen wahr, das ihm einen gewissen Grad von Verlegenheit zu verraten schien. Er erhob sich von seinem Sessel, zeigte auf einen anderen und sagte zu seiner neuen Klientin: »Sie haben eine Unterredung mit mir gewünscht. Gestern musste ich wegen Überbürdung ablehnen. Ich war auch erst heute orientiert. Entschuldigen Sie also, bitte!« -

»Was mich zu Ihnen führt, ist Folgendes, Herr Notar - ich schicke voraus, dass ich mich über Sie genau erkundigt habe, und dass mich lediglich der Ruf strenger Rechtlichkeit zu Ihnen führt, in welchem Sie in allen Kreisen stehen ...« - »Ich bitte, gnädige Frau, zur Sache,« versetzte der Notar, wieder über die gleichen Worte, die er schon von Frau von Orbigny gehört, ärgerlich. -

»Es mögen vierzehn Jahre her sein - wenn ich nicht irre, war es im Dezember des Jahres 1824 - als ein noch junger Mann zu Ihnen kam - streng schwarz gekleidet - um für ein Kind von drei Jahren 150 000 Franks zu deponieren. Die Namen der Eltern sollten unbekannt bleiben. Sie übernahmen die Verpflichtung, dem Kinde eine Leibrente von 8000 Franks zu sichern. Die Hälfte davon sollte bis zum Mündigkeitsalter für das Kind zum Kapital geschlagen, die andere Hälfte an diejenige Person ausgezahlt werden, die sich mit der Erziehung des Mädchens befasste.«

»Weiter, bitte,« sagte Ferrand. - »Das Kind ist, wie ich gehört habe, im vierten Lebensjahre verstorben.« - »Eine Frage: welches Interesse haben Sie persönlich an dieser Sache?« - »Nun, fände morgen meine Schwester ihr Kind wieder, so dürfte sie aufs Sicherste hoffen, sich mit dem Vater des Kindes, der jetzt ledig ist wie sie, zu verehelichen. Meine Nichte ist den Eltern frühzeitig genommen worden; weder der Vater noch die Mutter haben noch eine Erinnerung von ihr. Fände man jetzt ein Mädchen von 17 Jahren - so alt wäre jetzt meine Nichte - ein beispielsweise von ihren Eltern verlassenes Kind - und man brächte es zu meiner Schwester und sagte ihr, dass es ihre Tochter sei, dass nur gewisse Interessen es als notwendig hätten erscheinen lassen, das Kind für tot anzugeben, fände sich vielleicht gar ein achtbarer Notar, der das Kind legitimierte ...«

Ferrand sprang vom Stuhle auf und rief empört: »Still, still! Was Sie mir sagen, was Sie mir zumuten zu wollen scheinen, ist die bodenloseste Niederträchtigkeit!«

»Mein Herr!« rief die Gräfin, nicht minder erregt, »bitte, keine überflüssige Aufregung! Wem geschähe damit ein Unrecht? Meine Schwester ist ledig, der Mann, den sie heiraten möchte, desgleichen. Beide sind untröstlich über den Verlust ihres Kindes; ists sündhaft, sie durch eine Täuschung zu den glücklichsten Menschen zu machen? Einem armen Mädchen auf diese Weise ein geradezu glänzendes Geschick zu sichern?«

»Ich wiederhole, dass es eine niederträchtige Handlung ohnegleichen ist,« rief Ferrand, »und wenn eine Frau von Stande, wie Sie, sich mit dergleichen Manipulationen befasst, so ist das geradezu eine Schande!« –

Sarah warf dem Notar aus ihren schwarzen Augen einen durchbohrenden Blick zu und versetzte mit kalter Ruhe: »Nun, so lassen Sie sich sagen, Herr Ferrand, dass ich keine Schwester habe, sondern dass ich selbst die Mutter des Kindes bin, von welchem ich sprach, dass ich nur auf Umwegen zu dem Ziele, das ich mir gesteckt, zu gelangen suchte, und dass ich eine Fabel ersonnen habe, um Sie für die Angelegenheit zu gewinnen. Sie wollen nichts davon wissen, nun, so werfe ich die Maske ab; wenn Sie den Krieg wollen, dann sollen Sie ihn haben.« – »Warum soll mir an Krieg gelegen sein?« erwiderte Ferrand, »ich weigere mich ja nur, an einem Verbrechen teilzunehmen!« – »Bitte auf eine kurze Zeit noch um Gehör,« sagte Gräfin Sarah, »Sie sind als Mann von Grundsätzen bei aller Welt angesehen; aber seit dem ersten Augenblick unserer Unterredung möchte ich bezweifeln, dass Sie tatsächlich Anspruch auf ein solches Renommee besitzen.« –

Ferrand richtete einen bösen Blick auf die Gräfin, die sich aber nicht dadurch einschüchtern ließ, sondern kalt fortfuhr: »Mein Zweifel gründet sich zwar nur auf Nichtigkeiten, auf den Instinkt, auf unerklärliche Ahnungen, die mich aber selten irregeführt haben ...«

»Es wird am Platze sein, dieser Zusammenkunft ein Ende zu bereiten.« – »Ich bin gewiss damit einverstanden,« versetzte Sarah, »vorher aber noch ein paar Worte über das, was ich von Ihnen will: Zuerst bemerke ich, dass ich vom Tode meines Kindes fest überzeugt bin, worauf aber nichts weiter ankommt, denn ich werde behaupten, dass es nicht tot sei, dass Sie es bloß haben verschwinden lassen, um sich im Verein mit Ihrem Klienten die für das Kind ausgesetzte Summe zu teilen.«

Ferrand zuckte die Achseln ... »Wäre ich solch verbrecherischen Tuns fähig,« rief er, »dann hätte ich das Kind wohl nicht verschwinden lassen, sondern ich hätte es endgültig beseitigt.«

Sarah fuhr zusammen, schwieg eine Weile und fuhr dann fort: »Für einen Mann von Grundsätzen ist es ein tief durchdachter, verbrecherischer Gedanke ... Sollte ich vielleicht zufällig das Richtige getroffen haben? Auf alle

Fälle nötigt einen so etwas zum Überlegen, und ich werde es an Überlegung nicht fehlen lassen. Sie sollen sehen, dass ich eine Frau bin, die auf ihrem Schein besteht und sich kein X für ein U machen lässt. Was mich auf meinem Wege hindert, das zermalme ich unerbittlich. Bis morgen lasse ich Ihnen Bedenkzeit. Ich wiederhole: Was ich von Ihnen begehre, können Sie skrupellos tun; wenn unsre Lüge einigermaßen pfiffig angedreht ist, dann wird der Herr Papa in seiner Freude über diesen Wiederfund seines Kindes sich kaum Gedanken machen. Zudem sind für den Tod meines Kindes andere Beweise als meine Briefe an ihn nicht vorhanden. Darüber sind nun elf Jahre ins Land gegangen, und ihm die Überzeugung beizubringen, dass ich ihn deshalb hintergangen, weil er sich damals nicht gerade nett gegen mich benommen, wird mir sonderlich schwer kaum fallen. Irgendwelche Gefahr, ihren Ruf zu schädigen, ist nicht vorhanden; Sie brauchen als Notar ohne Furcht und Tadel bloß zu versichern, dass alles zwischen Ihnen, mir und Madame Seraphim abgesprochen gewesen, und wer sollte in solche Aussage von Ihnen Zweifel setzen? Über das defraudierte Geld soll kein Wort fallen; das soll Ihrem Klienten, der von all diesen Dingen nichts hören soll, ungeschmälert bleiben; und was Sie dabei verdienen wollen, nun, das brauchen Sie ja nur zu sagen.«

Jakob Ferrand bewahrte all seine Kaltblütigkeit, trotzdem die Situation nichts weniger als ungefährlich für ihn war, und um sich Zeit zur Überlegung zu schaffen, sagte er ruhig zu Sarah:

»Sie wollen morgen wissen, wie ich mich zu Ihrem Antrage stelle. Nun, lassen wir uns Zeit beiderseitig bis übermorgen Nachmittag. Habe ich bis dahin keine Nachricht von Ihnen, dass Sie sich anders besonnen haben, so werden Sie zu Ihrem Nachteile spüren, dass die Justiz ehrliche Leute zu schützen weiß, die sich an verbrecherischen Umtrieben nicht beteiligen wollen.«

»Sie wünschen also einen Tag Bedenkzeit mehr? Nun, das erachte ich für ein gutes Zeichen, und ich gebe Ihnen diese Frist gern. Übermorgen, zur nämlichen Zeit, werde ich wieder bei Ihnen erscheinen, und von Ihnen wird es abhängen, ob Sie Krieg oder Frieden haben wollen. Vorm Kriege nehmen Sie sich in acht: Er wird erbittert und rücksichtslos geführt werden.«

Mit diesen Worten ging Sarah ... »Alles geht gut,« sagte sie bei sich, »das Mädchen, das Rudolf in einer Zufallslaune nach Bouqueval hinausgeschafft hat, doch gewiss nur in der Absicht, es später zur Maitresse zu machen, brauche ich nicht mehr zu fürchten. Und ein anderes Waisenkind, das sich in die von mir ausgesonnene Rolle findet, wird sich schon auftreiben lassen. Ich kenne ja Rudolfs edles und großes Herz. Um dem Mädchen, das er für sein Kind hält, das bislang verlassen und unglücklich gelebt, Rang und Namen zu geben, wird er unser Verhältnis wieder aufleben lassen, und die Weissagung meiner Amme, dass ich eine Krone tragen werde, wird sich endlich erfüllen.«

Fünftes Kapitel.

Zwei Edelleute.

Ferrand war heute eine sehr gesuchte Persönlichkeit, denn kaum hatte Gräfin Mac Gregor seine Kanzlei verlassen, als aus einem eleganten Kabriolett der junge Herr stieg, den Frau Pipelet als »Herr Kommandant« anzureden liebte. Aber ihm bereitete Ferrand einen höchst ungnädigen Empfang ... »Die Nachmittagszeit,« sagte er, »habe ich nur für meine Klienten frei; haben Sie mit mir zu sprechen, dann finden Sie sich am Vormittage ein.« – »Mein lieber Aktenwurm« – so nannte Karl Robert den Notar scherzweise – »mich führt eine recht ernste Sache her – außerdem liegt mir daran, Ihnen gewisse Sorgen vom Haupte zu nehmen ...«

»Was sollen dergleichen Reden?« fuhr ihn der Notar wieder an. – »Der Tausend! Wissen Sie wirklich nichts von dem Duell, das ich mit Herrn von Lucenay ausgefochten habe?« – »Sie haben sich duelliert? Und warum denn?« – »Aber wie kann sich jemand herausnehmen, auf öffentlichem Balle mir ins Gesicht zu sagen, ich litte an der Fettsucht? Dergleichen Spott lässt sich doch nur mit Blut abwaschen!« – Ferrand zuckte die Achseln. – »Aber ich bitte Sie, das kann man doch nicht auf sich sitzen lassen!« rief Karl Robert, »noch dazu, wenn es einem vor Damen ins Gesicht geschleudert wird. Nun, gestern früh haben wir in Vincennes den Handel ausgetragen: der Herzog bekam eine leichte Schramme am Handgelenk, und daraufhin erklärten die Sekundanten, der Ehre sei Genüge getan.« – »Nun, das heißt doch, einem Gegner mutig gegenübertreten!« meinte Ferrand mit hämischem Lächeln, »aber noch immer weiß ich nicht, was Sie von mir wünschen?« – »Mein lieber Siegelbewahrer,« – auch diesen Namen gab Karl Robert dem Notar zuweilen – »Sie wissen doch, dass ich mir in unserm Vertrage, als ich Ihnen 350 000 Franks vorstreckte, als Kaufschilling für Ihre Notariatskanzlei – das Recht vierteljährlicher Kündigung vorbehielt!« – »Nun, und ... weiter?« – »Nun, ich kann ein Gut sehr günstig kaufen, und daher sehe ich mich veranlasst, Sie ...« – »Um mein Geld zu bitten?« ergänzte der Notar Karl Roberts Rede ... – »Und das bedauern Sie gar nicht?« – »Warum sollte ich das bedauern?« fragte Ferrand spöttisch. – »Hm, die böse Welt will wissen, Sie seien in allerhand dumme Dinge hineingekommen, allerdings ohne Ihr Zutun ... Sie wissen, damals hieß es ja auch von uns, wir spielten an der Börse ... aber das Gerücht verlor sich allmählich wieder.«

»O, und darum meinen Sie, Ihr Geld stünde bei mir nicht mehr sicher?« fragte Ferrand. – »Nicht doch, nicht doch!« erwiderte Karl Robert; »aber ich kann mir eine günstige Kaufgelegenheit doch nicht entgehen lassen!«

Ferrand drehte den Schlüssel in seinem Sekretär herum und stand auf ... »Wohin?« fragte Karl Robert. – »Ich will Ihnen *ad oculos* demonstrieren, dass die Gerüchte, die über mich im Umlaufe sind, auf Wahrheit beruhen.« – Er trat zu einem in der Wand befindlichen Knopfe. Ein Druck legte eine Tür frei, die zu einer Treppe führte. Ohne die Schreibstube passieren zu müssen, gelangte man auf ihr nach dem Hintergebäude ... Kaum war Ferrand hinter der Tapetentür verschwunden, als der erste Schreiber wieder klopfte ... »Herein,« rief Karl Robert.

Der Schreiber meldete, dass eine verschleierte Dame Herrn Ferrand sprechen wolle, und zwar in einer sehr dringlichen Sache. – »Herr Ferrand wird wohl gleich wieder da sein,« sagte Karl Robert, »ich will es ihm sagen.« – Kaum war der Schreiber aus dem Zimmer, als der Notar mit einem Bündel Papiere zurückkam ... »Da ist Ihr Geld,« sagte er zu Karl Robert, »350 000 Franks in Anweisungen auf den königlichen Schatz ... Bitte! In den nächsten Tagen wollen wir die Zinsquoten ins Reine bringen. Stellen Sie mir die Quittung aus!« – »Aber,« rief Robert erstaunt. – »Nehmen Sie Ihr Geld nur gleich heute wieder mit,« sagte Ferrand, »weiß ich doch ohnehin nicht, was ich momentan damit anfangen soll.« – »Aber ich wollte es doch erst nach einem Vierteljahre abheben.« – »Herr Robert, Sie misstrauen mir ...« – »Ach, reden Sie doch nicht,« sagte Karl Robert, die Quittung ausfertigend, »eben war Ihr Schreiber da, um eine verschleierte Dame anzumelden, die Sie in einer sehr dringlichen Sache sprechen wollte ...«

Der Notar klingelte. Der Schreiber erschien wieder ... »Die Dame soll eintreten,« sagte Ferrand ... »Herr Robert, Sie lassen mich wohl allein?« – »Hier ist die Quittung. Sie ist doch in Ordnung?« – »Ja. Aber gehen Sie auf dieser Treppe hier hinaus!« – »Und die Dame?« – »Ich möchte eben nicht, dass Sie ihr in den Weg laufen,« sagte Ferrand und schob Karl Robert durch die Tapetentür, den Schlüssel hinter ihm im Schlosse zudrehend.

Die Herzogin von Lucenay war es, die hereingeführt wurde. Sie erschien in bescheidener Straßentoilette, in einen großen Schal gehüllt, das Gesicht durch einen dichten schwarzen Schleier verdeckt, der von einem schwarzen Moireehute herunterhing. Sie trat langsam, sichtlich verlegen, an den Schreibtisch des Notars. – »Ihr Name?« fragte Ferrand barsch, aufstehend, »und in welcher Angelegenheit kommen Sie her?« – Ärgerlich über Sarahs versteckte Drohungen und über Karl Roberts Misstrauen, ließ er sich durch die schlichte Kleidung der Dame täuschen, und meinte, nicht viel Umstände nötig zu haben.

Die Dame suchte das Gesicht unter den Falten ihres Schleiers zu verbergen. Schüchtern und tief ergriffen, begann sie: »Ach, mein Herr, darf man Ihnen ein Geheimnis von großer Wichtigkeit anvertrauen?« – »Mir darf man alles anvertrauen,« sagte Ferrand, »aber ich muss wissen, mit wem ich zu tun habe.« – »Es genügt vielleicht, wenn ich Ihnen sage, dass soeben ein Verwandter von mir Ihr Haus verlassen hat ... Herr Florestan von Saint-Remy.«

Der Notar warf einen forschenden Blick auf die Herzogin. Dann ließ er ein verwundertes »Oh!« hören. – Die Herzogin aber sagte: »Ja, Herr von Saint-Remy, und ... er hat mir schon alles erzählt ...« – »So? Und was denn, wenn ich bitten darf, meine Dame?« fragte Ferrand. – »Aber Sie wissen doch ...« – »Hm, ich weiß so manches von diesem Herrn von Saint-Remy,« antwortete mit lauerndem Blicke der Notar. – »Ach, er hat mir freilich schon gesagt,« erwiderte die Herzogin, »dass Sie kein Erbarmen kennten.« – »Fälschern und Spitzbuben gegenüber freilich nicht,« erwiderte Ferrand mit brutaler Derbheit, »und wenn Sie mit solchem Menschen verwandt sind, so sollten Sie sich schämen. Bilden Sie sich nicht etwa ein, mich durch Tränen zu erweichen, sie wären ganz zwecklos.«

Diese Rücksichtslosigkeit empörte die Herzogin. Stolz richtete sie sich empor, schlug den Schleier zurück und rief mit gebieterischer Stimme: »Mein Herr, die Frau, die vor Ihnen steht, ist die Herzogin von Lucenay.« Ferrand verneigte sich auf der Stelle tief und nahm das schwarzseidene Barett vom Kopfe ... Die Herzogin war trotz ihrer dreißig Jahre noch immer eine stattliche Erscheinung und galt noch immer als eine hervorragende Schönheit, und noch nie zuvor hatte der Notar eine so stolze und schöne Dame der vornehmen Welt gesehen. Sein Hass und Zorn gegen Saint-Remy mehrten sich noch durch die Bewunderung, die ihm diese Frau abgewann, in der er die Geliebte eines Mannes wie Saint-Remy erblickte, der fast vor ihm auf die Knie gesunken wäre, um nicht von ihm als Fälscher denunziert zu werden. Und nun musste er erleben, dass sich eine so schöne Frau um seinetwillen zu einem Schritte entschloss, der gar leicht sie selbst mit kompromittieren konnte. Es setzte ihn nicht wenig in Verwunderung, die stolze Frau so fest und bestimmt auftreten zu sehen, als handelte es sich um die allereinfachste Sache der Welt, als habe sie gar nicht notwendig, Rücksichten auf Schicklichkeit zu nehmen, die sie ihresgleichen gegenüber ganz gewiss nicht aus den Augen setzen würde. Die Herzogin von Lucenay war eine geistreiche, edelsinnige Frau, auch der Aufopferung fähig, war aber die Tochter einer Mutter, die durch maßlose Unsittlichkeit selbst das edle, heilige Unglück der Auswanderung entweiht hatte.

»Herr Notar,« nahm die Herzogin resolut das Wort, »Herr von Saint-Remy ist mit mir befreundet; er hat mir bekannt, in welcher Verlegenheit er sich infolge der doppelten Betrügerei befindet, der er zum Opfer gefallen ist. Mit Geld lässt sich alles wettmachen. Um welche Summe handelt es sich?« – Ferrand stand ganz verblüfft da. Eine solche Angelegenheit so stürmisch zu behandeln, war ihm noch nie vorgekommen. Mürrisch erwiderte er: »Es werden 100 000 Franks verlangt.« – »Ich werde die Summe zahlen, wogegen Sie die Wechsel an Herrn von Saint-Remy ausfolgen.« – »Und wo ist das Geld?« fragte Ferrand; – »morgen Vormittag muss es zur Stelle sein, sofern nicht Klage eingereicht werden soll.« – Es wird Ihnen als Notar nicht schwerfallen, diese Summe zu beschaffen,« erklärte die Herzogin. – »Und wer leistet mir Bürgschaft?« – »Sie wissen, dass ich vier Stunden von Paris ein Gut besitze, das mir 80 000 Livres einträgt. Ich glaube, weitere Garantien dürften Sie nicht brauchen.« – »Das wohl, wenn mir die Summe hypothekarisch sichergestellt wird,« antwortete Ferrand; »aber dazu bedarf es der Einwilligung Ihres Herrn Gemahls.« – »Aber das Gut ist doch mein alleiniges Besitztum,« versetzte die Herzogin. – »Das ändert nichts an dem Bedingnis,« sagte Ferrand, »Sie sind vermählt, und Hypotheken kann die Frau allein nicht geben; es wird besser sein, Sie wenden sich an Ihren gewöhnlichen Notar oder an Ihren Intendanten. Ich bedauere, in diesem Falle nicht dienen zu können.« – »Ich habe wieder Gründe, die mich zur Geheimhaltung zwingen,« erwiderte die Herzogin; »Sie kennen die Spitzbuben, die Saint-Remy brandschatzen, und darum eben bin ich zu dem Entschlusse gekommen, mich an Sie zu wenden.« – »Solches Vertrauen ist mir ja sehr schmeichelhaft; leider kann ich aber Ihnen, wie gesagt, in diesem Falle nicht zu Dienst sein.«

»Sie verfügen also nicht über solche Summe?« fragte die Herzogin geringschätzig. – »In meiner Kasse wird wohl noch einiges mehr liegen,« antwortete Ferrand stolz. – »Nun, warum dann soviel Reden? Ich stelle Ihnen meine Unterschrift zur Verfügung. Aber, bitte, erledigen Sie alles aufs Schnellste.« – »Nun, haben Sie Legitimation bei sich?« fragte Ferrand. – »Ich werde in meinem Palais unterzeichnen. Kommen Sie in einer Stunde hin!« – »Wird auch der Herzog seine Unterschrift geben?« fragte Ferrand; »Ihre Unterschrift hat für mich allein so gut wie keinen Wert.« –

Die Herzogin wusste im Augenblick nicht, woher sie das Geld nehmen sollte; tags vorher hatte ihr der Juwelier Geld auf ihre Geschmeide vorgestreckt, und verschieden Stücke davon befanden sich bei dem Steinschneider Morel in Arbeit. Mit diesem Gelde hatte Saint-Remy die dringendsten

Wechselschulden bezahlt. Vom Pächter ihres Gutes Arnouville hatte sie auch bereits den Pachtschilling auf ein ganzes Jahr voraus erhalten. Sie hielt den Vicomte des Verbrechens der Wechselfälschung nicht für fähig, sondern nur für das Opfer einer Intrige. Nichtsdestoweniger war die Situation, in die er durch seinen Leichtsinn geraten war, eine der schrecklichsten für einen Herrn von Adel, die sich denken ließ. Sie zitterte für den so gewissenlosen und doch so schönen Mann, weil sie ihn liebte mit jener Leidenschaft, von der Frauen in den dreißiger Jahren, also am Ausgange des liebenswerten Alters, so oft befallen werden, wenn sie sich von einem schönen Manne umschwärmt sehen. Lange war sie außerstande, dem Notar ein Wort zu sagen, das sich wie eine Bitte anhörte; sie erkannte aber die Nutzlosigkeit jedes anderen Versuchs, denn Saint-Remys Schicksal lag in den Händen dieses Mannes, und so bequemte sie sich endlich, ihn zu fragen, aus welchem Grunde er, da ihm die in Aussicht gestellte Bürgschaft doch genüge, ihr die erbetene Summe nicht aushändigen wolle ... Ferrand erwiderte kurz: »Weil Männer nun einmal ihre Launen ebenso haben wie Weiber.« – »Und welche Laune beherrscht Sie? Warum handeln Sie wider Ihr Interesse? Ich wiederhole, dass ich auf alle Bedingungen eingehe, die Sie mir stellen.« – »Wirklich, meine Gnädige?« fragte Ferrand, indem er sie mit einem eigentümlichen Blicke von Kopf bis zu Füßen ansah. – Glücklicherweise verdeckte das grüne Glas seiner Brille die unreine Flamme, die aus seinen Augen sprühte; aber dass sein Atem schwer ging, dass seine Stirn sich mit tiefem Rot färbte, das konnte er nicht verstecken; er stand rasch auf und trat auf die Herzogin zu, die sich ebenfalls erhob und ihn erstaunt, fast bestürzt betrachtete ...

»Also alle Bedingungen werden Sie erfüllen, die ich stelle?« fragte er noch einmal, aber mit zitternder Stimme, und trat zu der Herzogin noch dichter heran ... »Nun, denn, unter einer, aber keiner anderen Bedingung steht die Summe zu Ihrer Verfügung, und ich gebe Ihnen das heilige Versprechen, dass ...«

Aber es war ihm nicht vergönnt, den begonnenen Satz zu vollenden, denn infolge eines jener wunderlichen Widersprüche in der menschlichen Natur brach die Herzogin plötzlich in ein maßloses Gelächter aus, hatte sie doch in den erregten Zügen dieses gemeinen und hässlichen Gesichts gelesen, was das Gemüt dieses Mannes beherrschte ... Sie lachte so laut und so höhnisch, dass Ferrand unwillkürlich zurückprallte. Ohne ihm Zeit zu einem weiteren Worte zu lassen, schlug die Herzogin den Schleier wieder vor das Gesicht und verließ, noch immer lachend, das Privatzimmer des Notars, der seine Unklugheit sogleich heftig bereute, sich aber bald mit dem Gedanken beruhigte, dass die Herzogin, wenn sie sich nicht schwer kompromittieren wollte, über die Begegnung mit ihm reinen Mund halten müsse.

Immerhin ging ihm das Lachen der stolzen Frau schwer zu Herzen, und von finsteren Gedanken erfüllt, saß er auf seinem Sessel, als die Tür abermals aufging und seine Haushälterin hereinstürmte ...

»Jesus, Ferrand!« rief sie, die Hände über dem Kopfe zusammenschlagend, »Sie haben doch recht gehabt, eines Tages zu sagen, dass wir noch einmal allesamt in schweren Verdruss kommen würden durch den Wechselbalg von Mädchen, dem wir das Leben gelassen.« – »Was bringst du mir noch für Hiobsposten?« rief der Notar, die Wirtschafterin mit giftigen Blicken messend, »es ist nun für einen Tag mehr als genug schon.« – »Ein einäugiges Weib, das behauptet, das Kind vor etwa elf Jahren von einem gewissen Tournemine –«

»Aber Tournemine ist ja auf den Galeeren,« rief Ferrand. – »Das Weib war ja doch eben unten und hat mir ins Gesicht gesagt, ich hätte ihr das Kind gebracht.« – »Ha! Wer hat ihr das weismachen können?« – »Ferrand, ich habe alles geleugnet und dem Weibe gesagt, sie sei eine elende Lügnerin; sie bleibt aber dabei, das Mädchen wiedergefunden zu haben und zu wissen, wo es sich aufhalte, und wenn ihr nicht der Mund gestopft würde, so wollte sie auf die Polizei gehen und alles an die große Glocke hängen.« – »Himmel! Ist denn heute die Hölle gegen mich losgelassen?« rief Ferrand mit einem vor Wut verzerrten Gesicht. Bei sich aber dachte er: »Und dieses Mädchen ist das Kind der Gräfin Mac Gregor! Dieser Frau, die eben hier war und mir Geld über Geld bot für die Bescheinigung, dass ihr Kind nicht gestorben sei! Ha! Ich könnte es ihr also wiedergeben ... aber – der gefälschte Totenschein? Falls eine Untersuchung eingeleitet würde, wäre ich unbedingt verloren, und wie leicht könnte das eine Verbrechen auf die Spur anderer führen?« – Nach einer Pause fragte er die Haushälterin: »So weiß die Einäugige, wo das Mädchen steckt?« – »Sie sagt es.« – »Und sie will wiederkommen?« – »Morgen.« – »Dann schreibe Polidori, dass er mich heute Abend nach 9 Uhr besuchen möge.« – »Sie wollen doch nicht etwa das Mädchen und die Einäugige mitsammen aus der Welt schaffen lassen? Es wäre ein bisschen viel auf einmal,« sagte Frau Seraphim, den Kopf bedenklich schüttelnd. – »Schreib an Polidori, sage ich dir, dass ich ihn heute Abend nach neun erwarte.«

Am Ausgange dieses Tages sagte Rudolf zu Murph, der den Notar nicht hatte sprechen können: »Graun soll auf der Stelle einen Expressen absenden lassen. Cecily muss in längstens sechs Tagen in Paris sein.« – »Wozu soll dieses Satansweib, des armen David Frau, hierher, Hoheit?« fragte Murph. – »Richte die Frage binnen heut und vier Wochen an den Notar Ferrand!«

Sechstes Kapitel.

Eine Konferenz.

Am selben Tage, da Marie durch Bakel und die Eule geraubt wurde, war in der zehnten Stunde ein Reiter in Bouqueval abgestiegen, um Frau Georges im Auftrage Rudolfs über das Verschwinden des Mädchens zu beruhigen und ihr zu sagen, dass sie sich sehr bald wieder werde sehen lassen. Frau Georges solle, falls sie ihm etwas mitzuteilen habe, nicht nach Paris schreiben, sondern ihm, dem Boten, den Brief mitgeben. Der Bote war aber nicht von Rudolf, sondern von der Gräfin Sarah abgeschickt worden, die durch diese List erreichte, dass Rudolf erst einige Tage später von dem Raube des Mädchens unterrichtet werden konnte. Inzwischen rechnete sie darauf, von Ferrand Zustimmung zu dem geplanten Betruge zu erlangen. Sie wollte sich ferner auch der Frau von Harville entledigen, da sie sich ernster Gefahr durch sie versah. Zu diesem Zwecke ersann sie folgendes anonyme Schreiben, das ihrer Meinung nach zum gänzlichen Bruche zwischen Rudolf und dem Marquis führen musste ...

»Sie sind schmählich hintergangen worden, Herr von Harvillel Ihre Frau hat, als sie merkte, dass Sie ihr nachgingen, den Armenbesuch mit erstaunlicher Biegsamkeit des Geistes ersonnen. Nichtsdestoweniger war sie unterwegs zu einer sehr hochgestellten Person männlichen Geschlechts, die unter dem Namen Rudolf in dem fraglichen Hause der Rue du Temple ein Zimmer im vierten Stock gemietet hat. Wollen Sie nicht den Glauben wecken, ein gar zu eifriger Fürstendiener zu sein, dann missachten Sie diese Warnung nicht!«

In der fünften Nachmittagsstunde desselben Tages, an welchem sie zu Ferrand ging, brachte Sarah den Brief zur Post. – Rudolf seinerseits ging an demselben Tage, an welchem er Graun benachrichtigen ließ, Davids Frau so schnell wie möglich nach Paris zu schaffen, in das Palais des x-schen Gesandten, um dessen Gemahlin eine Visite zu machen: Dann beabsichtigte er, sich zu der Marquise vor Harville zu begeben, um sie von einer neuen Gelegenheit, ihre Mildtätigkeit zu betätigen, zu unterrichten. Der Marquis und seine Gemahlin erhoben sich eben von der Tafel, als Rudolf angemeldet wurde.

»Es freut mich außerordentlich, Sie und meinen lieben Albert einmal wiederzusehen,« sagte Rudolf, dem Marquis die Hand drückend. – »Es ist wirklich lange her,« versetzte der Marquis, »dass ich die Ehre nicht hatte, Königliche Hoheit zu sehen.« – »Und an wem liegt die Schuld, Sie ewig Unsichtbarer? Erst vor drei Wochen habe ich mich bei Ihrer schönen Gemahlin nach Ihnen erkundigt. Es ist recht unlieb von Ihnen, sich niemals sehen zu lassen.« – »Seien Sie versichert, königliche Hoheit, dass mich nur unvorhergesehene Umstände zwangen, mich fernzuhalten.« – »Unter uns, lieber Albert, Sie sind ein zu arger Platoniker als Freund! Wissen Sie, dass man Sie schätzt, dann liegt Ihnen nichts, mehr an Anhänglichkeitsbeweisen.«

Da trat ein Diener ein mit einem Briefe an den Marquis: Es war die Warnung, die von der Gräfin Sarah geschrieben worden war, und die den Fürsten als Liebhaber der Marquise bloßstellte. Harville trat zum Kamine, um an einem der dort stehenden Leuchter zu lesen, was der Brief enthielt. Unterdes plauderte Rudolf mit der Marquise. Der Marquis las lange, las zweimal, aber seine Züge blieben unverändert, nur seine Hand zitterte, als er das Billett in die Westentasche schob. – »Auf die Gefahr hin, Sie zu kränken, muss ich um Erlaubnis bitten, mich zu verabschieden. Ich muss den Brief sofort beantworten, der mir jetzt zugestellt wurde.« – »So werde ich Sie nicht wiedersehen?« fragte Rudolf. – »Schwerlich, Hoheit! Wie gesagt, ich bitte, mich zu verabschieden.« –

»Seltsam! Wie konsequent er uns meidet!« sagte Rudolf; »wollen Sie ihn nicht zurückzuhalten suchen?« – – »Solchen Versuch möchte ich nicht wagen,« erwiderte die Marquise, »nachdem er Ihnen, Hoheit, missglückt ist.« – »Ein Wort im Ernst, lieber Albert,« sagte Rudolf, »kommen Sie doch wieder, sobald Sie mit Ihrem Briefe fertig sind; oder versprechen Sie mir wenigstens für den nächsten Vormittag einen Besuch. Ich habe Ihnen tatsächlich viel zu berichten.« – »Königliche Hoheit sind sehr gütig,« erwiderte der Marquis mit tiefer Verbeugung, um dann hinauszugehen und Rudolf mit seiner Gemahlin allein zu lassen.

»Ihr Mann peinigt sich mit recht hässlichen Gedanken,« sagte Rudolf, »mir war so zumute, als ob er lieber geweint: als gelacht hätte.« – »Beschäftigen wir uns lieber mit fremdem als eigenem Unglück,« sagte die Marquise. – »Ach! Ich weiß ja, worauf Sie hinaus wollen,« sagte Rudolf, »nun, es war sehr recht von mir, die Stube in dem Hause der Rue du Temple zu mieten, von dem ich gesprochen. Sie können sich nicht vorstellen, wie viel Merkwürdiges und Interessantes ich dort gefunden habe. Ihre Schützlinge erfreuen sich in dem Dachstübchen alles Glückes, das Sie ihnen zuteilwerden ließen, aber andere harte Prüfungen sind über sie gekommen. Doch möchte ich Sie nicht traurig stimmen; es wird Ihnen noch früh genug zu Ohren kommen, was für schreckliches Leid über eine einzige Familie kommen kann.«

»Sie haben also die Leute in meinem Namen unterstützt?« fragte die Marquise. – »Ja, und vor Not sind die Leute zunächst gesichert. Befassen wir uns jetzt mit unsrer kleinen Intrige! Es handelt sich um eine arme Mutter, die mit ihrer Tochter früher im Wohlstand lebte und jetzt der bittersten Not preisgegeben ist.« - »Wo wohnen die unglücklichen Menschen?« - »Ja, ich weiß es selbst nicht,« antwortete Rudolf, »ich war gestern mit einer Nachbarin aus der Rue du Temple im Temple. Das kleine Ding heißt Lachtaube und ist ein kleines Wunder von Ordnung und Sauberkeit, zudem eine kleine Lebensphilosophin und eine recht geschickte Näherin.«

»Nun, ich will ihr Morgen Arbeit schicken.« - »Also interessieren Sie sich für meine kleine Nachbarin? Nun, dann können wir uns ja ohne Weiteres zu dem kleinen Abenteuer wenden, von dem ich vorhin sprach. Also: Ich ging mit meiner kleinen Lachtaube in den Temple, um für Morels noch ein paar Sachen zu kaufen. Da fand ich in einem alten Schreibsekretär, der auch zu verkaufen war, und den ich mir ansah, weil ich eigentlich die Absicht hatte, ihn an mich zu bringen, das Konzept zu einem Briefe, worin eine Mutter Klage gegen jemand führte, sie mit ihrer Tochter durch Unterschlagung eines Depositums in das größte Elend gebracht zu haben. Sie scheinen den besten Kreisen anzugehören, aber durch diesen Betrug in die ärgste Not gekommen zu sein.«

»Sie wissen aber nicht, wo die Damen wohnen?« - »Nein. Ich habe aber Graun befohlen, die Adresse auszuspionieren, wenn nicht anders, mit Zuhilfenahme der Polizei. Ich vermute, dass sich die unglücklichen Damen in irgendein Hotel garni geflüchtet haben.«

»Ein wunderliches Zusammentreffen von Umständen!« rief die Marquise. - »Hören Sie weiter!« fuhr Rudolf fort, »in einer Ecke des Schreibblattes, das ich in dem Sekretär fand, standen die Worte: Schreiben an die Herzogin von Lucenay.« - »Nun, dann werden wir ja Näheres erfahren,« rief die Frau Marquise, aber mit einem schweren Seufzer setzte sie gleich hinzu: »Wie soll ich der Herzogin aber die Frau schildern, da ich sie doch gar nicht kenne?« - »Sie werden sich erkundigen müssen, ob sie vielleicht eine junge Witwe kennt, deren Tochter den Namen Klara trägt. Ihn besinne ich mich gehört zu haben.« - »So heißt ja auch meine Tochter. Nun, das ist für mich ein weiterer Grund, mich nach den beiden Damen aufs Angelegentlichste zu erkundigen.« - »Eins noch muss ich erwähnen,« sagte Rudolf: »Der Bruder der Dame hat durch Selbstmord geendet.« -

»Ich glaube,« antwortete die Marquise, »dass diese Angaben ausreichen werden, uns auf die Spur zu führen. Ich werde der Herzogin noch heut Abend ein paar Worte schreiben, damit ich sie morgen früh bestimmt zu Hause treffe. Dass aber solche Damen in so krasse Not geraten können. Das muss ja geradezu grässlich für sie sein!« - »Und wodurch?« rief Rudolf; »einzig und allein durch die Schurkerei eines Notars, von dem mir schon andere derartige Stückchen bekannt sind. Ferrand, Jakob Ferrand heißt der

Wicht.« – »Was?« rief Clemence, »meines Mannes Notar? Und auch meiner Stiefmutter Notar? Aber Sie irren, Hoheit! Ferrand gilt allgemein als der größte Ehrenmann, als Muster von Rechtschaffenheit.« – »Ich habe die wuchtigsten Beweise vom Gegenteil,« rief Rudolf, »doch bitte ich Sie, gegen niemand sich hierüber zu äußern. Der Halunke ist ein Ausbund von Pfiffigkeit und Gemeinheit, und bis ich ihm die Maske vom Gesicht reißen kann, darf er in dem Glauben an seine Straflosigkeit nicht irritiert werden. Dies Ungeheuer von Schlechtigkeit hat die beiden Damen um ihr Vermögen gebracht, indem er ein anvertrautes Gut in Abrede stellt, das ihm aller Wahrscheinlichkeit nach von dem verstorbenen Bruder der Witwe eingehändigt worden ist.« –

»Sie müssen ausfindig gemacht werden. Erfahre ich bei der Lucenay nichts, so gehe ich in die frühere Wohnung der unglücklichen Witwe, und werde selbst Gefahren nicht scheuen, sofern es nicht anders geht. Ich werde den beiden Damen möglichst bald Rettung bringen.«

Rudolf, tief ergriffen von solchem Wohltätigkeitseifer, lächelte traurig, als er die schöne, liebenswürdige, kaum zwanzigjährige Frau ansah, die in edlem Tun ihr Unglück zu vergessen strebte. Sie merkte es bald, errötete und schlug die Augen nieder, dann rief sie: »Sie lachen über meinen Eifer? Ich sehne mich aber nach solchen süßen Freuden, mein Leben zu verschönern, das bisher so trüb und freudlos verlaufen ist. Schon verdanke ich Ihrem Rate so rührende Empfindungen! O! Königliche Hoheit, welchen Schatz von Güte birgt Ihre Seele! Woher haben Sie denn Ihr tiefes, edles Mitempfinden?« – – »Ich habe selbst schon viel gelitten und weiß, wie wehe Schmerz tut!« – »Auch Sie, Königliche Hoheit, sind unglücklich?« fragte tief ergriffen die Marquise. – »Ja, gnädige Frau,« versetzte Rudolf, »im Freunde, im ersten Weibe, das ich mit aller Inbrunst eines jungen Herzens liebte, hat mich das Schicksal heimgesucht; in meiner Frau als Ehegemahl, in meinem Vater als Sohn und in meinem Kinde als Vater hat es mich bitter schwer getroffen.« –

»Und ich meinte, die Großherzogin habe Ihnen kein Kind hinterlassen?« – »Das wohl; aber vor meiner Verheiratung hatte ich eine Tochter, und sie verstarb in ihrer frühesten Kindheit. So eigentümlich es Ihnen auch erscheinen mag, der Verlust dieser Tochter, die ich doch eigentlich kaum gesehen, hat mein ganzes Leben mit Schmerz erfüllt. Je älter ich werde, desto tiefer wird dieser Schmerz. Mit jedem Jahre mehrt sich seine Bitterkeit. Mein Kind müsste jetzt siebzehn Jahre zählen.« – »Lebt die Mutter des Kindes noch?« fragte nach einer Weile die Marquise. – »O, kein Wort von ihr!« rief Rudolf, dessen Gesicht sich in düstere Falten legte, »ihre Mutter ist eine durch Selbstsucht und Ehrgeiz verhärtete Frau. Oft habe ich mir schon gesagt, dass es für das Mädchen besser gewesen, so früh zu sterben, als in den Händen einer solchen Mutter zu bleiben.« – »O, da wird es mir freilich begreiflich, dass Sie sich so lebhaft nach Ihrem Kinde sehnen!« sagte Clemence. – »Ach, wie innig hätte ich sie geliebt! Mir ist es immer so ums Herz, als wenn wir Fürsten einen Sohn nur aus Geschlechts- oder Namensinteresse liebten, eine Tochter aber mit unserm Herzen und um ihrer selbst willen.«

Clemence trat eine Träne ins Auge, so sehr ging ihr Rudolfs Ton zu Herzen. Nach einer Weile, fast errötend über das Gefühl, das ihn so übermannt hatte, sagte Rudolf mit traurigem Herzen: »Verzeihen Sie, dass ich mich so von meinen Empfindungen habe hinreißen lassen. Doch fassen wir Mut! Das Gespräch hat mich hinsichtlich Ihrer Person beruhigt: Ein heilsamer Weg ist Ihnen gebahnt. Folgen Sie ihm, dann werden Sie sicherlich jene Jahre der Prüfung durchschreiten, die für Frauen, vor allem aber für Frauen von Ihrem Charakter, so gefahrvoll sind. Ihr Verdienst wird groß sein. Zwar werden Sie noch zu kämpfen und zu leiden haben, da Sie noch sehr jung sind; der Gedanke aber an das Gute, das Sie vollbracht haben und noch zu vollbringen haben, wird Ihnen Kraft und Mut leihen.« – »Ohne Ihren edlen Beistand würde mich alle Kraft verlassen,« sagte die Marquise, »das fühle ich tief, doch glauben Sie mir, ich werde keinen Schritt von meiner Pflicht weichen.«

Kaum waren diese Worte aus ihrem Munde, so öffnete sich eine verborgene Tür in der Tapete. Clemence schrie auf, und Rudolf fuhr zusammen. Kreidebleich, heftig erregt, die Augen voll Tränen, trat Harville über die Schwelle, den von der Gräfin Mac Gregor erhaltenen Brief in der Hand.. »Hier, Hoheit, lesen Sie, was mir vorhin überbracht wurde. Lesen Sie den Brief und dann verbrennen Sie ihn!« – Rudolf rief, während die Marquise erschreckt aufsah, voll tiefer Entrüstung: »Wie ist solche Schändlichkeit möglich? Da müsste man ja an der Welt verzweifeln!« – »Königliche Hoheit! Noch schändlicher vielleicht ist mein Verhalten,« sagte der Marquis. »Habe ich nicht an Ihnen gezweifelt, bis ich hörte, aus Ihrem Munde hörte, was Sie in die Rue du Temple geführt hat? Der diesen Brief geschrieben, weiß recht gut, an wen er ihn geschrieben! Weiß recht gut, was für ein Schwachkopf ich bin! Kniend vor Ihnen, Königliche Hoheit, und vor dir, mein Weib, bekenne ich, dass Wut und Eifersucht mein Herz zerfleischten, und bettle um Gnade, die ich nur finden kann, wenn sie Ihr Edelmut spendet.« – »Ach, mein lieber Albert,« erwiderte Rudolf, »was habe ich Ihnen zu verzeihen? Jetzt wissen Sie Bescheid um unsre Geheimnisse, und ich kann Ihnen gehörig den Text lesen. Sie wissen nun auch, was Sie von diesem edlen Herzen zu erwarten haben..« – »Ach, Clemence, kannst du mir auch diesmal verzeihen?« fragte Harville mit trübem Blicke seine Frau. – »O ja, doch unter der Bedingung, dass du mir beistehst, dich glücklich zu machen!« Bei diesen Worten gab sie ihrem Manne die Hand, die von ihm mit Wärme gedrückt wurde.

Am andern Morgen klingelte Harville seinem Lakai, der nicht wenig verwundert war, seinen Herrn ein Jagdlied trällern zu hören. Das war ein sicheres, wenn auch seltenes Zeichen für seine gute Laune.

»Ach, gnädiger Herr,« sagte der Diener, »es ist doch schade, dass Sie so wenig singen! Sie haben doch eine so prächtige Stimme!« - »So? Meinst du?« fragte der Marquis, sichtlich erfreut, »ich denke, du wirst die Musik wohl jetzt alle Tage hören.« - »Ach, wie mich das freuen würde! Also werden Sie alle Tage sich so recht von Herzen glücklich fühlen?« - »Ja, Joseph, ich werde jetzt so recht von Herzen glücklich sein. Hat mir doch meine Frau versichert, dass sie mich jetzt so recht, recht lieb habe.« - »Nun, habe ich nicht immer gesagt, dass sie noch einmal einsehen werde, was für einen guten Mann sie an Ihnen habe?« - »Und mich, Joseph, macht diese Zuversicht, jetzt meiner Frau Liebe so ganz zu besitzen, so glücklich, dass ich fast überzeugt bin, von meiner schrecklichen Krankheit geheilt zu sein.« - »Wirklich, gnädiger Herr! Ach, wie wollte ich Gott dafür von Herzen danken!«

»Nun, wenigstens hat mir mein Arzt wiederholt schon gesagt, dass ebenso, wie eine starke Erschütterung hinreiche, sie hervorzurufen, nichts anderes vonnöten sei, sie zu heilen.« - »Herr Marquis, wenn Sie den festen Glauben haben, so wird die Heilung auch eintreten, sofern sie nicht wirklich schon eingetreten ist. Aber - aber - es ist des Glückes fast zu viel für einen Tag. Zum Glück bringe ich ein bisschen Wermut mit: Ein Freund von Ihnen hat einen Degenstoß bekommen, der freilich nicht viel auf sich hat, aber - die Sache genügt doch, dem schönen Sonnenschein des heutigen Tages ein bisschen Schatten zu geben.« -

»Wer ist's denn, der einen Degenstoß abbekommen?« - »Der Herzog von Lucenay.« - »Die Verwundung hat aber nicht viel auf sich?« fragte Harville. - »Nein. Der Arm ist bloß ein bisschen geritzt. Gestern wollte er Ihnen seinen Besuch machen, traf Sie aber nicht und hat hinterlassen, dass er heute Vormittag wiederkommen werde, um eine Tasse Tee mit Ihnen zu trinken.«

»Nun, so möchte ich den Anlass benützen, heute Morgen ein Herrenfrühstück zu geben, zur Feier des glücklichen Ausgangs, den dieses Duell genommen hat. Lucenay wird sich gewiss freuen, denn er vermutet doch so etwas nicht.« - »Das ist nur zu gewiss, Herr Marquis! Wie viel Kuverts soll ich decken?« - »Sechs,« antwortete Harville, »und im kleinen Winterfestsaale.« - »Ich eile, gnädiger Herr!«

Vicomte von Saint-Remy, Baron von Monville, Lord Douglas und Graf von Sezanne waren die Herren, an die Harville durch einen expressen Boten die Einladungen zur Teilnahme an dem Herrenfrühstück ergehen ließ. Joseph konnte sich vor Freude nicht fassen.. »So lustig und guter Dinge habe ich Sie seit Langem ja nicht gesehen,« rief er, »sonst sahen Sie immer bleich aus, und heute haben Sie richtig rote Wangen.« - »Da kannst du sehen, Joseph, was Glück beim Menschen ausmacht!« erwiderte Harville; »aber weißt du, Joseph, du musst mir bei einer kleinen Intrige beistehen, das heißt: Du musst dich bei Jungfer Julien erkundigen, wer der Juwelier ihrer Herrin ist, und wo er wohnt; du musst ihr aber ans Herz legen, ihrer Herrin kein Sterbenswort davon zu sagen. Schnell, schnell, hörst du? Da kommt ja Doublet!«

Während Joseph hinausging, trat der Intendant tatsächlich auf die Schwelle. »Nun, mein lieber Doublet,« sagte Harville, »heut will ich mal Geld springen lassen.« - »Nun, Herr Marquis, das können wir doch auch, wir haben es doch, Gott sei Dank!« - »Ich will schon lange nach dem Garten zu eine Galerie an den rechten Flügel meines Palais bauen, habe ja lange gezaudert und deshalb noch nicht mit Ihnen geredet; nun habe ich mich aber fest entschlossen. Mein Baumeister soll einmal zu mir kommen, damit wir zusammen über die Sache sprechen.« - »Ich habe immer gesagt, es fehlt dem gnädigen Herrn weiter nichts als eine bestimmte Arbeit oder, sagen wir lieber, Zerstreuung, ein kleines Steckenpferd. Um das Geld brauchen wir uns wahrhaftig keinerlei Gedanken zu machen. Wir können uns das Steckenpferd, wie ich sagte, wählen, ganz nach Belieben.«

Joseph trat ein ... »Hier ist die Adresse des Juweliers.. Baudoin heißt er.« - »Ach, Doublet, Sie gehen wohl bei dem Manne mit heran und sagen ihm, er möge mir sogleich eine Diamantenschnur herbringen im Werte von annähernd 2000 Louisdor.« - »Gewiss, Herr Marquis! Auf der Stelle. Behalten doch Diamanten, genau wie Häuser, immer ihren Wert.«

Harville, wieder mit sich allein, ging, die Arme über der Brust gekreuzt, nachdenklich in seinem Zimmer auf und ab. Da änderte sich jäh sein Gesichtsausdruck: Die Zufriedenheit, die darin bislang geherrscht hatte, schwand, und ruhige, kalte Entschlossenheit trat an ihre Stelle. Noch ein paar Schritte machte er durch das Zimmer. Dann sank er auf einen Sessel, wie wenn ihn die Wucht seiner Schmerzen niederdrückte: Dann stützte er beide Ellbogen auf den Schreibtisch und die Stirn auf beide Hände. Dann fuhr er wieder jäh empor, wischte sich eine Träne aus dem Auge und sprach mit Anstrengung zu sich: »Mut! Mut!« Dann machte er verschiedene Notizen auf einem Blatte, verlegte besprochene Zusammenkünfte auf spätere Tage und ordnete allerhand Papiere in seinem Schreibsekretär.

Ein Wagen rollte in den Hof.. Joseph trat mit der Meldung ein, dass die Frau Marquise ihre Equipage zur Ausfahrt bestellt habe. Kaum war der Diener wieder gegangen, als Harville vor den Spiegel trat und sich aufmerksam betrachtete.. »Recht so,« sprach er vor sich hin, »rote Wangen und Augen, aus denen Fieber leuchtet. Was hats zu sagen, wenn man sich bloß dadurch irreführen lässt? Nun noch ein Lächeln um die Lippen! Wer wird dann ahnen, dass Todesgedanken sich dahinter bergen? Sicherlich niemand.. Aber ich höre meine Frau.. Nun zu Deiner Rolle, Du armer Histrio!«

»Guten Morgen, lieber Mann,« rief ihm Clemence mit liebevollem Stimmklange entgegen und gab ihm die Hand.. »Aber was ist dir denn?« fragte sie neugierig, als sie den lächelnden Zug um seine Lippen sah, »du strahlst ja schier vor Freude!« - »O, ich war eben bei dir in Gedanken, meine Liebe, und dann ist mir die Nacht etwas eingefallen.« - »Nun, so sprich doch!« - »All die gestrigen Vorgänge, dein bewunderungswürdiger Edelmut, das vornehme Verhalten des Fürsten haben mir zu denken gegeben und mich zu deinen Ideen bekehrt; ich beklage, dass ich gestern so aufbrauste, aber du bist mir deshalb nicht weiter böse.. wie? Du hättest es mir doch nicht verzeihen können, wenn ich mich in den Verlust deiner Liebe ohne Weiteres still gefügt hätte?« - »Ach, was sind das für liebe Worte, guter Albert! Sieh, das freut mich von ganzem Herzen, dass du mich jetzt besser verstehen willst; o, ich habe mir immer gedacht, dass es besser zwischen uns werden müsse, wenn ich nicht bloß an dein Herz, sondern auch an deinen Verstand appellierte. Jetzt macht mir die Zukunft keine Bange mehr. Geschwisterlich aufeinander gestützt wollen wir einem gemeinsamen Ziele zupilgern; und beschließen wir unsre Laufbahn, werden wir einander so wiederfinden, wie wir uns jetzt wiedergefunden haben.«

»Meine teure Clemence,« antwortete der Marquis, »ich habe dich gebeten, einen Augenblick hier zu erscheinen, weil ich dir sagen wollte, dass wir heute nicht zusammen den Tee einnehmen könnten. Ich habe ein paar gute Bekannte zu einem Imbiss eingeladen, den ich zur Feier des glücklichen Ausgangs improvisiert habe, den Lucenays Duell genommen hat.«

Die Marquise errötete, als sie an die Ursache dachte, die diesem Duell zugrunde lag: jenes kränkende Wort, das Lucenay in ihrer Gegenwart zu Karl Robert gesagt hatte.. »Ein seltsames Zusammentreffen!« sagte sie, »Lucenay frühstückt bei dir, und mich hat seine Frau, leider auf eine etwas zudringliche Art, zu sich zum Frühstück geladen. Nun, ich habe mancherlei mit ihr im Interesse meiner beiden unbekannten Schützlinge zu sprechen. Ich werde von ihr aus nach Saint-Lazare fahren, denn ich will versuchen, zu den jungen Häftlingen zu gelangen.« -

Es klingelte ... »Wohl schon einer deiner Gäste?« fragte die Marquise, »nun, ich gehe jetzt. Was hast du für den Abend vor? Ich ginge gern einmal in die italienische Oper ... Du begleitest mich doch?« - »Mit größtem Vergnügen!« - »Dann also auf Wiedersehen, Albert! Ich räume das Feld und wünsche dir viel Amüsement.«

Sie reichte ihm die Hand und ging zur einen Tür hinaus, wahrend zur andern Herzog von Lucenay hereintrat.

Siebentes Kapitel.

Ein Dejeuner.

Lucenays Verwundung war so geringfügiger Natur gewesen, dass er nicht einmal den Arm in der Binde trug. Auf seinem Gesicht lag noch immer, ein hochmütiger Ausdruck. Seine quecksilberne Unruhe hatte sich nicht gelegt, auch seine Spottsucht hatte sich nicht gemildert. - »Sie müssen mich doch für recht gleichgültig halten, lieber Lucenay,« sagte Harville, dem Freunde die Hand reichend, »aber ich habe tatsächlich erst heute Morgen von dem leidigen Rencontre Kenntnis erhalten.« - »Leidig? Ach, reden Sie doch nicht, Harville! Habe ich doch kaum je im Leben so herzlich gelacht wie bei dieser Affäre ... Der charmante Karl Robert schnitt ein so feierliches Gesicht, als ich ihm an den Kopf warf, er litte an Fettsucht, dass ich wirklich dachte, er wolle beichten ... Und darum ein Duell? Freilich, vor jungen Damen hört man so was nicht gern! Das macht allemal böses Blut.« - »Nun, daran erkenne ich Sie wieder!« sagte Harville, »aber was ist das für ein Karl Robert?« - »Ich weiß es selbst nicht,« sagte Lucenay, »in einem Badeorte habe ich ihn kennengelernt. Im Wintergarten beim Gesandtschaftsballe ging ich an ihm vorüber und neckte ihn. Am andern Tage setzte es dafür zur Antwort einen Degenstoß. So stehen wir zusammen. Aber genug von diesen Dummheiten! Ich bin hergekommen, eine Tasse Tee bei Ihnen zu trinken.«

Lucenay warf sich auf ein Sofa.

Harville erwiderte: »Ich habe Ihnen eine Überraschung zugedacht, mein Lieber.« - »So? Und die wäre?« fragte Lucenay. - »Es kommen ein paar gute Freunde her, zu einem kleinen Imbiss.« - »Das lasse ich mir gefallen. Marquis,« rief Lucenay, »Bravo! Bravissimo!« - »Saint-Remy wird auch gleich da sein,« sagte Harville; »hoffentlich hat ihn meine Einladung in Paris getroffen.«

Im andern Augenblicke trat der Edelmann, von dem die Rede war, ins Zimmer. - Lucenay eilte ihm entgegen ... »Was? Sie Freund vom Landleben,« rief er, »wirklich schon da? Ich dachte, Sie hätten Paris wieder den

Rücken gewandt.« – »Gestern bin ich wiedergekommen,« antwortete Saint-Remy, »und fand, kaum in meine Wohnung getreten, Harvilles Einladung; natürlich haben mich Windesflügel hergetragen.« – Und beiden Herren die Hände reichend, ließ er sich auf einem Sessel nieder.

»Vielen Dank für die Eile!« sagte Harville; »es freut mich um so mehr, dass Sie meiner Einladung so schnelle Folge leisten, als wir uns doch alle über den glücklichen Ausgang des Duells freuen müssen, das doch gar traurige Folgen hätte haben können.« – »Aber, Saint-Remy,« fragte Lucenay, »was hat Sie denn jetzt zur Winterszeit aufs Land hinausgeführt?« – »Ei, warum die Neugierde? Ich will mir Paris ein bisschen abgewöhnen. Das ist alles!« – »Ach richtig! Sie wollen sich doch an die Gerolsteiner Gesandtschaft versetzen lassen? Ein schöner Einfall, das muss ich sagen! Aber ich glaube nicht daran, dass er noch zur Ausführung kommen wird, wenigstens wird allgemein daran gezweifelt, auch von meiner Frau.« – »Nun, dann sagen Sie Ihrer Gemahlin, dass sie sich ebenso darin irrt, wie alle Welt.« – »Aber, lieber Lucenay, kennten Sie den Großherzog, wie ich ihn kenne,« erwiderte Harville, »dann würden Sie wohl verstehen, dass Saint-Remy große Lust haben kann, eine Zeit lang in Gerolstein zu verleben.« – »Ich bin noch immer nicht bekehrt,«sagte Lucenay, »denn ich meine, dass ein Herr, wie unser Vicomte, der zum feschesten Parisertum gehört, nirgendwo anders leben kann, als eben in Paris.«

Die anderen Gäste stellten sich nach und nach ein. Plötzlich erschien Joseph auf der Schwelle und flüsterte seinem Herrn ein paar Worte zu ... »Sie erlauben wohl, meine Herren, dass ich ein paar Augenblicke verschwinde?« fragte Harville, »ich habe den Juwelier meiner Frau herkommen lassen, weil ich ihr ein Präsent aussuchen will. Sie wissen doch in solchen Dingen Bescheid, Lucenay? ... Wir sind nun doch einmal Ehemänner vom alten Schrote ..«

»Ach! Es handelt sich wohl um eine Überraschung?« rief der Herzog; »nun, meine bessere Hälfte hat mir gestern auch eine kleine Überraschung bereitet.« – »So?« – »Ja, aber keine sonderlich freudige! Hunderttausend Franks will sie haben! Was meinen Sie dazu?« – »Nun, ein so freigebiger Herr wie Sie wird seine Gattin kaum warten lassen.« – »Nun, gute Rechnung erhält die Freundschaft, das wissen Sie ja? Aber 100 000 Franks sind keine Lappalie. Ich habe ihr das Geld geliehen und bekomme von ihr eine Hypothek auf ihr Gut. Sagen Sie mal, Saint-Remy,« wandte sich Lucenay an den Vicomte, »Sie verstehen sich doch auf Anleihen?« Aber wie nahe er mit dieser Frage an den eigentlichen Sachverhalt streifte, davon hatte er keine Ahnung. Saint-Remy mangelte es an Keckheit freilich nicht, aber seine Wange färbte sich doch bedenklich, als er die Worte geringschätzig hinwarf: »Hunderttausend Franks sind freilich keine Bagatelle, und wozu eine Frau soviel brauchen könnte, möchte ich doch wissen. Bei den Männern ist das schließlich etwas anderes.« -

»Saint-Remy,« rief ihn Harville, »einen so feinen Geschmack wie Sie hat nur selten jemand; helfen Sie mir doch den Diamantschmuck für meine Frau aussuchen.« - »Ach, der Herr Baudoin?« rief Lucenay, als der Juwelier von dem Marquis in das Zimmer geführt wurde ... - »Mein Kompliment, Herr Herzog,« sagte Baudoin. - »Ei, ich habe Sie stark im Verdacht, mein Lieber,« sagte Lucenay, »dass Sie hin und wieder meiner lieben Ehehälfte solchen Floh ins Ohr setzen, der sie dem Ruine in die Arme führen muss?« - »Aber die Frau Herzogin hat ja doch ihre Diamanten,« antwortete der Juwelier, »in diesem Jahre bloß neu fassen lassen, Herr Herzog.« Aber ein gewisser Grad von Verlegenheit zeigte sich bei diesen Worten doch auf seinem Gesichte. - Auch Saint-Remy verfärbte sich, wusste er doch recht gut, dass die Herzogin, um ihm beizustehen, ihre echten Juwelen gegen falsche vertauscht hatte.

Inzwischen hatte Baudoin verschiedene Halsbänder und Spangen mit Rubinen und Diamanten auf dem Tische ausgelegt.

»Die Steine sind wirklich brillant!« rief Lord Douglas, »einen so scharfen und akkuraten Schnitt habe ich wirklich kaum vorher gesehen.« - »Ja, ich hatte einen ganz ausgezeichneten Steinschneider,« antwortete Baudoin, »der aber leider vor ein paar Tagen um sein letztes bisschen Verstand gekommen ist. Ob ich einen so geschickten Arbeiter wie ihn wiederfinden werde, weiß ich tatsächlich nicht. Die Frau, die ihn mir vermittelt hat, sagte mir, er sei so arm gewesen, dass er nicht mehr wo aus wo ein gewusst habe.« - »Und solchem armen Menschen vertrauen Sie Diamanten an?« fragte Lord Douglas. - »Gewiss! Dass ein Steinschneider, trotzdem sie alle arme Teufel sind, sich an einem Diamanten vergriffen habe, ist eigentlich noch kein einziges Mal passiert.«

»Na, umso besser,« sagte Harville, »aber sagen Sie mir lieber, wie viel kostet hier dieses Halsband?« - »Die Steine, Herr Marquis, sind vom reinsten Wasser und trefflich geschnitten, auch fast durchweg von gleicher Größe. Der billigste Satz ist 42000 Franks.« - »Seiner Frau ein Präsent von solchem Werte zu machen! Das kann doch bloß unser Harville,« rief Lucenay, »lassen wir ihn ob seiner Ritterlichkeit hoch leben. Harville hoch! Harville hoch!« - »Nun, denken Sie darüber, wie Sie wollen, meine Herren,« antwortete Harville, »ich bin nun einmal in meine Frau verliebt und schäme mich dessen weder, noch mache ich ein Geheimnis daraus.« Und sich zu Baudoin wendend, setzte er hinzu: »Herr Baudoin, Sie machen das Geschäftliche wohl mit meinem Herrn Doublet ab?« -»Gewiss, Herr Marquis,«

antwortete der Juwelier, »hat doch Herr Doublet schon mit mir darüber gesprochen!« - Und ohne die Steine, die er mitgebracht, zu zählen, - so sehr vertraute er auf die Rechtlichkeit der anwesenden Edelleute - schob er sie in die Tasche und verließ das Zimmer. Harville übergab dem Diener Joseph das Halsband, das er ausgewählt hatte, und sagte zu ihm: »Julie soll es recht geschickt zu den anderen Schmucksachen legen, damit meine Frau überrascht wird!«

Gleich darauf wurde gemeldet, dass das Frühstück aufgetragen sei. Dass Saint-Remy die Steine des Juweliers einen nach dem andern sich angesehen und dann wieder auf den Tisch gelegt hatte, war niemand besonders aufgefallen.

»Ihr Palais, lieber Harville, ist wirklich eines der elegantesten von ganz Paris,« meinte Lucenay. - »Nun, ganz bequem ist es ja, aber nicht sonderlich geräumig. Darum will ich schon immer einen Saal nach dem Garten zu anbauen lassen. Wenn meine Frau mal einen Ball geben will, reichen unsere drei Säle in der Regel nicht aus. Sie gehen mir wohl auch hierin mit Ihrem Rate zur Hand, Saint-Remy?« - »Meine geringen Fähigkeiten stehen zu Ihren Diensten, lieber Harville.« - »Und wann soll die neue Pracht eingeweiht werden?« - »Ich denke, im nächsten Jahre, mit den Arbeiten wenigstens wird schon jetzt begonnen.« - »Sie schmieden ja Pläne über Pläne, lieber Harville. Ich hörte, Ihre Burgunder Besitzung wollen Sie auch renovieren lassen?« - »Val-Richer, meinen Sie? Allerdings! Und nicht bloß renovieren, sondern umbauen, lieber Lucenay. Es ist mit den Häusern wie mit den Menschen. Sie brauchen hin und wieder mal neuen Ausputz.« - »Sie haben ja eine Meierei dazu gekauft? Nicht wahr?«

- »Allerdings. Zur Arrondierung. Es war ein recht gutes Geschäft, zu dem mir mein Notar geraten hatte.« - »Welchen Notar haben Sie?« - »Ferrand.«

Als Saint-Remy diesen Namen hörte, überrieselte es ihn kalt. - »Ist er wirklich ein rechtschaffener Mann, wie es immer heißt?« fragte er leichthin. - »Ferrand?« sagte Lucenay, »o, das ist ein Mensch von antiker Rechtlichkeit, so recht ein Mann vom alten Schlage, die gleich aus dem Häuschen geraten, sobald man eine Quittung für an ihn bezahltes Geld fordert.« - »Ei! Warum werfen Sie denn solche Frage auf, Saint-Remy?« fragte Harville. - »O, nur nebenbei,« versetzte dieser, »ich habe manches läuten hören, persönlich aber keinen Grund, an diesem Wunder von Notar zu zweifeln. Aber um auf Ihre Pläne zurückzukommen, Harville.. welche Bauten haben Sie in Val-Richer vor?«

- »Sie werden schon konsultiert, sobald wir soweit sind. Das wird vielleicht früher eintreten als Sie denken, denn ich verspreche mir von den hierbei notwendigen Arbeiten recht viel Genuss. Aber, meine Herren,« setzte er hinzu, als die Tafel nach eingenommenem Imbiss abgeräumt wurde, »wir müssen doch noch ein paar Zigarren rauchen? Im Nebenzimmer finden Sie ein paar neu aus Havanna eingetroffene Kistchen.«

Die Herren standen auf und begaben sich in das Nebenzimmer, von dem aus eine Tür in das mit Waffen geschmückte Schlafzimmer führte ... Dorthin folgte Lucenay seinem Wirte. – »Wie Sie sehen, Lucenay,« sagte Harville, auf die an der Wand hängenden Gewehre zeigend, »bin ich noch immer ein Waffenliebhaber.« – »Sie besitzen ja eine brillante Waffensammlung,« rief der Herzog, »englisches und heimisches Fabrikat! Da wüsste ich wahrhaftig nicht, zu welchem Gewehr man greifen sollte!«

Die anderen Herren traten hinzu, um die Waffen zu besichtigen. Harville nahm ein Pistol von der Wand und sagte lachend: »So ein kleines Ding, meine Herren, ist das Universalheilmittel gegen Spleen, Langeweile und alles sonstige Leid!« Dabei hielt er scherzend den Lauf der Waffe in den Mund hinein ...

»Ich meinesteils,« versetzte Saint-Remy, »gebe einem andern Heilmittel den Vorzug; was Sie empfehlen, ist nur zu benutzen in ganz verzweifelten Fällen.« – »Aber von erstaunlich rascher Wirkung,« meinte Harville, »ein Druck, ein Knall und das Ding ist vorbei. Kaum der Gedanke ist schneller.« – »Harville, machen Sie keine Scherze!« rief Lucenay, als Harville das Pistol abermals dem Munde näherte; »dergleichen Spaße sind immer mit Fährlichkeit verknüpft.« – »Sie meinen doch nicht, dass ich damit so spielen würde, wenn es geladen wäre?« erwiderte Harville; »ach! Gehen Sie mir! Geben Sie acht, meine Herren! Eins, zwei, drei! Und der – Kram ist – vorbei!«

Kaum waren die Worte aus seinem Munde, als der Schuss knallte ...

Marquis von Harville hatte sich eine Kugel durch den Kopf gejagt ...

Am nächsten Tage stand in den Zeitungen:

»Gestern hat ein unerwartetes trauriges Ereignis die Vorstadt Saint Germain in Bestürzung versetzt. Folge von Leichtsinn und Unbedacht – wie man sie leider zu oft festzustellen findet – hat ein schreckliches Unglück veranlasst. Der Marquis von Harville, Besitzer eines unermesslichen Vermögens, kaum sechsundzwanzig Jahre alt, bekannt durch Herzensgüte und Edelmut, seit wenigen Jahren mit einer Frau verheiratet, die er vergötterte, hatte einige Freunde zum Frühstücke bei sich. Nach dem Tische gingen die Herren in das Harvillesche Schlafzimmer, worin sich wertvolle Gewehre befinden. Herr von Harville nahm scherzend ein Pistol, das er nicht für geladen hielt, und setzte es an die Lippen, drückte ab, der Schuss ging los, und der unglückliche junge Mann sank mit zerschmettertem Kopfe tot nieder ... Man denke sich die entsetzliche Bestürzung der Freunde des Herrn von Harville, denen er einen Augenblick vorher in Jugendkraft und vollem Glücke verschiedene Pläne mitgeteilt hatte! Am Morgen hatte er noch einen Schmuck von großem Werte gekauft, um seine Frau damit zu überraschen. In dem Augenblicke also, in welchem ihm das Leben vielleicht reizender und schöner erschien als je, wurde er ein Opfer eines entsetzlichen Unfalls.«

In Wahrheit aber lagen die Dinge so, dass Harvilles Entschluss durch maßlose Verzweiflung geweckt worden war: Seine Frau hatte durch ihre jetzt erwachende Liebe in seinem Herzen die peinlichsten Gewissensbisse geweckt, die seine schlimme Krankheit nur zu verschärfen vermochte. Tiefes Mitleid mit seiner Frau, die er in ein Leben ohne Liebe an der Seite eines mit einem epileptischen Leiden behafteten Mannes gekettet sah, zu dem sie doch niemals wahre Liebe empfinden könnte, und tiefer Überdruss an sich und am ganzen Leben hatten ihm die Pistole in die Hand gedrückt, hatten ihn bestimmt, Hand an sich zu legen ...

Siebenter Teil.

Erstes Kapitel.

Saint-Lazare.

Frau von Harville hatte sich, ohne Ahnung von dem in ihrem Hause sich abspielenden Drama, nach Saint-Lazare, dem Pariser Weibergefängnis, begeben, wo sie, gewissen Andeutungen zufolge, die ihr durch die Herzogin von Lucenay gegeben worden, die beiden, durch Ferrands Habgier in das tiefste Elend geratenen Frauen aus der besten Gesellschaft des Landes zu finden rechnete. Eine Aufseherin, schon in reiferem Alter, Armand mit Namen, wurde ihr zugeteilt.

»Da die Frau Marquise wünscht, ihr solche unserer Gefangenen zu nennen, die sich durch gute Aufführung und aufrichtige Reue hervortun, so meine ich, sie auf ein Mädchen von etwa siebzehn Jahren aufmerksam machen zu sollen, die ich weniger für sündhaft, als für vom Schicksal verfolgt halte, und die Wohl noch auf gute Wege zu leiten wäre.« – »Und warum ist sie im Gefängnisse?« – »Sie ist auf den Elysäischen Feldern erwischt worden. Bekanntlich ist es den Dirnen verboten, sich an gewissen öffentlichen Orten bei Tage zu zeigen, und da hierzu auch die Elysäischen Felder gehören, ist sie festgenommen und hierher gebracht worden.« – »Was für einen Eindruck macht sie?« – »O, Frau Marquise, sie hat ein richtiges Madonnengesicht, und als sie eingeliefert wurde, trug sie noch ihre ländliche Tracht, was sie besonders interessant machte. Sie ist kaum erst drei Tage hier, und schon hat sie einen seltsamen Einfluss auf alle Gefangenen erlangt; man nimmt nicht bloß Anteil an ihr, sondern empfindet Achtung, ja mehr, fast Verehrung für sie. Auch für mich, Frau Marquise, bildet sie einen Gegenstand besonderer Teilnahme, und ich bin doch gewissermaßen blasiert gegen alles, was sich an den hierher gebrachten Mädchen als auffällig erweist. Ich glaube nicht daran, dass sie aus freiem Willen sich zur feilen Dirne erniedrigt hat. Man hat ja doch oft genug schon erfahren, dass Not und Niedertracht die Mädchen in solches Elend hineinstürzen. Sie ist auch sehr still und ruhig, und das verwundert hier auch, weil sich sonst alles hier durch Lärm und Schimpf zu betäuben sucht. So ist seit etwa vier Wochen ein wildes Geschöpf hier untergebracht, das den Spitznamen Wölfin führt und wohl zwanzig Jahre alt sein mag, ein großes, kräftiges Geschöpf. Das junge Ding, von dem ich Ihnen erzähle, mochte gestern nichts essen und bot ihr Brot aus. Die Wölfin verlangte es auf der Stelle für sich. Nun haben wir aber noch ein anderes Geschöpf hier, das verwachsen und trotzdem seit einigen Monaten in anderen Umständen ist. Mit dieser Person hatte unsre schöne Novize Mitleid und gab ihr das Brot, trotzdem die andere zu schimpfen anfing, und da sie sehr bösartig ist und gleich immer mit dem Messer droht, getraute sich niemand, die Partie der kleinen Schalldirne zu nehmen.«

»Wie nennen Sie das Mädchen?« fragte Frau von Harville. – »Schalldirne. Unter diesem Namen ist sie eingeliefert worden. Meines Wissens bedeutet er in der unter diesem Volke üblichen Sprache dasselbe wie Sängerin. Das junge Ding soll nämlich wunderschön singen, und ihrer Stimme nach zu schließen, die einen höchst melodischen Klang besitzt, mag dies auch der Fall sein.« –

»Was Sie mir von der Person erzählen, rührt mich ungemein. Was soll aber geschehen, um ihre Freilassung durchzusetzen? Ich will für die Zukunft des Mädchens sorgen.« – »Bei Ihrer Stellung und Ihren Bekanntschaften, Frau Marquise, kann es Ihnen nicht schwerfallen, das Mädchen in Freiheit zu setzen; das kommt ja lediglich auf den Polizeipräfekten an, und bei ihm wäre die Empfehlung von angesehener Seite sicher entscheidend. Wenn ich mich nicht sehr irre, so empfindet das Mädchen, das durch irgendeinen Zufall aus ihrer früheren Not gerissen worden, eine wahre Liebe, die ihr nun zum Glück einerseits, zur Qual anderseits geworden ist. So trat ich gestern Abend, als ich in den Schlafsaal kam, an das Bett des Mädchens. Sie lag im festen Schlafe, hielt beide Hände über der Brust gefaltet, und da hörte ich auf einmal von ihren Lippen den Namen: Rudolf.«

Frau von Harville dachte im ersten Augenblick an den ihr bekannten Fürsten, sagte sich aber gleich, dass ein Großherzog von Gerolstein mit solchem Mädchen nichts gemein haben könne, und sprach zu der Aufseherin: »Mich hat der Name überrascht, da er zufällig auch einem Verwandten von mir gehört; aber es interessiert mich, wie gesagt, was Sie von dem Mädchen erzählen ... Vielleicht könnte ich sie schon heute sehen?« - »O gewiss! Ich will sie gleich holen, sofern Sie es wünschen. Man könnte sich dabei auch gleich nach Luise Morel erkundigen, die in einem andern Teile des Gefängnisses untergebracht worden ist.« - »Sehen Sie zu, es zu ermöglichen,« antwortete die Marquise, worauf die Aufseherin sie verließ.

»Sonderbar!« sprach die Marquise bei sich, »welch ungewöhnlichen Eindruck der Name Rudolf auf mich gemacht hat, als ich ihn aus dem Munde dieser Frau hörte ... Aber ich bin doch eine rechte Törin. Zwischen ihm und diesem Mädchen kann doch gar keine Beziehung walten!«

An der Gefängnisuhr schlug es zwei. Es war die Stunde, in welcher sich die gefangenen Mädchen und Frauen im Hofe ergehen durften. Sie waren alle gleichmäßig gekleidet in lange Röcke aus blauem Wollenstoffe, die durch einen Gurt mit eiserner Schnalle festgehalten wurden. Dazu trugen sie schwarze Hauben.

Das Mädchen, das den Spitznamen Wölfin führte, hatte sich zu der Schalldirne auf eine Bank gesetzt. Eine Weile saß sie in mürrischem Schweigen da. Endlich fragte die letztere: »Was hatten Sie von mir gewollt?« - »Ich? Weiter nichts,« erwidert die andere, »als dass es so nicht weiter zwischen uns gehen kann. Ich lasse mir solche Unverschämtheiten nicht bieten, wie Sie es ja eben erst getan, indem Sie der Mont-Saint-Jean Brot gaben, das Sie mir zuerst weggenommen.« - »Ach! Das trifft doch gar nicht zu,« erwiderte die andere, »Sie haben bloß etwas gegen mich. Und ich weiß doch gar nicht, was ich Ihnen zuleide getan haben könnte.« - »Angetan hast du es mir,« rief die Wölfin grimmig: »Dass ich nicht mehr so rabiat sein kann wie sonst, das ist's, was dich mir verhasst macht.« - Sie unterbrach sich, streifte den Kleidärmel zurück und zeigte auf den kräftigen weißen Arm, in den ein blauer Dolch, zur Hälfte in ein Herz hineingestoßen, geritzt war, darunter die Worte: Tod den Feigen! So gilts Martial fürs Leben!

»Können Sie das lesen?« fragte die Wölfin.- »Ja, aber so etwas ist doch schrecklich!« erwiderte, sich abwendend, die Schalldirne. - »Als mir mein Liebster Martial mit rotglühender Nadel diese Worte in den Arm stach, meinte er, ich sei eine mutige Dirne. Wüsste er, wie ich mich seit ein paar Tagen benehme, stieße er mir sein Messer in den Leib, wie dieser Dolch da in dies Herz gestoßen ist. Und recht hätte er, denn es steht geschrieben: Tod den Feigen! Und ich bin eine feige Memme geworden.« – Nach einer Pause fuhr sie fort: »Noch hatte ich vor niemand den Nacken gebeugt, und mit Recht nennt man mich die Wölfin, denn manches Weib, und auch mancher Mann trägt von mir Spuren an sich ... und nun, nun soll man von mir sagen dürfen: Ein schwaches Ding wie du hätte mich untergekriegt?« Wieder schwieg sie eine Weile, und wieder sprach sie dann weiter: »Ich hab auch niemand bisher beneidet; und nun passierts mir, dass ich dich um deine fromme Fratze, um dein sogenanntes Madonnengesicht beneide! Mich hat nie was gerührt ... und Tränen in meinen Augen gesehen zu haben, kann sich noch kein Mensch, weder Mann noch Weib, rühmen. Sehe ich aber dich bloß mit einem Auge an, dann fängt es mir weich ums Herz zu werden an, und das ist feige: Ich weiß es, und das Gewissen quält mich deshalb so, dass ich schon drei Tage lang an Martial kein Wort zu schreiben wage ... Du verdirbst mir den Charakter, Dirne, und damit muss es sein Ende haben, denn ich will bleiben, was und wie ich war, und mag nicht Spott über mich kommen lassen.«

»Sie haben schlimmen Groll auf mich,« sagte die Schalldirne. – »Gewiss, du wirst mir gefährlich, und ginge das vierzehn Tage so weiter, dann möchte ich verdienen, nicht mehr Wölfin, sondern Lämmchen genannt zu werden. Und dafür bedanke ich mich schönstens, denn mein Liebster brächte mich auf der Stelle um! Kurzum, ich mag mit dir nicht mehr zusammenkommen und werde darum ansuchen, in eine andere Abteilung gebracht zu werden. Sollte man mirs verweigern, dann vollführe ich irgendeinen schlimmen Streich, dass ich in die Strafabteilung geschafft werden muss.«

Die Schalldirne merkte recht gut, dass ihre Kameradin noch nicht völlig verdorben war, sondern sich gegen die besseren Regungen ihres Herzens noch mit aller Kraft sträubte ... »Die beste Art, meinem Wohltäter dankbar zu sein, ist doch wohl die, meinen Mitmenschen, solange sie noch hören wollen, den Rat zu geben, den er mir gegeben.« Und schüchtern griff sie nach der Hand der Wölfin, die sie aber mit finsterm Misstrauen maß, und dann sagte sie: »Wölfin, ich will Ihnen sagen, dass Sie nicht feige sind, sondern ein gutes Herz haben, denn nur mutige und edle Herzen werden durch anderer Menschen Unglück gerührt.« –

Rau erwiderte darauf die Wölfin: »Von irgendwas anderm als Feigheit ist in dem Falle keine Rede, gar keine! And noch heute Abend lege ich mich in einem andern Moderloche von Kerker auf meine Pritsche oder ich sorge dafür, dass ich in die Strafabteilung komme ... Bald werde ich ja doch in Freiheit sein. Dem Teufel oder meinetwegen auch Himmel sei dafür Dank!«

»Und wenn Sie frei sind, wohin gedenken Sie sich dann zu begeben?« fragte Marienblümchen schüchtern. - »Na, wohin denn, als heim, zu den Meinigen? Ich bin in der Rue Pierre Lescot einquartiert, hab meine selbstständige Wohnung und auch mein eignes Mobiliar.« - »Und Martial wird sich wohl recht freuen. Sie wiederzusehen?« fragte Marienblümchen in der Hoffnung, die Wölfin länger bei sich festzuhalten, wenn sie einen interessanten Gegenstand aufs Tapet brächte ... »Na ja, na ja,« rief die Wölfin, »er lag noch krank, als ich abgeführt wurde, an einem Fieber, das ihn befallen hatte, weil er immer auf dem Wasser zu hausen gewöhnt war. Siebzehn Tage und Nächte hab ich den Fuß nicht von seinem Lager gesetzt, hab mein halbes Mobiliar verkauft, um Geld für Arznei und alles Übrige zu haben. Aber ich darf jetzt auch sagen, dass er seine Genesung allein mir zu danken hat.«

»Und wo ist er jetzt? Was treibt er?« - »Er wohnt dicht am Wasser, an der Asnières-Brücke.« - »Und was für einen Beruf hat er?« - »Er ist Fischer. Hat aber irgendein feiger Kerl Händel mit einem andern, so ficht Martial sie aus, denn er ist mutiger als ein Tiger. Sein Vater hat Verdruss mit der Polizei gehabt. Martial hat eine Mutter, zwei Schwestern und einen Bruder. Den letzteren hätte er freilich lieber nicht; denn dem, wie auch der Schwester, ist die Guillotine sicher.«

»Wo haben Sie denn Martial kennengelernt?« fragte Marienblümchen. - »In Paris. Dort wollte er die Schlosserei erlernen, kam aber mit keinem Meister zurecht und ging wieder zu seinen Eltern. Dann fing er an, auf der Seine zu räubern. Ich wohne nicht bei ihm, sondern er kommt regelmäßig nach Paris, um bei mir zu nächtigen. Bei Tage besuche ich ihn wohl auch einmal draußen in Asnières. Dann bummeln wir ein bisschen in den Wald hinaus. Na, er wildert auch dann und wann. Vor etwa Jahresfrist hieß es, er habe einem Wildschütz eine Kugel auf den Pelz gebrannt, nachdem dieser ihn angeschossen hatte. Bewiesen ist's dem Martial ja nicht, aber er musste doch die Gegend verlassen, und da hat ers wieder in Paris mit der Schlosserei versucht; und dann sind wir miteinander zusammengekommen.«

»Und Ihre Eltern, Wölfin?« - »Habe von Vater und Mutter nicht viel Gescheites vernommen. Vater war Tagelöhner und lebte mit einem Weibstück zusammen, das mit Apfelsinen handelte: Die Mutter war dem Vater schon beizeiten mit einem Korporal durchgegangen. Die andere war keine böse Sieben, aber Vater bekam sie doch dick und ließ ihr das bisschen Mobiliar, das wir hatten, um in die weite Welt zu gehen. Wiedergesehen habe ich ihn nicht seitdem. Nun zog die Stiefmutter, wie ich sie nannte, zu einem Dachdecker, der aber immer besoffen war. Oft habe ich ihn zusammen mit der Stiefmutter verprügelt; als ich aber ins sechzehnte Jahr ging, da hieß es:

Nun musst du auch Geld verdienen, Mädel; mit dem Dienen ist's nicht. Lass dich auf der Sittenpolizei einschreiben, du bist ja stark und gesund; wenn du es mit dem Mannsvolke hältst, verdienst du immer noch das meiste Geld. Und so bin ich geworden, was ich jetzt bin, eine, für die man den Namen Freudendirne beliebt.«

Marienblümchen war zwar recht jung in eine verderbte Atmosphäre geraten, hatte aber in den letzten Wochen so reine Luft geatmet, dass sie durch die Reden der anderen in wahre Herzensangst gestürzt wurde. Sie kämpfte aber die Bewegung nieder und sagte schüchtern: »Ich möchte Ihnen was sagen, werden Sie aber bloß nicht bös!« - »Nun, sprich, wir wollen sehen, geschwatzt ist ja nun mehr als genug worden; aber auf eine Weile mehr kommts schließlich nicht an, da wir uns doch wahrscheinlich zum letzten Male unterhalten. Und so sagen Sie mir doch, Wölfin, fühlen Sie sich glücklich?« - »O, warum sollte ich nicht?« - »Ihr Schicksal möchten Sie nicht mit einem andern vertauschen?« - »Ich? Was für ein anderes Schicksal sollte mir winken?«

»Haben Sie denn noch nie in Ihrem Leben Luftschlösser gebaut, Wölfin? Ich sollte meinen, in solchem Aufenthaltsorte, wie dem hier, wäre das schließlich ein naheliegendes Zerstreuungsmittel.«- »Nein, Luftschlösser habe ich nie im Leben gebaut.« - »Aber Sie sind doch Ihrem Martial gut? Nun, möchten Sie nicht versuchen, ihn von dem schlechten Lebenswandel abzubringen und einem guten zuzuführen? Könnte es sich nicht vielleicht treffen, dass ein vornehmer Herr, der Gefallen am Wohltun fände, ihm einen Posten als Jäger oder Wildhüter gäbe? Sodass er als rechtschaffener Mensch sein Brot hätte - unter der Bedingung vielleicht, dass er Sie zu seiner Frau nähme?« - »Du willst dich wohl über mich lustig machen? He?« - »Aber wieso denn?« sagte die Schalldirne; »läge es denn so sehr aus dem Bereiche der Möglichkeit, dass Sie dann ein kleines Häuschen zu eigen hätten, worin Sie als ehrsame Hausfrau schalten und walten könnten, statt jetzt entweder in Saint-Lazare oder irgendwo versteckt zwischen bösen Menschen zu leben?« - »Aber so etwas kann ja nicht sein! Es liegt ja ganz aus dem Bereiche der Möglichkeit.« - »Aber Frau Martial, meine ich, möchte sich doch weit hübscher anhören als die Wölfin! Nicht?« -

Die Schalldirne merkte recht wohl, dass ihre Kameradin sich rege zu interessieren anfing, und war sehr erfreut darüber. Lächelnd fuhr sie fort: »Und wenn sich nun jemand fände, der bereit wäre, Ihnen solch ruhiges, arbeitsames Leben für das jetzige Elend in dem Straßenschmutze von Paris zu ermöglichen, wäre er nicht alles göttlichen Segens wert?«

Kaum hatte die Wölfin das Wort Paris gehört, als sie auch sogleich aus der Welt der Luftschlösser in die Wirklichkeit zurückgeführt wurde ... Den

Kopf emporwerfend, strich sie mit der Hand über die Stirn und erhob sich drohend, um mit zorniger Stimme zu rufen: »Ha! Sagte ich es dir nicht, dass ich dir nicht trauen, dass ich nicht auf dich hören dürfte? Warum sprichst du all dies Zeug? Doch nur, um mich am Narrenseile zu führen, um mich zu quälen! Wie kannst du dir einfallen lassen, mir solche Dinge vorzufaseln? Woran werde ich hinfort denken, als an ein Glück, das für mich nie existieren kann? Wird mir das Leben hinfort nicht vorkommen wie eine Hölle? Und wessen Schuld wird das sein als deine?« -

»Aber, Wölfin,« rief Marienblümchen, ohne sich einschüchtern zu lassen, »jeder ist eines ehrlichen Lebens würdig, der sich seiner befleißigt, und das ist doch wahrlich so schwer nicht!« - »Aber wozu führt es? Und wozu frommt es?« fragte mürrisch die Wölfin. - »Sie dürfen mich nicht für so frivol halten, Wölfin,« sagte Marienblume voll Mitleid, »dass ich solche Hoffnungen in Ihnen wecken würde, wenn ich nicht wüsste, dass es einen Mann gäbe, der Ihnen gern die Mittel gewähren würde, zu einem ehrlichen Lebenswandel zurückzukehren.« -

»Mädchen!« rief die Wölfin erregt, »sollte es dir wirklich ernst um deine Rede sein?« - »Durchaus,« versetzte Marienblümchen, »war ich doch selbst vor einem Vierteljahre arm und verlassen gleich Ihnen in der Welt, und kam da nicht eines Tages eben jener Mann, von dem ich rede, zu mir und erhob mich aus meinem Elend und Jammer durch tröstende Worte und liebreiche Taten? Und was er mir getan, wird er auch Ihnen tun, des bin ich sicher!«

Ihr Gesicht verklärte sich förmlich, als sie diese Worte sprach. Aber die Wölfin wurde an einer Erwiderung verhindert durch den Eintritt der Frau Armand, die Marienblümchen zu der Frau Marquise holen sollte, die in dem kleinen Anstaltssaale auf sie wartete.

»Mein Kind,« sagte Frau von Harville zu ihr, »Frau Armand lobt dein Wesen ja über die Maßen - nur darüber führt sie Klage, dass du ihr so wenig Vertrauen schenkst.«

Das Mädchen ließ den Kopf sinken und erwiderte mit keinem Worte ... »Auf dein Vertrauen, armes Kind, habe ich nun freilich nicht den mindesten Anspruch und will dir auch keine Fragen stellen; es wird mir aber gesagt, dass ein Gesuch um Freilassung dir bewilligt werden würde, wenn sich eine geeignete Person dafür fände. Ich will es für dich tun, möchte aber zuvor von dir hören, wie du dir dein späteres Leben denkst, und ob du auf gutem Pfade weiterwandeln willst, wie seit der Zeit, da du aus deinen früheren Verhältnissen befreit wurdest.«

Diese freundlichen Worte rührten das Mädchen zu Tränen, und nach einiger Zeit sagte sie: »O, gnädige Frau, so edel Sie sich gegen mich erweisen, so darf ich doch nichts sprechen, weil mich ein schrecklicher Eid verpflichtet, über die Ereignisse, die mich hierher geführt haben, unverbrüchliches Schweigen zu wahren.« - »Hast du Personen, die dir Gutes getan, den Eid geleistet?« - »Ja, einem Herrn, der mir ein großer Wohltäter war, könnten vielleicht Unannehmlichkeiten entstehen, wenn ich spräche.« - »Und kannst du mir sagen, wer dieser Mann ist?« - »Nein, denn ich weiß es ja selbst nicht,« - »Wo hast du ihn denn gesehen?« - »In Alt-Paris,« sagte das Mädchen, die Blicke senkend, »mich wollte in einer Nacht ein böser Mann schlagen, wenn nicht gar niederstechen, und jener andere Mann gewährte mir Schutz und rettete mir vielleicht das Leben. Auf diese Weise habe ich seine Bekanntschaft gemacht.« - »Weißt du seinen Namen? Ist er ein Mann aus dem Volke? Ist er jung oder alt?« fragte die Marquise. - »Als ich ihn zum ersten Male sah, war er wie ein Handwerker gekleidet und führte auch die Sprache eines solchen. Nachher jedoch nicht mehr. Er ist im mittleren Lebensalter, eher darunter, als darüber hinaus. Ich habe ihn immer Herr Rudolf nennen hören und auch nie anders, genannt.«

Die Marquise wurde von glühender Röte übergössen. - »Und einen andern Namen,« fragte sie, »hast du nie von ihm gehört?« - »Nein. Auch nicht in der Meierei, wohin er mich brachte, als er mich aus dem garstigen Hause erlöste, wo ich bis dahin hatte leben müssen.«

Eine seltsame Ahnung sagte der Marquise, dass der Mann kein anderer sei als der Fürst ... »Ich sehe,« sagte sie, »dass Frau Armand mir über dich die Wahrheit gesagt hat. Nun erzähle weiter, wie es sich mit dem Eide verhält, von dem du sprachst.« - »Vor einem Vierteljahr etwa hat mich Herr Rudolf, wie schon gesagt, auf die Meierei gebracht, zu einer lieben braven Frau, die mir mehr war wie eine Mutter und die im Verein mit einem edlen Geistlichen mich aus der Unwissenheit erlöste, in der ich seither gelebt hatte.« - »Dorthin kam dieser Herr Rudolf wohl recht oft?« fragte die Marquise, die bei allen Eigenschaften, die sie besaß, doch Weib war und Rudolf zu innig liebte, um nicht Eifersucht gegen das Mädchen zu fühlen. »O nein,« antwortete jene, »Herr Rudolf war im Ganzen bloß dreimal draußen in der Meierei, solange ich dort war.« - »Aber aus welchem Grunde hast du denn das Bauerngut, wo du dich so wohl fühltest, verlassen?« - »Vor ein paar Tagen,« sagte das Mädchen, das jetzt am ganzen Leibe bebte, »ging ich, wie es zwischen uns üblich geworden war, mit dem Herrn Geistlichen bis zur Pfarrei. Der Weg führt durch einen Wald, aber es war mir dort noch nie etwas zugestoßen. An jenem letzten Abend überfiel mich dort eine böse Frau, in deren Gewalt ich schon früher gewesen, und die mir mit zwei anderen, einem Mann und einem Jungen, aufgelauert hatte. Ich wurde gebunden und in einen Wagen geschleppt. Dort wollte mich die Frau, die unter dem Namen Eule in der Verbrecherwelt lebt, so hässlich machen, wie sie sagte, dass es jedem Menschen ein Ekel sein solle, mich bloß anzuschauen, und langte ein Fläschchen aus ihrer Tasche, worin Vitriol war.«

»Jesus, du Ärmste!« rief die Marquise; »aber wer hat dich vor solchem grässlichen Schicksale bewahrt?«– »Der Mann, der mit dem Weibe zusammen war, ein Blinder, der auf den Namen Bakel hört.« – »Und der nahm dich in Schutz?« – »Es kam zwischen den beiden zu einem Kampfe um meinetwillen, in dem es dem Manne gelang, sich des Fläschchens zu bemächtigen. Er schleuderte es aus dem Wagen. Es war eine stockfinstre Nacht. Nach einer Stunde etwa hielt der Wagen, wenn ich nicht irre, auf der Straße, die über die Ebene von Saint-Denis führt. Dort wartete ein Mann zu Pferde ... »So?« rief er den Leuten entgegen, »habt ihr das Balg endlich erwischt?« – »Ja,« versetzte die Eule, fuchswild, dass sie mich, wie sie sagte, nicht habe fürs Leben zeichnen können. Sie sagte zu dem Manne, wenn er mich durchaus los sein wolle, sei es doch das gescheiteste, mich unter die Wagenräder zu schmeißen und totzufahren: Da würde dann jedermann an ein Unglück glauben, das in solch stockfinstrer Nacht jedem passieren könne, der sich in solcher Finsternis auf der Heerstraße noch herumtreibe ... Aber der Reiter verwies ihr solche Reden und sagte, er wolle nicht, dass mir an meinem Leibe ein Schaden getan werde ...«

»Aber das sind ja ganz grässliche Dinge,« rief die Marquise, voll Entsetzen die Hände über den Kopf schlagend.

»Daraufhin sagte die Eule, sie wolle mich zu einem gewissen Rotarm bringen, der draußen auf den Feldern unter der Erde eine Kneipe hielte. Dort gäbe es verschiedene sichere Keller, wo ich von niemand gesehen werden könnte und auch niemand mehr sehen würde ... Das war dem Manne recht. Er gab der Eule Geld und versprach ihr noch mehr, sobald ich aus dem Rotarmschen Keller geholt würde. Er ritt nun schnell fort. Als die beiden, der Blinde und das Weib, wieder allein waren, fragte der Blinde: »Du, sage mal, willst du denn das Ding ersäufen? Du weißt doch, dass in Rotarms Keller die Seine austritt!« – »Ja,« sagte die Eule, »ersaufen soll das Balg; dann bin ich sie los. Ich hätt sie schon früher um die Ecke bringen müssen.«

»Aber, Gott im Himmel,« rief die Marquise, »was hast du denn diesem schlimmen Weibe angetan?«

»Ich? Nicht das geringste, gnädige Frau; aber seit meiner frühesten Kindheit verfolgt sie mich mit maßloser Erbitterung. Der Mann sagte aber: »Dass du das Mädel ersäufst, leide ich nicht; zu Rotarm wird sie auf keinen Fall gebracht. Du holst Rotarm auf die Felder hinaus und lässt sie von ihm zur

Wache bringen. Da wird sie als Dirne nach Saint-Lazare gebracht, und wir sind sie los.« - »Soll sie auf der Wache sagen, wir hätten sie geraubt? Da gehts doch uns an den Kragen!« - »Das wird sie schon bleiben lassen,« sagte der Mann, »entweder sie gelobt mir beim Andenken ihrer Mutter, reinen Mund auf der Wache zu halten und sich abführen zu lassen, oder sie wird zu Rotarm geschafft und mag dann in seinem Keller ersaufen oder sich von den Ratten fressen lassen.«

»Und du hast den Schwur geleistet?« - »Ja. Ich hatte zu große Furcht vor solchem Tode und dachte auch noch immer mit Entsetzen, dass es der Eule wieder einfallen könne, mir mit Vitriol das Gesicht zu verbrennen.« - »Das erklärt allerdings dein Schweigen, du wolltest die schlechten Menschen nicht der Polizei in die Hände liefern. Aber du hättest doch auch denken müssen, dass die Leute, die sich deiner mit solcher Liebe annahmen, um deinetwillen in schwerer Sorge sein mussten!« - »Ach, ich habe in meinem ersten Schrecken nicht bedacht, dass mich mein Eid verhindern würde, ihnen Nachricht zukommen zu lassen. Aber, nicht wahr? Das bricht doch den schrecklichen Eid nicht, wenn ich Sie bitte, an die liebe Frau Georges in Bouqueval zu schreiben, sie solle sich um meinetwillen nicht sorgen? Freilich dürften Sie nichts davon sagen, wo ich sei, denn über meinen Aufenthaltsort zu schweigen, habe ich geschworen.«

»Kind, sofern du auf meine Bitte hin aus diesem Gefängnis freigelassen wirst, so hast du wohl kaum noch von diesen beiden Verbrechern etwas zu fürchten. Du wirst dann schon morgen wieder nach Bouqueval fahren können. Dort kannst du dich mit deinen Wohltätern beraten, inwiefern du dich durch deinen Eid gebunden zu erachten hast. Der Geistliche, von dem du sprichst, wird dir die rechte Auskunft schon geben.«

»O gnädige Frau, womit verdiene ich all die Liebe und Güte, die Sie mir zuteilwerden lassen? Und wie kann ich mich dafür dankbar erweisen?« - »Dadurch, dass du dich nach wie vor eines guten Wandels befleißigst. Dass ich für dich nichts weiter tun kann, tut mir leid; aber es wäre ja unrecht von mir, deinen früheren Freunden dieses Vorrecht kürzen zu wollen.«

Die Tür ging auf, und Frau Armand kam hereingestürzt ... »Gnädige Frau Marquise,« sagte sie zögernd, »ein Bote mit einer schrecklichen Nachricht ...« - »Wer? Was?« rief die Marquise. - »Herr von Lucenay! Kein anderer als er ist unten und will Sie auf der Stelle sprechen. Es sei etwas Furchtbares, das er Ihnen mitzuteilen habe.«

»Führen Sie mich auf der Stelle zu ihm!« befahl die Marquise, Marienblümchen als eine Beute namenlosen Schreckens allein lassend.

Zweites Kapitel.

Cecily.

Wir finden Frau Anastasia Pipelet, Gattin des, Pförtners vom Hause in der Rue du Temple, in Gesellschaft der Madame Seraphim, Haushälterin des Notars Jacob Ferrand. Frau Anastasia, die an der Tugend und Frömmigkeit dieses Herrn keinerlei Zweifel hegt, tadelt die Strenge außerordentlich, mit der er gegen Luise Morel und François Germain vorgegangen ist. In ihrem Herzen trifft Madame Seraphim kein geringerer Tadel; aus Klugheitsgründen hält sie aber mit ihrer Abneigung gegen diese Dame hinter dem Berge.

»Wie steht es eigentlich um den Herrn Bradamanti?« fragt die Seraphim, »gestern Abend habe ich ihm geschrieben, aber bis jetzt keine Zeile Antwort erhalten; heute Vormittag spreche ich bei ihm vor, treffe aber niemand zu» Hause; hoffentlich habe ich nun besseres Glück?« – Frau Pipelet stellt sich äußerst betrübt und antwortet, dass Herr Bradamanti zurück erwartet werde. – Die andere sagt, sie habe allerhand mit dem Herrn zu reden, und fragt die Pförtnersfrau, ob sie nicht wisse, bis wann er zurück sein könne?

»Zwischen 6 und 7 hat er jemand herbestellt und mich beauftragt, der Person, wenn er noch nicht da sei, zu sagen, dass sie warten möge. Es wird also gut sein, Sie fragen gegen Abend noch einmal vor.« – In Gedanken aber setzt sie hinzu: »Komm oder komm nicht, in einer Stunde ist Bradamanti doch schon auf dem Wege nach der Normandie.«

Frau Seraphim erwidert verdrießlich, sie wolle also wiederkommen, fragt aber nachher, ob Frau Pipelet schon wisse, was der armen Luise Morel passiert sei, die doch alle Welt für die kreuzbravste Dirne gehalten habe, die die Sonne bescheine ... »Kein Wort von dem Thema!« sagt, die Hände zum Himmel aufschlagend, die Pförtnersfrau, »da stehen einem ja die Haare zu Berge!« – »Ich spreche ja doch nur davon, weil wir kein Mädchen mehr haben und für ein braves, dienstwilliges Ding bei uns ein guter Platz offen ist. Falls Sie einmal in ehester Zeit etwas hören, so denken Sie doch an uns!« – »Gern, gern,« antwortete Frau Pipelet, »es sind eben nicht bloß die guten Stellen rar, sondern auch die guten Dienstboten.« – Und in Gedanken setzt sie wieder bei sich hinzu: »Du kämst mir schon recht! Bei euch geizigen Menschen kann ja ein Mädchen schier verhungern, und dann noch sich solchen Gefahren auszusetzen wie die arme Luise! Es geht einem ja wider die Haare, wenn man denkt, so ein armes Ding und solchen armen Kerl wie den Germain mir nichts dir nichts von der Polizei festnehmen zu lassen! Das hab ich mein Lebtag noch nicht erlebt!«

Als Frau Seraphim darauf gegangen war, trat kurz nach ihr Rudolf in die Pförtnerstube ... »Guten Tag, liebe Frau Pipelet,« sagte er, »Fräulein Lachtaube zu Hause? Ich möchte gleich einmal mit ihr reden.« – »Wozu fragen Sie da erst?« versetzte die Pförtnerin, »das Mädchen ist doch immer bei der Arbeit.« – »Und wie gehts oben bei Morels? Hat sich die Frau erholt?« – »O ja, dank ihrem Wohltäter fühlt sie sich jetzt weit wohler und hat wieder reges Interesse für ihre Kinder. Aber schrecklich bleibt die Lage der armen Frau noch gerade genug. Der Mann im Narren- und die Tochter im Zuchthause! Aber die arme Luise, glauben Sie mir, grämt sich noch zu Tode; gerade ist die Seraphim gegangen, die Haushälterin vom Ferrand, und hat das arme Ding schlecht gemacht nach Noten. Ich soll ihr ein anderes Mädchen schicken, aber die kann lange warten, ich mag mit schlechten Menschen nichts zu tun haben, und schlecht ist die Seraphim mitsamt ihrem Notar.«

Rudolf meinte dagegen, gerade in dem Wunsche der Seraphim nach einem neuen Dienstmädchen das beste Mittel zu einer kräftigen Züchtigung des Notars zu bekommen, und änderte zufolgedessen in Gedanken die Rolle, die er Cecily zugedacht, vollständig, indem er sie als das eigentliche Werkzeug zu dieser Züchtigung ins Auge fasste ... »Mir wäre darum zu tun, eine Person aus dem Anstande, die noch nicht in Paris gewesen, bei guten Leuten unterzubringen.« – »Aber um alles in der Welt nicht zu diesem alten Geizhalse, Herr Rudolf!« erwiderte die Pförtnersfrau. – »Sagen Sie das nicht! Es ist doch wenigstens immer ein Dienst und malen kann man sich nicht alles, wenn man auf fremde Leute angewiesen ist ... Wenn es ihr bei Ferrands nicht gefällt, steht ihr der Wechsel ja frei; vorderhand hat sie doch wenigstens den Lebensunterhalt.« – »Nun, wie Sie denken, Herr Rudolf ... aber gering sind die Anforderungen nicht, die dort gestellt werden, und reich gemacht wird auch niemand dort ... Dass die Luise so lange ausgehalten, hat eben anders zusammengehangen,« –

»Liebe Frau Pipelet,« sagte Rudolf, »ich will Ihnen ein Geheimnis anvertrauen.« – »So? Und das wäre?« fragte Frau Pipelet gespannt. – »Das Mädchen hat einen Fehltritt getan. Es war in Deutschland bei Verwandten von mir in Stellung und hat sich vom Sohne verführen lassen; die Mutter hat sie weggejagt, der junge Mann hat sie nun hierher gebracht und wollte sie hier irgendwo unterbringen: Das geht aber nicht so geschwind, und darüber ist ihm das Geld ausgegangen. In einem Hause, wo strenge Zucht herrscht, dürfte Cecily – so heißt das Mädchen – am ehesten wieder auf den rechten Weg kommen, und wenn sie von einer Frau wie Ihnen beim Notar und bei der Frau Seraphim empfohlen würde, so ließe sich wohl annehmen, dass sie dort ankäme?« –

»Nun, wenigstens will ich ganz gern mit der Seraphim reden ...« – »Liebe Frau Pipelet,« fügte Rudolf, sie schelmisch um die Taille fassend, »wenn Sie mir den Gefallen tun, meiner Bekannten zum Dienste beim Notar Ferrand zu verhelfen, sollen Sie ein Entgelt von hundert Franks dafür bekommen.« – »Ei, das muss man sagen,« erwiderte mit gutmütigem Lächeln die Frau, »seit Sie bei uns eingezogen sind, könnte man meinen, wir hätten einen Treffer in der Lotterie gemacht! So einen Logisherrn wie Sie gibts in der ganzen Welt nicht wieder! Doch da kommt eine Droschke! Sicher die Dame wieder, die beim Doktor Bradamanti war! Als sie gestern da war, habe ich ihr Gesicht nicht sehen können. Heute soll mir das nicht wieder passieren, im Gegenteil! Ich muss vielmehr versuchen, auch ihren Namen zu erfahren. Geben Sie nur acht! Das soll Ihnen einen Heidenspaß machen.«

»Ach, lassen Sie das lieber, Frau Pipelet,« erwiderte Rudolf, »am Namen und am Gesichte der Dame liegt mir gar nichts,«

Die Pförtnerin aber ließ sich nicht beirren, sondern trat der näherkommenden Dame rasch entgegen, »wohin, meine Dame, wenn ich bitten darf?« – »Zu Herrn Doktor Bradamanti,« versetzte die Dame, offenbar ärgerlich über den Aufenthalt, der ihr durch die Pförtnerin bereitet wurde. – »Herr Bradamanti, mein liebe Dame, ist nicht zuhause,« sagte die Pförtnerin, »bloß eine bestimmte Dame soll ich auffordern näher zu treten und auf seine Rückkunft zu warten.« – »Diese Dame bin ich,« sagte die Unbekannte, »wehren Sie mir also den Zutritt nicht länger!« – »Sie müssen mir schon Ihren Namen sagen, meine Dame!« sagte die Pförtnerin, »denn nur wenn es der richtige ist, darf ich Sie vorlassen.« –

Betroffen antwortete die Dame: »Was? Er hätte Ihnen meinen Namen genannt? Ich hätte ihn für vorsichtiger gehalten.« Als sie aber sah, dass die Pförtnerin keine Anstalt machte, sie vorbeizulassen, entschloss sie sich, wenn auch nach einiger Zögerung, zu dem Bescheide, dass ihr Name Frau von Orbigny sei.

Rudolf fuhr zusammen, als sie den Namen der Stiefmutter der Marquise von Harville nannte ... Statt im Schatten zu verweilen, trat er vor und erkannte im Doppellicht von Tag und Lampe ohne Weiteres die ihm von Clemence wiederholt geschilderte Frau. Die Pförtnersfrau wiederholte: »So? Frau von Orbigny? Richtig, das ist der Name, den mir Bradamanti nannte ... Bitte, gehen Sie hinauf, meine Dame!«

Frau von Harvilles Stiefmutter eilte geschwind an der Pförtnerstube vorbei, Frau Pipelet aber lachte hinter ihr her und flüsterte Rudolf triumphierend zu: »Sehen Sie: So kommt man dahinter, wer im Hause verkehrt! Nun weiß ich, wie die schöne Dame heißt, und alles Weitere wird sich leicht finden ... Was ist Ihnen denn aber, Herr Rudolf?« fragte sie, sich zu ihrem Logisherrn wendend. – »War die Frau schon einmal bei Bradamanti?« fragte dieser. – »Ja, gestern, und als sie weg war, ging auch er aus, sicher auf die Post, um sich einen Platz zu belegen, denn er hat mich schon angewiesen, seine sieben Sachen auf die Post zu schaffen. Er traut wohl dem lahmen Jungen nicht mehr, und deshalb treibts ihn fort,« – »Sie wissen nicht, wohin er zu reisen vorhat?« – »Meines Wissens in die Normandie,« versetzte die Pförtnerin, »nach Alençon zunächst.«

Drittes Kapitel.

Lachtäubchens erster Kummer

Lachtäubchens Stübchen war wie immer sauber und schmuck. Die in einem hölzernen Gehäuse auf dem Kamine befindliche große Uhr zeigte die vierte Stunde an. Da die Kälte nachgelassen hatte, hatte das sparsame Mädchen es unterlassen, Feuer anzumachen. In ihre Arbeit vertieft, saß sie am Fenster, sang aber nicht mehr, denn sie hatte zum ersten Mal in ihrem jungen Leben einen wirklichen Kummer. François Germain ausgenommen, hatten alle ihre Nachbarn ihr zutrauliches Wesen und die gute Nachbarschaft, die sie hielt, für weiter nichts als ein etwas weitgehendes Entgegenkommen, wenn nicht gar als Aufforderung, sich zu nähern, aufgefasst, wenn sie auch von diesem Irrtume bald zurückgekommen waren. Der einzige, der sich wirklich in Lachtäubchen verliebt hatte, und zwar ernstlich, war Germain, und er hatte gerade sich ihr am fernsten gehalten, wenigstens nicht gewagt, ihr seine Liebe zu erklären. Über manch frohe Stunde hatten sie miteinander in dem traulichen Stübchen gesessen und fröhlich geplaudert.

Heute saß sie allein, und ihr sonst so frisches rundes Gesicht war bleich, ihre sonst von Lust und Fröhlichkeit strahlenden Augen zeigten einen matten, trüben Schimmer; aus ihren Zügen sprach Abspannung. Kein Wunder, hatte sie doch die Nacht über kaum ein Auge geschlossen. Ihre Augen hafteten auf einem Briefe, der neben ihr auf dem Tische lag, und den ihr Anbeter Germain ihr am Abend vorher aus dem Stadtgefängnisse geschickt hatte …

»Liebes Fräulein,« lautete er, »Sie werden sich die Größe meines Unglückes ausmalen können, wenn Sie erfahren, dass ich wegen Diebstahls ins Gefängnis gebracht worden bin. Alle Welt hält mich dieses Verbrechens für schuldig, und dennoch wage ich, an Sie zu schreiben. Ach, es wäre mir schrecklich, wenn ich glauben müsste, dass auch Sie mich solcher Missetat für fähig halten könnten. Lesen Sie erst diesen Brief, ehe Sie so Schlimmes von mir für möglich halten.

»Ich habe einige Zeit lang schon meine frühere Wohnung in der Rue du Temple aufgegeben, bin aber durch Luisen, die unglückliche Tochter des Steinschneiders Morel, über die schreckliche Not, in die ihre Familie geraten war, auf dem Laufenden gehalten worden. Das Mitleid, das ich mit diesen armen Leuten fühle, hat mich in dieses schreckliche Unglück gestürzt. Gestern hatte ich bis in die späte Nacht dringliche Arbeiten in Ferrands Kanzlei zu verrichten. In der Stube, in der ich schreibe, steht ein Sekretär. Darin verschloss der Notar täglich die von mir erledigten Akten. Als ich vorm Weggehen diesen Schrank öffnete, um in Ferrands Abwesenheit die erledigten Akten zu verschließen, fiel mein Auge unwillkürlich auf einen offnen Brief mit der Aufschrift: Hieronymus Morel.

»Ich muss sagen, dass ich von einer unwiderstehlichen Neugierde befallen wurde, mir Kenntnis von dem Inhalte dieses Schriftstücks zu verschaffen. Auf diese Weise wurde mir bekannt, dass der arme Morel am andern Tage wegen einer Wechselschuld an meinen Prinzipal Ferrand ins Schuldgefängnis übergeführt werden sollte. Der Brief rührte von dem Agenten des Notars her. Mir war die Lage von Morel so genau bekannt, dass ich keinen Augenblick im Zweifel darüber war, welch fürchterlichen Schlag die armen Leute dadurch erleiden mussten. Ich war empört über die Schlechtigkeit Ferrands. Leider fiel mein Blick zu gleicher Zeit auf ein offenes Kästchen, das neben dem Briefe in dem Sekretär des Notars stand und worin Gold über Gold, meiner Schätzung nach wenigstens 20 000 Franks, lagen. Da hörte ich Luisen die Treppe hinunterrennen, und ohne mich über die Folgen meines Tuns zu bedenken, nahm ich 1300 Franks von dem Gelde, lief hinter Luisen her und gab ihr die Summe mit den Worten, dass sie nach Hause eilen möchte, da ihr Vater wegen einer Wechselschuld verhaftet werden solle. Ich hatte mir 1500 Franks gespart und hätte ja das Geld bei dem Bankier holen sollen, anstatt es aus dem Sekretär des Notars zu nehmen, aber Morels Verhaftung litt keinerlei Verzug; sollte die Verhaftung umgangen werden, die den Tod der armen Frau Morel herbeiführen konnte, musste ich Luisen auf der Stelle das Geld geben. Am Vormittage holte ich mir das Geld vom Bankier, kam aber zu spät, denn Ferrand hatte bereits das Manko entdeckt, und nun beschuldigt mich der böse Mann, nicht bloß 1300 Franks in Gold aus dem Sekretär genommen zu haben, sondern auch die zehnfache Summe in Banknoten, die ebenfalls im Sekretär gelegen habe. Das ist eine gemeine Lüge. Ich kann nicht in Abrede stellen, mich an den 1300 Franks vergangen zu haben, kann aber mit dem heiligsten Eide schwören, dass nicht eine einzige Banknote in dem Sekretär gelegen hat.

»Ach, liebes Fräulein, wenn Sie wüssten, wie tief unglücklich ich bin! Der Fron, in dessen Abteilung ich schmachte, hat mir versprochen, diese Zeilen an Sie zu besorgen, er hat Mitleid mit mir, denn ich habe ihm alles erzählt, wie es zugegangen; aber er begeht damit eigentlich eine dienstwidrige Handlung, denn eine solche Gefälligkeit Gefangenen zu leisten, ist aufs Strengste untersagt. Ich habe nun eine letzte große Bitte an Sie: Beifolgend bekommen Sie ein Schlüsselchen. Damit gehen Sie, bitte, zu dem Pförtner des Hauses, wo ich zuletzt gewohnt habe, Boulevard Saint-Denis Nr. 11. Lassen Sie sich meine Stube aufschließen und schließen Sie dann mit dem Schlüsselchen selbst den Sekretär in meiner Stube auf. Es liegt ein Pack Briefe darin, verschnürt in graues Packpapier. Obenauf liegt ein Schriftstück, an Sie selbst adressiert; verwahren Sie all diese Briefe für mich!

»Es wird sich auch ein bisschen Geld in dem Sekretär finden. Auch das nehmen Sie an sich, ebenso ein kleines Etui, worin sich eine seidne Krawatte befindet, die Sie auf unserm letzten Sonntagsspaziergange getragen haben.

»Lassen Sie das bisschen Mobiliar, das in meiner Stube steht, versteigern. Alle Wäsche aber schicken Sie mir!

»Mag ich verurteilt werden oder nicht, ein längerer Aufenthalt in Paris ist für mich ausgeschlossen. Wohin ich mich wenden werde, wovon ich mein Leben bestreiten werde, weiß ich zurzeit nicht. Aber erweisen Sie, bitte, mir diesen letzten Liebesdienst. Nehmen Sie dafür die Zusicherung hin, dass ich mich zeit meines Lebens mit Liebe Ihrer erinnern werde.. dass ich niemand anders habe als Sie, an den ich mich in diesem Augenblicke wenden konnte, brauche ich Ihnen nicht zu sagen, denn Sie wissen ja, wie abgeschlossen ich immer gelebt habe.

»Leben Sie Wohl, teures Mädchen! Verlassen Sie mich in diesem letzten Augenblicke nicht! Sie allein sind meine Hoffnung!

Francis Germain.«

In dem durch diese Zuschrift bewirkten Gemütszustande traf Rudolf sie, als er jetzt den Fuß in ihre Stube setzte. Rudolf schlug ihr auf der Stelle vor, zusammen in die Wohnung Germains zu fahren. Nach einer Stunde hielt der Fiaker, der sie dorthin führte, vor dem ärmlichen Hause in der Rue Saint-Denis Nr. 11. Mit lebhaftem Verdruss hörte der Pförtner desselben, dass er einen so guten Mieter, dem die Liebe aller Mitbewohner des Hauses gehörte, verlieren sollte.

Lachtaube stellte das Licht auf einen Tisch. Das Mobiliar war überaus einfach: ein Bett, eine Kommode, ein Schreibsekretär, vier Strohsessel und ein Tisch: Das war alles; dazu Vorhänge aus weißem Baumwollzeug an den Fenstern und dem Alkoven, und auf dem Kamine statt aller Nippessachen eine Wasserflasche mit einem Glase.

»Da sehen Sie!« fuhr die Lachtaube fort, auf das Bett zeigend, »er ist so unruhig gewesen, dass er die Nacht gar nicht geschlafen hat. Da liegt ein nasses Taschentuch. Damit hat er sich gewiss die Augen getrocknet. Nun, er hat eine seidne Krawatte behalten, die ich auf einem Spaziergange trug, wo wir recht heiter und guter Dinge waren; ich werde das Taschentuch behalten, das mich beständig an das Unglück erinnern soll, unter dem er jetzt leidet.«

Sie machte, tief ergriffen, eine Pause; dann fuhr sie fort: »Aber nun zu den Aufträgen, die er mir in seinem letzten Briefe gibt. – Zuerst will ich die Wäsche zusammentun, die in der Kommode liegt, und zu ihm ins Gefängnis schaffen; alles andere mag Frau Bouvard zu mir schaffen. Ich will sie morgen herschicken. Aber ehe ich gehe, muss ich doch nachsehen, was im Schreibsekretär an Geld und Papieren liegt ... Ach! Was der arme Mensch da schreibt, Herr Rudolf, ist bittertraurig ... Hören Sie doch: Falls ich eines gewaltsamen Todes sterben sollte, so soll derjenige, welcher diesen Schreibsekretär hier öffnet, diese Papiere zu Fräulein Lachtaube, Rue du Temple Nr. 17, tragen ... Das Kuvert kann ich doch abnehmen, Herr Rudolf?« – »Ganz gewiss! Hat Ihnen der junge Mann denn nicht geschrieben, es läge darin ein Brief, der Sie persönlich angeht?«

Lachtaube erbrach das Siegel. Es lagen verschiedene Schriftstücke darin. Eines trug die Aufschrift: »An Fräulein Lachtaube.« Es enthielt die Worte:

»Fräulein! Wenn Sie diesen Brief lesen, dann werde ich nicht mehr unter den Lebenden weilen. Ich fürchte immer, eines gewaltsamen Todes zu sterben, bin ich doch einem Hinterhalte erst wieder vor Kurzem entgangen. Aber ein paar Notizen aus meinem Leben dürften wohl auf die Spur meiner Mörder führen« – »Ach, Herr Rudolf, nun wundere ich mich freilich nicht mehr, dass Germain immer so traurig war ... Wenn ihn solche Gedanken plagten!«

»Beruhigen Sie sich, mein liebes Kind! Ist er erst einmal wieder aus dem Gefängnisse, wird er Freunde finden, und keinen Grund mehr zur Betrübnis haben.« – »Aber des Diebstahls beschuldigt zu sein?« sagte Lachtaube, tief ergriffen. – »Seien Sie überzeugt, der arme Mensch wird freigesprochen werden, hat er doch das Geld nicht gestohlen, sondern am andern Tage sofort von seinem Guthaben auf der Sparkasse wieder ersetzt, und hat er es doch nur genommen, um eine arme Familie von schwerem Unglück zu erlösen. Das Gericht wird ihn höchstens mit einer ganz gelinden Strafe belegen; dafür wird er aber seine Mutter wieder in die Arme schließen, sobald er seine Freiheit wiedergewonnen.«

»Was sagen Sie da? Germain hat noch eine Mutter?« rief Lachtaube. – »Ja. Und sein Mütterchen hat ihn immer für verloren gehalten ... Nun malen Sie sich die Freude aus, wenn sie ihn wiedersehen wird! Aber sagen Sie ihm noch kein Wort davon, denn es ist besser, er erfährt erst später davon.« – »O, ich will ihm gewiss nichts davon sagen, wenn Sie meinen, dass es besser sei, Schweigen darüber zu wahren.« –

Sie las weiter:

»Mein Leben ist, wie Sie aus meinen Aufzeichnungen ersehen werden, gar nicht glücklich gewesen. Erst als ich Sie gefunden, winkte mir Sonnenschein. Aber dass ich Sie liebe, habe ich Ihnen verschwiegen, und ich sollte es jetzt erst recht, da ich nur eine traurige Erinnerung noch für Sie sein kann, und nichts anderes. Mein Schicksal war so bitter, dass ich immer gemeint habe, es könne Ihnen nur Unglück bringen, wenn Sie sich meiner annehmen.

»Wie beschränkt Ihre Einkünfte sind, weiß ich; auch, wie notwendig es Ihnen wäre, für schlimme Tage ein bisschen Geld auf hoher Kante zu haben. Mehr als die 1500 ersparten Franks, die ich bei einem Bankier deponiert hatte, besitze ich nicht. In meinem Testamente vermache ich Ihnen das Geld, Denken Sie, es käme von einem Bruder, der Sie recht lieb gehabt hat und der nicht mehr am Leben ist ... Ach, Herr Rudolf,« rief Lachtäubchen, während ihr die hellen Tränen über die Wangen flossen, »so etwas tut doch recht bitterweh: Der Herr Germain hat ein vortreffliches Herz, wie man es nur bei wenig Menschen findet. Er ist ein gar lieber, guter Mensch! Ein wackrer, edler Freund!«

»Ja, er ist brav und gut,« pflichtete Rudolf bei, »aber er ist, Gott sei gedankt, noch nicht tot, und sein Testament hat zunächst nur den Nutzen, dass es Ihnen offenbart, wie innig er Ihnen zugetan ist.«

Es wurde an die Tür geklopft. Auf Rudolfs Frage, wer da sei, fragte eine heisere Stimme nach Frau Mathieu. Der Klang weckte in Rudolfs Herzen seltsame Erinnerungen. Als er mit dem Lichte zur Tür trat, sah er sich einem Stammgaste der Kaschemme »Zum weißen Kaninchen« gegenüber, dessen vom Laster gezeichnetes Gesicht ihm sofort wieder einfiel. Es war kein anderer als Barbillon, der sich als Fiakerkutscher auszugeben pflegte und der Bakel mit der Eule nach Bouqueval gefahren und vor dem Hohlwege gewartet hatte, der Mörder des Mannes jener unglücklichen Milchfrau, die in Arnouville die Arbeiter gegen Marienblümchen oder – wie sie auch hieß – die Schalldirne aufgehetzt hatte. Rudolf, den er nur ein einziges Mal in der Kaschemme gesehen, erkannte er nicht wieder, mochte er ihn nun vergessen haben oder der andere Anzug ihn unkenntlich machen.

Barbillon sagte, er habe einen Brief für Frau Mathieu, den er ihr nur persönlich abgeben dürfe. Rudolf sagte, die Frau wohne nicht hier, sondern gegenüber. Barbillon klopfte an der andern Tür. Sie wurde augenblicklich geöffnet, und eine korpulente Frau im Alter von annähernd fünfzig Jahren trat mit einem Lichte in der Hand auf die Schwelle. Auf Barbillons Befragen erklärte sie, die Gesuchte zu sein. Barbillon gab ihr den Brief mit dem Bescheide, dass er sofort Antwort bringen solle. Er wollte sie in die Stube hineindrängen, die Frau winkte ihm aber, draußen zu bleiben, öffnete den Brief und las im Schein der Treppenlampe das ihr übergebene Zettelchen. Dann sagte sie mit sichtlicher Befriedigung: »Bestellen Sie nur, es sei alles in Ordnung, und ich würde bringen, was verlangt würde, zur gewöhnlichen Zeit, wie sonst. Bestellen Sie meine allerbesten Empfehlungen an die Dame ...«

Darauf schloss sie die Tür, und Rudolf trat in Germains Zimmer zurück, von wo aus er Barbillon schnellen Schrittes über den Boulevard eilen sah, zu einem Menschen höchst schäbigen Aussehens, der vor einem Ladenschaufenster auf ihn wartete. Ohne auf die in der Nähe befindlichen Leute zu achten, die ihn hören mussten, rief er dem andern, allem Anschein nach in sehr vergnügter Stimmung zu: »He, Niklas, Schnaps her! Die Alte geht auf den Leim und kommt zur Eule. Mutter Martial wird bei der Sache helfen.« Rudolf erschrak, entschuldigte sich bei dem in seiner Begleitung befindlichen Mädchen und versprach ihr, eine Zutrittskarte zum Gefängnis, in welches Germain gebracht worden war, zu schicken. Mit dem Versprechen, sie bald wieder zu besuchen, ging er, bestieg den nächsten Fiaker und ließ sich nach der Rue Plumet bringen, wo ihn Murph bereits erwartete. Dort schrieb er ohne Verzug an Clemence die folgenden Zeilen:

»Teuerste Frau! – Soeben höre ich von dem unvermuteten Unglück, das Sie betroffen hat. Ich will nicht versuchen, Ihnen das Grauen zu schildern, das mich befallen hat, auch nicht den Kummer, der mich noch erfüllt. Ich muss Ihnen von Dingen Mitteilung machen, die dem schmerzlichen Ereignisse fremd sind, das die Pariser Welt jetzt wie mit einem Alpe bedrückt ... Eben hörte ich, dass Ihre Stiefmutter, die wohl, seit ein paar Tagen in Paris, weilt, mit Polidori heut Abend nach der Normandie abreisen will. Ich brauche Ihnen nicht erst zu sagen, welche Gefahr hierdurch für Ihren Vater erwächst. Lassen Sie mich zu einem Schritte raten, der sich als nützlich und Heil bringend erweisen wird: Jedermann wird es begreiflich finden, dass Sie nach dem schweren Unglück, das über Sie hereingebrochen, eine Zeit lang Paris den Rücken wenden. Reisen Sie also unverzüglich nach Aubiers, um wenn irgend möglich noch vor Ihrer Stiefmutter dort zu sein. Im Übrigen verhalten Sie sich ruhig, vor allen Dingen keine Befürchtungen! Halten Sie sich versichert, dass ich über Sie wache, ob Sie mir fern sind oder nah ... Ihre Stiefmutter soll ihre schändlichen Pläne nicht durchführen ... Leben Sie wohl, gnädige Frau! Ich schreibe in der höchsten Eile. Wenn ich an gestern

Abend denke, droht mir das Herz zu brechen; verlieh ich den Toten nicht in einer so ruhigen, fröhlichen Stimmung, wie kaum je vorher?

Rudolf.«

Drei Stunden später befand sich Frau von Harville, Rudolfs Rate gemäß, auf der Fahrt nach der Normandie, in Gesellschaft ihrer Tochter. Aus Rudolfs Palais fuhr zur gleichen Zeit auf der gleichen Straße eine Extrapostkutsche. In der übergroßen Hast ihrer Abreise hatte Frau von Harville unglücklicherweise vergessen, Rudolf davon in Kenntnis zu setzen, dass sie in dem Gefängnisse von Saint-Lazare Marienblümchen gefunden habe. Nun hatte aber Jakob Ferrand, in Sorge darum, dass sein Verbrechen an den Tag kommen könne, alle Ursache, für schnelles Verschwinden des Mädchens, das ihn am schlimmsten bloßstellen konnte, zu sorgen. Bradamanti aber, der ein größeres Interesse hatte, die Frau von Orbigny nach ihrem Landgute zu begleiten, lieh sich durch die Rücksicht auf Ferrand nicht abhalten, mit ihr nach der Normandie zu fahren, sogar, ohne zuvor noch einmal mit Frau Seraphim zu sprechen.

So schien sich das Wetter dräuend über Ferrands Haupte zusammenzuziehen, denn tagsüber war die Eule wiedergekommen, um ihre Drohungen wieder auszustoßen, ja sie hatte zum Beweise dafür, dass sie ernstlich gemeint waren, Ferrand erklärt, dass sich das Mädchen, das einst durch Frau Seraphim an sie verkuppelt worden, unter dem Spitznamen Schalldirne im Weibergefängnisse Saint-Lazare befände, und dass, sofern er nicht binnen drei Tagen 10 000 Franks ausfolge, sie in den Besitz von Papieren gesetzt werden solle, die ihr allen Aufschluss über ihre Geburt, ihre Eltern und Kindheit geben würden.

Ferrand stellte nach seiner Gewohnheit alles in Abrede und jagte das Weib als freche Lügnerin von seiner Schwelle, trotzdem er von den Drohungen sich des Schlimmsten versehen musste. Es gelang ihm, zufolge der guten Beziehungen, die er zu den Verwaltungskreisen hatte, tagsüber in Erfahrung zu bringen, dass ein Mädchen unter dem Namen Schalldirne wirklich in Saint-Lazare eingeliefert worden sei, sich aber durch ein so mustergültiges Verhalten hervortue, dass ihre Entlassung tagtäglich zu erwarten stände. Daraufhin hatte er sich einen teuflischen Plan zurechtgelegt, den er jedoch ohne Bradamantis Hilfe nicht ausführen konnte, und deshalb hatte Frau Seraphim wiederholt versucht, den Scharlatan zu finden. Als nun abends bei Ferrand über Bradamantis Verschwinden kein Zweifel mehr bestand, besann er sich auf die Familie Martial, die sogenannten Süßwasser-Piraten bei der Brücke von Asnières und wollte nun mit ihrem Beistande das ihm verhasste und gefährliche Mädchen um die Ecke bringen lassen, und Frau Seraphim musste sich in seinem Auftrage dorthin begeben.

Viertes Kapitel.

Die Pirateninsel

Vater Martial war wie sein Vater hingerichtet worden. Er hatte eine Witwe, vier Söhne und zwei Töchter hinterlassen. Der zweite Sohn war schon auf den Galeeren zu lebenslänglicher Zwangsarbeit verurteilt. Von der Familie waren demnach noch auf der Insel, die sie bewohnten: die Mutter und drei Söhne, von denen der älteste im 25. Jahre stand und der Liebste der Wölfin war, während der zweitälteste 20, der jüngste 12 Jahre alt war. Von den beiden Töchtern zählte die eine 18, die andere 9 Jahre. Neben seiner Flusspiraterie hatte der alte Martial Gastwirtschaft und Fischfang betrieben, auch sich durch Vermieten von Kähnen Geld zu verdienen gesucht. Nach seiner Hinrichtung hatte die Witwe diejenigen seiner Geschäfte weiter betrieben, zu denen sie die Eignung und die Kraft besaß. In ihrer Wirtschaft kehrten Landstreicher, Scharlatane, Heimatlose mit Vorliebe ein. Den verbotenen Fischfang betrieb der älteste Sohn, nahm wohl auch als echter Bravo gegen guten Lohn einmal die Partei eines Schwachen gegen den Stärkeren, war aber im Grunde genommen der harmloseste der Brüder, während Niklas, der um weniges jüngere, sich bereits an Barbillons Raubzügen beteiligte und auf der Seine, wie an dem Gelände derselben, Räuberei in großem Stile trieb. - Der jüngste der Brüder, Franz, übernahm Kahnfahrten auf der Seine. Ein letzter Bruder, Ambroise, war wegen nächtlichen Diebstahls und wiederholten Mordversuches lebenslänglich auf die Galeeren gebracht worden. Die älteste Tochter, die den Spitznamen Kürbis führte, half in Wirtschaft und Küche. Ebenso die jüngere, Amandine mit Namen ...

Es war eine rabenfinstere Nacht. Am Himmel hing schweres Gewölk, nur hin und wieder blinkte ein Stern auf. Die Mutter Martial saß von dreien ihrer Kinder umringt, am Herde; sie war eine große, magere Frau, die etwa 45 Jahre zählen mochte. Sie ging schwarz gekleidet. Ihr galligtes Gesicht mit der langen spitzen Nase und den scharf vorstehenden Backenknochen war von tiefen Pockennarben zerfressen, und tiefsitzende Mundwinkel machten den Ausdruck des kalten starren Gesichtes noch härter. Über mattblauen Augen ziehen sich graue Brauen hin. Die drei Frauen waren mit Näharbeit beschäftigt. Die ältere Tochter, groß und hager, sah der Mutter wie aus den Augen geschnitten; ihrer gelben Farbe verdankte sie den Namen Kürbis. Auf einem Schemel kauerte der jüngste Sohn, ein Fischnetz flickend. Sein sonnenverbranntes Gesicht verriet blühende Gesundheit. Ein Wald braunen Haares umschloss es. Seine Augen hatten einen lebhaften, durchbohrenden Blick. Neben ihm saß Amandine, seine Lieblingsschwester, Zeichen aus gestohlener Wäsche zupfend. Sie war kaum 9 Jahre alt und sah Franz täuschend ähnlich; nur waren ihre Züge bei Weitem nicht so grob, wie die Seinigen. Ihre Augen waren klein, aber von sanftem Ausdruck und reinem Blau. Traf ihr Blick den des Bruders, dann zeigte sie auf die Tür, und der Bruder antwortete mit einem Seufzer, um die Aufmerksamkeit der Schwester durch eine geschwinde Gebärde auf sich zu lenken und dann laut zehn Maschen abzuzählen, was soviel bedeutete, wie dass er vor zehn Uhr nicht zurückkommen werde. Fasste man die beiden älteren Weiber mit den bösen Mienen und dann die beiden armen, stummen und schüchternen Kinder schärfer ins Auge, dann konnte man nicht im Zweifel darüber sein, dass man sich einem Henker- und einem Opferpaare gegenüber befand. Das leuchtete aus der Angst hervor, die auf den Gesichtern der letzteren stand, da die Mutter kein Wort an sie richtete. War diese auch im Allgemeinen recht redselig, so verriet doch dieses gänzliche Schweigen, wie auch der scharfe Zug um die zusammengebissenen Lippen, dass die Mutter in sehr böser Stimmung war.

Das Feuer drohte auszugehen ... Die ältere Schwester befahl Franz, noch mehr Holz anzulegen. Franz erwiderte, dass keines mehr da sei; rührte sich auch nicht, als ihm der weitere Befehl wurde, welches zu holen. Er hielt den Kopf auf den Boden gesenkt, erriet aber, dass jetzt die Mutter einen grimmen Blick auf ihn heftete, und wagte sich nicht zu rühren, um ihm nicht zu begegnen ...

Die ältere Schwester fuhr ihn an: »Junge, bist du denn taub?« – »Eher lasse ich mich prügeln,« rief der Bruder, »als dass ich in den Stall gehe. Ich fürchte mich dort.« – »Bist doch schon hundertmal dort gewesen, erst gestern Abend noch ... warum willst du jetzt auf einmal nicht?« –

Von Schauder geschüttelt, versetzte Franz: »Weil dort – einer – begraben liegt.« – Mutter und Tochter zuckten zusammen, wie von einer Tarantel gestochen ... »Du bist ein erbärmlicher Lügner, Franz,« rief die ältere Schwester. – »Nein, was ich sage, ist die Wahrheit. Wie ich gestern das Holz aufschüttete, habe ich gesehen, dass ein Knochen, von einer Leiche, aus der feuchten Erde ragte.« – »Ist das ein dummer Junge!« sagte die Schwester, der Mutter zublinzelnd, »du weißt doch, dass ich gestern Schöpsenknochen hingetragen habe.« – »Nein, es war ein Knochen von einer Leiche,« beharrte Franz, »ich habe ganz deutlich gesehen, dass es ein menschlicher Fuß war.« Aber er konnte nicht weiter sprechen, denn die Mutter trat mit einem Stock in der Hand auf ihn zu, packte ihn und stieß ihn, seines Widerstrebens nicht achtend, die Treppe zur Küche hinauf. Gleich darauf hörte man Gestampf, dann Geschrei, untermischt mit Schluchzen. Nach einiger Zeit kam die Frau die Treppe wieder herunter und setzte sich, ohne eine Spur von Erregung zu zeigen, am Herde nieder, die Arbeit wieder vornehmend, die sie aus der Hand gelegt hatte. Aus ihrem Munde kam kein Wort.

Fünftes Kapitel.

Süßwasser-Piraterie

»Wenn Niklas und Martial heim sind,« sagte die Tochter, »dann möchten wir doch einmal das Holz im Stalle aufräumen, Mutter.« – »Ich fürchte,« versetzte die Mutter nach einer Weile, »dass wir auf den Niklas umsonst warten werden. Wer weiß, ob ihm nicht die Alte von heute früh, die mit jemand von Bradamanti auf ihn wartete, eine schlimme Suppe eingebrockt hat? Sie sah gar so duckmäuserisch aus und wollte gar nicht mit der Sprache heraus, weder sagen, wie sie heiße, noch Auskunft geben, woher sie komme.« – »Mutter,« erwiderte die Tochter, »du weißt doch, dass seit ein paar Tagen in Griffons Landhause ein alter Mann haust ... ich meine das Haus, das dem Kalkofen gegenüber etwa hundert Schritte vom Ufer steht. Niklas meinte gestern, da sei vielleicht ein guter Fang zu machen. Ich habe spioniert und weiß, dass die Beute sicher wäre. Amandine sollte um das Haus herumschleichen. Sie könnte sich stellen, als ob sie beim Spiele sei. Da wird niemand auf sie achten. Sieht sie etwas, dann müsste sie herkommen und es erzählen. Du, Amandine, komm mal her!«

Zitternd sagte die Kleine: »Ja ja, Schwester, ich habe alles gehört und will hingehen und lauschen.« – »Duckmäuserin, mit dem Ja bist du immer bereit, tust aber nie, was dir geheißen wird. Erst letzthin habe ich dir gesagt, du solltest im Krämerladen in Asnières, während ich mit dem Manne in einer Ecke stand und schwatzte, ein Hundertsousstück aus der Ladenkasse nehmen, hasts aber nicht gemacht, trotzdem es ganz leicht und sicher war. Auf Kinder kommt niemand, wenn so etwas entdeckt wird. Warum hast du es nicht gemacht?« – »Ich hatte solche Angst, Schwester ...« – »Es verbietet dir sicher jemand,« erwiderte die ältere, »gewiss der älteste von deinen Brüdern! Nicht wahr, du petzt ihm alles? Aber ich will dir was sagen, vorläufig kommandiert hier noch die Mutter, und wenn du es so weiter treibst, nimmts mit dir bei uns noch einmal ein schlimmes Ende! Meinst du, wir fürchten uns? Niklas ist fuchswild auf den Bruder, und ich auch! Warum hetzt er dich und Franz wider uns? Das kann nicht so weiter gehen.«

»Auf keinen Fall leide ich das länger,« setzte die Mutter hinzu. – »Seit die Wölfin im Stockhause sitzt,« nahm die Schwester wieder das Wort, »ist der

Mensch schier wie aus dem Häuschen. Unsre Schuld ist's doch nicht, dass seine Liebste eingesperrt worden ist.«

Nach einer Weile fragte die Mutter: »So? Du meinst wirklich, dass drüben im Landhause ein guter Fund zu machen sei?« – »Ja doch, Mutter,« antwortete das Mädchen. – »Woher soll der Alte denn das Geld haben?« – »Als ich auf dem Postamte drüben in Asnières war, um nach einem Briefe aus Toulon zu fragen, kam der Alte auch hin und fragte, ob Briefe von Angers an den Grafen von Saint-Remy da feien. Ein Brief war da. Der Alte legitimierte sich durch einen Pass. Dann entrichtete er das Porto, und da sah ich, dass in seiner grünseidenen Börse Gold über Gold steckte. Wenigstens waren es an die 50 Louisdor.«

Ein Hund bellte heftig ... »Aha, ein Boot kommt,« sagte sie, »entweder Martini oder Niklas kommt.«

Auf Amandinens Gesicht trat helle Freude, als sie den Namen Martini hörte. Zu ihrem Leidwesen trat aber nicht er, sondern Niklas in die Stube. Niklas war klein und mager, sodass man ihm nicht Kraft genug zugetraut hätte zu dem gefährlichen Handwerk, das er trieb, aber eine ungezähmte Energie ersetzte bei diesem Menschen die ihm fehlende Leibesstärke. Er warf beim Eintritt ein Stück Kupfer von der Schulter auf die Erde; dann rief er: »Guten Abend, Mutter und gute Beute! Draußen liegen noch drei andere Stücke, ein Bündel Kleider, und dann habe ich auch eine Kiste hingestellt. Was drinnen ist, weiß ich nicht. Hoffentlich ist mir keine Nase damit gedreht worden?« Dann sah er sich um ... »Wo ist denn der Franz? Der könnte mir doch beim Auspacken helfen.« – »Den hat die Mutter eben durchgebläut und eingesperrt. Er wird wohl hungrig zu Bett gehen müssen.« – »Meinetwegen,« versetzte Niklas, »aber wenn wir drei zufassen könnten, brächten wir alles auf einmal herein.«

Die Frau wies, ohne ein Wort zu sagen, nach der Decke hinauf; die Tochter verstand die Pantomime und ging hinauf, um Franz zu holen. Seitdem Niklas gekommen, hatte sich das Gesicht der Mutter aufgeheitert, denn Niklas war, da bei ihr die Liebe mit der Sündhaftigkeit wuchs, ihr Goldsohn, ebenso wie ihr anderer »in Toulon«, wie sie sich auszudrücken liebte.

»Wo warest du in der letzten Nacht?« fragte sie Niklas. – »Ich sah, als ich vom Billy-Kai zurückkam, wo ich die Unterredung mit dem Manne hatte, in der Nähe der Invalidenbrücke einen Kahn treiben. Da kein Licht drauf zu bemerken war, dachte ich, die Bootsleute müssten am Lande sein. Ich fahre heran, finde aber einen Wächter und verlange ein Stück Tau. Drin in der Kajüte kein Mensch! Da habe ich denn mitgenommen, was sich fortschaffen ließ: vom Verdeck, vier stattliche Stücke Kupfer, Kleider und eine

Kiste ... Aber da kommt ja die Schwester mit dem Franz ... Na, nun schnell in den Kahn! Amandine, du hilfst auch mit tragen.«

Bald kamen die Kinder beladen zurück; das Kupfer, das Franz auf den Achseln trug, schien ihn zu Boden drücken zu wollen, und auch Amandine verschwand schier unter dem Haufen gestohlener Kleider, die sie auf dem Kopfe trug. Niklas kam mit der älteren Schwester zusammen; beide schleppten die ebenfalls schwere Kiste, auf deren Deckel das vierte Stück Kupfer gelegt war.

Ungeduldig forderte die Mutter, dass Niklas die Kiste öffne. Mit einem wuchtigen Schlage sprengte Niklas sie auf. Alle stürzten herbei, den Inhalt zu sehen. Sie enthielt allerlei Putz für das schwache Geschlecht, war also augenscheinlich aus einem der Pariser Modemagazine irgendwohin nach einer Uferstadt der Seine unterwegs gewesen. Nach eingehender Musterung des Inhalts meinte die Mutter: »Nun, an die 500 Franks bezahlt die Burette dafür unbesehen; aber es wird gut sein, alles wieder fürsorglich zusammenzupacken.« - »Bis auf den Schal,« rief die ältere Tochter, »den will' ich für mich behalten- ...« - »Oho,« rief Niklas, »wenn ich ihn dir gebe! Du willst immer bloß nehmen!«

Aber Niklas war heute bei freigebiger Laune, und so gab er nicht bloß der älteren Schwester, was sie forderte, sondern auch Franz und der jüngeren ein paar seidene Tücher, nach denen sie begehrliche Augen gemacht hatten ... »Na, da nehmt nur!« rief er, »es wird euch Lust zum Stiebitzen machen! Schön ist's doch, umsonst allerhand schöne Dinge sich aneignen zu können? He? Aber nun schert euch zu Bett! Ich muss mit der Mutter ein paar Worte unter vier Augen reden. Das Essen sollt ihr hinaufkriegen.«

Kaum waren die Kinder gegangen, so brachten die beiden älteren Geschwister das gestohlene Gut in einen kleinen Keller wohin neben dem Herde ein paar Stufen führten.

»Nun aber was zu trinken, Mutter,« rief Niklas, »und einen guten Tropfen! Ich hab's redlich verdient ... Du, Schwester, bring den Kleinen das Essen hinauf! Martial mag, wenn er kommt, die Knochen abknabbern. Für ihn sind Knochen noch übergenug ... Und nun wollen wir uns über den Mann am Billy-Kai unterhalten, denn morgen oder übermorgen heißt's an die Arbeit gehen, wenn das versprochene Stück Geld in meine Tasche fließen soll.« - Von Neuem klimperte er mit Geld. Dann warf er Mütze und Kittel auf den Tisch, setzte sich zu einer Schüssel Schöpsenfleisch mit Bohnen und aß hinterher kalten Kalbsbraten mit Salat.

»Du, höre mal,« sagte die Schwester, »der Franz hat im Stalle was gesehen!« - »So? Und was denn?« fragte Niklas weiter. - »Er sagt, ein Bein.« -

»Von dem Manne also?« fragte Niklas weiter. – »Ja,« sagte die Mutter, noch ein Stück Fleisch dem Sohne auf den Teller legend. – »Komisch! Das Loch war aber doch tief genug,« meinte Niklas. – »Die Erde hat sich vielleicht gesenkt,« sagte die Schwester; »wir werden wohl gut tun, alles heut Nacht in den Fluss zu versenken.« – »Sicherer wäre es,« sagte Niklas: »aber –«

»Rede fürs erste lieber von dem Mann am Billy-Kai,« drängte die Mutter. – »Na, ich hatte meinen Kahn festgebunden,« erzählte Niklas, ohne sich im Essen und Trinken stören zu lassen, »und ging auf den Kai. Es schlug gerade sieben, und man konnte keine drei Schritte weit sehen. Eine Viertelstunde lang war ich wohl am Ufer hin und hergegangen. Da hörte ich Schritte hinter mir. Ich ging langsamer. Bald holte mich ein Mann, in einen Mantel gehüllt, ein; er blieb stehen, ich auch. Von seinem Gesicht war nicht viel zu sehen, denn der Mantel ließ gerade die Nase frei, und der Hut bedeckte die Augen ...

»Bradamanti, sagte der Mann,« fuhr Niklas fort. »Das war das Wort, woran ich meinen Mann erkennen sollte, wie die Alte ausgemacht hatte. Flusspirat antwortete ich ihm, wie es ebenfalls ausgemacht worden.–

»Sie sind Martial?« fragte er mich. – »Ja.« – »Heute Vormittag ist eine Frau bei Ihnen auf der Insel gewesen. Was hat sie Ihnen gesagt?« – »Sie hätten im Auftrage eines Herrn Bradamanti mit mir zu reden.« – »Haben Sie Lust, ein gutes Stück Geld zu verdienen?« – »Allemal,« sagte ich, »je mehr, je besser!« – »Sie haben einen Kahn?« fragte er. – »Nicht bloß einen, sondern vier! Gehören sie doch zu unserm Geschäfte!« – »Nun, es kommt drauf an, ob Sie es über sich bringen können, jemand zufällig ertrinken zu sehen?« fragte der Mann. – »So? Seine-Wasser soll also jemand schlucken? Es kommt drauf an, was für den Tropfen berappt wird.« – »Was kostets, wenn einer Wasser schluckt, und was kostets, wenn es ihrer zweie tun?« – »Also gleich doppelt gemoppelt?« fragte ich, lachend ... »Je nun, unter fünfhundert für den Kopf ist nichts zu machen, das merkt Euch!« – »Also tausend zusammen?« – »Ja, und je 200 Franks Draufgeld!« – »Abgemacht,« sagte da der andere, »hier habt Ihr die 400 Füchse. Morgen oder längstens übermorgen wird die Alte, die heute früh bei Euch war, wiederkommen in Gesellschaft eines jungen blonden Mägdeleins und wird Euch aufs andere Ufer hinüberwinken. Wie lange Fahrtzeit braucht Ihr von einem Ufer zum andern?« – »Zwanzig Minuten,« antwortete ich. – »Merken Sie auf!« sagte der Mann; »in den Boden eines Ihrer Kähne machen Sie ein Leck, das Sie, wenn es soweit ist, aufklappen können, sodass der Kahn mit denen, die drinnen sitzen, im Nu unter Wasser geht. Sie müssen also mit zwei Kähnen fahren, verstanden? Damit Sie sich schnell in den andern begeben können, sobald der, worin das Mädchen mit der Alten sitzt, kippt. Auf diese Weise laufen

Sie persönlich keine Gefahr, denn man wird meinen, der andere Kahn sei durch irgendeinen unglücklichen Zufall, Altersschwäche oder dergleichen, unter Wasser gegangen. Wenn die Alte gleich mit verschwindet, desto besser!«

»Wird die Alte nicht aber was merken?« – »Nein. Wenn sie kommt, wird sie leise sagen: Wenns soweit ist, geben Sie mir einen Wink! Darauf sagen Sie ein paar Worte, die keinen Argwohn wecken.« – »Während also die Alte meint, bloß die Kleine solle Wasser schlucken, soll die Alte selber gleich mit unter Wasser? Nun, das habt Ihr fein ausgedacht, das muss man sagen.« – Drauf sagte der Mann: »Macht Eure Sache gut, ich kann Euch noch manch gutes Stück Arbeit zuweisen.« Darauf bin ich gegangen,« schloss Niklas seine Erzählung, »ging zu dem Boote zurück und nahm mit, was ich tragen konnte.«

Mutter und Tochter hatten dem Räuber aufmerksam zugehört, der während seines Berichtes weidlich getrunken hatte, sodass er ziemlich aufgeregt geworben war ... »Ich habe aber noch etwas anderes eingefädelt, mit der Eule und mit Barbillon,« nahm er wieder das Wort, »eine sehr feine Sache! Eine Diamantenmäklerin soll ausgebeutelt werden, die nicht selten über 50 000 Franks Wertsachen in ihrem Strickbeutel bei sich trägt. Rotarm wird mitmachen. Auch ein geschickter Kerl! Um die Frau sicher zu machen, hat er ihr schon für 400 Franks Diamanten verschachert. Sie wird also ohne Arg zu ihm in die Elysäischen Felder kommen. Dort fällts ja nicht schwer, jemand verschwinden zu lassen, und wir halten uns in der Nähe versteckt. Rotarm hat den Plan fein ausgekugelt.« – »Aber ich traue dem Kerl nicht,« sagte die Mutter. – »Nach der Geschichte in der Rue Montmartre haben sie deinen Bruder nach Toulon geschafft, während dem Rotarm kein Härchen gekrümmt wurde. Lieber ist mir schon das Geschäft mit den beiden Frauenzimmern. Wenn uns bloß Martial nicht im Wege ist wie gewöhnlich.«

»Will diesen Gauner denn der Teufel nimmer holen?« rief Niklas, sein langes Messer in den Tisch stoßend. – »Ich habe der Mutter auch schon gesagt, dass es in dieser Weise nicht mehr fortgehen könne,« meinte die Schwester. – »Der Bursche ist imstande, uns noch einmal der Polizei auszuliefern,« rief Niklas wütend, »warum hats auch damals nicht gehen dürfen, wie ich wollte? Da wäre alles anders, und wir brauchten uns nicht immer den Kopf mit solcher Furcht zu verdummen!« – »Es lässt sich auf andere Weise auch machen,« sagte die Mutter, »kommt er jetzt, dann fange Streit mit ihm an, treib es im Notfalle bis zu Tätlichkeiten, Niklas! Freilich ist er stark, aber du hast die Schwester auf deiner Seite, und wenn ihr beide seiner nicht Herr werdet, dann menge ich mich mit drein. Aber kein Messer, kein Blut! Bloß prügelt ihn ordentlich durch!«

»Und dann, Mutter?« fragte Niklas. – »Dann, na, dann wirds zu einer Auseinandersetzung kommen. Wir sagen ihm, er müsse die Insel räumen, wolle er nicht alle Tage den gleichen Krawall erleben. Ich weiß es, dass ihm der Unfriede den Aufenthalt hier verleidet. Wir haben ihn eben immer zuviel in Ruhe gelassen.«

Da ging die Tür auf, und Martial trat über die Schwelle. Draußen stürmte es so heftig, dass keiner das Gebell der Hunde gehört hatte, das die Ankunft des ältesten Sohnes der Frau meldete.

Sechstes Kapitel.

Mutter und Sohn.

Dem Leser ist der Mann nicht mehr fremd, der jetzt auf die Bühne unserer Handlung tritt, hat er ihn doch schon aus einigen Worten der Wölfin zu der Schalldirne oder Marienblümchen kennengelernt! Der Liebste des unter dem Namen Wölfin in der Verbrecherwelt von Alt-Paris bekannten Frauenzimmers sah seinen Geschwistern Franz und Amandine ähnlich, war von Mittelgröße, stark und breitschulterig. Sein männliches Gesicht gewann durch den dichten, starken Bart, die breite, vorspringende Nase, die runden Backen und die blauen, kecken Augen. Er trug einen alten steifen Hut, trotz der starken Kälte nur eine verschlissene blaue Bluse über der Jacke und Beinkleider von grobem, ebenfalls schon stark abgeschabtem Manchestersamt. In der Hand hielt er einen derben Knotenstock. In seiner Begleitung befand sich ein kräftiger, rot gefleckter krummbeiniger Hund, der sich vor die Tür kauerte und misstrauisch schnoperte ...

»Wo sind die Geschwister?« war Martials erste Frage, als er sich an den Tisch setzte. – »Wo sollen sie sein?« fragte tückisch die Schwester, und die Mutter sagte grob: »Im Bett liegen sie.« – »Haben sie auch gegessen?« fragte Martial wieder. – »Was scherts dich?« fragte Niklas grob; »wir konnten sie zu dem, was wir zu reden hatten, nicht gebrauchen und haben sie deshalb hinaufgeschickt. Ists dir nicht recht, dann geh doch hinauf zu ihnen!«

Martial heftete einen verwunderten Blick auf den Bruder, zuckte die Achseln, schnitt ein Stück Brot ab, nahm sich ein Stück Fleisch dazu und goss sich ein Glas voll Wein. Da befahl die Mutter der Schwester, den Wein wegzutragen. Martial wehrte ihr mit den Worten, er sei noch nicht fertig mit Trinken. – »Schlimm genug,« sagte die Mutter, »ich habe aber keinen Wein mehr für dich übrig.« – »Das ist was anderes,« sagte drauf Martial und goss sich sein Glas voll Wasser, trank es auf einen Zug aus und sagte: »Schmeckt auch, besonders wenn es so frisch vom Brunnen ist.«

Seine Kaltblütigkeit reizte Niklas, der durch den vielen Weingenuss in heftiger Erregung war, aber vor einem Zanke noch zurückschreckte, weil er seines Bruders Leibeskraft sattsam kannte. Plötzlich aber kam ihm ein Einfall, und er rief: »Recht so, Martial, dass du nachgibst, daran solltest du dich überhaupt gewöhnen, denn bilde dir nicht etwa ein, dass wir deiner Liebsten mehr vorsetzen werden als dir, wenn du dirs mal einfallen lassen solltest, sie mit herzubringen.« – »Aber Maulschellen könnte sie von mir kriegen, wenn sie sich mal hier sehen ließe,« rief grimmig die Schwester. –

Diese kränkenden Reden über seine Liebste brachten Martial aus seiner Ruhe; er war dem Mädchen von ganzem Herzen zugetan, und jedes schlimme Wort über sie brachte ihn außer sich. Auch jetzt schoss ihm das Blut ins Gesicht, die Adern an der Stirn spannten sich wie Stricke, aber noch immer behielt er soviel Herrschaft über sich, dass er mit nur leicht vom Zorn getrübter Stimme zu Niklas sagen konnte: »Du, nimm dich in acht! Kein böses Wort über mein Mädel, sonst hast du es mit mir zu tun!« – »Und wenn ich über sie rede?« fragte die Schwester hämisch. – »Dann werde ich dir erst in aller Güte raten, den Mund zu halten, und wenn das nicht hilft ...« – »Still!« rief die Mutter, »was du der Schwester sagen willst, wirst du der Mutter wohl nicht zu sagen wagen, wenn sie über die – Dirne sich aussprechen will?«

»Du?« fragte Martial – »du auch?« Und als die Mutter nickte, sprang er auf und rief: »Nein, an dir werde ich mich nicht vergreifen, statt deiner aber an meinem Bruder, dem Niklas!« – Der aber sprang wie rasend auf und schwang sein langes Messer ... »Was redest du?« schrie er, »mich prügeln wolltest du? Sprichst du im Ernste?«

»Niklas,« rief die Mutter, »das Messer weg! Hörst du?« Und mit schnellem Griffe hatte sie sein Faustgelenk gepackt. Die Schwester aber rief: »Lass ihn doch!« und griff nach einem Beile. Mit hocherhobenem Messer stürzte sich Niklas auf den Bruder, der, ein gewandter Stockschläger, schnell den Oberkörper zurückbog, den Stock hob und dem Bruder einen so wuchtigen Hieb auf den rechten Vorderarm gab, dass dieser vor Schmerz aufschrie und das Messer fallen ließ. Im andern Augenblick hatte ihn Martial am Kragen gepackt und bis zur Tür gestoßen, die zu dem kleinen Keller hinunter führte. Mit der einen Hand riss er die Tür auf, mit der andern stieß er den Bruder in das schwarze Loch hinein, der wie ein Klotz betäubt dort niederschlug.

Nun kehrte Martial in die Stube zurück, packte die Schwester an der Schulter und sperrte sie, allem Geschrei und Toben zum Trotz, in dem niedrigen Saale der Schenkstube ein, hatte es aber nicht verhindern können, dass sie ihn mit einem Beilhiebe an der Schulter verwundete ... »Nun, Mutter,« sagte er kalt, »haben wir es bloß noch beide miteinander zu tun.« – »Ja,« versetzte das Weib, »bloß noch wir beide miteinander!« und ihr kaltes, bleiches Gesicht überzog sich mit jäher Zornesröte, ihre fast erloschenen Augen fingen zu funkeln an in wildem Hasse ... »ich habe schon lange hierauf gewartet, und endlich sollst du hören, wie es mir ums Herz ist.« – »Das sollst du auch von mir, Mutter!« – »An diese Nacht sollst du denken, und wenn du hundert Jahre alt würdest ...« – »Recht so, Mutter! Du hast die Hand nicht gehoben, als du sahest, dass Bruder und Schwester mich ermorden wollten ... nun sage wenigstens, was habt ihr alle wider mich?« – »Du bist seit Vaters Tode eine erbärmliche Memme!« rief die Mutter: »Du faulenzest und lebst auf meine Kosten.« – »Kannst du das sagen, Mutter?« erwiderte Martial finster, »gebe ich dir nicht, was mir der Fischfang bringt? Gebe ich dir nicht alles Geld, das ich sonst verdiene? Wenn es auch nicht gerade viel ist, so ist's doch ausreichend, denn was koste ich dir denn? Ich wollte Schlosser werden, um mehr zu verdienen: Wer sich aber von Jugend an im Walde und auf dem Flusse herumgetrieben hat, taugt nicht für die Arbeit in Wohnräumen. Solche Menschen sind eben verdorben für Lebenszeit ... Und ich bin auch im Walde und auf dem Flusse immer am liebsten allein gewesen, denn ich habs nicht gern, wenn ich viel gefragt werde, am wenigsten will ich gefragt sein nach dem Vater, denn lässt sich etwa abstreiten oder verheimlichen, dass er sein Leben auf dem Schafott verblutet hat? Und fragt mich jemand nach dem Bruder, kann ich dann in Abrede stellen, dass er auf Lebenszeit zu den Galeeren verurteilt worden, kann ich abstreiten, dass die Schwester schon wegen Diebstahls bestraft worden ist?«

»Na, und wenn dich jemand nach deiner Mutter fragt, was sagst du dann?« – »Die Mutter, sage ich, ist über all dem gestorben,« antwortete Martial finster. – »Recht so,« versetzte die Frau, »ich nenne dich auch zu niemand meinen Sohn, denn du zeigst dich eben nicht als Martial, dessen Bruder im Bagno sitzt und dessen Vater unter dem Henkerbeile verblutet ist. Auch du solltest Beil und Bagno trotzen und ein Ende suchen wie Vater und Bruder, solltest ein Leben führen wie Mutter und Schwester!«

Martial überrieselte es kalt, trotzdem er solche Worte schon oft aus dem Munde der Mutter gehört hatte, die jetzt mit wachsendem Ingrimm fortfuhr: »Du bist aber ebenso dumm wie feige. Willst ein ehrlicher Mensch sein? Du als der Sohn eines Mörders? Als der Bruder eines Galeerensträflings? Statt dich gleich uns an der menschlichen Gesellschaft zu rächen, drohst du uns bloß Verderben, und deshalb wirst du hinfort unser Haus meiden, wirst nie wieder deinen Fuß hierher setzen!«

Martial blickte die Mutter verblüfft an. Eine Weile verging, ohne dass von einem der beiden ein Wort fiel. Dann versetzte er: »Nun, Ihr habt heute den Zank mit mir vom Zaune gebrochen ...« - »Gewiss,« antwortete die Mutter, »um dir zu zeigen, was dich erwartet, wenn du wider unsern Willen hier verweilen solltest. Die Hölle hättest du hier - verstehst du? Tag für Tag soll es zugehen wie heute, und nicht allein werden wir hinfort hier abends sein, sondern werden gute Freunde zu uns laden, die uns Hilfe und Beistand wider dich leisten werden - keine acht Tage sollst du es bei uns aushalten!« - »Und doch sage ich dir, Mutter, dass ich nicht von hier gehen werde! Erst werde ich Mittel und Wege suchen, meine beiden Geschwister anderswohin zu bringen. Wären sie nicht auf der Welt, dann stünden die Dinge anders. Dann wendete ich euch auf der Stelle den Rücken. Aber gewissenlos und feige wäre es, sie in euren Händen zu lassen! Also, bis ich meine beiden Geschwister versorgt weiß, bleibe ich hier und lasse mich nicht davon abbringen.«

»So? Also trotzen willst du uns?« rief die Mutter. »Nun, ich habe dir gesagt, an diese Nacht sollst du denken, solange du lebst, und wenn du das hundertste Jahr erreichtest ... Also höre mich! Du hast doch nicht vergessen, was in der letzten Weihnachtsnacht hier vorgefallen ist? Dass Rotarm einen gut gekleideten Herrn mit hierher brachte, der alle Ursache hatte, sich eine Zeit lang versteckt zu halten? » - »Ja. Ich ging schlafen und ließ euch allein mit ihm. Nachts kam er her, und am andern Tage hat ihn Niklas nach Saint-Ouen geführt.« - »Du bist im Irrtum, Martial, denn der Mann hatte viel Geld bei sich und hat hier sein Leben gelassen, ist hier ausgeraubt worden und liegt drüben im Holzstalle verscharrt.« - »Das ist nicht wahr,« schrie Martial, außerstande, an dieses neue Verbrechen der Seinigen zu glauben, »du willst mich nur in Schrecken jagen, Mutter!« - »Nun, dann frage doch deinen Bruder Franz, an dem du mit so großer Liebe hängst. Er mag dir sagen, was er heut morgen im Stalle gesehen hat.« -.»Franz? Und was hat er gesehen?« - »Ein Bein von einer Leiche ... Aus der Erde soll es hervorgucken. Nimm doch die Laterne und überzeug dich davon!« - »Mutter, Mutter.« rief Martial, »das glaube ich nicht!« und er schlug beide Hände vor sein totenbleiches Gesicht. - »Na, dann geh doch hinüber und sieh nach!« erwiderte die Mutter mit höhnischem Gelächter.

Martial war wie vom Blitze getroffen. Zweifel an der Wahrheit der von der Mutter gesprochenen Worte konnte er kaum noch haben, und mit Schrecken gedachte er der Möglichkeit, dass ihn sein Zusammenleben mit den Verbrechern in den Verdacht der Teilnahme bringen, ja dass ihn Mutter und Bruder und Schwester als ihren Mitschuldigen vor Gericht angeben könnten!

Wieder entstand eine lange Pause. Endlich blickte Martial auf und antwortete entschlossen: »Nun, wenn die Dinge sich so verhalten, so werde ich wohl nach wie vor hier bleiben, bloß nicht bei euch in eurem Hause, denn mein Bruder würde mir nach dem Leben stellen, und die Schwester nicht minder. Da ich aber kein Geld habe und mir also bei fremden Leuten eine Wohnung nicht mieten kann, werde ich mich in dem Schuppen auf der Insel einquartieren. Er hat eine feste Tür, und ich werde sie noch sichern. Dort verbarrikadiert, mit Flinte, Stock und Hund, fürchte ich Tod und Teufel nicht. Morgen früh nehme ich meine jungen Geschwister mit hinüber, tagsüber mögen sie bei mir im Boote bleiben, oder wo ich mich sonst aufhalte, und abends nächtigen sie bei mir in der Hütte. Was wir zur Leibesnahrung und Notdurft brauchen, bringt uns der Fischfang, und mit der Zeit werde ich schon ein besseres Unterkommen für sie finden.«

»So? Und du bildest dir ein, wir würden, das zugeben?« fragte die Mutter mit höhnischem Lachen. – »Mutter, macht, was ihr wollt, von der Insel gehe ich auf keinen Fall, und von den jüngeren Geschwistern lasse ich auf keinen Fall. Nun wisst ihr meinen Bescheid! Treibt mich von der Insel weg, wenn Ihr es könnt ... probiert es! Gutwillig gehe ich nicht.« Mit diesen Worten stand er auf, steckte sich Licht an, machte die Küchentür auf und pfiff seinem Hunde, der freudig winselnd zu ihm herangekrochen kam und ihm in das obere Gestock der Hütte nachschlich. Martial ging ohne Argwohn hinauf, in der Meinung, Niklas werde bis zum Morgen in den Keller eingesperrt bleiben. Als er aus der Kammer, in der die beiden Kinder hausten, einen Lichtstreif sah, trat er hinein. Beide kamen ihm entgegengeeilt, und er küsste sie beide ...

»Nun, schlaft ihr noch nicht?« fragte er. – »Nein, Bruder Martial, wir haben auf dich gewartet,« sagte Amandine, und Franz setzte hinzu: »Wir hörten unten auch laut sprechen, und hatten Bange, dass ihr euch zusammen zanken möchtet.« – »Nun, ihr habt auch nicht unrecht gehabt,« erwiderte Martial: »Es hat Zwist gesetzt zwischen mir und dem Niklas. Sagt mal: wäre es euch recht, wenn ihr mit mir weg von hier ginget?« – »Ach ja, Bruder,« riefen beide wie aus einem Munde, »ach ja!« – »Nun, so richtet euch drauf ein, dass wir in ein paar Tagen den Fuß von der Insel setzen werden.« – »Ach, wäre das ein Glück!« rief Amandine, freudig in die Hände klatschend. – »Und wohin wollen wir gehen?« fragte Franz. – »Du wirst's schon sehen,« versetzte Martial, »ich werde dich bei einem Tischler oder Schlosser in die Lehre bringen. Du bist stark und gewandt, und wenn du fleißig bist, so kannst du schon in einem Jahre dir dein Taschengeld verdienen. Und für Amandine wird sich auch eine Gelegenheit finden, wo sie etwas lernen kann.« – »Ach ja, Bruder,« rief das Mädchen, »das möchte ich! Das möchte ich für mein Leben gern! Ach! Wie gern werde ich mit dir und Franz den

Fuß von hier setzen!« – »Aber, Kind, was hast du denn um den Kopf gewunden?« fragte er die kleine Schwester. – »Ein Tuch, das mir Niklas geschenkt hat.« – »Mir hat er auch eins geschenkt,« setzte Franz hinzu. – »Und woher wird er sie haben?« fragte Martini; »meint ihr, er habe sie gekauft?« – »Er hat sie aus der Kiste genommen,« sagte Amandine, »die er heut Abend mit dem Boote hergebracht hat.« – »Und die er gestohlen hat! Nicht wahr?« sagte Martial. – »Kann wohl sein, Bruder,« antworteten Franz und Amandine wie aus einem Munde. – »Gebt mir die Tücher her,« sagte Martini; »morgen früh soll Niklas sie wiederhaben; ihr hättet sie überhaupt nicht von ihm nehmen dürfen! Wer von einem Diebe gestohlenes Gut nimmt, ist ebenso strafbar wie der Dieb selbst.«

Martial ging, die Kinder blieben allein und unterhielten sich noch eine Weile über den Verlust der Tücher, die ihnen beiden über die Maßen gefallen hatten und die sie beide recht gern behalten hätten ... Da hörten sie, dass draußen der Schlüssel in der Tür herumgedreht wurde ... »Schwester,« rief Franz, »wir werden eingesperrt ... warum denn?« – »Ach, Bruder, vielleicht will man uns was zuleide tun?« – »Höre nur, Schwester,« sagte Franz, »klingts nicht, als wenn man mit Hämmern gegen Martials Tür schlüge? Höre doch nur! Das klingt ja gerade, als würde etwas festgenagelt ... Und Martials Hund winselt kläglich!« – »Franz, Franz, ich ängstige mich,« schrie Amandine, »was hat man wider unsern guten Martial vor? Sein Hund winselt ja schrecklich!« –

Franz schlich zur Tür hin. Es war aber schon still draußen geworden. Weder er noch die Schwester getrauten sich, zu atmen; aber sie lauschten und lauschten, bis sie auf einmal sich bei Namen rufen hörten ... »Martial ruft uns!« flüsterte Amandine, »Gott! Was gibt es nur? – Die Küchentür ist aufgemacht worden, ich habs ganz deutlich gehört.« – »Höre nur, Schwesterchen, der Hund heult schon wieder.« – »Ach Gott! Dass wir nicht aus der Kammer heraus können! Wir können dem armen Bruder gar nicht helfen.« – »Könnte ich hinaus,« rief Franz, »dann versuchte ich mein Äußerstes, dem Bruder zu helfen, und wenn man mich gleich in Stücke hiebe!« – »Ach, der arme Martial weiß gewiss nicht, dass man uns eingesperrt hat, und wird nun denken, wir wollen ihm nicht zu Hilfe kommen! Rufe ihm doch zu, dass man uns eingesperrt hat, Franz!«

Eben schickte sich Franz an, diesem Rate seiner kleinen Schwester zu folgen, als von außen gegen das Ladenfenster ein heftiger Schlag geführt wurde ... »Sie wollen zu uns herein, Franz,« rief Amandine und kroch in den äußersten Winkel der Kammer, »sie wollen sicher auch uns umbringen!« – Franz teilte zwar die Furcht seiner Schwester, blieb aber auf dem Flecke stehen, wo er stand, ohne ein Glied zu rühren. Trotz der kräftigen

Schläge gab der Laden nicht nach, und jetzt herrschte in dem Hause die tiefste Stille. Martial rief nicht mehr. Franz aber, von unwiderstehlicher Neugierde getrieben, versuchte das Fenster ein wenig aufzumachen, um zwischen den Ritzen der Jalousien hindurch zu lugen ...

»Sieh dich vor, Franz,« warnte ihn Amandine, die sich, als sie das Fenster knarren hörte, noch tiefer in ihren Winkel verkroch ... »Sprich! Siehst du was?« - »Laternenschein,« versetzte Franz, »Kürbis steht auf der Leiter ... Sie ruft jemand zu, der unter ihr steht, er möge festhalten.« - »Sicher wollen sie zu Martial durchs Fenster steigen!« - »Kann sein.« - »Sieh doch zu, ob du durch die Jalousie etwas wahrnehmen kannst?« - »Nein, die Mutter könnte es merken. Aber die Leiter ist jetzt an Martials Fenster gelehnt, das kann ich sehen, und nicht Kürbis steigt hinauf, sondern Niklas, mit einem Beile in der Hand ...«

Da hörten die Kinder die kreischende Stimme der Mutter ... »Was? Ihr Satansbrut seid noch nicht zu Bett? Lassts euch nicht einfallen, zu spionieren?« - Die armen Kinder hatten vergessen, ihr Licht auszublasen, und die schlimme Frau hatte, als sie nach der Küche ging, den Lichtschein bemerkt ... »Wartet, ich will euch Maul und Augen stopfen! Ihr sollt mich kennenlernen!« Und rasend vor Wut stürmte, die Frau aus der Küche und die Treppe hinauf zu der Kammer, in welcher die Kinder hausten ... Solches trug sich auf der Seine-Insel, die den Süßwasserpiraten zum Schlupfwinkel diente, zu, am Abend vor dem Tage, an welchem die Seraphim die Schalldirne zu Martials bringen sollte ...

Siebentes Kapitel.

Eine möblierte Mietswohnung.

In der Mitte der Passage Brasserie - eines dunklen, wenig begangenen Weges, der von der Rue Saint-Honoré bis zum Saint-Guillaume-Hofe führte - wohin kaum ein Sonnenstrahl fiel - stand ein kleines Haus, worin möblierte Stuben zu vermieten waren, wie ein ärmlich ausgestattetes Plakat mitteilte. In dem finstern Hausflur führte eine Tür zu einem ebenfalls finstern Raume, worin sich gemeinhin der Hausverwalter aufzuhalten pflegte: Micou mit Namen, seines Zeichens Altwarenhändler, der aber auch Hehlergeschäfte trieb und mit Vorliebe Metall, Eisen, Blei, Zinn und Kupfer einhandelte. Er stand - und das wird dem Leser für seine sittliche Bewertung genügen - mit Martials seit langen Jahren im Verkehr. Micou war ein dicker Mann im Alter von annähernd fünfzig Jahren, mit einem gemeinen, aber pfiffigen Gesicht, in welchem sich eine mit Finnen und Blüten reich besetzte Nase zwischen von Schnaps und Wein geröteten Backen breitmachte. Auf dem Kopfe hatte er eine Otterfell-Mütze; seinen Oberleib deckte ein alter grüner Carrick.

In dem Raume des Erdgeschosses, worin er hauste, war kaum ein Fleck zum Gehen frei; an den Wänden hingen allerhand Ketten, und auf dem Estrich lag allerhand Eisen- und anderes Gerät herum ... Es wurde dreimal an die Tür geklopft. Micou spitzte die Ohren. Es war das Zeichen, dass ein vertrauter Gast Einlass begehrte ... Auf sein Herein erschien Niklas, der Sohn der Witwe Martial, auf der Schwelle, dessen Gesicht noch finsterer als gewöhnlich aussah und eine unheimliche Blässe zeigte ...

»Na, da kommst du doch,« sagte Micou in freundlicher Weise zu ihm. »Was hat dich wieder mal hergeführt?« - »Geschäfte, Vater Micou, Geschäfte!« - »Bringst du Rost oder Bläres?« - »Bläres, Micou, vier stattliche Stücke! Mein Hund hats kaum ziehen können.« - »Na, so brings herein! Wir wollens wiegen.« - »Micou, Ihr müsst mir dabei helfen, denn mein Arm ist lädiert.« Und die Erinnerung an den mit dem Bruder geführten Kampf verzerrte ihm das Gesicht zu Hass und wilder Freude, als wenn er endlich seine Rachlust gestillt hätte.

Zweimal mussten sie gehen, um den Karren zu leeren, vor den ein kräftiger Hund gespannt war ...

»Wie gehts und stehts daheim, Niklas?« fragte der Hehler, das Kupfer abwiegend; »Mutter und Schwester wohlauf?« - »Ja, Micou.« - »Und die Kleinen auch?« - »Ja, Micou.« - »Der Martial macht noch immer Späne?« - »Kanns nicht sagen, Micou,« antwortete Niklas, »hab ihn ein paar Tage lang nicht gesehen. Vielleicht ist er auf Wilddieberei ausgewesen und verunglückt; vielleicht hat er auch im Boote Pech gehabt?« - »Oho!« rief Micou, »und dir lockts keine Träne in die Augen? Freilich, hast ja den Bruder nie leiden mögen! - Doch nun zum Geschäft! Wie schwer wiegen die Kupferzaine?« - »Hast doch ein gutes Augenmaß, Micou! Zusammen sinds 150 Bläres.« - »Und was willst du dafür?« - »Dreißig Franks.« - »Bist nicht gescheit, Niklas. Kein Mensch zahlt mir für ein Pfund Bläres mehr als 20 Sous.« - »Micou, nur nicht gar zu viel schinden! Ich will Ware dagegen nehmen; dann verlange ich aber, was ich sagte, auf Heller und Pfennig.« - »Was brauchst du? Ketten oder Klammern?« - »Eisenblech, 3-4 Stücke, um Fensterläden zu beschlagen.« - »Das kannst du haben.« - »Dann brauche ich drei Eisenstangen von zwei Zoll Stärke und etwa 3–4 Fuß Länge, mit zwei Scharnieren und einer Klinke, um eine Klappe von zwei Fuß im Quadrat bequem schließen und öffnen zu können.« -

»Also eine Falltür willst du konstruieren?« - »Nicht doch, bloß eine Klappe ...« - »Und wozu willst du solches Ding haben?« - »Was scherts dich? Such mir alles zusammen! Ich wills mit heimnehmen, wenn ich ein paar

Wege besorgt habe.« - »Hast wohl noch mehr unterzubringen? Was ist denn das für ein Ballen, den du noch auf deinem Karren hast?« - »Was scherts dich?« fragte Niklas wieder grob; »für dich passt's nicht, was noch draußen liegt. Lass mich mit dem Eisen aber nicht warten, Micou! Ich muss zu Mittag wieder auf der Insel sein. Bei dir gehts doch auch gut?« - »Hm, man kann nicht klagen. Ein paar Einmieter, die sich vor der Polizei nicht ganz geheuer fühlen, finden sich ja immer bei mir ein. Vor ein paar Tagen hat mir ein Vetter ein paar Weiber hergeschickt, aus denen ich nicht gescheit werde. Mutter und Tochter, sehr ärmlich gekleidet, hatten ihr ganzes Hab und Gut im Schnupftuche bei sich, von Ausweispapieren keine Spur! Wollten erst bloß vierzehn Tage bleiben, rühren sich aber nicht, seit sie einmal da sind; wären sie nicht gar so blass und mager, könnte man sie schön nennen, besonders die Tochter - die ist doch höchstens 14-15 Jahre alt und weiß wie ein Kaninchen, mit großen schwarzen Augen ...«

»Wohnt denn Robin, der dicke Lahme, noch bei dir?« - »Ja, neben der Mutter und der Tochter. Er vertut das Geld, das er aus dem Gefängnisse mitgebracht hat, und wird wohl bald damit fertig sein. Ich vermute, dass er etwas im Sinne führt. Rotarms Junge, der lahme, holte neulich abends Barbillon ab, und mir war es, als ob er sich besonders mit meinen Mietsleuten befasste ... Wenn er ihnen nur nichts anhaben will! Sobald sein Mietsvertrag abgelaufen ist, muss er weg, keine Minute länger dulde ich ihn im Hause, sondern sage ihm, seine Stube sei an den Mann der Frau von Ildefonse weitervermietet; so heißt die Dame, die bei mir wohnt und von ihrem Gelde lebt.« - »Von ihrem Gelde?« - »Nun, das will ich meinen! Vorn heraus bewohnt sie drei Zimmer und ein Kabinett, alles neu möbliert, zahlt 80 Franks monatlich pränumerando und bekommt einmal monatlich Besuch von ihrem Onkel, der immer vom Lande hereinkommt, wenigstens heißt es so, wenn es vielleicht auch nicht zutrifft.« - »Ja ja, das kennt man schon ... Der Onkel wird wohl das Geld hergeben, von dem sie lebt.« - »Still! Da kommt ihre Wartefrau.« -

Eine schon bejahrte Frau, die eine Schürze von zweifelhaft heller Farbe vorgebunden hatte, trat über die Schwelle ... »Was wünschen Sie denn, Frau Charles?« - »Ist Ihr Neffe da, Herr Micou? Herr Badinot lässt bitten, gleich den Brief zur Post zu tragen. Es sei sehr dringlich.« - »In einer Viertelstunde soll der Junge unterwegs sein.«

Die Frau ging wieder ... »So? Das ist die Wartefrau eines Abmieters von Ihnen, Vater Micou?« - »Nicht doch, die Wartefrau der Dame, die von ihrem Gelde lebt, der Frau von Ildefonse... Herr Badinot ist eben der Onkel. Er ist gestern vom Lande hereingekommen ...« und den Brief betrachtend, sagte er weiter: »Da sieh! Der Mann hat die feinsten Konnexionen, auf dem

Briefe steht: An Herrn Vicomte von Saint-Remy, Rue de Chaillot. Höchst eilig. Eigenhändig.« Hat man Damen im Hause, die von ihrem Gelde leben, und deren Oheime mit Vicomtes Beziehungen haben, braucht mans mit den Ausweispapieren nicht so genau zu nehmen.« – »Das ist meine Meinung auch ... Aber ich will doch lieber meinen Hund draußen anbinden und selbst forttragen, was ich noch auf dem Karren habe. Wie gesagt, haltet mir bereit, was ich bestellt habe, auch mein Geld. Ich will mich nachher gar nicht lange aufhalten.«

Niklas ging. Der Hehler steckte die Kupferzaine hinter einen Schrank und suchte dann zusammen, was Niklas bei ihm bestellt hatte, wurde aber hierin durch den Eintritt einer neuen Person gestört ... Es war ein Mann mit pfiffigem, durch einen dichten grauen Bart umrahmten Gesicht, der etwa fünfzig Jahre alt sein mochte und eine goldne Brille auf der Nase trug. Er war ziemlich vornehm gekleidet. Unter den schwarzen Samtaufschlägen seines braunen Paletots guckten strohgelbe Handschuhe hervor, und seine Stiefel waren sauber gewichst ...

Es war kein anderer als der eben genannte Badinot, der Onkel der Frau von Ildefonse, auf deren Eigenschaft als Mieterin seines Hauses sich Vater Micou soviel zugute tat. Badinot war Advokat gewesen, aus der Korporation aber ausgestoßen worden und lebte jetzt als Industrieritter und Agent in allerhand zweifelhaften Geschäften, war bekannt geworden mit dem Baron von Graun und hatte ihm wiederholt mit Ausweisen über Personen gedient, die für ihn Interesse hatten ... »Frau Charles hat Ihnen eben einen Brief gebracht, der gleich besorgt werden sollte,« sagte er zu Micou, »geben Sie mir, bitte, den Brief wieder. Ich habe mich anders besonnen und will selbst zum Vicomte von Saint-Remy, an den der Brief adressiert ist, gehen.« – »Bitte, hier ist der Brief,« versetzte Micou, »sonst hat Herr Badinot nichts zu befehlen?« – »Nein,« antwortete dieser, und sein Gesicht zeigte eine stolze Gönnermiene, »aber Vorwürfe habe ich Ihnen zu machen.« – »Weshalb, mein Herr?« – »Ich dächte, Frau von Ildefonse wäre eine Dame, die sehr hohen Zins bezahlt. Sie ist in der Hoffnung hierher gezogen, in Ruhe zu wohnen, wie auf dem Lande, ohne durch Wagengeräusch und so weiter behelligt zu werden, und doch ist's hier im Hause recht unruhig ... So ist meine Nichte gestern einem dicken Menschen auf der Treppe begegnet, der im vierten Stock wohnen soll, und der sternhagelbetrunken die Treppe hinauf humpelte ... er soll obendrein lahm sein – und soll geschrien haben wie ein Wilder, sodass meine Nichte fast in Krämpfe gefallen ist.« – »O, Herr Badinot, ich warte ja bloß auf einen Anlass, der mir Grund gibt, den lahmen Wicht vor die Tür zu setzen,« erklärte Micou; »hoffentlich hat Madame nicht noch andere Ursache zu Beschwerde? Neben dem schlimmen Patron wohnt noch ein Briefträger, der aber mit seiner Frau und Tochter so ruhig sich verhält, dass man den ganzen Tag kaum ein Wort hört.« – »Meine Nichte beklagt sich über niemand im Hause als über den lahmen Menschen. Er lastet wie ein Alp auf diesem Hause und wird, wie ich Ihnen wohl sagen darf, noch alle anständigen Einmieter aus dem Hause verjagen.«

Mit diesen Worten entfernte sich Badinot ... Dass die Dame mit der schönen Tochter, die so einsam lebten, die beiden Opfer der Ferrandschen Habsucht waren, werde ich dem freundlichen Leser nicht erst zu sagen brauchen.

Achtes Kapitel.

Die Opfer eines Vertrauensmissbrauchs

In ein kleines Zimmer des Oberstocks von Micous Hause dringt nur mühsam ein bleiches, mattes Licht. Ein Tisch aus weichem Holz, ein Stuhl und eine Bettstelle mit Gurtmatratze sind das einzige Mobiliar. Vor dem Stuhle sitzt die Baronesse von Fermont, auf dem Bett ruht ihre Tochter Klara ... Frau von Fermont wird 36, Klara knapp 16 Jahre alt sein. Auf dem noch immer schönen Antlitz liegt ein Zug sanfter Schwermut, das edle Profil von Klaras jugendlichem Gesicht tritt auf der grauen, groben Leinwand, auf der ihr Kopf ruht, eindrucksvoll hervor.

Die Mutter steht am Bette ihres Kindes und berührt mit ihrer kalten Hand dessen fieberheißen Arm ... »Wie sie jetzt friert!« sagt sie, »und vor einer Stunde war sie noch heiß vom Fieber. Zum Glück weiß sie nicht, dass sie Fieber hat ... Ach, und die Decke ist so dünn! Ich möchte noch mein Schaltuch über sie legen; wenn ich es aber von der Tür nehme, gaffen die betrunkenen Männer wieder, wie gestern, durchs Schlüsselloch ... Ein grauenhaftes Haus! Hätte ich gewusst, was für Menschen hier hausen, wäre ich nicht eingezogen. Aber ich konnte es ja doch nicht wissen! Und ohne Ausweispapiere wird man in anderen Häusern ja auch nicht zugelassen!« Zornig unterbrach sie sich ... »Ha! Es ist doch schändlich, wie mich dieser Notar betrogen hat! Und obendrein völlig außerstande zu sein, auch nur das Geringste gegen ihn zu unternehmen! ... Hätte ich wenigstens Geld noch, den Prozess zu Ende zu führen! So muss ich das Andenken meines armen edlen Bruders in den Schmutz ziehen sehen, muss es mit anhören, dass er seinem Leben ein Ende gemacht habe, weil er finanziell ruiniert gewesen sei! Muss den Schimpf auf ihm sitzen lassen, dass er mein und meiner Tochter Vermögen vergeudet habe! Aber ich habe nichts in Händen gegen diesen Schurken von Notar und könnte weiter nichts erreichen, als dass ich ihm einen Skandal an den Hals hänge, aus dem aber auch ich nur Schaden ernten könnte! ... O, durch diesen Schurken in die schlimmste Not gebracht worden zu sein, ist kaum zu ertragen ... Während ich von guten Zinsen standesgemäß leben könnte, wäre ich ihm nicht in die Hände gefallen, muss ich jetzt Zuflucht zu Almosen nehmen! ... O, wie oft habe ich schon daran gedacht, in Stellung zu gehen als Dame irgendeines Hauses oder auch in eine solche geringerer Beschaffenheit; wie gern möchte ich anstelle der Wartefrau der Dame im ersten Stockwerk sein! Mit dem Lohne, den diese Dame bezahlt, könnte ich für meine Tochter sorgen ... wer weiß, ob meine Tochter nicht durch sie irgendeine standesgemäße Unterkunft fände? O Gott! Wenn du doch bald Hilfe deinen armen Kindern senden möchtest!«

Es wurde dreimal heftig an die Tür geklopft ... Frau von Fermont fuhr zusammen, und Klara schreckte aus ihrem Halbschlummer auf ... »Ach Gott, Mama!« rief Klara ängstlich, »wer klopft denn so? Es wird doch nicht wieder der lahme Mensch sein, der uns schon einmal belästigt hat?«

Ihre Angst schwand jedoch, als sie Micous Stimme hörte ... »Gnädige Frau, mein Neffe kommt von der Post wieder. Es liegt ein Brief da mit einem X und einem Z signiert. Er kommt von weither und kostet 8 Sous. Bestellungsgebühr zugerechnet, sind 20 Sous dafür zu entrichten.«

»Mutter,« rief Klara, »der Brief ist aus der Provinz, sicher von Herrn von Saint-Remy oder von Orbigny ... Mutter, wir sind gerettet, du brauchst nun nicht länger zu leiden, brauchst dir meinetwegen keine Sorge mehr zu machen, sondern wirst wieder glücklich werden wie in deinem früheren Leben. Siehst du, der liebe Gott ist doch gerecht und allgütig!« Während das junge Mädchen das sagte, erhellte ein Hoffnungsstrahl ihr reizendes Gesicht ...

»Ach, Herr, ich danke ... geben Sie her, geben Sie her!« rief Frau von Fermont, rasch den Tisch beiseiteschiebend und die Tür halb öffnend ... »Zwanzig Sous, meine Gnädige,« sagte der Hehler, ihr den ersehnten Brief vor die Augen haltend. – »Ich will's Ihnen gleich geben,« sagte die Frau. – »O, solche Eile hats damit nicht,« erwiderte der Hehler, »ich gehe jetzt auf den Boden. In zehn Minuten werde ich wieder da sein und im Vorbeigehen das Geld mitnehmen.«

Micou gab der Frau den Brief und ging ... »Sieh, Kind,« sagte Frau von Fermont, »der Brief kommt aus der Normandie. Aubiers lautet der Poststempel, also kommt er von Orbigny.« Ihn eine Weile lang betrachtend, sagte sie dann: »Kind, wir halten unser Glück oder Unglück in der Hand!« aber den Mut, das Siegel zu brechen, fand sie erst nach geraumer Zeit ...

»Gnädige Frau,« las sie dann mit bewegter Stimme. »Herr von Orbigny ist geraume Zeit schon krank und hat Ihnen, solange ich vom Schlosse abwesend war, nicht antworten können. Ich bin nun erst heute früh in Paris angekommen und beeile mich, Ihnen zu schreiben, nachdem ich Herrn von Orbigny Kenntnis von Ihrer Zuschrift gegeben. Er erinnert sich nur unbestimmt noch der Beziehungen, in denen er zu Ihrem verstorbenen Herrn Bruder gestanden haben soll. Der Name Ihres Herrn Gemahls ist dem Herrn Grafen nicht unbekannt, er kann sich jedoch nicht mehr entsinnen, bei welcher Gelegenheit er ihn hat nennen hören. Was Sie über Herrn Notar Ferrand zu schreiben belieben, erscheint dem Grafen als schmähliche Verleumdung, denn Herr Ferrand ist auch sein Notar. Er meint, Sie müssten arg verblendet sein, einen Mann von solcher Frömmigkeit und Rechtschaffenheit derartig zu beschuldigen. Es tut dem Herrn Grafen außerordentlich leid, Sie in einer so prekären Lage zu wissen; da er aber außerstande ist, Einblick in Ihre Verhältnisse sich zu verschaffen, ist es ihm unmöglich, Ihnen irgendwelche Hilfe angedeihen zu lassen ... Mit der Versicherung unseres aufrichtigen Mitgefühls und meiner besonderen Hochachtung Gräfin von Orbigny,«

Mutter und Tochter sahen einander tief betroffen an. Keine der beiden Frauen konnte ein Wort über die Lippen bringen ... Da klopfte Micou an die Tür und rief: »Darf ich um die 20 Sous bitten, gnädige Frau?« – »Gewiss, gewiss, solche frohe Kunde ist wohl wert, dass man dafür gibt, wovon man zwei Tage lang leben kann,« sagte Frau von Fermont, zu dem alten Koffer herantretend, dem das Schloss fehlte, und bückte sich, ihn zu öffnen ...

Kaum hatte sie einen Blick hineingetan, als sie entsetzt in die Höhe fuhr und ausrief: »Klara, Klara, wir sind bestohlen! Es ist kein Geld mehr in dem Koffer!« – Und mit blitzenden Augen, die Wangen von tiefer Glut übergossen, rannte sie zur Tür hin und schrie dem Hehler zu: »Herr Micou! In dem Koffer hat ein Beutel mit Gold gelegen. Er ist mir gestohlen worden. Sicher vorgestern, als ich mit meinem Kinde einen kurzen Ausgang machte. Das Geld muss wieder zur Stelle. Es war mein letztes! Sie sind mir verantwortlich dafür!«

»Was faseln Sie?« rief Micou... »bestohlen wollen Sie sein? Hier in meinem Hause? Sie sagen das nur, weil Sie sich um die 20 Sous drücken wollen, die Sie mir schuldig sind!« – »Wenn ich mein Geld nicht wiederbekomme,« rief Frau von Fermont, »so zeige ich Sie auf der Polizei an ... wer außer Ihnen hat hier noch einen Schlüssel zu den Zimmern im Hause?« – »So? Auf die Polizei wollen Sie gehen? Nun, das wird sich sehr schön ausnehmen,« erwiderte Micou, »aber Sie vergessen wohl ganz, dass Sie gar keine Ausweispapiere über Ihre Person haben?« –

Die arme Frau stand wie vom Blitze getroffen ... Die Kraft, die sie solange geheuchelt hatte, wich endlich von ihr ... Klara rief entsetzt: »Mutter, Mutter! Was ist dir denn?« – Micou, trotz seiner fünfzig Jahre noch ein rüstiger Mann, konnte dem Mitleid, das ihn ergriff, nicht widerstehen und fasste die Frau, die von einer Ohnmacht umnachtet wurde, unter die Arme, schob mit dem Knie die Tür zu dem Kabinett auf, wo Klara auf dem Bette ruhte, und fügte: »Entschuldigen Sie, liebes Fräulein, dass ich hier eintrete, während Sie noch im Bett liegen; aber die Frau Mama ist ja ganz von Sinnen ... Gott gebs, dass es nicht schlimmer mit ihr werde!« Mit diesen Worten setzte er die Ohnmächtige auf den Schemel neben dem Bette und ging, ließ aber die Tür angelehnt, da der dicke Lahme das Schloss davon losgerissen hatte.

Kurz nach dieser letzten Erschütterung kam die Krankheit zum Ausbruch, die schon lange im Körper der Frau keimte. Ein hitziges Fieber befiel sie, sie redete irre, und während sie so lange ihre kranke Tochter gepflegt hatte, sah sich nun diese genötigt, nach fremder Hilfe Ausschau zu halten, und befand sich dabei in der schrecklichsten Angst, jeden Augenblick den Banditen hereinbrechen zu sehen, der in der Stube nebenan hauste ...

Achter Teil.

Erstes Kapitel.

Graf von Saint-Remy.

Vicomte von Saint-Remy wohnte in der Rue Chaillot, in einem schmucken kleinen Hause, das zwischen Hof und Garten stand. Der Stadtteil ist trotz der Nähe der Elysäischen Felder, der vornehmsten Promenade von Paris, doch verhältnismäßig still und einsam. Dass eine solche Wohnung für den jungen Elegant, der hauptsächlich auf sein Glück bei der Frauenwelt spekulierte, ihre besonderen Vorteile bot, braucht nicht erst gesagt zu werden, bemerkt sei nur, dass durch die Pforte des großen Gartens, die in ein völlig ödes, die Rue Chaillot mit der Rue Marboeuf verbindendes Gässchen führte, jedermann unbemerkt zu ihm gelangen konnte.

Vicomte von Saint-Remy stand vor dem völligen Ruin. All seine Pferde und Equipagen hatte er bereits seinem Stallknecht, alles Mobiliar, alle Gemälde, wie auch die Einrichtung seines Hauses seinem Kammerdiener verpfändet. Sein Vater lebte zurückgezogen in Asnières und verkehrte mit seinem Sohne gar nicht. Das hing so zusammen: Seine Gemahlin hatte mit einem polnischen Grafen ein Liebesverhältnis unterhalten, und der Vicomte hatte triftigen Grund zu der Annahme, dass Florestan – so hieß der junge Vicomte – gar nicht sein Sohn sei. Diesen Galan seiner Frau hatte er in einem Duell erschossen; bald darauf war seine Frau verstorben und hatte ihrem Sohne eine Million vermacht, die dieser jedoch in kurzer Zeit vergeudet hatte.

Urplötzlich war nun der alte Vicomte in Paris aufgetaucht, um sich nach Frau von Fermont, über deren Unglück er unterrichtet worden war, zu erkundigen. Der verstorbene Gemahl dieser Frau hatte ihm bei jenem Duell mit dem polnischen Grafen als Sekundant gedient und war zeitlebens sein intimster Freund gewesen. Nun fühlte er sich um so mehr verpflichtet, seiner hinterbliebenen Frau in ihrer prekären Lage beizustehen, als er den Verdacht hegte, dass deren Bruder – derselbe Edelmann, der das gesamte Vermögen der Frau von Fermont, seiner Schwester, dem Notar Jakob Ferrand überantwortet hatte, keines natürlichen Todes gestorben, sondern ermordet worden sei. Durch die Herzogin von Lucenay, mit deren Vater, dem Fürsten von Noirmont, er gleichfalls befreundet war, hatte er erfahren, dass Frau Marquise von Harville die Spur der mit ihrer Tochter im tiefsten Elend lebenden Frau von Fermont gefunden habe; indessen war, wie der Leser ja weiß, Frau von Harville auf Rudolfs Rat zu ihrem Vater, dem Grafen von Orbigny, gereist, um einen dessen Leben drohenden Anschlag, den seine zweite Frau im Verein mit Bradamanti, alias Polidori, geschmiedet hatte, womöglich zu vereiteln. In dem alten Vicomte war zweifellos dem Notar Ferrand ein sehr gefährlicher Feind erstanden.

Der alte Vicomte begab sich zu seinem Sohne, dem jungen Vicomte Florestan. Als er dessen Palais betrat, bemerkte er an einer Tür die ihm von ihrer Jugend her bekannte Herzogin von Lucenay lauschend stehen. Die Worte, die gleich darauf zu seinen Ohren drangen, bestimmten ihn, an ihrer Seite zu bleiben und gleichfalls einem Gespräche zuzuhören, das im Nebenzimmer zwischen seinem Sohne Florestan und dessen Agenten Badinot stattfand. Badinot drohte dem jungen Vicomte, ihn wegen der Wechselfälschungen, die man entdeckt habe, auf die Galeeren zu bringen, wenn er nicht sofort den Betrag des letzten Darlehns von 25 000 Franks hinterlegte, und forderte ihn auf, sich noch einmal an Frau von Lucenay zu wenden, die als seine Geliebte doch sicher für ihn alles tun würde ... Florestan erklärte darauf, dass damit nicht zu rechnen sei, da die Herzogin ihm bereits 100 000 Franks vorgestreckt habe, an deren Rückzahlung er nicht denken könne. Nach langem Hin und Her versprach er, den Versuch machen zu wollen, und Badinot entfernte sich ...

Als die Tür sich hinter Badinot geschlossen hatte, fing Florestan zu jammern und zu wehklagen an. Augenscheinlich hatte ihn die höchste Verzweiflung befallen. Draußen hatten sowohl die Herzogin von Lucenay als der alte Vicomte diesem Gespräche zwischen dem Wucherer Badinot und dem jugendlichen Fälscher mit äußerster Spannung gelauscht, und beide waren aus tiefstem Herzen unglücklich darüber, dass der Mann, dem sie ihre Liebe geschenkt hatten, den Pfad der Ehrlosigkeit gewandelt war und jetzt vor der traurigsten Zukunft stand, wenn er sich nicht zu dem Entschlusse aufraffte, seinem Leben freiwillig ein Ziel zu setzen. Der alte Vicomte schien ganz zusammenbrechen zu wollen, und sein Anblick rührte die Herzogin auf das Tiefste ...

»Mut, Mut, mein lieber alter Freund,« sagte sie leise zu ihm, »ich weiß, was mir zu tun bleibt ... für Sie sowohl als für Ihren Sohn, den lieben und doch so bösen, bösen Menschen.« –

Der alte Vicomte starrte sie an. Dann schien er sich aufzuraffen, sein Kopf schnellte in die Höhe, auf sein Gesicht trat ein Ausdruck unheimlichen Zornes ... und vergessend, dass sein Sohn ihn hören musste, rief er mit Stentorstimme: »Auch ich weiß, was mir um Ihret-, um Seinet-, um meinetwillen zu tun bleibt!«

Außer sich vor Bestürzung, fragte Florestan, wer da sei. Die Herzogin, die eine Begegnung mit ihm in diesem Augenblicke fürchtete, verschwand durch eine Seitenpforte und lief eine versteckte Treppe hinunter. Noch einmal fragte Florestan, wer da sei, und da er keine Antwort erhielt, trat er in das Zimmer ... wich aber erschrocken zurück, als er sich seinem Vater gegenübersah, den er in der bescheidenen Kleidung, die er trug, fast nicht wiedererkannte, und der mit flammenden Blicken, mit Zornesröte auf der Stirn, das weiße Haar zu Berge stehend, die Arme über der Brust gekreuzt, ihn mit Blicken maß, als ob er ihn durchbohren wolle ... »Vater!« rief Florestan mit bebender Stimme, »Vater! Sie hier?« – »Ja,« erwiderte der alte Vicomte, »und ich weiß, was du eben für Besuch hattest!« – »Sie haben alles gehört?« – »Alles! Alles!«

Florestan, über das unerwartete Erscheinen seines Vaters nicht sowohl verwundert als erschrocken, gedachte bald des Vorteils, den er aus solchem Zufall zu ziehen vermöchte ... »Na, so scheint doch noch nicht alles verloren!« sprach er bei sich; »mein Vater wird seinen Namen nicht brandmarken lassen, sondern alle Hebel ansetzen, seinen Sohn vor der tiefsten Schande zu bewahren,« Mit heuchlerischer Miene trat er auf den Greis zu ... »Wenn Sie das Gespräch mit angehört haben, das ich eben mit diesem Wucherer führte, so kennen Sie meine Situation genau ... Nun denn, ich bekenne mich einer schimpflichen Aufführung schuldig, Vater, und mache keinen Versuch, sie zu beschönigen ... Mir sind jetzt nur zwei Auswege noch offen, und zu beiden bin ich entschlossen: Entweder bringe ich mich um, denn wenn ich nicht heute 25 000 Franks bezahle, dann klagt der Wicht von Badinot, und ich bin gebrandmarkt ... oder ich werfe mich Ihnen in die Arme, Vater, und flehe Sie an, mich zu retten. Und wenn Sie es tun, wenn Sie mich aus diesem schrecklichen Dilemma erretten, dann gelobe ich Ihnen, morgen nach Algier mich einzuschiffen und mich dort in das Freiwilligenregiment einreihen zu lassen, um entweder vorm Feinde zu sterben oder dereinst als herrlicher, ruhmgekrönter Krieger in die Heimat zurückzukehren.«

Der alte Graf erhob sich ... »Meinen Namen werde ich nicht brandmarken lassen,« sagte er kalt zu seinem Sohne; »gib mir Papier, Feder und Tinte!« – Er setzte sich an den Schreibtisch und schrieb mit fester Hand: »Ich verpflichte mich, bis heut Abend um 10 Uhr die 25 000 Franks zu bezahlen, die mein Sohn zu bezahlen sich durch seine Unterschrift verpflichtet hat. Graf von Saint-Remy.« Dann herrschte er seinen Sohn an: »Du wirst mich heut Abend hier erwarten. Um 10 Uhr bin ich mit der Summe zur Stelle. Der Mann, dem du das Geld schuldig bist, soll zur Stelle sein ...« – »Gut, Vater, und übermorgen werde ich nach Algier unterwegs sein ... Sie werden sehen, dass ich kein undankbarer Mensch bin; und vielleicht wenden Sie mir Ihre Liebe wieder zu, wenn ich ehrlich gebüßt habe?«

»Du bist mir keinen Dank schuldig,« versetzte der Graf, »ich habe gesagt, ich will nicht, dass mein Name entehrt werde, und das zu verhindern, werde ich tun, was ich tun muss!« Nach diesen Worten nahm der Graf seinen Stock und ging.

Florestan klatschte vergnügt in die Hände ... »Gerettet, gerettet!« rief er, »wenigstens aus dem ärgsten Pech, in das ich geraten bin! ... Vielleicht wärs das Gescheiteste, ich gestünde ihm auch die andere Misere? Er ist nun einmal im Zuge, mir beizuspringen! Allem Anschein nach ist er so arm nicht, wie er sich immer stellt. Bei seiner bescheidenen Lebensweise muss er ja auch ganz hübsch noch gespart haben, der alte Herr Papa! Ich kann wirklich sagen, dass mir seine Ankunft gelegen kommt, als wenn er mir vom Himmel geschickt wäre!«

Er wollte gerade gehen, als an die Tür geklopft wurde ... Auf sein Herein erschien ein Kammerdiener, mit einem silbernen Tellerchen in der Hand, auf dem ein ziemlich dickes, schwarz gesiegeltes Päckchen lag ... Florestan erbrach das Siegel. In dem Päckchen lagen 25 000 Franks in Bankscheinen. Sonst weiter nichts ... »Hurra!« rief er, »das war einmal ein Tag! Jetzt bin ich aus allen Schwulitäten! Bin vollständig gerettet! Hurtig nun zum Juwelier! Aber – vielleicht ist's doch besser noch zu warten ... Verdacht gegen mich kann man nicht haben ... Fürs Erste will ich die 25000 Franks doch lieber noch behalten ... Aber woher kommt mir das Geld in die Bude geschneit? Ich kenne die Handschrift ja nicht ... aber das Siegel? N. und L. – Aha! Von Klotilden! Sie hat gewiss was läuten gehört ... Aber dass sie kein Wort dazu schreibt, ist doch seltsam ... Ei! Jetzt fällt mir ein, dass ich ihr zu heut früh ein Stelldichein versprochen hatte. Das ist mir über den Drohungen dieses Badinot ganz aus dem Gedächtnis gekommen ... Sie hat gewiss auf mich gewartet und ist wieder weggegangen! ... Heda, Jean!« rief er dem Lakaien zu, »wer hat dies Paket da gebracht?« – »Kanns nicht sagen, Herr Vicomte,« antwortete der Diener.

Zweites Kapitel.

Die Zusammenkunft

Das Palais Lucenay war eine jener wahrhaft königlichen Wohnungen der Vorstadt Saint-Germain, die wegen des darin verschwendeten Raumes eigentümlich großartig wirken. Im Treppenraume solchen Palastes, fände recht wohl ein modernes Haus Unterkunft, und an der Stelle, wo sie stehen, könnte man eine ganze Straße anlegen ... Vicomte von Saint-Remy hatte zunächst seinen Gläubiger von der Verpflichtung seines Vaters, mit dem Gelde um 10 Uhr bei ihm zu sein, unterrichtet, und dieser hatte sich einverstanden erklärt, bis zu dieser Zeit zu warten. Dann verfügte er sich zu der Herzogin von Lucenay, um ihr für den ihm abermals geleisteten Dienst seinen Dank abzustatten. Ein Lakai öffnete die beiden Flügeltüren und meldete ihn an. Die Herzogin, die der Meinung war, der Graf könne seinem Sohne nicht verschwiegen haben, dass sie mit ihm zusammen gelauscht, dass auch sie alles mit angehört habe, war nicht bloß erstaunt, den Vicomte bei sich zu sehen, sondern höchst unwillig darüber, dass er zu ihr kam ... Mit den Worten: »Teure Klotilde! Wie gütig sind Sie!« trat er auf sie zu ... Aber er konnte nicht weiter sprechen, denn die Herzogin maß ihn mit einem so kalten, verächtlichen Blicke, dass ihm aller Mut sank, dass er keinen Schritt weiter entgegenzugehen wagte. So hatte er sie noch nie gesehen und konnte kaum glauben, dass er derselben Frau gegenüberstände, die er so oft so zärtlich, so sanft, so liebevoll und unterwürfig gesehen hatte. Kaum war aber seine erste Überraschung verflogen, so schämte er sich seiner Schwäche, und seine gewöhnliche Keckheit gewann wieder die Oberhand ... Einen Schritt näher zu der Herzogin tretend, wollte er ihre Hand ergreifen und begann im einschmeichelndsten Tone: » Aber, Klotilde! Was ist dir denn? So schön habe ich dich ja noch nie gesehen und doch ...« – »Das geht doch zu weit!« rief die Herzogin empört und so weit zurückweichend, dass Florestan abermals wie niedergedonnert dastand ... Langsam sammelte er sich aber und fragte: »Aber, wollen Sie mir nicht wenigstens sagen, woher diese jähe Wandlung kommt? Habe ich Ihnen denn etwas zuleide getan? Was begehren Sie?«

Ohne ihn einer Antwort zu würdigen, maß ihn die Herzogin vom Kopf bis zu den Füßen mit einer so verletzenden Miene, dass Florestan die Zornesröte in die Wangen schoss und er ausrief: »Madame, dass Sie es zuweilen lieben, Verhältnisse jäh abzubrechen, weiß ich, aber ich hielt mich gefeit dagegen und frage Sie jetzt nur: Liegt Ihnen daran, unser Verhältnis abzubrechen?« – »Eine wunderliche Anmaßung!« erwiderte die Herzogin mit höhnischem Lachen, »bestiehlt mich ein Lakai, dann breche ich nicht ab mit ihm, sondern werfe ihn zum Hause hinaus!« – »Madame!« rief Vicomte. – »Machen wir ein Ende!« rief die Herzogin, noch immer in demselben beleidigenden Tone, »Ihre Gegenwart ist mir ein Gräuel! Was wollen Sie noch hier? Haben Sie Ihr Geld nicht erhalten?« – »Also habe ich doch richtig geraten? Diese 25 000 Franks stammen von Ihnen?« – »Nun, Ihr letzter falscher Wechsel ist präsentiert worden, nicht wahr? Hoffentlich haben Sie ihn eingelöst und also die Ehre Ihres Namens, Ihrer Familie gerettet? ... Nun aber gehen Sie!«

»Klotilde! Klotilde!«

»Nennen Sie mich nicht noch ein einziges Mal so!« rief die Herzogin empört: »Schade um das schöne Geld! Wie viel rechtlichen Menschen hätte damit geholfen werden können! Aber es war notwendig, den Schimpf von Ihrem Vater zu nehmen, den Schimpf von mir zu nehmen!« – »Sie wissen also alles? Klotilde, alles? Dann bleibt mir freilich nichts anderes übrig als der Tod ...« – Die Herzogin ließ ein schrilles Lachen hören ... »Ich hätte nicht geglaubt,« rief sie höhnisch, »dass Niederträchtigkeit sich so albern breitmachen könnte ...« – Aus Florestans Zügen flammte wilde Wut ... »Madame!« schrie er. – »Genug, genug!« rief die Herzogin, »auf der Stelle verlassen Sie meine Wohnung!«

Mit wutverzerrtem Gesicht drehte Saint-Remy sich auf dem Absatze herum und stürzte aus dem Zimmer ... Im Hofe angelangt, herrschte er seinem Kutscher zu: »Nach Hause!« und war mit einem Satze im Wagen ... Als er zu Hause ankam, meldete ihm der auf ihn wartende Lakai, dass sein Herr Vater bereits auf ihn warte ...

»Es ist auch ein anderer Mann noch da, ein Herr Petit-Jean, den der Herr Vicomte heute Abend um zehn hierher bestellt haben.«

»Gut!« rief der Vicomte und trat in sein Zimmer ... »Ach, lieber Papa, ich bitte tausendmal um Entschuldigung, dass ich Sie habe warten lassen ...« – Der Graf fiel ihm mit strenger Stimme ins Wort: »Ist der Mann zur Stelle, der den gefälschten Wechsel in Händen hat?« – »Jawohl, Vater, er wartet unten.« – »So lass ihn heraufkommen!« – Florestan klingelte.

»O, Vater, Sie sind wirklich edel und voll Güte!« sagte er. – »Mein Name soll nicht entehrt werden und wird nicht entehrt werden, solange ich über ihn wachen kann,« versetzte der Graf und sah seinen Sohn mit seltsamem Blicke an ...

»Herr Petit-Jean,« meldete der Kammerdiener, einen Menschen mit bauernschlauem Gesicht, auf dem deutlich die Gemeinheit zu lesen stand, in das Zimmer führend. – »Wo ist der Wechsel?« fragte der Graf. – »Hier, Herr Graf,« erwiderte Petit-Jean, der nichts anders war als der vorgeschobene Agent Jakob Ferrands – und behändigte dem Grafen den Wechsel. – »Ist das der richtige Wechsel?« fragte er den Sohn. – »Ja, Vater,« antwortete dieser. – Der Graf nahm aus seinem Portefeuille 25 Tausendfranks-Scheine und gab sie dem Sohne mit den Worten: »Da, nimm und bezahle!« –

Mit einem tiefen Seufzer übergab Florestan dem Agenten das Geld und nahm den Wechsel dafür entgegen. Petit-Jean überzählte das Geld genau und steckte es dann in seine Brieftasche. Während der Graf den Mann zur Tür hinaus begleitete, zerriss Florestan den Wechsel, bei sich denkend: »Auf diese Weise bleiben mir doch wenigstens die 25 000 Franks von Klotilden, das ist immerhin ein Trost! Aber wie sie mich behandelt hat, war geradezu schändlich ... Was mag denn Papa draußen mit dem Wichte Petit-Jean reden?«

Da fuhr er unwillkürlich zusammen, denn er hörte, wie die Tür zweimal verschlossen wurde, und sah im andern Augenblicke den Vater vor sich stehen ... »Mir war es doch, als wenn die Tür geschlossen würde, Vater.« – »Ganz recht. Ich habe sie geschlossen.« – »Und warum?« fragte Florestan verwundert. – »Du sollst es gleich hören,« antwortete der alte Graf mit der strengen Stimme von vorhin. »Heute früh beherrschte dich kein anderer Gedanke als: Der Vater lässt solchen Makel nicht auf seinen Namen kommen und wird schon Geld schaffen, wenn ich ihn durch ein paar reuige Redensarten mürbemache« ... »Aber, Papa!« – »Still!« befahl der Graf, »unterbrich mich nicht! Aber ich habe mich durch dich nicht irreführen lassen! Du kennst weder Reue noch Scham, denn du bist bis ins Mark verdorben und hast nie einen rechtschaffenen Gedanken gehabt. Erst hast du mir, um deine Launen zu befriedigen, Geld aus dem Kasten gestohlen; dann kamen andere unsaubere Dinge, Gemeinheiten, erbärmliche Streiche, zuletzt wurdest du zum Verbrecher, zum Fälscher ... Aber das ist nur der erste Abschnitt deiner Laufbahn, hast du dir schon gesagt, wie der zweite verlaufen wird? Ich mag ihn dir nicht ausmalen; aber das Ende will ich dir sagen: Es wird das Schafott sein, das dem Mörder winkt! – Noch komme ich zurecht, meinen Namen vor dem äußersten Schimpfe zu bewahren. Das Verhältnis zu dir muss ein Ende nehmen!«

Florestan fuhr vor dem starren Ausdruck, den das Gesicht seines Vaters annahm, entsetzt zusammen und stotterte: »Ein Ende nehmen? Vater! Was meinen Sie mit diesen Reden?«

Da wurde heftig an die Tür geklopft ... Florestan wollte hinstürzen; aber der alte Graf packte ihn mit eiserner Faust am Handgelenk und hielt ihn zurück ... »Wer begehrt Einlass?« fragte er. - »Ich bin Polizeikommissar und soll Haussuchung halten. Ein Herr von Saint-Remy ist angeschuldigt, Diamanten gestohlen zu haben. Juwelier Baudoin hat die Anzeige erstattet. Wird nicht geöffnet, muss ich Gewalt brauchen.« - »Also schon beim Spitzbuben angelangt?« rief der Graf leise, aber mit markdurchdringender Stimme; »ich habe mich also nicht getäuscht.« Er trat einen Schritt näher zu dem Sohne heran ... »Es ist der Schande genug. Kommen wir zum Abschluss! Du wirst dir auf der Stelle eine Kugel durch den Kopf jagen, wenn du nicht zum Mörder an mir werden willst. Denn weigerst du dich, es zu tun, so schieße ich mich vor deinen Augen nieder!«

Er gab seinem Sohne ein Pistol in die Hand, das er kaltblütig aus der Tasche genommen hatte. Totenbleich wich Florestan vor dem Greise zurück, der ihn noch immer an der Hand hielt. Aus dem Blicke seines Vaters konnte er ersehen, dass er auf kein Mitleid rechnen durfte ... Ein verzweifelter Entschluss beseelte ihn, er leistete dem Vater keinen Widerstand mehr, sondern rief mit Festigkeit und Ergebung: »Sie haben recht, Vater, geben Sie die Waffe her! Mein Name ist entehrt. Ich habe ein schlimmes Leben zu erwarten, das der Mühe, es zu erhalten, nicht lohnt ... Her die Waffe! Ich will Ihnen zeigen, dass ich kein Feigling bin!«

Draußen krachte die Tür und brach in Trümmer ... »Vater, sie kommen ... Ja, ich fühle, der Tod wird mir eine Wohltat sein ... Gehen Sie den Leuten entgegen, damit kein Verdacht wider Sie aufkomme! Brächen sie herein, dann möchten sie mich an der Tat hindern ...«

Schritte klangen aus dem Vorzimmer. Florestan setzte das Pistol aufs Herz. In demselben Moment knallte der Schuss, als der Graf, dem grässlichen Anblicke zu entgehen, das Gesicht abwendend, aus dem Zimmer eilte ...

Als der Kommissar den Knall hörte und des alten Grafen entsetztes Gesicht sah, blieb er einen Moment auf der Schwelle stehen und winkte seinen Leuten, nicht weiter zu gehen ... »Herr Graf,« wandte er sich zu dem alten Saint-Remy, »ersparen Sie sich einen schmerzlichen Anblick und gehen Sie aus diesem Hause ... Mir liegt jetzt eine traurigere Pflicht ob, als die mich herführte!« - »Sie haben recht,« versetzte der Graf ... »wie hoch beläuft sich die Summe, um die der Juwelier bestohlen worden?« - »Auf 30 000 Franks,«Antwortete der Polizeikommissar, »die Person, die sie kaufte und durch die der Diebstahl an den Tag kam, hat diese Summe an - Ihren Sohn dafür bezahlt.« - »Nun, den Betrag zu decken, wird mein Vermögen gerade noch reichen. Sagen Sie dem Bestohlenen, er möge sich zum Bankier Dupont bemühen; er wird die nötigen Weisungen dort vorfinden.«

Der Kommissar verbeugte sich, und der Graf ging. Im andern Augenblick ging die Tür zum Kabinett auf, und ein Beamter trat herein ... »Der Patron ist auf und davon!« rief er; »so hat uns noch keiner genasführt!« - »Was?« rief der Kommissar, in das Zimmer stürzend, worin nicht die geringste Spur von dem tragischen Ereignis wahrzunehmen war, unter dessen vermeintlichem Eindrucke der alte Graf eben das Haus verlassen hatte ... Im Nu gewahrte er die Tapetentür und riss sie auf ... »Also auf diesem Wege ist er entflohen?« rief er. »Wer hätte solcher Finte sich versehen!«

Vor des Vaters Augen hatte der Vicomte wohl das Pistol abgeschossen, aber nicht aufs Herz, sondern zwischen dem Arme hindurch gezielt und war, durch den Rauch verhüllt, im selben Augenblicke durch die Tapetentür entwischt, als sein Vater den Polizisten entgegenging. Vom Boudoir aus hatte er das Treibhaus, von da das Gässchen gewonnen und den Weg nach den elysäischen Feldern genommen.

Drittes Kapitel.

Wieder auf der Seine-Insel

Am andern Tage verließ Marienblümchen das Gefängnis Saint-Lazare und begab sich in Ferrands Haus, wo sie von Frau Seraphim in Empfang genommen wurde. Sie trug die ländliche Tracht, die sie in Bouqueval getragen hatte. Es war dem Notar ein Leichtes gewesen, ihre Freilassung zu erwirken, und niemand im Gefängnisse zweifelte daran, dass dieselbe durch die Marquise von Harville erwirkt worden sei, die sich bei der Aufseherin so angelegentlich erkundigt hatte: So verdorbenen Sinnes auch die Seraphim war, so fühlte sie doch jetzt Mitleid mit dem liebreizenden Mädchen, das sie als Kind im Auftrage Ferrands an das unter dem Namen Eule bekannte böse Weib überantwortet hatte und jetzt dem sichern Tode zuführen wollte.

»Wir fahren doch zur Frau Georges nach Bouqueval;« fragte Marienblümchen. - »Jawohl, mein Kind,« versetzte die Seraphim, »zu Frau Georges, doch nicht gleich; erst machen wir noch einen kleinen Abstecher, damit Sie nach allem Verdruss, den Sie gehabt haben, auch ein klein wenig Freude haben ... Kommen Sie, kommen Sie! Der Wagen wartet schon auf uns.«

Sie standen unter dem hohen Portal, das auf die Straße Faubourg Saint-Denis führt, als sie einem Mädchen in den Weg liefen, das auf dem Wege ins Gefängnis zu sein schien, um eine Insassin desselben zu besuchen ... Im andern Augenblicke hatte Marienblume in dem Mädchen ihre ehemalige Zellenkameradin, Lachtaube, erkannt ... »Ei, Schalldirne!« rief da ihrerseits die Grisette ... und beide sanken einander in die Arme ... »Aber trifft sich das gut!« rief Lachtaube ... »ist das eine Überraschung! Wir haben uns so lange nicht gesehen und müssen uns gerade jetzt wiedersehen, wo ich auf dem Wege ins Gefängnis bin, eine andere arme Leidensgenossin zu besuchen!« - »Ach, Lachtaube!« erwiderte Marienblume, »das hätte ich mir auch nicht träumen lassen ... Ich will aufs Land hinaus zu einer guten lieben Frau ... Frau Georges heißt sie ... draußen in Bouqueval ... Doch sprich! Wen willst du im Stockhause aufsuchen?« - »Ach, die arme Luise Morel aus der Rue du Temple ... das Kind eines ehrlichen Steinschneiders, der über all dem Unglück, das ihn verfolgt, den Verstand verloren hat!«

Frau Seraphim fuhr zusammen, als sie den Namen Morel hörte, der auch eines der Opfer war, die Notar Ferrand auf dem Gewissen hatte. Sie kannte das Mädchen nicht, das zu den Bekannten Marienblümchens gehörte, horchte aber nichtsdestoweniger aufmerksam auf das Gespräch, das die beiden Mädchen zusammenführten.

»Ach, Kind, ich muss dir noch ganz was anderes sagen,« plauderte Lachtaube weiter, »wie du mich hier siehst, so komme ich aus dem Männergefängnisse in unserm Viertel. Sieh doch mein Körbchen an: es hat zwei Abteilungen ... jede Hälfte hat ihre Bestimmung: Die eine enthält das, was ich der armen Luise, die andre, was ich dem armen Germain bringe.« - »Germain? Germain?« fragte Marienblümchen, »wer ist denn das?« - »Ach, ein lieber Mensch, ein ehemaliger Nachbar von mir, der ehrlichste Mensch unter Gottes Sonne, dem ich von Herzen gut bin wie einem Bruder, der aber von einem schlimmen Manne verfolgt wird ... demselben, der auch die arme Luise ins Gefängnis gebracht hat ... Ach Gott, wie ist es bloß möglich, dass es so grundschlechte Menschen in der Welt gibt!«

Frau Seraphim hatte abermals die Ohren gespitzt, als sie den Namen Germain hörte ... Lachtaube hatte zwar keinen unmittelbaren Grund, ihr zu misstrauen, sie gedachte aber der Warnungen, die Rudolf ihr mit auf den Weg gegeben, und sah es deshalb, um der Möglichkeit, noch mehr auszuplaudern, entrückt zu werden, nicht ungern, dass Frau Seraphim die Freundin zum Aufbruche drängte ...

»Du bist und bleibst eben die gute, liebe Seele, die all und jedem helfen möchte, der in Not und Trübsal gerät ... Du bist wohl dem Germain so recht von Herzen gut? Wie?« - »O, warum sollte ich nicht?« erwiderte Lachtaube, »es ist doch schrecklich, wenn jemand nichts Böses getan hat und von solch bösem Menschen ins Gefängnis gebracht wird! Der alte Wicht ist hinter den beiden armen Menschen her, wie der Teufel, trotzdem ihm keins von beiden das Geringste zuleide getan hat. Aber nur Geduld! An ihn wird schon auch noch die Reihe kommen.«

»Wie heißt denn der schlimme' Mann, von dem Sie das erzählen?« fragte Frau Seraphim, nachdem sie abermals zum Aufbruche gedrängt hatte. – »Ferrand heißt er, liebe Frau,« antwortete Lachtaube, »und ist Notar, um so schlechter also ist's von ihm, die Menschen in Jammer und Not zu bringen, da es doch seine Pflicht wäre, sie daraus zu erlösen!« – Da traf sie ein böser Blick der Frau, sodass Lachtaube unwillkürlich zusammenschreckt und einen ängstlichen Blick auf die Freundin heftete.

»Länger warten wir nun aber nicht, Kind,« sagte die Seraphim zu Marienblümchen, »ihr habt schon über eine Viertelstunde zusammen geschwatzt. Wir laufen ja Gefahr, den ganzen Tag zu versäumen. Und wer soll den Wagen für die müßig verlorene Zeit bezahlen?« – Lachtaube trat zu der Freundin, während die Seraphim sich zu dem Kutscher wandte, und flüsterte ihr zu: »Du, weißt du, gegen die Frau habe ich eine seltsame Abneigung ... ich sage dir, nimm dich vor ihr in acht!« Und laut fuhr sie fort, als die Seraphim sich wieder zu ihnen wandte: »Kommst du wieder nach Paris, meine Liebe, dann vergiss nicht, bei mir vorzusprechen; ich werde mich immer freuen, dir guten Tag zu sagen.«

Die beiden Mädchen küssten einander; Lachtaube ging in das Gefängnis mit dem ihr von Rudolf verschafften Erlaubnisscheine Luisen zu besuchen, während Marienblume mit Frau Seraphim in den Wagen stieg, der sie nach der Seine-Insel führen sollte.

Dort lagen drei Kähne am Aussteigeplatze angebunden. In einem kauerte Niklas, die Klappe probierend, die er darin angebracht hatte, während die ältere Schwester, Kürbis benannt, auf einer Bank vor der grün angestrichenen Laube stand, die Hand wie einen Schirm über die Augen deckend und in der Richtung Ausblick haltend, von woher Frau Seraphim mit Marienblümchen erwartet wurde.

»Niklas,« sagte die Schwester, »Martial scheint zu schlafen, wenigstens hat er sich heute früh nicht wieder gerührt, und auch sein Hund verhält sich still.« – »Vielleicht hat er ihm den Hals umgedreht, um sich an ihm satt zu fressen. Zwei Tage haben sie schon nichts zu brechen und zu beißen, und müssen ja schon halb verhungert sein.« – »Das wird ihn schon kirre machen,« sagte Niklas, »aber aushalten kann ers weit länger, sage ich dir. Wenn er verhungert, so heißt's dann eben, man hat nicht gewusst, wo er steckt; dann wird kein Hahn nach ihm krähen. Mir wäre eine schnellere Weise lieber gewesen.« – »Ein anderes Mittel, zum Ziele zu kommen, gab es eben nicht. Wenn Martial wild wird, dann ist er schlimmer als ein Teufel, zudem stark wie ein Bulle. Ohne Gefahr hätten wir ihm nicht auf den Leib rücken können. Nachdem wir aber seine Tür von außen verrammelt und das Fenster mit dem von Micou gekauften Eisenblech vernagelt hatten, konnte er uns nicht mehr schädlich werden.« – »Ein Glück, dass es in seiner Kammer an einem Kamine fehlt.« – »Jawohl, und dass die Tür fest ist, und dass wir ihm die Hand mit dem Beile zerschlugen ... sonst wäre er imstande, sich durch die Dielen ein Loch zu graben!« – »Dass bloß die Wölfin nicht aus dem Gefängnisse bricht und ihren Liebsten bei uns sucht! Dann ...« – »Na, was denn dann? Soll sie ihn sich doch suchen!« Jetzt erblickte Kürbis die beiden Personen, auf die so sehnlich sie wartete; im selben Augenblicke trat aber auch die Mutter zu ihnen, die unwillkürlich einen Blick zu dem Fenster hinaufwarf, hinter dem ihr ältester Sohn eingesperrt war ... »Es ist doch bloß seine Schuld!« murmelte sie, die Brauen zusammenkneifend, konnte sich aber eines Schauders nicht erwehren.

Kürbis zeigte auf die den Fußweg entlang kommenden beiden Frauen, auf Seraphim und die Schalldirne, alias Marienblume, und rief Niklas zu: »He! Siehst du sie? Eine Städtische und eine vom Lande, Niklas!« – »Ach, die Dicke kenne ich ja,« erwiderte Niklas, »wir müssen uns nun darüber verständigen, wie wir uns verhalten wollen. Ich werde die Alte und die Junge ins Boot mit der Klappe hineinnehmen; im andern folgst du mir und hältst dich so dicht neben dem andern, dass ich im rechten Moment hinüberspringen kann, ohne mich und dich dabei in Gefahr zu setzen ... hörst du?« – »Habe keine Bange,« sagte Kürbis, »sieh! Jetzt winkt die Alte mit dem Tuche!« – »Komm, Mutter, komm!« antwortete Niklas, das Boot losmachend, »setz dich mit in mein Boot! Dann werden die beiden drüben nicht Gefahr wittern ... Kürbis mag ins andere springen und tüchtig ausgreifen mit den Rudern ... Da, nimm den Haken und lege ihn neben dich, falls wir staken müssen ... So und nun vorwärts!«

Nach wenigen Augenblicken hatten die beiden Kähne das Ufer gewonnen, wo Madame Seraphim mit Marienblümchen wartete. Niklas band sein Boot fest. Die Seraphim trat zu ihm und sagte leise: »Sagen Sie, dass Frau Georges uns schon lange erwarte.« Dann sagte sie laut: »Wir haben uns leider etwas versäumt.« – Und Niklas erwiderte: »Ja, das haben wir gemerkt, denn Frau Georges hat schon ein paar Mal hergeschickt und fragen lassen, wo wir bleiben ...«

»Nun, Sie hören also,« wandte Frau Seraphim sich an das Mädchen, »dass wir uns beeilen müssen, wenn wir die liebe Frau nicht ärgerlich machen wollen!« – Marienblümchen war es bei dem Anblick der beiden Geschwister Niklas und Kürbis nicht recht geheuer gewesen, die Worte der Frau beruhigten sie aber wieder. Sie lehnte sich leicht auf die Hand, die Niklas ihr bot, und stieg in das Boot ... »So! Und nun steigen Sie ein,« sagte Niklas zur Frau Seraphim, die aber, ob nun von einer Ahnung bestimmt, oder von Misstrauen erfüllt, meinte, es möchte doch wohlgeratener sein, sich in das andere Boot zu setzen ...

Niklas antwortete, ihm könnte das gleichgültig sein, warf seiner Schwester einen vielsagenden Blick zu und stieß ab. Als die Seraphim sich neben sie gesetzt hatte, stieß auch die Kürbis ab, und langsam entfernten sich beide Kähne vom Ufer ...

Viertes Kapitel.

Frohes Wiedersehen

Kurz nach Marienblümchens Weggang aus Saint-Lazare war auch die Wölfin in Freiheit gesetzt worden. In ihrem Gemüte hatte sich durch den Aufenthalt daselbst eine vollständige Wandlung vollzogen, sie hatte ihr früheres Leben verachten lernen; jetzt schwebte ihr ein Leben in Ehren und Arbeit, wie es Marienblümchen ihr geschildert hatte, vor, und ihr einziges Ziel war, sich mit Martial vorm Altare als Christin trauen zu lassen, um dann als seine von Gott und den Menschen anerkannte Ehefrau einsam und verborgen mit ihm im Walde zu leben. Begreiflich, dass all ihr Sinnen und Trachten sich darauf richtete, mit Martial so schnell wie nur möglich zusammenzutreffen. Nun hatte sie aber seit einer Reihe von Tagen gar keine Nachricht mehr von ihm erhalten. Sie meinte, am sichersten zu gehen, wenn sie ihn auf der Seine-Insel suchte, und falls sie ihn dort nicht fände, dort auf ihn zu warten. Sie fuhr nach der Asnières-Brücke, und während die Seraphim mit Marienblümchen am Seine-Ufer unfern vom Gipsofen auftauchte, passierte sie etwa eine Viertelstunde vorher die Brücke. Da nun Martial sich in seinem Boote nicht sehen ließ, sie herüberzuholen, wendete sie sich an den in der Nähe aufhältlichen Fischer Ferot, einen silberhaarigen Greis, der vor der Tür seiner Hütte, mit dem Ausflicken von Netzen beschäftigt, saß. Schon von Weitem rief sie ihm zu, sein Boot zur Überfahrt fertigzumachen.

»Ach, Sie sinds, Mamsell?« antwortete er, »guten Tag, guten Tag! Hab Sie ja lange nicht gesehen, aber heute überzusetzen, geht nicht an, geht wirklich nicht an, Mamsell!« – »Aber, Vater Ferot, warum denn nicht?«

– »Ja, sehen Sie, Mamsell, mein Junge hat das Boot mitgenommen und ist mit nach Saint-Ouen zum Wettfahren ... Am ganzen Ufer ist kein Boot heute aufzutreiben.«

– »Aber ich muss hinüber, Vater Ferot.« – »Ja, Mamsell, es wird eben nicht gehen! Und auf Martial werden Sie auch nicht rechnen dürfen, denn soviel ich weiß ..« – »Was wissen Sie?« rief die Wölfin, den Greis am Kragen packend, »ist er etwa krank?« – »So krank, dass er sich nicht rühren kann!« – »Aber dann hätte ers mir doch geschrieben, Ferot!« – »So? Wenn er sich nicht rühren kann?« – »Aber auf der Insel ist er doch?« – »Nun, was ich weiß, will ich Ihnen erzählen,« erwiderte Ferot, »denn sehen Sie, der Martini, wenn er auch ein Hitzkopf ist, ist doch ein guter Kerl, und es wäre wirklich jammerschade, wenn er durch die schlimme Alte, seine Mutter, oder durch seinen noch schlimmern Bruder ins Unglück geraten sollte!«

»Ferot, Ferot!« rief die Wölfin, »erzählen Sie, erzählen Sie! Sie sehen ja doch, dass mich der Schlag zu rühren droht!« – »Ist das ein Mädel, ist das ein Mädel!« rief Ferot; »lassen Sie mich doch bloß nachdenken! Also erstens muss ich Ihnen sagen, dass Martial mit seiner Familie schlechter steht als je, sodass ich mich gar nicht wundern würde, wenn sie ihm mal eins versetzten. Drum tuts mir ja auch so leid, dass ich gerade jetzt mein Boot nicht da habe, denn wenn sie etwa denken sollten, die drüben würden Sie holen, so sind Sie arg auf dem Holzwege!«

»Darauf rechne ich nicht ... Aber Martial ist noch auf der Insel? He?« rief das Mädchen. – »Aber lassen Sie mich doch ausreden! Heute Morgen sagte ich zu der Witwe: »Wo steckt denn Martial? Ich habe ihn wohl schon drei Tage nicht gesehen. Ist er etwa in der Stadt? Sein Boot liegt ja drüben noch immer angebunden.« – Darauf guckt mich die Witwe groß an und erwidert: »Drüben auf der Insel liegt er krank, und an seinem Aufkommen zweifelt jeder, der ihn sieht ... Ich glaube auch nicht mehr dran.« – Da dachte ich bei mir: Wie mag das wohl zugehen? Vor drei Tagen war er noch blitzmunter ... Da sah ich, dass die Witwe wieder weg wollte ... Ich rufe ihr nach: Wohin denn, Nachbarin, wohin?«

Aber die Wölfin, von namenloser Angst und Wut befallen, hörte schon nicht mehr auf ihn, sondern war schon ein weites Stück an der Seine entlang unterwegs. Ohne auf ihre Umgebung zu achten, rannte sie weiter, bloß beherrscht von der Sorge um ihren Liebsten, und so gewahrte sie auch nicht, dass zwei Männer an ihr vorbeischritten ... Es waren der Graf von Saint-Remy, der am linken Seine-Ufer, fast dicht an der Stelle, wo sich die Wölfin jetzt befand, sein Landhaus hatte, und Doktor Griffon.

Durch die Weiden und Pappeln hindurch konnte die Wölfin das Dach der Hütte sehen, wo ihr Martial jetzt vielleicht im Sterben lag! Ein lautes Ach! Ausstoßend, warf sie Schal und Haube von sich, streifte ihr Kleid vom Leibe und sprang im Unterrocke, ohne sich zu besinnen, in den Fluss, um nach der Insel hinüber zu schwimmen. Da ertönte von der andern Seite der Insel ein lautes Angstgeschrei zu ihr herüber ... ein Schrei aus Todesverzweiflung

... Die Wölfin erschrak ... Der Schrei erklang von Neuem, aber schwächer, wie bittend, krampfhaft, aus sterbender Brust ... Dann war alles totenstill ...

Der Graf und der Doktor, die die Wölfin an ihrem Beginnen nicht hatten hindern können, hatten die Angstrufe vernommen und blieben erschrocken stehen ... »Die Arme ertrinkt doch,« sagte der eine. Aber sie sorgten sich ohne Grund, denn Martials Geliebte schwamm wie ein Otter, und nach wenigen Armstößen gelangte das mutige Mädchen ans Ufer. Schon hatte sie wieder Grund unter den Füßen und hielt sich, um aus dem Wasser zu steigen, an einem der eingerammten Pfähle, die am Ausgange der Insel eine Art Staket bildeten, als plötzlich, vom Strome getragen, der Leib eines jungen Bauernmädchens herantrieb. All ihre Kraft zusammenraffend, packte die Wölfin den treibenden Menschenleib und hob ihn auf die Achseln, trug ihn aus dem Wasser ans Land und bettete ihn auf dem Uferrasen ...

»Mut, Mut!« rief Graf von Saint-Remy ihr zu, der mit dem Doktor Griffon das mutige Werk mit angesehen, »warten Sie! Wir eilen über die Asnières-Brücke und kommen Ihnen mit einem Boote zur Hilfe.« – Kurz darauf führte der Strom eine andere Leiche hinweg, ohne dass die Wölfin sie bemerkte: es war die Haushälterin des Notars, die verschwinden zu lassen Niklas ebenso großes Interesse hatte wie Notar Ferrand selbst. Niklas hatte sie ins Wasser geschleudert, als er sich in das andere Boot hinüber gerettet hatte, und ihr durch einen Schlag mit dem Ruder den Garaus gemacht.

Aufs Äußerste erschöpft, kniete die Wölfin neben dem geretteten Mädchen in das Gras und sah ihr ins Gesicht ... »Die Schalldirne!« rief sie plötzlich, ganz erschrocken ... »ist das aber ein seltsamer Vorgang!« Eine Weile fand sie vor Staunen keinen Gedanken. Dann sann sie weiter: »Wollte ich nicht eben noch dem Martial alles von ihr erzählen, was sie mir im Kasten drin gesagt und getan! Ach, das arme Ding! Wie kommt sie bloß in die Seine! Nein! Dass ich sie nun tot finden muss! Aber ich irre vielleicht? Vielleicht lebt sie noch!« Und sich dichter über das Mädchen beugend, legte sie das Ohr auf dessen Herz und meinte, ihren Atem zu hören ... »Gott, ach Gott!« lallte sie, »sollte ich sie im letzten Augenblicke noch gerettet haben! Ja ja, sie lebt! O, ist das aber eine Freude für mich!« und wieder nach einer Weile sinnierte sie weiter: »Und mein Mann? Vergesse ich ihn ganz über der Dirne? Und wenn nun er, statt ihrer, im Sterben läge? Habe ich nicht eben gehört, dass seine Mutter und sein Bruder imstande wären, ihn zu ermorden!« – Nicht daran zweifelnd, dass die Witwe Martial und deren Tochter so schlecht nicht sein könnten, der vom Ertrinken Geretteten Beistand und Hilfe zu weigern, rannte sie nach der Hütte hin.

Niklas hatte sich mit seiner Mutter und Schwester, als Martials Liebste auf den höchsten Punkt der Insel gelangte, bereits zu Rotarm auf den Weg gemacht, in der festen Meinung, den Doppelmord glücklich vollführt zu haben, und gleichzeitig mit ihm war ein Mann, der hinter dem Gipsofen ungesehen Zeuge des grässlichen Vorganges gewesen war, dahinter vorgekrochen; und dieser Mann war kein anderer als Notar Ferrand ... Kaum hatte er seinen Schlupfwinkel verlassen, als Graf von Saint-Remy mit Griffon über die Asnières-Brücke gingen, um auf dem Niklasschen Boote, das sie von Weitem gesehen, zur Insel hinüber zu fahren.

Zu ihrer nicht geringen Verwunderung fand die Wölfin die Tür der Hütte, in der Martials hausten, verschlossen. Marienblume war noch immer ohnmächtig. Die Wölfin legte sie auf den Rasen und ging um die Hütte herum. Sie wusste, in welcher Stube Martial zu nächtigen pflegte, und erschrak nicht wenig, als sie den Fensterladen mit Blech verschlagen und durch zwei Eisenstangen verbarrikadiert fand ... Auf der Stelle erriet sie den Zusammenhang und rief mit aller Kraft »Martial, Martial!« – Keine Antwort.

Erschrocken darüber, dass sich nichts in der Hütte regte, rüttelte sie an den Eisenstangen vor dem Fenster, schlug gegen die Mauer, schlug an die Tür. Endlich gab ihr ein schwaches, ein paar Mal wiederholtes Klopfen Antwort ... Da sah die Wölfin eine große Leiter hinter einem Fensterladen des untern Saales stehen. Als sie heftig an dem Laden rüttelte, fiel ein Hausschlüssel auf die Erde, den die Witwe Martial dort versteckt hatte ... Sie versuchte, ob der Schlüssel zur Tür passte, und als sie sah, dass dies der Fall war, rief sie freudig: »Warte, warte, Martial! Jetzt befreie ich dich! Im Augenblick bin ich bei dir!« Als sie in die Küche trat, hörte sie die Kinder rufen, die im Keller eingesperrt waren und sobald die Wölfin aufgeschlossen hatte, ihr entgegen sprangen ... »Ach!« riefen sie, »liebe Wölfin, rette doch den armen Martial, der oben verhungern soll, und den die böse Mutter seit zwei Tagen oben in der Kammer eingesperrt hält.« – »Ist er verletzt?« fragte die Wölfin. – »Nein, soviel wir wissen, nicht.« – »Nun, so komme ich ja gerade noch zur rechten Zeit,« erwiderte die Wölfin, zur Treppe eilend; aber kaum war sie ein paar Stufen hinaufgeeilt, so kehrte sie um und sagte: »Ach, und die arme Schalldirne vergesse ich ganz? Amandine mach sogleich Feuer an und trage mit deinem Bruder ein armes Mädchen an den Kamin, das ich aus der Seine gerettet habe, knapp vorm Ertrinken.. Sie liegt unten in der Laube.«

Mit zwei Sätzen waren die Kinder in der Laube, und die Wölfin am Ende des Ganges, der zu Martials Stube führte.. Mit einem wuchtigen Axthiebe zertrümmerte sie die Tür.. und bleich, fast kaum noch imstande, sich zu bewegen, sank Martial in die Arme der Geliebten.

»Endlich, endlich habe ich dich wieder, Martial,« rief die Wölfin und trug ihn auf eine im Gange stehende Bank. Dort saß Martial, ein paar Minuten lang matt, mit verstörtem Gesicht um sich starrend, bemüht, sich von den Qualen zu erholen, die er gelitten hatte. Zitternd vor Freude und Angst, ihren Liebsten wiedergefunden zu haben und vielleicht wieder verlieren zu sollen, die Augen in Tränen gebadet, lag die Wölfin auf den Knien und beobachtete alle Bewegungen in Martials Gesicht, der sich allmählich zu erholen schien und in gewaltigen Zügen die reine Luft einsog. – »Jetzt – atme ich, – ich atme. – Mein Kopf wird freier –« sagte Martial, der nun ganz zu sich kam. Dann rief er, als erkenne er jetzt erst den Dienst, den ihm die Wölfin geleistet hatte, im Tone unaussprechlichen Dankes: »Ohne dich hätte ich sterben müssen, meine gute Wölfin.« – »Hast du Hunger?« – »Nein, – ich bin zu matt. Am meisten litt ich unter dem Mangel an Luft. Ich würde erstickt sein, es wäre schrecklich gewesen.« – »Aber deine Hände – deine armen Hände! Diese Wunden! Mein Gott, was haben sie dir getan?« – »Niklas und die Schwester, die mich nicht zum zweiten Mal anzugreifen wagten, hatten mich eingesperrt, um mich verhungern zu lassen. – Ich wollte sie hindern, den Fensterladen zuzunageln – und die Schwester hieb mit dem Beile auf die Hand.« – »Die Unmenschen! Man sollte glauben, du hättest krank werden und sterben müssen. Deine Mutter hatte schon erzählt, du wärst so krank, dass du nie wieder aufkommen würdest. – Deine Mutter – Mann – deine Mutter!«

»Sprich nicht von ihr,« – sagte Martial bitter. – Dann erst bemerkte er die nassen Kleidungsstücke und das seltsame Aussehen der Wölfin und fragte: »Was ist dir geschehen? Dein Haar ist ganz nass? Du bist im Unterrock? Und der ist auch ganz nass?« – »Ich wusste, dass du in Gefahr warst, fand kein Boot –« »Und du bist herübergeschwommen? Meine gute Wölfin!« rief Martial. »Meinetwegen solches Wagnis!« – »O, nicht ich war in Gefahr, sondern ein armes Mädchen, das ich glücklich gerettet, als ich den Fuß auf die Insel setzte.« – »Du hast sie gerettet? Wo ist sie?« – »Unten bei den Kindern.« – »Wer ist das Mädchen?« – »Ach, wenn du wüsstest, welcher Zufall, welcher glückliche Zufall hier gewaltet hat! Sie ist mit mir in Saint-Lazare gewesen und ein Mädchen, wie man ihrer nicht viel findet. – Höre! Ich wollte dich um etwas bitten. Darum war ich hergekommen.«

»Gut! Sage, was ich tun soll; aber nur muss ich gleich betonen, ich verlasse Amandine und Franz nicht mehr.« – »Deinen kleinen Bruder und deine kleine Schwester?« – »Ja; ich muss Vaterstelle bei ihnen vertreten, muss für sie sorgen. Man möchte sie zu Spitzbuben machen, und um sie zu retten, werde ich mit ihnen fortgehen – dich nehme ich auch mit.« – »Du willst mich mitnehmen?« rief die Wölfin in freudigem Erstaunen aus. Sie konnte an ein so großes Glück nicht glauben. »Ich soll dich nicht mehr verlassen?«

– »Nein, meine gute Wölfin, nie! Du hilfst mir die Kinder erziehen. Ich kenne dich; wenn ich zu dir sage: Meine arme kleine Amandine soll ein braves Mädchen werden, sprich mit ihr in diesem Tone, so wirst du eine gute Mutter für sie sein, ich weiß es.« – »Ach, ich danke dir, Martial, ich danke dir.«

»Wir leben als rechtschaffene Leute; wir finden Arbeit, verlass dich darauf, und wir wollen arbeiten wie Sklaven. Die Kinder sollen wenigstens nicht werden wie ihr Vater und ihre Mutter. Aber was ist dir? Was hast du?« – »Martial, es ist zu viel! Eben darum wollte ich dich ja bitten, mit dir in den Wald zu ziehen, hinfort dort leben als deine ehrsame Frau – als die Frau eines mit einer einträglichen Stelle bekleideten ehrlichen Mannes!«

Martial sah sie nun seinerseits mit Verwunderung an, denn er verstand ihre Reden nicht. »Was faselst du von einer Stelle?« – »Du sollst Waldhüter werden.« – »Und bei wem?« – »Die Gönner des Mädchens, das ich gerettet habe, wollen dich damit versorgen.« – »Ach, das wäre ja großartig,« rief Martial, »der Franz ist zwar noch nicht völlig verdorben, aber doch so lange bei den andern Geschwistern gewesen, dass es ihm im Walde besser gefällt als in der Stadt. Amandine könnte dir in der Wirtschaft zur Hand gehen, und ich gebe gewiss einen Jäger ab so gut wie irgendeiner, der eine Büchse führen kann, bin ich doch kein schlechter Wilddieb gewesen. Du aber wärst meine Hausfrau, gute Wölfin, und dann hätten wir Kinder, was fehlte uns noch? Hat man sich einmal an den Wald gewöhnt, so fühlt man sich darin wie zu Hause; man könnte hundert Jahre da leben, ohne dass man Langeweile fühlte. Aber bin ich nicht ein Narr? Du hättest von solch schönem Leben lieber nichts sagen sollen – es erweckt Sehnsucht und kann einem doch nichts nützen!«

»Wenn die arme, kleine Schalldirne sich täuscht, so liegt es an den andern, denn sie sah ganz aus, als glaubte sie, was sie sagte. Übrigens sagte mir die Aufseherin, als ich das Gefängnis verließ, ihre Gönner, die gar vornehme Leute wären, hätten auch ihre Freilassung bewirkt, doch wohl ein Beweis dafür, dass sie auch halten kann, was sie mir versprochen hat.« – »Ich weiß aber nicht,« sagte Martial, indem er rasch aufstand, »was wir eigentlich denken.«– »Was meinst du?« – »Das junge Mädchen liegt unten vielleicht im Sterben, und statt ihr beizustehen, sitzen wir da und schwatzen.« – »Beruhige dich, Franz und Amandine sind bei ihr, und wenn es schlimmer mit ihr geworden wäre, wären sie sicher heraufgekommen. Aber du hast recht, wir wollen zu ihr gehen; du musst sie sehen, verdanken wir doch ihr all unser Glück!« Martial stützte sich auf den Arm der Wölfin und ging die Treppe hinunter.

Marienblume, von Franz und Amandinen neben das Feuer in der Küche getragen, lag noch immer ohne Bewusstsein, als der Graf von Saint-Remy mit dem Doktor Griffon aus Niklas' Boot stiegen, auf dem sie vom andern Ufer herübergekommen waren. Der Doktor nahm sich der Ohnmächtigen sofort an. Er war ein hagerer, bleicher Mann von hoher Figur mit Glatze. Sein Gesicht verriet Kälte, aber auch nicht ungewöhnlichen Verstand.. »Eine hervorragende Schönheit!« sagte der Graf, das Mädchen mit traurigem Blicke betrachtend, »und noch so jung!« – »Das Alter hat nichts zu sagen,« erwiderte der Arzt rau, »auch nicht das Wasser, das sich in den Lungen schon angesammelt hat.« – »Glauben Sie, das Mädchen noch retten zu können?« – »Viel Hoffnung ist nicht vorhanden,« versetzte Doktor Griffon, »sind doch die Extremitäten schon kalt!«

In diesem Augenblicke kam Martial herein, auf den Arm seiner Liebsten gestützt, die sich den karierten Umhang seiner Schwester umgenommen hatte. Als der Graf ihn sah, fragte er, wer der Mann sei.. »Mein Mann,« antwortete die Wölfin, auf Martial einen unbeschreiblichen Blick voll Stolz und Liebe heftend. – »Ei, Sie haben eine recht mutige Frau,« sagte der Graf zu Martial, »ich habe es mit eigenen Augen gesehen, wie sie dies junge Mädchen da aus dem Wasser gefischt hat!« – »Das wohl,« antwortete Martial, »brav und unerschrocken ist sie, das muss man sagen, hat sie mich selbst doch auch eben aus höchster Not gerettet!« – »Aber, Mann, was ist denn mit Ihren Händen geschehen? Die sind ja ganz zerhackt!« – Doktor Griffon sah sich um, ließ sich die Hände Martials zeigen und hieß ihn sie auf- und zumachen ... »Zum Glück,« sagte er, »ist keine Sehne verletzt. Der Mann wird die Hände also wieder brauchen können.« – »Gott sei Dank!« rief die Wölfin; »und das Mädchen unten? Sie kommt doch mit dem Leben davon? Wie?.. Es wäre ja grässlich, könnten wir ihr nicht einmal danken für alles, was wir ihr schulden!« Und zu Martial gewandt, sagte sie: »Da sieh! Hier liegt sie, und ihr verdanke ich es, dass ich jetzt andere Anschauungen vom Leben und von meinem Verhältnis zu dir habe.. Sie hat mir erst den Gedanken eingegeben, her zu dir zu gehen und dir alles zu sagen, wie es mir ums Herz ist.. Und nun fügt es der Zufall, dass ich sie aus Todesgefahr erretten musste!«

»Das Mädchen ist unser guter Engel,« erwiderte Martial, »und sie sieht ja auch aus wie ein Engel so schön! Nicht wahr, Herr Doktor, der Tod wird sie noch nicht holen?« – »Ich kann Gewisses darüber noch nicht sagen,« erwiderte Griffon, »vor allem muss ich wissen, ob sie hier bleiben kann, und hier die rechte Pflege finden wird?« – »Hier?« rief die Wölfin, »in solcher Mörderhöhle?« – »Still!« rief Martial, ihr mit der Faust drohend. – »Freilich,« sagte der Doktor zu dem verwundert dreinschauenden Grafen, »das Haus steht nicht im besten Rufe, und es sollte mich freilich wundern..« – »Sie sind also gewalttätigen Menschen zum Opfer gefallen?« fragte der Graf den Verletzten.. »wer hat Sie denn so zugerichtet?« – »Ich bin in einer

Schlägerei verwickelt gewesen,« sagte Martial ausweichend, »und dabei verletzt worden.. aber,« setzte er hinzu, »dass das Mädchen hier bleibt, wird schwerlich angehen, denn ich bleibe auch nicht hier und will auch meinen Bruder und meine Schwester nicht hier lassen ... wir werden der Insel auf Nimmerwiedersehen den Rücken wenden..«

»Ach, wie schön! Wie schön!« riefen Franz und Amandine wie aus einem Munde ... »Und wann wollen Sie weg?« fragte der Doktor, »das ohnmächtige Mädchen bedarf noch der größten Schonung. Es wäre deshalb wohl gut, wenn wir ein sicheres Obdach für sie fänden.. Wie wäre es mit dem Hause, Herr Graf, das Sie mir angewiesen haben? Die Gärtnersfrau mit ihrer Tochter würden gute Pflegerinnen abgeben, und Sie haben, scheints, selbst Interesse genug für die Arme, dass Sie hin und wieder wohl nach dem Rechten sehen würden?«

Der Graf zollte diesem Plane aus vollem Herzen Beifall, und eine halbe Stunde später befand sich Marienblume, noch immer ohnmächtig, im Hause des Arztes und unter der Obhut der Gärtnersfrau desselben und der Wölfin, die nicht eher von ihr weichen wollte, als bis sie sie außer Gefahr wusste.

Fünftes Kapitel.

Das Porträt.

Auf einem der Boulevards in der Nähe des Observatoriums ging Tom Seyton, der Bruder der Gräfin Sarah Mac Gregor, auf und nieder, als er der Eule ansichtig wurde, aus deren Strohtasche die Spitze der Mordwaffe hervorguckte, die bislang Bakel bei sich geführt hatte, und die Seytons Blicke entgangen war.. »Eben schlägts drei,« sagte sie, »ich komme also pünktlich.« – »Folgen Sie mir!« sagte Seyton und führte sie durch ein ödes Gässchen unfern der Straße Cassini. An einem Drehkreuze in seiner Mitte blieb er stehen, schloss eine Pforte auf und hieß, sie hier warten. Darauf verschwand er. Die Eule ging mit sich zurate ... »Hoffentlich lässt er mich hier nicht zu lange stehen,« sagte sie bei sich, »denn ich muss, um die Mäklerin abzufertigen, mit Martials bei Rotarm sein. Meinen Dolch habe ich ja! Aha! Da guckt sich der Spitzbube um! Geschieht mir schon recht, warum habe ich ihn nicht in der Scheide gelassen! Na, vielleicht kann er mir dieser Mäklerin gegenüber Dienste tun! 30 000 Franks, das war ein feiner Fang heute! Da ist doch ein bisschen mehr abgefallen als bei dem Halunken von Notar, der sich keinen Sou abzwacken ließ ... Da konnte ich schön drohen: Es half alles nichts! Der hatte keine Furcht, als ich ihm sagte, seine Haushälterin hätte mir doch das Mädchen, das jetzt die Schalldirne sei, überantwortet, sondern schalt mich eine Lügnerin und schlug mir die Tür vor der Nase zu..« – Sie sah sich scheu um und bemerkte, dass am Ende der Allee eine Dame auftauchte.. »Aha!« sagte sie, »die bleiche Frau wieder, die mit dem langen schwarzen Duckmäuser im Weißen Kaninchen war.. Hm, da heißts auf dem Posten sein!«

Die nahende Person war tatsächlich die Gräfin Sarah, auf deren Gesicht all jene Verachtung zum Ausdrucke kam, die von vornehmen Leuten gemeinhin gegen Leute niedrigen Standes empfunden wird, die sie als Werkzeuge oder Mitschuldige nicht entbehren können. Ihr Bruder hatte sich geweigert, die bisherige Rolle weiter zu spielen, und sich bloß dazu noch verstanden, seine Schwester zu diesem Zusammentreffen mit der Eule zu begleiten, lehnte aber jede Beteiligung an den Plänen, die sie neuerdings geschmiedet hatte, entschieden ab. Rudolf wieder an sich zu ziehen dadurch, dass sie die ihm ihrer Meinung nach teuren Bande zerriss, war ihr nicht geglückt. Nun dachte sie, ihren ehrgeizigen Traum so zu verwirklichen, dass sie ihn auf unwürdige Weise hinterging: Es sollte ihm eingeredet werden, die ihm von Sarah geborene Tochter sei nicht tot, und eine Waise für ihrer beider Kind ausgegeben werden. Dazu hatte sie Ferrand bestimmen wollen, der sich aber, wie dem Leser bekannt ist, geweigert hatte, ihr dabei zu helfen, statt dessen, und zwar aus Furcht vor der Aussage der Eule einerseits, aus Besorgnis vor dem Ansinnen der Gräfin anderseits, beschlossen hatte, die Schalldirne verschwinden zu lassen. Die Gräfin aber, nach wie vor der Meinung, dass sich Ferrand noch bestechen oder einschüchtern lassen werde, sobald sie ein junges Mädchen gefunden hätte, das zu solcher Rolle sich eigne, hatte ihren Plan keineswegs aufgegeben ... Sarah eröffnete das Gespräch mit der Eule ohne Weiteres durch die Frage, ob sie ihr ein Mädchen nachweisen könne, das von frühester Jugend an verwaist sei, ein hübsches, einnehmendes Gesicht und ein sanftes Gemüt habe, auch nicht über 17 Jahre alt sein dürfe ... »So etwas wird wohl so leicht nicht zu finden sein,« erwiderte die Eule, die Gräfin verblüfft anstarrend ... »Man wird sich in den Findelhäusern umsehen müssen ...» antwortete die Gräfin. – »Es käme auf den Preis an, der sich dabei verdienen ließe,« meinte die Eule ... »schaut ein ordentliches Stück Geld dabei heraus, dann ließe sich schon darüber reden.« – »Nun, ich zahle Ihnen, was Sie fordern, wenn mir die Person recht ist, die Sie mir zuführen,« versetzte die Gräfin. – »Das lässt sich hören,« sagte schmunzelnd die Eule; »mir fällt gleich ein Mädel ein, das sich eignen könnte – kennen Sie die Schalldirne?« – »Wer ist das?« fragte die Gräfin ihrerseits. – »Die wir aus Bouqueval abgeholt haben,« sagte die Eule. – »Von der kein Wort,« rief die Gräfin zornig, »die bleibt ganz außer Betracht, verstehen Sie?« – »Na, warum denn? Sie passt doch für Sie, wie gemacht! Wenn sie aus Saint-Lazare entlassen wird, könnten Sie sie, meiner Meinung nach, gar wohl verwenden. Sie ist noch keine 17 Jahre alt, ist hübsch, hat ein zutrauliches Wesen und weiß sich auch zu bewegen ... Vor zehn Jahren, als sie mir der Schuft Ferrand überantwortete, war sie knapp sechs Jahre alt, und Tournemine, der auf die Galeeren gekommen ist und sie zu mir brachte, hat mir ausdrücklich gesagt, das Mädel sei ganz sicher ein Kind, das beseitigt und für tot erklärt werden solle ...»

Mit einer so wildbewegten Stimme, dass die Eule unwillkürlich zurückwich, rief die Gräfin: »Was sagen Sie? Jakob Ferrand hat Ihnen das Kind überantwortet?« - »Ja doch, ich sage es ja,« antwortete die Eule, »was regt sie dabei so auf? Als Tournemine sie mir brachte - es sind gerade zehn Jahre her, - da sagte er: Nimm den Balg! Lass ihn leben oder bring ihn um die Ecke, mir ist's gleich: so oder so, 1000 Franks sind dabei zu verdienen.« - »Vor zehn Jahren, sagen Sie?« - »Ja doch.« - »Es war ein hübsches blondes Mädchen?« - »Jawohl, mit tiefblauen Augen - also eine Rarität als Blondine,« erwiderte die Eule. -

Sarah sank auf die Knie und hob die Hände zum Himmel auf ... »Gott! O, Gott!« rief sie, »deine Wege sind wahrlich unerforschlich, und ich beuge mich vor deiner Weisheit! O, sollte mir solches Glück noch beschieden sein! Doch nein, nein! Ich kann nicht daran glauben ... denn ich verdiene nicht, dass es mir zuteilwürde!« - Die Eule stand da, wie an die Erde gewurzelt und war kaum imstande, der Gräfin zu folgen, als diese sie jetzt dazu aufforderte.

Sarah ging raschen Schrittes vor ihr her, bis sie das Ende der Allee erreicht hatte, wo ein paar Stufen zur Glastür eines prächtig möblierten Arbeitszimmers führten. Dorthin führte Sarah ihre Begleiterin und riegelte hinter sich die Tür zu, trat zu einem Sekretär, nahm ein Kästchen aus Ebenholz heraus und stellte es auf einen mitten im Zimmer stehenden Tisch. Das Kästchen war bis an den Rand mit Juwelen gefüllt, dass der Eule schier die Augen übergingen. Sarah war so ungeduldig, auf den Boden des Kästchens zu gelangen, dass sie Hals- und Armbänder und Diademe, die von Smaragden, Topasen, Rubinen und Diamanten in allen Farben spielten, auf den Tisch warf ...

Die Eule dachte an ihren Dolch, sie dachte daran, dass sie allein mit der Frau sei, dass sie leicht und sicher entkommen könne ... und mit der Schlauheit einer Tigerkatze, die sich aus dem sichern Hinterhalt auf ihre Beute stürzt, nahm sie den Umstand wahr, dass die Gedanken der Gräfin sich auf einen einzigen Gegenstand richteten, schlich sie leise um den Tisch herum, der sie von ihrem Opfer trennte ... Da aber sah sie sich plötzlich gezwungen, einzuhalten. Die Gräfin nahm aus dem Juwelenkästchen, dessen Inhalt nun vor ihr auf dem Tische lag, ein Medaillon heraus und hielt es der

Eule mit zitternder Hand hin ... »Da! Sehen Sie sich das Bild an!« – »Die Schalldirne!« rief die Eule, überrascht von der Ähnlichkeit, »das ist das Mädchen, das Tournemine mir übergeben hat ... gewiss, gewiss! Das sind dieselben langen Locken, die ich sogleich vom Kopfe schnitt und zu Gelde machte ...«

Sarah aber hatte keinen Schrei des Schmerzes und Entsetzens, als sie nun hörte, dass das von ihr geborene Mädchen zehn Jahre lang im tiefsten Elend, in der jämmerlichsten Verlassenheit gelebt hatte. Sie fühlte keine Gewissensbisse darüber, dass sie das Kind von den braven Leuten, denen Rudolf es übergeben, hatte rauben und an Verbrecher gelangen lassen. Nicht darum kümmerte sich Sarah, wie es ihrem Kinde im Elend gegangen war, sondern nur die Hoffnung schwellte ihr Herz, dass sie durch dieses Kind noch den Traum ihres Leben erfüllt sehen würde ... Schon sah sie die Fürstenkrone auf ihrem Haupte glänzen ... Nur der Ehrgeiz allein beseelte sie, die Mutterliebe war längst in ihr erstickt!

Die Eule, näher und näher schleichend, war bis an den Tisch herangekommen und stand nur noch wenige Schritte von der Gräfin, die sich jetzt setzte und nach einer Feder griff ... Die Augen der Eule funkelten. Die Gräfin setzte zum Schreiben an ... »Ich erkläre, dass ...« Aber sie setzte ab, drehte sich nach der Eule um, die bereits den Griff ihres Dolches gefasst hatte, und fragte: »Wann wurde Ihnen das Kind übergeben?« – »Im Januar 1827.« – »Und durch wen?« – »Durch Pierre Tournemine, zurzeit im Bagno von Rochefort interniert.« – »Und von wem war es dem Manne übergeben worden?« – »Von einer Frau Seraphim, Wirtschafterin des Notars Jakob Ferrand.«

Die Gräfin schrieb weiter: »... dass mir im Februar 1827 durch den jetzt in Rochefort internierten Pierre Tournemine ein Kind übergeben wurde, im Auftrage der Wirtschafterin des ...«

Weiter aber kam die Gräfin nicht, die Eule hatte ihren Handkorb langsam zur Erde gleiten lassen, hatte die Gräfin mit der linken Hand am Nacken gepackt, hatte sie mit dem Gesicht platt auf den Tisch gedrückt und mit der rechten Hand ihr den Dolch zwischen die Schultern gestoßen ...

Dieses grausige Verbrechen war so schnell verübt worden, dass das unglückliche Opfer weder einen Schrei ausstieß, noch auch nur einen Laut von sich gab ... Mit dem Kopfe über den Tisch gebeugt, blieb sie sitzen ... die Feder entsank ihrer Hand ... »Wieder eine, die nichts mehr aussagen wird,« flüsterte das schreckliche Weib vor sich hin ... »wieder eine, die ihre Rechnung abgeschlossen hat!« Sie raffte die Juwelen zusammen, warf sie in ihren Handkorb und ging, ohne sich von dem wirklichen Tode ihres Opfers zu überzeugen, zur Glastür hinaus und die Allee hinunter, nahm bei der

Sternwarte eine Droschke und ließ sich auf die elysäischen Felder zu Rotarm fahren.

Seit Bradamantis Reise in die Normandie zum Grafen von Orbigny, war der lahme Junge Rotarms wieder in dessen Schenke zum blutenden Herzen. Er stand Wache an der oberen Stiege, um Martials, die noch nicht eingetroffen waren, durch ein verabredetes Signal davon in Kenntnis zu setzen, dass sein Vater nicht allein sei, sondern dass Narziss Borel - derselbe Polizist, den der Leser schon im Weißen Kaninchen kennengelernt hat, als er die beiden Mörder verhaftete - sich in der Schänke befände.

Borel war ein kräftiger Mann von annähernd vierzig Jahren, mit frischem glatt rasiertem Gesicht und listig funkelnden Augen. Zwischen ihm und Rotarm ging es ziemlich scharf her ... »Wir haben Sie im Verdacht, Rotarm,« sagte Borel, »dass Sie uns nur an der Nase herumführen, um desto sicherer im Trüben fischen zu können. Aber wenn sich das als Tatsache herausstellt, dann haben Sie keinerlei Schonung zu erwarten. Das wollen Sie sich vor Augen halten.« - »Woher das Misstrauen? Habe ich der Polizei nicht eben erst den Ambroise Martial, einen der schlimmsten Verbrecher von Paris, in die Hände geliefert?« - »Aber Ambroise Martial war ebenso gewarnt, wie wir unterrichtet worden, und wäre ich nicht so klug gewesen, eine Stunde vor der anberaumten Zeit den Vogel auszunehmen, wäre er uns doch sicher entwischt.« - »Herr Borel, Sie werden mich doch nicht solches Doppelspiels zeihen wollen?« rief Rotarm in heller Entrüstung. - »Nun, Rotarm, dass Sie uns alle Tage einen Fang versprechen, aber Ihr Versprechen nie halten, das habe ich nun schon gemerkt. Und die Geduld reißt zuletzt auch mir ... verstehen Sie?« - »Nur ein wenig Geduld noch, lieber Herr Borel, und ich werde Ihnen auch die anderen Glieder des Stammes Martial überliefern,« erwiderte Rotarm, »vielleicht auch die Eule mit drein geben ... Dann wäre doch wohl alles Misstrauen gegen mich aus der Welt?« - »Sie wollen also nicht gelten lassen, dass Sie das Gelichter zu dem neuen Verbrechen, an dem es arbeitet, angestiftet haben?« - »Wahrhaftig nicht! Die Eule kam her und schlug mir vor, die Mäklerin hierher zu locken; sie hätte durch meinen lahmen Jungen in Erfahrung gebracht, dass der Steinschneider Morel nur immer echte Steine verarbeite, und dass die Frau also immer sehr bedeutende Werte in ihrem Strickbeutel trüge ... Ich hab mich drauf eingelassen, riet aber der Eule, die Martials bei der Sache hinzuzuziehen und auch Barbillon, weil ich die Absicht hatte, Ihnen bei dieser Gelegenheit die ganze Bande in die Hände zu spielen.« - »Und von Bakel, wie er in euren Kreisen heißt, von dem gefährlichen Kerl, der immer mit der Eule zusammensteckt, haben Sie nichts gehört?« - »Gar nichts,« versetzte dreist der Schenkwirt, der seine guten Gründe zu dieser Lüge hatte, war doch Bakel zurzeit gerade in einem seiner Keller eingesperrt. - »Es herrscht die Gewissheit, dass der Kerl neue Mordtaten auf seinem Gewissen hat ... Gelänge dieser Fang ...« – »Wir wissen seit Wochen nicht, was aus ihm geworden ist,« erklärte Rotarm. – »Es wird Ihnen sehr übel angerechnet, dass Sie sich von seiner Fährte haben abbringen lassen!« erwiderte Borel, »und weiter: In der Rue du Temple Nr. 17 wohnt eine Frau Burette, Pfandleiherin, die Ihre Hehlerin sein soll?« – »Wer hat Ihnen denn diesen Floh ins Ohr gesetzt, Herr Borel?« rief Rotarm in heller Entrüstung, »warum nehmen Sie bei dem Weibe keine Haussuchung vor?« – »Nun, den Grund kennen Sie, Rotarm, denn täten wir es, so möchten wir die Vögel verscheuchen, die Sie uns schon lange auf die Leimrute liefern wollten!« – »Es wird vielleicht keine Stunde mehr dauern, dann ist Ihnen der Fang sicher, Herr Borel,« sagte Rotarm, »und es wird keine sonderliche Mühe machen, denn es sind drei Weiber dabei. Immerhin dürfte es geraten sein, ein paar Leute in Bereitschaft zu halten, denn gerade die Feigsten werden zuweilen zu Hyänen, wenn sie merken, dass es Ihnen an den Kragen geht.« –

Sechstes Kapitel.

Die Eule.

Die Eule mit ihrem grün funkelnden Auge, glühend noch von der Mordsucht, kam herbei gelaufen, hinter ihr her der Lahme, der kaum Schritt mit ihr zu halten vermochte ... »Sind die Martials schon zur Stelle?« – »Noch nicht.« – »Dann kann ich ja noch mit meinem Manne vorher ein paar Worte reden,« sagte die Eule. – »Ein Spiel Karten sollten Sie ihm mit hinunternehmen,« höhnte der Lahme, »denn jetzt sind ihm bloß die Ratten Zeitvertreib, und das muss ihm doch schließlich recht langweilig werden.« – »Geh, du böser Affe,« befahl ihm die Eule, laut lachend, »und hole mir ein Licht, damit ich nicht auf der Treppe noch etwa Hals und Beine breche. Ob es wohl noch einen zweiten solchen Galgenstrick gibt, der schon in solch frühem Alter ein solcher Bösewicht ist?« Und als sich der Junge zum Gehen anschickte, rief sie ihm nach: »Kannst deinem Vater sagen, ich käme gleich wieder, ich sei unten beim Alten und rede mit ihm über das Aufgebot ... Hähähä! Aber tummle dich! Du kannst auch mit bei der Hochzeit sein.«

Nicht um sich an den Qualen zu weiden, die Bakel unten im Keller leiden musste, wollte sie sich in den Keller hinunter begeben, sondern nur, um den neuen Schatz zu verbergen, der ihr durch die Ermordung der Gräfin Sarah in die Hände gefallen war. Der lahme Junge trat mit einem Licht in die Tür. Die Eule ging ihm in die niedrige Wirtsstube nach, aus der, wie wir bereits wissen, eine Falltür in den Keller hinunter führte. Die hohle Hand vor das Licht haltend, stieg er langsam die steinernen Stufen hinunter, die zu der wuchtigen Tür führten, die sich fast hinter Rudolf für ewig geschlossen hätte. Den vereinten Anstrengungen der beiden Bösewichte gelang es endlich, sie in ihren Angeln zu bewegen. Aus der finstern Tiefe herauf drang ihnen feuchter Dampf entgegen. Alsbald erklang ein wildes Geschrei, das sich aber schnell zum dumpfen Geknurr verwandelte ...

»Ei, ei, mein liebes Männchen sagt mir Guten Tag?« fragte die Eule spöttisch, ging noch einige Stufen weiter hinunter, um in einer Ecke ihren Handkorb zu verstecken. Der lahme Junge hatte keinen Blick von ihr gelassen ... Mit zornbebender Stimme schrie Bakel: »Mich hungert ... soll ich hier sterben wie ein tolles Vieh?« – »So? Dich hungert?« fragte die Eule, wieder mit wildem Gelächter, »ei, so friss dir doch die Finger ab!« – Kettengeklirr antwortete ihr, dann ein Seufzer verhaltener Wut ... »Aber so bleib doch nur ruhig, Mörderchen,« rief die Eule wieder, »Ring und Kette sind fest, Vater Micou verschleißt doch nur koschere Ware! Was kann ich denn dafür, dass du hier unten moderst? Hättest dich im Schlafe nicht binden lassen sollen! Und warum grollst du all der Sorgfalt, die an dich verschwendet wird? Warum bist du hierher geschafft worden? Doch nur, um dich der Nachwelt zu erhalten, möglichst unversehrt, damit sie dich in deiner vollen Größe zu bewundern vermag! Feuchte Keller konservieren doch die Leichen am allerbesten. Das weißt du so gut wie ich, und darum hast du doch auch seinerzeit den Fächermaler hierher praktiziert!« – Wieder klirrten die Ketten ... »Du, Mörderchen, guck doch mal her!« sagte die Eule und ließ einen Diamanten in der Hand glitzern. – »Aber er kann doch nicht gucken,« rief der lahme Junge höhnisch, »freilich, deine Schlechtigkeit tränkte er dir gern ein: Darauf verlass dich!« – Und plötzlich packte er sie von hinten und stieß sie mit aller Kraft in den Keller hinunter. »Mörderchen, beiß! Mörderchen, beiß!« rief der Junge, »die Eule kommt geflogen! Sie liegt prall neben dir!« Im andern Augenblick hatte er den Handkorb gepackt und rannte die Stufen wieder hinauf.

»Ich hab sie, ich hab sie!« rief Bakel aus der Tiefe herauf. – »Na, dann gratuliere ich!« versetzte der Junge lachend, eine Weile auf der obersten Stufe stehen bleibend. – »Hilfe, Hilfe!« schrie die Eule, dem Ersticken nahe. – »Lahmer, ich danke dir,« rief Bakel, »und verzeih dir alles Böse, was du mir angetan ... Zum Lohne sollst du die Eule schreien hören, das Totenkäuzchen – Pass auf, Pass auf!«

Der Lahme hielt das Licht hoch, die grässliche Szene, die sich im Keller abspielen sollte, zu beleuchten; aber die Finsternis war zu dicht, als dass sich etwas hätte erkennen lassen ... Die beiden Teufel kämpften mit maßloser Wut, aber ohne dass ein Laut hörbar wurde, die lauten Atemzüge ausgenommen, die ja gewaltsame Anstrengungen immer zu begleiten pflegen

... Noch einmal versuchte die Eule, von dem Lahmen Beistand zu bekommen: es war ihr letztes Mittel – »Rufe deinen Vater, Junge, zum Lohne sollst du meinen Henkelkorb bekommen!« Aber auch dieses Mittel half nicht ... »Danke bestens, Eule, für die Freigebigkeit!« antwortete er, »aber sie kommt ein bisschen zu spät, denn den Korb habe ich mir schon zugeeignet, weiß auch schon, was für Schätze er birgt ... nur schade, dass du einen Diamanten mit in den Keller hinunter genommen ... Hättest ihn auch noch mir lassen können!« – Nach einer kleinen Pause setzte er, höhnisch grinsend, hinzu: »Ich will dir was sagen, Eule, ich hätt' Appetit auf Zwiebelkuchen ... schaff mir welchen, dann helf ich dir aus der Patsche ... sonst nicht! Sonst ganz gewiss nicht!« – »Junge, lass doch mit dir reden!« bettelte die Eule, aber sie konnte nichts weiter sagen ... Dann folgte eine neue Pause ... »So, Kanaille,« hörte der Lahme Bakel sprechen, der dem Weibe einen Knebel zwischen die Lippen gezwängt hatte, »nun sollst du mich durch dein Geschrei nicht mehr belästigen. Dass ich die Geschichte nicht gleich zum Ende bringe, wird dich wohl weiter nicht wundern ... Du hast mich genug ausstehen lassen, drum Folter gegen Folter! Ehe ich dich umbringe, will ich dir noch ein paar Wörtchen erzählen ... du sollst deine Freude dran haben, Weib!«

»Mörderchen,« rief ihm der Lahme zu, »spielen darfst du mit ihr, aber umbringen darfst du sie nicht! Das lass dir gesagt sein, hörst du? Ich halte was auf meine Eule, wir haben schon ein paar Stückchen zusammen ausgeführt, und ich bin der Meinung, wir können in Zukunft noch ganz schön miteinander vorwärtskommen. Also lass sie eine Weile zappeln, dann aber lass sie laufen ... oder ich rufe den Vater herzu!« – »Ängstige dich nicht, Junge,« rief Bakel hinauf, »ihr soll bloß werden, was ihr zukommt, nicht mehr, aber auch nicht weniger! Eine kleine Lehre wird ihr schon heilsam sein, verlass dich drauf!« – »So ist's recht, Bakelchen! So ist's recht,« rief der Junge, »und nun lass den Tanz losgehen ... Spiel ihr einen strammen Galopp auf! Rennen kann sie ja wie ein Rebhuhn!« – Er dachte nicht anders, als dass Bakel die Eule nur schinden, nicht aber ums Leben bringen werde ...

»So Kanaille,« nahm Bakel wieder das Wort, aber mit weit größerer Ruhe, als vordem, »nun wollen *wir* reden! Seitdem ich draußen in Bouqueval im Traume all meine Verbrechen noch einmal durchlebt habe, – wenig fehlte, so hätte ich damals meinen Verstand eingebüßt – seitdem ist eine seltsame Veränderung mit mir vorgegangen. Meine frühere Bosheit macht mich schaudern. Ich wehrte dir, als du die Schalldirne mit Vitriol verbrennen wolltest. Aber seit du mich hierher in diesen Keller gebracht, seitdem du mich Durst und Hunger leiden ließest, seitdem ich allem Grausen vor meinen Gedanken anheimfiel, seitdem ich dasselbe Schicksal litt, das ich dem

Manne bereiten wollte, der mich nachher so furchtbar strafte, seitdem verabscheue ich meine früheren Mordtaten, werde aber keine Barmherzigkeit gegen dich üben, hörst du? Sondern werde dir dienen, wie du mir gedient hast, im Namen unserer Opfer! ... Still, Eule! Auch du sollst bereuen lernen!« –

»Bravo, bravo, Blinder! Du spielst deine Rolle wirklich famos, das muss man sagen!« rief der Lahme, und dabei klatschte er wie unsinnig in die Hände ...

»Im Traume hab ich sie alle wiedergesehen, die durch mich ihr Leben gelassen haben: den kleinen Alten in der Rue du Roule – die ersäufte Frau – den Viehhändler – und über all diesen Gespenstern schwebtest du, Eule! Hören sie auf, all die Gespenster, über den schwarzen Schleier, den ich vor Augen habe, hin und her zu ziehen, dann foltern mich andere Qualen, dann kommen Vergleiche, die mich zu vernichten drohen ... Dann sage ich zu mir: Wäre ich ein ehrlicher Mann geblieben, dann wäre ich jetzt frei und könnte ruhig und glücklich leben, in Ehren und geliebt von den Meinigen ... statt dass ich geblendet, gefesselt, meinen Mitschuldigen in die Hände geliefert, hier in diesem Keller hausen muss ... Sieh, diese Gedanken übten solchen heilsamen Einfluss auf mich, dass mein Grimm verraucht, dass es mir wird, als fände ich die Kraft nicht, den Willen nicht, dich zu bestrafen.«

Er hatte der Eule, während er so sprach, unwillkürlich einige Freiheit gewährt, und die Eule hatte sie benutzt, den Dolch zu fassen, den sie nach Sarahs Ermordung in ihr Leibchen geschoben hatte, und Bakel einen Stich in die Seite zu versetzen, der ihm einen schrillen Schmerzensschrei entlockte ...

All sein Hass wurde hierdurch wieder wachgerufen ... »Ha, Schlange!« rief er mit zornbebender Stimme, und packte die Eule in demselben Moment, als sie entweichen wollte, »dazu bist du hergekrochen? Na, warte! Ich will dich zermalmen wie einen Wurm ... Da, sieh die Gespenster! Dort aus dem Dunkel kommen sie hervor, bleiche Gerippe, aber das Blut raucht unter ihnen ... He? Fürchtest du dich vor ihnen? O sträube dich nicht! Sei ruhig, Kanaille! Du sollst sie nicht sehen die Gespenster, denn ich will dich blenden, wie er mich blendete! Wie ich, sollst du hinfort keine Augen mehr haben ... Dann, Eule, stehen wir einander wieder gleich – dann können wir wieder spielen mit gleichen Karten!«

Die Eule schrie so fürchterlich, dass der lahme Junge auf dem Treppenabsatze, auf dem er noch immer kauerte, wie von einer Tarantel gestochen, in die Höhe fuhr ... »Krächze, Eule, krächze dein Totenlied!« rief Bakel leise, »sei froh, denn nun siehst du sie nicht mehr, die unter unsern Händen verbluteten! Den kleinen Alten in der Rue du Roule, die ersäufte Frau, den

Viehhändler - keinen mehr siehst du! Aber ich sehe sie! Da kommen sie heran im Gänsemarsche, einer immer bluttriefender als der andere ... O! Wie kalt sie sind! Wie bleich sie sind!« - In dem Aufschrei des Entsetzens, der sich von seinen Lippen rang, erlosch der letzte Schimmer von Vernunft, der den Geist dieses Bösewichtes noch erhellte ... Hinfort kam kein Wort mehr über seine Lippen ... wie ein wildes Tier rannte er in dem Keller umher, nur dem Instinkte der Vernichtung noch gehorchend ...

Im Keller unten vollzog sich Entsetzliches ... Ein wildes Stampfen, unterbrochen durch dumpfes Geräusch, wie wenn ein Knochenkasten von einem Steine abprallte, auf dem er zerschmettern soll ... Dazwischen krampfhaftes Klagegeschrei und teuflisches Gelächter. Zuletzt Todesröcheln ... Dann wieder Gestampf und dumpfe Schläge ... Starr vor Grauen hockte der lahme Junge nach wie vor auf dem Treppenabsatze, bis ihn fernes Geräusch von Tritten und Stimmen aufschreckte. Am Treppenhalse wurde Licht sichtbar. Männer kamen die Treppe herunter gerannt. Im nächsten Augenblick füllte der Keller sich mit Polizisten, an ihrer Spitze Detektiv Borel ... Der lahme Junge wurde gepackt, der Korb der Eule ihm abgenommen. Detektiv Borel stieg an der Spitze einiger Leute in den Keller hinunter. Alle wichen zurück vor dem grässlichen Anblick, der sich ihnen bot ... Bakel, der sich von der Kette freigemacht hatte, die seinen Fuß an einen schweren Stein gefesselt hielt, rannte, ein Bild des Grauens, mit starrem Haar, langem Barte, schäumendem Munde, triefend von Blut, den Leichnam der Eule an beiden Beinen hinter sich her schleifend, wie ein wildes Tier in dem Keller herum ... Nur mit Gewalt konnten ihm die blutigen Überreste seiner Kumpanin entwunden werden, und es währte geraume Zeit, bis es gelungen war, ihn zu fesseln. Dann brachte man ihn in die Schenkstube hinauf, wo Niklas Martial, seine Mutter und Schwester und Barbillon bereits gefesselt unter scharfer Bewachung am Boden lagen. Man hatte sie in dem Augenblicke festgenommen, als sie der Diamantenmäklerin den Garaus hatten machen wollen.

Als Rotarm, in dessen Beisein das Haus auf das Schärfste durchsucht worden war, von Borel in die Schenkstube geführt wurde, verzerrten sich die Züge der alten Frau Martial unwillkürlich, und ihre kleinen, trüben Augen funkelten wie die einer wütenden Schlange ... Sie zweifelte keinen Augenblick mehr an Rotarms Verrat und zischte ihm zu: »Dass du meinen Ältesten nach Toulon gebracht, hab ich schon lange gewusst ... Jetzt verschacherst du auch uns, Ischarioth! Nun, sei es! Die Welt soll sehen, wie echte Martials zu sterben wissen.«

Schäumend vor Wut, spuckte sie ihm ins Gesicht, als sie an ihm vorbei nach dem Polizeiwagen abgeführt wurde. Mit Barbillon, Niklas und Rotarm wurde sie ins Zuchthaus abgeführt, während Bakel in die Irrenabteilung gebracht wurde.

Siebentes Kapitel.

Nachricht über allerhand Figuren des Romans.

Ein paar Tage nach diesen Vorgängen begab Rudolf sich in das Haus in der Rue du Temple. Wie der Leser weiß, hatte er, um der List Ferrands ein Gegengewicht zu schaffen, aus einem Gefängnisse in Deutschland Cecily, die unwürdige Frau seines Negerarztes David, eine gewandte und kluge Kreolin, nach Paris bringen lassen. Der Leser weiß ferner, dass diese Kreolin durch Frau Seraphim, als Ersatz für Luise Morel in Jakob Ferrands Haus gekommen war. Rudolf wollte sich in der Rue du Temple erkundigen, wie die Dinge in Ferrands Hause seitdem standen ... Frau Pipelet eilte ihm mit den Worten entgegen: »Ach, Herr Rudolf, wie viel haben wir Ihnen zu erzählen! Denken Sie sich nur, gestern ist auch die Frau Burette von der Polizei abgeholt worden! Sie scheint außer ihrer Pfandleihe noch andere Geschäfte getrieben zu haben, man hat gehört von Hehlerei, Einschmelzen von Gold und Silber und so weiter, und was das Allerschlimmste ist, ihr alter Freund und Gönner, der Rotarm, der das Haus gepachtet, und im Einzelnen abvermietet hat, ist auch verhaftet worden ...« Und nun erzählte sie, was sich bei Rotarm ereignet hatte ...

»Rotarm?« dachte Rudolf bei sich, »Rotarm verhaftet, und die Eule tot? Nun, die hat ein besseres Schicksal wirklich nicht verdient ... Die arme Marienblume ist wenigstens gerächt worden ... Aber,« setzte er laut hinzu, »wie stehts mit Cecily und mit dem Notar?«

»Als wir zu ihm kamen, mochte es ungefähr sieben Uhr sein. Ich sagte dem Pförtner, er solle mich bei ihm melden, ich sei mit der Person da, über die schon Frau Seraphim mit ihm gesprochen. Der Pförtner stutzte und fragte mich, ob mir nichts darüber bekannt sei ... O, Herr Rudolf, das ist eine gar schlimme Sache ... Die Seraphim ist auf einer Landpartie, die sie mit einer jüngeren Person – wie gesagt wird, einer Verwandten von ihr – ertrunken.« –

»Ertrunken? Auf einer Landpartie? Jetzt im Winter?« fragte Rudolf verwundert. »Und Ferrand? Ist ihm Cecilys Schönheit aufgefallen?« – »Bei unserm Eintritt ist er, wie erschrocken, aufgesprungen, wahrscheinlich vor Verwunderung über Cecilys elsässischen Anzug. Ohne ihm Zeit zum Besinnen zu lassen, sagte ich ihm, er möchte verzeihen, dass meine Nichte in ihrer Landestracht käme; sie sei aber gerade angekommen, und ich sei nicht in den Verhältnissen, gleich für einen andern Anzug zu sorgen. Es möchte sich auch wohl deshalb der Mühe nicht lohnen, weil wir doch bloß kämen, um ihm zu danken für seine Bereitwilligkeit, das Mädchen in seinem Hause aufzunehmen. Dann drückte ich meine Besorgnis aus, Cecily möchte ihm am Ende gar nicht gefallen?« –

»Und warum sollte das der Fall sein?« versetzte der Notar, der sich wieder gesetzt hatte und uns über seine Brille hinweg angaffte. »Wenn Ihre Nichte mir verspricht, arbeitsam, brav und nett zu sein, vor allen Dingen nie den Fuß aus meinem Hause zu setzen, dann will ich mich ihrer annehmen und sie zu mir ins Haus nehmen.« Darauf sagte Cecily, sie wolle doch lieber in ihre Heimat zurück, und der Notar sagte, mit Gewalt wolle er sie nicht halten; ein Dienstmädchen zu finden, sei nicht schwer, wir könnten es halten, wie wir wollten. Ich redete ihr nun zu, sie solle sich doch nicht sperren, ein guter Dienst in so reputierlichem Hause sei nicht alle Tage zu haben, und wenn sie sich nicht zureden ließe, würde ich mich weiter nicht um sie kümmern ... Darauf entschloss sie sich, wenn auch sichtlich mit schwerem Herzen, zum Bleiben, bedang sich aber aus, in zwei Wochen wieder abziehen zu dürfen, wenn das Heimweh sie gar zu sehr befallen sollte. Sie nahm nun das sehr bescheiden bemessene Draufgeld des alten Knickers, und wir gingen ...« – »Sehr gut, Frau Pipelet,« sagte darauf Rudolf, »da haben Sie, was ich Ihnen versprochen habe, für den Fall, dass es Ihnen gelänge, das arme Ding, das mir eine Last ist, gut unterzubringen.«

Die Rosen auf Lachtäubchens Gesicht verblichen mehr und mehr, und ihr niedliches, ehedem so frisches, rundes Gesicht wurde immer länger, ihr ehedem so heiterer, lebensfroher Zug im Gesicht war noch ernster als bei der letzten Begegnung mit ihrer ehemaligen Zellengenossin vor dem Gefängnisse von Saint-Lazare. – »Ach, wie freue ich mich, Sie wieder einmal zu sehen, lieber Herr Nachbar,« sagte sie zu Rudolf, als sie ihn aus Pipelets Wohnung heraustreten sah ... »ich habe Ihnen viel, gar viel zu erzählen.«

»Sagen Sie mir doch vor allen Dingen, wie es Ihnen geht, liebe Nachbarin?« antwortete Rudolf, »noch immer so lustig wie einst? Nein, nein! Sie sind blass – Sie arbeiten gewiss zu viel ...« – »Nicht doch, Herr Rudolf! Was mir schadet, ist nicht die Arbeit, denn an sie bin ich gewöhnt; aber der Gram, der Gram, der ist die Ursache zu meiner Veränderung ... Ach, wenn ich den armen Germain sehe, dann könnte ich vergehen vor Kummer.« – »Er ist wohl recht niedergeschlagen?« – »Freilich, freilich! Sie können wohl denken, dass ein so kreuzbraver Mensch, wie er, unter soviel Bösewichtern die Hölle auf Erden hat! Der Fron, in dessen Abteilung er sitzt, hat ihm schon wiederholt geraten, er möchte nicht so stolz tun; aber Germain kann es nicht über sich bringen, mit Schurken und Verbrechern sich abzugeben, und so fürchte ich, dass es über kurz oder lang noch ein gar schlimmes Ende mit ihm nehmen werde ... Aber immer denke ich bloß an mich, und Sie wollten doch von der Schalldirne einiges hören ...« –

Rudolf sah sie verwundert an. – »Nun, ich habe sie vorgestern gesehen, als ich die Luise in Saint-Lazare besuchen wollte.« – »In Saint-Lazare? Das ist doch nicht möglich!« – »Und doch, Herr Nachbar! Sie war es, und keine andere.« – »Da müssen Sie sich doch aber geirrt haben!« – »Nein, ich erkannte sie auf der Stelle, trotzdem sie in Bauerntracht war.« – »Und doch müssen Sie sich geirrt haben!« – »Nicht doch! Aber wenn Sie so bestimmt behaupten, sie sei es nicht gewesen, müssen Sie sie doch auch kennen!« – »Freilich kenne ich sie.« – »Nun, so steht es außer Zweifel, dass sie von Ihnen gesprochen hat, als sie mir von einem Herrn solchen Namens erzählte.« – »Und was erzählte sie?« fragte Rudolf gespannt. – »Ich erzählte ihr, wie es Luisen und Germain erginge, habe aber kein Wort dabei von Ihnen gesagt. Sie aber sagte gleich, dass nur ein Mensch bereit sein würde, den beiden Unglücklichen zu helfen, und das wäre ein edler, junger, sehr vornehmer Mann ... Natürlich fragte ich sie sogleich nach dem Namen, und da sagte sie, der Herr hieße Rudolf ...«

»Nun ja doch, ich habe mich für dieses Mädchen interessiert. Es wundert mich aber, dass sie in Paris sein soll. Das kann nicht sein. Jedenfalls zwingt mich die Mitteilung, mich auf der Stelle von Ihnen zu verabschieden. Halten Sie nach wie vor Germain und Luisen gegenüber reinen Mund über den Schutz, den ihnen unbekannte Freunde gewähren. Die Zeit, wann davon gesprochen werden kann, kommt schon. Aber vorläufig muss das Geheimnis noch gewahrt bleiben. – Wie geht's der Familie Morel?« – »Besser, Herr Rudolf, viel besser. Die Frau hat sich ganz erholt, und die Kinder erholen sich auch ... Wie mag es aber mit dem Vater der unglücklichen Leute, die Ihnen soviel verdanken, gehen?« – »Wie ich gehört habe, auch besser. Gestern habe ich vom Arzte gehört, dass sich die lichten Augenblicke häufiger einstellen, und dass sich infolgedessen Hoffnung fassen ließe, dass es wieder gut mit ihm werden würde.« – »Gott gebe, dass Sie die Wahrheit sprächen, Herr Rudolf!« antwortete Lachtaube mit schwerem Seufzer ... »Leben Sie wohl, Herr Nachbar!« – »Adieu, liebe Freundin! Auf baldiges Wiedersehen!«

Rudolf konnte nicht fassen, wie es kommen könne, dass seine kleine Freundin Madame Georges verlassen, und eilte in seine Wohnung, um gleich einen Boten nach Bouqueval hinauszuschicken. Gerade als er in die

Rue Plumet einbog, sah er vor seinem Palais einen Extrapostwagen halten. Murph kam von der Reise nach der Normandie zurück, die er dorthin unternommen, um die Pläne der Stiefmutter der Marquise von Harville und ihres Helfershelfers Bradamanti zu durchkreuzen. Murphs Gesicht strahlte vor Freude ... »Gute Nachrichten, Königliche Hoheit!« rief er, als er mit Rudolf allein war; »die Elenden sind entlarvt und Herr von Orbigny ist gerettet. Aber Sie haben mich gerade noch zur rechten Zeit weggeschickt; kam ich eine einzige Stunde später, dann war ein neues Verbrechen vollbracht.« - »Und die Marquise von Harville?« - »Sie ist außer sich vor Freude darüber, dass sie Ihrem Rate so rasch Folge geleistet hat.« - »Und Polidori?« - »Er war auch diesmal der Helfershelfer! Aber diese Stiefmutter ist ja das richtige Ungeheuer! Was ich diesem Polidori gegenüber habe anstellen müssen, das geht weit über die bisherigen Rollen, die ich als Kohlenträger usw. gespielt habe.« - »Und wo ist er?« - »Ei, ich habe ihn mithergebracht! Denken Sie, eine Reise in solcher Gesellschaft! Zwölf Stunden neben einem Subjekte, das ich mehr als sonst jemand auf Erden hasse! Es kam mir so vor, als ob ich neben einer Natter säße!« - »Und wo hast du ihn abgesetzt?« - »In der Rue des Veuves. Dort ist er sicher bewacht. Ich ließ ihm die Wahl, entweder sofort der Polizei überliefert zu werden, oder in der Rue des Veuves Ihre weitere Entscheidung abzuwarten. Dann besann er sich nicht eben lange.« - »Gut! Besser, wir haben ihn unter der Fuchtel! Murph, du bist ein Goldmensch! Aber erzähle mir, wie es zugegangen. Ich brenne vor Ungeduld.« -

»Ich hatte weiter nichts nötig, als den mir von Ihnen erteilten Weisungen auf den Buchstaben zu gehorchen. Sie haben eben wieder einmal gute Menschen gerettet und böse bestraft ... Lesen Sie den Brief der Marquise von Harville, den sie mir mitgegeben hat; er wird Sie von allem unterrichten.«

Rudolf las mit fliegender Hast:

»Königliche Hoheit! - Wie viel bin ich Ihnen schon schuldig, und jetzt noch meines Vaters Leben! Ich preise Gott, der mein Herz so lenkte, dass ich Ihrem Rate unverzüglich folgte und mit schnellster Post nach Aubiers reiste. Dort erfuhr ich, dass mein Vater seit mehreren Tagen sehr krank sei und dass meine Stiefmutter mit einem Arzte aus Paris angekommen sei. Ich zweifelte keine Sekunde, dass der letztere kein anderer als Polidori sei, und wollte sogleich zum Vater. Aber sein alter Diener war nicht mehr auf dem Schlosse. Ein Intendant, der mich in meine Zimmer geleitete, erzählte es mir und sagte, er wolle mich gleich der Stiefmutter melden. Aber schon kam sie selbst. So falsch sie ist, so schien meine unvermutete Ankunft sie doch in Unruhe zu setzen ... »Ihr Vater ist auf Ihren Besuch nicht vorbereitet, Madame,« sagte sie. - »O, ich muss ihn aber gleich sprechen; es ist ein schreckliches Unglück geschehen: Mein Mann ist durch eine maßlose Unvorsichtigkeit ums Leben gekommen. Ich konnte infolgedessen nicht länger in Paris bleiben, sondern möchte die erste Trauerzeit beim Vater verleben. Warum bin ich gar nicht benachrichtigt worden, dass Papa so ernstlich erkrankt ist?«

»Es war Herrn von Orbignys Wunsch,« erwiderte die Stiefmutter. – »Das glaube ich nicht,« rief ich, »ich will mich von der Wahrheit selbst überzeugen,« sagte ich und wollte gehen, sagte mir wohl im andern Augenblicke, solche Überraschung könne dem Vater leicht gefährlich werden; bekämpfte aber diese Furcht, denn ich hatte ja so triftigen Grund, diese kalt berechnende Frau des schlimmsten für fähig zu halten, zumal sie mit diesem Polidori, dem Mörder meiner Mutter, hier war; und so schob ich die Frau beiseite und eilte in meines Vaters Zimmer. O, Königliche Hoheit, den Anblick, der sich mir dort bot, werde ich mein Lebtag nicht vergessen: unkenntlich, bleich, abgemagert, mit dem Ausdruck des tiefsten Leidens in allen Zügen, lag mein Vater in seinem Armsessel. Neben ihm stand Polidori, eben damit beschäftigt, in eine Tasse aus einem Fläschchen Tropfen zu gießen. Als er mich so unvermutet erblickte, setzte er das Fläschchen wieder auf den Kamin, statt meinem Vater den Trank zu reichen. Instinktiv griff ich nach dem Fläschchen und schob es in meine Tasche. Es entging mir nicht, dass die Stiefmutter und Polidori darüber heftig erschraken. Ich gratulierte mir zu meinem Entschlüsse, trotzdem ich fürchten musste, dass der Schurke, ohne meines Vaters und der Wartefrau zu achten, das Äußerste gegen mich unternehmen werde, da er sein Verbrechen ja so gut wie entdeckt sah ...

»Ich fühlte, dass mir Unterstützung vonnöten sei, und klingelte. Mein Kammerdiener trat ein. Ich sagte ihm, er solle gleich meine Sachen aus dem Wirtshause holen, wo ich abgestiegen sei. Murph wusste, dass ich ihn sogleich sehen müsste, wenn ich mit solchem Bescheide ins Wirtshaus schickte ... Nun war ich beruhigt, denn ich konnte mich Murphs binnen wenigen Minuten versichert halten ... Papa war so verwundert, dass er nur mühsam Worte finden konnte. Endlich fragte er, und zwar fast verdrießlich: »Was führt dich her, Clemence?« – Die Stiefmutter nahm an meiner Stelle das Wort und sagte: »Liebes Männchen, du weißt doch, dass dir die geringste Erschütterung von Nachteil sein muss. Wenn die Anwesenheit deiner Tochter dich stört, so reiche mir deinen Arm, ich will dich ins Nebenzimmer führen.«

Ich erriet die Absicht meiner Stiefmutter, hatte aber nicht nötig, mich dawider zu verwahren, denn im selben Augenblicke trat Sir Walter Murph auf die Schwelle ... Die Stiefmutter war vor Schreck außer sich; Polidori stand wie an den Boden gewurzelt, und mein durch die Krankheit erschöpfter Vater war einer Ohnmacht nahe ... Sir Walter riegelte die Tür ab, durch die er eingetreten war, vertrat den Weg zu der ins Nebenzimmer führenden Tür, um Polidori an der Flucht zu verhindern, und richtete voll tiefster Hochachtung das Wort an meinen Vater: »Herr Graf,« sagte er, »gebieterische Notwendigkeit diktiert mein Handeln. Wie Ihnen dies Subjekt hier bestätigen kann, ist mein Name Walter Murph. Ich stehe in Diensten des Großherzogs von Gerolstein und bekleide den Rang eines Geheimrats ... » – »Aber was wollen Sie hier bei mir?« fragte mein Vater ängstlich. – »Sir Walter Murph,« nahm ich an seiner statt das Wort, »will im Verein mit mir ein Schurkenpaar entlarven, dessen Opfer Sie beinahe geworden wären.« – Ich gab Sir Walter Murph das Fläschchen, das ich vom Kamine genommen hatte. – »O, ein alter Bekannter,« sagte Sir Walter, mit einem Blicke auf das Fläschchen, »der Schurke dort wird mir nicht zu widersprechen wagen, wenn ich Ihnen sage, Herr Graf, dass in dem Fläschchen ein langsam, aber sicher wirkendes Gift enthalten ist. Sie werden nun die Gefahr, in der Sie schwebten und der Sie durch Ihrer Tochter Liebe entrückt sind, nicht länger bezweifeln.«

Mein Vater ließ den Blick von seiner Frau auf Polidori, von diesem auf mich, von mir auf Sir Walter Murph gleiten. Er war außer sich vor Schreck, denn er konnte noch immer nicht fassen, was um ihn her vorging und was mit ihm seither vorgegangen war. Auf seinem Gesichte las ich den schweren Kampf, der sein Herz zerriss. Zweifellos kämpfte er wider den grässlichen Argwohn an, der in seinem Herzen aufstieg, noch widerstrebte es ihm, seine zweite Frau solche Schlechtigkeiten für fähig zu halten, endlich schlug er die Hände vor das Gesicht und seufzte tief und schwer ... Ich musste, koste es was es wolle, dieser Situation ein Ende machen, sollte ich meinen Vater nicht in Gefahr für seine Gesundheit setzen ... Sir Walter erriet meine Gedanken. Er wollte aber im Herzen meines Vaters jeden Zweifel ausrotten und sagte: »Bloß noch ein paar Worte, Herr Graf! Für den schweren Schlag, den Ihnen die Erkenntnis bereiten muss, in der zweiten Frau, der sie immer mit Liebe angehangen haben, eine böswillige Heuchlerin, eine Natter an ihrem Busen gewärmt zu haben, wird Ihnen die Liebe Ihrer Tochter reichen Ersatz schaffen ... Und wenn ich also spreche, so dürfen Sie mir glauben, dass ich es nicht wagen würde, ständen mir nicht gewichtige Beweise zu Gebote – Beweise, die erdrückender Art sind und für die Sie durch die Antworten des ehrlosen Subjektes, das Ihnen als Arzt dienen sollte und ihr als Mordbube gedient hat, den Beweis erhalten werden ... Hast du dich nicht der Zuchthausstrafe, die die Gerolsteiner Justiz über dich verhängt hat, durch die Flucht entzogen? Hast du dich nicht in der Rue du Temple unter dem falschen Namen Bradamanti verborgen gehalten? Hast du dort nicht das schändlichste Gewerbe betrieben? Hast du nicht die erste Frau des Grafen von Orbigny vergiftet? Und hat dich nicht vor drei Tagen des Grafen jetzige Frau aufs Schloss hergeholt, um ihren Mann durch dich vergiften zu lassen? Seine Königliche Hoheit der Großherzog ist in Paris und wird dir dein Urteil sprechen. Gestehst du jetzt die Wahrheit ein, so hast du keine Begnadigung, sondern höchstens eine Strafmilderung zu gewärtigen ... Weigerst du dich, mir nach Paris zu folgen, so hast du nur zu wählen zwischen sofortiger Auslieferung, die dem Großherzog nicht verweigert werden wird, oder sofortiger Verhaftung durch die Polizei des Landes. Dies Fläschchen hier bricht dir den Hals! Und nun tue, was dir beliebt!«

Der Elende war seiner Sprache nicht mächtig. Sir Walter Murph packte ihn und führte ihn hinaus, wo er ihn durch die Dienerschaft fesseln ließ. Als er wieder ins Zimmer trat, war die Gräfin aus der Ohnmacht, in die sie durch die unerwartete Fügung der Ereignisse gestürzt war, wieder erwacht. Aber Sir Walter übte keine Schonung gegen sie, sondern befahl ihr, binnen einer Stunde das Schloss zu verlassen, wenn sie nicht Bekanntschaft mit der Polizei machen wolle ... In einem Zustande halb der Wut, halb des Entsetzens, taumelte die Frau aus dem Zimmer. Auch mein Vater kam bald nachher wieder zu sich. Ihm erschien alles, was um ihn her vorgegangen war, wie ein grauenvoller Traum. So verblendet und nachsichtig er bisher gegen seine zweite Frau gewesen war, so hart und unbarmherzig verhielt er sich jetzt. Er wollte sie den Gerichten als Mörderin überliefern, ich riet ihm aber davon ab, um solchen Skandal zu vermeiden, und sagte ihm, er solle es dabei bewenden lassen, dass er sie für immer aus seiner Nähe verbanne ... Schließlich willigte er darein ... Ich habe meinen Vater fernerhin veranlasst, heute noch Aubiers zu verlassen,« las Rudolf weiter, »und habe ihn nach Fontainebleau gebracht, wo wir seine Genesung abwarten wollen. Dann wird er sich nach Paris begeben, aber nicht in meinem Hause wohnen, denn nach dem grausigen Ereignis, das meinen Mann hingerafft hat, ist auch mir der Aufenthalt dort verleidet ... Empfangen Sie nochmals meinen Dank für die Unterstützung, die Sie mir haben angedeihen lassen, und versichern Sie auch Sir Walter Murph meines tiefgefühltesten Dankes.

Ihre Clemence von Harville, geb. Orbigny.«

Nachschrift. »Noch eins, was ich Ihnen längst schon hätte mitteilen sollen! Im Gefängnisse Saint-Lazare, wo ich zufolge Ihrer Weisung die Gefangenen besuchen sollte, habe ich ein unglückliches Mädchen angetroffen, für das Sie sich ehedem interessierten. Die Unglückliche wird Ihnen, wenn Sie sich weiterhin für Sie interessieren, selbst erzählen, auf welche Weise, durch welches Zusammentreffen widriger Umstände sie der freundlichen Stätte entrissen worden ist, wohin Sie sie geführt hatten, und wie sie den Weg in das Gefängnis gefunden hat, wo sie als milder Engel ihren segensvollen Einfluss geltend zu machen verstanden hat ...«

»Ich verstehe nicht,« sagte Rudolf bei sich, »wie das alles zusammenhängen mag ... welch neues Unglück mag über die arme Marienblume hereingebrochen sein? Schicke auf der Stelle einen reitenden Boten nach Bouqueval, lieber Murph, und schreibe der Frau Georges, dass sie sofort nach Paris kommen möge ... Sage auch Graun, er solle mir die Erlaubnis zum Besuche des Gefängnisses Saint-Lazare verschaffen. Wie mir Frau von Harville mitteilt, ist das Mädchen dort eingesperrt; doch nein! Lachtaube teilt mir doch eben mit, sie habe sie mit einer älteren Frau aus dem Gefängnisse gehen sehen ... Sollte das etwa Frau Georges gewesen sein? Wer weiß! Und wohin mag die Arme dann geraten sein?«

»Geduld, Hoheit, Geduld!« sagte Murph, »ehe es Abend wird, soll alles offenbar sein. Wir werden morgen das Verhör mit dem Schurken Polidori anstellen, der, wie er jagt, Ihnen wichtige Aufschlüsse zu geben hat, sie aber niemand als Ihnen selbst geben will.« – Rudolf machte eine abwehrende Gebärde ... »Warum sollten Sie mit dem Manne nicht reden wollen? Drohen Sie ihm mit der Polizei und den Gerichten Frankreichs ... die Angst vor dem Bagno, wird ihm die Zunge am ehesten lösen.« –

Es wurde geklopft, Murph ging hinaus und kam mit zwei Briefen wieder, deren einer für Rudolf bestimmt war ... Ihn schnell überfliegend, rief er: »Also, wie ich ahnte, das Mädchen ist einer neuen Niederträchtigkeit zum Opfer gefallen! Am selben Abend, an dem sie von Bouqueval verschwunden, ist ein reitender Bote zur Frau Georges gekommen mit der Nachricht, ich sei von dem Verbleib des Mädchens unterrichtet und würde sie nach einigen Tagen persönlich zurückbringen. Frau Georges ist aber trotzdem über das Ausbleiben jeder weiteren Nachricht in Sorge und schreibt mir nun, ich möchte sie doch aus dieser Ungewissheit befreien.« – »Seltsam!« – »Aus welcher Ursache mag man das Mädchen aus Bouqueval gebracht haben?« – »Ich vermute, Königliche Hoheit, dass die Gräfin Sarah diesem Vorgange nicht fremd ist,« bemerkte plötzlich Murph. – »Sarah? Und warum denkst du das?« – »Setzen wir den letzten Vorgang in Konnex mit den Verleumdungen, die sie über die Marquise ausgestreut hat ...« – »Du hast recht, Murph,« antwortete Rudolf, dem nun mancherlei klar wurde, das ihm bisher dunkel gewesen war. »ja, ich verstehe jetzt – Sarah hält hartnäckig an dem Wahne fest, dass sie dadurch, dass sie alle Liebesbande, die mich ihrer Meinung nach fesseln, zerreißt, mich wieder an sich ziehen werde ... Schicke auf der Stelle Graun zu ihr und lasse ihr sagen, ich hätte von dem Anteil, den sie an dem Raube des Mädchens habe, genaue Kenntnis und würde, wenn sie mir nicht sofort gestände, wohin sie das Mädchen habe schaffen lassen, mich unverzüglich an die Polizei wenden.« – »Sogleich, Königliche Hoheit! Zuvor aber gestatten Sie wohl, dass ich schnell noch sehe, was mir mein Marseiller Agent über das Fortkommen Schuris meldet, dem er nach Algier verhelfen sollte.« »Und was wird dir mitgeteilt?« fragte Rudolf nach einer kleinen Weile. –

»Schuri hat in Marseille geraume Zeit auf ein Schiff nach Algier warten müssen und dann, als ihm die Zeit zu lang wurde, erklärt, er wolle nach Paris zurückreisen.« – »Nun, warten wir ab, was uns weiter von ihm bekannt wird,« erwiderte Rudolf, »schicke sofort Graun zur Gräfin oder erkundige dich selbst in Saint-Lazare, was aus dem armen Kinde geworden ist.«

Nach Verlauf einer Stunde kam Graun von dem Gange wieder, völlig außer Fassung ... »Was ist Ihnen denn, Graun?« rief Rudolf ihm entgegen, »haben Sie die Gräfin gesprochen?« – »Königliche Hoheit, etwas Entsetzliches ... – »Sprechen Sie! Sprechen Sie!« drängte ihn Rudolf. – »Die Gräfin ist niedergestochen worden, Königliche Hoheit!« – »Graun! Sind Sie von Sinnen?« – »Noch lebt sie, aber der Arzt zweifelt an ihrem Aufkommen,' erwiderte Graun. – »Und wer hat dies Verbrechen begangen?« rief Rudolf, »es lässt sich ja kaum fassen!« – »Man weiß nichts näheres,« berichtete Graun, »aber es hat sich jemand ins Zimmer der Gräfin geschlichen und viel Juwelen geraubt ...« – »Ziehen Sie sofort nähere Erkundigungen ein, Graun, und halten Sie sich stündlich auf dem Laufenden!«

Murph kam bald darauf von Saint-Lazare wieder ... »Vernimm, ehe du mir mitteilst, was du erfahren,« sagte Rudolf, »dass Sarah einem Raubmorde erlegen ist ... und dass ihr Leben in der äußersten Gefahr schwebt ...« – »Entsetzlich, Königliche Hoheit,« rief Murph und setzte nach einer kleinen Pause hinzu: »Sie hat wohl viel verschuldet, Hoheit, aber solches Ende wäre doch zu schrecklich!« – »Und wie steht's mit dem Mädchen?« fragte Rudolf gespannt. – »Sie ist gestern, wie es heißt, auf Verwenden der Marquise von Harville, in Freiheit gesetzt worden.« – »Das kann doch nicht sein,« versetzte Rudolf, »die Marquise schreibt mir ja, dass ich die weiteren Schritte tun solle, die dem Mädchen zu seiner Freiheit verhelfen könnten.« – »Und doch ist es so, wie ich sage. Das Mädchen ist seit gestern nicht mehr im Gefängnisse. Eine ältere Frau ist mit dem Freilassungsbefehl da gewesen, und mit ihr hat das Mädchen das Gefängnis verlassen.« – »Das hat mir allerdings auch Lachtaube schon gesagt. Aber wer kann diese ältere Frau sein? Und wohin mögen sie zusammen gegangen sein? ... Es häuft sich wirklich Geheimnis auf Geheimnis ... Vielleicht könnte Gräfin Sarah uns den Schlüssel dazugeben. Nun setzt sie aber der Zustand, in dem sie sich befindet, außer Möglichkeit, irgendwelche Aussage zu machen ... Wenn sie bloß das Geheimnis nicht mit in das Grab nimmt!«

Achtes Kapitel.

Cecily.

Es ist Nacht, und die tiefe Stille, die in Ferrands Hause herrscht, wird nur durch das Geheul des Windes und den in Strömen niederfallenden Regen unterbrochen. In einem neu eingerichteten Schlafzimmer steht ein junges Weib vor einem Kamine, in welchem ein helles Feuer brennt. Eine Lampe verbreitet ein mattes Licht in dem rot tapezierten Raume. In die Wohnung des Notars ist seit einiger Zeit überhaupt ein Luxus eingezogen, den man früher dort nicht für möglich gehalten hätte. Ihn bei dem geizigen Manne durchzusetzen, ist das Werk jenes Weibes, das in der vollsten Blüte steht, das eine hervorragende Schönheit ist, um so bestechender, als sie einen ausländischen Typus darstellt. Ihr Gesicht gehört zu jenen, die niemand vergisst, der sie einmal gesehen hat ... Über einem reinen Gesichtsoval wölbt sich eine kühne, leicht hervorstehende Stirn. Die fast übergroßen Augen sind von eigentümlichem Ausdruck, ihr tiefes Schwarz lässt an den beiden Winkeln der Lider mit den langen Wimpern kaum das bläuliche, durchsichtige Weiß erkennen; das Kinn tritt scharf hervor, der Mund ist lebhaft gerötet, und die feine gerade Nase endigt in zwei beweglichen Nüstern, die sich bei der geringsten Erregung weiten und dehnen. Sie ist von schlanker Figur und doch üppig, kräftig und doch geschmeidig, von prickelnder Schärfe des Geistes und von bestechender Liebenswürdigkeit, kurz, der reinste Typus südlicher Sinnlichkeit ... Durch den Baron von Graun ist sie über die schändlichen Mittel unterrichtet, durch die Morels unglückliche Tochter in seine Hände geraten ist. Ihre Aufgabe ist es, den Notar in Elend und Verderben zu stürzen ... Sie hat es in unglaublich kurzer Zeit verstanden, den sinnlichen Mann in Kettenbanden zu schlagen, und nichts ist Ferrand schrecklicher als der Gedanke, dass ihm dieses Weib entrinnen oder genommen werden könnte.

Der Außenwelt gegenüber galt sie als Hausmädchen und Wirtschafterin, und um zu aller Zeit ungestört mit ihr zu sein, hatte er sich zu verschiedenen Änderungen in seiner Lebensweise entschlossen: So ließ er das Essen aus einer nahen Speisewirtschaft holen, um keine Köchin zu brauchen; seine Schreiber hatte er aus der häuslichen Kost entlassen und durch Erhöhung ihres Lohnes entsprechend entschädigt; die Reinemache-Arbeiten im Hause musste der Pförtner übernehmen, und all diese Mehrausgaben bestritt er gern, um Cecily das Leben so angenehm wie nur möglich zu machen ... Aber Cecily verfolgte nur ein Ziel: diesen Mann bis zum Wahnsinn zu erregen – ihm je in Liebe zu gehören, lag ihr völlig fern – ob er Höllenqualen litt, ob er keine Ruhe fand bei Tag und bei Nacht, störte sie nicht, im Gegenteil, das bildete einen Teil ihres Programms oder, richtiger gesagt, der ihr durch Graun gestellten Aufgabe.

Während sie jetzt, mit ihrer Toilette für die Nacht beschäftigt, vor dem Spiegel stand, flüsterte eine heisere, klagende Stimme draußen vor der Tür ihren Namen. Ohne sich an die Unvollständigkeit ihres Anzuges zu kehren, trat sie zur Tür und fragte mit jenem fremden Akzent, der ihrer Stimme einen besonderen Reiz verlieh, was Herr Ferrand zu so ungewohnter Zeit noch von ihr begehre ... »Ach! Wie schön Sie sind! Wie schön!« flüsterte Ferrand wieder. – »So? Finden Sie?« fragte sie spöttisch, »o ja, ich denke, ein buntes Tuch steht zu meinem schwarzen Haare recht gut.« – »Haben Sie Erbarmen mit mir, Cecily! Erbarmen, Erbarmen!« – »Aber, Mann,« lief die Kreolin mit spöttischem Lachen, »ich habe gar nicht glauben wollen, dass es in eurem Frankreich auch Taranteln gibt? Die habe ich immer nur bei uns im südlichen Amerika vermutet.« – »Ungeheuer!« schrie Ferrand außer sich, »ha! Diese Pein ertrage ich nicht länger! Ich muss Sie sehen, muss in Ihrer Nähe weilen.« – »O, dann treten Sie doch näher! Aber eins, mein Lieber! Lassen Sie sich nicht beikommen, handgreiflich zu werden! Sonst – sehen Sie hier dies kleine Instrument« – und sie nahm vom Kamin einen scharf geschliffnen Dolch, um ihn neben sich auf den Tisch zu legen – »sonst möchten Sie Gefahr laufen, Bekanntschaft mit seiner scharfen Spitze zu machen!«

»Sie wollen sich also zu gar keiner Milde bewegen lassen?« fragte der Notar mit verhaltener Wut, »und dabei diene ich Ihnen doch wie der niedrigste Knecht! Dabei vernachlässige ich um Ihretwillen meine wichtigsten Interessen, lasse mich von meinem Personal anstieren, als sei ich nicht mehr Herr meiner Sinne, lasse mich von meinen Klienten hudeln, von denen schon mehr denn einer gedroht hat, mir seine Aufträge zu entziehen ... O, Sie wissen gar nicht, welch schreckliche Folgen diese wilde Leidenschaft noch für mich haben kann!« – »Na, na, so schlimm werden sie doch kaum werden,« rief Cecily, abermals lachend, »soviel ich gehört habe, kann Ihr Geldbeutel manche Anzapfung vertragen? Sie dürfen eben nie vergessen, mein lieber Herr Ferrand, dass Geiz die Wurzel alles Übels ist!« – »Bin ich denn geizig gegen dich?« fragte Ferrand, »lege ich dir nicht alles zu Füßen, was ich habe? Beginge ich nicht, dir zuliebe, das schlimmste Verbrechen?« – »Halt!« rief da Cecily, »nicht weiter mit dergleichen Reden! Ich mag keinen Teil haben an Verbrechen!« – »Dann sprich, was du begehrst – sprich! Ich gebe dir alles, was du begehrst ... alles, alles!« – »Ich will mir bis morgen überlegen, was ich am liebsten hätte ... mir eilts nicht, mein Lieber, und heute bin ich gerade ganz schrecklich faul ... Also bis morgen, mein Lieber! Da, geh! Du findest die Tür gewiss allein?«

Und wieder ist's Nacht, und wieder steht Ferrand vor Cecilys Tür, um Einlass bettelnd. Aber die Tür tut sich ihm heute nicht auf. Cecily überzeugt sich vielmehr, dass die Sicherheitskette vor der Tür richtig eingehakt ist. Durch den Spalt hindurch fragt sie: »Nun, mein Lieber, wie stehts heute? Hast du dich versehen mit allem, was mein Herz begehren könnte?« – »Cecily, höre mich!« ruft Ferrand, in heller Verzweiflung ... »Ehre, Vermögen, Leben lege ich in deine Hand! Und noch immer willst du nicht glauben, dass ich dich liebe?« – Cecily lässt sich nicht erweichen zu öffnen, sondern fragt durch den Spalt: »Ehre, Vermögen, Leben? Wie soll ich das verstehen?« – »Ha, wenn ich dir ein Geheimnis mitteilte, das mich auf das Schafott brächte – wenn ich mich also mit Haut und Haar in deine Hände lieferte, würdest du auch dann noch dich weigern, die Meine zu werden?« – »Oho! Du hättest wirklich schon Verbrechen auf deiner Seele? Du? Ein königlicher Notar? ... Ach geh! Du spottest! Du giltst doch für einen Heiligen und solltest ein Teufel sein? Verschone mich mit derlei Prahlerei, die dir bloß dein Wahnwitz eingibt! Solch ein Mensch wäre ja ein Hohn auf die Schöpfung!« – »Nun, ich bin solcher Mensch,« rief Ferrand mit hässlichem Stolze, »Cecily!« rief er, »und um deiner Liebe willen häufe ich Verbrechen auf Verbrechen!« – »Ha, Ferrand, das nenne ich Leidenschaft! Das erinnert mich an die Heimat, wo die Männer noch zu lieben verstehen! Das erwärmt mich für dich, Jakob! Ha! Das gießt Feuer in meine Glieder!« – »O, Cecily! Du willst mich erhören?« winselte der Elende, »o, öffne! Öffne!« – »Jakob, täte ich es, dann wäre ich verloren, denn ich könnte dir nicht länger widerstehen, und doch muss ich es noch! Aber zum Zeichen, dass ich die Deine sein will, sein werde, nimm hier den Dolch! Er soll sich nicht mehr zwischen uns drängen können!« – Und Ferrand nahm mit wilder Gebärde die Waffe, die sie ihm durch den Spalt reichte, und schleuderte sie in einen Winkel ...

»Du glaubst mir, Cecily?« fragte er in wonnigem Entzücken. – »Ob ich dir glaube!« versetzte die Kreolin und legte ihre weichen Hände auf die krampfhaft geballten Fäuste des Notars ... »Gewiss glaube ich dir! Finde ich nicht jenen Blick bei dir wieder, der mich schon öfter in Fesseln schlug? O Jakob, deine Augen, sind mein Faible!« – »Und, wenn ich dir alles, alles sage?« – »O, dann bewillige ich dir alles, alles!« – »Nun, so lege ich Ehre und Leben in deine Hand! Höre mich an! Vor zehn Jahren wurde mir ein Kind anvertraut mit einer Summe von 250 000 Franks, von dessen Zinsen sein Unterhalt bestritten werden sollte. Das Kind stieß ich in die Verbrecherwelt hinaus, gab es durch einen gefälschten Totenschein als gestorben aus und unterschlug das Geld ... » –

»Oho! Du bist ein Wagehals, Jakob! Wer hätte dir so etwas zugetraut? Dir als dem Frömmsten unter den Frommen?« –

»Weiter: Ich hasste meinen Kassierer! Um armen Menschen zu Hilfe zu kommen, hatte er eines Abends eine geringfügige Summe aus meiner Schatulle genommen, am nächsten Tage jedoch gleich wieder ersetzt; um ihn zu verderben, klagte ich ihn an, mir soviel Tausende entwendet zu haben, als es Hunderte waren, die er geliehen hatte! Mir wurde geglaubt, und der junge Mensch wanderte ins Gefängnis.« –

»O Jakob, ich sehe wohl, dass du mich liebst! Welche Gewalt muss ich über dich haben, dass du mir solche Geheimnisse anvertraust! – Komm, reich mir deine Stirn – wer könnte dir gegenüber hart bleiben? Ich will sie küssen, deine Stirn!« –

»Ha!« rief Ferrand, außer sich vor Wonne, »und stünde das Schafott vor meinen Augen, so wiche ich nicht zurück ... Drum höre weiter! Das Kind, das ich zwischen Verbrecher gestoßen, wurde mir wieder in den Weg geführt: Und ich dang Leute, es zu ermorden.« – »Wirklich? Das hättest du getan? Wann und wo?«

»Vor wenig Tagen. Auf einer Seine-Insel in der Nähe der Asnières-Brücke! Der Mann, der die Tat ausgeführt hat, heißt Martial.« – »Ha, Teufel! Jetzt erschreckst du mich, und doch zieht es mich hin zu dir, doch weckst du Leidenschaft in mir! Sprich, über welche Macht gebietest du?«

»Lass dir weiter beichten! Einige Zeit vorher hatte mir ein Herr von Adel dreimalhunderttausend Franks übergeben. Ich lockte ihn in einen Hinterhalt, erschoss ihn, machte ihn zum Selbstmörder und leugnete, die Summe von ihm erhalten zu haben, trotzdem seine Schwester sich im tiefsten Elend befand ... So! Und nun hast du mein Leben in deinen Händen! Du kannst machen mit mir, was dir beliebt! Aber nun lass mich ein! Öffne die Tür! Und wenn mir tausendfacher Tod droht, ich will ihm trotzen!« – »Jakob,« rief die Kreolin, »ich bete dich an! Du bist ein Mann nach meinem Sinne!« – Im höchsten Sinnenrausche rief Ferrand: »Cecily! Den Riegel zurück! Den Riegel zurück!« – »Da, nimm den Schlüssel!« rief die Kreolin, »ich werde aufriegeln, wenn du aufgeschlossen hast!« – »O, wie danke ich dir, Cecily! Wie danke ich dir!« rief Ferrand, stutzte aber, denn Cecily schob den Riegel noch immer nicht zurück, sodass ihm der Schlüssel gar nichts nutzte, – »Zurück den Riegel! Zurück den Riegel!« schrie er im ärgsten Sinnenrausche. Aber Cecily zauderte und plötzlich rief sie: »Ei, Männchen! Wenn du mich doch nasführtest!«

Ferrand stand einen Moment wie versteinert da. Er hatte gemeint, am Ziele seiner Wünsche zu sein, und nun stellte sich abermals ein Hindernis ihm entgegen. Und wieder rief Cecily: »Wer garantiert mir, dass du all diese Heldentaten ersonnen und gar nicht begangen hast!« - Da griff Ferrand, in die Rocktasche und riss die stählerne Kette mit einem Ruck entzwei, an der ein kleines Notizbuch hing. Das nahm er und zeigte es der Kreolin ... Fast außer Atem rief er: »Da, nimm und lies! In dem Buche findest du Material genug, was mich um Kopf und Kragen bringen kann. Aber nun schieb den Riegel zurück!« - »Gib das Buch erst her!« sagte Cecily. - »Nein, erst den Riegel weg!« rief Ferrand. - Da schob Cecily den Riegel zurück und zog im selben Augenblick dem Notar das Buch aus den Fingern; als er nun aber die Tür öffnen wollte, gab sie seinem Druck nur soweit nach, als es die Sicherheitskette erlaubte ... Da warf er sich wie ein wütendes Tier gegen die Tür; aber Cecily fasste blitzschnell das Notizbuch zwischen die Zähne, riss das Fenster auf und schwang sich gewandt und kühn zum Fenster hinaus. Sie erreichte glücklich den Hof, rannte zur Pförtnerstube, riss die Schnur, die die Haustür öffnete, und sprang in einen Wagen, der, seit Cecily bei dem Notar in Dienst war, auf Befehl des Barons von Graun zwanzig Schritte vom Hause des Notars hielt. Im Nu sauste der Wagen davon und hatte schon die Boulevards erreicht, als Ferrand sich von Cecilys Flucht erst vergewissern konnte ... Mit übermenschlicher Kraft gelang es ihm, die Kette zu sprengen. Als er aber in das Zimmer hineinstürzte, fand er es leer, und den Vogel ausgeflogen ... Das offne Fenster zeigte ihm den Weg, den die Kreolin genommen hatte. Gleich dem Ertrinkenden, klammerte er sich an die letzte Hoffnung, sie zu erreichen, nach der all seine Sinne standen. Gleich ihr schwang er sich zum Fenster hinaus auf den Hof hinunter und rannte zum Hause hinaus. Aber die Straße war öde und einsam. Niemand ließ sich sehen, niemand hören. Nur aus der Ferne Wagengerassel ... es rührte her von dem Gefährt, das Cecily zu den Boulevards hintrug.

Die Abspannung trat nun ein, die Kräfte verließen ihn, und wie ein Klotz sank er neben dem Prellsteine vor der Tür seines Hauses nieder.

Neunter Teil.

Erstes Kapitel.

Im Zuchthause.

Im Sprechzimmer des unter dem Namen La Force bekannten Pariser Zuchthauses waren heute allerhand Gefangene versammelt: solche in armseliger Kleidung, die der arbeitenden Klasse, andere in besserer Kleidung, die dem Bürgerstande anzugehören schienen. Den gleichen Unterschied gewahrte man unter den Personen, die die Gefangenen besuchten und die vorwiegend aus Frauen sich zusammensetzten. Am weitesten von dem Platze, wo der die Aufsicht führende Fron saß, hockte auf einer der Bänke, in finsterem Brüten, aber voll rohen Selbstvertrauens, Niklas Martial. Unter den schweren Verbrechern, die in Untersuchungshaft saßen, hatte er die freundlichste Aufnahme gefunden: Manche von der rückfälligen Garde hatten seinen Vater, der unter dem Fallbeil verblutet war, gekannt, andere seinen zu den Galeeren verurteilten Bruder. Micou, der Hehler, in dessen Hause Frau von Fermont mit ihrer Tochter, die unglücklichen Opfer Ferrands Habsucht, Unterkunft gesucht hatten, stattete ihm heute Besuch ab, wusste er doch recht gut, dass ihn Niklas, wenn er zornig wurde, anzeigen und in Teufels Küche bringen konnte. Darum hatte er sich nicht nötigen lassen, seiner Aufforderung zu einem Besuche auf der Stelle nachzukommen ... »Na, wie gehts denn, Vater Micou?« fragte der Räuber. – »Na, wie mans nimmt,« antwortete der Hehler, »die Geschäfte werden immer schlechter, es herrscht gar kein Vertrauen mehr unter den Menschen.« – »So? Na, mir kanns schnuppe sein, wie es um Vertrauen oder Misstrauen steht. Ich bin ja bald versorgt. Aber den Tabak habt Ihr doch über Eurer Jeremiade nicht vergessen?« – »O bewahre, zwei Pfund vom besten habe ich eben in der Kanzlei deponiert.« – »Und Wurst und Schinken?« – »Für Viktualien ist auch gesorgt, sogar Eier und Käse habe ich Euch mitgebracht.« – »Na, das lässt man sich gefallen! Ihr habt doch auch an den Wein gedacht?« – »Sechs versiegelte Flaschen Hab ich vorn mit abgegeben, dazu ein Vierpfundbrot bester Sorte« ... »Sagt mal, spielt denn der dicke Lahme Ihren Mietsleuten noch immer Streiche?« – »Nein, den bin ich endlich los! Dieser Tage wird er wohl hier einziehen.« – »Warum hat man ihn eingesteckt?« – »Er hat mit einem, der gerade aus der Haft entlassen worden und die besten Absichten hatte, sich zu bessern, zusammen gemaust. Der Dicke ließ ihm eben keine Ruhe ... Ich bin auch fest überzeugt, dass niemand als er den beiden Damen das Geld aus ihrem Koffer gemaust hat ... Man kann es den armen Dingern ja nicht verdenken, dass sie darüber schier aus dem Häuschen gerieten, waren es doch die letzten Goldfüchse, über die sie geboten, aber sich an mich deshalb halten zu wollen, dazu lag doch kein Recht vor, und so etwas musste ich mir energisch verbitten.« – »Was für Frauen waren denn das?« – „Ach, die oben im vierten Stock gewohnt haben. Ich fürchte, sie werden wohl jetzt keine Wohnung mehr brauchen, denn die Mutter dürfte Wohl schon ms Gras gebissen haben, und die Tochter schärft sich gewiss die Zähne dazu ... Aber zu ihrem Begräbnisse gebe ich keinen roten Sechser, zumal ich sicher um eine halbe Monatsmiete kommen werde ... Das ist eines der schlimmsten Jahre, die ich durchgemacht habe.« – »Ach, Micou, wann klaget und jammert Ihr nicht? Und dabei seid Ihr doch steinreich wie ein Krösus! Aber - ich werde wieder abgeholt - unsere Sprechstunde ist hier recht knapp bemessen!«

Der Hehler zuckte die Achseln und ging. Der Fron führte Niklas wieder in seine Zelle. Hinter Micou meldete sich Lachtaube. Der Fron, ein freundlicher Mann in den Vierzigern, der Lachtaube in sein Herz geschlossen hatte, führte sogleich Germain herein, der, als er das frische, reizende Gesicht der Freundin durch das Gitter schimmern sah, lebhaft errötete. Der Fron setzte sich rücksichtsvoll in die äußerste Ecke, sodass sie zusammen ungeniert plaudern konnten ... »Nun muss ich mich doch erst überzeugen, Herr Germain,« sagte Lachtaube, ihr hübsches Gesicht nahe an das Gitter haltend, »ob sich mit Ihrem Gesicht zufrieden sein lässt. Nur nicht so traurig, sage ich Ihnen, sonst werde ich böse.« - »Ist das lieb und nett von Ihnen zu kommen!« - »Ach, reden Sie nicht! Ich habe doch die gleiche Freude, Sie zu sehen! Aber was ich Ihnen heute bringe, erraten Sie gewiss nicht.« - »Was kann es anderes sein als Gutes, da es von Ihnen kommt?« erwiderte er; »wie soll ich Ihnen alles danken!« - »Da, ein Halstuch aus weißer Wolle, das ich Ihnen gestrickt habe. Ich kann mir denken, wie kalt es hier sein mag in den großen Höfen, und ein klein wenig wärmer hält es Sie doch?« - »Ach! Sie gönnen sich gewiss gar keinen Schlaf, strengen sich um meinetwillen über die Kräfte an ... Wie soll ich Ihnen das alles bloß danken!« sagte er wieder und wischte sich eine Träne aus den Augen ... »Was habe ich Ihnen eben gesagt?« rief Lachtaube; »wenn Sie durchaus nicht hören wollen, dann gehe ich auf der Stelle wieder heim, hören Sie? Ich kann mir wohl denken, dass die anderen Gefangenen sich lustig über Sie machen ... Und wenn Sie durchaus nicht auf den freundlichen Fron hören und Ihr Benehmen ändern wollen, dann wirds doch noch einmal kommen, wie er gesagt hat, man wird Ihnen was zuleide tun!« - »Ich kann mir nicht helfen, liebe Freundin, mit solchen Menschen Gemeinschaft zu haben, ist mir nicht möglich.« - »Ich glaube es Ihnen ja,« sagte Lachtaube, »habe ich doch gelesen, was Sie mir jüngst aufgezeichnet haben, aber was bleibt denn anders übrig als mit den Wölfen zu heulen? Fassen Sie doch Mut! Es werden schon wieder andere Zeiten kommen ... Ich habe auch anderes noch in Ihren Aufzeichnungen gelesen,« setzte das kluge Mädchen hinzu, »und zwar Dinge, über die ich eigentlich recht böse mit Ihnen sein sollte!«

»... und die Sie, wenn mich nicht solch herbes Unglück verfolgte, nie erfahren hätten! Das schwöre ich Ihnen ... Aber verzeihen Sie mir das törichte Zeug und vergessen Sie es ... Jetzt darf ich mich in solchen Träumen ja doch nicht mehr wiegen.«

Schon zum zweiten Male machte sie den Versuch, Germain ein Geständnis zu entlocken, ohne dass es ihr gelang, ihn dazu zu bringen, denn das

Unglück hatte ihn schüchtern und misstrauisch gemacht. Wie konnte er auch denken, dass ihn, auf dem jetzt solche Anklage lastete, ein Mädchen wie Lachtaube noch lieben könnte! Sie aber, schmerzlich bedrückt, dass sie nicht verstanden wurde, unterdrückte einen Seufzer, noch immer hoffend, dass sich ihr eine Gelegenheit bieten werde, dem Manne ihrer Wahl ihr Herz zu offenbaren. Verlegen antwortete sie deshalb: »Ich sage das doch nur, weil ich meine, Sie sollten sich nicht unnütz in Gefahr begeben.« – »Und ich sage Ihnen meinerseits, dass ich zuweilen versucht habe, mich mit denjenigen Gefangenen zu befassen, die nicht gerade zu den abgefeimten Verbrechern gehören; aber wenn Sie ahnen könnten, welche Sprache die Menschen führen! O, es kann einen schaudern.« – »Sie Ärmster! Wie tief beklage ich Sie!« – »Und lebt man an solch schrecklichem Orte, in solch abscheulicher Gemeinschaft, dann,« rief er, »dann kann man sich wirklich denken, dass für jemand, der unschuldig hierher gerät, wenig dazugehört, als verstockter Sünder den Weg hinauszunehmen!« – »Aber nicht Sie, nicht Sie!« rief Lachtaube. – »Ich ebenso gut wie viele andere, die tausendmal besser sind als ich!« – »O sprechen Sie nicht so! Sie tun mir schrecklich weh!« – »Was soll ich Ihnen aber sagen, wenn Sie sich darüber beschweren, dass ich traurig sei? Andere Gründe zu Betrübnis und Kummer habe ich doch nicht,« sagte er, und wieder standen ihm Tränen in den Augen ... »Ich kenne nur ein Mittel, mich für Ihr Mitgefühl erkenntlich zu zeigen, und das ist, Ihnen nichts zu verheimlichen. Und so gestehe ich Ihnen mit Grauen, dass ich mich schon jetzt gar nicht wiederkenne. Wenn ich auch die Elenden verachte und fliehe, so wirkt doch ihre Anwesenheit, ihre Berührung niederdrückend, lähmend auf mich. Mir ist zumute, als wohnte ihnen die schlimme Macht inne, die Atmosphäre zu verderben, in der sie leben. Ich fühle, wie das Verbrechen durch all meine Poren eindringt. Und würde ich auch freigesprochen von meinem Fehltritt, den ich doch nur, durch Mitleid getrieben, begangen habe, so wird mich doch immer der Umgang mit ehrlichen Menschen in Verlegenheit setzen und mit Scham erfüllen. Denn in den Augen des Gesetzes gelte ich doch als untreu, wenn es auch minder schlecht ist, aus solcher Absicht, wie sie mich geleitet, sich an fremdem Eigentume zu vergreifen, als um sich zu bereichern. Ein Diebstahl bleibt es immer, was ich getan habe, wenn auch einer unter mildernden Umständen. Mich mit unbescholtenen Menschen auf eine Stufe zu stellen, ist mir verwehrt, ich muss mich vielmehr auf gleicher Stufe ansehen mit den schlechten Subjekten, in deren Gemeinschaft ich jetzt lebe. Und das – ich spüre es recht wohl an mir – verhärtet das Gewissen! Es mag ja wohl ein Trost sein, sich sagen zu können: ich bin nicht minder rechtschaffen als der ehrlichste Mensch auf Erden, bin bei Weitem kein solcher Bösewicht wie diejenigen, deren Dach ich jetzt teile; aber das bleibt doch immer ein schlechter Trost!«

Auch dem Mädchen war das Weinen nahe, und in einem rührenden, fast feierlichen Tone, den er noch nie an ihr gekannt, sagte sie: »Hören Sie, was ich Ihnen jetzt sage, Germain! Es ist recht und wahr, wenn ich mich auch nicht so geläufig wie Sie ausdrücken kann ... Erstlich einmal sind Sie im großen Unrecht, wenn Sie meinen, Sie ständen allein und verlassen da.« – »O, Sie dürfen nicht meinen, dass ich je vergessen könnte, was Sie aus Mitleid für mich getan ...« – »Sie sollen dies Wort auch nicht gebrauchen! Denn was ich für Sie empfinde, ist nicht Mitleid. Und da Sie es allein nicht verstehen wollen, so muss ich versuchen, es Ihnen klar zu machen ... Als wir Nachbarn waren, da liebte ich Sie wie einen treuen Kameraden, wie einen Bruder, wie einen braven Freund. Sie erwiesen mir mancherlei Gefälligkeit oder Aufmerksamkeit, und ich bemühte mich, Ihnen alles wettzumachen, soweit ich bei meinen schwachen Kräften dazu imstande war. Wir machten sonntags gemeinsame Ausflüge, Sie gaben mir Unterricht im Lesen und Schreiben, ließen es auch an allerlei gutem Rat nicht fehlen, waren – mit einem Worte – der getreueste aller Nachbarn, die ich je gehabt habe, und der einzige, der nie Liebesdienste als Entgelt von mir verlangt hat. Und als Sie Ihr Quartier verließen, da gaben Sie mir einen großen Beweis von Vertrauen, indem Sie mir, dem armen Mädchen, ein wichtiges Geheimnis anvertrauten, das machte mich stolz. Und ich dachte hinfort lieber und öfter an Sie als an meine andern Nachbarn.«

»Wirklich? Sie haben mich von andern bevorzugt?«– »Allerdings, und wie hätte ich es nicht gesollt? Ich hätte ja dumm und auch schlecht sein müssen! Ich habe nie anders bei mir gedacht, als: einen besseren Menschen als Germain gibts in ganz Paris nicht, und wenn ich eine Freundin besäße, die ich recht glücklich sehen möchte, dann sagte ich zu ihr: Heirate Germain, denn seine Frau hat einmal den Himmel auf Erden!« – »Sie haben an mich gedacht, weil Sie meinten, ich schwärmte für eine andere?« – »Allerdings, und niemand hätte sich mehr gefreut, Sie glücklich zu sehen, als ich ... Sie sehen, wie offen ich bin!«

»Und ich danke Ihnen dafür vom Grunde meines Herzens.« – »So standen also die Dinge, als Sie von dem herben Unglück heimgesucht wurden, das Sie hierher führte! Da erhielt ich den guten lieben Brief, in dem Sie mich ersuchten, jene Papiere zu holen, aus denen ich erfuhr, dass Sie mich immer geliebt, aber nicht gewagt hatten, mir es zu sagen, jene Papiere, in denen ich las« – und Lachtaube konnte sich der Tränen nicht enthalten – »dass Sie an meine Zukunft gedacht, und mir für den Fall, dass Sie eines gewaltsamen Todes stürben, was Sie damals wohl zu fürchten hatten, das Wenige vermachten, was Sie sich erspart hatten – was ich in jenem Augenblicke, als ich dieses – ich sage es mit tiefer Trauer im Herzen – Testament las, in welchem jede Zeile eine Erinnerung an mich enthielt, empfunden habe, das kann ich

Ihnen nicht sagen ... und doch sollte ich diese Beweise Ihrer Zuneigung erst erfahren, wenn Sie nicht mehr unter den Lebenden wandelten! Wer möchte sich da Wundern, dass aus solch edlem Benehmen Liebe erwächst?« - »Mädchen! Was sagen Sie? Sie lieben mich? Ists wahr, Sie könnten mich lieben?« - »Und warum sollte ich es nicht?« fragte mit triumphierendem Lächeln das Mädchen, »und wenn Sie es mir nicht bekennen wollen, warum sollte ich zurückhalten mit solchem Bekenntnis?«

»Ach, wie unglücklich ich bin!« - rief Germain in Verzweiflung. - »Sie lieben mich - nun, da ich Ihrer nicht mehr wert bin.« - »Meiner nicht mehr wert? Was Sie da sagen, hat weder Sinn noch Verstand; gerade als hätte ich sonst gesagt, ich wäre Ihrer Freundschaft nicht wert, weil ich im Gefängnisse gewesen bin, - denn ich habe doch auch gesessen: Bin ich aber deshalb weniger ein braves Mädchen?« - »Ja, aber Sie kamen in das Gefängnis. Weil Sie ein armes verlassenes Kind waren, während ich! - mein Gott! Welcher Unterschied!« - »Nun, in dieser Hinsicht haben wir uns beide nichts vorzuwerfen, - und bin ich nicht vielmehr ehrgeizig, denn meinem Stande nach dürfte ich gar nicht daran denken, einen andern Mann als einen Handwerker oder dergleichen zu wählen. - Ich bin ein Findelkind, besitze nichts als mein Stübchen und meinen guten Mut, und doch komme ich keck daher und trage mich Ihnen zur Frau an -«

Mit leidenschaftlicher Trunkenheit fiel Germain ihr ins Wort: »Ja, mein Lieb, ich schlage ein! Ich fühle, dass es zuweilen feige ist, gewisse Opfer nicht anzunehmen, denn man gesteht damit nur ein, dass man ihrer sich nicht für würdig hält. Edles, mutiges Mädchen, ich schlage ein!« - »Wirklich? Ist es Ihnen jetzt ernst?« - »Meinen Schwur darauf!« antwortete Germain feierlich, »und das Glück, dessen Sie mich teilhaftig machen, spornt mich, ein ehrlicher Mensch zu bleiben. Durch das Glück, das mir durch Sie winkt, edles Mädchen, erwächst mir die Kraft, den verderblichen Einflüssen um mich her zu widerstehen. Ich werde hinfort eine zwiefache Aufgabe zu erfüllen haben: die Vergangenheit zu büßen und das Glück, das ich Ihnen verdanke, zu verdienen; deshalb werde ich Gutes tun, denn an Gelegenheit fehlt es nie, wenn man auch arm ist -« - »Ja, wir finden immer Leute, die noch unglücklicher sind als wir.«

Der Aufseher machte in diesem Augenblicke eine Bewegung; er erwachte ... »Schnell!« sagte leise die Lachtaube mit reizendem Lächeln und züchtiger Zärtlichkeit, »schnell einen Kuss auf die Stirn, - durch das Gitter! Das soll unsre Verlobung sein.«

Sie drückte errötend die Stirn an das eiserne Gitter und Germain berührte, tief bewegt, durch das eiserne Gitter hindurch mit seinen Lippen die reine weiße Stirn. Eine Träne des Gefangenen fiel darauf gleich einer feuchten Perle ... Ergreifende Taufe dieser keuschen, traurigen, schönen Liebe!

Zweites Kapitel.

Die Löwengrube

Einer der Höfe im Zuchthause La Force heißt die Löwengrube. Hier befinden sich meist diejenigen Gefangenen beieinander, die wegen ihres Vorlebens, wegen ihrer Unbändigkeit oder wegen der schweren Anklagen, die auf ihnen lasten, als die gefährlichsten gelten. Nichtsdestoweniger hatte man wegen eines notwendigen Umbaues sich gezwungen gesehen, andere Gefangene hierher zu weisen, die, ob sie gleich auch vor dem Schwurgericht erscheinen sollten, im Vergleich mit den andern hier Internierten, fast als rechtschaffene Leute gelten konnten. Hier saßen auch, um nur einige zu nennen, deren Bekanntschaft unsere Leser, bereits gemacht haben, Barbillon und Niklas Martial. Das Kommando unter den Sträflingen, das heißt, die tonangebende Stimme führte hier ein langer, knochendürrer Mann, der den Spitznamen »Skelett« führte und im Alter von etwa 40 Jahren stehen mochte. Während unter seinen Kameraden zumeist Gesichter zu sehen waren, die eine gewisse Ähnlichkeit mit Raubtieren, wie Fuchs, Wolf, Tiger oder Raubvögeln, wie Habicht und Geier, aufwiesen, erinnerte das Gesicht des Skeletts, wie die ganze Schädelbildung an das Haupt einer Schlange: Die kleinen schielenden Augen lagen tief, die Augenbogen und die Backenknochen standen so weit vor, dass man unter der gelblichen Stirn, auf der das Licht spielte, zwei buchstäblich mit Schatten ausgefüllte Augenhöhlen sah und die Augen in geringer Entfernung in der Tiefe jener dunklen Höhlen zu verschwinden schienen, die Totenköpfen ein so grauenhaftes Aussehen geben. Die langen Zähne, deren vorstehende Fächer sichtbar durch die gleichsam gegerbte Haut der Kinnlade durchschimmerten, wurden, da sich der Mund fast immer zu einem gemeinen Lächeln verzerrte, fast fortwährend sichtbar.

Vervollständigt wurde die Ähnlichkeit durch die rückwärts verlaufende Stirn und durch flache, lang gezogene knochige Kinnladen, die auf einem Halse von widerlicher Länge ruhten, oder vielmehr in einem fort wackelten. Dieser Mensch, den die Verbrecherwelt unter dem hässlichen Spitznamen »Skelett« kannte, hatte fünfzehn Jahre im Bagno gesessen wegen Raubes und versuchten Mordes, war aus dem ersten Zuchthause ausgebrochen und kurz darauf wieder wegen Raubmordes ergriffen worden. Nur mit knapper Not war er bei dem neuen Verbrechen dem Fallbeile entgangen.

Das Skelett war vom Zuchthausdirektor wegen seiner körperlichen Stärke, und weil er auf die übrigen Gefangenen großen Einfluss hatte, zum Aufseher über den Schlafsaal gesetzt worden und versah sein Amt so untadelhaft, dass kein Gefangener versucht hätte, gegen die Dinge zu verstoßen, für die das Skelett die Verantwortung hatte. Schon seit einiger Zeit war es aufgefallen, dass Skelett Germain vollständig ignorierte, und wer ihn und seine Art kannte, erwartete für den jungen Menschen nichts Gutes. Jetzt stand er mit verschiedenen Sträflingen, darunter Barbillon und Niklas, in einer Gruppe zusammen. Sie sprachen leise, sodass sie kaum gehört wurden, und zwar über Germain ... »Dieser Duckmäuser muss beseitigt werden. So ein Kerl, der so wenig redet, spitzt die Ohren desto mehr,« sagte Skelett; »ich bin fest überzeugt, dass er spioniert. Das Beste ist, wir brechen Zank mit ihm vom Zaune und machen ihn dabei kalt.« – »Aber wie? Wir haben doch keinerlei Werkzeug dazu,« sagte Niklas. – »Hast du Lust, deinen Hals zwischen diesen Schraubstock zu klemmen?« fragte Skelett höhnisch und krümmte seine langen, dürren und eisenharten Finger. – »Oho! Erwürgen willst du ihn?« – »Na, wenigstens ein bisschen schnüren!« – »Wenn es aber herauskommt, dass du ihn um die Ecke gebracht?« – »Bin ich ein Kalb mit zwei Köpfen, das man auf Jahrmärkten für Geld sehen lässt?« fragte Skelett höhnisch. – »Stimmt! Einmal kann man den Kopf bloß verlieren, und dass es dir bevorsteht, ihn einzubüßen, weißt du wohl.« – »Der Advokat hat's mir erst gestern gesagt,« erwiderte das Skelett: »Hat man mich doch abgefasst, während das Messer noch dem letzten, den ich kalt machte, in der Kehle saß. Die Sache leidet also keinen Zweifel, zumal ich ja schon wiederholt wegen Körperverletzung und Mordversuchs bestraft bin ... Es müsste denn gerade sein, man mauste mich aus dem Henkerkorbe, dann könnte ich schließlich noch einmal davonkommen.«

Alle Sträflinge lachten ... »Mord und Brand,« fuhr Skelett fort, »mir ist's schnuppe, ob ich heute dran muss oder morgen. Wie viel Menschen werden zusammenströmen, sich das Schauspiel anzuschauen, das ich ihnen gnädiglich bereite! – Tausendweis werden sie kommen, und für jedes Fenster, das auf den Richtplatz führt, werden schwere Preise gezahlt werden. Und Militär wird aufmarschieren, bloß mir zu Ehren! Aller Augen werden sich auf mich richten.. und was habe ich dabei groß auszustehen? In einer Minute ist der ganze Kram vorbei.«

Lauter Lärm, untermischt mit freudigem Geschrei, störte das Gespräch, das vom Skelett mit den anderen geführt wurde. Niklas eilte zur Saaltür, um zu sehen, was es gäbe. Im andern Augenblicke war er wieder bei der Gruppe und meldete, der dicke Lahme sei wieder eingebracht ... »So? Der?« fragte Skelett, »und Germain? Ist er schon wieder da aus dem Sprechzimmer?« – »Noch nicht,« antwortete Barbillon. –

Drittes Kapitel.

Das Komplott.

Der dicke Lahme, dessen Ankunft in der Löwengrube mit solchem Jubel begrüßt wurde, war ein Mann von mittlerer Größe, schien aber trotz seiner Dicke und seinem Gebrechen kräftig und gewandt zu sein. Sein Gesicht mit der eingedrückten Stirn, den kleinen fahlen Augen, rückwärtshängenden Backen und schweren Kinnladen, von denen die untere mit langen Hakenzähnen besetzt war, die hier und da über die Lippen ragten, hatte Ähnlichkeit mit dem einer Bulldogge. Über seinem Anzuge trug er einen blauen Mantel mit Pelzkragen und auf dem Kopf eine Pelzmühe. Er befand sich gleich unter Bekannten und vermochte auf all die Willkommensworte kaum zu antworten, die von allen Seiten ihm entgegenklangen.

»Bist du endlich da, Dicker? Desto besser, nun gibts doch wieder was zu lachen!« – »Ja, du hast uns gefehlt!«

»Ich habe es an nichts fehlen lassen, die alten Freunde wiederzusehen. Meine Schuld ist es nicht, dass die Polizei mich nicht früher haben mochte. Mit mir sind aber noch zwei angekommen: Einen davon kenne ich nicht; den andern in der grauen Bluse habe ich schon wo gesehen, ich denke, bei der Wirtin zum weißen Kaninchen, – ein starker Kerl!« –

Barbillon hatte auf Skeletts Befehl etwa ein Dutzend handfeste Sträflinge geworben, die sich einzeln, um keinen Verdacht zu erregen, in den Saal begaben. Die andern blieben im Hofe; einige sprachen sogar auf Barbillons Rat laut, um die Aufmerksamkeit des Aufsehers von dem Wärmesaale abzulenken, wo Skelett, Barbillon, Niklas und andere ungeduldig warteten. Barbillon stellte sich an die Tür. Skelett nahm die Pfeife aus dem Munde und sagte zu dem dicken Lahmen: »Kennst du einen jungen Menschen, Germain, mit blauen Augen und braunem Haar, der wie ein ehrlicher Kerl aussieht?« – »Germain hier?« rief der Lahme und seine Züge verrieten Überraschung, Hass und Zorn, »Ob ich ihn kenne! Kameraden, er ist ein Angeber und muss an die Kreide.«

»Erzähle, Lahmer,« fiel das Skelett ein, »was du über ihn weißt.« –

»Einer von Nantes, der Haarige genannt,« antwortete der Lahme, »ein ehemaliger Sträfling, hat den Menschen, dessen Herkunft ich nicht kenne, als Junge in der Lehre gehabt. Als er alt genug dazu war, sollte er in Nantes zu einem Bankier, weil mit seiner Hilfe ein gutes Geschäft zu machen gewesen wäre. Der Kerl sagte weder Ja noch Nein, sondern petzte alles seinem Chef und rückte am Abend, als die Sache spruchreif war, durch die Lappen nach Paris.«

Die Sträflinge schrien laute Verwünschungen gegen Germain. – »Still!« befahl Skelett, nahm die Pfeife wieder aus dem Munde und forderte den Lahmen auf, weiter zu erzählen ... »Natürlich ging alles schief,« fuhr dieser fort, »denn der Bankier hatte die ganze Polizei aufgeboten. Dem Haarigen gelang es, zu entwischen, sein Kamerad aber wurde in dem Augenblicke gefasst, als er durch das Fenster steigen wollte. In Paris habe ich den Musje zusammen mit dem Haarigen aufgestöbert, aber er ist uns immer wieder durch die Finger geglitten; jedes Mal, wenn wir ihn fassen zu können meinten, hatte er die Wohnung geräumt und war nicht mehr zu finden. Und jetzt ist der Kerl hier?« – »Überlass ihn mir,« versetzte Skelett, »ich bin so gut wie tot und brauche mich nicht weiter zu sorgen. Mehr als einmal kann man den Kopf nicht mehr verlieren. Aber mit solchen hundsföttischen Spitzeln muss aufgeräumt werden. Ein für alle Mal. Wird in allen Stockhäusern so vorgegangen, wie ich heute vorgehen werde, dann wird dem Gesindel die Lust schon vergehen, der Polizei Liebesdienste zu tun.«

Alle Sträflinge drängten sich voller Bewunderung um das Skelett. Selbst Barbillon trat von der Tür weg, sodass es ihm entging, dass ein neuer Sträfling eingetreten war: einer in grauer Bluse, mit roter, baumwollner Mütze auf dem Kopfe, tief über die Ohren gezogen, der sich, sobald er den Namen Germain gehört, zu der Gruppe Skeletts gesellte. Es war ein Hüne von Gestalt, der gierig über das Essen herfiel, das soeben zur Austeilung gelangte: Gekochtes Fleisch in kupfernen Schüsseln, von dem jeder ein derbes Stück mit Brot, das in großen Körben gebracht wurde, erhielt. Sträflinge, die Geld hatten, konnten sich Wein kaufen und wer von außen her Lebensmittel bekommen hatte, wie Niklas, machte sich ein kleines Festessen zurecht, zu dem sie ein paar von ihren besten Freunden einzuladen pflegten.

Germain kam mit zuletzt herein, in Gedanken noch bei seiner niedlichen Braut. Er setzte sich auf dem hintersten Fensterbrette nieder, seinem gewöhnlichen Platze, den ihm niemand streitig zu machen pflegte, lag er doch fern von dem Ofen, dessen Nähe die anderen vorzuziehen pflegten. Etwa ein Dutzend von ihnen war, wie schon bemerkt, von dem Plane unterrichtet, der gegen ihn geschmiedet worden war, die Kunde davon verbreitete sich aber rasch unter den anderen, und jeder von ihnen erblickte in seiner blinden Grausamkeit in diesem gemeinen Hinterhalte nur eine gerechte Rache und Warnung für jeden, der sich mit gleichen Gedanken trüge. Die einzigen, die keine Ahnung hatten von dem, was im Werke war, waren Germain selbst und der die Aufsicht führende Fron. Der Zufall wollte es, dass dieser abgerufen wurde, und kaum hatte er den Saal verlassen, so wurde Germain von den Gefangenen umstellt, und gleich darauf fiel Skelett wie ein Rasender über ihn her. Durch den jähen Angriff des starken

Sträflings verblüfft, sank Germain auf die Bank; Skelett setzte ihm das Knie auf die Brust und packte ihn an der Kehle ...

Da geschah etwas Unerwartetes: der Mann in der blauen Mütze und grauen Bluse, der vorhin unbemerkt von Barbillon in den Saal getreten war, rannte ein paar Sträflinge über den Haufen, stürzte sich von hinten über das Skelett und bearbeitete ihm mit einem Hagel von Faustschlägen Schädel und Augen. Die Sträflinge waren so verblüfft über dieses jähe Eingreifen des Neulings, dass sich nicht einer von ihnen zu rühren vermochte ... Noch immer schlug jener auf Skelett ein, und schon vollzog sich bei einigen Sträflingen infolge seiner Kühnheit ein Meinungsumschwung zu seinen Gunsten ... »Justament solche Hiebe habe ich seinerzeit im Weißen Kaninchen vom Fächermaler Rudolf bekommen,« rief der Mann, der kein anderer war als Schuri, »und das war eine Lektion, Jungen, die sich jeder andere an meiner Stelle genau ebenso gemerkt hätte.«

Da aber packte der dicke Lahme Schuri am Hinterarm und fuhr ihn an, was ihm einfiele, und was er hier zu suchen hätte, während Schuri all seine Kräfte aufbieten musste, Skelett auf der Bank festzuhalten. Aber es gelang ihm, dem Lahmen mit dem Beine von hinten einen so derben Fußtritt zu versetzen, dass er bis in die entgegengesetzte Ecke flog. Germain, der so heftig gewürgt worden war, dass er kaum atmen konnte, kniete leichenblass neben der Bank, auf der er gesessen hatte, und schien nicht fassen zu können, was um ihn her vorging. Dem Skelett glückte es durch eine verzweifelte Anstrengung, sich von Schuri freizumachen und wieder auf die Beine zu kommen. Er schäumte vor Wut und sah grauenhaft aus. Blut rann ihm über das Gesicht, der Kiefer war ihm zerschlagen, die Oberlippe gespalten, sodass die Zähne, wie bei einem reißenden Wolfe, freilagen ... Endlich fand er die Stimme wieder, und keuchend stöhnte er: »Ihr Memmen! Wie könnt ihr mich hinterrücks niederschlagen lassen? Macht doch den Räuber kalt! Ihr riskiert ja, dass uns der Spitzel wieder durch die Lappen geht!«

Während der kurzen Pause, die eingetreten war, hatte Schuri seinen jungen Freund so geschickt in die Saalecke geschoben, dass er sich wie eine Säule vor ihn postieren konnte und selbst den Vorteil eines ausreichenden Rückhaltes hatte. Jetzt außer Gefahr, von hinten gepackt zu werden, konnte er es schon eine Weile mit dem auf ihn eindringenden Haufen aufnehmen. Beide Arme in Boxerweise vor sich hinstreckend, erwartete er die Feinde. Aber der Kampf wurde gehindert durch einmarschierendes Militär, das Germain, den Schuri und das Skelett ins Direktionsgebäude abführte. Germain war so schwach, dass er von zwei Fronen gestützt werden musste. Einer Ohnmacht nahe, brach er dort zusammen. Der die Aufsicht im

Sprechzimmer führende Fron, der sich, wie der Leser weiß, für ihn lebhaft interessierte, reichte ihm die Erste Hilfe, und sobald er wieder sprechen konnte, war seine erste Frage, wem er seine Rettung aus der Hand des rasenden Sträflings zu verdanken habe. – »Ich weiß selbst noch nicht, wie er wirklich heißt. Unter den Verbrechern wird er der Schuri genannt und ist ein ehemaliger Bagnosträfling.« – »Und weshalb ist er wieder im Zuchthause – hoffentlich nicht wegen eines schweren Verbrechens?« – »Doch! Er ist des erschwerten Diebstahls beschuldigt,« antwortete der Fron, »und wird wohl seine paar Jahre Zuchthaus wieder weghaben.«

Germain fuhr zusammen. Ihm wäre es lieber gewesen, er hätte seine Rettung jemand zu verdanken gehabt, der kein schwerer Verbrecher gewesen wäre ... »O, so etwas zu hören, ist schrecklich. Und doch hat sich der Mensch meiner erbarmt, ohne mich zu kennen? Dazu gehört doch viel Mut und Edelsinn!« – »Ich höre ihn eben aus dem Direktionszimmer kommen,« sagte der Fron, »wenn das Skelett, das nach ihm verhört wird, herauskommt, werde ich sie abführen: den einen zurück in die Löwengrube, wo er vielleicht Skeletts Amt als Aufseher erhält, diesen aber in eine Kerkerzelle. Ich vermute wohl nicht mit Unrecht, dass dem Schuri sein Einspringen zu Ihren Gunsten nicht wenig strafmildernd angerechnet werden dürfte.«

Schuri kam in die Stube, in welcher Germain noch matt und schwach auf der Bank lag. Mit der Weisung an Schuri, hier solange zu warten, bis er zurückkäme, ging der Fron hinaus, um sich im Direktionszimmer zu erkundigen, was mit dem Skelett geschehen solle.

Mit freudestrahlendem Gesicht näherte sich Schuri seinem jungen Freunde ... »Tausend Donner!« rief er, »ist's mir lieb, dass ich noch zurechtkam ... Keine Sekunde später durfte es sein, sonst waren Sie eine Leiche ... Der Kerl hat Sie wirklich sakrisch geschnürt.« Er streckte Germain die Hand entgegen, aber von unwillkürlichem Abscheu ergriffen, wich Germain, statt die Hand zu nehmen, zurück, bedachte aber im andern Augenblicke, was er dem Manne schuldete, und wollte die Kränkung, die er ihm zugefügt, ebenso schnell gut machen. Schuri hatte recht gut bemerkt, was Germain fühlen mochte; jetzt wich er mit verdüstertem Gesicht zurück und antwortete mit Bitterkeit: »Gewiss! Sie haben recht! Ich bitte um Pardon.« – »Das ist an mir,« versetzte Germain; »bin ich nicht Sträfling wie Sie? Und haben Sie mir nicht das Leben gerettet? Ihre Hand her! Ihre Hand her!« – »Es ist jetzt wohl überflüssig, einen Händedruck zu wechseln,« sagte Schuri, und ein Zug wehmütigen Schmerzes zuckte durch seine Stimme, »wie man sich im ersten Moment gibt, bleibt doch immer Hauptsache. Gefreut hätte ich mich ja, wenn Sie mir die Hand gedrückt hätten; jetzt aber mag nun ich nicht ... nicht, weil ich Sträfling bin wie Sie,« setzte er hinzu, »sondern weil ich wieder hier bin wegen ...,« - »O, der Fron hat mir alles gesagt,« fiel Germain ihm ins Wort, »aus der Welt lässt sich aber trotz alledem nicht schaffen, dass Sie mein Lebensretter sind.« - »Was habe ich anders getan als meine Menschenpflicht?« versetzte Schuri, »weiß ich etwa nicht, wen ich in Ihnen vor mir habe, Herr Germain?« Germain sah Schuri verwundert an ... »Sie hätten mich gekannt?« fragte er. - »Freilich, und wollten. Sie meine Gegenwart auf bloßen Zufall zurückführen, so befänden Sie sich im Irrtum,« erwiderte Schuri, »denn hätte ich Sie nicht gekannt, so säße ich jetzt nicht wieder im Zuchthause.«

»Ich verstehe den Sinn Ihrer Worte nicht,« sagte Germain; »inwiefern soll ich die Schuld an Ihrem Hiersein tragen?« - Schuri nahm seine Mütze ab, um dem Schwure, den er jetzt tat, höhere Bedeutung zu geben, und rief: »So wahr ich gesund sein will, ich habe den Einbruch bloß verübt -«

»Weil Sie Not und Hunger dazu trieben?« fragte Germain. - »Nein, ich hatte weder Hunger, noch war ich in Not, denn ich hatte 120 Franks bares Geld bei mir,« antwortete Schuri, »aber, bei meinem Schutzpatron!« - und wen er darunter meinte, wird dem Leser nicht fremd sein - »ich habs nur um seinetwillen getan, das heißt: Sie habens bloß ihm zu danken, dass ichs getan! - Hab ich doch auch bloß von ihm die Püffe gelernt, die Skeletts Schädel auf Wochen zum Bienenkorbe machen werden ... Wenn ich von meinem Schutzpatron gesprochen habe, so dürfen Sie mir schon glauben, dass die Sache infam ernst ist - denn sonst nehme ich seinen Namen nicht in den Mund, weil er mir zu heilig ist ...« -»Was habe ich aber mit Ihrem Schutzpatron zu tun?« fragte Germain. - »O, tun Sie doch nicht so, als wüssten Sie das nicht! - Tun Sie doch nicht so, als ob Sie nicht wüssten, dass er auch Ihr Schutzpatron ist!« - »Mein Schutzpatron?« - »Allerdings, denn er beschützt auch Sie, und wenn Sie es wirklich nicht wissen sollten, nun, dann lassen Sie sich sagen, dass er zum wenigsten ein Prinz sein muss, wenn ich ihn auch immer nur Herr Rudolf nenne ...«

»Und doch sind Sie im Irrtum, lieber Mann,« sagte Germain, »denn ich kenne keinen Prinzen.« - »Na, aber er kennt Sie, das steht fest - wenn Sie auch nichts davon merken. Es ist nun einmal seine Art so! Sobald er hört, dass jemand in Not ist, dann hilft er auch, und niemals weiß der, dem er geholfen hat, von wem die Hilfe ihm kommt ... Wie ein Ziegel vom Dache, so fällt einem die Wohltat dieses Herrn Rudolf auf den Schädel, und Sie werdens schon bald merken, dass Ihnen was auf den Kopf fällt!« - »Ich verstehe nicht, was Sie mir da sagen!« - »Lassen Sie es nur gut sein, Sie werden noch ganz andere Dinge verstehen lernen! Um Ihnen nur einiges von meinem Schutzpatrone zu sagen, was er mir angetan hat: Vor ein paar Wochen besorgt er mir eine famose Stellung, drüben in Algier, in der ich mein feines

Auskommen gehabt hätte - ich fahre puppenlustig weg, beim schönsten Sonnenschein - in Marseille aber, als ich ankomme, ist der Himmel pechschwarz, nachdem es schon die Tage vorher sich immer mehr getrübt hatte - verstehen Sie mich? Na, wenn nicht, so sagen Sie, ob Sie schon mal einen Hund besessen haben?« - »Sind das alles Dinge, die Sie mir da mitteilen!« -

»Also einen Hund haben Sie noch nie besessen?« - »Nein.« - »Schade! So kann ich Ihnen eben nur sagen, dass ich, als ich von Herrn Rudolf so weit weg war, ängstlich und unruhig wurde wie ein Hund, der seinen Herrn eingebüßt hat. Das mag dumm von mir gewesen sein, aber es war nun einmal so, Hunde sind nun mal nicht gescheit - wenn sie auch ihren Herren zugetan sind und sich auf gute Bissen genau so gut besinnen wie auf Prügel. Nun hat mir Herr Rudolf wohl Prügel, aber weit mehr noch gute Bissen gegeben und mich aus einem rohen, wilden Subjekte zu einem ehrlichen Kerl gemacht, und bloß durch ein paar Worte, die aber gewirkt haben wie Zauberei ...«

»Und was für Worte waren das?« fragte Germain. - »Ich hätte trotz allem Herz und Ehre im Leibe, wenn ich auch schon im Bagno gesessen hätte! Und hinein gekommen war ich nicht, weil ich etwa bloß gestohlen, nein! Weil ich einen Mord begangen hatte ... freilich bloß in einem Anfall von Jähzorn ... ich war eben aufgewachsen wie ein Vieh und wusste von Gott und Teufel nichts! Wenn mir das Blut zu Sinnen schoss, dann wurde es mir blutrot vor den Augen, und hatte ich ein Messer in der Faust, dann stach ich drauflos ohne Besinnen, wohin es traf. Umgang konnte ich bloß mit Lumpen und Banditen haben, und in solcher Gesellschaft lernt man eben nichts von Gottesfurcht und frommen Sitten. Aber trotzdem ich überall verachtet wurde und arm, wie eine Kirchenmaus war, arbeitete ich doch lieber, statt zu stehlen, und als mir Herr Rudolf sagte, das sei ihm ein Beweis dafür, dass ich noch Herz und Ehre im Leibe hätte - tausend Donner! Da ist's mir gewesen, als ob mich was an den Haaren packte und mich über all das Ungeziefer, zwischen dem ich bis dahin herumgekrochen, tausend Fuß emporhöbe ... Kurz und gut, Herr Germain, Herr Rudolf hat mich zu einem andern Menschen gemacht, als er mir liebevoll sagte, ich sei nicht so schlecht, wie ich zu sein glaubte - und ihm allein habe ich es zu danken, wenn ich mich nicht mehr vor mir selbst entsetze ...«

Und als Germain diese Worte hörte, da ward es ihm immer unklarer, wie dieser Mann sich zu dem erschwerten Diebstahl hatte verleiten lassen, dessen er sich selbst anklagte.

Viertes Kapitel.

Germains Freilassung

Ohne Germains Verwunderung zu beachten, fuhr Schuri fort: »Wie gesagt also, als ich weg von Herrn Rudolf war, kam ich mir vor wie ein Wesen ohne Leib und ohne Seele; und je weiter ich mich von ihm entfernte, desto öfter sagte ich mir: Der Herr Rudolf führt ein seltsames Leben und befasst sich mit so schlechten Subjekten, dass er seine Haut wohl zwanzigmal am Tage zu Markte trägt. Da könnt ich doch wohl seinen Hund abgeben, denn scharfe Zähne hätte ich doch ... und da, tausend Donner! Verging mir der Mut, als ich auf ein Schiff gehen und zwischen ihn und mich das Meer bringen sollte! Seinem Agenten in Marseille hatte er geschrieben, er solle mir einen tüchtigen Batzen Geld geben. Aber ich habs nicht genommen, sondern hab dem Herrn bloß gesagt, er solle mir soviel geben, damit ich zu Fuß wieder nach Paris zurück könnte, soweit weg von meinem gütigen Herrn hielte ich es nicht aus! ... Und so bin ich denn wieder hergewandert; als ich aber wieder hier war, wurde es mir angst, denn was sollte ich Herrn Rudolf sagen? Wie sollte ich es rechtfertigen, dass ich wider seinen Willen gehandelt hätte? Na, dachte ich, fressen kann er mich schließlich auch nicht! Ich ging also zu seinem Freunde, dem Herrn Murph, gefasst auf eine tüchtige Strafpredigt, aber damit wars nichts, der Herr empfing mich, als sei ich erst tags vorher bei ihm gewesen, und führte mich gleich zu ihm! Tausend Donner, als ich dem Manne gegenüberstand, der eine so tüchtige Faust und ein so edles Herz hat, der grimmig ist wie ein Leu und weich wie ein Kind, der ein Prinz ist und doch eine Bluse angehabt hat wie ich - und der mir - ich danke meinem Herrgott noch heute dafür - den Schädel verprügelt hat, dass ich tagelang nicht aus den Augen sehen konnte - sehen Sie, Herr Germain, da war ich wie umgewandelt und weinte wie ein Kind! »Verzeihen Sie es mir, Herr Rudolf,« sagte ich, »aber ich habs nicht aushalten können!« - Und er sagte drauf: »Du bist gerade zur rechten Zeit gekommen, mir einen Dienst zu erweisen.. drum heiße ich dich aufrichtig willkommen - ein ehrlicher Mensch, an dem ich innigen Anteil nehme, ist zu Unrecht des Diebstahls angeklagt und sitzt in La Force ... er heißt Germain und ist schüchtern; ich fürchte, die bösen Menschen, mit denen er jetzt zusammen sein muss, möchten ihm ein Leid antun, , . du weißt ja, wie es im Gefängnisse zugeht.. Vielleicht könntest du dich überzeugen, ob du dort alte Kameraden fändest, und sie durch Geld und gute Worte bestimmen, dem armen jungen Menschen im Falle der Not beizustehen?«

»Jetzt fängts mir klar zu werden an,« erwiderte Germain, »wie alles zusammenhängt - um mich zu schützen, und um Ihrem Herrn Rudolf - wie Sie ihn nennen - einen Gefallen zu erweisen, haben Sie wieder gestohlen? Bloß um wieder hierher den Weg zu finden? O, darüber werde ich mir nun zeitlebens Vorwürfe machen! Und wie - wie soll ich Ihnen soviel Aufopferung danken?« - »Mir haben Sie nichts zu danken,« erwiderte Schuri,

»Wohl aber Herrn Rudolf!« – »Und wie erkläre ich mir den Anteil, den er an mir nimmt?« fragte Germain. – »Das wird er Ihnen selbst sagen, sofern er es nicht vorzieht, darüber gar kein Wort zu verlieren, denn zumeist begnügt er sich damit, Gutes zu tun, ohne mit Dank zu rechnen.« – »Er weiß, dass Sie hier sind?« fragte Germain. – »Tausend Donner, nein!« rief Schuri, »denn meinen Sie etwa, er hätte es mir erlaubt, solche Possen zu treiben und einen Einbruch bei mir selber zu fingieren? Hab ich mich doch verkleidet in der Rue du Temple eingemietet und dann mich selbst bestohlen, – wie ich das angestellt habe, kann Sie weiter nicht interessieren, bloß deshalb sage ich es, weil mit dem Einbruch niemand geschädigt worden ist, als ich höchstens selbst, denn alles was ich gestohlen, hatte ich ja tags vorher erst gekauft und in die leer gemietete Wohnung schaffen lassen. Wenn ich nun den Beweis dafür erbringe, dass ich mich selbst bestohlen habe, was kann man mir dann von Gerichts wegen anhaben? Man kann mich höchstens mit ein paar Tagen bestrafen wegen groben Unfugs – das ist alles, und das nehme ich gern in Kauf, nachdem ich gesehen habe, dass ich gerade noch zurechtkam, Herrn Rudolf den Dienst zu erweisen, auf den er rechnete – Sie nämlich vor Unglück zu bewahren!«

Der Fron trat wieder herein ... »Germain, schnell zum Direktor! Er will Sie auf der Stelle sprechen. Und Ihr, Schuri, geht wieder in die Löwengrube. Ihr sollt dort an Skeletts Stelle die Aufsicht führen. Das Zeug dazu habt Ihr! Mit einem Manne wie Euch werden die Sträflinge nicht Luderei treiben.« – »Nun, jetzt weigern Sie mir einen Händedruck doch nicht mehr?« fragte Germain. – »Nein, Herr! Gewiss nicht!« antwortete Schuri; »aber da fällt mir ein, Sie könnten doch wohl niederschreiben, was ich Ihnen gesagt habe, und Herrn Rudolf über den Fall berichten? Dann erfährt er doch, wie es zusammenhängt, und braucht sich über mich keinerlei Gedanken zu machen!«

Germain versprach es ihm und ging ins Direktorialzimmer. Zu seiner nicht geringen Verwunderung fand er dort Lachtäubchen, seine Braut, deren Augen in Tränen schwammen, aber es waren Tränen, durch die sich ein heiteres Lächeln stahl ... Auf ihrem Gesicht lag es wie ein Schimmer von Verklärung ... »Ich habe Ihnen eine frohe Nachricht mitzuteilen,« redete der Zuchthausdirektor Germain an ... »es liegt der Gerichtsbeschluss vor, Sie außer Verfolgung zu sehen. Mithin liegt mir weiter nichts mehr ob, als Sie sofort wieder in Freiheit zu setzen.«

Lachtaube wollte etwas sagen, konnte es aber nicht. Ihr war das Herz zu voll von Freude. Sie konnte bloß nicken, dass es sich so verhalte, wie der Gefängnisdirektor sagte, und überglücklich die Hände falten.

Fünftes Kapitel.

Ferrands Strafe.

Wir führen den Leser abermals in Jakob Ferrands Kanzlei und finden ihn dort in Gesellschaft des Pfarrers der Gemeinde und Bradamantis, alias Polidori. Seit Cecilys Flucht war Ferrand fast unkenntlich geworden. Auf sein leichenfahles Gesicht hatte sich dort, wo die Backenknochen vorstanden, eine fieberhafte Röte gelagert. Seine dürren Hände waren heiß und trocken, und die mit Blut unterlaufenen Augen, schlecht verhüllt durch die großen grünen Brillengläser, glänzten im unheimlichen Feuer eines verzehrenden Fiebers. Anders das Gesicht Polidoris. Etwas Bittereres, Höhnischeres. Kälteres als die Züge dieses Bösewichtes hätte sich niemand denken können. Die bleiche, von Runzeln bedeckte Stirn war von einem Wald brennend roter Haare eingerahmt; die transparenten, grünlich schimmernden Augen standen dicht über einer scharf gebogenen Habichtnase, und der Mund mit den dünnen, eingezogenen Lippen verriet Heimtücke und Bosheit.

Beide standen, als sie des Pfarrers ansichtig wurden, auf ... »Nun, mein würdiger Freund Ferrand,« fragte der Abbé, »wie stehts um Ihr Befinden?« – »Ich kann von einer Besserung noch immer nichts verspüren,« antwortete Ferrand, »das Fieber will nicht weichen, und die Schlaflosigkeit bringt mich schier um ... Aber Gottes Wille geschehe!« – »Herr Abbé,« sagte seinerseits Polidori, »mit meinem lieben Freunde Ferrand wirds, wie es scheint, nun und nimmer anders: er findet Linderung seiner Leiden nur im Wohltun.« – »Verschwenden Sie, bitte, nicht Lobesworte an mich, die ich nicht verdiene,« sagte der Notar trocken, kaum imstande, Zorn und Hass zu verbergen; »über Gute und Böse zu richten, steht nur dem Herrn zu. Ich bin nichts als ein elender Sünder,« – »Wir sind allzumal Sünder,« entgegnete der Abbé, »besitzen aber nicht alle die christliche Liebe, die Sie auszeichnet, mein würdiger Freund! Wie viel oder, richtiger, wie wenige gibts hienieden, die sich gleich Ihnen losreißen von dem irdischen Gut und nur darauf sinnen, als wahre Christen wohlzutun und mitzuteilen? ... Eine Frage: Sind Sie noch immer gewillt, sich Ihres Amtes zu entäußern?« –

»Ich habe meine Kanzlei gestern verkauft, Herr Abbé, und was wohl zu den Seltenheiten gehört, sie ist mir bar auf Heller und Pfennig bezahlt worden ... Was ich dabei gelöst habe, soll zu der Anstalt verwendet werden, über deren Gründung ich schon mit Ihnen gesprochen habe, und deren Plan nunmehr endgültig feststeht. Ich werde Ihnen denselben vorlegen.« – »O, mein würdiger Freund,« sagte der Geistliche mit Bewunderung, »Leute wie Sie, sind wirklich selten und nicht genug zu preisen.« – Mit einem Lächeln voll Ironie, das aber dem Abbé entging, bemerkte hierzu Polidori:

»Menschen, die Reichtum mit Frömmigkeit, Verstand mit Gemeinsinn verbinden, gehören eben, wie Sie sagen, zu den Seltenheiten!« – Ob dieser abermaligen Ironie ballte Ferrand abermals wild die Fäuste. Aber ein Seitenblick Polidoris hielt ihm im Zaume, und dann drängte er allen Grimm in einen Seufzer zusammen, den wohl jeder andere gehört und richtig gedeutet hätte als der fromme Geistliche, der über der frommen Stiftung, die seiner Pfründe winkte, alles andere vergaß. Polidori wandte sich zu ihm mit der Frage, ob er nicht auch wahrgenommen habe, dass sich Ferrands Gemütsstimmung seit dem in seinem Hause durch die Luise Morel verursachten Skandale so stark verschlimmert habe? – Während es den Notar kalt überrieselte, fragte der Abbé: »Ist denn Ihnen die Sünde dieses Mädchens auch schon bekannt? Ich dachte, Sie seien erst vor wenigen Tagen nach Paris gekommen?« – »Das wohl! Aber Jakob hat mir, als seinem Arzte und Freunde, alles gebeichtet; er schreibt die Nervenzerrüttung, die ihn befallen, einzig und allein dem Unwillen zu, der ihn über Luisens Sündhaftigkeit erfüllt. Aber noch andere herbe Schläge sollten ihn heimsuchen, und zwar in unmittelbarer Folge! Eine seit langen Jahren in seinem Hause bedienstete Frau ...«

»Doch nicht die Frau Seraphim?« fiel der Pfarrer ihm ins Wort, »es ist mir zu Ohren gekommen, dass die unglückliche Frau durch einen unglücklichen Zufall ums Leben gekommen ist. Nun, zehnjährige treue Dienste vergisst man nicht so leicht, und eine derartige Treue gereicht dem Herrn wie dem Diener zur Ehre,« – »Ich beschwöre Sie, Herr Abbé,« antwortete der Notar, »lassen Sie mich mit Lobsprüchen aus dem Spiele –«

»Aber wer soll Ihnen sonst gerecht werden?« warf Polidori ein, »lassen Sie sich durch solche Reden nur nicht irritieren, Herr Abbé; Sie bekommen noch weitere Unglücksschläge zu hören! Die Person, die nach Luise Morel und der Frau Seraphim dem lieben Ferrand die Wirtschaft geführt hat, kennen Sie wohl nicht? Es war eine gewisse Cecily ...«

Ferrand sprang wie von einer Tarantel gestochen in die Höhe. Unter seinen Brillengläsern flammten die Augen wie Blitze, und über sein bleiches Gesicht schoss glühende Röte ... »Schweig! Schweig!« rief er; »kein Wort mehr! Ich verbiete es dir!« – »Aber so seien Sie doch nur ruhig!« sagte der Abbé, »und lassen Sie mir von Ihrem Freunde berichten, welch neue Handlung des Edelsinns ich an Ihnen zu preisen habe ... Ich kenne diese Person nicht, denn unser Freund hat seit einiger Zeit die Beziehungen zur Kirche wegen geschäftlicher Überbürdung vernachlässigen müssen.« – »Nicht wegen Überlast, Herr Abbé, sondern weil er ein neues gutes Werk im Sinne hat, das er Ihnen hat verheimlichen wollen ... Weil mein lieber Freund bei seiner neuen Hausverwalterin alle Tugenden vorfand, Züchtigkeit, Sanftmut und Frömmigkeit, hat er sich entschlossen, ihr schon bei Lebzeiten ein Legat auszusetzen, das sie in den Stand setzt, in ihrer Heimat wohlzutun und mitzuteilen ... Ja, er ist noch weiter gegangen, indem er dieser würdigen Person Urlaub auf unbestimmte Zeit erteilt hat, damit sie die nötigen Veranstaltungen zu den Spenden, die sie durch diese edelsinnige Freigebigkeit ihres Brotherrn austeilen kann, selbst treffe. - Und auch dies ist noch nicht alles: Es ist ihm zu Ohren gekommen, dass eine adelige Dame, eine Frau von Fermont, mit ihrer Tochter unverschuldeterweise in Not und Elend geraten ist. Dieser Dame hat er heute bare hunderttausend Franks bei seiner Bank überwiesen, mit dem Bedingnis, dass sie jährlich eine Messe lesen lassen solle für das Seelenheil derjenigen Menschen, die vielleicht mit Schuld tragen an dem Unglück, das diese Dame betroffen hat ... Und noch ein drittes, Herr Abbé: Und gerade aus diesem letzten Beispiele werden Sie ersehen, wie weit die Edelherzigkeit unseres immer im Verborgenen wirkenden Wohltäters geht.« - »O, erzählen Sie, bitte!« rief der Abbé. »Ich brenne darauf, von allen Taten unseres verehrten Freundes Kenntnis zu erhalten.« »Erwägen Sie, Herr Abbé, diese letzte Tat in ihrer ganzen Größe!« nahm Polidori wieder das Wort; »Sie wissen, dass die schlechte Aufführung jener Luise Morel ihren Vater dermaßen erschüttert hat, dass er um seinen Verstand kam, aber das entsetzliche Elend, das hierdurch über die Familie selbst kam, hat unsern Freund bestimmt, ihr jährlich eine Rente von 2000 Franks auszusetzen, sodass sie aller unmittelbaren Not überhoben ist. Die Rente - und hierin kommt ein weiteres wichtiges Moment zur Beurteilung unsers Freundes zur Geltung - soll nach Morels Tode auf seine Frau und auf die Kinder übergehen,«

Polidori, solange Zeit über Ferrands Mitschuldiger, weidete sich daran, ihn mit all seinen Sünden zu foltern: den Habsüchtigen durch Habsucht, den Heuchler durch Heuchelei, den Wollüstigen durch Wollust; und dass er ihn im tiefsten Innern traf, das stand auf dem Gesichte des Elenden, deutlich zu lesen.

»Und nun komme ich zum Schlusse,« nahm Polidori wieder das Wort; »unser geliebter Freund hat die Bekanntschaft eines andern Wohltäters der Menschheit gemacht, der sich unter dem Namen eines Herrn Rudolf verbirgt, und im Verein mit diesem hat er sich zur Gründung eines Bankhauses für Arme zusammengetan, wo sich der kleine Handwerker, der unbemittelte Beamte, in Not geratene Witwen, bestrafte Missetäter, die wieder als ehrliche Menschen leben wollen, unverzinsliche Darlehen gegen Bürgschaft oder auf Pfänder verschaffen können, mit dem Rechte der zweijährigen Rückzahlung oder Einlösung. Jeder der beiden Gründer zahlt 50 000 Franks als Grundstock ein, und als Direktor wird Herr Franz Germain eingesetzt mit einem Jahresgehalt von 8000 Franks, und zwar auf speziellen

Wunsch des Stifters Ferrand, der die Rechtschaffenheit und den Fleiß dieses achtbaren jungen Mannes auf diese Weise nicht bloß belohnen, sondern auch vor aller Welt dokumentieren will. Verdient solcher Edelsinn nicht allgemeine Bewunderung, Herr Abbé?« –.»Unstreitig, lieber Freund, unstreitig,« rief dieser, schier verzückt vor Bewunderung, »mich setzt in der Tat nichts an ihm mehr in Erstaunen. Früher oder später musste solcher Wohltäter der Menschheit zu solchem Schritte gelangen: solche Anstalt ist das erhabenste Denkmal, das sich ein Mensch setzen kann.« – »Und doch hat es nach wie vor Leute gegeben, die solchen Ehrenmann als Geizhals verschrien haben« rief mit scheinbarer Entrüstung Polidori; dann wandte er sich an den Notar mit der Aufforderung, die letzten Paragrafen des für die Armenbank festgesetzten Statuts dem Abbé selbst vorzulesen. Mit sichtlichem Widerstreben und sich wiederholt mit der Hand über die Stirn streichend, griff Ferrand zu dem Schriftstück und las, oft stockend:

»Zum Direktor der Bank wird Herr Franz Germain bestellt, als Hausverwalter der Pförtner des Hauses Rue du Temple Nr. 17, Herr Pipelet, gewählt. Es wird ein Aufsichtsrat eingesetzt, bestehend aus Herrn Abbé Dumont, dem Maire und dem Friedensrichter des Stadtbezirks. Die Eröffnung der Bank wird in den größeren Blättern Frankreichs inseriert, vorwiegend in solchen, die von Leuten gelesen werden, zu deren Nutzen die Bank arbeiten soll. – Die Stifter wiederholen zum Schlusse, dass sie keinerlei Verdienst beanspruchen an der Wohltat, die sie für einen Teil der Menschheit damit im Sinne haben. Der einzig leitende Gedanke dabei ist das Wort unseres Heilandes: Liebet euch untereinander!«

Ferrand beide Hände inbrünstig drückend, rief der Abbé: »Ihr Platz wird droben im Himmel neben dem sein, der diese hehren Worte gesprochen hat!«

Die Kräfte drohten Ferand zu verlassen, und ohne auf die letzten Worte des Abbés zu antworten, behändigte er ihm die zur Gründung der Anstalt und zur Stiftung der Rente für Morel und seine Familie notwendige Summe.. »Ich darf wohl annehmen, Herr Abbé,« sagte er, »dass Sie dieses Amt nicht ablehnen. Zudem wird ein Fremder, Sir Walter Murph mit Namen, der mir im Auftrage seines Herrn bei dem Entwurfe des Planes zur Gründung der Armenbank beigestanden hat, Ihnen einen großen Teil der hierzu notwendigen Arbeit abnehmen und sich Ihnen, sofern Sie es wünschen, schon heute zur Verfügung stellen. Und nun,« setzte er hinzu, »haben Sie wohl die Güte, mich allein zu lassen. Ich bin sehr erschöpft.« – »Verzeihen Sie, Herr Abbé,« setzte Polidori hinzu, »als Arzt meines Freundes muss ich ihm Ruhe zubilligen. Ich kann Sie auch nicht gleich begleiten, sondern werde wohl noch zu einem physischen Aderlasse schreiten müssen.«

Der fromme Herr verstand die Anspielung nicht, obgleich er hätte sehen müssen, dass Ferrand zusammenzuckte. Er unterschrieb die Quittung, sprach noch ein paar salbungsvolle Worte und ging.

Kaum aber hatte sich die Tür hinter ihm geschlossen, als Ferrand einen schrecklichen Fluch ausstieß. Die solange verhaltene Wut und Verzweiflung brachen ungestüm hervor. Mit verzerrten Zügen und unstetem Blick rannte er im Zimmer umher wie ein wildes Tier an der Kette. Mit kalter Ruhe beobachtete Polidori sein Opfer. Mit grässlicher Stimme rief Ferrand endlich: »Den Satan über dich! All mein schönes Geld geht in diesen windigen frommen Stiftungen zum Teufel! Mich Menschenverächter zwingt man zu solchem Blödsinn? Ist denn dein Herr der Teufel in Person?« - Ohne die geringste Aufregung zu zeigen, antwortete Polidori: »Ich habe keinen Herrn, Ferrand, wohl aber, wie du, einen, der über mich richtet!« - »Ha! Dass ich mich dieser Fuchtel beugen muss!« knirschte Ferrand, »wofür habe ich zusammengescharrt mein Leben lang? Wenn mir jetzt viel bleibt, so sind's knapp hunderttausend Franks ... Und dich Elenden hat man mir zum Kerkermeister gesetzt!« - »Das entspricht ganz dem Systeme des Fürsten Rudolf,« antwortete Polidori, »er straft das Verbrechen durch das Verbrechen, den Verbrecher durch seine Kumpane. So wie du habe auch ich das Schafott verdient, und wenn ich gegen die Befehle handle, die ich als dein Kerkermeister bekommen habe, dann fällt eben mein Kopf. Ein unbestechlicherer Hüter hätte dir nicht gesetzt werden können. Fliehen können wir auch nicht, denn wir können keinen Schritt aus dem Hause setzen, ohne den Leuten in die Hände zu stürzen, die Tag und Nacht vor der Tür lauern. Fügst du dich aber, wie auch ich es muss, dann sind wir wenigstens sicher, keinen Kopf kürzer gemacht zu werden. Lassen wir also alles Gelüst zu Widerstand!«

»Ha! Wohin ich mich wende, überall Verderben, überall Schande und Tod! Und was ich am meisten fürchte, von allem in der Welt am meisten, das ist eben der Tod! Fluch über mich, über dich, über die ganze Welt!« - »Dein Hass umfasst die Welt und deine Liebe nur Paris, höchstens, wenn deine Bankgründung weite Bahnen zieht, noch Frankreich ... Ich meine, das wäre doch wenigstens ein Trost!« - »Ha! Spotte nur, du Unmensch!« zischte Ferrand. - »Wer ist schuld gewesen, dass wir in diese Lage gerieten!« erwiderte Polidori; »Niemand als du! Warum hast du meinen Brief wie eine Reliquie am Halse getragen? Den Brief, der sich auf den Mord bezog, aus dem du hunderttausend Franks gewannest? Da es uns so glückte, ihn als Selbstmord auszuspielen?« - »Warum, Elender? Hast du nicht die Hälfte für deine Mittäterschaft bekommen?« zischte Ferrand, »trug ich den Brief nicht bei mir als ein Schutzmittel gegen dich? Um dir die Lust zu weiteren Erpressungen zu benehmen? Auf diese Weise wusstest du doch, dass du mich nicht verraten könntest, ohne dich mit mir zu verderben! An diesem Briefe hingen also mein Leben und Vermögen, und aus diesem Grunde habe ich ihn fortwährend als einen Schatz bei mir getragen.« – »Freilich, das war nicht ungeschickt von dir, denn wenn ich dich verriet, konnte ich weiter nichts gewinnen als den Weg mit dir aufs Schafott und doch hat uns deine Überklugheit ins Unglück gebracht, während uns mein Verhalten noch immer vor Strafe für dieses Kapitalverbrechen bewahrt hat. War es meine Schuld, dass mein Brief eine zweischneidige Waffe war? Weshalb musstest du so töricht sein, diesem Satan von – Cecily solch furchtbare Waffe in die Hände zu liefern?« – »Still! Nenne dies Weib nicht mehr!« schrie Ferrand, dessen Gesicht sich vor Wut verzerrte.

»Nun, bloß keine Krämpfe wieder!« sagte Polidori kalt, »soviel steht aber fest, dass unsre Vorsichtsmaßregeln für gewöhnliche Justizverhältnisse ausreichten. Die außergewöhnliche Justiz des Mannes aber, in dessen Hände wir geraten sind, geht andere Wege! Er konnte dir durch den gewöhnlichen Rechtsweg den Kopf abschlagen lassen; was aber wäre die Folge gewesen? Deine einzigen beiden Verwandten sind tot, also hätte der Fiskus dein Vermögen eingezogen zum Nachteile derer, die du in Schaden gesetzt hast ... Dadurch aber, dass er so verfährt, ist Morel mit seiner Familie in Zukunft vor Not geschützt; Frau von Fermont, Herrn von Renneviles Schwester, bekommt ihre hunderttausend Franks wieder – ob er jetzt als Selbstmörder gilt oder nicht, kann ihm und den Seinigen wenig nützen.. Germain, von dir unrechter Weise zum Diebe gemacht, bekommt seinen ehrlichen Namen wieder und zugleich eine ehrenvolle und gesicherte Lebensstellung ... Durch deinen Tod durch Henkershand hätte die menschliche Gesellschaft nicht das Geringste gewonnen: Dadurch, dass dir das Leben geschenkt wird, gewinnt sie sehr viel.«

»Eben das versetzt mich ja in solche Wut! Aber – es ist nicht meine einzige Qual.« – »Das weiß Fürst Rudolf, der uns das Leben versprochen hat, wenn wir seine Befehle blindlings vollziehen. Wenn ich auch nicht weiß, was er ferner über uns beschließen wird, so weiß ich doch, dass er sein Versprechen halten wird, aber auch, dass er, sollte er meinen, dass wir unsre Verbrechen noch nicht hinlänglich gebüßt, es dahin bringen wird, dass wir den Tod dem Leben, das er uns lässt, tausendmal vorziehen werden. Du kennst den Fürsten nicht! Hält er sich für berechtigt, keine Gnade walten zu lassen, so ist kein Feuer grausamer.« – »Ich werde tun, was du verlangst, sofern ich nur lebe, denn sterben mag ich nicht. In der Kirche wird gepredigt von denen, die verdammt sind; aber für diese ist noch keine Strafe ersonnen worden, die der von mir empfundenen gleichkäme. Mich quält sowohl Liebe als Hass, und statt einer einzigen fühle ich doppelte Wunden. So schrecklich mir der Verlust meines Vermögens ist, so würde der Tod mir doch noch schrecklicher sein. Und doch wird mir das Leben nur eine Qual sein ohne Ende, während ich den Tod um deswillen scheue, weil er mir das Glück, meine Fantasie mit dieser Cecily zu nähren, raubt.«

»Dir winkt wenigstens der eine Trost,« sagte Polidori mit seiner gewöhnlichen Ruhe, »dass du an all das Gute denken darfst, womit du deine Verbrechen gesühnt hast.« – »Ja, spotte nur,« versetzte der Notar grimmig, »du weißt recht gut, wie sehr ich die Menschen hasse, und wie fuchswild ich bin über solchen Unsinn von Buße, der sich ganz hübsch ausnimmt bei alten Huren und Betschwestern! Hol mich der Satan! Andere sollen sich mästen von dem Gelde, das ich in all den Jahren zusammengescharrt habe? Das ist ein Gedanke, an dem ich noch allen Verstand einbüße! Obendrein noch diese pfäffische Salbaderei, während mir das Herz in Blut und Galle schwamm! Ha! Umbringen hätte ich ihn können, wenn ich allein mit ihm gewesen wäre! O, es ist zu viel, es ist zu viel! ... Mir verwirrt sich tatsächlich alles in meinem Kopfe, solchen Anwandlungen ohnmächtiger Wut, solchen ewig sich erneuernden Qualen kann ich nicht widerstehen ... und das alles um dieser Cecily halber! Ha, ob diese Kreatur es ahnt, was ich um ihretwillen leide! Weiß du es, Cecily, dass du mein Dämon wärest?«

Erschöpft und fast außer Atem, sank er auf einen Sessel nieder und rang die Hände. Aber Polidori wunderte sich nicht über diese Ausbrüche von Wut und Grimm, denn als Arzt entging es ihm nicht, dass der Grimm über sein Vermögensverlust und seine unbefriedigte Liebesraserei dem Notar ein schleichendes Fieber zugezogen hatte. Ein Klopfen an der Tür unterbrach ihn in seiner Betrachtung darüber ... »Jakob,« flüsterte er, »raffe dich zusammen! Es kommt jemand.« – Aber Ferrand hörte das Klopfen nicht: In krampfhaften Zuckungen wand er sich, halb auf dem Schreibtische liegend. –

Polidori öffnete die Tür. Der Bureauvorsteher verlangte, am ganzen Leibe zitternd, auf der Stelle seinen Prinzipal zu sprechen. – »Ich glaube nicht,« antwortete Polidori, »dass Sie damit Glück haben werden, denn Herr Ferrand befindet sich zurzeit keineswegs wohl.« – »Herr,« rief der andere, »Sie sind sein bester Freund. Kommen Sie auf der Stelle herüber! Wir dürfen keinen Moment versäumen. Denken Sie, die Gräfin Mac Gregor, die wieder aus aller Gefahr zu sein scheint, zitierte mich zu sich und herrschte mir in heftigem Tone zu: »Der Schuft von Ferrand soll sich auf der Stelle zu mir bemühen, wenn ich ihn nicht als Fälscher zur Anzeige bringe. Sagen Sie ihm, das Mädchen, das er für tot ausgegeben, sei nicht tot; ich wüsste, wem er es überantwortet, und wo es zurzeit sich aufhält.«

Polidori erwiderte, die Achseln zuckend: »Die Dame faselt im Fieber.« – »Es mag sein,« sagte der Bureauvorsteher, »wie könnte man sich sonst derartige Bedrohung eines rechtlichen Mannes erklären?« – »Sonst nichts weiter?« fragte Polidori. – »Gerade als ich wegging,« sagte der andere, »trat eine Zofe in das Zimmer der Gräfin und meldete den Besuch Seiner Königlichen Hoheit binnen längstens einer Stunde an.« – »So! Hm, ohne Zweifel der Fürst,« dachte Polidori bei sich, »und doch hatte er geschworen, die Gräfin nie mehr wiederzusehen ... Das will mir gar nicht gefallen, denn das kann schlimm für uns ausgehen ...« Sich an den Bureauvorsteher wendend, sagte er: »Es hat beides nichts auf sich ... verlassen Sie sich drauf! Immerhin werde ich dem Herrn Notar unverzüglich Mitteilung machen, sobald er wieder wohl ist.«

Zehnter Teil.

Erstes Kapitel.

Rudolf und Sarah

Begleite der freundliche Leser uns zu der Gräfin Mac Gregor, die dem Delirium, das tagelang für ihr Leben bedrohlich war, durch eine sorgfältige Behandlung entrissen worden ist. Der Tag war im Niedergange begriffen. Die Gräfin saß in einem hohen Sessel, hinter ihr stand Thomas Seyton, ihr Bruder, sich in einem großen Spiegel betrachtend, der Sarah von einer Zofe vor das Gesicht gehalten wurde. Sie war bleich wie Marmor, sodass die schwarze Farbe ihrer Augen und Brauen, wie ihres Haares um so kräftiger hervortrat. Sie war in einen Überwurf aus weißem Musselin gekleidet, und ließ sich das Korallenband um den Arm legen.

»Sobald Ferrand kommt,« befahl sie, »soll er ins blaue Zimmer treten; Seine Königliche Hoheit wird hierher geleitet.« – Als sie mit dem Bruder allein war, setzte sie hinzu: »Tom, endlich, endlich soll die Weissagung sich erfüllen.« – »Sarah,« erwiderte ihr Bruder ernst und streng, »mäßige dich! Gestern wurde noch an deinem Aufkommen gezweifelt ... noch eine herbe Täuschung, wie sie dir die letzten Tage gebracht, könnte dir leicht lebensgefährlich werden.« – »Du hast recht, Tom. Es wäre schrecklich, aus solcher Höhe zu stürzen, denn nie waren meine Hoffnungen der Erfüllung so nahe! In meiner Krankheit hat mich ja doch nur der Gedanke aufrecht gehalten, die Kunde auszunützen, die mir jenes Weib in dem Augenblicke machte, als sie mich zu ermorden versuchte.« – »Noch einmal, Sarah!« rief Tom, »keine törichten Hoffnungen! Es würde ein zu schweres Erwachen für dich sein,« – »Du glaubst doch nicht etwa, Rudolf könnte, sobald er erfährt, dass jenes junge Mädchen, das in Saint-Lazare gefunden worden, unser vom Notar fälschlich für tot ausgegebenes Kind ist ...«

»Ich glaube weiter nichts, als dass Fürsten das Staatswohl niemals um eines einzelnen Menschen willen verletzen!« – »Aber, Tom!« – »Sarah, der Fürst ist kein unerfahrener Jüngling mehr wie damals; jene Zeit, da ihr scharmiertet, liegt weit hinter ihm und – hinter dir!« –

»Tom, ich weiß, warum ich so handle,« versetzte Sarah, »denn heut oder morgen wird er mir sagen: Das Kind muss durch unsre Vermählung legitimiert werden, und hat er es erst einmal gesagt, dann wird er auch sein Wort halten, und die Hoffnung, das Sehnen meines ganzen Lebens wird sich erfüllen.« – »Und, wenn er es nicht tut?« fragte Tom. – »O, geh!« erwiderte Sarah entrüstet; »weiß Rudolf erst, dass sein Kind wiedergefunden, dann wird er seinem Kinde das Los zusichern, das ihm vom Geschick bestimmt worden, um es endlich auf den Gipfel des Glückes zu heben, nachdem es so lange, lange Jahre im tiefsten Unglücke schmachtete.« –

»Dass er seinem Kinde ein glänzendes Los sichern wird, glaube ich,« sagte Tom, »aber nicht, dass er dir, um das zu tun, seine Hand reichen wird ... Euch trennt ein gar zu tiefer Abgrund!« – »Über seine Vaterliebe wird ihn ausfüllen!«

Ein Wagen rollte in den Hof ... »Rudolf, Rudolf!« flüsterte Sarah leise. – »Ha!« rief Tom, »er ist es wirklich, er setzt eben den Fuß aus dem Wagen.« – »Lass mich allein, Tom!« rief Sarah, ohne ihre Kaltblütigkeit zu verlieren, waren doch immer nur Ehrgeiz und Selbstsucht die Motive gewesen, die dieses Weib geleitet hatten; sie sah auch jetzt in der fast wunderbaren Wiedergeburt ihres Kindes nichts weiter als das Mittel, den Zweck zu erreichen, den sie nie aus den Augen verloren hatte!

Einen Augenblick zögerte Seyton, bevor er den Fuß aus dem Zimmer setzte; dann aber trat er rasch zu der Schwester und flüsterte: »Ich will dem Fürsten sagen, wie deine Tochter sich wiedergefunden hat, nachdem sie solange Jahre für tot gehalten wurde ... Dir könnte die heftige Aufregung nach so schwerer Krankheit ernstlich schaden ... Erwäge: der Anblick des Fürsten nach so langer Trennung, das Beisammensein mit ihm unter vier Augen ...«

»Bruder, deine Hand!« erwiderte Sarah, »bin ich bewegt?« – »Nein!« versetzte Seyton verwundert, »dein Puls geht wie sonst: Wohl weiß ich, dass du dich zu beherrschen weißt; aber in einem solchen Augenblicke, wo es sich bei dir um eine Krone oder um den Tod handelt – bedenke es noch einmal ... Sarah! Deine Ruhe erschreckt mich!« – »Warum so verwundert, Bruder?« fragte Sarah mit spöttischem Lächeln, »hat mein Marmorherz jemals irgendetwas zu rascheren Schlägen gestimmt? Nicht früher wird es zittern, als bis es die Fürstenkrone auf der Stirn fühlt ... Rudolf kommt! Verlass mich, Tom!«

Rudolf trat tief ergriffen in das Zimmer, wich aber erstaunt zurück, als er Sarah, in fast königlicher Haltung, auf einem Sessel sitzen sah, statt sie, wie er vermutet hatte, im Bette zu finden. Auf sein Gesicht trat sogleich ein finsterer, misstrauischer Zug. Sarah erriet, was in ihm vorging, und sagte mit weicher, schwacher Stimme: »Sie glaubten mich dem Tode nahe? Kamen Wohl in der Erwartung, mir ein letztes Lebewohl zu sagen?« - »Die letzten Wünsche von Sterbenden waren mir stets heilig. Was ich aber hier sehe, scheint mir auf eine Täuschung hinauszugehen?« - »Keine unnütze Aufregung,« erwiderte die Gräfin; »ich habe Sie nicht getäuscht, sondern war wirklich dem Tode so nahe, dass ich nur noch Stunden zum Leben zu haben meinte ... Und viel anders wird es wohl auch jetzt noch nicht um mich stehen ... Aber - verzeihen Sie mir diese letzte Koketterie: Ich wollte in der Robe sterben, in der Sie mich zum ersten Male gesehen ... O, endlich sehe ich Sie wieder nach fast siebzehnjähriger Trennung! Ich danke Ihnen aus tiefstem Herzen. Aber danken auch Sie dem gütigen Gotte, dass er Ihr Herz lenkte, meiner letzten Bitte Gehör zu schenken ... sonst hätte ich ein Geheimnis mit in die andere Welt nehmen müssen, das Ihrem Leben noch Glück und Freude spenden wird, für das Sie gern die Hälfte der Ihnen noch bemessenen Lebenszeit hingäben!«

»Wie verstehe ich den Sinn dieser Worte?« fragte der Fürst betroffen. - »O, Rudolf, wärest du nicht gekommen, dann hätte ich mein Geheimnis - doch nein! Dazu hätte es mir doch an Mut gefehlt! Rudolf, Rudolf! Ich muss es dir sagen: Unsre Tochter lebt! Unser Kind lebt!« - Rasch an den Sessel tretend, auf dem Sarah saß, wiederholte er: »Unser Kind, sagst du, lebt? Meine Tochter lebt?« - »Ich habe untrügliche Beweise, dass sie nicht gestorben ist - ich weiß, wo sie ist ... Du wirst sie morgen sehen, Rudolf!«

Aber Rudolf war von der Furcht ergriffen, Sarah bereite ihm nur eine Täuschung, er führte sich vor die Seele, wie unwahrscheinlich solches Ereignis sei, und er rief: »Eine List! Eine hässliche Lüge! Sie wollen mich schmählich irreführen!« - »Rudolf, ein Wort! Hören Sie mein Geständnis, und Sie werden mir glauben, werden sich nicht länger weigern, dem Augenscheine sich zu fügen! - Rudolf, ich hatte Sie täuschen wollen,« erklärte Sarah, »ein Mädchen sollte für unser Kind ausgegeben werden, aber als ich mit dieser schändlichen Absicht umging, traf mich der Stahl einer Mörderin, jenes Weibes, der man unser Kind in die Hände geliefert, nachdem man es für tot ausgegeben.« - »Und dieses Weib?« fragte Rudolf mit bebender Stimme. - »Die Hand der Nemesis ereilt uns alle hienieden, und die Vorsehung führt uns ihre eigenen Wege! Vor Monaten retteten Sie ein junges Mädchen aus tiefem Elend und brachten es aufs Land hinaus ...«

»Nach Bouqueval, allerdings,« fiel Rudolf ihr ins Wort. - »Mich führten Hass und Eifersucht auf Abwege, und ich ließ das Mädchen durch jenes Weib aus dem Dorfe rauben.« - »Und haben es nach Saint-Lazare schaffen lassen?« - »Jawohl! Und dort ist sie noch!« - »Nein,« rief Rudolf, »dort ist sie nicht mehr!« - »Was sagen Sie? Nicht mehr dort? Und wo sollte sie sonst sein?« - »Ein Ungeheuer von Geiz und Habsucht, dem an dem Mädchen viel gelegen war, hat es in die Seine werfen, hat es ertränken lassen!« - Aufspringend, schrie Sarah wie außer sich: »Mein Kind! Mein Kind!« - Rudolf eilte auf sie zu. - Sie aber schrie, von grässlicher Verzweiflung gepackt, wieder und wieder: »Mein Kind! Mein Kind!« - »Das Mädchen, das den Namen Schalldirne führte, war Ihr Kind?« rief Rudolf. - »Ja, Schalldirne! Das war der Name, den mir dieses Weib nannte,« rief Sarah, »und ermordet hat man das Mädchen?« -

Rudolfs Gesicht war jetzt ebenso bleich wie dasjenige Sarahs, und außer sich vor Entsetzen, fragte er: »Sarah! Kommen Sie zu sich! Und geben Sie mir Antwort! Das Mädchen, das Sie durch jenes grässliche Weib, durch dies Weib mit dem Spitznamen Eule aus Bouqueval rauben ließen, war ...« - »War unser Kind!« fiel ihm Sarah ins Wort. - »Nein, nein,« erwiderte Rudolf, »Sie sprechen im Fieber! Das kann nicht sein! Sie wissen nicht, wie grässlich das wäre! Kommen Sie zu sich, fassen Sie sich! Der Schein trügt so oft, und wie oft trifft es sich nicht, dass der Wunsch der Vater des Gedankens ist! Ich mache Ihnen keine Vorwürfe, aber sagen Sie mir alles, was Sie zu der Meinung bestimmt, dass dieses Mädchen unser Kind sei ... denn es kann ja nicht sein! Es darf nicht sein! Es ist unmöglich!«

Sarah sammelte mühsam ihre Gedanken und erwiderte mit matter Stimme: »Als ich hörte, dass Sie sich verheiraten wollten, da war es mir nicht möglich, unser Kind bei mir zu behalten ... es war damals vier Jahre alt ...« - »Ich bat Sie doch damals, das Kind mir auszuliefern,« rief Rudolf mit herzzerreißendem Tone, »all meine Briefe blieben aber unbeantwortet, und nur einen einzigen bekam ich, und der meldete mir des Kindes Tod.« - »Ich wollte mich an Ihnen rächen. Das war der Grund meiner Weigerung, Ihnen das Kind auszufolgen, das damals vier Jahre alt war ...« - Sie machte eine Pause. - »Mein Bruder brachte das Kind zu einer Frau Seraphim, der Witwe seines einstigen Dieners; die Frau sollte es erziehen, bis es in eine Pension gebracht werden könnte ... Bei einem durch seine Rechtlichkeit im besten Rufe stehenden Notar deponierten wir eine Summe, groß genug, seine Zukunft zu sichern. Die Briefe, die von den beiden Leuten an meinen Bruder und mich geschrieben wurden, liegen dort in dem Kästchen. Nach einem

Jahre hörte ich, das Kind sei ernstlich krank, und nach acht Monaten hatte ich seinen Totenschein in den Händen. Aber das Kind war nicht tot, sondern diese Seraphim hatte es einem Bösewicht, der jetzt im Bagno von Rochefort sitzt, gegeben, und von ihm war es in die Hände der Eule gelangt. Die Seraphim aber trat in den Dienst Jakob Ferrands. Als mir die Eule dies Geständnis machte, schrieb ich es nieder und darüber fiel ich ihrem Dolche zum Opfer. Die angefangene Niederschrift liegt auch in dem Kästchen dort, zusammen mit einem Bilde von dem Kinde aus seinem vierten Jahre ... Prüfen Sie alles, Briefe, Aussage, Niederschrift und das Bild ... Sie kennen ja das Mädchen, und Sie werden sich nicht länger über die Identität im Zweifel befinden ...«

Während Sarah, erschöpft durch die Worte, halb ohnmächtig auf ihren Sessel zurücksank, stand Rudolf wie vom Blitze getroffen da. Mit wachsender Angst erlangte er die Überzeugung, dass dieses Mädchen in der Tat seine Tochter war, und daran, dass sie den Tod in der Seine gefunden, konnte er insofern nicht zweifeln, als gar keine Nachricht mehr von ihr zu erlangen gewesen war: Trotz Doktor Griffons sorgfältiger Behandlung und aller Pflege der Wölfin ungeachtet, hatte ihre Krankheit sich sehr in die Länge gezogen, und sie war lange körperlich und geistig so schwach geblieben, dass es ihr nicht möglich gewesen war, Frau Georges oder Rudolf von ihrer Lage zu benachrichtigen ...

Ein Blick auf das Bildnis, das ihm Sarah jetzt reichte, raubte ihm allen Zweifel: Ja es waren dieselben Züge, dieselben milden blauen Augen, und er fühlte sich von seinen Gefühlen so übermannt, dass er gänzlich gebrochen auf einen Stuhl sank und das Gesicht mit beiden Händen, tief aufschluchzend, bedeckte.

Zweites Kapitel.

Rache.

Sarahs Gesichtszüge veränderten sich sichtlich, während Rudolf, still vor sich hinbrütend, auf seinem Sessel saß; Fieber schüttelte sie, und mit Bangen sah sie Rudolfs weiterem Verhalten entgegen. Sie kannte die Heftigkeit seines Wesens und war gefasst auf eine schlimme Szene. Mit einem Male richtete er sich auf, verschränkte die Arme über der Brust, trat mit drohender Miene auf sie zu und heftete die Blicke unverwandt auf sie ... Mit dumpfer Stimme Hub er an: »So hat es kommen müssen! Ich zog den Degen gegen den Vater und werde nun gestraft in meinem Kinde ... In diesem feierlichen Augenblicke müssen Sie entartete Mutter alles erfahren, was Sie durch Ihre rücksichtslose Selbstsucht angestiftet haben. Weib ohne Herz und ohne Glauben! Hören Sie mir zu?«

»Gnade, Rudolf, Gnade!« stöhnte Sarah. – »Gnade? Gnade für Sie, die um des schmählichsten Stolzes willen meine wahre, aufrichtige Liebe ausnützten, indem Sie mir gleiche Liebe vorspiegelten? Für Sie, die dem Sohne die Waffen wider den Vater in die Hände spielten? Die, statt über ihr eigenes Fleisch und Blut zu wachen, es fremden, gewissenlosen Händen überantworteten, um sich in habsüchtiger Weise zu bereichern? Die nach meiner Hand nur strebten, um einen maßlosen Ehrgeiz zu stillen! Nein, für Sie kenne ich keine Gnade! Fluch über Sie, denn Sie waren der böse Geist meines Hauses, meiner Familie, waren mein eigener böser Geist!« – »Rudolf, Gnade! Gnade!« stöhnte sie wieder, »üben Sie Erbarmen, üben Sie Erbarmen!« –

Rudolf aber fuhr unbeirrt fort: »Sind Sie des Tages noch eingedenk, vor siebzehn Jahren, als Sie die Folgen unserer geheimen Beziehungen nicht mehr verbergen konnten? Sie hielten unser Verhältnis für ebenso unauflöslich wie ich. Aber ich kannte den unbeugsamen Charakter meines Vaters und wusste, welche Heirat er aus Staatsgründen für mich im Sinne führte. Als ich ihm trotzte, als ich ihm erklärte, dass Sie vor Gott und den Menschen mein Weib seien, dass Sie Mutter seien, da kannte sein Zorn keine Grenzen: Er weigerte sich, an meine Ehe mit Ihnen zu glauben; er drohte mir mit seinem Grimm, wenn ich noch einmal solchen Wahnsinns gegen ihn Worte liehe. Damals liebte ich Sie mit wahnsinniger Glut und wähnte, Ihr marmornes Herz schlüge auch für mich ... Ich erwiderte meinem Vater, dass ich nie einem andern Weibe als Ihnen angehören wolle; er überschüttete mich mit den ärgsten Schmähungen, erklärte unsre Ehe für null und nichtig und schwur mit dem heiligsten Eide, dass er Sie zur Strafe für solche Vermessenheit in seiner Residenzstadt an den Pranger stellen lassen wolle ... Ich wagte es, meinem Vater zu verbieten, in solchen entehrenden Ausdrücken von meinem Eheweibe zu sprechen, vermaß mich drohender Reden ... Da erhob mein Vater die Hand wider mich und ich – von Leidenschaft verblendet, zog den Degen und stürzte mich auf ihn ... Wäre Murph nicht dazwischen gesprungen, den Stoß abzulenken, so wäre ich zum Mörder an meinem eigenen Vater geworden! Um ihretwillen! Einzig und allein um ihretwillen!«

»Von diesem Vorgange hatte ich keine Ahnung,« fiel Sarah ihm ins Wort. »Aber – habe ich nicht schwer gelitten durch Ihres Vaters Härte? Hat er nicht unsere Ehe für geschieden erklärt? Und warum beschuldigen Sie mich, Sie nicht geliebt zu haben?« – »Warum?« versetzte Rudolf, Sarah mit einem Blicke maßloser Verachtung messend, »nun, ich will es Ihnen sagen.

Nach dem schlimmen Auftritte mit meinem Vater wurde ich gefangen gesetzt, der Degen wurde mir abgenommen, und der Mann, durch den unsre Heirat bewirkt worden war, Polidori, wurde in Arrest geführt. Er erbrachte den Beweis dafür, dass unsre Ehe von keinem wirklichen Geistlichen geschlossen worden, also null und nichtig sei, dass er Sie, mich und Ihren Bruder hinters Licht geführt habe. Ja, Polidori tat noch mehr, indem er meinem Vater einen Brief, den Sie an Ihren Bruder gerichtet, und der während einer seiner Reisen ihm entwendet worden war, aushändigte.«

»Genug! Genug!« rief die Gräfin. – »In diesem Briefe gaben Sie Ihren ehrgeizigen Plänen rücksichtslos Ausdruck, äußerten sich über mich mit der kältesten Verachtung und opferten mich Ihrem teuflischen Stolze. Ich galt Ihnen nur als Werkzeug, das zu erreichen, was Ihnen geweissagt worden war; Sie sprachen es unverhohlen aus, dass Ihnen mein Vater zu lange lebe..« – »O ich Törin!« rief Sarah, »jetzt wird mir alles verständlich.« – »Und um ihretwillen wäre ich um ein Haar zum Vatermörder geworden!« rief Rudolf; »als er mir tags darauf, ohne jedes Wort des Vorwurfs, den Brief zeigte, der mir Ihre schwarze Seele offenbarte, stürzte ich vor ihm nieder und bat ihn um Gnade, um Verzeihung ... Seitdem haben mich Reue und Gewissensbisse in der Welt herumgejagt ...Ich legte mir eine Buße auf, die erst mit meinem Leben endigen wird. Ich habe mir die Aufgabe gestellt, das Böse zu verfolgen, das Gute zu belohnen, die Leidenden zu unterstützen, die Wunden, die der Menschheit geschlagen werden, zu sondieren, Seelen dem Verderben zu entreißen ... Weshalb ich dieses Gelübde, das ich streng zu erfüllen trachte, Ihnen gegenüber erwähne? Wahrlich nicht, um mir ein Lob aus Ihrem Munde zu holen! Aber Sie müssen es kennen, um mich verstehen zu lernen ... um den Grund, der mich hierher geführt hat, ermessen zu können ... Ich hatte mich dem Verlangen meines Vaters gefügt und mich mit einer Fürstentochter Deutschlands vermählt. Ich erfuhr, dass Sie sich mit einem Grafen Mac Gregor verehelicht hätten. Da verlangte es mich nach dem Kinde, das Sie mir geschenkt hatten. Ich forderte es von Ihnen. Sie ließen mich ohne Antwort. Es gelang mir nicht, den Aufenthalt des Kindes zu ermitteln, für dessen Unterhalt mein Vater aufs Freigebigste gesorgt hatte. Endlich kam die Nachricht von dem Ableben unseres Kindes durch Sie an mich ... es war vor zehn Jahren – o! Dass es damals wirklich gestorben wäre! Wie viel Schmerz und Leid wäre mir erspart geblieben!«

»Jetzt kann ich freilich nicht mehr an der Abneigung zweifeln, die Ihr Herz wider mich erfüllt,« erwiderte Sarah, »der Brief an meinen Bruder ist mir Erklärung sattsam dafür ... Ja, Stolz und Ehrgeiz haben mich ins Unglück gestürzt, unter dem Scheine von Leidenschaft barg ich ein eiskaltes Herz im Busen, und während ich nur Verstellung und Selbstsucht kannte, heuchelte ich Offenherzigkeit und Hingebung ... Aber ich kannte die Gründe nicht, die Sie zum Hasse, zur Verachtung geführt hatten, und sann auf Verwirklichung meiner Hoffnungen und Pläne mit erhöhtem Eifer ... Seit Sie zum Witwer, ich zur Witwe geworden, jagte ich von Neuem dem Trugbilde nach, das mir in meinen Mädchenjahren vor die Seele gezaubert worden war durch jene Wahrsagerin, und als ich durch Zufall meine Tochter wiederfand, erkannte ich in diesem unvermuteten Glücksfalle einen Wink der Vorsehung, ja ich wiegte mich in den Glauben, Ihre Abneigung wider mich würde Ihrer Liebe zu unserm Kinde weichen, Sie würden mich zu Ihrer Gattin erheben, um unserm Kinde zu dem Range in der Gesellschaft zu helfen, der ihm zusteht.«

»Aus Ehrfurcht vor dem schweren Leid, das mein Kind in seiner frühesten Jugend getragen, wäre ich wohl willens gewesen, wenn ich mich auch nie zu einem Zusammenleben mit Ihnen entschlossen hätte, durch eine Heirat, die unsers Kindes Geburt legitimierte, seine Stellung in der Welt so glänzend zu machen, wie sie bislang kläglich und elend gewesen.« - »O, so hatte mich also meine Zuversicht nicht getäuscht?« - »Nicht den Tod Ihres Kindes beklagen Sie, wie ich recht wohl weiß, sondern den Verlust des gesellschaftlichen Dekors, nach welchem Ihr Herz ja allezeit getrachtet hat!« - »Rudolf!« - »Möchte dieser Schmerz,« fuhr Rudolf fort, »der letzte sein, den Ihr Gemüt empfindet!«

»Der letzte Schmerz, ja! Und auch die letzte Strafe, denn ich werde weder Schmerz noch Strafe überleben.« - »Sie müssen aber noch, ehe Sie sterben, über das Leben Kenntnis erhalten, das Ihre Tochter geführt hat, seit Sie sie ins Elend gestoßen haben,« fuhr Rudolf mit unerschütterlicher Ruhe fort, »Sie besinnen sich noch auf jene Nacht, in der Sie mir mit Ihrem Bruder in ein verrufenes Wirtshaus der Altstadt gefolgt waren?« - »Ihr Blick erstarrt mir das Blut in den Adern!« - »Auf dem Wege zu diesem Wirtshause haben Sie unglückliche Geschöpfe gesehen, die - doch nein! Ich wage es nicht, Ihnen mehr davon zu sagen.« - »Gott! Was werde ich hören müssen!« rief Sarah. - »Diese unglücklichen Mädchen,« fuhr Rudolf mit gewaltsamer Anstrengung fort, »die Schande ihres Geschlechts, waren die Gefährtinnen unsers Kindes! - Sie werden ein junges, sechzehnjähriges Mädchen darunter bemerkt haben, das schön war wie ein Engel, ein armes Kind, das sich aber inmitten des Verderbens, in das man es seit der frühesten Kindheit gestürzt, so rein und jungfräulich erhalten hat, dass ihr die Diebe und Mörder, die sie duzten, den Beinamen Marienblume gegeben haben ... Sahen Sie dies junge Wesen niemals, Sie - liebevolle Mutter?« -

»Nein, mit keinem Blicke,« erwiderte Sarah fast mechanisch, so bedrückte sie die Angst. - »Wirklich?« versetzte Rudolf, bitter auflachend; »komisch! Ich aber sah sie, als sie von einem solchen rüden Patrone geschlagen, vielleicht gar ermordet werden sollte, und nahm mich ihrer an ... ja, Sie Rabenmutter! Dies Mädchen war unser Kind!« – »Lassen Sie mich! Lassen Sie mich!« – »Nein! Sie müssen weiter hören! Dieses unglückliche Geschöpf, das ich den Händen eines ehemaligen Galeerensträflings entriss, war die Tochter Rudolfs von Gerolstein! In diesem Zusammentreffen mit meinem Kinde, das ich vom Tode errettete, ohne es zu kennen, lag ein Wink des Schicksals, der Vorsehung, ein Lohn für den Mann, der seinen Mitmenschen zu helfen strebt, aber zugleich auch eine Strafe für den Sohn, der sich am Vater vergriff ...«

»Ich sterbe in Fluch und Verdammnis,« flüsterte Sarah, beide Hände vor das Gesicht schlagend. – »Ja, Frau Gräfin,« fuhr Rudolf fort, kaum imstande, seine Gefühle zu bezwingen, »während Sie, umgeben von Reichtum, von einer Krone träumten, hat Ihre Tochter in Lumpen auf den Straßen gebettelt, hat Hunger gelitten, hat im Winter auf einer Strohschütte in einem Stalle genächtigt.. hat von einem grässlichen Weibe die ärgsten Misshandlungen erlitten ... und als sie endlich fliehen konnte, als sie, kaum acht Jahre alt, ohne Brot und Obdach herumgeirrt in Nacht und Finsternis, ist sie verhaftet und ins Gefängnis abgeführt worden. Dort hat sie allabendlich Gott gedankt, dass sie den Händen jenes schlimmen Weibes entwunden war ... dort hat sie ihre beste Zeit verlebt ... Aber wieder kam ein Tag, an dem sie sich in Schmutz und Elend zurückversetzt sah, an dem sie sich ohne Stütze, ohne Rat allen Gefahren der Armut und des Lasters überantwortet sah ... Ha!« rief Rudolf, »Ihr Herz muss verhärtet sein wie Stein, da Sie das schreckliche Schicksal Ihrer Tochter mitanhören können, ohne dass in Ihre Augen eine Träne tritt! Und wie herzensgut war das arme Wesen geblieben, denn sie fand ein Mädchen, das noch unglücklicher war als sie, und ihm hat sie von dem wenigen abgegeben, das sie noch ihr eigen nannte! Von dem wenigen, das sie noch von dem Abgrunde der Schande trennte, in den man sie stürzte – und dann, dann kam ein Tag, ein fürchterlicher Tag, an dem sie kein Brot, kein Obdach hatte, an dem entsetzliche Weiber sie fanden und berauschten und ...« Er konnte nicht ausreden. Einen grässlichen Schrei ausstoßend, fasste er die Gräfin am Armgelenk und schüttelte sie ... »Und das war mein Kind, mein Kind!« stöhnte er. –

»Fluch über mich!« flüsterte Sarah, das Gesicht mit den Händen bedeckend, als scheute sie sich, ins Tageslicht zu blicken ... »Ja, Fluch über Sie!« rief Rudolf, »denn Sie waren es, die das arme Wesen in solche Not, in solches Elend jagten! ... Und nicht genug mit diesem ersten Verbrechen an Ihrem Kinde! Sie mussten dem ersten das zweite folgen lassen, indem sie dafür sorgten, dass es von dem stillen, friedlichen Orte, wohin ich es hatte bringen lassen, geraubt und der Verbrecherwelt wieder in die Arme geführt wurde! Fluch über Sie! Fluch über Sie, die das arme Kind wieder in die Hände des Schurken Ferrand brachte!«

Rudolfs Gesicht zeigte einen schrecklichen Grad von Hass und Zorn. Unbeweglich und stumm stand er da, wie vernichtet durch den Gedanken, dass der Mörder seines Kindes noch unter den Lebenden weile! Er stürzte zur Tür ... »Wohin? Wohin?« rief ihm Sarah nach, sich halb aufrichtend und ihm die Hände flehentlich entgegenstreckend ... »O, weichen Sie nicht von mir!« – Und verstört um sich schauend, als sei ihr ein grauenhaftes Gespenst erschienen, sank sie auf die Kniee... »Erbarmen, Erbarmen! Ich sterbe!«

»Sterben Sie! Und nehmen Sie meinen Fluch mit!« rief Rudolf, der furchtbar war in seinem Zorne; »jetzt zu Ihrem Mitschuldigen! Zu dem Schurken, dem Sie unser Kind in die Hände gespielt haben!«

Drittes Kapitel.

Aus Liebe von Sinnen.

Nacht wars, als Rudolf zu dem Notare kam ... Tiefes Dunkel herrscht in allen Räumen. Draußen heult der Wind. Der Regen fällt in Strömen. – Auf dem Bett, in schwarzem Beinkleid und schwarzer Weste, liegt Ferrand: Eine rote Binde um den Arm verrät, dass Polidori ihm eben zur Ader gelassen hat.

Polidori steht am Bett, mit der Hand vor den Augen, um seinen Genossen so manches Verbrechens bequemer betrachten zu können. Etwas Grauenhafteres und Hässlicheres lässt sich kaum denken als Ferrands bläulichblasses Gesicht, das von kaltem Schweiße bedeckt ist, dessen Augen so angeschwollen sind, dass sie wie zwei Beulen aussehen.

»Ich weiß nicht,« murmelte Polidori, »ob der Fürst gewusst hat, wie verführerisch Cecily sein kann und von welcher sinnlichen Wut Jakob beherrscht wird ... annehmen lässt es sich freilich, ist doch seinem seltsam umfassenden Gesichte nichts fremd, umfasst doch sein tiefdringender Blick Ursache und Wirkung aller Dinge! In seiner Gerechtigkeitsliebe kennt er keine Barmherzigkeit und hat gewiss Jakobs Strafe auf diese tierische, bis zur Wut gesteigerte Sinnlichkeit berechnet!« Er stand eine Weile, vor sich hinbrütend, da ... Dann dachte er weiter: »Für Ferrand wäre es besser gewesen, er hätte sein Haupt auf das Schafott gelegt! Jeder Tod hätte vor der Qual den Vorzug verdient, die dieser Elende erduldet! Auch in mir erregt der Anblick seiner Leiden Grauen vor dem eignen Schicksale ... Was wird der Fürst über mich beschließen? Was hat er mir als Jakobs Mitschuldigem vorbehalten? ... Mich ihm als Hüter zu sehen, kann der Rache des Fürsten nicht genügen. Um mich leben zu lassen, hat er mir das Schafott schwerlich geschenkt! Vielleicht winkt mir ein lebenslängliches Gefängnis in Deutschland? ... O, das wäre noch immer besser als der Tod! Vielleicht aber überliefert er mich dem Henker, wenn Jakob seiner Krankheit unterliegt? ... Dem Fürsten ist wohl, wie ich bestimmt weiß, das gegebene Wort heilig: Aber lässt sich darauf bauen, da ich doch so oft gegen göttliche und menschliche Gesetze verstoßen habe ... Es lag in meinem Interesse, Jakobs Fluch zu verhindern, und es liegt nun in meinem Interesse, Jakobs Leben solange wie möglich hinzuhalten. Freilich werden die Symptome seiner Krankheit fortwährend bedrohlicher, und ihn zu retten, bedarf es fast eines Wunders ... Was soll ich machen?«

Draußen hatte der Sturm den höchsten Grad erreicht, und ein Schornstein, den der Wind umstürzte, polterte mit Getöse auf das Dach und in den Hof.

Ferrand wurde aus seiner Erstarrung gerüttelt und machte eine Bewegung in seinem Bette. Die Augen noch immer geschlossen, rief er leise: »Polidori, Polidori! Hörst du nicht? Cecily ruft! Sie erwartet mich oben.« – »Hinauf gehen wirst du nicht,« versetzte Polidori, »ich halte dich und lasse dich nicht!« –

Ferrand, im äußersten Maße erschöpft, konnte gegen Polidori nicht ankämpfen, und dieser hielt ihn mit starker Faust zurück. – »Du willst mich daran verhindern?« ächzte er. – »Ja. Im Nebenzimmer brennt auch eine Lampe, und du weißt doch, wie Lichtschein auf deine Nerven wirkt.«

»Cecily ist oben. Sie wartet auf mich,« sagte Ferrand, »durch Feuer ginge ich, den Weg zu ihr zu finden ... Lass mich los! Sie hat zu mir gesagt, ich sei ihr alter Tiger – nimm dich in acht! Meine Klauen sind scharf!« – »Du bleibst!« rief Polidori, »und wenn es nicht anders geht, so binde ich dich fest!« Plötzlich spitzte er die Ohren. Geräusch unten im Hofe, ein Wagen fuhr vor ... »Still,« rief er, »hörst du seine Stimme?« – »Geh! Du willst mich täuschen; aber ich lasse mich nicht täuschen ... Cecily ist oben. Hörst du sie nicht? Ich muss zu ihr und werde zu ihr gelangen!« –»Keinen Fuß setzest du aus dem Zimmer!« erklärte Polidori, »oder –« – »Und wenn du mich hindern willst,« antwortete Ferrand dumpf, »so musst du – sterben!« – Polidori schrie auf ... »Schurke!« rief Polidori, »du hast mich am Arme verletzt, aber deine Hand war nicht sicher, du hast mich bloß geritzt.« – »Und doch ist deine Verwundung tödlich. Ich habe dich mit Cecilys Dolche verwundet, den ich stets bei mir trage, seit sie mir entwichen ... Warte nur ab! Das Gift wirkt schnell. Warum hast du mich hindern wollen, zu Cecily hinauf zu gehen?« – Er tappte im Dunkeln vorwärts und suchte die Tür.

»Ha! Mein Arm wird steif,« murmelte Polidori, »tödliche Kälte schleicht mir durch die Adern, die Knie zittern mir unter dem Leibe, mein Blut wird zu Eis ... Zu Hilfe, zu Hilfe! Schwindel befällt mich!« Noch einmal versuchte er, sich aufzuraffen: Aber es gelang ihm nicht mehr, er stürzte ohnmächtig auf die Dielen. Ferrands Mitschuldiger war gerichtet. Eine Tür wurde aufgerissen. Scheiben klirrten. Rudolfs kräftige Stimme erklang, und eilige Schritte wurden laut. In demselben Augenblick, als Ferrand, mit dem giftigen Dolch in der Faust, die Tür zum Nebenzimmer aufriss, um die Treppe hinauf zu rennen, trat Fürst Rudolf, schrecklich wie der Geist der Rache, von der entgegengesetzten Seite her den Fuß über die Schwelle setzend. – »Ungeheuer!« donnerte er Ferrand zu, »mein Kind hast du gemordet! Du sollst ...«

Er konnte nicht vollenden. Ferrand, wie vom Blitze getroffen, fuhr sich mit beiden Händen nach den Augen und schlug mit einem schrecklichen Aufschrei, der nichts Menschliches an sich hatte, mit dem Gesicht auf den Boden nieder.

Der jähe Lichtglanz, der seine Augen traf, bereitete ihm solch grässlichen Augenschmerz, als hätte er in die Sonne hinein gestarrt. Er wand sich in den schrecklichsten Zuckungen, zerkratzte den Boden mit den Nägeln, wie um sich ein Loch zu graben, das ihn den bösen Strahlen entrückte. Rudolf, sein Diener und der Hauswart, der den Fürsten hinauf begleitet hatte, blieben, von Grauen ergriffen, stehen, ohne ein Glied zu rühren.

Erst nach langen Martern ließ der Anfall nach. Wie es der gewöhnliche Verlauf bei epileptischen Krankheiten ist, folgte auf den lange anhaltenden Gesichtsschmerz ein Anfall von Wahnsinn. Die Glieder wurden starr, die bislang geschlossenen Lider öffneten sich; die Augen suchten das Licht gierig, statt es zu fliehen; die Pupillen drehten sich, und über die Züge seines hässlichen Gesichts fuhr es wie ein Wetterleuchten. Alles Menschliche entwich daraus, die ihm innewohnenden bestialischen Triebe schienen allen Verstand zu ertöten, schienen ihm die Einbildung zu schaffen, als sei er, was ihm Cecily wiederholt zugeschrien, kein Mensch mehr, sondern ein Tiger. Keuchend stieß er unheimliche Laute hervor, die bislang starren Glieder lösten sich, und wieder von Zuckungen befallen, schlug er vom Sofa herunter. Aber sich aufzurichten, war ihm nicht möglich, die Kräfte versagten ihm, wie ein Wurm wand er sich an der Erde hin, bald hier-, bald dorthin, ganz wie ihn seine Visionen trieben ... Zuletzt kauerte er sich in einen Winkel des Zimmers wie in eine Höhle; und wie er nun bald die Zähne fletschte, bald damit knirschte, die Muskeln verzerrte und Flammenblitze aus den Augen schoss, gewann er tatsächlich Ähnlichkeit mit dem Tiger, diesem wildesten aller Raubtiere ...

»Tiger! Tiger!« heulte er, »ha! Blut! Leichen zerrissen in meiner Höhle! Schalldirne, der Bruder jener adeligen Witwe, Luisens Kind, die Eule: Das sind die Leichen! O, und auch Cecily wird ihren Teil bekommen ... denn meine Klauen sind scharf und spitz ... Ich bin ein alter Tiger, hab Moos auf meinem Schädel und Haare auf den Zähnen ... Niemand soll es wagen, mir mein Weibchen, meine Cecily, abwendig zu machen ... Ha! Sie ruft wieder, sie ruft wieder!« Und das hässliche Gesicht weit vorstreckend, lauschte er ... Kurze Pause. Dann kauerte er sich wieder an die Wand hin und heulte: »Wo ist sie? Warte! Ich komme, o, ich komme. Geh, geh! Beiß in den Sand und brülle ... Was sie für große Augen macht! O, Cecily, Cecily, dein Männchen kommt, dein Männchen kommt!« Und sich gewaltsam zusammenraffend, richtete er sich auf den Knien empor ... »Ha! Sie hat gebissen! Sie umschlingt mich mit ihrem eiskalten Leibe! Ich kann mich ihr nicht entwinden ... O, diese Augen! Bloß nicht ihren schillernden Blick! Zu Hilfe, zu Hilfe! Die Schlange! Die schwarze Schlange! Hinweg von mir, hinweg! Beim Zeichen des Kreuzes, hinweg!« –

Mit der Hand auf den Fußboden gestützt, versuchte Ferrand sich zu bekreuzigen. Seine bleifarbige Stirn triefte von kaltem Schweiße; seine Augen wurden matt und gläsern. Es machten sich alle Anzeichen eines nahen Todes geltend. – Stumm und starr standen Rudolf und die anderen Zeugen der schrecklichen Szene. Ferrand hatte sich auf die Knie erhoben und fuchtelte mit den Armen in der Luft nach all den Trugbildern seiner armen Opfer, und diesem letzten krampfhaften Aufzucken folgte eine tödliche Erschütterung. Steif und leblos sank er rückwärts, die Augen schienen ihm aus den Höhlen zu treten, grässliche Zuckungen verzerrten ihm das Gesicht, blutiger Schaum trat ihm auf die Lippen, seine Stimme nahm einen pfeifenden Klang an wie die eines Wasserscheuen, denn in ihrem letzten Stadium hat diese furchtbare Krankheit, die grauenhafte Strafe der Sinnenlust, die gleichen Symptome wie die Wut. Eine letzte Vision stieg vor dem Auge des Bösewichtes auf, und die Worte stammelnd: »Cecily, Cecily, gieriges Gespenst! Mein Fleisch raucht, mein Mark verkohlt ... Cecily, Feuer, Cecily! Tigerin! Tigerin!« verschied er unter wilden Zuckungen ...

Von Schauder geschüttelt entfernte sich Rudolf.

Viertes Kapitel.

Im Spital

Marienblume war, wie dem Leser erinnerlich sein wird, nach ihrer Errettung durch die Wölfin in das Landhaus des Doktor Griffon gebracht worden, der im städtischen Bürgerspitale angestellt und ein sehr gelehrter Herr war, im Kreise seiner Kollegen, als ein »Fürst der Wissenschaft« galt und diesen Ruf der neuen Richtung, die er vertrat, der Vivisektion, zu verdanken hatte. Ihm war jede Kranke nichts anderes als ein »Versuchsobjekt«, neue Heilmethoden und Heilmittel zu erproben. Um zur richtigen Erkenntnis über Wert oder Unwert derselben zu gelangen; um den Übergang von einer alten zu einer neuen Kurweise zu ermitteln, pflegte er eine bestimmte Anzahl von Kranken in Behandlung zu nehmen zur Hälfte nach der bisherigen, zur Hälfte nach der neu ersonnenen Weise; dann stellte er fest, wie viel nach der einen, wie viel nach der andern geheilt und »draufgegangen« waren; das Verfahren, das die Minderheit von Todesfällen aufwies, bekam den Vorzug und wurde im Spitale eingeführt.

Führen wir nun den Leser in den großen Saal des Krankenhauses, der ein im höchsten Grade betrübendes Bild bot. Längs der großen, düstern Mauern, in denen sich hier und da wie in einem Stockhause vergitterte Fenster befinden, stehen zwei Reihen Betten, die durch eine an der Decke hängende Lampe matt erhellt werden. Es herrscht eine so unreine, mit allerhand Krankheitsmiasmen angefüllte Luft, dass neue Patienten gemeinhin erst eine Art Staupe durchmachen müssen, bis sie sich an den Aufenthalt gewöhnen. Das typische Zeichen für den Aufenthalt ist eine fahle Blässe.

Die nächtliche Stille wird häufig durch Ächzen, Wehklagen, schwere Seufzer oder banges Gestöhn unterbrochen. Tritt einmal völlige Stille ein, so hört man noch immer die eintönigen, taktmäßigen Schwingungen der Uhrenpendel, die die für schlaflose Kranke so entsetzlich langsam hinschleichende Zeit verkünden.

Unter den Frauen, die in diesem Saale weilen, befand sich die Tochter jener unglücklichen Frau von Fermont, die durch die Schlechtigkeit und Habsucht des Notars Ferrand um ihr ganzes Vermögen gekommen war.

Klara, die schon fast eine Woche im Spitale lag, zeigte trotz der von ihrer Krankheit - schleichendes nervöses Fieber - angerichteten Verheerungen in ihrem holden Antlitz noch immer die Spuren seltener Schönheit. Sie hatte die Nacht in heftigen Schmerzen zugebracht und war eben in einen leichten Schlummer gesunken, als Doktor Griffon zu ihrem Bette trat, begriffen auf seinem Inspektionsgange, der dem ihm nicht bloß seine Assistenzärzte, sondern auch ein Cötus von Studenten der Medizin zu begleiten pflegten.

Aber das dadurch hervorgerufene Geräusch hatte Klara nicht geweckt. Erst als Doktor Griffen sie leicht an der Achsel berührte, fuhr sie auf, nicht wenig erschrocken, die vielen Männer um ihr Bett herumstehen zu sehen, darunter nicht wenige in noch recht jugendlichem Alter. All ihre Kräfte in einen einzigen Angst- und Schreckensruf zusammenfassend, stöhnte sie: »Mutter, Hilfe! Hilfe, Mutter, Hilfe«

Da ging die Tür des Saales auf, und eine tief in Schwarz gekleidete Dame trat in Begleitung des Spitaldirektors und eines älteren Herrn über die Schwelle. Die Dame war keine andere als die Marquise von Harville, der Herr der Graf von Saint-Remy.

»Ich bitte Sie dringend,« sagte Frau von Harville, »geleiten Sie mich zu dem Fräulein von Fermont.« – »Fräulein von Fermont,« versetzte der Direktor, »befindet sich im Bett Nummer 17 dieses Saales.« – »O, über das unglückliche Kind,« rief Frau von Harville, vom tiefsten Schmerze ergriffen, »dass ich sie hier finden muss, ist geradezu grässlich«

Als die Marquise, dem Direktor auf dem Fuße folgend, sich der Männergruppe näherte, die das Bett der jungen Dulderin umstand, drängte der Graf von Saint-Remy sich zu Doktor Griffon und sprach im lebhaftesten Unwillen: »Sie werden das arme Kind ums Leben bringen, denn was Sie jetzt vorhaben, ist ja geradezu ein Mord an ihm!« – »Aber, lieber Saint-Remy, so lassen Sie sich doch sagen ...« – »Und ich wiederhole, dass Ihr Verhalten grausam im höchsten Maße ist! Frau von Fermont gilt mir als meine Tochter, und ich verbiete Ihnen, sich ihr zu nähern. Wenn Sie auf Ihrem Willen bestehen, so werde ich Sorge tragen, dass sie auf der Stelle aus dem Saale getragen wird.«

»Aber, mein lieber Freund, so lassen Sie sich doch belehren! Das Fräulein ist an einem schleichenden Fieber erkrankt. Ich wollte die Gelegenheit nicht ungenützt vorbeigehen lassen, sondern an ihr ein neues Heilmittel, Phosphor, versuchen Sie dürfen mir hierin unter keinen Umständen entgegen sein, denn Sie entziehen unserer ärztlichen Wissenschaft eines der interessantesten Versuchsobjekte.«

»Wären Sie kein faktischer Narr,« entgegnete Saint-Remy, »so würde ich Sie als den ärgsten Barbaren dieses Jahrhunderts betrachten.« Clemence hörte diesen Disput zwischen den beiden Männern mit wachsender Unruhe an; aber die jungen Studenten standen in so dichtgedrängter Schar um das Bett der Patientin herum, dass der Spitaldirektor sich gezwungen sah, mit lauter Stimme zu sagen: »Platz, meine Herren, Platz für die gnädige Frau Marquise von Harville, die sich herbemüht hat, um unserer Nummer Siebzehn einen Besuch zu machen.«

Infolge dieser Aufforderung traten sämtliche Herren respektvoll zurück ...

»Herr Direktor,« wandte Graf von Saint-Remy sich an diesen, »die Dame wird von Gott hierher gewiesen! Gleich mir, hat sie innigsten Anteil an dem Geschick des jungen Mädchens und seiner Mutter genommen. Mir wollte es indessen nicht gelingen, über den Verbleib der beiden unglücklichen Personen etwas zu ermitteln. Sie war glücklicher in dieser Hinsicht, denn sie hat sie gefunden und gerade noch rechtzeitig, um einen der unerhörtesten Auftritte von Barbarei zu verhindern. Meine Herren, ich beschwöre Sie, sich zu entfernen,« wandte er sich an die Begleiter Doktor Griffons, »nicht wenige von Ihnen werden eine Schwester haben. Denken Sie sich diese an die Stelle dieses armen Kindes von sechzehn Jahren, und Sie werden von keinem geringeren Abscheu erfüllt werden als ich ... Sobald Fräulein von Fermont wieder zu klarem Bewusstsein gelangt ist, werde ich Sorge tragen, dass sie aus dem Spitale gebracht wird, wie ich schon Ihrem Herrn und Meister zu sagen die Ehre hatte.« -

»Ich will mich nicht dawider auflehnen,« antwortete Doktor Griffon, »aber ich bedinge mir aus, sie in Behandlung zu behalten, denn sie leidet an einem Fieber, über das wir Ärzte noch immer im Dunkeln tappen. Ich leide unter keinen Umständen, dass mir solches wertvolle Objekt unter den Händen verschwindet.«

»Geht Ihnen denn die Wissenschaft wirklich über alles?« rief der Graf, »sodass Sie der strengsten Humanitätsgesetze abwendig werden können?« »Aber, lieber Graf,« erwiderte Doktor Griffon, »was soll denn aus der ganzen Heilwissenschaft werden, wenn wir keine Experimente mehr machen sollen? ... Wo bildet anders sich der Arzt als am Krankenbett? Sie versprechen; mir also, mich nicht um mein schleichendes Fieber zu bringen?«

»Unter der Bedingung, Doktor,« antwortete Saint-Remy, »dass das Mädchen transportabel ist.« - »O, ganz gewiss ist das der Fall.« - »Nun, dann entfernen Sie sich mit Ihren Herren!«

»Meine Herren,« wandte sich der Doktor zu seinen Jüngern, »so leid es mir tut, Sie um ein geradezu vorzügliches Studienobjekt zu verkürzen, kann ich doch zu meinem Leidwesen nichts daran ändernd. Ich behalte mir aber vor, Sie über den Verlauf der Krankheit regelmäßig zu unterrichten.«

Nach diesen Worten setzte Doktor Griffon an der Spitze seines Cötus seinen Inspektionsgang fort und ließ den Grafen von Saint-Remy mit der Marquise von Harville allein zurück bei Fräulein Klara von Fermont.

Fünftes Kapitel.

Marienblümchen

Während des letzten Teiles des hier geschilderten Auftrittes war Fräulein von Fermont der Marquise von Harville überlassen worden, die sich mit den beiden barmherzigen Schwestern in ihre Pflege teilte. Eine von ihnen hielt das bleiche schwere Haupt des jungen Mädchens, während die Marquise, über das Bett gebeugt, der Kranken den Schweiß von der kalten Stirn wischte. Graf von Saint-Remy betrachtete, tief bewegt, dies ergreifende Bild, als ihm plötzlich ein trauriger Gedanke durch den Kopf schoss ...

»Und die Mutter des unglücklichen Mädchens?« fragte er leise die Marquise.

»Gerechter Gott!« rief die Marquise, »sie ist tot. Ich erfuhr,« setzte sie hinzu, »erst gestern Abend bei meiner Rückkehr, wo sich Frau von Fermont aufhielte, und in welch hoffnungslosem Zustande sie sich befände ... So früh es mir mit meinem Arzte möglich war, begab ich mich zu ihr.. Ach, lieber Graf! Welch ein Bild bot sich mir da! Die Armut in all ihren Schrecken! Und von Hoffnung, die arme, im Sterben liegende Frau zu retten, nicht die geringste Möglichkeit!«

»Ach, wenn sie ihrer jugendlichen Tochter gedacht hat, muss es ein schwerer Todeskampf gewesen sein!« rief Saint-Remy. – »Nun, der Name ihrer Tochter war ihr letztes Wort.« – »O, schrecklich, schrecklich!« rief der Graf, »und sie war eine aufopfernde Frau, eine zärtliche Mutter! Ach, es ist grässlich!«

Eine barmherzige Schwester unterbrach die Unterhaltung des Grafen mit der Marquise und sagte zur letzteren: »Das junge Mädchen ist sehr schwach. Sie hört kaum. Vielleicht kommt sie gerade wieder ein wenig zu sich. Sofern es Sie nicht beschwert, solange hier zu verweilen, bis die Kranke völlig wieder zum Bewusstsein gekommen, möchte ich mir erlauben, Ihnen meinen Stuhl anzubieten.«

»O, bitte, mir ganz angenehm,« erwiderte die Marquise, »will ich doch Fräulein von Fermont erst verlassen, wenn ich sie wieder bei Bewusstsein und klarem Verständnis ihrer Situation weiß. Zum wenigstens soll sie, wenn sie die Augen wieder aufschlägt, ein wohlwollendes Antlitz aus ihrer Sphäre erblicken ... Der Arzt meinte, sie könne ohne Gefahr aus dem Spitale geschafft werden. Ich werde sie also gleich mitnehmen.«

»Ach, Marquise,« rief Saint-Remy, »möge Gott Sie für all das Gute, das Sie der Menschheit erweisen, reichlich belohnen! Verzeihen Sie, dass ich Ihnen noch immer nicht gesagt habe, in welchen Beziehungen ich zu dem Herrn von Fermont, dem Gemahl der verstorbenen Dame, gestanden. Er war mein liebster Freund. Ich habe mit ihm in Angers gewohnt und bin dort weggezogen, weil ich gar keine Kunde von der edlen Frau erhielt, die eines Tages, als sie erfuhr, dass ihr Bruder in Paris sich selbst das Leben genommen, mit ihrer Tochter dorthin gereist war. Nach einiger Zeit erfuhr ich, die arme Frau hätte ihr ganzes Vermögen eingebüßt, was doch für sie um so schrecklicher sein musste, als sie bis dahin im Wohlstande gelebt hatte.«

»Nun, das trifft freilich zu, aber Sie scheinen noch nicht zu wissen, dass die Frau auf die gemeinste Weise um ihr Hab und Gut betrogen worden ist.«

»Doch nicht durch ihren Notar?« fragte Saint-Remy; »solcher Argwohn ist mir allerdings aufgestiegen.«

»Es war ein elendes Subjekt, dieser Notar Ferrand!« rief die Marquise empört, »nicht bloß dieses Verbrechen hat er begangen, sondern ein noch weit schlimmeres: und einzig und allein in der Absicht, sich in Besitz des Fermontschen Vermögens zu setzen; aber – er ist gezwungen worden, das Geld wieder herauszugeben, sodass –«

»–Dieses unglückliche Mädchen,« fiel Graf Saint-Remy ihr ins Wort, »wieder zu ihrem Gelde gelangen wird?« –

»Allerdings,« antwortete Frau von Harville, »aber Sie wissen wirklich noch nichts über die schrecklichste aller Missetaten, die dieser Notar Ferrand begangen hat, getrieben von maßloser Habsucht?«

»Nein, gnädige Frau, kein Wort!« sagte der Graf.

»Der Notar hat den Bruder der Frau von Fermont ermordet und das Gerücht verbreitet, dass sich derselbe selbst das Leben genommen habe, nachdem er das Vermögen seiner Schwester vergeudete.« –

»Das ist ja geradezu grässlich!« rief der Graf; »an einen Selbstmord habe ich allerdings niemals recht glauben mögen, da Renneville doch immer die Ehrenhaftigkeit selbst war ... Aber – wo ist das Geld deponiert worden, das Ferrand zurückerstattet hat?«

»Es wurde dem Pfarrer des Kirchspiels, in welchem der Notar Ferrand domiziliert, behändigt und wird Fräulein von Fermont übergeben werden.«

»Es genügt nicht, dass einem solchen Schurken das Geld wiedergenommen wird, das er sich auf solch schurkische Weise zu eigen gemacht hat,« erwiderte der Graf, »solch ein Halunke muss an den Galgen! Hat er doch nicht einmal, sondern zwiefältig gemordet! Was diese arme Frau von Fermont mit ihrer Tochter gelitten, ist doch einzig und allein durch den schmählichen Vertrauensmissbrauch des Schurken hervorgerufen worden.«

»O, ihn belastet noch ein weiterer Mord,« sagte die Marquise, »erst vor wenigen Tagen noch hat er sich Straflosigkeit dadurch zu sichern gestrebt, dass er ein blutjunges Mädchen, an deren Tode ihm viel gelegen war, auf eine Seine-Insel geschickt, wo sie ins Wasser gestürzt worden ist.«

»Welch ein seltsames Zusammentreffen!« sagte der Graf. »Auf welcher Seine-Insel ist das passiert?« – »Bei Asnières,« erklärte die Marquise. – »Sie ist's! Sie ist's!« rief Saint-Remy. – »O, von wem sprechen Sie?« fragte die Marquise. – »Von dem jungen Mädchen, an deren Tode dem Verbrecher sehr viel gelegen war.« – »Doch nicht Marienblume?« – »Q, Madame, Sie kennen sie?« rief der Graf. – »Ich habe das arme Kind von Herzen geliebt. O wüssten Sie, welch ein liebliches, welch ein edles treues Kind es war ... Doch wie geht es zu, dass ...«

Der Graf fiel ihr ins Wort: »Doktor Griffon und ich haben ihr den ersten Beistand geleistet.« – »Den ersten Beistand?« wiederholte die Marquise, »ihr? Und wo?« – »Auf der Insel bei Asnières ... als sie gerettet worden war.«

»Das Mädchen ist gerettet worden?« rief die Marquise, »und wie?«

»Ein wackeres Weib, derb, aber ehrlich, hat sie mit eigner Gefahr des Lebens aus der Seine gefischt,« versetzte »O, kaum wage ich an eine so glückliche Wahrheit zu glauben, Herr Graf,« antwortete die Marquise, »sondern fürchte fast, Sie möchten sich geirrt haben. Sagen Sie mir, Graf, wie sieht das Mädchen aus? Ich beschwöre Sie, wie sieht das Mädchen aus?« – »Sie ist von hervorragender Schönheit, Marquise.« – »Blondine? Große blaue Augen?«

– »Ja, Madame!«

»Sagen Sie eins noch: Als man sie in der Seine ertränken wollte, hat sich ein älteres Weib bei ihr befunden?«

– »Davon gesprochen hat sie, das stimmt. Doch nur andeutungsweise. Sie ist noch sehr schwach und kann erst seit gestern wieder sprechen. Aber ich glaube bestätigen zu dürfen, dass eine bejahrte Frau sich in ihrer Gesellschaft befunden hat.«

Da faltete Clemence die Hände und rief: »Gelobt sei Gott! Ich werde also ihm die Botschaft bringen dürfen, dass seine Schutzbefohlene noch lebt. Welche Freude für ihn! Erst in seinem letzten Briefe an mich hat er mit schmerzlichen Ausdrücken von dem jungen Kinde gesprochen. O, Herr Graf! Wüssten Sie, wie glücklich Sie mich durch diese Kunde machen! Und außer mir noch eine andere Person, die dem armen Kinde noch mehr Liebe geschenkt, es noch mehr in seinen Schutz genommen hat ... aber – wo ist das Mädchen jetzt?«

»Im Hause desselben Arztes, der dieses Spital leitet, des Doktor Griffon, in Asnières. Doktor Griffon hat ja seine Gelehrtenschrullen, die mir gar nicht behagen, ist aber sonst ein sehr wackerer Herr, der dem Mädchen alle nur denkbare Fürsorge und Pflege angedeihen lässt.« –

»Ist das Mädchen jetzt aus aller Gefahr?« – »Gewiss. Madame, doch erst seit ein paar Tagen. Heute wird ihr erst gestattet werden, an ihren Beschützer zu schreiben.« – »Nun, diese Arbeit will ich ihr abnehmen,« rief die Marquise, »oder vielmehr, ich werde mir die Freude sichern, das arme Kind zu den Leuten hinzuführen, die schon ihren Tod beklagen, die in tiefster Trauer um sie sind.«

»Dass man um Marienblümchen trauert, will mir freilich einleuchten,« erwiderte der Graf, »denn wer sollte sie kennen, ohne ihrem Zauber sich unterworfen zu fühlen? Auf wen übte nicht die Anmut und Sanftmut dieses Herrlichen Geschöpfes eine geradezu unbeschreibliche Gewalt? Das Weib, das sie aus dem Wasser gerettet hat,« fuhr der Graf fort, »ist, wie gesagt, eine Person voll Mut und zu aller Aufopferung fähig, besitzt aber ein so heftiges, ungebärdiges Temperament, dass sie »die Wölfin« genannt wird. Seit aber Marienblume nur ein paar Worte mit ihr gesprochen, ist die Wölfin wie umgewandelt. Ich habe es selbst mit angesehen, wie sie geschluchzt und geweint hat, als Doktor Griffon nach einer sehr schweren Krise am Leben des dem Ertrinken so nahe gewesenen Mädchens verzweifelte.«

»Das will mich nicht weiter Wunder nehmen,« versetzte die Marquise, »ich kenne die Person dieses Namens.«

»Sie kennen die Wölfin, Madame?« versetzte Saint-Remy in heller Verwunderung, »wie ist das möglich?« – »Dass Sie sich darüber verwundern, lieber Graf, wundert nun freilich mich nicht,« erwiderte Clemence und lächelte vergnügt, denn sie fühlte sich glücklich in dem Gedanken, dem Fürsten eine so überfrohe Kunde überbringen zu können ... Aber wie groß wäre erst ihre Freude gewesen, hätte sie gewusst, dass sie Rudolf eine von ihm für verloren gehaltene Tochter wieder zuführen sollte!

Nach Verlauf von etwa einer Stunde führte Frau von Harville in Begleitung des Grafen von Saint-Remy Fräulein von Fermont, die vom Ableben ihrer Mutter noch keine Nachricht hatte, aus dem Bürgerhospitale in ihr Palais und fuhr hierauf unverzüglich mit dem Grafen von Saint-Remy nach Asnières, um dort Marienblümchen abzuholen und zu Rudolf zu bringen.

Sechstes Kapitel.

Hoffnung.

Die ersten Frühlingstage nahten sich. Die Sonne bekam neue Kraft, der Himmel war rein, die Luft lau und mild. Auf die Wölfin gestützt, versuchte Marienblume zum ersten Male ihre Kräfte auf einem kurzen Gange im Garten des Doktors Griffon. Ihrem bleichen, abgemagerten Gesichte lieh die Sonnenwärme im Verein mit der körperlichen Bewegung eine leichte Röte. Da ihr bäuerlicher Anzug bei der ungestümen Hilfe, die ihr die Wölfin geleistet, zerrissen worden war, hatte sie ein dunkelblaues Merinokleid angezogen, das durch eine wollene Gürtelschnur um ihren schlanken Leib gehalten wurde.

»Ach, die herrliche Sonne!« sagte sie zur Wölfin, neben einer Baumgruppe stehen bleibend, »hier könnten wir uns doch ein Weilchen setzen?« – »Warum fragen Sie da erst?« erwiderte Martinis Geliebte, die Achseln zuckend, nahm ihr Tuch ab und breitete es auf dem feuchten Sande aus.

»Aber, Wölfin,« sagte Marienblume, die Absicht ihrer Begleiterin zu spät bemerkend, sodass sie sie nicht mehr daran hindern konnte, »Sie ruinieren sich ja Ihr Tuch!« – »Was kommts auf den Lappen an?« erwiderte die andere barsch, »der Boden ist kalt, wollen Sie sich lieber erkälten?« – »Ach, Wölfin, Sie verhätscheln mich ja,« sagte Marienblume. – »Nun, dass man es tut, ist freilich nicht am Platze, sträuben Sie sich doch immer gegen alles, was man zu Ihrem Wohle unternimmt! Sie müssen doch auch müde geworden sein, denn wir sind nun bereits eine reichliche halbe Stunde unterwegs. In Asnières hat es gerade zwölf geschlagen.«

»Die Müdigkeit macht sich allerdings bei mir geltend,« meinte Marienblümchen, »aber recht gut getan hat mir der Spaziergang doch.« – »Wenn Sie Müdigkeit fühlten, warum konnten Sie es mir nicht sagen, dass wir uns schon einmal unterwegs gesetzt hätten?« – »Ach, seien Sie mir deshalb nicht böse! Ich bin es nicht gewahr geworden, ist es doch ein herrlicher Genuss, nach so langer Bettlägerigkeit wieder einmal Sonne, Bäume und Feld zu sehen!«

»Sie armes Ding!« antwortete die Wölfin, »es stand wirklich für Sie recht schlimm, der Arzt hatte schon beinahe alle Hoffnung aufgegeben.« – »Ach, Wölfin,« sagte Marienblume, »als ich unter Wasser geriet, fiel mir eine böse Frau ein, die mich gequält hat, als ich noch kleines Kind war, und mich auch einmal hat ins Wasser werfen wollen. Da sagte ich zu mir, ich müsse doch ein rechtes Unglückskind sein, da ich in einem fort vom Schicksale so verfolgt würde.«

»So? Waren das wirklich Ihre letzten Gedanken, als Sie den Tod vor Augen hatten?« – »Nein, nein!« erwiderte Marienblume, in heller Begeisterung, »mein letzter Gedanke vorm Tode, als ich sein Nahen fühlte, galt dem höchsten Wesen, das ich für meinen Gott halte, und ihm galt auch mein erster Gedanke, als ich mich erholte.« – »Ach, liebes Kind, Ihnen wohlzutun, ist wirklich eine rechte Freude. Es wird kaum einen zweiten Menschen geben, der so dankbar wäre.« – »Ich kann mir auch nichts Hässlicheres denken als Undankbarkeit,« versetzte Marienblume, »wie schön ist es, sich sagen zu können, dass man jedem gerecht geworden ist. Mit solchem Bewusstsein schläft es sich süß ein und wacht es sich süß auf.« – »Für Menschen wie Sie, könnte man durchs Feuer gehen,« sagte die Wölfin. – »O, und warum freue ich mich so, dem Leben wiedergeschenkt worden zu sein? Weil ich noch immer hoffe, Ihnen mein Versprechen erfüllen zu können! Sie wissen ja doch, was für Luftschlösser wir in Saint-Lazare noch gebaut haben!«

»Nun, auf den Beinen sind Sie ja wieder,« versetzte die Wölfin, »und wie mein Mann mir sagte, hätte ich ja getan, was in meinen Kräften stand.« – »O, das ist freilich wahr! Ach, wenn mir nur der Herr Graf nun bald sagen könnte, dass mir an meine liebe Frau Georges zu schreiben erlaubt sei! Sie wird gewiss um mich recht besorgt sein ... Herr Rudolf vielleicht auch!« setzte sie hinzu, bei dem Gedanken an »ihren Gott«, an »ihr höchstes Wesen« unter tiefem Erröten die Augen niederschlagend, »vielleicht meinen beide, ich sei tot.«

»Gleich den bösen Menschen, die Sie ins Wasser stürzten?« meinte die Wölfin, »o, es ist doch wirklich haarsträubend, wie viel Schlechtigkeit in der Welt herrscht!« – »Sie meinen wirklich, ich sei keinem zufälligen Unglück ...« – »Ach, reden Sie bloß nicht so etwas, Kind! Es sollte ein Zufall sein, dass der Kahn, in dem Sie übergesetzt werden sollten, ein Loch bekam, so groß, dass man hätte hindurchspringen können? Freilich wollen sich die Martials drauf hinausreden; aber gelingen wirds ihnen nicht! Über wenn ich von den Martials rede, so meine ich nicht meinen Mann, denn er passt nicht zu dieser Familie, er ist richtig, wie man sagt, aus der Art geschlagen, und auch Franz und Amandine gehören nicht zu den Bösewichtern – der Mutter, der ältesten Tochter und dem zweitältesten Sohne, dem Niklas.«

»Welches Interesse konnten sie aber an meinem Tode haben?« fragte Marienblume; »ich habe doch niemand im Leben Böses zugefügt!«

»Wie können Sie wissen, weshalb man Ihnen derart nachstellt? Wenn diese Martialschen beiden Bösewichten schlecht genug sind, jemand ins Wasser zu stürzen, so sind sie doch ganz gewiss nicht dumm genug, das zu tun, ohne dabei ein ordentliches Stück Geld zu verdienen! Beweis dafür, dass ich mich in dieser Hinsicht nicht auf falscher Fährte befinde, sind mir ein paar Worte, die die Witwe zu meinem Geliebten im Gefängnisse gesprochen hat.«

»So hat er wirklich die schreckliche Frau besucht?«

»Ja, und es besteht weder für sie, noch für ihre Tochter und ihren Sohn Niklas, irgendwelche Hoffnung mehr. Es ist gar vieles entdeckt worden, und der Schuft von Niklas hat sogar, um sich freizumachen, Mutter und Schwester noch eines anderen schweren Verbrechens denunziert! Aber ihn hats nicht freimachen können, sie werden vielmehr alle zusammen aufs Schafott steigen müssen. Der Advokat hat kein Tüttelchen Hoffnung mehr, sie durchzubringen. Es müsse einmal ein strenges Exempel statuiert werden, heißts bei der hohen Justiz diesmal.«

»Das ist ja schrecklich!« rief Marienblume, die Hände ringend, »fast eine ganze Familie!« – »Ja, falls Niklas nicht noch sich durch Flucht retten kann! Er ist im gleichen Gefängnisabteil wie ein anderer Bösewicht, der den Spitznamen Skelett führt und ein Komplott angezettelt hat, sich und seine Komplizen zu retten. Mein Mann ist nämlich so schwach gewesen, den Bruder im Stockhause zu besuchen. Dadurch hat der Niklas den Mut bekommen, meinem Manne bestellen zu lassen, er könne ausreißen, sobald es ihm gefiele, und ist sogar so frech gewesen, hinzuzusetzen, der alte Micou möge Geld und Kleider, die ihn unkenntlich machen sollen, bereithalten,«

»Ihr Mann hat eben auch ein gutes Herz!« sagte Marienblume.

»Gut Herz hin, gut Herz her, Schalldirne!« rief die Wölfin unwillig, »der Schinder soll mich holen, wenn ich es leide, dass mein Mann sich für einen, der Wegen Mordes angeklagt ist, auch nur den Finger nass macht, mag es gleich sein Bruder sein! Wenn Martial nicht anzeigt, dass sich die beiden, Skelett und Niklas, mit Gedanken, auszubrechen, tragen, so ist's schon vielmehr als sich eigentlich verantworten lässt ... Aber das kann im Grunde niemand erwarten, dass ein vernünftiger Mensch solche Gedanken für etwas anderes als Wind nimmt ... Zudem ziehen wir in den nächsten Tagen von hier weg, sobald Sie nur erst wieder ganz gesund sind, sodass Sie meiner Hilfe nicht länger bedürfen. Und ich will dann schon Sorge tragen, dass weder mein Mann noch die Kinder in den nächsten Jahren den Fuß wieder in diesen Sündenpfuhl von Paris setzen! Für Martial war es immer ein schreckliches Bewusstsein, als Sohn eines Mannes angesehen zu werden, der geköpft worden ist! Wie soll es aber erst mit ihm werden, wenn es heißen wird, dass auch Mutter, Bruder und Schwester geköpft worden!«

»Ach, solange bleiben Sie doch bei mir, liebe Wölfin, bis ich mit Herrn Rudolf Ihretwegen gesprochen habe?« fragte Marienblume, »ich will ihm sagen, dass Sie sich wieder zum Guten gewandt haben, dass ich Ihnen mein Leben zu verdanken, und dass ich Ihnen versprochen habe, dafür zu sorgen, dass Sie hierfür auch einen entsprechenden Lohn bekommen! Wie könnte ich allein all das vergelten, was Sie an mir getan haben? Wenn ich davon spreche, dass Sie mir das Leben gerettet haben, so werde ich der Wahrheit ja nur zur Hälfte gerecht, denn was Sie weiter für mich getan haben durch die aufopfernde Pflege während meiner Krankheit ...«

»Was habe ich mehr getan als meine Pflicht!« antwortete die Wölfin, »wie soll ich es leiden können, dass Sie von Personen, die Ihnen ihre Gunst zuwenden, Gutes für mich erbitten? Das müsste mich ja in ein recht eigennütziges Licht setzen!« – »Aber, liebe Freundin, lassen Sie mich doch nur machen!« erwiderte Marienblume, »von Eigennutz Ihrerseits kann keine Rede sein – sondern nur davon, dass ich meine Dankesschuld abtrage.«

»Hören Sie doch!« rief da die Wölfin, »ist das nicht Wagengerassel? Gewiss!« und sie sprang auf – »es kommt ein Wagen! Er kommt näher und näher heran ... Da, jetzt fährt er am Gitter vorbei. Eine Dame sitzt drin.« – »Ach Gott!« sagte Marienblümchen ergriffen, »mir ist's doch ganz so, als hätte ich sie schon einmal gesehen! In Saint-Lazare ... ach ja, sie ist es, und sie war damals so gütig zu mir!« – »Aber wie sollte sie wissen, dass Sie hier seien?« fragte die Wölfin. – »Darüber kann ich allerdings nichts sagen; aber die Person, von der ich so oft gesprochen habe, kennt die Dame, und wenn diese Person will, Wölfin, und Gott gebe, es sei an dem, dann dürfen wir mit Zuversicht rechnen, dass die Luftschlösser, die wir zusammen in Saint-Lazare gebaut, Wirklichkeit werden!«

»Ach, schön wäre es nun freilich,« sagte die Wölfin, tief seufzend, »wenn sich für meinen Mann irgendwo im Walde ein Platz als Förster ober Jagdhüter fände! Aber das sind Träume, und bis Träume sich verwirklichen ...«

Schnelle Schritte wurden vernehmlich. Franz und Amandine, denen der gütige Graf von Saint-Remy bei der Wölfin zu bleiben erlaubt hatte, kamen herbeigerannt mit der Meldung, es käme eine schöne Dame mit Herrn von Saint-Remy, und beide verlangten auf der Stelle, Marienblümchen zu sehen!

»Nun, liebe Wölfin,« sagte das Mädchen, »ich habe mich also doch nicht geirrt!« – Und fast im nämlichen Augenblicke erschien Graf Saint-Remy mit der Marquise von Harville. Kaum hatte die letztere das Mädchen erblickt, als sie auf sie zueilte und sie liebevoll in die Arme schloss ... »Liebes, liebes Mädchen! Liebes armes Mädchen!« rief sie, »sind Sie wirklich durch Gottes gütige Fügung vor einem so jähen Tode bewahrt geblieben! Ach, wie freue ich mich, Sie wiederzusehen, wieder in meine Arme zu schließen! Wir haben Sie ja alle für tot gehalten und so tief, so tief betrauert!«

»Auch ich freue mich innig, dass Sie mich nicht vergessen haben, liebe gute Dame, denn ich habe nicht vergessen und werde es mein Lebtag nicht vergessen, wie gütig Sie gegen mich gewesen sind,« sagte Marienblümchen, die Umarmung der Marquise mit Anmut und Bescheidenheit erwidernd.

»O, Sie wissen wirklich nicht, liebes Kind, wie erfreut alle Ihre Freunde gewesen, als sie vernahmen, dass Sie gerettet seien! Und wie werden sich erst diejenigen freuen, die bis zur Stunde noch um Sie trauern!«

Marienblümchen nahm die Wölfin, die schüchtern beiseitegetreten war, an der Hand und sagte zu der Marquise: »Wenn sich die gütigen Herrschaften, die mir ihre Huld zuwenden, tatsächlich darüber freuen, dass ich dem Leben erhalten geblieben, dann wird es mir wohl erlaubt sein zu bitten, einen Teil des mir zugedachten Wohlwollens auf die Freundin hier zu übertragen, deren Aufopferung ich das Leben allein zu verdanken habe.«

»Seien Sie ohne Sorge, mein liebes Kind,« erwiderte die Marquise, »Ihre Gönner und Gönnerinnen werden der braven Person, die Ihnen das Leben gerettet, den Dank dafür nicht schuldig bleiben.«

Die Wölfin wurde rot und wusste vor Verlegenheit nicht, wie sie darauf antworten sollte; ja sie wagte es nicht einmal, die Augen zu der vornehmen Dame zu erheben, die einen geradezu überwältigenden Eindruck auf sie gemacht hatte, besonders seitdem sie gehört hatte, dass es eine Marquise sei.

»Aber es ist kein Augenblick zu verlieren,« sagte die Marquise weiter, »denn ich brenne vor Ungeduld, Sie mit mir in meinem Wagen von dannen zu führen! Da, hüllen Sie sich hier in diesen Mantel, mein liebes Mädchen. Es wird Sie gewiss nicht darin frieren. Aber kommen Sie, kommen Sie schnell!«

Dann drehte sie sich zu dem Grafen herum und sagte zu ihm: »Sie sagen wohl der tapferen Person dort, der wir soviel verdanken, meine Wohnung und fordern sie auf, morgen zu mir zu kommen? In meinem Hause soll sie sich von ihrer Freundin verabschieden ... denn sie müssen sich nun beide trennen, das geht nicht anders; auf diese Weise werden wir aber die Frau dazu nötigen, den Fuß zu uns zu setzen, was sie andernfalls nicht täte.«

Durch diese freundlichen Worte fühlte sich die Wölfin so ermutigt, dass sie sich ein Herz fasste und antwortete: »O, ich werde ganz bestimmt kommen, gnädige Frau, denn wenn ich wirklich von Marienblume Abschied nehmen soll, so bleibt mir doch gar nichts anderes übrig ... Wie könnte ich es über mein Herz bringen, sie von hier ziehen zu lassen, ohne sie noch einmal an mein Herz zu schließen?«

Wenige Minuten später waren Frau von Harville und die Schalldirne unterwegs nach Paris.

Siebentes Kapitel.

Rudolf und Murph.

Rudolf hatte sich aus dem Hause des Notars, wo er dessen grausigem Tode beigewohnt, in der beklommensten Stimmung nach seiner Wohnung verfügt und nach einer endlos langen Nacht Sir Walter Murph zu sich beschieden, um dem alten getreuen Freunde die schreckliche Kunde zu melden, die ihm tags vorher über das junge Mädchen, für das er sich so warm interessierte, zu teil geworden war.

Murph war wie vom Blitze getroffen, denn mehr als sonst jemand war er imstande, den maßlosen Schmerz zu fassen, der das Herz des Fürsten erfüllte.

»Fassen Sie Mut,« hatte er Rudolf zugesprochen, erschüttert von dessen unsäglichem Schmerze, »fassen Sie Mut! Wenn ich auch kaum glauben darf, dass ich ein Linderungsmittel finden werde für Ihren schweren, schweren Kummer!«

»Du hast recht, lieber Murph. Mit meinen heutigen Empfindungen verglichen, sind die gestrigen von verschwindender Bedeutung.« - »Ich glaube es Ihnen, Königliche Hoheit,« erwiderte Murph, »denn gestern wurden Sie durch den furchtbaren Schlag betäubt, und Nachwehen sind ja immer die schlimmsten ... Aber, Hoheit, fassen Sie Mut!« - »O, Murph, was mir am nächsten gegangen ist, ist die Verachtung, der Abscheu, den mir jenes grässliche Weib einflößte ... Aber möge ihr der ewige Gott gnädig sein! ... Sie steht vor seinem Richterstuhle. Gestern bestürmten mich Eindrücke über Eindrücke, Empfindungen über Empfindungen, Hass, Entsetzen - verzweiflungsvolle Liebe bestürmt mich heute. Gestern konnte ich keine Träne finden, heute möchte ich die Tränen zurückdrängen ... Ich bin am Ende meiner Kraft ... Verzeihe mir, Murph, verzeihe mir! Denke, dass es mein Kind ist, dem solch grässliches Unglück das Leben vergiftet hat in der schönsten Blüte!«

»Lassen Sie den Tränen freien Lauf, Königliche Hoheit! Ich kann Ihnen alles nachfühlen, was Ihr Herz erfüllt. Aber Tränen machen die Herzen leicht. Der Verlust, der Sie trifft, ist freilich unersetzlich!« - »Wie viel Herzeleid hätte ich hier heilen können!« klagte Rudolf, »und nun - nun hat sie alles, alles mit in ihr überfrühes Grab genommen!« - »Einen Trost, Königliche Hoheit,« wandte Murph ein, »finden Sie doch vielleicht in dem Bewusstsein, dass Sie kaum eine Schuld an all den Fügungen trifft, die den Lebensweg dieser Ärmsten ihres Geschlechts geleitet haben ... und dann wäre der Übergang aus so niedriger Sphäre in diejenige, auf die sie durch ihre Geburt ein sicheres Anrecht besitzt, Doch vielleicht zu krass, zu schwer zu tragen gewesen.«

»Nicht doch, nicht doch!« erwiderte Rudolf, abwehrend, »ich hätte sie mit aller Behutsamkeit dazu vorbereitet, hätte ihr die Verhältnisse ihrer Geburt mit der größten Schonung erzählt ... Es war ja so leicht und einfach! O, wenn es nur das wäre,« setzte der Fürst mit traurigem Lächeln hinzu, »so hätte ich mich frei fühlen können von allem Bedrängnis, wäre vor dem lieben Kinde hingekniet und hätte ihm gesagt: Du hast die schweren, schweren Prüfungen nun hinter dir, mein Herzblatt, und sollst hinfort nichts mehr davon erleiden. Denn du bist mein Fleisch und Blut, bist mein Kind, bist meine Tochter! ... Nein,« unterbrach sich Rudolf, »nein, nein! Das wäre zu schnell gewesen, zu übereilt! Nein, ich hätte an mich gehalten, hätte ihr lieber gesagt: »Weißt du, Kind! Es ist gelungen, sichere Auskunft über deine Eltern zu finden ... Deine Mutter ist zwar nicht mehr am Leben, aber dein Vater ... und, Kind, denke dir, dein Vater ... nun ja, dein Vater ist niemand anders als ich, ja, Kind, als ich! Du bist meine leibliche Tochter!« Doch nein! Auch das wäre noch zu jäh, zu unvermittelt! Aber an mir liegt es wahrlich nicht, dass mir alles so stürmisch über die Lippen dringt. Es braucht eines zu großen Aufwands von Selbstbeherrschung, um über diese Klippe hinwegzukommen ... Du wirst es dir wohl denken können! So vor seiner Tochter dazustehen und sich Zwang antun zu müssen! Solchen Zwang!« Von Neuem überließ sich Rudolf seiner Verzweiflung ... »Doch warum all diese unnützen Worte? Was hätte ich ihr sonderlich zu sagen gehabt? Weißt du, ein geradezu grässlicher Gedanke ist es mir, dass ich sie einen ganzen Tag lang, jenen in Ewigkeit verfluchten und mir doch wieder so heiligen Tag lang, bei mir in Bouqueval hatte – jenen Tag, da sich mir alle Schätze ihrer Engelsseele in all ihrer Reinheit vor mir offenbarten! ... Ich sah das Erwachen dieser göttlichen Menschenseele und doch hat nichts in meinem Herzen gesprochen: Sie ist dein Fleisch und Blut! Ist deine Tochter, deine leibliche Tochter! Nein, keine einzige Regung in meinem Herzen! O, wie verhärtet muss doch mein Herz sein! Wie eingeengt muss all mein Denken sein. Ich verstehe mich nicht, ich begreife mich nicht! O, ich bin nicht wert gewesen, von solchem reinen, lieben Wesen Vater genannt zu werden!«

»Aber, Königliche Hoheit!« rief Murph.

»Still,« sagte der Fürst, »war es mir nicht in die Hand gelegt, das Kind zu behalten oder wegzubringen? Was bestimmte mich, es zu der Frau Georges zu führen, statt es um mich zu behalten? ... Heute brauchte ich nur die Arme zu öffnen, um sie an meine Brust zu drücken ... Warum habe ich es nicht getan? Weil man das Gute immer nur halb tut, weil man Wunder erst dann recht empfindet, wenn sie bereits vorbei sind – wenn sie auf immer entschwunden sind ... weil ich unterlassen habe, dieses bewunderungswürdige junge Mädchen, das trotz Armut und Verlassenheit größer und edler vielleicht durch ihren Geist und ihr Herz war, als sie durch Geburts- und Erziehungsvorzüge wohl jemals geworden wäre, gleich auf die ihr gebührende Höhe zu heben, und schon viel für sie zu tun meinte, als ich sie auf ein Landgut, zu guten Menschen brachte ... aber hätte ich das nicht auch für die erstbeste Bettlerin getan, die mir Interesse abgewann? Nein, nein! Es ist meine Schuld, einzig und allein meine Schuld, lieber Murph, denn hätte ich mich verhalten, wie es meine Pflicht war, so wäre sie heute nicht tot! So weilte sie noch unter den Lebenden ... Murph, ich bin ein schlechter Sohn gewesen und ein noch schlechterer Vater!«

Murph wusste, dass es für solchen Schmerz keinen Trost gibt, und verhielt sich schweigend. Nach einer ziemlich langen Pause fuhr Rudolf mit bewegter Stimme fort: »Hier bleibe ich nun keine Minute länger! Denn mir ist Paris verhasst. Schon morgen wende ich ihm den Rücken.« – »Es ist gewiss nur recht von Ihnen, wenn Sie so handeln, Königliche Hoheit!« –

»Wir machen den Umweg über Bouqueval, lieber Murph. Zuvor will ich eine Zeit lang in dem Zimmer verweilen, wo meine Tochter die einzigen frohen Tage ihres jungen Lebens zugebracht hat. Ich will alles zusammentragen, was mich an sie erinnern kann: die Bücher, in denen sie gelesen, die Hefte, in denen sie Schreibübungen gemacht, die Kleider, die sie getragen ... ja auch von den Tapeten will ich mir eine Zeichnung abnehmen, vom ganzen Zimmer ... In Gerolstein werde ich neben dem Mausoleum, das ich für meinen seligen Vater errichten ließ zur Erinnerung an die Kränkung, die ich ihm angetan, einen Gedenkpavillon errichten lassen, worin sich dies ganze Zimmer wiederfinden soll, worin mein Kind in meiner nächsten Nähe wohnte, ohne dass sich in meinem Herzen auch nur eine Fiber regte, in ihr mein Kind zu ahnen! Das Mausoleum soll mich erinnern an das Vergehen, das ich mir meinem Vater gegenüber zuschulden kommen ließ, der Pavillon an die Strafe, die mich in meinem Kinde getroffen hat!« ... Wieder trat eine lange Pause ein. Dann befahl Rudolf mit kurzen Worten, alles für morgen in Bereitschaft zu halten. –

Murph wollte seinem Gebieter und Freunde die trüben Gedanken verscheuchen. »Es soll alles geschehen, wie Königliche Hoheit befehlen, Sie vergessen jedoch, dass morgen in Bouqueval der Sohn unserer lieben Frau Georges mit Fräulein Lachtaube Hochzeit hält, denn Sie haben ja nicht bloß Herrn Germains Zukunft sichergestellt, seiner Braut eine brillante Ausstattung gekauft, sondern auch versprochen, dem Hochzeitsfeste beizuwohnen, sollen sie doch den wahren Namen ihres Wohltäters erst jetzt erfahren!« »Das habe ich freilich versprochen,« erwiderte Rudolf, »nach Bouqueval kann ich also morgen nur fahren, wenn ich der Hochzeit beiwohne ... aber ich besitze hierzu in der Tat den Mut nicht ...« – »Vielleicht vermöchte aber gerade das Glück dieses jungen Paares Ihren Kummer zu lindern, Königliche Hoheit?« – »Nicht doch, mein lieber Murph! Ist Schmerz nicht immer selbstisch und sucht die Einsamkeit? Vertritt du morgen in Bouqueval meine Stelle und bitte Frau Georges, alles, was meinem Kinde dort gehörte, zusammenzutun und mir zu übermitteln, auch von dem Stübchen, worin sie dort gewohnt, wünsche ich eine genaue Zeichnung, die sie mir nach Gerolstein nachsenden mag.«

»Königliche Hoheit,« wandte Murph ein, »Sie werden doch nicht abreisen wollen, ohne die Frau Marquise von Harville noch einmal gesehen zu haben?« -

Rudolf zuckte, als er diesen Namen hörte, heftig zusammen; noch immer lebte aufrichtige Liebe zu ihr im Herzen, in diesem Augenblicke aber war sein Herz von wildem Schmerze erfüllt. Nur die zärtliche Liebe dieser Frau - das fühlte er - konnte ihn in dem Unglück, das ihn betroffen hatte, aufrecht halten, und doch machte er sich Vorwürfe um dieses Gedankens willen, denn eine innere Stimme regte sich doch in ihm, dass sich solche Gedanken mit seinem tiefen Vaterschmerze wahrlich recht schlecht vertrügen.

»Ja, ich werde abreisen, ohne Frau von Harville noch einmal zu sehen,« sagte er, »vor wenigen Tagen schilderte ich ihr den Schmerz, den mir Marienblümchens Tod bereitet, und wenn sie nun gar erst hört, dass dieses Mädchen mein leibliches Kind ist, dann wird ihr recht wohl begreiflich sein, dass ich abreise, ohne sie wieder gesehen zu haben. Sie wird sich eben sagen, dass der Mensch den Mut finden muss, gewisse Schmerzen, zumal wenn sie als Strafen gelten, allein zu tragen, damit sie für ihn zur Buße werden.«

Achtes Kapitel.

Die Marquise.

Da wurde leise an die Tür des Zimmers geklopft. Rudolf machte eine Bewegung der Ungeduld. Murph erhob sich, um aufzumachen. Durch den Spalt hindurch flüsterte ein fürstlicher Adjutant dem schottischen Squire ein paar eilige Worte zu ... Murph nickte und trat zu Rudolf ... »Königliche Hoheit erlauben wohl, dass ich mich einen Augenblick entferne? Es verlangt mich jemand im Dienste Eurer Königlichen Hoheit zu sprechen.« - »Nun, dann geh,« antwortete der Fürst.

Kaum war Murph aus dem Zimmer verschwunden, als Rudolf, die Hände über dem Kopfe zusammenschlagend, und tief aufseufzend, rief: »O, meine Empfindungen erschrecken mich. Das Herz strömt mir über von Bitterkeit und Hass. Die Gegenwart meines besten Freundes wird mir zur drückenden Last, und die Erinnerung an eine edle, reine Liebe ängstigt mich ... O, es ist meiner unwürdig, ein solches Wesen besitzen zu sollen! ...

Gestern vernahm ich mit Behagen Sarahs Tod, es war mir eine wahre Erleichterung, zu wissen, dass diese unnatürliche Mutter, die aus schnöder Ehrsucht zur Mörderin ihrer Tochter wurde, nicht mehr unter den Lebenden wandelt ... Ja ich kann sagen, dass ich gern an den Tod dieser Megäre denke - denn etwas anderes ist sie nicht in meinen Augen ... O,« rief er plötzlich, vom Stuhle aufspringend ... »ich bin zu spät gekommen! Gestern litt ich nicht, was ich heute leide ... und doch habe ich auch gestern bereits gewusst, dass meine Tochter tot ist ... Ja, aber ich hatte nicht jene Worte zu mir gesprochen, die hinfort mein Leben vergiften werden! O, welche Zeit habe ich durch den Aufenthalt, den ich meinem Kinde in der Meierei schuf, versäumt! Warum bin ich nur dreimal dort hinausgefahren? ... Und doch hätte ich täglich draußen sein können, doch hätte ich meine Tochter täglich sehen können, hätte sie sogar bei mir behalten können! ... Nun, meine Strafe wird es sein, dass ich mir diese schrecklichen Worte immer und immer wiederholen, immer und immer vorpredigen muss!«

Der unglückliche Mann fand eine grausame Freude darin, diesen Gedanken immer und immerfort sich zu wiederholen: Großer Schmerz hat eben die Eigentümlichkeit, sich unaufhörlich durch sich selbst zu erneuern.

Plötzlich wurde die Tür aufgerissen, und Murph erschien kreidebleich auf der Schwelle. Der Fürst war dermaßen verwirrt durch Murphs schreckhafte Miene, dass er sich erhob und Murph entgegenrief: »Sprich! Was für Hiobspost hast du wieder zu melden?« - »Keine Hiobspost, Königliche Hoheit!« erwiderte der Schotte, »es ist jemand draußen, der Sie auf der Stelle zu sprechen begehrt.« - »Wer? Wozu dies Zögern? Es ist doch nicht sonst deine Sache, wie die Katze um den heißen Brei zu gehen!« - »Königliche Hoheit! Frau Marquise von Harville bittet um eine sofortige Unterredung.« - »Frau von Harville?« wiederholte, nun seinerseits erbleichend, Fürst Rudolf; »nicht möglich! Nicht möglich!« - »Königliche Hoheit, ich fürchte ...« - »Was denn? Doch wieder ein neues Malheur? Wie?« - »Nicht doch, Königliche Hoheit! Ich fürchte, die jähe Kunde möchte ...« - »Rede, Murph,« rief der Fürst, dem Zorne nahe, »rede und verheimliche mir nichts! Verstehst du?«

»Bei meiner Ehre, Königliche Hoheit,« sagte Murph »ich weiß nicht ...« »Was hat die Marquise dir gesagt?« rief Rudolf streng. - »Sir Walter, hat sie gesagt, und, ihre Stimme war bewegt, während aus ihren Augen die hellste Freude leuchtete ... es muss Sie wohl verwundern, dass Sie mich hier sehen. Aber es gibt Verhältnisse, unter denen sich nicht abwägen lässt, was sich schickt und was sich nicht schickt. Bitten Sie Königliche Hoheit, mir ohne Verzug ein kurzes Gehör zu gewähren, und zwar in Ihrem Beisein, weiß ich ja doch, dass der Fürst keinen bessern Freund auf Erden hat als Sie ... Ich hätte mir ja die Gnade eines Besuchs von ihm erbitten können, aber darüber wäre erst wieder Zeit verstrichen, und Sie dürfen sich versichert halten, dass der Fürst es mir Dank wissen wird, dass ich die Unterredung um keine Minute verzögert habe» Bei diesen letzten Worten bebte ihre Stimme ...«

Rudolf, fast noch mehr erbleichend als Murph, erwiderte: »Aber ich errate den Grund deiner Unruhe, deiner Blässe nicht ... diese Unterredung ... was für einen Grund hat sie? Was für einen Zweck soll sie haben?«

»Auf Ehre, Königliche Hoheit,« sagte Murph, »ich erinnere mich weiterer Worte aus dem Munde der Marquise nicht. Was ich Ihnen davon wiedergesagt, hatte mich schon dermaßen erschüttert, dass ich kaum noch zu hören vermochte ... Den Grund meiner Erschütterung anzugeben ist mir ebenso wenig möglich ... Aber, Königliche Hoheit sind ja selber bleich geworden!« - »Ich bleich geworden?« wiederholte Rudolf, sich auf einen Stuhl stützend, denn seine Füße mochten ihn nicht mehr tragen. - »Jawohl,« versetzte Murph, »Königliche Hoheit sind ebenso betroffen, ebenso bestürzt wie ich.«

»Und sollte es mein Tod sein, was mir die Marquise meldet,« erklärte Rudolf, »so lasse ich nichtsdestoweniger Frau von Harville um die Ehre Ihres sofortigen Besuches bitten.«

Neuntes Kapitel.

Fürst und Marquise.

Frau von Harville, der es, wie schon erwähnt, noch nicht bekannt war, dass Marienblümchen des Fürsten Rudolf Tochter sei, hatte in ihrer ersten Freude über die Auffindung derselben gemeint, sie ihm fast ohne alle Vorbereitung zuführen zu dürfen. Wenn sie das Mädchen hatte unten im Wagen sitzen lassen, war es nur aus dem Grunde geschehen, weil sie nicht wusste, ob Rudolf sich dem Mädchen bekannt geben und ob er sie bei sich aufnehmen wolle.

Als nun Clemence die außerordentliche Veränderung in Rudolfs Zügen wahrnahm, die düstere Verzweiflung, die sich darin ausprägte, ja als sie sogar Tränen in seinen Augen wahrzunehmen meinte, da konnte sie sich nicht verhehlen, dass ihr Freund von einem schweren Unglück heimgesucht worden sei, von einem Unglück, das ihm schwerer noch ankomme als der Tod des Mädchens. Darum vergaß sie den Grund, der sie zu ihm führte, und fragte: »Gerechter Gott, Königliche Hoheit! Was ist Ihnen denn passiert?«

»Sollten Sie es nicht schon wissen, Marquise? O, alle Hoffnung ist abgeschnitten. Ihr Verlangen nach einer sofortigen Unterredung rief die Meinung in mir wach ...« - »Ach! Ich bitte darum im Namen meines Vaters, dem Sie einst das Leben retteten! Ich habe wohl aber ein Recht, Sie nach dem Grunde des Kummers zu fragen, der Ihr Herz zu beherrschen scheint ... Ihre Niedergeschlagenheit und Blässe erschrecken mich. Aus Mitleid mit meiner Angst, Königliche Hoheit, sagen Sie mir, was Ihnen passiert ist!«

»Lassen Sie mich, Marquise, denn meine Wunde ist nicht heilbar.« - »O, wenn Sie wüssten, wie sehr Sie durch solche Reden meine Unruhe steigern! Wenn Sie mir Auskunft weigern, Königliche Hoheit, bleibt mir nichts weiter übrig, als mich an Sir Walter Murph, Ihren Freund, zu wenden. Sagen Sie mir, Murph, ich beschwöre Sie, was ist's mit Königlicher Hoheit?«

Da nahm Rudolf gelassen das Wort ... »O, Frau Marquise, nichts weiter ist mit mir vorgegangen, als dass ich, seit ich Ihnen das Abscheiden des Mädchens mitteilte, in Erfahrung gebracht habe, dass dieses Mädchen mein leibliches Kind, meine solange gesuchte Tochter ist.«

»Marienblume - Ihre Tochter?!« rief Clemence in einem Tone aus, der sich unmöglich schildern lässt.

»Ja, und als Sie mir sagen ließen, Sie wünschten mich sogleich zu sehen, um mir eine Nachricht zu bringen, die mich mit großer Freude erfüllen würde - bemitleiden Sie meine Schwachheit; aber ein Vater, den der Schmerz über den Verlust seines Kindes niederbeugt, ist jeder noch so törichten Hoffnung fähig - da glaubte ich einen Augenblick, dass - aber nein, nein, ich sehe es - dass ich mich geirrt hatte. - Verzeihen Sie mir, Frau Marquise, aber ich bin meiner Sinne kaum noch mächtig.«

Er sank auf einen Stuhl und verbarg das Gesicht mit den Händen.

Frau von Harville stand erstaunt und stumm da; sie konnte kein Glied rühren, wagte kaum zu atmen, gab sich bald einer entzückenden Freude, bald der Furcht vor den vielleicht schädlichen Folgen der Entdeckung hin, die sie dem Fürsten zu machen hatte, und dankte begeistert der Vorsehung, die sie - sie in den Stand gesetzt hatte, dem von ihr so hochgeschätzten, ja so innig geliebten Fürsten die Kunde bringen zu können, dass seine Tochter noch lebe, und dass sie ihm dieselbe zuführe! In dem Sturme so verschiedener Gefühle konnte sie keine Worte finden.

Murph, der einen Augenblick die Hoffnung des Fürsten geteilt hatte, war so niedergeschlagen wie dieser ... Da sank die Marquise, außerstande, ihrem innern Drange zu widerstehen, unbekümmert um Rudolfs und Murphs Anwesenheit, auf die Knie, faltete die Hände und rief im Gefühle inniger Dankbarkeit aus: »Gelobt seist Du, mein Gott! Ich erkenne Deinen allmächtigen Willen und danke Dir, denn Du hast mich erwählt, ihm anzuzeigen, dass seine Tochter gerettet ist.«

Murph und Rudolf hatten die Worte, ob sie gleich leise, wie in inbrünstigem Gebete, gesprochen worden waren, gehört; und der Fürst richtete rasch den Kopf empor, als Clemence sich wieder erhob ... Blick, Gebärde, Ausdruck seines Gesichtes, als er die Marquise ansah, lassen sich nicht beschreiben.

Die Marquise, in deren reizenden Zügen sich eine himmlische Freude malte, stützte sich mit der einen Hand auf den Marmor einer Konsole, hielt mit der andern den hochwallenden Busen nieder und antwortete durch ein bejahendes Nicken dem Blicke Rudolfs.

»Und - wo ist sie?« fragte der Fürst, zitternd wie ein Espenblatt. - »Unten in meinem Wagen.«

Hätte nicht Murph ihn zurückgehalten, so wäre der Fürst auf der Stelle vor das Haus gerannt.

»Königliche Hoheit, es wäre ja des Kindes sicherer Tod!« warf der schottische Squire ein. - Clemence ihrerseits bemerkte: »Sie befindet sich seit gestern im Stadium der Genesung: Ich muss Sie beschwören, teurer Fürst, bloß jetzt keine Unvorsichtigkeit!«

Rudolf vermochte sich kaum zu beherrschen ... »Sie sprechen die Wahrheit,« sagte er nach einer Weile, »ich muss mich zur Ruhe zwingen, und Gott gebe es, dass ich es könne!« Er schritt ein paar Mal in dem Zimmer auf und ab. Endlich blieb er vor Murph stehen und sagte: »Gut! Ich will sie noch nicht sehen, sondern will warten, bis sich meine Aufregung gelegt haben wird. Aber, ich versichere dir, du mein einziger Freund, es geht fast über meine Kräfte ... es ist wirklich der Anstrengung zu viel für einen Tag!«- Dann trat er zu der Marquise von Harville und reichte ihr die Hand ... »ich habe durch Sie, teuerste der Frauen, Vergebung gefunden von schwerer Sünde, und Sie, Sie Edle, sind es gewesen, die mir Vergebung vermittelten!«

»Königliche Hoheit,« antwortete nicht minder ergriffen die Marquise, »Sie haben mir den Vater wiedergegeben, und der allgütige Gott hat es in seiner Gnade gefügt, dass ich Ihnen Ihr Kind zuführte! Aber verzeihen Sie, edler Fürst, auch mir meine Schwäche, mich hat diese unvermutete Entdeckung aufs Tiefste erschüttert. Ich muss Ihnen sagen, dass ich wohl kaum den Mut fände, unsre süße Marienblume herzuholen ... müsste ich doch fürchten, sie durch meine Aufregung, meine Unruhe aufs Tiefste zu erschrecken!«

»Aber wie ihr die Rettung geworden, das können Sie mir doch sagen, Fürstin,« drang Rudolf in sie; »wer ist der Wackere gewesen, der sie errettete? - Da sehen Sie, wie undankbar ich bin! Nicht einmal diese Frage habe ich Ihnen bislang gestellt!« - »Ein tapferes Mädchen hat sie im Augenblicke des Ertrinkens aus der Seine gerissen!«

»Kennen Sie diese brave Person?« fragte der Fürst.

»Meines Wissens wird sie morgen hierher kommen.«

»Ich bin ihr zu unermesslichem Danke verpflichtet,« rief der Fürst, »aber - ich werde alles tun, die Schuld, in der ich zu ihr stehe, wettzumachen.«

»Wie gut,« sprach die Marquise jetzt zu Murph, »dass wir das liebe Kind nicht gleich mit heraufnahmen! Ein so ergreifender Auftritt hätte leicht die allerschlimmsten Folgen haben können!« - »Gewiss, gnädige Frau,« pflichtete Murph bei, »es war ein glücklicher Gedanke von Ihnen, sie unten zu lassen!« -

Die Marquise wandte sich wieder zu dem Fürsten, der eine Weile, wie abwesend, vor sich hingestiert hatte. - »Ich konnte doch nicht wissen, Königliche Hoheit, ob Sie sich ihr zu erkennen geben wollten, und ohne von Ihnen dazu ermächtigt zu sein, sie Ihnen zuzuführen, durfte ich es doch nicht wagen ...«

Es gelang Rudolf, seine Erregung niederzukämpfen. Sein Gesicht hatte einen fast ruhigen Ausdruck wiedergefunden, und sich zusammenraffend, erwiderte er: »Frau Marquise, ich bin jetzt Herr meiner selbst und will meine Tochter sehen. Murph,« wandte er sich an den treuesten seiner Freunde, »bitte, hole mir mein Kind!« - Der Ton, den er auf diese beiden letzten Worte: Mein Kind! Legte, klang in innigstem Empfinden.

Clemence fragte ihn, ob auch wirklich für ihn selbst nichts zu befürchten sein möchte? - »O, keine Sorge! Keine Sorge!« erwiderte er, »ich kenne die Gefahr, der ich mein Kind aussetzen möchte, wenn ich nicht vollständig Herr über mich wäre! Glauben Sie mir, ich werde wissen, mich zu bemeistern, um sie zu schonen! Also bitte, Murph, geh hinunter und hole sie!«

»Ja, gnädige Frau Marquise,« sagte nun seinerseits Murph, der seinen Herrn und Freund die letzte Zeit über aufmerksam beobachtet hatte, »wir dürfen sie heraufholen. Königliche Hoheit wird sich zu beherrschen wissen. Wir brauchen nichts zu befürchten. Ich hole sie. Sie kann jetzt kommen.«

»Eile, eile, guter Murph!« rief ihm der Fürst nach. - »Gewiss, Hoheit, ganz gewiss,« versetzte der wackre Diener, »aber um ein paar Minuten Verzug muss ich jetzt doch auch für mich bitten,« - und dabei fuhr er sich mit der Hand über die Augen - »ich möchte sie lieber nicht sehen lassen, dass auch mir die Tränen nahe gewesen sind.« -

»Biedre Seele!« sagte der Fürst, Murph die Hand drückend.

»Und nun, Hoheit,« sagte Murph, »nun gehe ich! Jetzt bin auch ich Herr über mich. Aber gleich einer büßenden Magdalene durch die Räume zu schleichen, hätte sich doch kaum für mich geschickt!« – Mit diesen Worten machte er sich auf den Weg, blieb aber an der Tür noch einmal stehen und sagte: »Aber – aber – was soll ich ihr denn nun sagen?« – »Ja, was soll er zu ihr sagen?« fragte der Fürst die Marquise. – »Weiter nichts, als dass Herr Rudolf sie zu sehen wünscht – das genügt nach meiner Ansicht.» – »Sie haben recht. Herr – Rudolf wünsche, sie zu sehen. Weiter nichts. Nun geh.«

»Das ist sicherlich das Beste, was man ihr sagen kann,« meinte der Squire. »Wenn ich ihr einfach sage, Herr Rudolf wünsche sie zu sehen, so kann sie sich dabei nichts Besonderes denken. Sie wird nichts ahnen und nichts erwarten. Ja, es ist das Klügste so.« – Doch noch immer rührte Murph sich nicht von der Stelle.

»Sir Walter,« sagte Clemence lächelnd zu ihm, »Sie fürchten sich doch nicht etwa –?« – »Sie haben recht, Frau Marquise,« antwortete der Squire, »so alt ich bin, so kann ich mich doch einer gewissen Rührung noch immer nicht erwehren.« – »Lieber Freund, nimm dich in Acht,« sagte der Fürst zu ihm. »Wenn du deiner Sache noch nicht gewiss bist, so warte lieber noch einen Augenblick!«

»Jetzt bin ich fertig,« sagte der Squire, nachdem er sich mit seinen herkulischen Fäusten über die Augen gefahren war. »In meinem Alter ist solch eine Schwäche wirklich albern – fürchten Sie nichts, Königliche Hoheit.« Und festen Schrittes ging er hinaus.

Es folgte eine Pause. Clemence fiel nun ein, dass sie sich in Rudolfs Wohnung befände und allein mit ihm sei. Tiefe Röte bedeckte ihre Wangen. Der Fürst trat zu ihr und sagte, ein wenig beklommen:

»Wenn ich diesen Tag wähle, diesen Augenblick dazu benutze, Ihnen ein Herzensgeständnis abzulegen, so wird die Feierlichkeit von Tag und Augenblick den Ernst meiner Worte noch erhöhen. Seit ich Sie gesehen habe, liebe ich Sie. Solange ich diese Liebe verbergen musste, habe ich sie für mich behalten. Jetzt aber sind Sie frei – Sie haben mir meine Tochter wiedergegeben, wollen Sie nun deren Mutter sein?«

»Königliche Hoheit!« rief Clemence. »Was sind das für Worte – zu mir – zu mir –?!« – »Ja, zu Ihnen, Clemence, und ich beschwöre Sie, schlagen Sie meine Bitte nicht ab. Lassen Sie diesen Tag entscheiden über das Glück meines ganzen Lebens!«

Auch Clemence liebte den Fürsten längst mit Leidenschaft. Sie glaubte zu träumen. Sein Geständnis, so schlicht ausgesprochen, und doch so ernst und innig, beglückte sie im höchsten Maße, und zögernd antwortete sie:

»Ich muss Sie, Hoheit, an den Abstand erinnern, der uns trennt, an die Interessen Ihres fürstlichen Hauses –«

»Denken Sie vor allem an die Interessen meines Herzens und an die meiner Tochter!« unterbrach sie Rudolf, »und machen Sie uns beide glücklich – sie und mich! Machen Sie, dass ich, eben noch ohne Familie, sagen kann: Meine Gattin – mein Kind! Dass das arme Wesen, bislang noch ohne Eltern, sagen kann: Mein Vater – meine Mutter – meine Schwester – denn Sie haben ja auch eine kleine Tochter, die dann auch mein Kind sein wird.«

»O, Königliche Hoheit, gibt es auf so edle Worte eine andere Antwort als Tränen des Dankes?« erwiderte Clemence. Dann bezwang sie sich und setzte rasch hinzu: »Man kommt – es ist – Ihre Tochter.« – »Versagen Sie mir doch nicht die Erfüllung meiner Bitte!« sagte Rudolf mit bewegter Stimme. »Im Namen meiner Liebe! Sagen Sie: unsere Tochter!« – »Nun denn,« antwortete Clemence flüsternd, »unsere Tochter.«

Im selben Augenblick öffnete Murph die Tür und führte Marienblume herein.

Zehntes Kapitel.

Vater und Tochter.

Das junge Mädchen, das an dem Portale des Palastes aus dem Wagen der Marquise gestiegen war, schritt jetzt an Murphs Hand durch ein erstes Vorzimmer, das von Dienern in großer Livree gefüllt war, dann durch ein Wartezimmer, wo sich die Kammerdiener aufhielten, dann durch den Vorsaal, wo der Huissier seinen Platz innehatte, endlich durch das große Gemach, das den Kammerherrn vom Dienste und den Adjutanten zum Aufenthalte diente.

Mag sich der Leser die Verwunderung, das Staunen der armen Schalldirne selber ausmalen, die keinen andern Glanz kannte als das bisschen Wohlstand, dass sie in der Meierei Bouqueval angetroffen hatte, und die sich jetzt in Zimmern sah, die von Gold und Spiegeln und den herrlichsten Gemälden geradezu strotzten!

Kaum wurden ihre Schritte hörbar, so eilte die Marquise ihr entgegen, nahm sie bei der Hand, schlang einen Arm um sie, wie um sie zu halten oder zu stützen, und führte sie zu Rudolf, der am Kamine stand und außerstande war, auch nur einen Schritt zu tun. Murph seinerseits retirierte, seiner ebenfalls recht unsicher, hinter einen der großen Fenstervorhänge.

Als Marienblümchen sich Angesichts des Mannes sah, in welchem sie nicht bloß ihren Retter aus höchster Not und Pein, sondern ihren »Gott« zu sehen meinte, zitterte sie am ganzen Leibe ... und doch sah sie, dass sein Auge mit stummer Wonne an ihr hing ...

»Fassen Sie sich ein Herz, mein teures Kind,« sagte die Marquise zu ihr, »und kommen Sie näher! Ihr Freund, Herr Rudolf, hat Sie mit Ungeduld erwartet, ist tief besorgt um Sie gewesen und preist jetzt den allgütigen Gott, dass er schirmend seine Hand über Ihnen gehalten hat.«

»Ja, die liebe Frau spricht wahr,« nahm Rudolf jetzt das Wort - doch auch seine Stimme bebte - und nicht bloß seine Stimme, sondern all seine Glieder bebten, »ja, die liebe Frau spricht wahr,« wiederholte er - und nach einer Weile, einer ziemlich langen Weile sprach er weiter: »ich danke ihm, dem gütigen Gott im Himmel droben, aus tiefstem Herzen, dass er Sie beschützt und mir wiedergegeben hat!« - Trotz seinem festen Vorsatze sah er sich gezwungen, das Gesicht abzuwenden denn die innere Bewegung drohte ihn zu überwältigen ...

Um die Aufmerksamkeit des Mädchens abzulenken, führte Elemente sie zu einem der vergoldeten Sessel und sprach zu ihr: »Liebes Kind, Sie sind noch immer recht schwach! Es möchte wohl besser sein, wenn Sie sich setzten?«

Das schlichte Mädchen fürchtete sich, auf dem schönen Polster Platz zu nehmen. Ihre Befangenheit nahm mehr und mehr zu, die Stimme versagte ihr, sie war schier trostlos, dass es ihr nicht möglich war, ein einziges Wort des Dankes für ihren Freund und Gönner zu finden.

Endlich trat Fürst Rudolf, angespornt durch einen Wink der Marquise, die, auf die Lehne des Sessels gestützt, sich zu Marienblümchen niederbog und eine Hand von ihr in die ihrige nahm, langsamen Schrittes vor und an die andere Seite des Sessels ... Es war ihm endlich gelungen, die Herrschaft über sich zu gewinnen. Zu dem Kinde, das ihn mit seinem lieben Gesichte ansah, sagte er nun:

»Kind, mein Kind, habe ich dich endlich wieder - O, nie, nie sollst du deine Freunde wieder verlassen! Du sollst vergessen lernen, was du gelitten hast! Gelitten durch meine Schuld!«

»Herr Rudolf hat recht, mein liebes Kind,« nahm die Marquise das Wort, »nicht besser kannst du uns beweisen, dass du uns wirklich liebst, als dadurch, dass du die traurige Vergangenheit vergissest!«

»O seien Sie versichert, Herr Rudolf und liebe, gnädige Frau,« erwiderte Marienblume, »dass ich mir immer, immer vor die Seele halten werde, dass ich - ohne Sie - doch recht, recht unglücklich gewesen wäre!«

»Wohl, aber wir werden dafür Sorge tragen, dass dir derartige traurige Gedanken nicht mehr kommen werden!« erwiderte Rudolf, »dazu soll dir unsre beiderseitige Liebe keine Zeit mehr lassen! Meine liebe, liebe Marie – denn du weißt wohl, dass ich dir diesen Namen gegeben habe – als du draußen in der Meierei warest –«

»Ja gewiss, Herr Rudolf!« antwortete Marie – wie wir sie hinfort auch nennen wollen – »o, sagen Sie mir, wie geht es der lieben Frau Georges? Der guten, lieben Frau, die mir erlaubt hat, sie meine Mutter zu nennen?« – »O, es geht ihr recht gut, recht gut, mein Kind! Aber, Marie, ich habe dir wichtige Nachrichten mitzuteilen.« – »Mir, Herr Rudolf?« – »Jawohl, dir, Kind!« versetzte der Fürst, »denn, seit ich dich nicht mehr sah, ist über deine Geburt und über deine Angehörigen viel wertvolle Kunde verlautet.«

»Was sagen Sie? Über meine – Familie?« – »Ja, wir wissen jetzt, wer deine Eltern waren, Marie! Man weiß, wer dein Vater ist –«

Rudolf standen die Augen so voller Tränen, als er diese Worte sprach, dass Marie sich ergriffen nach ihm umsah. Zum Glück war es ihm noch rechtzeitig möglich, sein Gesicht abzuwenden.

Ein anderer, bei der allgemeinen Rührseligkeit ein wenig komisch wirkender Vorfall trug auch das Seinige bei, Mariens Aufmerksamkeit von Rudolf abzuwenden. Der wackere schottische Squire stand noch immer hinter dem Vorhange und stellte sich, wie wenn er aufmerksam in den Garten hinunter sähe, musste jetzt aber niesen und sich gleich darauf schnäuzen, denn er weinte wie ein Kind.

»Ja, meine liebe Marie,« sagte nun Clemence, »wir wissen jetzt, wer Ihr Vater ist, und wissen auch, dass er noch am Leben ist ...«

»Mein Vater noch am Leben!« rief Marie mit einer Stimme, die Rudolfs Mut aufs Neue auf eine harte Probe stellte. – Clemence aber fuhr fort: »Sie werden ihn auch bald sehen, liebe Marie, vielleicht sehr bald; dürfen sich aber nicht erschrecken darüber, dass er ein gar vornehmer Herr ist ... Versprechen Sie mir das?«

»Und meine Mutter?« fragte Marie, heftig erregt, die Frage der Marquise dem Anschein nach überhörend, »werde ich auch meine Mutter sehen?« – »Auf diese Frage wird Ihnen die Antwort Ihr Herr Vater erteilen,« versetzte die Marquise, »Sie würden sich gewiss auch recht innig freuen, sie kennenzulernen?« – »Ach ja, meine liebe, gute Dame, ach ja!« erwiderte Marie, die Augen niederschlagend. – »Nun, vorerst werden Sie sich begnügen müssen mit dem Vater,« sagte die Marquise tröstend, »und er wird Ihnen, das darf ich aus vollem Herzen sagen, die Mutter ersetzen: Sodass Sie sie schwerlich vermissen werden, solange, bis die Zeit es anders fügen wird!«

»Und von dem Tage an, da du deinen Vater um dich hast, wird ein neues Leben für dich beginnen, mein liebes Kind!« setzte der Fürst hinzu – und wieder legte er auf die beiden letzten Worte eine so eigentümlich-innige Betonung, dass alle Anwesenden auf das Tiefste ergriffen wurden, und Marie ihm, bangen Zweifels voll, gespannt in die Augen blickte ...

»Ein neues Leben, Herr Rudolf?« fragte Marie schlicht, »o nein, Herr Rudolf! Hat nicht mein Leben erst begonnen an dem Tage, da Sie sich meiner erbarmten und mich zu der lieben Frau Georges in die Meierei hinaus geleiteten?« – »Aber,« schalt der Fürst ein, »dein Vater ist dir in inniger Liebe zugetan!« – »Meinen Vater, Herr Rudolf, kenne ich nicht, Ihnen aber verdanke ich alles!« sagte Marie, ihn mit dankerfüllten Blicken betrachtend. – »Also hast du mich ebenso lieb wie deinen Vater, mein Kind? Oder vielleicht lieber noch als ihn?«

»Ich segne und verehre Sie wie den lieben Gott, Herr Rudolf, weil Sie für mich getan haben, was nur Gott allein hätte tun können,« antwortete Marie begeistert und ohne ihre gewöhnliche Schüchternheit. »Als die liebe gute Madame dort im Gefängnis mit mir sprach, habe ich ihr das gesagt, wie überhaupt allen andern auch. Ja, Herr Rudolf, zu Menschen, die so recht unglücklich waren, sagte ich: Hoffet, hoffet; denn ich kenne einen Wohltäter der Unglücklichen, der heißt Herr Rudolf und steht allen Unglücklichen bei. – Zu denen aber, die zwischen Gut und Böse schwankten, sagte ich: Lasst euch nicht von der Sünde locken; denn Herr Rudolf bestraft die Bösen. – Als ich mich dem Tode nahe fühlte, da habe ich bei mir gedacht, Gott wird mich in den Himmel nehmen, denn Herr Rudolf hat mich seiner Güte für wert erachtet.«

Marie hatte ihre Furcht überwunden; eine leichte Röte färbte ihre Wangen, und ihre schönen blauen Augen, die sie wie im Gebet zum Himmel aufschlug, strahlten in mildem Glanze.

Auf Mariens begeisterte Worte folgte eine lange Pause. Alle Anwesenden waren tief ergriffen.

»Ich sehe, mein Kind,« nahm Rudolf endlich das Wort, außerstande, seine Rührung zu verbergen, »dass mir in deinem Herzen die Stelle deines Vaters gehört.«

»Es ist nicht meine Schuld, Herr Rudolf, dass ich meinen Vater nicht kenne,« antwortete Marie und setzte errötend und mit niedergeschlagenen Augen hinzu: »Sie kennen meine Vergangenheit, und dennoch haben Sie mich mit Güte überhäuft. Mein Vater kennt meine Vergangenheit nicht, und vielleicht tut es ihm nachher leid, mich gefunden zu haben,« sagte das unglückliche Kind schaudernd, »denn, wie Madame sagte, ist er ein hochgestellter Herr. Da ist es schon möglich, dass er sich seiner Tochter schämt.«

»Deiner sich schämen?« rief der Fürst, tief ergriffen, »wie kannst du so etwas sprechen? Kind, wie kannst du so sprechen? Nein, nein! Du bist verwandt, blutsverwandt mit Europas Königinnen und wirst hinfort im gleichen Range stehen mit den edelsten Prinzessinnen Europas.«

»Aber, Königliche Hoheit!« riefen, wie aus einem Munde, Murph und Clemence, denn beide erschraken über Rudolfs wieder zunehmende Erregung und über die Blässe, die Mariens Gesicht verfärbte.

»Wie kannst du sagen, Kind,« rief Rudolf wieder, noch tiefer ergriffen als vordem, »dass jemand Ursache haben könne, deiner sich zu schämen? O, war ich je stolz auf den mir von Gottesgnaden beschiedenen Rang, habe ich mich je im Bewusstsein, zu den Großen der Erde zu gehören, glücklich gefühlt, so ist dies jetzt der Fall, weil ich dadurch in die Lage gesetzt werde, dich so hoch zu erheben, wie du erniedrigt worden! ... Hörst du das, mein geliebtes Kind? Begreifst du meiner Worte Sinn, du teure, teure Tochter? Denn ich, Marie, ich bin dein Vater! Ich bin dein Vater!«

Und außerstande, seine Bewegung länger zu verbergen, sank Fürst Rudolf neben dem Mädchen auf die Knie nieder und bedeckte es mit Tränen und Küssen ...

»Gelobt sei der liebe, liebe Gott!« rief Marie inbrünstig aus, die Hände wie zum Gebet faltend; »nun darf ich meinen Wohltäter so lieben, wie ich ihn immer, immer geliebt habe, so recht innig, so recht von ganzem Herzen! Mein Wohltäter, mein Vater! Ich darf ihn hinfort lieben und verehren wie das gütige Wesen, das aller Menschen Geschicke lenkt! Ich darf ihn verehren und lieben als den gütigen Hüter meines Lebens, der mich bewahrt hat vor dem schlimmsten Elend, vor der schrecklichsten Seelen- und Leibesnot! O du gütiger Gott, wie danke ich dir! Wie danke ich dir!«

Aber die Erschütterung war zu stark für das kaum aus schwerer Krankheit genesene Mädchen. Sie hatte kaum das letzte Wort gesprochen, als sie in Ohnmacht sank. Der Fürst fing sie in seinen Armen auf, Murph rannte zur Zimmertür und riss sie auf ...

»David, David!« rief er, »auf der Stelle herein zu Königlicher Hoheit! Auf der Stelle! Es ist schwere Gefahr im Verzuge!« »Wehe mir!« rief Rudolf, »Fluch über meine Ungebärdigkeit! Ich habe meine Tochter, mein kaum wiedergefundenes Kind in Todesgefahr gejagt!« Schluchzend sank er ihr zu Füßen und bedeckte sie wieder mit Küssen ... »Höre mich, Marie, mein Kind! Höre, denn dich ruft dein Vater! Vergib, vergib mir, ich konnte es nicht länger mit mir herumtragen, das schwere Geheimnis, konnte es nicht länger in meinem Herzen verschließen! Herrgott, Herrgott! Wie soll ich Ruhe finden, wenn ich sie in den Tod gejagt hätte!« »Königliche Hoheit, fassen Sie sich!« bat ihn Clemence, »ich meine nicht, dass Ernstliches zu befürchten sein dürfte ... sehen Sie doch, die Röte ist ja nicht von den Wangen geschwunden. Es ist nur eine leichte Ohnmacht, die sie umfangen hält.«

»Sie ist aber noch immer recht schwach,« erwiderte Rudolf, »und wird es doch vielleicht nicht überstehen! Und dann, dann wehe, wehe über mich!«

Da kam David, der Neger-Arzt, herbeigeeilt mit einem Kästchen voll Phiolen und einem Papiere, das er Murph behändigte.

»David, David,« rief der Fürst, »mein Kind, meine Tochter stirbt! Dir rettete ich einst das Leben. Trage nun deine Schuld ab und rette mein Kind!«

Der Arzt, höchlich verwundert über diese Rede seines Herrn und Gebieters, trat zu dem Mädchen, das in den Armen der Marquise ruhte, befühlte ihren Puls, legte die Hand auf ihre Stirn, drehte sich dann zu Rudolf herum, der bleich und erschrocken auf seinen Ausspruch wartete, und sagte: »Königliche Hoheit! Es ist keine Gefahr vorhanden – Sie dürfen beruhigt sein.« – »David! Sprichst du die Wahrheit?« – »Ein paar Tropfen Äther, Königliche Hoheit, und der Anfall wird überwunden sein.« – »David, mein wackrer David, ich danke dir von ganzem Herzen, von ganzem Herzen!« Dann sich zu der Marquise wendend, sprach er weiter: »Clemence, sie lebt – unsre Tochter lebt! Unsre Marie wird uns erhalten bleiben!«

Inzwischen hatte Murph das Papier gelesen, das ihm von David beim Eintritt in die Hand gedrückt worden war. Heftig zusammenzuckend, blickte er den Fürsten entgeistert an ... »Ja, mein alter wackerer Murph,« wandte Rudolf sich zu ihm, »nicht lange mehr, und meine liebe Marie wird zur Frau Marquise von Harville Mutter sagen dürfen.«

Murph zitterte am ganzen Leibe ... »Königliche Hoheit,« sprach er, »die Nachricht von gestern bestätigt sich nicht.« – »Welche Nachricht?« fragte der Fürst gespannt. – »Dass Gräfin Sarah tot sei,« erwiderte stockend der schottische Squire, »es war nur eine heftige Krisis, auf die eine Ohnmacht folgte ... aber der Tod ist nicht eingetreten.«

»Was sprichst du? Die Gräfin ...«

»Der Arzt hofft, sie zu erretten,« erwiderte Murph, wieder mit stockender Stimme. – »O Gott! O Gott!« rief Rudolf, wie von einem Blitze getroffen. Frau von Harville sah ihn betroffen an.

David, mit Marien beschäftigt, sagte, zur Balkontür tretend und sie öffnend: »Es ist von keiner Gefahr mehr die Rede. Freie Luft wird ihr gut tun. Wir wollen den Sessel auf die Terrasse hinaus schaffen. Dann wird der Ohnmachtsanfall auf der Stelle behoben sein.«

Murph riss die Tür auf, die auf den terrassenartigen Balkon hinausführte, und rollte zusammen mit dem Arzte den Sessel, auf dem Marie ruhte, hinaus.

Rudolf blieb mit Clemence allein.

Elftes Kapitel.

Aufopferung.

»O, meine Clemence,« rief Rudolf, sobald sich Murph mit David entfernt hatte, »Sie wissen wohl nicht, wer Gräfin Sarah ist, wenn Sie sie auch kennen? Sarah ist - Mariens Mutter.« - »Gerechter Gott!« rief Clemence. - »Und ich war der Meinung, der Tod habe sie hinweggerafft.« -

Eine lange Pause folgte. Frau von Harville wurde leichenblass. Das Herz drohte ihr zu brechen.

»Sie wissen auch nicht,« sprach Rudolf mit maßloser Herbigkeit weiter, »dass dieses selbstische, ehrgeizige Weib, das mich nur meines Fürstenranges willen liebte, mich in meinen jungen Jahren zu einem ehelichen Bunde verleitet hat, der später wieder gelöst worden ist. Sarah, die sich nachmals wieder verheiraten wollte, hat all das Unglück, dessen Zeugen wir teilweise geworden, über ihr und mein unglückseliges Kind gebracht.«

»O, jetzt wird mir die Abneigung erklärlich, die Ihr Herz gegen sie beherrscht.« - »Nun werden Sie auch begreifen, warum Sarah Sie zweimal durch gemeine Verleumdung ins Unglück zu stürzen versucht hat ... In ihrem maßlosen Ehrgeize hat sie geglaubt, mich dazu zwingen zu können, dass ich sie wieder aufnehme - und um solchen Zwang auf mich auszuüben, war ihr jedes Mittel recht.«

»Ha! Ist das eine erbärmliche Intrige!« - »Und nun, Clemence, nun höre ich, dass der Tod sie verschont hat!« - »Königliche Hoheit, es ist Ihrer unwürdig, solchen Gedanken zu fassen,« sagte Clemence. - »O, meine Teure,« rief Rudolf, »Sie können sich nicht ausmalen, welch grenzenloses Leid dieses Weib über mich gebracht hat! Vernichtet sie mir nicht eben wieder den schönen Traum, meinem Kinde eine Mutter zu geben, die sich seiner mit wahrer Liebe angenommen hätte? O, dieses Weib ist ein Racheengel, der mich unablässig peinigt und verfolgt wie eine Furie des Altertums!«

»Trösten Sie sich, Königliche Hoheit,« erwiderte Clemence, die Tränen abwischend, die sich in ihre Augen stahlen, »und lassen Sie nicht allen Mut sinken! Denn Sie haben eine ernste, heilige Pflicht zu erfüllen. Eben sagten Sie ja noch, in einer edlen und gerechten Regung von Vaterliebe, dass Ihre Tochter hinfort ganz ebenso glücklich werden solle, wie sie bislang unglücklich gewesen sei; soll sich dieses Wort bewahrheiten, so ist es doch notwendig, dass Sie sie legitimieren, und wie soll dies anders geschehen können als durch eine offizielle Vermählung mit ihrer Mutter, also Gräfin Sarah!«

»Das wird nun und nimmer geschehen, denn ich belohnte ja dann den Eidbruch dieses schändlichen Weibes, hülfe ihrer Selbstsucht und ihrem Ehrgeize zur Befriedigung! Ich werde meine Tochter anerkennen, werde sie an Kindes Statt annehmen, werde sie Ihnen überantworten, denn ich bin überzeugt, dass sie bei Ihnen wahre Mutterliebe finden wird.«

»Nein, Königliche Hoheit,« antwortete Clemence, »das können Sie nicht tun! Denn das hieße die Geburt Ihrer Tochter verschleiern! Gräfin Sarah entstammt einem alten Adelsgeschlecht. Eine eheliche Verbindung mit ihr entspricht zwar Ihrem Range nicht vollständig, immerhin ist sie nichts weniger als unehrenhaft ... Zwar wird Ihr Kind dadurch nicht legitim, aber die eheliche Geburt ist ihr nicht abzusprechen, sie wird sich, gleichviel welche Zukunft sie erwartet, immer getrost auf ihren Vater und ihre Mutter berufen können.«

»Aber Ihnen entsagen? Das kann ich nicht. – O, Sie können sich nicht denken, welches Glück mir das Leben im Bunde mit Ihnen und meiner Tochter, den beiden Wesen in der Welt, die ich allein liebe, in Aussicht stellt!«

»Ihr Kind bleibt Ihnen. – Gott hat es Ihnen auf wunderbare Weise wieder zugeführt. – Wollten Sie Ihr Glück nicht preisen, so wären Sie undankbar gegen das Schicksal!«

»Ach, Sie lieben mich nicht, wie ich Sie liebe!«

»Wenn Sie das meinen – und Sie tun gut daran, das Opfer Ihren Pflichten zu bringen, dann wird es Ihnen minder schwer werden, sich in Ihre neue Lage zu finden.«

»Aber wenn Sie mich lieben, wird Ihr Bedauern ebenso schmerzlich sein, wie das Meinige, und was bleibt Ihnen dann übrig?«

»Wohlzutun, Königliche Hoheit. – Anderer Schmerz und Leid zu teilen – Leid, das Sie selbst in meinem Herzen weckten, über dem ich bereits schweren Kummer vergaß und dem ich süßen Trost verdanke.«

»Hören Sie mich an! Um meiner Tochter willen will ich mich mit diesem Weibe vermählen, aber bei ihr zu leben, wenn das Opfer vollbracht ist, das kann ich nicht – nun und nimmer! Denn ich fühle nur Widerwillen und Verachtung gegen sie ... Nein, nein, wir werden stets getrennt voneinander leben – sie darf nie meine Tochter sehen, Marie bleibt bei Ihnen, denn sie verlöre an Ihnen die zärtlichste Mutter.«

»Es bleibt ihr der zärtlichste Vater, und durch solche offizielle Heirat wird sie die eheliche Tochter eines souveränen Fürsten Europas, und ihre Stellung wird, wie Sie selbst sagen, so glänzend, wie sie vordem dunkel war.«

»Sie sind unbarmherzig, Clemence - und ich - ich bin tief unglücklich!«

»Sprechen Sie nicht so, Sie sind ja so gerecht, üben Ihre Pflicht auf so edle Weise, opfern sich auf und verleugnen sich selbst auf die edelste Weise ... Hätte man zu Ihnen gesagt, als Sie Ihr Kind in so großem Schmerz beweinten: Sprechen Sie einen Wunsch aus, einen einzigen, und er soll verwirklicht werden, so würden Sie unbedenklich ausgerufen haben: Meine Tochter, meine Tochter möge leben! Dieses Wunder ist geschehen, Sie haben Ihre Tochter wiedererhalten und - Sie nennen sich unglücklich! Wie, wenn Ihre Marie das hörte?«

»Sie haben recht, Clemence,« erwiderte Rudolf nach langer Pause, »soviel Glück wäre der Himmel auf Erden gewesen und - solches Glück verdiene ich nicht! - Ich werde tun, was ich tun muss. - Ich beklage mein Zögern nicht, denn ich habe dabei eine neue schöne Seite Ihres Herzens kennengelernt.«

»Sie haben dieses Herz erhöht. Wenn ich jetzt Gutes vollziehe, so gebührt Ihnen der Ruhm, wie Ihnen stets das Verdienst aller guten Gedanken, die ich hatte, von mir zugeschrieben worden ist. - Mut, Königliche Hoheit! Führen Sie Ihre Tochter, sobald sie die Reise vertragen kann, aus Paris! Bringen Sie sie nach Ihrem Deutschland! In diesem ernsten, ruhigen Lande wird sie ein ganz anderer Mensch werden, wird sie an ihre Vergangenheit denken nicht anders als an einen trüben Traum!«

»Aber Sie, Clemence? Sie?« fragte Rudolf mit zitternder Stimme. - »Mir wird - jetzt kann ich es Ihnen ja sagen, weil es mich immer mit Stolz und Freude erfüllen wird - mich wird meine Liebe zu Ihnen sattsam entschädigen, wird mir ein Schutzengel sein, wird mich über alles hinwegtrösten, was im Schoße der Zukunft noch für mich verborgen liegen mag ... Ich werde mit Ihnen in regelmäßigem Briefwechsel bleiben, und Sie - Sie werden mich von allem unterrichten, was sich im Leben jenes lieben Kindes vollziehen wird, das wir mit so unendlicher Wonne eine kurze, kurze Zeit lang unser Kind nannten!« - Sie konnte die Tränen nicht zurückhalten, die sich ihr in die Augen drängten - »die aber, das wollen Sie für gewiss annehmen! - zeit meines Lebens mir lieb und teuer bleiben wird wie mein eigenes Kind! Kommt einmal die Zeit, dass wir einander die lautere Liebe gestehen dürfen, die uns aneinander kettet, dann werde ich - das Versprechen gebe ich Ihnen - in Ihr Land hinüber kommen, werde in Ihre Residenzstadt ziehen, werde nie wieder von Ihrer Seite weichen, sofern Sie mich nicht verjagen oder verstoßen - und werde an Ihrer Seite mein Leben beschließen, das freilich wohl, hätten unsre Leidenschaften zum Worte kommen dürfen, anders hätte verlaufen können, das jedoch trotz allem nie anders als ehrenhaft und würdig verlaufen ist.«

»Königliche Hoheit,« - mit diesen Worten riss Murph die Tür auf und rannte ins Zimmer - »das Kind, das Ihnen der liebe Gott wiedergegeben, hat sein Bewusstsein wiedererlangt. Das erste Wort, das den Weg über ihre Lippen fand, war: Mein Vater! - Kommen Sie, kommen Sie, Prinzessin Marie verlangt es nach Ihrer Gegenwart!«

Kurz nachher hatte die Marquise von Harville das Palais des Fürsten verlassen. Der Fürst aber verfügte sich in Begleitung Murphs, Grauns und eines Adjutanten zur Gräfin Sarah Mac Gregor.

Zwölftes Kapitel.

Hochzeit

Gräfin Sarah Mac Gregor hatte, seit Rudolf ihr Marienblümchens Tod mitgeteilt, unter schweren Nervenanfällen gelitten, waren doch durch diese Nachricht all ihre Hoffnungen vernichtet, waren doch schreckliche Gewissensbisse in ihrem Herzen erwacht! Die kaum vernarbte Wunde war wieder aufgerissen worden. Eine lang andauernde Ohnmacht hielt sie umfangen, sodass man sie für tot gehalten hatte. Ihre starke Konstitution hielt sie aber auch diesmal noch aufrecht, und noch einmal flackerte die Lebensflamme in ihr auf.

Sarah, die vor unerträglicher Beklemmung nicht liegen konnte, sah in ihrem Sessel seit einiger Zeit in trübe, schwere Gedanken versunken, und wünschte sich fast den Tod, dem sie entgangen war. Da trat Thomas Seyton in das Zimmer, kaum imstande, eine gewaltige Aufregung zu verbergen, und winkte den beiden Kammermädchen, sich zu entfernen. Seine Schwester schien seine Anwesenheit kaum zu bemerken.

»Wie geht es dir?« fragte er. - »Es ist noch immer derselbe Zustand: Ich fühle große Schwäche, bisweilen wird mir die Brust zum Ersticken zusammengeschnürt. Warum hat mich Gott nicht von dieser Welt hinweggenommen?« - »Sarah,« erwiderte Thomas Seyton nach kurzer Pause, »Du schwebst zwischen Leben und Tod. Eine starke Aufregung könnte Dir den Tod, vielleicht aber auch Rettung bringen.«

»Ich habe Aufregungen nicht mehr zu erwarten, Bruder, würde sogar bei Rudolfs Tode gleichgültig bleiben - das Gespenst meiner ertränkten, durch meine Schuld ertränkten Tochter steht immer vor mir und verlässt mich nicht. – Das ist unerträgliche, unaufhörliche Gewissenspein. – Ich bin wirklich Mutter – seit ich kein Kind mehr habe.«

»Ich sähe lieber den kalten Ehrgeiz wieder an dir, indem du deine Tochter nur für ein Mittel hieltest, den Traum deines Lebens zu verwirklichen ...« – »Die entsetzlichen Vorwürfe dieses Fürsten haben all meinen Ehrgeiz erstickt, – das Muttergefühl ist in mir erwacht bei der Schilderung der grausamen Leiden, die meine Tochter hat ertragen müssen –«

»Und,« fuhr Thomas Seyton zögernd, jedes Wort abwägend, fort, »wenn du durch einen Zufall – wir wollen einmal etwas Unmögliches annehmen, – durch ein Wunder erfahren solltest, deine Tochter lebe noch, – wie würdest du diese Nachricht ertragen?« – »Ich würde sterben vor Scham und Verzweiflung bei ihrem Anblicke,« – »Glaube doch das nicht, der Triumph deines Ehrgeizes würde dich zu sehr berauschen, – denn, wenn deine Tochter noch lebte, würde dir ja doch der Fürst, wie er zu dir sagte, seine Hand geben.«

»Wenn ich diesen unmöglichen Fall gelten lasse, so – würde ich kein Recht mehr am Leben haben, denn im Besitze der Hand des Fürsten würde mir die Pflicht erwachsen, ihn von einer Frau, die seiner nicht würdig, und meine Tochter von einer Mutter zu erlösen, deren sie sich schämen müsste.«

Thomas Seytons Verlegenheit steigerte sich mit jedem Augenblicke. Ihm war durch Rudolf, der sich im Nebenzimmer aufhielt, der Auftrag geworden, Sarah zu eröffnen, dass ihr Kind noch am Leben sei, und wusste nun nicht, wie er sich dieses Auftrages am besten erledigte. Das Leben seiner Schwester hing an einem sehr schwachen Faden und konnte jeden Augenblick verlöschen. Sollte ein Ehebund zwischen dem Fürsten und ihr noch geschlossen werden, so war jeder Verzug gefährlich. Um die traurige Handlung vollziehen zu lassen, hatte Fürst Rudolf durch den Baron von Graun einen Geistlichen herbescheiden lassen. Als Zeugen der Gräfin waren durch Seyton Herzog von Lucenay und Lord Douglas bestellt worden und hatten sich eben eingefunden.

Die Gewissensbisse, die jetzt bei Sarah anstelle ihrer bisherigen Ehrsucht getreten waren, erschwerten Seyton seine Aufgabe außerordentlich. Jetzt beruhte all seine Hoffnung darauf, dass Sarah nicht bloß ihn, sondern auch sich selbst täusche, und dass ihr Stolz sich wieder regen würde, sobald sich ihr das so heiß ersehnte Diadem zeigte.

»Schwester,« sagte er mit feierlicher Betonung, »du siehst mich in einer höchst peinlichen Situation ... ich wiederhole dir, ein Wort aus meinem

Munde kann dir Leben oder Tod geben.« - »Und ich, Bruder, habe dir gesagt, dass es für mich keine Erregungen mehr geben kann.« - »Auch nicht, wenn es sich um deine - Tochter handeln sollte?« - »Meine Tochter?« wiederholte Sarah; »du weißt doch, dass sie nicht mehr unter den Lebenden weilt.« -

»Wer sagt es?« rief Seyton - »und nun angenommen, es wäre nicht der Fall, sondern deine Tochter noch am Leben?« - »Bruder, mehre nicht meine Gewissenspein noch! Sie ist ohnehin kaum zu ertragen.« - »Und doch muss ich dir sagen, Schwester, wir haben mit diesem Falle zu rechnen! Lass dir sagen, dass deine Tochter lebt! Dass sie durch Rudolf dem Tode entrissen worden - und nun sage du mir, wie du dich in diesem Falle zu Verhalten gedenkst.«

»Was faselst du, Tom? Das Mädchen, dem ich einst das Leben gab, weilt längst nicht mehr unter den Lebenden.« - »Und ich sage dir, Schwester, dass du im Irrtume bist ... Draußen im andern Zimmer steht der Fürst, in Gesellschaft eines Geistlichen und zweier Freunde von mir. Ich versichere dich, du stehst der endlichen Erfüllung deines heißen Wunsches näher denn je! Die Prophezeiung, die dich so lange genarrt hat, soll sich erfüllen, Sarah! Du sollst zur Fürstin, zur Großherzogin erhoben werden!«

Während er dieses sagte, hatte er keinen Blick von seiner Schwester gelassen, hatte ängstlich gespäht nach irgendeinem Zeichen einer ungewöhnlichen Erregung; zu seiner nicht geringen Verwunderung erlitten aber Sarahs Züge nicht die geringste Veränderung. Sie legte nur beide Hände auf die Herzgrube, lehnte sich in ihrem Sessel zurück, unterdrückte einen leichten Aufschrei, der ihm durch einen jähen starken Schmerz abgerungen zu werden schien ... Dann aber gewann ihr Gesicht die alte Ruhe wieder ...

»Schwester,« fragte er besorgt, »was ist dir?« - »O, nichts! Nichts! Mich droht nur die jähe Freude, endlich das Ziel meines langen Sehnens zu erreichen, zu ersticken. Bruder, es ist zu viel, das zu ertragen.« - »So habe ich mich,« dachte Thomas bei sich, »doch nicht getäuscht; ihre Ehrsucht packt sie wieder, sie ist gerettet!« Dann trat er dicht vor sie hin und fragte: »Nun, Schwester, was soll ich ihm sagen?«

»Du hast recht gehabt, Tom,« antwortete sie, die Gedanken, die den Bruder beschlichen, erratend, mit herbem Lächeln: »Noch einmal hat Ehrsucht die Mutterliebe ertötet, die sich in meinem Herzen zu regen begann.« - »Du wirst leben, Sarah, und - lieben, wenigstens doch deine Tochter lieben!« - »Dass ich leben werde, Tom, daran zweifle ich nicht; sieh doch nur, wie ruhig ich bin.« - »Erzwungen ist diese Ruhe nicht?« fragte er lauernd. - »Wie sollte sie es sein? Traust du mir hierzu noch Kraft genug zu?« Nach einer Weile richtete sie sich in ihrem Bett auf ... »Sprich, Tom, wo ist der Fürst?« -

»Im Zimmer nebenan,« antwortete Tom. »Soll ich ihn rufen?« - »Ja,« sagte sie leise, »vor der Zeremonie, von der du redest, möchte ich ihn unter vier Augen sprechen.«

- »Im Ernst, Schwester?« - »Gewiss, im Ernst, Tom,« erwiderte sie, »und meine Tochter - weilt sie auch hier?«

- »Nein! Doch sollst du sie später sehen.« - »Schön! Mir auch recht! Zeit bleibt ja noch,« antwortete Sarah, »so lass den Fürsten hereintreten!« - »Schwester, aber deine Miene ...« - »O, verlangst du etwa, dass ich lachen solle? Meinst du, gesättigte Ehrsucht sähe sanft und rosig aus? Ich sage dir, lass ihn hereintreten, den Fürsten!«

Die eigentümliche Ruhe seiner Schwester machte Tom unruhig. Einen Augenblick war es ihm vorgekommen, als ob Tränen in ihren Augen flimmerten. Zögernd stand er eine Weile. Dann schritt er zur Tür zurück und verschwand.

»Jetzt bin ich zufrieden,« sprach Sarah bei sich, als sie allein war, »wenn es mir bloß vergönnt werden sollte, meine Tochter zu sehen und zu umarmen. Es wird wahrscheinlich seine Schwierigkeiten haben. Aber ich denke doch, dass Rudolf sich bestimmen lassen wird, mich dieser hohen Gunst teilhaftig werden zu lassen ... O, ich wills an nichts fehlen lassen, ihn dazu zu bestimmen! ... Doch still, da kommt er!«

Rudolf trat über die Schwelle und schloss die Tür hinter sich ... »Sie haben aus Ihres Bruders Munde vernommen, um was es sich handelt?« fragte er kalt und schroff. - »Ja.« - »Ihr Ehrgeiz ist befriedigt?« - »Ja.« - »Nun, der Geistliche ist zur Stelle, und die Zeugen auch.« - »Ich weiß es.« - »Sollen die Herren eintreten?«

»Ein Wort vorher ...« - »Nun?« - »Ich möchte meine Tochter einmal sehen.« - »Dieser Wunsch wird sich nicht erfüllen lassen.« - »Rudolf, ich bitte darum, bitte inständig darum!« - »Das Kind hat sich von den letzten Aufregungen, die auf sie eingestürmt sind, noch nicht erholt. Erst heute Morgen hat sie wieder eine starke Gemütserregung gehabt, und eine solche Begegnung könnte für sie vom größten Verderben sein.«

»Sie wird doch ihrer Mutter einen Kuss geben dürfen?« - »Wozu das?« antwortete Rudolf, abweisend; »was fragt Ihr Herz danach, wenn es seinen Ehrgeiz befriedigt weiß?« - »Noch ist dies nicht der Fall,« versetzte Sarah, »sondern soll erst geschehen ... und wird erst geschehen, wenn ich meine Tochter habe küssen dürfen.« Rudolf maß die Gräfin mit einem Blicke hellster Verwunderung ... »Wie? Sie stellten Mutterliebe der Ehrsucht voran?« fragte er. - »Erschreckt Sie das?« fragte Sarah. - »Zum wenigsten muss es mich wunder nehmen,« sagte er, »denn ich kannte Sie von dieser Seite noch nicht.« – »Antworten Sie mir kurz und bündig, Fürst: Werde ich mein Kind sehen dürfen oder nicht?« – »Ich bin außer –«

»Sehen Sie sich vor, Fürst,« fiel Sarah ihm ins Wort, »die Augenblicke möchten gezählt sein. Mein Bruder sagte mir eben noch, solche Erregung könne mein Tod sein, könne mich vielleicht auch retten. Sie sehen, dass ich momentan all meine Kräfte zusammenraffe – und sie tun mir wahrlich not, um gegen die Gemütsbewegung anzukämpfen, die solche Entdeckung hervorrufen muss ... Entweder ich darf meine Tochter sehen und küssen,« rief sie fest und bestimmt, »oder ich verzichte darauf, Ihnen angetraut zu werden. Im letzteren Falle bleibt auf Ihrem und meinem Kinde der Schimpf, ein Bastard zu sein, eben haften.«

»Das Kind ist nicht da,« erwiderte Rudolf, »ich müsste es also erst holen lassen ...« – »Nun, dann lassen Sie sie holen! Auf der Stelle!« erwiderte Sarah, sich aufrichtend. »Sobald ich sie gesehen habe, werde ich in alles willigen, was Sie von mir begehren. Aber, wie schon einmal gesagt, die Augenblicke dürften gezählt sein, drum mag, während man meine Tochter abholt, die Vermählung vor sich gehen.«

»Obgleich dieses Gefühl bei Ihnen mich überrascht, will ich Ihnen doch zu Willen sein. Also gut! Sie sollen Marie sehen – ich werde ihr schreiben.« – »Hier, an dem Schreibtisch, bitte, wo ich verwundet wurde.« – Während Rudolf eilig ein paar Worte zu Papier brachte, trocknete die Gräfin die Stirn, auf der kalter Schweiß perlte. Ihre bis dahin starren Züge verrieten ein verborgnes, heftiges Leiden. Es sah aus, als wirke es beruhigend auf sie, dass sie sich nun keinen Zwang mehr anzutun brauchte.

Rudolf war mit dem Schreiben fertig, stand auf und sagte zu Sarah: »Ich lasse den Brief durch einen Adjutanten meiner Tochter bringen. In einer halben Stunde kann sie hier sein. Soll ich den Geistlichen und die Zeugen herbeirufen?« – »Meinetwegen – aber klingeln Sie doch lieber, statt mich allein zu lassen. Schicken Sie Sir Walter. Er kann ja den Pfarrer und die Zeugen holen.«

Rudolf klingelte. Eine Dienerin Sarahs erschien. »Mein Bruder soll Sir Walter Murph herschicken,« befahl die Gräfin. – die Dienerin ging. – »Solch eine Vermählung ist etwas Trauriges, Rudolf,« sagte die Gräfin bitter, »Wenigstens für mich, Sie können ihr mit Ruhe entgegensehen.« – Der Fürst machte eine Handbewegung. – »Sie werden nachher so glücklich sein wie vorher,« fuhr die Gräfin fort, »denn ich werde die Trauung nicht überleben.«

Murph erschien. – »Lieber Freund,« sagte Rudolf zu ihm, »schicke doch gleich durch den Obersten den Brief hier an meine Tochter. Ich lasse bitten, dass er sie in meinem Wagen hierher bringe. Der Geistliche und die Zeugen sollen in das Nebenzimmer treten.«

»Ach, Gott im Himmel!« flüsterte Sarah, als wenn sie betete, »erhalte mir doch nur so viel Kraft noch, dass ich sie sehen kann. Lass mich nicht sterben, ehe sie kommt!« – »Warum sind Sie nicht allzeit eine so gute Mutter gewesen?« fragte Rudolf. – »Dank Ihnen fühle ich nun doch wenigstens Reue,« antwortete Sarah. »Ich habe dank Ihnen jetzt die Kraft, ein Opfer darzubringen. Ich habe durch Sie gelernt, mich selbst zu verleugnen. Eben, als mein Bruder mir sagte, unsere Tochter lebe – unsere Tochter! Nicht lange mehr werde ich das sagen können! – da fühlte ich ein schreckliches Weh im Herzen, fühlte den Tod nahen, bezwang mich aber und fühle mich nun glücklich, nachdem ich es überwunden habe ... Meine Tochter soll in die Rechte ihrer Geburt eingesetzt werden. Jetzt sterbe ich frohen Herzens.«

»Sprechen Sie doch nicht so!« – »O doch,« versetzte sie, »diesmal täusche ich mich nicht, Rudolf ... Sie werden sehen! Sie werden sehen!« – »Und auch den alten Ehrgeiz so ganz überwunden?« fragte Rudolf; »warum kommt Ihre Reue so spät?« – »Wohl kommt sie spät,« antwortete Sarah, »aber sie ist auch tief und echt, wie Sie mir glauben dürfen ... In diesem feierlichen Augenblicke danke ich meinem Schöpfer, dass er mich hinwegnimmt, weil Ihnen mein Leben zu einer so furchtbaren Last geworden ist.« –

»Sarah!« rief Rudolf. – »Eine letzte Bitte, Rudolf,« sagte Sarah, seine Hand nehmend. – Das Gesicht abwendend, lieh Rudolf ihr die Hand. Sie griff hastig zu und hielt die Hand fest umschlossen. – »O, wie kalt sind Ihre Hände!« rief Rudolf, von einem Schauder geschüttelt. – »Ja, Rudolf, der Tod naht sich mir, und vielleicht soll es meine Strafe sein, dass ich mein Kind nicht wiedersehe.«

»Gott – wird durch Ihre Reue – sich erweichen lassen,« sagte Rudolf stockend. – »Stimmt meine Reue Sie weicher?« fragte Sarah, »gewähren Sie mir Verzeihung? Werden Sie mir in Gegenwart meiner Tochter – vorausgesetzt, dass sie noch zurzeit kommen sollte – sagen, dass Sie mir verzeihen? Oder wollen Sie es nicht tun, weil Sie befürchten, sie könnte dadurch erfahren, welch schwere Schuld ich auf mich geladen habe? Aber was kann es Ihnen ausmachen, ob sie mich hasst oder liebt, wenn ich nicht mehr unter den Lebenden weile?«

»Machen Sie sich keine unnützen Gedanken, Gräfin,« erwiderte Rudolf, »denn aus meinem Munde soll unser Kind nichts über seine Mutter erfahren.« – »So verzeihen Sie mir, Rudolf, verzeihen Sie mir!« bat Sarah, »bin ich nicht schon unglücklich genug? Sie können so unbarmherzig nicht sein!« – »Nun, denn, Sarah! Möge Gott Ihnen alles, was Sie an Ihrem Kinde

Böses getan, verzeihen! Gleichwie ich Ihnen vergebe, was Sie mir getan, Sie - Unglückliche!«

Mit einer Regung von Freude und Dank drückte Sarah Rudolfs Hand an die zitternden Lippen und bat ihn, den Geistlichen und die Zeugen hereinzurufen, da sie sich am Ende ihrer Kräfte fühlte.

Nun folgte eine ergreifende Szene: Mit Murph und Graun, als Rudolfs Trauzeugen, erschien der Geistliche, während als Zeugen für Gräfin Sarah der Herzog von Lucenay und Lord Douglas erschienen. Als letzter folgte Thomas Seyton. Nun wurde durch Baron von Graun der Ehevertrag zwischen Seiner Königlichen Hoheit Gustav Rudolf, regierendem Großherzog von Gerolstein und Sarah Seyton von Halesbury, Gräfin Mac Gregor - zum Zwecke der Legitimation ihrer Tochter Marie - abgefasst, vorgelesen und durch die beiden Gatten und ihre Zeugen unterschrieben.

So reuig auch Gräfin Sarah sich gestimmt fühlte, funkelte doch noch einmal brennender Stolz aus ihren Augen, als der Geistliche mit feierlicher Stimme an Rudolf die Frage richtete: »Wollen Ew. Königliche Hoheit Madame Sarah Seyton von Halesbury, Gräfin Mac Gregor, als eheliches Gemahl annehmen?« und der Fürst mit lauter, fester Stimme sein »Ja!« sprach. Ein flüchtiger Ausdruck stolzen Triumphes zog über ihre Züge, - der letzte Blitz des Ehrgeizes, der mit ihr starb.

Während dieser traurigen und imposanten Zeremonie fiel zwischen den Anwesenden kein Wort. Als sie beendigt war, verbeugten sich die Zeugen Sarahs, Herzog von Lucenay und Lord Douglas, tief vor dem Fürsten und entfernten sich. Auf einen Wink Rudolfs folgten ihnen Murph und Baron von Graun ... »Bruder,« sagte Sarah leise, »bitte den Geistlichen, dich in das Nebenzimmer zu begleiten und dort einen Augenblick zu verweilen!«

»Wie geht es dir, Schwester?« fragte Tom, »du bist recht bleich!« - »O, nun bleibe ich sicher noch am Leben!« erwiderte sie mit verbittertem Lächeln, »bin ich denn nun nicht Großherzogin von Gerolstein?« Und als sie mit Rudolf allein war, flüsterte sie mit ersterbender Stimme, während ihre Züge sich grässlich veränderten: »Mit meinen - Kräften - gehts zur Neige - ich fühle, dass ich sterben muss - ich werde - mein Kind - nicht mehr sehen.«

»Sarah fassen Sie sich! Sie werden Ihre Tochter doch noch - sehen,« antwortete Rudolf. - »Ich habe keine Hoffnung mehr,« antwortete Sarah, »meine Augen werden matt - O, es bedurfte einer - übermenschlichen Kraft, dies - alles - zu überwinden.« - »Raffen Sie sich auf, Sarah, in wenigen Minuten -« - »Nein, Rudolf,« antwortete sie, »Gott will mir - diesen - letzten Trost nicht - spenden!«

»Sarah!« rief Rudolf, »hören Sie doch! Ein Wagen fährt vor! Sie kommt, sie kommt, Ihre Tochter!« – Die Gräfin zitterte heftig ... »Rudolf!« bat sie, »Sie – werden ihr – nicht sagen, welch böse, böse Mutter ich ihr war?« Sie sprach die Worte langsam, sehr langsam, und sprach sie leise, unzusammenhängend, und ihre Augen wurden immer starrer, immer glasiger ... Rudolf beugte sich über sie, um ihre letzten Worte zu hören ... »Meine Tochter soll – mir – verzeihen – wenn auch – sie mir nicht – vor Augen – treten kann – Verzeihen – nach dem Tode – meine Ehre – mein Rang er–«

Es waren ihre letzten Worte ... Die fixe Idee, die sie ihr ganzes Leben geleitet hatte, fand sich bei ihr, all ihrer Reue ungeachtet, noch im Augenblick ihres Verscheidens wieder ein!

Da erschien Murph im Zimmer. »Königliche Hoheit,« meldete er, »die Prinzessin Marie ...«

»Nein,« befahl Rudolf fest und bestimmt, »sie darf jetzt nicht eintreten! – Der Anblick eignet sich für ihr junges Herz nicht! – Murph, befiehl Seyton, den Geistlichen noch einmal zu holen!« – Und auf Sarahs todbleiches Gesicht zeigend, setzte er hinzu: »Gott versagt ihr den letzten Trost, ihr Kind zu sehen!«

Noch eine halbe Stunde gänzlicher Bewusstlosigkeit ... dann hatte Gräfin Sarah Mac Gregor, im letzten Augenblick vorm Verscheiden zur Großherzogin von Gerolstein erhoben, zu leben aufgehört.

Elfter Teil

Erstes Kapitel.

Im Bicêtre

Vierzehn Tage waren vergangen, seit Rudolf durch die Vermählung mit Gräfin Sarah Mac Gregor, Marie, sein mit ihr gezeugtes Kind, legitimiert hatte.

Es war Mittfasten, und wir geleiten den Leser nach Bicêtre, jener großen Anstalt, wo Geisteskranke behandelt werden, die auch als Heimstätte für sieben- bis achthundert arme Invaliden gilt, wenn sie das siebzigste Jahr erreicht haben oder an schweren Gebrechen leiden; auch werden die zum Tode Verurteilten hierher gebracht.

In einem Abteil dieses Hauses sahen die beiden Weiber Martial, die Witwe und deren Tochter, dem Tage ihrer Hinrichtung entgegen. Nur einen Tag noch durften sie leben. Sie hatten weder um Begnadigung bitten, noch

Berufung einlegen mögen ... Niklas, das Skelett und andere Missetäter waren am Tage vor ihrer Abführung nach Bicêtre glücklich aus La Force entkommen.

Der Frühling war zeitig eingetreten; die Ulmen und Linden bedeckten sich bereits mit jungen grünen Blättern; die Rasenplätze und Beete schmückten sich bereits mit Schneeglöckchen und Primeln; die Sonne vergoldete den glitzernden Gartensand; die in grauen Röcken umherwandernden oder auf Bänken sitzenden Invaliden plauderten und ihre frohen Gesichter kündeten Seelenruhe und glückliche Sorglosigkeit.

Es hatte 11 Uhr geschlagen, als zwei Fiaker am äußern Gittertore anhielten; aus dem ersten stiegen Frau Georges, Germain und Lachtaube, aus dem zweiten Luise Morel mit ihrer Mutter.

Germain und Lachtaube waren seit vierzehn Tagen ein glückliches Paar. Aus dem blühenden Gesichte der jungen Frau, deren Lippen sich nur öffneten, um zu lachen, oder Frau Georges zu küssen, die sie Mutter nannte, strahlte die herrlichste Frohlaune, das reinste Glück.

Germains Züge verrieten ein ruhigeres Glück, in das sich neben selbstbewusstem Stolze ein Gefühl innigen Dankes für das gute mutige Mädchen mischte, das ihm so erquickenden Trost in das Gefängnis gebracht hatte. Lachtaube aber schien hieran längst nicht mehr zu denken. Sobald Germain das Gespräch hierauf brachte, sprach sie sogleich von etwas anderem, weil, wie sie meinte, diese Erinnerungen sie traurig stimmten. Ob sie gleich nun Madame Germain war und Rudolf sie mit einer Mitgift von 40 000 Franks ausgestattet, hatte Lachtaube doch mit Einwilligung ihres Mannes ihr Grisettenhäubchen nicht mit einem Hute vertauschen mögen, und allerdings kam die Bescheidenheit der unschuldigen Koketterie niemals besser zustatten, denn nichts konnte anmutiger und eleganter sein als ihr Häubchen mit Barben, das an jeder Seite mit zwei großen orange Schleifen ausgeputzt war, die das glänzende Schwarz ihres schönen Haares noch mehr hervorhoben, das sie in langen Locken trug, seit ihr Zeit genug blieb, sich Lockenwickel zu drehen. Ein reichgestickter Kragen umgab den reizenden Hals der jungen Frau. Ein persischer Schal von derselben Farbe wie die Häubchenbänder verhüllte halb ihre zierliche Taille: das hoch hinaufreichende Taffetkleid warf, trotzdem sie für gewöhnlich kein Korsett trug, nicht die kleinste Falte.

Frau Georges betrachtete mit glückstrahlender Miene ihren Sohn und sein Lachtäubchen: Ihr Herz schwamm gleichsam in Wonne.

Luise Morel war nach einem eingehenden Untersuchungsverfahren von der wider sie erhobenen Anklage freigesprochen worden. Auf ihrem Gesicht lag freilich noch die Spur der überstandenen Haft recht deutlich ausgeprägt, aber die liebliche Milde ihres ganzen Wesens kam schon wieder zum wohlwenden Vorschein. Die Mutter, die sich in ihrer Begleitung nach Bicêtre begeben hatte, war zufolge der durch Rudolfs Freigebigkeit ihr zuteilgewordenen sorgsamen Pflege vollständig wieder gesundet.

Der Hauswart fragte Frau Georges, was sie hier suche, und als sie sagte, dass sie von einem der Irrenärzte - dem Doktor Herbin - auf halb zwölf Uhr mit den in ihrer Begleitung befindlichen Personen herbestellt worden sei, wurde ihr freigestellt, ob sie bis zu der festgesetzten Zeit auf dem Hofe verweilen oder ins Wartezimmer eintreten wolle. Sie entschied sich für das erstere und ging, auf ihres Sohnes Arm gestützt, in lebhafter Unterhaltung mit der Frau des armen Steinschneiders auf und ab. In gemessenem Abstande von ihnen schritten Luise und Lachtaube hinterher.

Zweites Kapitel.

Was Lachtaube Luisen zu erzählen hatte.

»Ach, wie mich das freut, liebe Luise, wieder einmal mit Ihnen zusammen zu sein!« sagte Lachtaube; »als wir von Bouqueval her an dem Hause vorbeikamen, wo Sie wohnen, wollte ich schon hinaufgehen und nach Ihnen fragen, aber mein lieber Germain litt es nicht, weil es zu hoch sei. Deshalb habe ich unten im Fiaker gewartet. Da wir nun aber vorausfuhren, - ich weiß nicht, weshalb es von meinem Manne so bestimmt wurde, - habe ich Sie erst wieder hier gesehen.«

»O, mein liebes, liebes Lachtäubchen,« antwortete Luise, »ich denke immer noch daran, in welch herzlicher Weise Sie mir in Saint-Lazare Trost zusprachen. Sie haben wirklich ein zu edles Gemüt!«

»Vor allem andern, meine liebe Freundin,« antwortete Lachtaube lustig, in der Absicht, weiteren Dankesworten die Möglichkeit abzuschneiden, »bin ich jetzt kein Fräulein Lachtaube mehr, sondern die Frau Germain! Verstehen Sie? In aller Form rechtens verehelicht seit nun beinahe vierzehn vollen Tagen! Ich weiß ja nicht, ob Ihnen das bisher böhmische Dörfer gewesen, aber - Sie müssen mir schon erlauben, streng auf den Titel zu halten, der mir zufolge dieser bürgerlichen und kirchlichen Zeremonie zusteht.«

»O, gewiss habe ich gewusst, dass sie Herrn Germains Frau geworden sind,« antwortete Luise, »aber dass ich Ihnen für das mir erwiesene Gute als der lieben, trauten Lachtaube danke, das dürfen Sie mir wirklich nicht übel nehmen!«

»Nun, meinetwegen,« sagte mit schelmischem Lachen die junge Frau, wieder in der Absicht, die Gedanken ihrer Freundin auf ein anderes Gebiet zu lenken, »dass wir aber uns so schnell nur haben verheiraten können, weil Herr Rudolf das Füllhorn seiner Güte über uns ausgeschüttet hat, das wissen Sie doch vielleicht noch nicht? O, denken Sie nur, nicht bloß eine sichere Lebensstellung hat er meinem Manne verschafft, sondern mir eine wunderschöne Ausstattung gekauft, eine Ausstattung, deren sich keine Patriziertochter zu schämen brauchte, und außerdem mir sogar noch 40 000 Franks Heiratsgut gestiftet! O, der liebe, liebe Herr Rudolf ist uns allen wirklich und wahrhaftig ein gütiger Engel gewesen!«

»Ach, wir segnen Herrn Rudolf jeden Tag. – Als ich Saint-Lazare verließ, sagte mir der Advokat, der mich in seinem Auftrage aufsuchte, um mir Mut einzusprechen und mich mit Rat und Tat zu unterstützen, Herr Ferrand« – die Unglückliche konnte den Namen nicht ohne Zittern und Beben aussprechen – »sei durch Herrn Rudolf veranlasst worden, mir und meinem Vater eine Rente auszusetzen als Sühne für die Schlechtigkeiten, die er an meinem armen Vater und mir verübt hat. Mein Vater ist leider noch immer hier, aber es geht, Gott sei Dank, täglich besser mit ihm.«

»Er wird heute mit Ihnen nach Paris zurückkehren, wenn die Hoffnung des würdigen Herrn Herbin – des Abteilungsarztes, auf den wir hier warten, in Erfüllung geht.« –»Gebe es Gott!«

»Gott wird es wohl machen, Freundin! – Ihr Vater ist ja so gut und so rechtschaffen! Ich bin überzeugt, dass er mit uns nach Hause fahren darf. Der Arzt ist der Meinung, dass die unerwartete Anwesenheit der Personen, welche Ihr Vater vor seiner Krankheit täglich sah, seine Heilung vollenden werde.«

»Ich wage nicht, es zu glauben, mein liebes Fräulein.«

»Frau – wenn ich bitten darf, Luise – Frau Germain. Um aber wieder auf meine Rede zurückzukommen, Sie wissen wohl nicht, wer Herr Rudolf ist?«

»Er ist die Vorsehung der Unglücklichen.«

»In erster Linie ja, aber dann? – Das wissen Sie nicht! Nun, ich will es Ihnen sagen.«

Lachtaube wendete sich darauf an ihren Mann, der mit seiner Mutter ein paar Schritte vor ihr herging und mit der Frau des Steinschneiders sprach: »Gehe nicht so schnell, lieber Mann, unsere Mutter wird ja müde und dann – habe ich dich auch lieber in der Nähe –« Germain drehte sich um, ging etwas langsamer und lächelte seiner jungen Frau zu. »Wie allerliebst mein Germain ist! Nicht wahr, Luise? – Er hat etwas Nobles an sich – und eine so schöne Taille als meine anderen Nachbarn, Giraudeau, der Reiseonkel und Cabrion! Ach, über Cabrion fällt mir ein, wo steckt denn Herr Pipelet mit seiner Frau? Der Arzt sagte doch, sie kämen auch, weil Ihr Vater sehr oft von ihnen gesprochen hätte?«

»Sie werden kommen. Als ich vom Hause wegging, waren sie schon fort – «

»So werden sie sich gewiss einfinden; Pipelet ist ja pünktlich wie eine Uhr. – Aber um auf meine Heirat und Herrn Rudolf zurückzukommen. Denken Sie sich, Luise, dass er meinem Germain durch mich den Freilassungsbefehl zustellen ließ ... O, Sie können sich unsre Freude gar nicht ausmalen, als wir das verwünschte Gefängnis hinter uns hatten. In meinem Stübchen angelangt, machte ich uns ein Mittagbrot zurecht – o, Germain hat gar tüchtig dabei zugreifen müssen – aber der größte Feinschmecker hätte sich die Finger danach geleckt, das dürfen Sie mir glauben: Koteletten gabs und Schoten und Mohrrüben dazu, und hinterher einen Reisauflauf mit Himbeersauce, und dann feinen Roquefort als Nachtisch – ich sage Ihnen, es wäre gar kein Wein dazu nötig gewesen, aber Germain ließ es sich nicht nehmen, eine feine Pulle Rotspohn dazu vom nächsten Weinhändler zu holen! Aber wie es dann ans Essen gehen sollte, ja prosit Mahlzeit! Da schnürte uns beiden die Freude die Kehle zu, dass wir kaum einen Bissen herunterbringen konnten. Wenigstens hats eine ganze Weile gedauert, bis uns Zunge und Gaumen parieren wollten. Als wir mit vieler Mühe fertig geworden waren, ging mein Germain fort mit dem heiligen Versprechen, am andern Tage in aller Frühe wieder bei mir zu sein. Ich war schon vor fünf Uhr am Gange und bei meiner Arbeit, denn ich hatte doch ganze zwei Tage versäumt. Da pochte es auf einmal. Ich gucke auf die Uhr. Es ist gerade acht. Ich renne zur Tür, in der Meinung, Germain sei es. Und wer steht da? Herr Rudolf! Natürlich dankte ich ihm aus meines Herzens tiefstem Grunde unverzüglich für alles Gute und Liebe, was er meinem Germain angetan, aber er ließ mich nicht lange schwatzen, sondern sagte: »Meine herzliebe Nachbarin, Germain wird sicher bald da sein, und sobald er Ihnen den ersten Kuss gestohlen, geben Sie ihm hier den Brief. Dann setzen Sie sich beide in einen Fiaker und fahren nach Bouqueval hinaus. Es ist ein kleines Dorf an der Straße nach Ecouen, zwischen Ecouen und Saint-Denis. Fragen Sie in Bouqueval nach der Frau Georges. Es kann Ihnen jedes Kind im Dorfe sagen, wo sie wohnt. Und nun wünsche ich Ihnen eine recht vergnügte Fahrt und in Bouqueval die froheste Zeit!«

Drittes Kapitel.

Was Germain und Lachtaube draußen in Bouqueval hörten und fanden.

Die junge Frau – fast hätte ich mich selber an ihr wieder versündigt und hätte sie Lachtaube genannt – machte eine kleine Pause. Sie schien sich an der Neugierde ihrer Freundin zu werden und sie gern ein wenig warten zu lassen – lange aber konnte sie dem Drange zu erzählen selbst nicht widerstehen und begann wieder: »Ich sagte Herrn Rudolf, es möchte doch Wohl ein Tag noch drüber hingehen, bis wir würden fahren können, denn es läge mir gar zu viel Arbeit auf dem Halse. Aber da sagte er: »Nicht doch, das geht auf keinen Fall, meine liebe, kleine Nachbarin. Packen Sie sich meinetwegen Ihre Arbeit zusammen und machen Sie sie draußen in Bouqueval fertig. Ich weiß, Frau Germain hat selbst Arbeit über Arbeit für Sie. Vielleicht hilft sie Ihnen bei Ihrer Arbeit, damit Sie recht bald mit der andern auch fertig werden ... Und nun leben Sie recht wohl, meine kleine Herzensfreundin, und machen Sie sich, wie gesagt, gleich auf den Weg, sobald Ihr kleiner Germain da ist.« – Ich sagte zu ihm: »Nun, da müssen wir freilich fahren, Herr Nachbar, aber danken darf ich Ihnen doch wenigstens für Ihre erneute Liebenswürdigkeit?« – Er sagte, dawider hätte er nichts einzuwenden; und so reichte ich ihm die Wange zum Kusse; aber der liebe Herr fackelte nicht lange, sondern drehte mir das Gesicht herum und gab mir einen derben, gar derben Schmatz auf den Mund ... und dann war er auf einmal zur Tür hinaus!« Lachtaube lachte, und unter Lachen fuhr sie fort: »Ich musste ihm herzlich hinterher lachen, und als bald darauf mein lieber Germain hereinkam, erzählte ich ihm alles, und er sagte: »Herr Rudolf, liebes Kind, macht uns kein X für ein U, darauf verlass dich, und wenn er es uns so dringend macht, nach dem kleinen Dorfe hinaus zu fahren, dann dürfen wir keinesfalls säumen! Also gesagt, getan! Wir setzten uns in einen Fiaker und fuhren fidel und guter Dinge die Straße nach Saint-Denis zu ... Sie können sich gar nicht vorstellen, in welcher glücklichen Stimmung wir diese Fahrt gemacht haben! Denken Sie nur, den krassen Unterschied zwischen der herrlichen Gottesnatur und dem Gefängniskasten, in welchem tags vorher noch mein lieber Germain schmachten musste! Und die schlechten Subjekte, mit denen er zusammen die gleiche Luft hatte atmen müssen! Aber – unser Glück während der Fahrt war noch gar nichts im Vergleich zu dem Empfange draußen in Bouqueval. O, noch jetzt treten mir Tränen in die Augen, wenn ich daran denke ... Was soll ich Ihnen viel erzählen, liebe, gute Freundin? Ich brauche Ihnen ja bloß eines zu sagen: Denken Sie sich, mein Germain ist der einzige Sohn der lieben, braven Frau Germain! Und Sie sind jahre-, jahrelang – ach! Was sage ich! Fast das ganze Leben lang durch widrige Schicksale getrennt voneinander gewesen, und keiner hat vom andern auch nur ein Sterbenswörtchen zu hören bekommen, geschweige, dass sie einander je einmal gesehen hätten!«

»Was?« rief Luise und schlug in heller Verwunderung die Hände über dem Kopfe zusammen ... »Was sagen Sie? Frau Georges ist Germains Mutter? Germain ist ..« – »Nun ja doch,« fiel ihr Lachtaube ins Wort, »wenn sie seine Mutter ist, dann muss er schon ihr Sohn sein! Und so ist's auch, meine liebe Freundin! Mein Germain ist ihr als kleines Kind geraubt worden, und sie hat gar nicht mehr gehofft, ihn noch je einmal wiederzusehen! Können Sie sich vorstellen, wie selig die beiden Menschen waren, als sie einander in den Armen lagen? Und als Frau Georges ihren »Jungen« abgeherzt und abgeküsst hatte – ich dachte wirklich schon, es würde überhaupt kein Ende haben! – da kam ich an die Reihe ... und Herr Rudolf muss der lieben Frau wohl recht viel Gutes und Liebes von mir geschrieben haben, denn als sie mich herzte und küsste, da sagte sie, sie wisse recht gut, was ich alles ihrem Jungen zuliebe getan! – »Und wenn du nichts dawider hast, Mütterchen,« sagte da Germain, »dann hast du heute nicht bloß deinen Jungen wiedergefunden, sondern hast auch eine Tochter dazubekommen.« – Und Frau Georges rief: »Ach, Kinder, was könnte mich glücklicher machen, als in euch ein glückliches Paar zu sehen? Weiß ich doch, mein Herzensjunge, dass du in ganz Frankreich keine bessere, hübschere und gütigere Frau finden könntest, als sie hier vor mir steht!« Und nun wohnen wir draußen in Bouqueval, in dem freundlichen Dörfchen, auf dem hübschen Landgute, Germain und seine Mutter und ich – und meine Vögelchen habe ich auch hinausbringen lassen, die armen Tierchen mochten ohne mich wirklich gar nicht zurechtkommen! Eigentlich ist ja das Leben auf dem Lande nicht gerade meine Passion. Ich bin nun einmal eine richtige Pariser Landratte; aber mir sind die Tage doch vergangen, schnell wie ein Traum; ich arbeitete nur zu meinem Vergnügen, ging unserer lieben Mutter in allem zur Hand, ging mit meinem Germain fleißig spazieren – und endlich wurde unsere Hochzeit auf gestern vor vierzehn Tagen festgesetzt. Wer kam den zweiten Tag vorher in einem schönen Wagen an? Ein großer, dicker, kahlköpfiger Herr, der recht gutmütig aussah und mir von Herrn Rudolf ein Hochzeitsgeschenk brachte, denken Sie sich, Luise, einen Kasten von Rosenholz, auf dem auf blauem Porzellan die Worte in goldnen Buchstaben standen: »Arbeit und Ehrlichkeit, Liebe und Glück.« Ich mache den Kasten auf und was finde ich darin? Kleine Spitzenhäubchen wie die, welche ich trage, Kleiderzeuge, Schmucksachen, Handschuhe, einen Langschal und einen großen Schal, kurz es war ein Feenmärchen.«

»Nun, da sehen Sie, wie es zu Ihrem Glück gewesen, dass Sie – so gut, so fleißig waren.«

»Liebe Luise, mich trifft dabei wohl kaum ein Verdienst, denn ich habe dabei gar nichts getan – es fand sich eben ganz von selbst, und das war für mich um so besser. Aber hören Sie nur weiter, ich bin noch nicht fertig.

Ganz unten, auf dem Boden des schönen Kästchens, finde ich ein reizendes Portefeuille mit der Aufschrift: »Der Nachbar seiner Nachbarin«. Was finde ich drin? Zwei Päckchen - eins für Germain, eins für mich; in dem für Germain ein Papier, das ihn zum Direktor einer Volksbank mit 4000 Franks Gehalt ernannte, und in dem für mich bestimmten Paketchen eine Anweisung von 40 000 Franks! Das sollte meine Mitgift sein. Ich wollte es gar nicht annehmen, aber unser Mütterchen, das mit dem großen kahlköpfigen Herrn und Germain gesprochen hatte, sagte zu mir: »Kind, Du kannst und musst das Geschenk annehmen; es ist der Lohn für deine Rechtschaffenheit, deinen Fleiß und deine Aufopferung für die Unglücklichen; denn du musstest dir, auf die Gefahr hin, krank zu werden und so deine Existenz zu verlieren, die Zeit, um deinen unglücklichen Freunden Trost zu bringen, vom Schlafe abringen!«

»Ja, das ist wahr,« fiel Luise ein, »darin tuts Ihnen niemand gleich, liebe Frau Germain.«

»Ich sagte nun dem großen kahlköpfigen Herrn, was ich getan, hätte ich gern und mit Vergnügen getan, und er antwortete: »Das bleibt sich gleich, Herr Rudolf ist reich, das Geschenk, das er Ihnen sendet, ist ein Zeichen seiner Achtung und Freundschaft, und es würde ihm höchst schmerzlich sein, wenn sie es ablehnen wollten; übrigens wird er sich persönlich zu Ihrer Hochzeit einfinden, und würde Ihnen - darauf verlassen Sie sich - schön die Leviten lesen, wenn Sie mich mit einem Korbe zu ihm zurückschicken wollten.«

»Es ist doch eine schöne Sache, reich zu sein, liebe Freundin!« sagte Luise, »aber noch schöner, dass es noch immer so edle Menschen gibt, wie diesen Herrn Rudolf, die von ihrem Reichtum einen so schönen und vornehmen Gebrauch machen.« - »O, Herr Rudolf muss wohl ein steinreicher Herr sein, sonst könnte er doch nicht Geld in so reichem Maße verschenken! Aber wenn Sie erst wissen, liebe Freundin, wer dieser Herr Rudolf eigentlich ist, dann würden Sie vielleicht nicht so sehr staunen über seinen Reichtum als über seine Leutseligkeit, über seinen wahrhaftigen Edelsinn! Und diesen Herrn habe ich sogar Pakete tragen lassen, als wir zusammen Einkäufe im Magazin machten! Doch Geduld, Freundin, Geduld! Sie werden gleich hören, wie alles zugegangen ist! Am Tage vor der Hochzeit, abends zu sehr später Stunde, kam der alte große Herr mit der Glatze und dem gutmütigen Gesicht wieder. Herr Rudolf, sagte er, würde nun leider doch nicht kommen können, er aber sollte seine Stelle vertreten, Herr Rudolf sei nicht recht auf dem Posten ... und da erst haben wir erfahren, Luise, wer Herr Rudolf ist ... Denken Sie sich, Ihr und unser aller Wohltäter ist - nun, was meinen Sie? - O, Sie würden es nie erraten! Nein, im ganzen Leben nicht, darauf können Sie Gift nehmen! Herr Rudolf ist ein Fürst, ein regierender Fürst, ein Fürst von Gottes Gnaden!«

»Was sagen Sie da, Frau Germain? ... Ein Fürst?« – »O, noch viel, viel was Höheres! Nicht bloß ein regierender Fürst, sondern ein regierender Großherzog mit dem Titel: Königliche Hoheit! Germain hat mir gesagt, was man darunter zu verstehen hat! Und sein Land und seine Residenz hat er über dem Rheine in Deutschland!« – »Wirklich und wahrhaftig, Frau Germain?« – »Wirklich und wahrhaftig, Luise! O, und ich hatte ihm zugemutet, mir meine Stube neu zu bohnern!« – »Aber ich denke, er hat sich als Dekorationsmaler bei der Frau Pipelet eingeschrieben?« – »Ja doch, ja doch! Aber trotz alledem ist er ein Fürst, nein kein Fürst, sondern ein Großherzog, einer, der den Titel Königliche Hoheit führt!« – »O, deswegen konnte er also so außerordentlich viel Gutes stiften!« rief Luise. –

Viertes Kapitel.

Im Palais des fünften Rudolf

»Sie können sich denken, Luise, wie verwirrt mich diese Nachricht gemacht hat, und dass ich mich dann natürlich nicht mehr getraut habe, die Mitgift auszuschlagen, die er mir so gütig spendete! Nun, vor vierzehn Tagen also sind wir getraut worden, und vor etwa acht Tagen ließ uns Herr Rudolf sagen, wir beide, mein Mann und ich, möchten mit unserer Mutter, der Frau Georges, ihm einen Besuch machen. Und da haben wir uns natürlich gleich auf den Weg gemacht. Mir hat – das können Sie sich wohl denken – das Herz gewaltig geklopft, als wir in der Rue Plumet ankamen und in einen herrlichen Palast eintraten, durch eine ganze Reihe von Sälen geführt wurden, in denen es von betressten Dienern, von Herren in Fracks, mit silbernen Ketten am Halse und Degen an der Seite, schier wimmelte. Auch Offiziere in Uniform habe ich gesehen, und Gold über Gold, sodass man schier geblendet wurde! Endlich kamen wir in ein großes Zimmer, an dessen Wänden Bücher über Bücher standen, und dort saß vor einem großen, herrlichen Schreibtische der alte, große Herr mit der Glatze und dem gutmütigen Gesicht, und um ihn herum standen und saßen allerhand Herren in Uniform, alte und junge, und als wir eintraten, stand der alte, große Herr mit der Glatze auf, nahm die Frau Georges bei der Hand und führte uns in ein anderes großes Zimmer, wo wir Herrn Rudolf, ich meine, den regierenden Herrn Großherzog, erblickten. O, der war aber ganz schlicht gekleidet und sah so lieb, so schlicht, so herzensgut aus, und gar nicht stolz – wie es Fürsten und Könige doch immer sein sollen – sondern ganz wieder so, wie wir ihn immer gesehen hatten – sodass ich gleich wieder Mut fasste und daran dachte, wie er mir aus dem Magazine die Pakete getragen hatte ...«

»Sie haben sich wirklich gar nicht gefürchtet?« fragte Luise, »ach! Ich - ich hätte am ganzen Leibe gezittert!« - »Nein, liebe Freundin, mir hat's gar nichts ausgemacht ... Zumal er gar gütig gegen Frau Georges war und Germain die Hand reichte und lächelnd zu mir sagte: »Nun, liebe Nachbarin, wie geht es denn Ihrem Papa Cretu und Ramonette? - (So heißen nämlich meine beiden Vögelchen.) Auch an sie sogar dachte er! - »Die singen doch,« fuhr er fort, »mit Germain jetzt um die Wette?« - »Ja, gnädigster Herr - unsere Mutter, Frau Georges, hatte unterwegs zu mir gesagt, wir müssten ihn gnädigster Herr oder Königliche Hoheit nennen - ja, gnädigster Herr, wir sind sehr glücklich und freuen uns unseres Glückes noch weit mehr, weil wir es Ihnen verdanken.« - »Nicht mir, mein Kind, sondern Ihren und Germains Tugenden haben Sie zu verdanken, was Sie Ihr Glück nennen« - und so sprach er noch vieles, was ich aber lieber übergehe, weil es sonst leicht scheinen möchte, als ob ich mich selbst loben wollte. - Endlich mussten wir den guten Herrn verlassen, aber wir taten es mit recht schwerem Herzen, denn wir werden ihn nicht wiedersehen. Er sagte, er würde nach wenigen Tagen nach Deutschland zurückkehren, vielleicht ist er schon fort; aber mag er hier sein oder dort, wir werden immer an ihn denken.«

»Wie glücklich müssen sich die Untertanen solches Herrschers fühlen!«

»Ja, wenn man denkt, was er uns, die wir ihm doch fremd sind, Gutes getan! Noch vergaß ich Ihnen zu sagen, dass in Bouqueval ein recht gutes, braves Mädchen gewohnt hat, die auch - und zu ihrem Glück - Herrn Rudolf kennenlernte; aber unsere Mutter hatte mir verboten, ihrer gegen den Fürsten Erwähnung zu tun, ich weiß nicht warum, wahrscheinlich, weil er es nicht gern hört, dass man von seinen Wohltaten spricht. - Das liebe Mädchen - unter den Leuten, die sie früher beherbergten, hieß sie die Schalldirne - hat übrigens ihre Eltern wiedergefunden, die sie weit, weit mit sich fortgenommen haben. Es tut mir recht, recht leid, dass ich nicht von ihr Abschied habe nehmen können.

»Nun,« sagte Luise, »also auch sie ist glücklich - aber ich - ich -«

»Ach, liebe Freundin,« erwiderte die junge Frau Germain, »Sie dürfen es mir wirklich nicht übel nehmen, dass ich nur an mich denke und nur von dem Glück spreche, das mich ereilt hat - und dass ich gar nicht daran denke, wie viel Herzeleid Sie noch zu tragen haben.«

»Ach, hätte ich doch mein Kind behalten können!« klagte Luise, »dann stände ich doch nicht so allein in der Welt; denn mich wird kaum noch ein rechtlich denkender Mann nehmen wollen, trotzdem ich jetzt auch nicht mehr so arm bin wie vordem.« – »Sprechen Sie doch nicht so, Luise!« sagte Frau Germain, »das Gegenteil ist doch der Fall, denn ein Mann von rechtlichem Gefühl wird, wenn er alles weiß, Sie bloß beklagen müssen, wird Sie achten müssen, denn er wird sein Herz nicht der Überzeugung verschließen können, dass nur ein sehr edel denkendes Mädchen so hat handeln können, wie Sie gehandelt haben, dass aber niemand gegen einen so bodenlosen Schurken wie diesen Ferrand gefeit ist. – Wie sollte denn sonst Germain sich über all das so hinweggesetzt haben, was ihm passiert ist, und was doch seiner Ehrenhaftigkeit auch so tiefe Wunden zu schlagen drohte, wie sie keines Menschen Lebensdauer wieder zu heilen vermag?«

»O, Sie sprechen nur so, weil Sie mich trösten wollen ...«

»Nein, ich spreche so, weil es die Wahrheit ist, Freundin!«

»Nun, mag es Wahrheit sein oder nicht,« erwiderte Luise, »so tut es mir doch wohl, solche Worte aus Ihrem Munde zu vernehmen, und ich danke Ihnen aus ganzem Herzen dafür ... Doch wer kommt da? Ei, der Herr Pipelet mit seiner Frau! Jesus! Wie fidel der aussieht, und er war doch in der letzten Zeit immer so trübselig gestimmt über die Dummheiten, die Herr Cabrion immer vorhatte!«

Fünftes Kapitel.

Was Herr und Frau Pipelet zu erzählen hatten.

Herr und Frau Pipelet kamen wirklich recht vergnügt an: Alfred, wie immer mit dem Hute auf dem Kopfe, der nur selten den Weg hinunter fand, im stattlichen tannengrünen Fracke, der in jedem Frühling einen ganz besonderen Glanz anzunehmen schien; mit dem schmucken weißen Halstuche mit den sauber gestickten weißen Enden, und dem Vatermörder von mächtiger Größe darüber, der seine Backen halb bedeckte; mit der hellgelben braun gestreiften Schoßweste endlich, die im Verein mit den leider ein bisschen knappen und kurzen schwarzen Pantalons, den blendend weißen Strümpfen und den sonntäglich gewichsten Schuhen ihm ein beinahe geckenhaftes Aussehen verliehen.

Frau Anastasia Pipelet prangte in einem Kleide aus amarantfarbenem Merino, von dem ein tiefblauer Schal grell abstach. Sie prahlte nicht minder mit ihrer frisch aufgestutzten Perücke und mit dem Häubchen, dass sie wie eine kleine Tasche am Arme trug und dessen grüne Bänder mit den großen gleichfarbigen Schleifen sie fürsorglich zusammengesteckt hatte.

Das in der Regel so ernste, so nachdenkliche und letzterzeit häufig so niedergeschlagene Gesicht ihres Alfred flammte heute tatsächlich vor Freude, und sobald er Luisens und Lachtäubchens von Weitem ansichtig wurde, kam er auf sie zugesprungen und sprach leise die Worte: »Endlich befreit! Endlich los und ledig!« – »Ach, lieber, Herr Pipelet,« sagte Frau Germain, »wie fidel Sie heute aussehen! Was ist Ihnen denn so Glückliches passiert?«

»Ich sage es Ihnen doch, liebes Fräulein oder vielmehr gnädige Frau! Ich bin ihn endlich los! Weg ist er, sollte, konnte, wollte ich sagen, denn es ist mit Ihnen justament wie mit Anastasia, wie es justament auch mit Ihrem Manne ebenso ist wie mit mir!«

»Sehr freundlich, lieber Herr Pipelet, dass Sie mir das sagen,« antwortete Frau Germain, »aber ich weiß noch immer nicht, von wem Sie reden ... Also sagen Sie mir doch, bitte, erst einmal: Wer ist fort?«

»Cabrion ist fort!« rief Pipelet und holte mit unsäglicher Freude tief Atem, wie wenn ihm eine ungeheure Last abgenommen worden wäre ... »Cabrion verlässt Frankreich auf Nimmerwiedersehen ... für alle Ewigkeit ... kurz und gut, Cabrion ist – fort!«

»Was Sie sagen!« rief Frau Germain, und Frau Anastasia zuckte spöttisch die Achseln. – »O, spiele meinetwegen Fußball mit deinen Schultern,« eiferte Pipelet, »und Sie, mein Fräulein, oder vielmehr gnädige Frau, Sie haben gar keine Ursache, die ungläubige Thomassin zu spielen, denn ich habe ihn gestern mit meinen leibhaftigen Augen leibhaftig in den Straßburger Eilpostwagen einsteigen sehen, mitsamt seinen Effekten.«

»Was schwatzt Ihnen mein Alter da vor?« rief Anastasia, der es zu bunt wurde, was der Reden alles aus ihres Mannes Munde fielen ... »ich wette, er schwatzt noch eine ganze Stunde von seinem Cabrion! Hat er doch auch schon auf dem Herwege in einem fort nur von diesem »lieben« Menschen geschwatzt! Wenn er sich nur ein klein wenig ruhig verhalten wollte, statt in einem fort zu zappeln und zu schwadronieren.«

»Aber, mein liebes Weib! Wie soll ich mich nicht zappelig verhalten? Gehöre ich doch der lieben Erde erst wieder an, seit ich den Cabrion von meinen Schößen geschüttelt habe! Ists mir doch immer, als hätte ich Flügel, und als schwebte ich hoch oben im Äther! – Juchhe! Der Cabrion ist fort, und wiederkehren wird er kaum! Wiederkehren wird er nimmer!«

»Gott sei Dank, dass der Böse fort ist.« – »Rede nichts Böses von einem Abwesenden, Anastasia; mich macht Glück nachsichtig.« – »Und wie erfuhren Sie, dass er nach Deutschland reist?« fragte Lachtaube. – »Durch einen Freund meines besten Mieters. – Bei diesem prächtigen Manne fällt mir etwas ein; wissen Sie schon, dass Alfred durch die Empfehlung des Herrn

Rudolf zum Verwalter bei dem Leihhause und bei der Armenbank ernannt worden ist, die in unserm Hause durch eine fromme Seele gegründet worden, deren Adlatus doch sicher Herr Rudolf war?« - »Das trifft sich ja herrlich!« fiel Lachtaube ein; »und mein Mann ist Direktor eben dieser Bank geworden, ebenfalls durch Vermittelung des Herrn Rudolf,« - »Sehen Sie!« rief Madame Pipelet vergnügt; »desto besser! Alte, bekannte Gesichter sehe ich immer lieber um mich als neue. Um aber auf Cabrion zurückzukommen, denken Sie sich, ein großer, alter Herr mit Glatze, der uns die Wahl Alfreds für den neuen Posten anzeigte, hat sich bei uns erkundigt, ob nicht ein gewisser Cabrion, ein äußerst talentvoller Maler, bei uns gewohnt hätte. Wie mein Alter den Namen Cabrion hört, will er schier aus der Haut oder gleich in seine Stiefel fahren - glücklicherweise setzte der große, dicke Herr mit der Glatze hinzu: »Der junge Herr wird nach Deutschland reisen; ein sehr reicher Mann nimmt ihn mit dorthin, um von ihm Arbeiten ausführen zu lassen, die ihn jahrelang beschäftigen werden; vielleicht bleibt er sogar ganz dort.« Darauf nannte der Herr noch Tag und Stunde, wann Cabrion abreisen werde.«

»Und mir war das unerwartete Glück beschieden, im Postmeldebureau zu lesen: »Herr Cabrion, Maler, fährt nach Straßburg und ins Ausland.« Die Abreise war auf heute früh festgesetzt, und ich war mit meiner Gattin im Packhof.« - »Ja, wir haben den Bösewicht in das Abteil neben dem Dienstcoupé steigen sehen.« - »Und gerade, als die Pferde anzogen, sah mich Cabrion und erkannte mich. Er bog sich heraus und rief mir zu: »Ich verlasse dich auf Nimmerwiedersehen! Dein auf ewig« - Glücklicherweise erstickte das Posthorn die letzten Worte wie das unanständige Du, das ich verachte. Gott sei Lob und Dank! Wir sind ihn los!«

»Und für immer, glauben Sie mir, Herr Pipelet!« sagte Lachtaube, sich nur mit Mühe des Lachens enthaltend. »Aber was Sie nicht wissen und was Sie wundern wird, Herr Rudolf war -«

»Herr Rudolf war ...?«

»O, Herr Rudolf war ein maskierter Fürst ... Herr Rudolf war eine Königliche Hoheit!« - »Ach, das sind ja Narrenspossen!« sagte Frau Anastasia. - »Und ich schwöre es - bei - meinem Manne!« rief Frau Germain, alias Lachtaube, mit der feierlichsten Miene, die sie schneiden konnte.

»Mein allerbester Mieter, seit ich ein Haus verwalte, Königliche Hoheit?« rief Anastasia, vor Staunen die Hände über ihrem kahlem Kopfe zusammenschlagend. »Ach, gehen Sie! Das kann doch nicht sein! Wie hätte ich ihm dann nur zumuten können, auf unsre vier Wände achtzugeben! O, dann muss ich ihn ja um Verzeihung bitten, demütig um Verzeihung bitten!« - Und bei diesen Worten löste sie die Bänder von den Schleifen oder -

was dasselbe besagt – die Schleifen aus den Bändern ihrer Haube, und faltete die Haube auseinander, um sie auf ihre Perücke zu setzen, denn sie schien zu meinen, dass es sich mit der einem Fürsten schuldigen Ehrfurcht nicht vertrage, unbedeckten Hauptes zu stehen ... Nach einer der Form nach entgegengesetzten, der Sache nach aber völlig gleichen Weise, Höflichkeit vor gekrönten Häuptern zu zeigen, nahm Alfred hingegen den Hut ab, machte einen tiefen Kratzfuß und rief: »Ein Fürst in unseren vier Wänden, eine Königliche Hoheit in unsern vier Wänden! Das geht doch über den Hemdkragen! Und dabei ists ihm sogar mal passiert, mich im Bette zu erwischen!«

In diesem Augenblicke drehte Frau Georges sich um und sagte zu ihrem Sohne und ihrer Schwiegertochter:

»Kinder, da kommt der Herr Doktor!«

Zwölfter Teil.

Erstes Kapitel.

Bakel

Doktor Herbin, ein Herr in den höheren Jahren, ein freundlicher Herr mit äußerst geistreichem Gesicht und einem überaus gutmütigen Zug im Antlitz, aber einem sehr tiefen, scharfen Blicke, hatte zu den ersten seines Berufes gehört, die anstelle der früher üblichen schrecklichen Zwangsmittel Milde und Wohlwollen in der Behandlung von Geisteskranken übten und, von besonders schweren Fällen abgesehen, Ketten, Prügel, Duschen und einsame Haft verwarfen. Unterstützt wurde er hierbei durch eine von Natur wohlklingende Stimme, die, wenn er mit einem Irren sich unterhielt, sogar einen Anflug von Zartheit bekam und außerordentlich beruhigend wirkte.

Der Doktor führte Frau Morel und Luisen, Frau Georges mit ihrem Sohn Germain und ihrer Schwiegertochter Lachtaube in die Anstalt. Der Hof bildete ein längliches Parallelogramm, war mit Bäumen bepflanzt und mit Bänken ausgestattet. An jeder Seite zog sich eine schmucke Galerie hin, auf die sich luftige Zellen öffneten. Etwa fünfzig Männer, sämtlich die gleiche graue Kleidung tragend, gingen darin umher, in reger Unterhaltung miteinander begriffen. Zuweilen setzten sie sich auch auf eine Bank und gafften dann stumm in die Sonne.

Die Vorstellung, die man sich gemeinhin von Geisteskranken und ihrem Aussehen macht, entspricht nur selten der Wirklichkeit, sondern steht in der Regel in einem bedeutenden Kontraste dazu, und eine recht lange Beobachtung gehört oft dazu, um auf manchem Gesicht eines Geisteskranken sichere Spuren von Wahnsinn zu erkennen.

Kaum wurde Doktor Herbin im Hofe sichtbar, als ihm viele von den Irren entgegeneilten und mit einem wahrhaft rührenden Ausdruck von Vertrauen und Dankbarkeit die Hände entgegenstreckten.. Er grüßte jeden Einzelnen auf das Freundlichste und sagte herzlich: »Guten Tag, liebe Kinder, guten Tag!«

Ein paar von ihnen standen zu weit entfernt, um die Hand des Doktors zu erreichen, und reichten sie dafür der einen oder andern der in seiner Begleitung befindlichen Personen, zumeist Germain, der ihnen dann zurief: »Guten Tag, guten Tag, meine Lieben! Hoffentlich geht's recht nach Wunsch?« Und diese Freundlichkeit Germains schien diesen Unglücklichen außerordentlich wohl zu tun.

Frau Georges fragte Doktor Herbin: »Sind das denn alles Irrsinnige, Herr?« – »Jawohl, meine liebe Frau, und sogar im Grunde genommen die gefährlichsten der ganzen Anstalt! Tags über lässt man sie zusammen, nachts aber werden sie in die Zellen eingesperrt, die Sie an der Mauer entlang offen stehen sehen.«

»Werden diese Menschen regelmäßig oder nur sporadisch von Tobsucht befallen?« fragte Frau Georges. – »In der Regel sind sie am tobsüchtigsten, wenn sie eingeliefert werden,« antwortete der Doktor, »und es vergeht immer eine Zeit, bis sie durch die Pflege und Behandlung, wie durch den Anblick von Unglücksgefährten sich beruhigen. Die gleiche Milde, die ihnen gegenüber geübt wird, macht sie allmählich sanft, sodass die Krisen, die in der ersten Zeit noch immer ziemlich häufig zu erscheinen pflegen, immer seltener auftreten. Der Mann, der auf der Bank Ihnen gegenübersitzt, ist einer unsrer schlimmsten Kranken.«

Es war eine Art von Herkules im Alter von annähernd vierzig Jahren, mit einem höchst intelligenten Ausdruck im Gesicht, langem schwarzen Haar, galliger Hautfärbung und einer auffallend breiten Stirn. Er stand auf, trat gravitätisch zu Doktor Herbin heran und sagte in tatsächlich verbindlichem Tone:

»Herr Doktor! Jetzt muss aber endlich einmal mir das Recht eingeräumt werden, den Blinden zu führen und zu unterhalten. Ich muss Ihnen zu meinem Leidwesen sagen, dass ich es für eine unverzeihliche Ungerechtigkeit halte, den armen Menschen um meine Unterhaltung zu bringen,« – dabei trat auf sein Gesicht ein Zug boshafter Verächtlichkeit – »und ihn statt dessen dem albernen Geschwätze eines blödsinnigen Subjektes zu überlassen ... Was kann denn solch armer Teufel verstehen von irgendeiner Wissenschaft? Und mir können Sie doch nicht absprechen, dass ich gewissermaßen in allen Sätteln gerecht bin! Wer kann zum Beispiel außer mir hier sprechen von Isothermen und rechtwinkligen Flächen? Wer kann ihm begreiflich machen, dass die Gleichungen mit partiellen Differenzen ihrer Kompliziertheit wegen sich gemeinhin nicht einrichten lassen? Ha! Ich hätte ihm *nolens volens* bewiesen, dass konjugierte Flächen notwendig isotherm sein müssen, und hätte mit ihm zusammen Untersuchungen darüber angestellt, welche Flächen ein dreifach isothermes System bilden können ... Wenn ich mich nicht sehr irre,« rief der Geisteskranke heftig nach Atem ringend, so schnell hatte er gesprochen, »so halten Sie, was ich Ihnen sage, für blödes Geschwätz, wie es Ihnen von anderen meiner Kategorie auch aufgetischt wird, ich aber,« – und dabei ballte er die Fäuste – »ich frage Sie, Mann, ob es nicht gleichbedeutend ist mit gemeinem Mord, dem Ärmsten unter uns Armen meine Unterhaltung zu entziehen?«

»Meinen Sie ja nicht, liebe Frau,« bemerkte leise der Doktor zu Frau Georges, »dass man es hier mit bloßen Hirngespinsten eines Geisteskranken zu tun habe! O nein! Der Mann diskutiert sehr oft über die verwickeltsten Fragen der Geometrie und Astronomie, zudem mit einem Scharfsinne, der dem hervorragendsten Gelehrten nur Ehre machen würde ... Der Schatz von Kenntnissen, über den er gebietet, ist geradezu unermesslich. So spricht er alle lebenden Sprachen. Er gehört zu den Märtyrern der Menschheit, die von dem Drange beseelt sind, alles Wissen zu beherrschen, und lebt in dem Wahne, dass es kein Gebiet gebe, in das der menschliche Geist sich nicht einarbeiten könne, und dass man ihn hier nur eingesperrt halte, weil er imstande sei, die Leuchte der Wissenschaft überall auf dem Erdballe zu entzünden! Da das aber von der Polizei nicht erlaubt werden könne, werde er hier in Gewahrsam gehalten, denn die Polizei müsse im Interesse des Staatslebens dafür Sorge tragen, dass die Menschheit wieder in die Finsternis tiefster Unwissenheit zurücksinke.«

Hierauf richtete der Doktor das Wort an den Irren, der mit respektvoller Gespanntheit auf eine Antwort aus seinem Munde zu warten schien ...

»Mein lieber Herr Charles, Ihre Forderung erscheint mir durchaus gerechtfertigt, und was ich tun kann, sie zu erfüllen, soll gern und gewiss geschehen.. Der arme Blinde, der, glaube ich, wohl stumm, nicht aber taub ist, fände sicher großes Vergnügen an der Unterhaltung mit einem Manne von Ihrer Gelehrsamkeit. Wie gesagt, ich werde nicht vergessen, Ihnen, wo ich irgend kann, gerecht zu werden.«

Worauf der Irre wieder sagte: »Sie stehen nach wie vor aber auf dem Standpunkte, der Welt dadurch, dass Sie mich hier festhalten, alle humanitären Kenntnisse zu entziehen, die ich mir angeeignet, mit meinem ganzen Sein und Wesen verschmolzen habe.« Dabei sah man, wie er immer wärmer wurde, und wie er immer heftiger zu gestikulieren anfing..

»Keine künstliche Aufregung, mein lieber Herr Charles,« erwiderte der Doktor Herbin, »die Welt hat zum Glück noch nicht bemerkt, was ihr fehlt, aber sobald sie ihre Forderungen stellt, werden wir uns sogleich an die Befriedigung derselben machen. Ein Mann von Ihrem Wissen und Ihren Fähigkeiten kann jederzeit große Dienste leisten ...« »Ich bin aber,« rief er zähneknirschend, »für die Wissenschaft, was für die physische Welt die Arche Noahs war,« - und nach diesen Worten maß er den Doktor mit grimmigem Blicke. - »Das weiß ich wohl, mein lieber Freund,« sagte der Doktor. - »Sie wollen das Licht unter den Scheffel stellen!« rief er, die Fäuste ballend; »aber ich will Sie zermalmen wie Glas!« Und sein Gesicht wurde puterrot, und die Adern schwollen ihm wie Stricke an.

Der Doktor blickte den Irren ruhig, scharf und unverwandt an; er gab seiner Stimme jenen schmeichelnden Klang, von dem schon weiter oben die Rede war, und sagte: »O, mein lieber Herr Charles, wir wissen doch alle, dass Sie der größte Gelehrte der Zeit, der vergangenen, wie der gegenwärtigen sind.« - »Und werde es auch bleiben für alle kommenden Zeiten,« rief stolz der Irre. - Der Doktor trat nun zu ihm und klopfte ihm kordial auf die Achsel.. »Ach, er bleibt doch immer der liebenswürdige Schwätzer, der einen nie ausreden lässt.. sollte man nicht glauben, ich kennte die Bewunderung nicht, die Sie einflößen und verdienen?.. Kommen Sie, kommen Sie, mein lieber Charles, wir wollen den Blinden aufsuchen!«

»Doktor, Sie sind ein Kapitalsmensch,« rief der Irre, ihn unter den Arm fassend, »Sie sollen sehen, was man ihn anhören lässt, während ich ihm so schöne Dinge sagen könnte!« Und vollkommen beruhigt, ging er zufrieden vor dem Doktor her. - »Nun, das muss man sagen,« bemerkte Germain, näher zu seiner Mutter und Frau tretend, denen er Angst anzusehen gemeint hatte, als der Irre gar so heftig sprach und gestikulierte, »ich hatte selbst Bange, dass den Irren ein Anfall heimsuchen möchte ...«

»Früher wurden bei dem ersten heftigen Wort,« sagte der Doktor, »der ersten zornigen Gebärde solches Kranken die Aufseher über ihn hergefallen sein, ihn gebunden, geschlagen, mit Wasser überschüttet haben - eine der grausamsten Qualen, die man erdenken kann. Stellen Sie sich die Wirkung solcher Behandlung auf einen kräftigen und reizbaren Menschen vor! Er wäre in einen der schlimmsten Wutanfälle geraten, die den stärksten Zwangsmitteln spotten, immer heftiger und endlich unheilbar werden, während, wie Sie sehen, wenn man dieses momentane Aufbrausen nicht gleich unterdrückt, wenn man ihm mittels der außerordentlichen Beweglichkeit des Geistes, die man bei vielen Geisteskranken bemerkt, eine andere Richtung gibt, das augenblickliche Aufwallen so schnell verschwindet, wie es eintritt.«

»Und wer ist der Blinde, von dem er spricht? Ist er auch nur ein Wahnbild seines Geistes?« fragte Frau Georges.

»Nein, im Gegenteil, mit diesem Menschen verhält es sich höchst eigentümlich,« berichtete Doktor Herbin, »man hat ihn in einer Diebshöhle auf den Elysäischen Feldern aufgefunden, als man dort eine Bande von Spitzbuben und Mördern aufgriff. Er lag in einem Keller neben einem abscheulichen Weibe, das bis zur Unkenntlichkeit verunstaltet war, an einer Kette ...«

»Aber das sind ja ganz grässliche Dinge!« rief Frau Georges.

»Der Mann selbst ist ebenfalls bis zur Unkenntlichkeit entstellt, und zwar durch Vitriol, mit dem er sich das Gesicht verbrannt haben muss. Seit er in der Anstalt ist, hat er noch kein einziges Wort gesprochen. Ob er wirklich stumm ist oder sich nur stumm stellt, habe ich noch nicht ermitteln können. Seltsamerweise ist er von Krämpfen - er leidet daran - immer nur nachts, oder wenn ich abwesend war, heimgesucht worden. Auf keine Frage, die an ihn gestellt wird, gibt er Antwort; darum ist es nicht möglich, über seine Lage etwas zu erfahren. Es scheint, als resultieren die Anfälle, unter denen er leidet, aus irgendeiner Anwandlung von Wut, deren Ursachen sich indessen nicht feststellen lassen, da er eben auf nichts antwortet ... Die anderen Geisteskranken erweisen ihm alle erdenkliche Aufmerksamkeit, führen ihn spazieren und unterhalten ihn, soweit sie es eben können.« Eben wollte der Doktor in einen Nebengang biegen, als der Mann, von dem er sprach, ihm gegenübertrat. Alle Anwesenden wichen unwillkürlich vor dem schrecklichen Anblicke, den der Mann bot, zurück.

Der Mann war nicht wahnsinnig, simulierte aber Wahnsinn und Stummheit. Denn er hatte die Eule durchaus nicht in einem Anfalle von Wahnsinn umgebracht, sondern nur unter dem Einfluss eines jener hitzigen Fieber, von denen er zeitweilig, wie einmal auch in Bouqueval, befallen wurde.

In dem Diebsnest in den Elysäischen Feldern war er mit festgenommen worden, aber aus seinem Fieberanfalle erst in der Polizeiwachtstube, wohin man ihn einstweilen gebracht hatte, erwacht, und als er die Leute um sich her reden hörte, er sei ein von Tobsucht befallener Narr, zu dem Entschlusse gelangt, diese Rolle weiter zu spielen und sich stumm zu stellen, um nicht in die Gefahr zu geraten, sich durch Reden zu gefährden, falls an seinem Wahnsinne gezweifelt werden sollte ...

Die List war ihm gelungen. Man hatte ihn nach Bicêtre gebracht. Dort simulierte er von Zeit zu Zeit Wutanfalle, aber um sich der Kontrolle des Oberarztes zu entziehen, fast immer nur nachts, und wusste es gemeinhin auch so einzurichten, dass die Unfälle niemals so lange dauerten, bis der in der Anstalt anwesende Arzt seine Zelle erreicht haben konnte. Seine Genossen hätten, auch wenn ihnen bekannt gewesen wäre, wo er sich aufhielte - was indessen nicht der Fall war - keinen Vorteil daraus gezogen, wenn sie ihn verraten hatten. Es war mithin schwer, den Nachweis seiner Identität zu führen, zumal er überhaupt in Paris nur eine sehr geringe Zahl von Genossen hatte - und so trug er sich mit der Hoffnung, in Bicêtre vorläufig nicht gestört zu werden.

Seit seine körperliche Unfähigkeit seinen schlimmen Gelüsten einen Hemmschuh anlegte, hatte die Freiheit für ihn kaum noch Reiz. Während des gezwungenen Aufenthalts in Rotarms Keller hatte übrigens die Reue bereits den Weg zu dem Herzen dieses Verbrechers gefunden, und oft waren ihm in seiner Einsamkeit und Abgeschiedenheit die Gespenster der von ihm ermordeten Menschen erschienen.

Dem Räuber, der noch in der Vollkraft des Mannesalters stand und ohne Zweifel noch viele Jahre vor sich hatte, der körperlich ein Riese war und auch seinen Verstand noch ungetrübt besaß, blieb also, wenn er sich vor Entdeckung schützen wollte, die ihn aufs Blutgerüst bringen musste, nichts anderes übrig, als Wahnsinn und Stummheit weiter zu simulieren, denn nur dann war ihm die Möglichkeit, in Bicêtre zu bleiben, gesichert. Aber es fiel ihm außerordentlich schwer, seine Rolle weiter zu spielen, denn gegen die Wildheit seines Temperaments war er gar oft ohnmächtig.

Jetzt saß er auf einer Bank, mit den Ellenbogen auf die Knie gestützt. Seinen hässlichen großen Kopf bedeckte ein Wald von grauem Haar. Dem Gesichte fehlten die Augen, aber schrecklicher noch wirkten die beiden Löcher, die die völlig zerfressene Nase ersetzten, und die beiden schmalen Linien, die statt der Lippen den Mund abzeichneten..

»O, Mutter, Mutter, sieh doch!« sagte Germain zu Frau Georges, »dieser Mensch muss doch entsetzlich elend sein!« - »Ja, mein lieber Sohn,« antwortete Frau Georges, »ein solcher Anblick muss einem das Herz zusammenschnüren.«

Aber kaum hatte sie diese Worte gesprochen, als Bakel bis in sein innerstes Mark erbebte. Sein zerfressenes Gesicht erbleichte unter den Narben. Rasch erhob er sich und drehte das Gesicht nach der Seite, wo Germains Mutter stand, sodass diese einen Aufschrei nicht unterdrücken konnte, obgleich sie keine Ahnung davon hatte, wer dieser Unglückliche sein mochte. Bakel hatte die Stimme seiner Frau erkannt, und die Worte, die eben aus ihrem Munde gefallen waren, hatten ihm verraten, dass sie mit ihrem Sohne sprach!

»Mutter,« fragte Germain, »was ist dir denn auf einmal?« »Nichts, nichts, mein Sohn,« antwortete sie, »mich hat bloß die jähe Bewegung erschreckt, die dieser Mann auf der Bank dort machte ... Und dann ist's auch der grausame Ausdruck in seinem Gesicht, der mich ängstigt ... Ach, Herr, Doktor,« wandte sie sich zum Doktor Herbin, »verzeihen Sie mir diese plötzliche Schwäche! Es tut mir fast leid, der Anwandlung von Neugierde nachgegeben zu haben ... Ich hätte meinen Sohn lieber nicht begleiten sollen.«

»Aber, Mutter, wie kann es dich alterieren, was ein dir völlig fremder Mensch hier treibt?«

»Aber, Germain,« sagte jetzt seine Frau, unsere liebe Freundin Lachtaube, »zum zweiten Male setzen wir keinen Fuß wieder hierher, nicht wahr?« –

»O, du bist auch ein so kleiner Hasenfuß!« sagte Germain zu ihr, »nicht so, Herr Doktor?«

»Nun, mein lieber Herr,« antwortete der Doktor, »ich muss bekennen, dass es mich auch erschreckt hat, das Gesicht dieses Mannes, als ich es zum ersten Male sah ... Und ich habe doch schon manches Elend gesehen!« – Darauf wandte er sich zu Bakel: »Nun, lieber Mann, wie geht es Ihnen denn heute?«

Bakel blieb stumm. – der Doktor klopfte ihm leicht auf die Achsel ... »O, Mann, hören Sie mich denn wirklich nicht?« fragte er. – Bakel gab wiederum keine Antwort, sondern ließ den Kopf sinken. Nach einer Weile perlte aus seinen Augen eine dicke Träne.

»Sehen Sie,« sagte der Doktor zu seinen Begleitern, »der Mann weint ...«

»Der arme Mensch!« rief Germain mitleidig aus.

Bakel überrieselte es kalt. Jetzt hatte er deutlich die Stimme seines Sohnes gehört ... und sein Sohn hatte Mitleid mit ihm! Sein Sohn beklagte ihn!

»Was ist Ihnen, lieber Mann?« fragte der Doktor wieder; »bedrückt Sie irgendein Kummer?« – Aber auch jetzt gab Bakel keine Antwort, sondern verhüllte nur das Gesicht mit beiden Händen. – »Wir werden schwerlich etwas von ihm erfahren,« sagte der Doktor. –

»O, dringen Sie nicht weiter in ihn,« bat Germain. »Lassen Sie den Schleier über seinem Jammer.«

Den Schulmeister überlief ein Schauder, denn wieder vernahm er die Stimme seines Sohnes, wieder hörte er, dass sein Sohn seinem Mitleid über ihn Ausdruck gab.

Der Arzt fragte ihn, was mit ihm sei, was ihn denn schmerze; aber Bakel gab keine Antwort, sondern schlug beide Hände vor das Gesicht. Der peinliche Eindruck, den die Szene auf Frau Georges machte, entging dem Arzte nicht. Er wandte sich zu ihr mit den Worten: »Recht gut, dass wir nun zu Morel, dem Steinschneider, kommen. Trügt mich nicht alle Hoffnung, so werden Sie sich dort erleichtert fühlen. Morels Anblick wird Ihnen wohltun, der seiner ehrsamen Frau und seiner wirklich sehr hübschen Tochter nicht minder.«

Darauf entfernte sich der Arzt mit den in seiner Begleitung befindlichen Personen, und Bakel blieb mit sich allein ... Mit tiefer Verzweiflung erfüllte ihn die Gewissheit, dass er von nun ab weder die Stimme seiner Frau, noch die seines Sohnes wieder hören werde; wohl hatte ihn einen Moment die Lust beschlichen, sich zu erkennen zu geben, da er aber recht wohl wusste, dass er beiden nur gerechten Abscheu einflößen konnte, dass es über beide nur Schimpf und Schande brachte, wenn sein wirklicher Name bekannt würde, hätte er lieber tausendfältigen Tod erlitten, als sich offenbaren mögen, und unwillkürlich gedachte er der Worte, die Rudolf zu ihm gesprochen hatte, bevor er die grausige Strafe an ihm vollzog:

»Jedes Wort, das du sprachst, ist eine Gotteslästerung – hinfort aber soll kein anderes Wort über deine Lippen kommen als Gebet ... Weil du dich stark gefühlt, bist du kühn und grausam gewesen; hinfort wirst du sanft und demütig sein, aber der Tag wird kommen, da du deine Opfer beweinen wirst. Den Verstand, den dir Gott gegeben, hast du gemissbraucht, du hast ihn erniedrigt zu einem verbrecherischen Instinkt, aus einem Geschöpfe Gottes hast du dich zur Bestie gemacht; und doch hast du nicht einmal geachtet, was Bestien achten, weder dein Weibchen, noch dein Junges! Aber nach langer Buße für dein Verbrechen wirst du Gott anflehen in deinem letzten Gebete, dir ein letztes Glück, eine letzte Gnade zu gewähren: den Tod zwischen deinem Weibe und deinem Sohne!«

Mit einem wilden Aufschrei brach der Unglückliche zusammen.

Zweites Kapitel.

Morel, der Steinschneider.

So schmerzlich sie der Anblick des Irrenspitales betroffen hatte, so blieb Frau Georges doch unwillkürlich vor einem vergitterten Hofe stehen, in welchem sich die unheilbaren Kranken dieser Gattung befanden ... jene armseligen Geschöpfe, die oft nicht einmal den Instinkt des Tieres besitzen, von denen manche nicht einmal wissen, woher sie stammen, welcher Eltern Kinder sie sind! Die allen, ja sich selbst unbekannt, aller Empfindung bar, alles Denkvermögens beraubt, durch das Leben schleichen und nur die niedrigsten tierischen Bedürfnisse haben. Gemeinhin wird von diesem grausen Geschicke nur die ärmste Klasse der Gesellschaft betroffen, denn es pflegt nur im Schoße der Armut zu hausen, nur in jenen widerwärtigen stinkenden Höhlen des Elends, wo Mangel am Allernotwendigsten herrscht, wo der Mensch sich nicht als Mensch, sondern als Bestie zeigt.

Doktor Herbin brauchte Frau Georges nicht auf den Ausdruck von Vertierung und rohester Gefühllosigkeit aufmerksam zu machen, der dem Gesichte solcher Unglücklichen unter den Menschen ein zugleich hässliches und widerwärtiges Aussehen gibt. Sie gingen fast sämtlich in schmutzigen, zerrissenen Sachen, denn selbst die schärfste Wachsamkeit vermag diese der Vernunft beraubten Wesen nicht zu hindern, dass sie alles, was sie auf dem Leibe tragen, zerfetzen und besudeln, kriechen sie doch sogar fast immer wie die Tiere auf der Erde herum, oder hocken sich in irgendeinen dunkeln Winkel des Schuppens, der sie vor den Unbilden der Witterung schützen soll, oft übereinander gekauert, wie Raubtiere in ihren Höhlen, oft knurrend, röchelnd, brüllend wie diese, oft sich einander beißend, wenn nicht gar zerreißend, wie diese!

Auf einem Holzschemel, stumm und in die Sonne gaffend, hockte ein unheimlich feister Greis, mit der Gierigkeit eines Raubtieres sein Essen verschlingend, das ihm in einem hölzernen Napfe gebracht worden war. Wild stierte er jeden an, der sich ihm näherte, und wehe dem, der die Hand nach seinem Napfe ausgestreckt hätte! Ein anderer rannte wie ein Löwe in seinem Zwinger in einem fort an den vier Wänden des Schuppens herum. Noch andere kauerten an der Erde, den Oberleib in einem fort hin und her wiegend, bald vor-, bald rückwärts, die einförmige Bewegung bloß unterbrechend, um einmal laut aufzuschreien oder ein blödes Lachen hören zu lassen. Die Vertiertesten aber waren jene, die in gänzlicher Stumpfheit die Augen nur während der Essenszeit aufschlugen, die ganze andere Zeit aber wie leblos auf der Erde herumlagen, blind und taub gegen alles, was um sie her vorging, die keinen menschlichen Laut mehr von sich geben, die kaum noch den Mann erkannten, der ihnen als Wärter zugeteilt war.

»O, diese armen, armen Menschen!« rief Frau Georges, von tiefem Mitleid für diese Unglücklichen erfüllt, die dem Leben gänzlich abgestorben sind, »es ist doch ein gar schmerzliches Bewusstsein, dass es gegen solche Krankheit kein anderes Heilmittel gibt als den Tod.«

»Ja, gnädige Frau,« erwiderte der Doktor. »Gegen diese Krankheit kennen wir noch kein wirksames Heilmittel. Ganz ohnmächtig sind wir gegen sie, wenn sie erst nach den Pubertätsjahren auftritt. Solange der Mensch noch Kind ist, lässt sich wenigstens durch eine gewisse Erziehung das Atom von

Verstand, das noch in seinem Geiste vorhanden, wenn auch immerhin nur in einem mäßigen Grade, zur Entwickelung bringen. Freilich gehört ebenso viel Scharfsinn wie Ausdauer dazu, einigermaßen befriedigende Resultate zu erlangen. Durch gleichzeitige Hebung der leiblichen wie der geistigen Kräfte kann man es dahin bringen, dass Irrsinnige die Buchstaben und Zahlen verstehen, auch die Farben unterscheiden lernen, ja man hat einzelne soweit gedrillt, dass sie eine Art Chorgesang üben, wenn auch dabei gesagt werden muss, dass es recht trübselig wirkt, ihre kläglichen, oft auch recht schmerzlichen Stimmen in einem Liede sich vereinigen zu hören, für dessen Worte kein einziger dieser Sänger Verständnis hat ... Aber wir sind jetzt in der Abteilung angelangt, die den Steinschneider Morel beherbergt. Ich habe empfohlen,« sagte der Irrenarzt, »ihn heut morgen absolut nicht zu stören, ihn mit gar nichts zu behelligen, damit er dem Eindruck, den ich auf ihn hervorzubringen hoffe, völlig unbeeinträchtigt, völlig uninteressiert für anderes, sich hingeben könne.«

»Wie zeigt sich denn bei ihm die Krankheit?« fragte Frau Georges den Arzt, jedoch leise, dass Luise sie nicht hören konnte.

»Er steht unter dem Wahne, die Summe von 1300 Franks aufbringen zu müssen, die er einem gewissen Ferrand schuldig sei, weil, wenn er dazu nicht imstande sei, seine Tochter Luise dann ihr Haupt unter das Fallbeil legen müsse.«

»Ach, Herr Doktor,« erwiderte Frau Georges, »dieser Ferrand ist ein sehr böser Mensch gewesen! Ein Glück für die Menschheit, dass der Tod sie von ihm erlöst hat! Luise Morel und ihr armer Vater sind nicht die einzigen Opfer, die seine Schlechtigkeit vernichtet hat! Auch meinen Sohn hat er mit dem maßlosesten Hasse verfolgt.«

»Fräulein Luise Morel,« antwortete der Arzt, »hat mir alles erzählt. Ja, Sie haben recht, liebe Frau, es ist ein Glück für die Menschheit, dass der Tod sie von ihm erlöst hat. Doch gedulden Sie sich, bitte, eine Weile! Ich will in die Zelle des armen Mannes gehen und erst einmal sehen, wie es um sein Befinden steht.« - Ehe er aber fortging, winkte er Luisen zu sich heran und sagte leise zu ihr: »Mein liebes Kind, geben Sie, bitte, recht genau acht auf jedes Wort, jeden Wink von mir! Sobald ich Herein rufe, müssen Sie kommen. Aber allein, ganz allein, verstehen Sie? - Und erst, wenn ich zum zweiten Male Herein rufe, dürfen die anderen sich zeigen.«

»Ach, lieber Herr Doktor,« antwortete das Mädchen, sich die Tränen aus den Augen wischend, »mir ist das Herz so beklommen! Was sollte bloß mit meinem armen Vater werden, wenn auch dieser Versuch zu seiner Heilung scheitern sollte.«

»Hoffentlich,« sagte der Arzt, »wird das Gegenteil der Fall sein, hoffentlich wird das Experiment ihn retten. Darauf vorbereitet habe ich ihn schon lange. Beruhigen Sie sich also und denken Sie nur daran, was ich Ihnen eben ans Herz gelegt habe.«

Nach diesen Worten trat der Arzt in eine Zelle, deren vergitterte Fenster in den Garten hinaus führten. Morels Aussehen hatte sich gegen früher erheblich gebessert. Durch die Ruhe, die gesunde Kost und die angemessene Pflege war die leichenhafte Blässe von seinem Gesichte gewichen und hatte einer leichten Röte das Feld geräumt. Er war auch nicht mehr so schrecklich mager wie vorher. Aber ein trübsinniges Lächeln und ein stierer Ausdruck in seinem Blicke verrieten, dass sein Verstand noch immer nicht völlig zurückgekehrt war.

Er saß, als der Arzt eintrat, in gebückter Haltung vor einem Tische und bewegte den rechten Arm, als sei er mit seiner gewöhnlichen Arbeit beschäftigt ... »Dreizehnhundert Franks,« murmelte er vor sich hin, »dreizehnhundert Franks muss ich heut noch zusammenbringen, denn ich bin sie ja Ferrand schuldig, und wenn ich sie dem Bösewicht nicht bezahle, dann bringt er meine arme Tochter, meine kleine Luise, aufs Schafott; ganz sicher, denn in dem Herzen dieses Menschen wohnt kein Mitleid, keine Spur von Mitleid!« Und schneller hantierte er, schneller fuchtelte er mit dem Arme in der Luft hin und her ... »Arbeiten, arbeiten musst du, Morel, denn du bist kein reicher Mann, du kannst das Geld nur schaffen, wenn du tüchtig arbeitest, und dreizehnhundert Franks sind keine Kleinigkeit - bis die beisammen sind, brauchts Zeit! brauchts Zeit!«

Diese Gedanken hatten seinen Wahnsinn erzeugt, und über sie war er auch noch nie hinausgekommen, seit er erkrankt war ... Aber die Anfälle hatten sich in den letzten Wochen immer seltener gezeigt. Deshalb war es dem Doktor Herbin recht schmerzlich, dass dieser Anfall gerade heute hatte wiederkehren müssen, wo er das entscheidende Experiment mit ihm vorhatte. Aber er nahm sich vor, diesen Umstand für sein Vorhaben auszunützen. Er schüttete aus seiner Börse 65 Louisdor in die Hand und trat ohne Weiteres, mit dem Gelde klimpernd, zu Morel heran, der, in seine Hantierung vertieft, den Eintritt des Doktors noch nicht bemerkt hatte.

Drittes Kapitel.

Das Experiment.

»Lieber Morel,« redete der Arzt ihn nun an, »ich dächte, Sie hätten nun genug gearbeitet! Wie lange solls denn noch dauern, bis Sie das Geld beisammen haben wollen? ... Sie vergessen ja ganz, zu rechnen! In acht Wochen haben Sie ja oft genug soviel Geld zusammengebracht. Nicht wahr? Na, sehen Sie, diesmal hat es sich auch wieder gemacht. Da haben Sie die dreizehnhundert Franks, die Sie brauchen, um Ihre Tochter Luise zu retten ... Der Juwelier hat sie eben hergeschickt und lässt Ihnen dabei sagen, Sie möchten nun einmal acht Tage Rast machen, denn so fleißig wie Sie könnte kein Mensch, ohne seiner Gesundheit zu schaden, arbeiten!«

Der Arzt zählte Morel die dreizehnhundert Franks auf den Tisch.

»O, dann ist mein Kind gerettet!« rief Morel, gierig das Geld einstreichend, »aber nun muss ich auf der Stelle zu dem Notar rennen, damit ich mit dem Gelde nicht etwa zu spät komme, denn der Mann hat nie Rücksicht, nie Schonung gekannt.« Er sprang auf und rannte auf die Tür zu ...

Da rief der Doktor laut: »Herein!« Er war in der gespanntesten Erwartung, da von dem ersten Eindrucke, den der Steinschneider hatte, dessen Heilung abhängig sein konnte ... Kaum war das Wort über seine Lippen, als auch die Tür aufging, zu der Morel hinausrennen wollte, und Luise auf die Schwelle trat.

Ganz verblüfft fuhr Morel zurück und ließ das Geld aus den Händen auf die Dielen rollen. Ein paar Sekunden gaffte er Luisen an, denn er hatte sie noch immer nicht erkannt, schien sich aber zu bemühen, Licht in sein Gedächtnis zu bringen. Langsam trat er ihr dann näher, betrachtete sie aber noch immer mit Scheu und offenkundiger Unruhe, während Luise, zitternd vor Erregung, kaum die Tränen zurückhalten konnte. Der Arzt, aufmerksam alle Bewegungen im Gesichte des Kranken verfolgend, winkte ihr, sich noch ruhig zu verhalten.

Da beugte sich Morel zu seiner Tochter, fing an, bleich zu werden, fuhr sich mit beiden Händen über die von Schweiß triefende Stirn und machte einen Versuch, sie anzusprechen. Aber die Stimme erstarb ihm auf den Lippen, seine Blässe nahm zu, er gaffte sie wie versteinert an, dann blickte er sich scheu um, wie aus einem Traume erwachend ...

»Gut so, gut!« sagte der Arzt leise zu Luisen, »das ist ein recht gutes Zeichen! Wenn ich nun wieder Herein sage, dann sinken Sie ihm in die Arme und nennen Sie ihn Vater!«

Morel legte die Hände wieder über der Brust zusammen, begaffte sich von Kopf bis zu Füßen, wie wenn er sich überzeugen wollte, dass er es auch wirklich noch sei, auf sein Gesicht trat eine peinvolle Unsicherheit, statt die Augen auf seine Tochter zu richten, schien er sich ihren Blicken vielmehr entziehen zu wollen, endlich aber hub er mit leiser Stimme zu sagen an:

»Nein! Nein! Kein Traum! Oder doch ein Traum? Wo bin ich? - Nicht möglich! - Es ist doch ein Traum! Denn sie - sie ist es nicht!« - Und als seine Blicke auf die über die Dielen rollenden Geldstücke fielen, fuhr er fort: »Und dieses Gold - ich besinne mich nicht - aber - bin ich wach oder nicht? - Mir geht alles im Kreise herum - ich getraue mich nicht, hinzusehen - ich schäme mich - das ist doch meine Luise nicht!«

Da rief der Doktor zum andern Male Herein! - Und Luise sagte, tief ergriffen, während ihr die Tränen über die Wangen rannen, und dem Vater in die Arme sinkend, als eben ihre Mutter, Lachtaube, Frau Georges, Germain und Herr und Frau Pipelet hereintraten: »Aber, Vater, so erkenne mich doch! Ich bin ja deine Luise, deine Tochter!«

»Herrgott!« rief Morel, während Luise ihn mit den Armen umschlungen hielt, »wo bin ich denn eigentlich? Was will man von mir? Was ist vorgegangen? Das kann ja kein Mensch für möglich halten! Das kann ich unmöglich glauben!«

Nach einer Pause nahm er Luisens Kopf zwischen die Hände und blickte sie unverwandt an. Dann rief er, während seine Brust sich höher und höher hob: »Luise!« - Der Doktor aber sagte mit zuversichtlicher Betonung: »Er ist gerettet! Er ist gerettet!« -

Jetzt trat auch Morels Frau vor ihn hin und redete ihn an: »Mein lieber, lieber Mann! Mein lieber, armer Mann!«

Morel aber erwiderte: »Ja, das ist meine Frau! Und nun erkenne ich auch mein Kind, meine Luise!«

Da rief Lachtaube lustig: »Na, und mich, lieber Herr Morel, mich werden Sie doch auch erkennen? Sehen Sie doch nur: Sind nicht all Ihre Freunde da?«

Da nahm auch Germain das Wort: »Ja, sehen Sie doch nur recht, Herr Morel! Es sind all Ihre guten Freunde gekommen, Ihnen wieder einmal recht herzlich guten Tag zu sagen!«

»O, sehe ich denn recht?« rief jetzt Morel, die Hände über den Kopf schlagend, »das ist doch das liebe Fräulein Lachtaube! Und der junge Mann dort ist doch kein anderer als Herr Germain!« Auf seinem Gesichte prägte sich aber ein solches Staunen aus, dass alle fast wieder erschrocken wären. Nur der Doktor winkte beruhigend, er wusste, dass Morels Verstand jetzt unversehrt bleiben werde, nachdem die schwere Krisis überwunden war.

»Ach, und uns dürfen Sie doch nicht vergessen!« sagte jetzt Anastasia, die nun mit Alfred hinzutrat, »uns alte Bekannte aus der Pförtnerstube werden Sie doch sicher noch nicht vergessen haben! Pipelet und seine Frau? Wie? Wir sind und bleiben Freunde auf Leben und Tod,« setzte sie lachend hinzu, »sagen Sie kein Wort, mein lieber Morel, sondern freuen Sie sich mit uns über den schönen Tag, den uns der liebe Herrgott alle mitsammen erleben lässt!«

»Pipelet? Alfred und seine Frau bei mir?« stammelte Morel, noch immer nicht ganz Herr seiner Stimme, »soviel Menschen hier beisammen, um mich zu begrüßen? Das ist mir aber doch nicht mehr passiert, seit ich denken kann! - Aber, aber - du bist es doch, Luise? Bists doch wirklich?«

»Jawohl, mein armer Vater, ich bins,« erwiderte Luise, »und da ist auch die Mutter, und dort deine guten alten Bekannten - und von uns allen wird keiner dich mehr im Stiche lassen, sondern wir wollen alle, alle recht glücklich und fröhlich zusammen sein.«

»Glücklich?« wiederholte Morel, »aber wartet! Da muss ich mich erst besinnen ... Ist es mir doch, als hätte man dich ins Stockhaus abführen wollen? Luise - wie verhält es sich damit?«

»Du hast recht, Vater,« antwortete Luise, »man hatte mich ins Gefängnis abgeführt, und das hatte dir so schrecklich, schrecklich leidgetan! Aber, Vater, man hat mich freisprechen müssen, und so bin ich wieder freigelassen worden, und niemand, niemand kann deiner Luise etwas nachreden.«

»O, ich besinne mich jetzt weiter,« sagte Morel wieder, »es war doch noch ein Mann dabei im Spiele ... Ja, richtig, ein Advokat, ein Notar, Ferrand hieß er, jetzt weiß ich es - was ist mit ihm?«

»Vater, der böse Mensch ist von seinem Schicksal ereilt worden: Er ist tot, schon seit Wochen tot.«

»Der tot?« fragte Morel, »ist's auch wahr, Kind? O, wenns wahr ist, dann - dann können wir glücklich sein, oder zum wenigsten noch einmal glücklich werden - er war ein gar böser, böser Mensch!« - Dann schwieg er eine Weile. Dann rief er plötzlich: »Aber wo stecke ich denn eigentlich? Das ist doch die Wohnung nicht, in der ich mit euch zusammen gehaust habe?«

»Nein, freilich ist's nicht Ihre Wohnung,« entgegnete der Arzt, nun wieder das Wort nehmend, »aber Sie waren gefährlich krank geworden, und da war es notwendig, Ihnen einen Aufenthalt auf dem Lande vorzuschreiben ... Darum sind Sie hier! Sie litten an einem hitzigen Fieber und redeten irre.«

»Richtig! Auf das letztere besinne ich mich?« antwortete Morel, »das war jedoch vor meiner Krankheit. Ich redete gerade mit meiner Tochter ... und ... wer war es denn noch? Es war doch noch jemand da ... wer war das gleich? ... O, jetzt fällts mir ein: Ein sehr edler Herr wars, ein Herr namens Rudolf ... der verhinderte, dass man mich verhaftete ... Was aber von da ab vorgegangen, weiß ich nicht mehr ... Nein, auf alles Weitere kann ich mich nicht mehr besinnen.«

»Das erklärt sich leicht,« antwortete der Doktor, »es war Ihnen eben das Gedächtnis geschwunden, aber der Anblick Ihrer Tochter, Ihrer Frau und Ihrer alten Bekannten hat Ihnen die Besinnung wiedergegeben.«

»Aber bei wem bin ich denn jetzt? Wem gehört denn dieses Haus, worin ich mich jetzt befinde?«

»Sie wohnen bei einem guten Freunde des Herrn Rudolf, von dem Sie eben sprachen,« erwiderte Germain schnell; »in der Annahme, dass Ihnen eine Luftveränderung gut tun werde, hat man Sie hierher gebracht.«

Dass er irrsinnig gewesen, darauf besann sich – wie das ja vielfach bei Geisteskranken der Fall ist – Morel nicht im geringsten ... Was soll ich nun weiter noch berichten? Nur kurze Zeit noch währte es, dann stieg Morel, geführt von seiner Frau und seiner Tochter, in Begleitung eines Assistenzarztes, den Doktor Herbin aus Fürsorge mit nach Paris schickte, in einen Fiaker und verließ Bicêtre, ohne die geringste Ahnung davon, dass er wochenlang in der Abteilung für Geisteskranke zugebracht hatte ...

Viertes Kapitel.

Doktor Herbin.

»Sie halten den Kranken für vollständig geheilt?« fragte Frau Georges den Arzt, der sie bis zum Haupttor von Bicêtre begleitet hatte.

»Ja, liebe Frau,« versetzte Herbin, »ich lasse ihn mit gutem Vorbedacht mit seinen Angehörigen zusammen, denn ich rechne, dass diese Wiedervereinigung von gutem Einflusse sein wird. Um alles in der Welt nicht hätte ich ihn jetzt von ihr trennen mögen. Zudem wird einer meiner besten Assistenten so lange noch bei ihm bleiben, bis alle Gefahr einer Wiederkehr der schlimmen Anfälle für ausgeschlossen gelten darf. Er wird auch bestimmte Weisungen über das Verhalten bei den Angehörigen hinterlassen, das dem Rekonvaleszenten gegenüber beobachtet werden muss. Solange wie ich nicht die vollständige Zuversicht von seiner Genesung besitze, werde ich ihm selbst täglich meinen Besuch machen. Ich nehme ja nicht bloß persönlich innigen Anteil an seinem weiteren Schicksale, sondern bin von dem Geschäftsträger des Herrn Großherzogs von Gerolstein, Königliche Hoheit, beauftragt worden, dem Kranken alle persönliche Sorgfalt zuteilwerden zu lassen, die mir Amt und Neigung gestatten.«

Germain sah seine Mutter bedeutungsvoll an, und die Mutter erwiderte den Blick des Sohnes. – »Verbindlichsten Dank, Herr Doktor,« sagte Frau Georges, an der Außenpforte angelangt, »für all Ihre Güte. Es war mir eine

Freude, all die Fortschritte zu beobachten, die Ihre Wissenschaft auf diesem Gebiete errungen hat.« –

»Und ich, liebe Frau, fühle mich doppelt beglückt über den Erfolg, der einen so wackeren Menschen den Seinen wieder in die Arme geführt hat.« –

Kurz nachher hatte Frau Georges mit ihren Kindern, Germain und Lachtaube, die Anstalt für Geisteskranke verlassen, zusammen mit ihnen auch Herr und Frau Pipelet. Gerade als Doktor Herbin wieder in den Hof trat, kam ihm ein höherer Anstaltsbeamter entgegen ... »Lieber Herr Doktor,« sprach dieser ihn an, »Sie haben keine Ahnung davon, welchem Auftritte ich beigewohnt habe ... Für einen Beobachter wie Sie gäbe das eine unerschöpfliche Quelle für Ermittelungen.« –

»Was für ein Auftritt ist's denn gewesen?« fragte Herbin.

»Nun, es ist Ihnen doch bekannt, dass zwei Weibsbilder in unserm Zuchthause sitzen, Mutter und Tochter, die morgen hingerichtet werden sollen.«

»Ja, das weiß ich allerdings.«

»Nun, solches Übermaß von Frechheit und Kaltblütigkeit, wie diese Mutter besitzt, ist mir mein Lebtag noch nicht vorgekommen.«

»Sie sprechen doch von niemand anderm als jener Witwe Martial, die sich bereits in der Gerichtsverhandlung so merkwürdig frech und roh benahm? O, das ist ein verteufeltes Weib.«

»Ganz recht!« antwortete der Beamte, »aber lassen Sie sich erzählen, was sich dieses Weib herausgenommen hat! Sie suchte darum nach, mit ihrer Tochter bis zur Hinrichtung die gleiche Zelle zu teilen. Das wurde ihr zugestanden. Die Tochter ist weit weniger verstockt als die Mutter. Je näher ihr letztes Stündlein heranrückt, desto ängstlicher und beklommener wird sie, während die Alte immer rabiater wird. Eben war der Gefängnisgeistliche bei den beiden Weibern, um ihnen die letzten Tröstungen der Religion zu bringen. Die Tochter wollte dem Geistlichen zu Willen sein, die Mutter aber, keinen Moment ihre eiskalte Ruhe verlierend, übergoss ihre Tochter mitsamt dem Geistlichen mit solch maßlosem Spott und Hohn, dass letzterer sich gezwungen sah, die Zelle zu verlassen, waren doch all seine Bemühungen, die rabiate Person zur Vernunft zu bringen, absolut vergeblich.«

»So etwas am Tage vor einer Hinrichtung ist mir allerdings auch noch nicht vor die Augen gekommen.«

»Die Martials sind Leute, die gewissermaßen von einem uralten Fatum verfolgt werden. Der Vater ist auf dem Schafott gestorben, ein Sohn im Zuchthause, ein anderer, ebenfalls zum Tode verurteilt, ist vor ein paar

Wochen im Verein mit einigen anderen aus Bicêtre ausgebrochen. Nur der älteste Sohn und zwei jüngere Kinder sind brav geblieben. Und doch hat dieses böse Weib ihren ältesten Sohn, wenngleich er der einzige ehrliche Mensch ist von den Erwachsenen der ganzen Familie, auf morgen zu sich beschieden, um ihm ihren Letzten Willen mitzuteilen.«

»Das wird ein schönes Wiedersehen geben!« meinte Doktor Herbin.

»Hätten Sie keine Lust, ihm beizuwohnen?« fragte der Beamte den Arzt.

»Offen gestanden, nein!« antwortete dieser; »Sie kennen meine Ansichten über die Todesstrafe, und mich darin zu bestärken, suche ich nicht nach Gelegenheiten am wenigsten nach Hinrichtungen. Behält dieses Weib ihren unbändigen Charakter bis aufs Schafott bei, dann beklage ich das hässliche Schauspiel, das dem Volke wiederum gegeben werden wird.«

»Bei dieser Doppel-Hinrichtung berührt mich ein Umstand noch besonders unangenehm, der Tag nämlich, den man dafür festgesetzt hat.«

»Mittfasten meinen Sie?« - »Jawohl, denn da die Hinrichtung früh um sieben stattfindet, lässt sich noch rechnen, dass Scharen von Masken, die sich die Nacht über auf allen möglichen Bällen und Tanzmusiken herumgetrieben haben, dem Delinquentenwagen in den Weg kommen werden.«

»Allerdings, und einen hässlicheren Kontrast wird man sich schwerlich denken können.«

Am andern Morgen, in der fünften Stunde, besetzten verschiedene Militär-Abteilungen, teils Infanterie, teils Kavallerie, die Zugänge von Bicêtre.

Fünftes Kapitel.

Die letzten Stunden der Delinquenten: Mutter und Tochter.

Ein dunkler Gang, nur von wenigen Fenstern spärlich erleuchtet, führt in Bicêtre zu dem Kerker hinunter, in welchem die zum Tode verurteilten Verbrecher ihre letzten Stunden verleben.

Sein Licht erhielt die Zelle durch eine einzige Öffnung im obern Teile der Tür, die auf den eben erwähnten, ebenfalls ziemlich dunklen Gang hinunter führte. In diesem Kerker mit niedriger Decke, mit feuchten und grünlichen Wänden und kalten steinernen Fliesen liegt Frau Martial mit ihrer Tochter in Ketten. Ihr Gesicht erscheint hart, starr und bleich wie ein Marmorbild in dem hier herrschenden Halbdunkel.

Über das schwarze Kleid, das sie anhat, hat man ihr die Zwangsjacke gezogen: Eine Art Kutte aus grobem grauen Zeuge, die auf dem Rücken zusammengeschnürt wird und deren Ärmel wie Säcke vorn zugebunden werden. Da sie infolgedessen die Hände nicht gebrauchen kann, hat sie sich die Haube, die ihr bei der drückenden Wärme lästig wurde, abnehmen lassen. Graues Haar fällt ihr auf die Achseln nieder. So sitzt sie auf ihrem Bett, hält die Füße auf den steinernen Boden gestützt und starrt unverwandt ihre Tochter an, die am entgegengesetzten Ende des Kerkers kauert.

Auch ihr ist die Zwangsjacke übergeschnallt worden. Sie lehnt sich in halb liegender Stellung gegen die Wand. Der Kopf ist ihr auf die Brust gesunken, ihr Atem geht kurz und schwer, ihre Augen blicken starr vor sich hin. Von Zeit zu Zeit werden ihre Kinnladen von heftigem Zittern befallen: Ihr Gesicht hat aber, trotz der bleichen Farbe, die es überzieht, einen ziemlich ruhigen Ausdruck.

Neben der Tür, am andern Ende des Kerkers, sitzt ein mit dem Kreuze der Ehrenlegion geschmückter Invalide auf einem Holzschemel. Sein Gesicht ist rau und verbrannt von der Sonne; ein langer grauer Schnurrbart ziert es. Sein Scheitel ist kahl. Er ist den beiden Delinquenten als Wächter gesetzt.

»Hundekalt ist's hier,« sagte die Tochter nach einer Weile, »und doch brennen mir die Augen, doch quält mich ein maßloser Durst.« – Sie wendet sich zu dem Invaliden und bittet ihn um Wasser. Der greise Invalide erhebt sich, nimmt von der Bank einen Zinnkrug, gießt ein Glas daraus voll, tritt zu dem Mädchen und lässt sie langsam trinken. Da die Zwangsjacke sie am Gebrauch der Hände hindert, muss er ihr den Krug an den Mund halten. Als sie ihren Durst gelöscht hat, dankt sie dem Soldaten, der sich mit der Frage, ob auch sie trinken wolle, an die Mutter wendet.

Die Alte aber macht ein verneinendes Zeichen.

Darauf setzt sich der Invalide wieder.

Eine lange Pause tritt ein. Dann fragt die Tochter, wie viel die Uhr sei.

»Bald halb fünf,« antwortet der Invalide.

»Also noch drei Stunden!« ruft das Mädchen. Um ihre Lippen spielt ein grässliches Lachen ... »In drei Stunden also!« wiederholt sie. Dann schweigt sie. Es ist ihr nicht möglich, ein weiteres Wort zu sagen.

Die Mutter zuckt die Achseln ... »Mutter,« sagt die Tochter, ihre Gedanken erratend, »du bist mutiger als ich. Ich glaube, dich wandelt nie Schwäche an?«

»Schwäche?« wiederholt die Mutter; »dass ich nicht wüsste ... Hab das Ding nie gekannt, so alt ich bin.«

»Das seh' ich dir auch jetzt an, Mutter,« spricht die Tochter, »dein Gesicht ist so ruhig, wie wenn du meintest, am Küchenherde zu hocken oder bei deiner Flickarbeit ... O, die gute Zeit, da wir auf der Insel zusammensaßen, ist vorbei - vorbei für immer!«

»Schwatz doch kein Blech!« rief knurrend die Alte.

»Soll man dasitzen und stieren?« fragte die Tochter, »da ist schwatzen doch noch besser!«

»Weils dich betäubt, feige Memme!«

»O, wenns bloß das wäre, Mutter!« erwiderte die Tochter, »aber wer ist denn so couragiert wie du, Mutter? Ich habe ja mein möglichstes getan, um dir nicht nachzustehen, habe, weil du es nicht leiden mochtest, nicht auf den Geistlichen gehört ... vielleicht war es aber doch nicht recht von mir, denn« - die Delinquentin überrieselte es kalt - »was wird nachher kommen? Was - wird - nachher - kommen?« wiederholte sie mit schauerlicher Betonung.

»In drei Stunden - wirst du es - wissen!« antwortete die Mutter, den schauerlichen Tonfall der Tochter nachahmend.

»Wie kaltblütig du das aussprichst!« erwiderte die Tochter. »Mutter, Mutter! Du bist nicht krank, ich auch nicht - und doch sollen wir beide - in drei Stunden - zu leben - aufhören!«

»Ja doch,« versetzte die Mutter, »in drei Stunden wirds aus sein, wirst du vom Leben zum Tode gebracht worden sein wie eine echte Martial! Schwarz wird's dir vor den Augen werden, das ist das Einzige! Sonst wirst du weiter nichts erleben - sonst weiter nichts!«

Mit langsamer, tiefer Stimme mahnte der Invalide zur Stille ... »Dass Sie so zu Ihrem Kinde sprechen, alte Frau,« sagte er, »ist eine Sünde - eine schwere Sünde! Besser, weit besser hätten Sie getan, wenn Sie dem Geistlichen erlaubt hätten, mit ihr zu reden!«

Von Neuem zuckte die Witwe die Achseln, und ohne dem greisen Soldaten einen Blick zuzuwenden, nur die Achseln verächtlich zuckend, sagte sie:

»Zeige dem Volke, das sich zu dem letzten Akte einfinden wird, Tochter,« - und sie versuchte die Hände wie mahnend aufzuheben - »zeige dem Volke, mein Kind, dass wir Weiber mehr Herz im Leibe haben als all dies Männerpack mitsamt ihren Pfaffen und ihren Soldaten! Memmen sind's, Memmen!«

Der Invalide fasste sie zornig ins Auge ... »Kommandant Lebleu war der tapferste Offizier des dritten Jägerbataillons. In der Bresche zu Saragossa sank er, von Wunden bedeckt, nieder. Ich habe gesehen, wie er sich bekreuzte, bevor er die Augen auf ewig schloss.«

»Sie waren doch nicht etwa sein – Sakristan?« fragte höhnisch die Witwe. –

»Ich war sein Korporal,« erwiderte stolz der Invalide, »und wenn ich Ihnen von seinem Tode erzählte, geschah es nur zu dem Zwecke, um Ihnen zu zeigen, dass man im Sterben auch den Weg zum Gebet finden kann, ohne feige zu erscheinen.«

Die Tochter musterte den Invaliden, einen echten Soldatentypus aus der großen Zeit des Kaiserreiches, mit gespanntem Blicke. Über das sonnenverbrannte Gesicht zog sich eine tiefe Narbe, die sich an der linken Wange in dem grauen Schnurrbarte verlor. Seine schlichten Worte machten auf die Tochter einen tiefen Eindruck. Er war sicher einer der Tapfersten unter dem großen Kaiser gewesen: Außer der Wunde im Gesicht verkündete es das rote Band im Knopfloche.

Das Mädchen hatte die Tröstungen des Geistlichen weniger aus Verstocktheit als aus falscher Scham und aus Furcht vor dem Hohne ihrer Mutter zurückgewiesen. Jetzt wirkten die Worte des greisen Soldaten im entgegengesetzten Sinne auf sie. Jetzt meinte sie, frei von der Furcht, feige zu erscheinen, ihrer religiösen Empfindung nachgeben zu dürfen, sagte sie sich doch, dass ihr als einem Weibe es schlecht anstehen möchte, hinter Männern zurückstehen zu wollen ...

»Und wenn es nur eins genützt hätte,« schloss sie ihren Gedankengang, »wenn es mich bloß betäubt hätte – denn – was wird – nachher sein?« fragte sie wieder, von kaltem Schauder geschüttelt ... »Nachher – wer weiß?«

»Nachher?« wiederholte die Witwe mit schneidendem Hohne ... »es ist keine Zeit mehr! Aber wäre noch dazu Zeit, dann – hätte ich dir geraten, Nonne zu werden! Warte wenigstens mit deinem Gejammer, bis dein Bruder Martial da sein wird! Er wird dich sicher vollends bekehren ... aber ich glaube kaum, dass er kommen wird, der überehrliche Mensch! Und der überbrave Sohn!«

Kaum hatte die Witwe diese Worte gesprochen, als das ungeheure Schloss in der Tür knarrte und die Tür selbst geöffnet wurde.

Sechstes Kapitel.

Die letzten Stunden der Delinquenten: Mutter und Sohn.

Mit einem krampfhaften Ruck richtete sich die Tochter in die Höhe. Dann rief sie: »Schon! Schon! Sollte uns der Herrgott noch schärfer strafen wollen, indem er uns die allerletzten Minuten noch verkürzt?« – Und ihr Gesicht begann, sich auf grauenhafte Weise zu verzerren ...

»Ei,« rief höhnisch die Alte, »wenn die Uhr des Henkers vorgeht, desto besser für uns! Mir kann dein Beten und Kopfhängen ja doch nur Schande machen.«

Ein Beifron trat ein und sagte mild: »Frau! Ihr Sohn ist draußen - wollen Sie ihn sprechen?«

Die Witwe rührte kein Glied, sagte aber kurz: »Ja. Ich will ihn sehen.«

Der Fron wandte sich zur Tür ... »Sie können kommen,« sagte er zu einem draußen stehenden Manne, von dem zunächst nur ein finsterer Schatten zu sehen war.

Jetzt trat der Mann ein: Es war Martial.

Der Invalide blieb in der Zelle, ja er ließ zur Erhöhung der Vorsicht die Tür offen stehen. In dem halbdunklen Gange, der durch den anbrechenden Tag und durch eine an der Wand hängende Lampe trübe erhellt wurde, waren, teils umherstehend, teils umherhockend, Soldaten und Gefängnisfrone zu sehen.

Martials Gesicht war so bleich wie das seiner Mutter ... Auf seinen Zügen lag Angst und Abscheu ausgedrückt, die Knie zitterten ihm unter dem Leibe. Trotzdem er in seiner Mutter eine schwere Verbrecherin kannte, trotzdem er sich nie verhehlt hatte, dass er ihr nie Liebe hatte abgewinnen können, hatte er doch gemeint, ihrem Letzten Willen gehorchen zu müssen.

Die Witwe maß ihn, sobald er den Fuß über die Schwelle des Kerkers gesetzt hatte, mit durchbohrenden Blicken. Dann rief sie ihm, wie um heftigen Hass in seinem Gemüte zu wecken, zornig entgegen:

»Du siehst - was man - mit deiner Mutter - mit deiner Schwester vorhat.«

»O, Mutter!« erwiderte der Sohn mit stockender Stimme, »gewiss ist's schrecklich - aber - hatte ich es dir nicht vorher gesagt?«

Zornig biss die Witwe die Lippen aufeinander. Ihr Sohn begriff nicht, was sie von ihm wollte; trotzig fuhr sie deshalb fort:

»Man wird uns umbringen wie deinen Vater!«

»Ach, und ich kann nichts tun,« rief der Sohn, »kann gar nichts tun! Warum hast du, warum hat die Schwester nicht auf meine Warnungen gehört? Dann wäret Ihr nicht hier -«

»Was du nicht sagst?« versetzte die Mutter mit schneidendem Tone, »du meinst also, es geschähe uns nur recht?«

»Mutter!« rief der Sohn.

»Du bist zufrieden also,« fuhr die Mutter fort, »wirst also, ohne zu lügen, sagen können, deine Mutter sei tot? Wirst dich ihrer noch im Grabe schämen?«

»Wäre ich ein schlechter Sohn,« warf Martial ein, »dann stünde ich jetzt wohl nicht hier!«

»Bist wohl aus Neugierde gekommen?« fragte die Mutter ironisch.

Martial verdross die ungerechte Härte der Mutter, und er antwortete barsch:

»Ich bin hier, weil du gewünscht hast, ich möchte kommen.«

»Ach, Martial,« sagte die Tochter, »hätte ich nur auf dich gehört, statt auf die Mutter, dann wäre ich jetzt nicht hier!« Ihre Stimme hatte einen herzzerreißenden Klang, denn es war ihr nicht möglich, ihre Angst und ihr Entsetzen zu verbergen - »deine Schuld ist's, Mutter, und ich - Mutter - ich - verfluche - dich!«

Mit teuflischem Lächeln sagte die Mutter zu ihrem Sohne: »Hörst du, wie sie bereut? Wie sie mich anklagt? Freuts dich nicht - he? Freuts dich nicht?«

Ohne zu antworten, trat Martial zu seiner Schwester, die mit der Todesangst kämpfte, und sagte, von Mitleid erfasst:

»Arme Schwester - aber - nun ist es - zu spät!«

»Die feige Memme zu spielen, dazu ist es nie zu spät,« erwiderte die Mutter mit verbissenem Grimm, »ist das eine Art und Weise! Ist das eine Familie! Zum Glück ist Niklas ausgebrochen - und Franz und Amandine werden, so hoffe ich, dir auch noch einmal ausreißen! Angesteckt vom Bösen sind sie so wie so, und durch Armut werden sie vollends werden, was sie sollen!«

Das Mädchen aber warf, dumpf aufschreiend, beide Arme dem Bruder entgegen und schrie: »O Martial! Sorge für die beiden Kinder! Wenn du es nicht tust, so enden sie sicher wie ich und die Mutter! Der Kopf wird ihnen abgeschlagen werden! Der Kopf!«

»Mag er nur sorgen!« rief die Witwe, vor wilder Freude in die Hände klatschend, »mag er sorgen! Laster und Armut werden stärker sein als er, und es wird ein Tag kommen, da die Kinder Vater, Schwester und Mutter rächen werden!«

Unwirsch versetzte Martial: »Diese grause Hoffnung wird sich nicht erfüllen, Mutter! Denn hinfort haben die beiden Geschwister so wenig wie ich Not und Armut zu befürchten. Meine Braut hat das junge Mädchen gerettet, das Niklas in der Seine ertränken wollte, und die Verwandten des Mädchens haben uns die Wahl freigestellt zwischen einer größeren Geldsumme als Belohnung oder einer geringeren Geldsumme, dafür aber einer Farm in Algier, die sie schon einem andern Manne, dem sie ebenfalls für große Dienstleistungen zu Dank verpflichtet waren, auf eine gewisse Zeit abgetreten hatten, der sie aber nicht hat übernehmen wollen ... Dafür haben wir uns aber entschlossen, nach Algier zu gehen, wenngleich eine gewisse Gefahr dabei nicht zu verkennen ist. Aber damit haben wir uns abzufinden, meine Braut und ich. Wir reisen morgen mit Franz und Amandinen weg und werden wohl Europa nicht wiedersehen.«

»Verhält sich das wirklich so?« fragte die Witwe voll zorniger Verwunderung.

»Ich lüge niemals,« antwortete Martial barsch.

»Aber heute tust du es, um mich in meiner letzten Lebensstunde noch zu ärgern,« rief die Witwe.

»Mutter! Lass doch jetzt solche Reden!«

»Aus jungen Wölfen werden Lämmer gemacht, nicht wahr? Deines Vaters, deiner Mutter, deiner Schwester Blut soll ungerochen bleiben an denen, die es jetzt vergießen – He? Ist das dein Ernst, du feige Memme?«

»Mutter! Nicht solche Worte in deiner letzten Stunde!« rief Martial, beide Hände wie zum Schwure erhebend.

»Wer Blut vergießt, des Blut soll wieder vergossen werden,« rief die Mutter – »gut dann! Bin ich geköpft, so bin ich quitt mit der menschlichen Sippe.«

»Mutter – kennst du – gar keine – Reue?« rief Martial wieder.

Wild auf lachte die Alte ... »Reue? Und hätte ich darum dreißig Jahre im Schoße des Verbrechens gelebt? Ists denn denen, die mich richten, ernst mit Reue? Warum lassen sie mir bloß drei Tage Zeit dazu? ... Nein, nein! Wenn mein Kopf unterm Fallbeile fällt, soll mein Gesicht noch Wut und Hass ausdrücken.«

Der Schwester Gedanken schienen sich zu verwirren ... Angstvoll zu dem Bruder aufschauend, murmelte sie: »Bruder – Bruder – hilf mir – führe mich weg von hier – Niklas hat ja auch den Weg zur Freiheit aus diesem Kerker gefunden – hilf mir und führe mich weg! Die Henker kommen! Die Henker kommen!«

Über diese Schwäche ihrer Tochter ergrimmt, schrie die Witwe: »Willst du dein jämmerliches Maul halten? Soll ich mich deiner in der letzten Stunde noch schämen? He, du ungeratener Wicht! Rede ihr zu, dass sie mir die Stange hält, wie es sich für sie gehört ... Mitgegangen, mitgefangen, mitgehangen! Wie will sie sich beikommen lassen, wider den Strom zu schwimmen? Und werden wir nicht gehangen, so werden wir geköpft ... es kommt doch alles auf eins hinaus ... und vorbei ist's so oder so in knapp drei Minuten!«

Erschüttert von diesem Auftritte, rief Martial wieder: »Mutter! Mutter! Warum hast du mich hierher bestellt?«

»Weil ich dachte, ich könnte dir noch Hass einimpfen gegen die Menschheit! Weil ich dachte, ich könnte deiner feigen Seele noch Mut einimpfen! ... Aber bei dir ist nun einmal – das sehe ich ein – für alle Zeit Hopfen und Malz verloren!«

»Mutter! Mutter!« rief Martial, erschreckt über diese maßlose Verstocktheit der Frau, der er das Leben verdankte ...

»Feiger Hund! Hinweg aus meinen Augen!« zischte die Alte.

In diesem Augenblicke hörte man draußen auf dem Gange Tritte ... Der Invalide nahm die Uhr aus der Tasche, sah nach, wie viel es an der Zeit sei, und erhob sich ...

Draußen ging mit hellem Glanze die Sonne auf, einen Strom goldnen Lichtes durch das schmale Fenster im Gange gegenüber der Kerkertür werfend ...

Die Tür wurde weit geöffnet. Der Eingang war hell beleuchtet ... Frone brachten Stühle herein. Dann kam der Gerichtsschreiber und sprach mit bewegter Stimme zu den beiden Delinquentinnen:

»Die Zeit ist da!«

Vier Männer traten herein.

Siebentes Kapitel.

Ein sündiger Abschied.

Drei von den vier Männern hielten kleine Päckchen in der Hand, die aus einer dünnen, aber sehr festen Schnur gedreht waren. Der größte von ihnen, der vierte, der tiefschwarz gekleidet war und einen runden Hut sowie ein weißes Halstuch trug, übergab dem Gerichtsschreiber ein Schriftstück: die – Quittung über zwei ihm überantwortete Personen weiblichen Geschlechts. Es war der Henker, und sobald er die Personen übernommen hatte, gehörten sie ihm an, hatte er allein für sie die Verantwortung und Bürgschaft ...

Auf die Verzweiflung des Mädchens war stumpfe Ruhe gefolgt. Sie konnte kein Glied bewegen. Zwei Knechte des Nachrichters mussten sie auf ihr Bett setzen und dort halten. Ihr Mund war vom Krampfe, der ihre Kinnbacken befallen hatte, fest aufeinander gepresst, das Kinn ruhte auf der Brust, und hätten die beiden Knechte nicht ihren Körper gehalten, so wäre er wie eine tote Masse niedergeschlagen ...

Martial umarmte das unglückliche Mädchen zum letzten Male. Dann stand er da, außerstande, sich vom Flecke zu rühren, wie gelähmt an allen Gliedern, einen so grässlichen Eindruck machte die schreckliche Szene auf ihn.

Die Mutter hingegen war keck und frech wie vorher. Sie half willig dabei, die ihr an jeder Bewegung hinderliche Zwangsjacke vom Leibe zu streifen. Als die unheimliche Hülle von ihr genommen war, stand sie wieder in ihrem schwarzen Rocke da.

»Nun, wohin soll ich treten?« fragte sie mit fester Stimme.

»Setzen Sie sich hierher,« antwortete der Nachrichter, auf einen der Stühle zeigend, die unweit von der Kerkertür standen.

Draußen standen Frone und Aufseher um den Gefängnisdirektor und eine Anzahl von privaten Personen herum, die den Vorzug einer Einlasskarte genossen.

Sichern Schrittes ging die Frau auf die ihr angewiesene Stelle. Bei ihrer Tochter vorbeigehend, blieb sie stehen und sagte mit einer Stimme, der eine gewisse Empfindlichkeit anzuhören war: »Tochter, komm her und umarme mich - umarme mich - zum letzten Male in diesem Leben!«

Das Mädchen, die Stimme der Mutter hörend, zuckte leicht zusammen, wachte auf aus ihrer Starrheit und rief mit grauser Gebärde:

»Hinweg! Hinweg, Dämon! Gibts - eine Hölle, dann - fahre in ihren tiefsten Pfuhl - hinunter! Mutter, Weib, Dämon! Ich - verfluche - dich!«

»Kind,« sagte die Alte noch einmal, »komm her und - umarme - mich!«

»Nicht in meine Nähe!« rief die Tochter - »nicht in meine Nähe! Wer anders als du hat - mich - in dieses grässliche Unglück - gestürzt?« - Und abwehrend streckte sie die Arme von sich.

»Kind! Verzeihung! Verzeihung!« bat die Alte.

»Fluch dir! Fluch dir! Du Dämon! Du - Rabenmutter!«

Ein wilder Krampf packte das Mädchen. Dann sank sie erschöpft, fast bewusstlos, den beiden Knechten des Nachrichters in die Arme.

Wohl glitt eine Wolke über die Stirn des bösen Weibes, wohl wurden ihr die brennenden Augen einen Moment feucht. Sie begegnete dem Blicke ihres Sohnes, und nach kurzem Zögern, wie wenn sie einem innern Kampfe nachgäbe, sprach sie:

»Und du, mein - Sohn?«

Tief ergriffen, von Schluchzern geschüttelt, sank Martial ihr in die Arme.

Rührung ergriff jetzt auch die verstockte Sünderin, aber sich aus der Umarmung ihres Sohnes frei machend, sagte sie dumpf: »Genug!« und auf den Nachrichter zeigend, setzte sie hinzu: »Den Herrn da darf man nicht warten lassen, wenn er nicht unwillig werden soll.«

Mit diesen Worten schritt sie zu dem Sessel hin, der ihr von dem Gehilfen des Henkers gezeigt worden war, und setzte sich.

Jäh war der Anflug von Mutterliebe, der ihr Herz getroffen hatte, wieder verflogen.

Der Invalide trat zu Martial, von Teilnahme erfüllt, und sagte: »Mein Lieber, es ist nicht gut für Sie, länger noch hier zu verweilen. Kommen Sie mit mir, kommen Sie mit mir!« - Und unwillkürlich folgte Martial dem greisen Soldaten.

Die beiden Knechte des Nachrichters hatten die fast bewusstlose Tochter der Witwe auf den Sessel geschleppt. Der eine hielt den Leib, aus dem schon fast alles Leben gewichen war, der andere band ihr mit der dünnen Schnur die Hände auf dem Rücken zusammen und legte auch um die Füße solche Fesseln, doch so locker, dass die Delinquentin noch kleine Schritte machen konnte.

Achtes Kapitel.

Die letzte Toilette vorm Tode.

Es war eine wunderliche, aber dabei höchst grauenvolle Hantierung. Wenn man die Männer mit den langen, dünnen Fesseln, die im Schatten kaum kenntlich waren, beobachtete, wie sie, ohne ein Wort zu sprechen, die Delinquentin geschwind und gewandt banden, da machten sie ganz den Eindruck von Spinnen, die ihr Opfer umschnüren, bevor sie es verzehren.

Ebenso geschwind fesselte der Nachrichter mit dem andern Knechte die alte Frau, aber in ihren Zügen zeigte sich nicht die leiseste Veränderung. Nur hin und wieder ließ sie ein leichtes Hüsteln vernehmen. Sobald die beiden dem Tode verfallenen Geschöpfe außerstand gesetzt waren, ein Glied zu rühren, zog der Henker eine Schere aus der Tasche und schor erst der Witwe das Haar ... Als sie den Kopf nicht tief genug hielt, bat er sie höflich, sich noch zu bücken. - Sie tat es und antwortete:

»Na, ich dächte, wir wären gar gute Kunden von Ihnen, Herr. Erst haben Sie meinen Mann unter der Schere gehabt, nun komme ich, dann meine

Tochter an die Reihe! Wie wird Ihnen denn eigentlich ob solcher Treue zumute?«

Ohne die Frau einer Antwort zu würdigen, fasste der Henker ihr Haar mit der linken Hand und schor es ganz kurz, vornehmlich in der Nackengegend. »O, heut wird mir der Kopf zum dritten Male im Leben frisiert: das erste Mal wars, als ich zur Kommunion nach der Firmelung ging; da wurde mir der Schleier angesteckt. Zum zweiten Male wars bei meiner Hochzeit mit Martial: Da wurde mir der Brautkranz aufgesetzt. Nicht wahr, Sie - Todeskandidaten-Friseur?«

Der Nachrichter gab keine Antwort. Das Haar der Delinquentin war starr und hart. Daher kam es, dass die Schur ziemlich viel Zeit in Anspruch nahm, und dass der Henker kaum zur Hälfte fertig war, als der Tochter schon der Kopf ganz kahl rasiert war.

»Was meinen Sie wohl, mein Lieber, was mich jetzt beschäftigt?« fragte die Witwe den Nachrichter, als sie einen Blick auf ihre Tochter geworfen hatte.

Der Nachrichter schwieg wie immer. Nur das Knirschen der Schere war hörbar, zuweilen noch etwas wie Schluchzen oder Röcheln, das hin und wieder die Brust des dem Tode verfallenen Mädchens hob.

Auf dem Gange erschien wieder ein Geistlicher und sprach mit dem Gefängnisdirektor leise ein paar Worte ... Es galt einen letzten Versuch, die Seele der Witwe ihrer Verstocktheit zu entreißen.

»O, daran denke ich,« fuhr die Witwe fort, ohne sich dadurch, dass ihr keine Antwort zuteil wurde, irritieren zu lassen, »dass mein Mädel vor fünf Jahren noch das allerhübscheste Ding war, das man weit und breit vor Augen kriegen konnte ... Sie war eine gar niedliche Blondine und hatte ein Gesicht wie Milch und Blut ... Wer ihr damals wohl gesagt hätte, dass sie Ihnen noch einmal unter die Finger geraten werde!« - Ein paar Augenblicke schwieg sie. Dann setzte sie noch hinzu: »Das Leben ist doch eine - gar zu drollige - Komödie!«

Die letzten Haarbüschel fielen vom Haupte der Verurteilten.

»So! Nun wären wir fertig,« sagte der Henker höflich wie vordem.

»Vielen Dank für die artige Behandlung,« antwortete die Witwe, »und nun erlauben Sie mir wohl, Ihnen recht freundliche Behandlung auch meines Sohnes Niklas anzuempfehlen, der Ihnen doch gewiss auch demnächst unter die Schere kommen wird!«

Da sagte ein Fron dem Nachrichter leise ein paar Worte ins Ohr. Die Witwe jedoch fuhr ihn barsch an ... »Nein! Auf keinen Fall! Ich habe doch schon wiederholt mich dagegen verwahrt und gesagt, dass ich kein Wort von all dem Salbader hören mag!«

Der Geistliche, zu dessen Ohren die Worte gedrungen waren, schlug die Augen zum Himmel auf und faltete die Hände. Dann entfernte er sich wieder.

»Wir wollen nun aufbrechen,« sagte der Nachrichter, »möchten Sie gar nichts zu sich nehmen?« fragte er noch.

»Nein, vielen Dank!« versetzte die Witwe; »warum soll ich mir den Geschmack an der Erde verderben, womit man mir heute Abend den Schnabel schon stopfen wird?«

Sie stand auf. Die Hände waren ihr auf dem Rücken zusammengebunden. Eine ziemlich lose Schnur hielt auch ihr die Füße zusammen, doch so, dass sie gehen konnte. Der Nachrichter und einer seiner Knechte wollten sie stützen, trotzdem ihr Gang fest und sicher war. Aber sie machte eine ungeduldige Bewegung und sagte mit gebieterischer Stimme:

»Lasst mich ungeschoren, nachdem Ihr mich geschoren habt! Ich bin gut zu Fuße und sehe auch noch scharf. Auf dem Schafott wird man sich überzeugen, dass ich auch noch ein gut beschlagenes Mundwerk habe ... Um Worte der Reue zu reden, dazu werde ich es schwerlich brauchen ...«

Die Witwe verließ zwischen dem Henker und einem Knechte die Zelle. Die Tochter musste von zwei anderen Knechten auf dem Sessel hinausgeschleppt werden.

Als man über den langen Gang hinweg war, ging es eine Steintreppe hinauf, die in einen Außenhof führte. Die Sonne übergoss die hohen weißen Mauern, die den Hof einschlossen, mit ihrem warmen, goldnen Lichte. Der Himmel war blau, die Luft war lau und lind. Es war ein prächtiger Frühlingsmorgen ...

Im Hofe stand ein Gendarmerie-Pikett aufmarschiert. Vor ihnen hielt ein Fiaker, daneben ein langer schmaler Wagen mit gelbem Kasten, mit drei Pferden bespannt, die lustig mit ihren Glöckchen klingelten und hie und da auch lustig wieherten.

Die Delinquentinnen mussten einsteigen. Auf einem Tritt wie in einem Omnibus ging es zum Wagen hinauf. Ein Verschlag wie beim Omnibus wurde aufgeklappt und, als alles eingestiegen war, zugeklappt. Diese ähnliche Beschaffenheit bewog die Witwe zu einem letzten Spotte ...

»Na, hier wird der Schaffner gewiss nicht sagen, der Wagen sei – voll!« Und als sie es gesagt, kletterte sie so gewandt, wie es die Fesseln ihr erlaubten, den Tritt hinauf ...

Die Tochter wurde in den Wagen gehoben und der Mutter gegenübergesetzt. Dann wurde der Verschlag geschlossen ...

Der Kutscher war eingenickt. Der Henker rüttelte ihn ...

»O, nichts für ungut,« sagte der Kutscher und sah verschlafen auf, »es ist doch Mittfasten heute. Da hat man die ganze Nacht hindurch zu kutschieren, und wenn man zu dieser Zeit einnickt, kanns einem niemand verdenken ... Ich habe gerade erst eine fidele Gesellschaft heimgebracht. Sie hatten mich auf Zeit gedungen ... und fast wäre ich für Sie überhaupt nicht - gefahren!«

»Schon gut, schon gut!« antwortete der Henker, »fahren Sie hinter dem Wagen dort her! Gerade auf den Boulevard Saint-Jacob!«

»Na, was einem doch nicht alles passiert!« meinte der Kutscher, »vor einer Stunde noch zu Balle, und jetzt zum Papa Gurgelschneider! Es ist gar kurios im Leben, manchmal gar zu kurios!«

Die beiden Wagen, von Gendarmen eskortiert, fuhren im Trabe aus dem Tore von Bicêtre hinaus und im Trabe auf der Straße nach Paris entlang.

Neuntes Kapitel.

Rudolfs Dank gegen Schuri und Martial.

Sobald Germain aus dem Gefängnisse entlassen worden war, machte es Schuri keinerlei erhebliche Schwierigkeit, nachzuweisen, dass er den Einbruch, aufgrund dessen seine Festnahme erfolgt war, nur simuliert hatte. Er machte dem Untersuchungsrichter gegenüber kein Hehl über den Zweck, den er mit dieser wunderlichen Irreführung verfolgt hatte, und wurde, nachdem ihm der Richter eine ernstliche Vermahnung mit auf den Weg gegeben, ebenfalls in Freiheit gesetzt.

Rudolf hatte, als sich das ereignete, über den Verbleib Marienblümchens noch keinerlei Aufklärung. Da er nun seinem alten Bekannten Schuri, dem er ja schon das Leben verdankte, für die in seinem Interesse neuerdings vollbrachte Handlung seinen Dank nicht schuldig bleiben mochte, hatte er ihm in seinem Palais Unterkunft gegeben, ja ihm sogar versprochen, ihn mit sich nach Gerolstein zu nehmen. Schuri fühlte Rudolf gegenüber, wie schon gesagt, die blinde Anhänglichkeit eines Hundes gegen seinen Herrn. Sein Ehrgeiz und Glück beschränkten sich darauf, mit Rudolf unter einunddemselben Dache zu wohnen, ihn von Zeit zu Zeit zu sehen und, wie der Habicht auf seine Beute, ungeduldig auf eine Gelegenheit zu warten, wo er sich ihm und den Seinigen zum weiteren Male nützlich machen könnte. Diese Lage zog er allem Besitztum und Vermögen in Algier tausendmal vor, trotzdem ihm Rudolf die Hand, beides zu erwerben, geboten hatte.

Hierin trat eine Änderung ein, als der Großherzog seine Tochter wiedergefunden hatte. Trotz allem Dankgefühl für seinen Lebensretter konnte der Großherzog sich doch nicht dazu entschließen, einen solchen Zeugen der schmählichen Situation, in der sich sein Kind in Paris befunden, mit nach Deutschland hinüber zu nehmen. Anderseits wollte er dem Manne nicht zu nahe treten, und so kam er zu dem Entschlusse, ihn zu sich zu bescheiden und ihm freizustellen, welche Wünsche er äußern wolle. Schuri erschien hochbeglückt, und als ihm Rudolf gar sagte, dass er einen Freundschaftsdienst von ihm zu erbitten habe, verklärte sich Schuris Gesicht vor Freude schier. Auf die Mitteilung hin jedoch, dass es als ausgeschlossen gelten müsse, dass Schuri den Fürsten nach Deutschland begleite, verschwand alle Freude im Nu, um einer argen Bestürzung Platz zu machen. Ganz aus dem Häuschen schien er geraten zu wollen, als er hörte, es sei sogar notwendig, dass er noch heute das Palais verlasse.

Von all den im wahrsten Sinne des Wortes fürstlichen Entschädigungen zu reden, die ihm von dem Fürsten geboten wurden, wird nicht erst notwendig sein. Es hätte mancher aus den höchsten Kreisen alle zehn Finger danach ausgestreckt. Bei Schuri lagen die Dinge jedoch anders: Er fühlte sich im innersten Herzen getroffen und schlug deshalb alles aus, was ihm geboten wurde, ja er weinte schließlich wie ein kleines Kind, zum ersten Male vielleicht in seinem ganzen Leben. Rudolf musste all seinen Einfluss aufbieten, um Schuri soweit zu bringen, dass er wenigstens all das behielt, was ihm Rudolf bislang zugewendet hatte.

Am nächsten Tage ließ nun Rudolf Martini mit seiner unter dem Namen »die Wölfin« bekannten Braut zu sich bescheiden, ohne ihnen jedoch zu sagen, dass Marienblume sein leibliches Kind sei. Er verlangte von ihnen nur Auskunft darüber, wie er sich ihnen dankbar erweisen könne, und gab ihnen das Versprechen, dass all ihre Wünsche befriedigt werden sollten. Als er sah, dass keines von beiden mit der Sprache heraus wollte, fiel ihm ein, was ihm Marie von den Zukunftsgedanken der beiden rauen Leute erzählt hatte, und stellte ihnen frei, zwischen einer größeren Summe Geldes und der Hälfte davon nebst der in Algier gelegenen Meierei zu wählen.

Hierbei leitete Rudolf auch der Grund mit, dass es sowohl Martial als Schuri nur erwünscht sein könne, Frankreich den Rücken zu wenden, dem einen wegen seiner eigenen Vergangenheit, dem andern wegen der Verbrechen, die von seinen nächsten Angehörigen begangen worden waren.

Er hatte sich hierin auch nicht geirrt, denn Martial und seine Braut erklärten sich mit Freuden bereit, auf ein solches Anerbieten einzugehen, und auch Schuri gefiel, seit er wusste, dass er nicht allein nach Algier gehen solle, sondern in Begleitung von zwei Leuten, die er in gewissem Sinne als Kameraden ansehen musste, der Vorschlag recht gut, zumal sie Besitzer von zwei aneinanderstoßenden Meiereien werden sollten.

Schuri kam den beiden Auswanderungskameraden trotz seiner Beklommenheit mit aller ihm möglichen Herzlichkeit entgegen, und in verhältnismäßig kurzer Zeit waren sie nicht mehr bloße Bekannte, sondern hatten sich angefreundet, denn Leute von solchem Schlage durchschauen einander schnell und schließen sich entweder schnell aneinander oder verbeißen sich in eine unüberwindliche Abneigung gegeneinander. Wenn nun auch Schuri sich von seiner Beklommenheit nicht so leicht freimachen konnte, so ließ er sich doch nicht lange nötigen, sich über alles mit Martial und seiner Braut zu beraten, was für ihre Reise und die neuen Lebensbedingungen, in die sie treten sollten, von irgendwelchem Belang war.

Zehntes Kapitel.

Schuri und Martial.

Dem Leser wird es nach diesen Szenen begreiflich erscheinen, dass Schuri, als er von dem traurigen Gange seines neuen Freundes nach Bicêtre hörte, wo sich derselbe von Mutter und Schwester verabschieden sollte, es sich nicht nehmen ließ, ihn bis ans Tor zu begleiten und dort in einem Fiaker auf ihn zu warten.

»Mut, mein Lieber!« tröstete er ihn, als er ihn, bleich vor Entsetzen über das dort Erlebte, durch das Tor zurückkommen sah, »Mut! Du hast doch gewiss alles Mögliche getan, was ein guter Sohn solcher Mutter gegenüber irgend tun kann. Es stand nicht in deiner Macht, von dem Schicksal, das deine Schwester und Mutter über sich heraufbeschworen haben, das geringste abzuwenden. Jetzt musst du an deine Frau und deine Geschwister denken, die du daran gehindert hast, in die sündigen Fußstapfen deiner Eltern und deiner anderen Geschwister zu treten. Zudem wenden wir ja schon heute Abend Paris den Rücken. Du wirst kaum noch einmal etwas sehen oder hören von alledem, was dich jetzt so in Betrübnis und Kummer setzt.«

»Rede, was du willst, Schuri,« antwortete Martial, »meine Mutter bleibt's doch, und meine Schwester desgleichen.«

»Freilich, freilich; aber es lässt sich doch einmal nichts daran ändern, und in Dinge, die unabänderlich sind, muss man sich fügen. Was bleibt anders übrig? Mit Leichen kann man nun einmal nicht rechnen, und auch nicht rechten.«

»Ja, ja,« versetzte Martial, »es mag dir auch nicht leicht ankommen, mir Trost zuzusprechen, hast du doch selbst Ursache zu Kümmernis mehr denn genug!«

»Na, wenn wir erst mal aus Paris weg sind, dann wird wohl die Betrübnis von mir weichen,« antwortete Schuri.

»Wir hoffen ja ebenfalls, dass alles besser werden wird, wenn wir erst Paris hinter uns haben,« erwiderte Martial.

»Hm,« sagte Schuri, der ein paar Augenblicke geschwiegen hatte, worauf ihn ein unwillkürlicher Schauder überlief, »wenn ich nur erst weg bin!«

»Wir wollen heute Abend fahren – du doch auch?« fragte Martial, »oder hast du dich etwa anders besonnen?«

»Ich? Dass ich nicht wüsste,« sagte Schuri.

»Na, was bedeuten dann deine Reden?«

Schuri gab eine Zeit lang keine Antwort; dann raffte er sich gewaltsam auf und sagte:

»Ich will dir etwas sagen, Martial ... du wirst wohl die Achseln zucken, aber sagen muss ich es nun doch einmal ... Sollte mir etwas zustoßen, dann wird es dir ein Beweis dafür sein, dass ich mich nicht geirrt habe.«

»Wie soll ich das verstehen?«

»Als Herr Rudolf,« sagte Schuri, »uns fragte, ob wir mitsammen nach Algier gehen möchten, und ob wir dort als Farmnachbarn leben möchten, da habe ich dich und deine Frau nicht täuschen mögen ... Ich habe euch beiden gesagt, was ich gewesen bin.«

»Reden wir nicht mehr davon!« erwiderte Martial, »du hast deine Strafe verbüßt und bist nun genau soviel wert wie jeder andere Mensch. Dass du aber, wie auch ich, lieber weit weg vom Schusse bist, begreife ich vollständig; denn hier mag es leicht einmal dem oder jenem einfallen, dir mit einem Vorhalte wegen deiner Vergangenheit zu kommen, und so etwas hört man nicht gern ... Mir kann es wegen meiner Angehörigen genau so gehen, trotzdem ich doch sicherlich nicht verantwortlich gemacht werden kann für das, was jene auf ihrem Kerbholze haben. Zwischen uns beiden ist ja die Vergangenheit begraben. Also mach dir weiter keine Gedanken, wir rechnen drauf, dass du kommst und mitfährst, genau so, wie du auf uns rechnen darfst.«

»Na ja doch,« erwiderte Schuri, »zwischen uns beiden mags ja stimmen; aber wie ich schon zu Herrn Rudolf gesagt habe, dort oben,« – und dabei zeigte er gen Himmel – »dort oben gibts etwas, mit dem wir nicht rechnen können – und ich – Martial – ich habe nun doch einmal einen Menschen um sein Leben gebracht.«

»Das ist ja allerdings eine böse Sache, mein Lieber,« sagte Martial, »aber du bist im Augenblicke der Tat eben auch nicht Herr über dich gewesen, warst vielleicht gar von Sinnen ... Bei dir liegts aber noch insofern anders – und das bringt doch die Waage bei dir ins Gleichgewicht – du hast andern Menschen wiederum das Leben gerettet –«

»Weißt du, Martial, wenn ich von dem Unglück, das mich betroffen, rede, so habe ich dazu einen ganz besonderen Grund. Sonst plagte mich zuweilen ein gar hässlicher Traum – der Feldwebel erschien mir darin, der, den ich umgebracht habe – lange Zeit bin ich von dem Traume verschont geblieben – gestern ist er aber wiedergekommen.«

»Ach, geh! Das ist doch bloßer Zufall.«

»Ganz sicher nicht. Denn jedes Mal wenn ich von dem Feldwebel träume, dann geschieht mir irgendein Unglück,« antwortete Schuri.

»Aber rede doch nicht, Freund – wer wird sich denn mit solchen Geschichten abgeben?«

»Lass gut sein! Mir sagt ein eigentümliches Gefühl, dass ich Paris wohl nicht verlassen werde.«

»Schwatze doch bloß nicht! Du gehst nicht gern von dem Herrn weg, der dein Wohltäter in so hohem Maße geworden ist, dein Gang mit mir nach Vicêtre hat dir auch den Kopf warm gemacht: da ist's doch eben erklärlich, dass einem solches Zeug mal träumt, besonders wenn man es schon früher dann und wann geträumt hatte.«

Aber Schuri schüttelte den Kopf und legte das Gesicht in bedenkliche Falten ... »Ich hab' dasselbe geträumt, gerade am Tage vor Herrn Rudolfs Abreise ... und heute trifft es sich ebenfalls wieder so, dass Traum und Abreise zusammenstimmen.« – »Heute?« fragte Martial. – »Jawohl! Gestern habe ich jemand in seinen Palast geschickt, weil ich nicht selbst hingehen mochte – denn er hatte es mir verboten – der Fürst, hieß es, reise heute Vormittag in der elften Stunde ab und werde durch die Charentoner Vorstadt fahren ... Falls wir rechtzeitig in Paris ankommen, werde ich mich, um ihn noch einmal – gewiss das letzte Mal im Leben – zu sehen, dort aufstellen.«

»Ich begreife freilich, Schuri, dass du dem Herrn sehr anhänglich bist, ist er doch ein gar zu gütiger Herr.«

»Anhänglich?« wiederholte Schuri, tief ergriffen ... »das ist das richtige Wort schwerlich – wenigstens drückt es nicht halb das aus, was ich empfinde. – Müsste ich auf der Erde liegen bei Schwarzbrot und Wasser, ja müsst ich sein Hund sein, mir war alles recht - wenn ich bloß in seiner Nähe bleiben dürfte! Aber - er mags nicht - er mags nicht - und dass es nicht sein kann, das geht mir wider den Strich - das kann ich nicht verwinden - nun und nimmer! Verstehst du?«

»Er hat dich auch immer sehr reich bedacht, Schuri - und das spricht doch eben auch mit!«

»Das ist's nicht, was bei mir von Einfluss ist - das nicht! Sondern bloß, weil er zu mir gesagt hat, ich hätte ein Herz im Leibe und auch Ehre ... Zu einer Zeit, wo ich wild war wie eine Bestie, und wo ich mich selbst als den elendesten Auswurf betrachtet habe, da hat er mir gezeigt, dass noch immer etwas Gutes in mir steckte, weil ich eben Reue nach meiner Strafe fühlte, weil ich mich, ohne zu stehlen, in die schwerste Not gefunden habe, und immer darauf bedacht gewesen bin, mir auf ehrliche Weise meinen Lebensunterhalt zu verdienen, ohne dabei jemand nachzustellen oder übel zu wollen ... ohne Rücksicht darauf, dass mich alle Welt für einen ausgemachten Spitzbuben gehalten hat ... und das konnte doch sicher nicht eben ermutigend oder anspornend wirken.«

»Freilich, ein aufmunterndes Wort zur rechten Zeit tut einem von Zeit zu Zeit not und kann Wunder wirken.«

»Nicht wahr, Martial? Nun, mir hat das Herz unter meiner Bluse schier gehämmert, als mir Herr Rudolf solche Worte sagte ... und seitdem, Martial, seitdem wäre ich für alles, was gut und recht ist, durchs Feuer gegangen ... Trifft sich solche Gelegenheit, dann wird die Welt ja sehen ... Und wem verdanke ich es, dass es so gekommen ist? Einzig und allein dem Herrn Rudolf!«

»Gerade weil du tausendmal besser geworden bist, als du warst, gerade darum dürftest du dich nicht mit derlei trüben Gedanken befassen ... Was du geträumt hast, hat gar nichts zu sagen ...«

»Nun, wollen sehen, wollen sehen! ... Absichtlich suche ich Unglück freilich nicht auf, denn ein größeres Unglück, als Herrn Rudolf im Leben nicht wiederzusehen, gibt es für mich nicht, zumal seitdem ich Hoffnung haben durfte, für immer bei ihm zu bleiben ... Auf meine Art und Weise wäre ich natürlich bereit und zur Stelle gewesen, bin ich ihm doch nicht bloß mit Worten zugetan, sondern mit Leib und Seele ... Nenn sieh, Martial, neben ihm bin ich doch nur ein Wurm; nicht selten aber können doch auch die Kleinsten einem Großen von recht gutem Nutzen sein ... Sollte solcher Fall einmal eintreten, so möchte ich es mir nie verzeihen, dass er auf mich als Hilfe in der Not nicht zurückgegriffen hat.«

»Wer weiß! Vielleicht sehen Sie ihn doch einmal wieder ...«

»Glaube das nicht, Martin! Nein, das wird nimmer der Fall sein! Hat er mir nicht schon das Versprechen abgenommen, dass ich niemals den Versuch machen solle, ihn wieder aufzusuchen? Hat er nicht dabei hinzugesetzt, dass ich ihm keinen größeren Gefallen tun könnte? Nun, Martial, ich habs ihm versprochen und muss es nun auch halten, wenn es mir auch noch so schwer ankommt.«

»Bist du erst mal überm Mittelmeere, dann wirst du auch langsam drüber wegkommen lernen, Schuri! Wir werden dort allein und in Ruhe leben, wie ein paar getreue Freunde und gute Nachbarn ... bis auf die paar Flintenschüsse, die es von Zeit zu Zeit gegen die Araber setzen dürfte ... Na, dawider haben weder ich noch meine Frau etwas einzuwenden ... meine Frau hat Mut ... darum hieß man sie ja hier auch die Wölfin.«

»Mit den Flintenschüssen, Martini,« erwiderte Schuri, seiner Beklommenheit einigermaßen ledig werdend, »dürfte wohl ich mich zumeist zu befassen haben ... Ich bin nicht verheiratet und bin Soldat gewesen ...«

»Und ich, Schuri, Hab gewildert ... war sogar ein gefürchteter Wildschütz!« sagte, nicht ohne Stolz, Martial.

»Du hast aber Frau, Bruder und Schwester, und bei den beiden vertrittst du Vaterstelle. Wer nur seine eigene Haut zu Markte trägt, der legt leinen hohen Wert darauf.. Kommt's also zu Flintenschüssen, dann trete ich ein, verstanden?«

»Nein. Flintenschüsse sind unser beider Sache! Davon gehe ich nicht ab – unter keinen Umständen!«

»Donnerwetter, nein! Beduinen scheren dich nicht, sondern einzig und allein mich!«

»Na, wenn du so redest, dann gefällst du mir besser als bisher, hörst du, Freund Schuri? ... Nun, wir werden beide, wie gesagt, wie ein Paar Brüder leben, und wenn dich die Lust dazu anwandelt, kannst du uns ja dein Herz ausschütten, bis ich mal an die Reihe damit komme; denn mir fehlts auch nicht an Kummer, verlass dich drauf! Oder meinst du, ich könnte im Leben den heutigen Tag vergessen, der meine Mutter und Schwester auf dem Blutgerüste gesehen hat? Glaub' mir, mir werden ihre beiden Gestalten auch oft genug im Traume erscheinen, wie ich sie gestern zum letzten Male gesehen habe ... Wir sind einander in zuviel Hinsichten verwandt, Schuri, als dass wir uns zusammen nicht ganz wohl fühlen sollten ... Keiner von uns beiden wird der Gefahr den Rücken wenden; wir werden eben halb Bauern, halb Soldaten sein ... An Jagdgründen fehlts drüben in Algier nicht. Warum sollten wir also nicht ein paar Nimrode werden? ... Willst du für dich allein hausen, so ist dir auch nichts im Wege; wir bleiben trotzdem gute Freunde und getreue Nachbarn. Passt's dir anders besser, nun, so hausen wir zu dritt oder, die Geschwister mitgerechnet, zu fünft. Dann magst du, wenn es dir recht ist, die beiden Kinder, und, wenn noch andere kommen, auch die miterziehen helfen, kannst so etwas wie Onkelstelle bei ihnen vertreten, weil wir nun doch einmal Brüder sind ... Nicht wahr, das leuchtet dir ein?« - Nach diesen Worten reichte Martial dem Kameraden treuherzig die Hand ...

»Mir soll's so recht sein, lieber Martial,« sagte Schuri, »aber denke daran, dass Gram leicht umbringt - aber - dass es bei mir heißt: entweder er oder ich, auch dem bösen Gesellen Gram gegenüber ...«

»Na, dir wird er nicht an den Kragen können,« sagte Martial und schien lachen zu wollen; aber es mochte ihm doch nicht recht gelingen; drum setzte er hinzu: »Zwischen uns soll's drüben in Algier heißen: Brüder - durch Rudolfs Gnaden ... das soll unser Gebet für ihn sein!«

»Bei deinen Worten, Martial, wird's mir in der Tat wohler zumute!« sagte Schuri, und Martial fragte ihn: »Nicht wahr? Und nun denken wir nicht weiter mehr an den schlimmen Traum?« »Versuchen will ich es ja,« erwiderte Schuri.

»Um vier Uhr also holst du uns ab? Vergiss nicht, dass um fünf schon die Post abgeht.«

»Topp!« antwortete Schuri, »aber sieh da! Wir sind ja gleich in Paris ... Lass die Droschke halten! Ich will zu Fuß bis zur Charentoner Linie gehen und versuchen, ob ich Herrn Rudolf noch einmal werde sehen können.«

Der Wagen hielt, und Schuri stieg aus ...

Martial rief ihm noch einmal nach ... »Also nicht vergessen! Punkt vier!«

Schuri hatte vergessen, dass es der Tag nach Mittfasten war, sonst hätte er sich kaum gewundert über das wunderliche, hässliche Schauspiel, das ihm wurde, als er über einen Teil des äußern Boulevards ging in der Absicht, zur Charentoner Linie zu gelangen.

Elftes Kapitel.

Gottes Finger.

Schuri sah sich nach wenig Augenblicken durch eine geschlossene Menge mit hinweggerissen, die aus den Vorstadtwirtshäusern geströmt war und sich vor der Linie gestaut hatte, um sich von dort über den Boulevard Saint-Jacob zu ergießen. Von weither hörte man, wiewohl es schon heller Tag war, schallende Orchestermusik, denn in keiner Schenke ging es heute still her. Fast alle Männer, auch Weib und Kind trugen Maskenkostüme, und wer sich den Luxus eines Kostüms nicht leisten konnte, hatte doch für allerhand Ausputz, und wenn er sich aus Lumpen und Flitter zusammensetzte, gesorgt. Auf allen durch Ausschweifung und Laster zerstörten Gesichtern leuchtete wilde Freude, und nicht zum Mindesten hatte sich die frohe Stimmung dadurch schier ins Maßlose gesteigert, dass sich die Kunde von der für den Morgen zu erwartenden Hinrichtung unter der Menge verbreitet hatte.

Schon war ja das Schafott aufgeschlagen worden. Eine unermessliche Volksmenge - der ekelhafteste Abschaum der Pariser Bevölkerung, aus Räubern, Wegelagerern, Dieben und Gaunern aller erdenklichen Schattierungen bestehend - drängte sich hier, wo sich der äußere Boulevard erheblich verengert.

All seine Riesenkraft half Schuri nichts: Er musste in dieser geschlossenen Masse stehen bleiben, ohne dass er ein Glied rühren konnte. Er fügte sich darein, da ihm für den Augenblick weiter nichts übrig blieb. Wie ihm gesagt worden war, sollte Fürst Rudolf in der zehnten Stunde aus der Rue Plumet abfahren, konnte also vor elf Uhr nicht an der Charentoner Linie sein. Jetzt war es erst etwa sieben Uhr.

Schuri fühlte einen unüberwindlichen Abscheu vor diesem Pöbel, in dessen Mitte er geraten war, wenngleich er früher nur mit den niedrigsten Elementen Umgang gehabt, hatte. Der Menschenstrom schob ihn bis an die Mauer eines der vielen Boulevard-Wirtshäuser, und so wurde er, ohne es zu wollen, Zeuge einer wunderlichen Szene, die sich in einem großen, zum Tanzsaale hergerichteten Schenkraume abspielte.

An demjenigen Saalende, wo die Musik ihren Platz hatte, wo Bänke und Tische mit allerhand Tafelresten, zerbrochenem Geschirr und umgestürzten Flaschen aneinander gerückt standen, erging sich ein Dutzend von halb betrunkenen kostümierten Männern und Weibern in einem tollen, unzüchtigen Tanze, der in der Regel erst dann unternommen wird, wenn die Polizeistunde geschlagen hat und der betreffende Raum, der dafür ausersehen ist, nach außen hin geschlossen werden kann.

Zwischen den Paaren, die an diesen Saturnalien sich beteiligten, fielen Schuri zwei auf, die durch ihre geradezu empörenden Stellungen und Lieder die allgemeine Aufmerksamkeit auf sich zogen.

Das erste Paar bildeten ein als Bär verkleideter Mann und eine wilde Marketenderin. Die Kopfmaske mochte dem Manne lästig geworden sein, wenigstens hatte er sie durch ein wie eine Kapuze aussehendes Ding ersetzt, das sein ganzes Gesicht verhüllte, bis auf zwei Löcher in der Augengegend und einem breiten Spalte, der dem Munde das Sprechen und Atmen ermöglichte.

Dieser Mensch, der sich unter einer Bärenmaske versteckte, war kein anderer als Niklas Martial, der sich mit Barbillon, seinem Zellengenossen in Bicêtre, und den beiden Mördern, die zu Anfange dieser Erzählung in der Penne zum weißen Kaninchen verhaftet worden waren, nach ihrem gemeinsamen Ausbruch aus dem Gefängnis hier bei diesem Volksfest wieder zusammen gefunden hatte.

Die mit ihm tanzende Marketenderin trug einen Lederhut voll Beulen, der mit zerschlissenen Bändern ausgeputzt war, dazu ein Wams aus verschossenem roten Tuche mit drei Reihen Kupferknöpfen, das an einen Husarendolman erinnerte, einen grünen Oberrock und Beinkleider aus weißem Kattun. Ihr Haar fiel verworren auf die Stirn, und ihr bleiches Gesicht verriet schamlose Frechheit.

Das Vis-a-vis des Paares war nicht minder roh und gemein: Der Mann, fast ein Riese, als Robert Macaire kostümiert, hatte sich das knochige Gesicht bis zur Unkenntlichkeit mit Ruß beschmiert. Eine breite Binde bedeckte das rechte Auge, und das matte Weiß des von diesem Gesichte abstechenden Augapfels verunstaltete es noch mehr. Der untere Teil des Gesichts verschwand in einer hohen Krawatte, die aus einem alten roten Schal gedreht worden war. Auf dem Kopfe trug er, entsprechend der Robert Macaire-Maske, einen grauen, abgeschabten, plattgedrückten, schmutzigen Hut, dem der Boden fehlte. Dazu einen zerrissenen grünen Frack und ein Paar rote, an tausend Stellen geflickte Beinkleider, unten mit Bindfaden zusammengeschnürt, und über stahlblauen Strümpfen ein Paar strohgelbe Sandalen.

In diesem Kostüm spielte sich dieser gefährliche Verbrecher - in welchem der Leser wahrscheinlich schon das »Skelett« wiedererkannt haben dürfte - als der rüpelhafteste aller Chahut-Tänzer auf - Chahut ist der Name des unanständigsten aller obszönen Tänze, die das Paris nach dem letztmaligen Regiment der Bourbonen gekannt hat - warf seine langen, eisenharten Glieder nach rechts und links, bald vor-, bald rückwärts und brachte sie in alle möglichen Formen mit einer Kraft und Elastizität, wie wenn sie aus Stahlfedern bestünden.

Seine Tänzerin war ein großes, gewandtes Geschöpf mit frechem Gesichte, trug eine Soldatenmütze, auf das Ohr gekippt, über einer gefiederten Perücke mit langem Zopfe, eine Jacke und grünsamtne, stark abgeschabte Beinkleider, um die Taille eine orangefarbige Schärpe mit langen Enden, die um sie herflatterten.

Ein dickes, gemeines Weib, die Wirtin aus der Penne »zum weißen Kaninchen«, saß auf einer Bank, über den Knien die karierten Mäntel der Marketenderin und dieses frechsten aller Weibsbilder haltend, die gleich ihrer Kameradin in den frechen Stellungen und wilden Sprüngen mit dem »Skelett« und mit Niklas Martial wetteiferte.

Unter den Tänzern fiel auch ein kleiner, lahmer Wicht auf, der sich als Teufel kostümiert hatte, aber in einem schwarzen Trikot, der ihm viel zu weit und zu groß war, und dazu eine grüne Maske trug. Trotz seinem Gebrechen besaß dieses kleine Ungeheuer eine bewunderungswürdige Gewandtheit. Seine frühreife Verdorbenheit war, wenn nicht größer, doch wenigstens ebenso groß wie die seiner schlimmen Genossen, und er sprang so frech und wild vor einer feisten Weibsperson herum, dass sich jeder, der ihn sah, verwundern musste, wie sich ein Mensch so zu gebärden vermochte.

Wider den lahmen Jungen Rotbarts war kein Strafverfahren erhoben worden, und sein Vater, der einstweilen in Untersuchungshaft behalten worden war, hatte ihn für diese Zeit dem alten Micou, dem Hehler, der durch keinen seiner Komplizen angezeigt worden war, in Pflege gegeben.

Als Staffage zu diesem Verbrecherbilde, das wir zu zeichnen versucht haben, denke man sich das gemeinste, schändlichste Gesindel dieses raubsüchtigen, blutdürstigen, gottlosen Pöbels, der sich allzeit feindlich gegen die soziale Ordnung auflehnt, und man bekommt eine Lösung für das Rätsel, woher in Tagen der Revolution die schlimmen Gestalten kommen, die dann Leben und Sicherheit auf das Schrecklichste gefährden - die wie aus dem Erdboden gewachsen erscheinen und doch jahraus, jahrein die Hefe der großstädtischen Bevölkerung bilden ...

Alle bei dieser hässlichen Orgie beteiligten Personen, Männer sowohl als Weiber, aufgereizt durch das Gelächter und das Gejohle der an den Fenstern gestauten Volksmenge riefen, ja gröhlten den Musikern zu, den Kehraus zu spielen, und diese, froh, das Ende einer für sie und ihre Lungen so anstrengenden Beschäftigung zu sehen, bequemten sich gern dazu, einen rasenden Galopp zu spielen.

Der wilde Jubel steigerte sich zur bacchantischen Raserei. Alles stellte sich paarweis auf, alles umschlang einander, alle folgten erst hinter dem Skelett und seiner »Dame« her, aber im Nu waren alle Paare zu einem Knäuel verwickelt, der unter wildem Getöse einen richtigen Höllentanz aufführte.

Eine dicke Staubwolke stieg vom Fußboden unter dem wilden Gestampf auf, eine dunkle rötliche Wolke bildend über dem Wirbel der fest ineinander gekeilten, in rasenden Drehungen befindlichen Männer und Weiber ...

Bald war es nicht mehr Trunkenheit, sondern Wahnsinn, Tollheit, Raserei, die in dem Saale herrschte, alles erhitzte sich am eignen Geschrei, niemand fand Platz genug für sich, eines war dem andern ein Hindernis.

Da schrie das Skelett:

»Achtung! Jeder suche die Türe! Hinaus auf den Boulevard! Dort können wir rasen! Dort hindert uns keine Wand! Hinaus! Hinaus auf den Boulevard!«

»Juchhe! Juchhe! Bravo, bravo!« heulte alles, »hinaus, hinaus! Und im Galopp bis zur Linie Sankt-Jakob!«

»Es muss ja bald mit den beiden Weibern losgehen, die geköpft werden sollen!« schrie einer, »wenn die zur Hölle galoppieren, tanzen wir ihnen den Takt dazu!«

»Da kann der Henker mit Doppelschlag arbeiten!« schrie ein anderer.

»Und wir machen die Klapphornbegleitung dazu!« ein vierter.

»Juchhe, juchhe zum Fallbeil-Galopp! Juchhe, juchhe zur Halspolka!«

»Ich tanze den Galopp mit einem der beiden geköpften Weiber,« grölte der kleine Lahme ... »die Hexen wollen auch noch was haben! Juchhe, juchhe! Zum Schafott! Zum Schafott!«

»Juchhe! Wir wollen ihnen einen lustigen Abschied bereiten!«

»Ich nehme die Witwe!« – »Und die Tochter gehört mir!« – Juchhe! Wird das ein Gaudium sein für den alten Samiel! Wird sich der Henker gecken, wenn er an den Knopf drückt! Wie wird das Beil hinuntersausen, wenn wir den Galopp dazu tanzen!« – »Samiel soll mit seinen beiden Hexen Chahut tanzen auf seinem Podium!« – »Juchhe, juchhe! Den Chahut auf dem Podium! Kinder, wird das ein Fest! Wird das ein Fest!«

»Tod allen ehrlichen Lumpen!« schrien Weiberstimmen aus der wilden Menge. »Hoch alle Diebe und Mörder! Hoch alle Diebe und Mörder!« Dazwischen klangen obszöne Lieder, grässliches Geschrei und Pfeifen, und als es dem Skelett geglückt war, sich einen Weg durch die vor der Tür gestaute Menge zu bahnen, drängte und stieß alles hinter ihm her, bis alles in einen unentwirrbaren Knäuel verwickelt war, und das Gebrüll, das Fluchen und Johlen von Menschlichem nichts mehr an sich hatte..

Zweierlei Vorgänge steigerten indessen den Tumult ins Unglaubliche..

Am Ende des Boulevards tauchte der Karren mit den beiden Delinquentinnen auf. Kavallerie-Piketts ritten voraus. Die Pöbelhaufen rannten johlend und tobend ihnen entgegen.

Da erschien vor dem dichten Haufen, im raschen Lauf vom Invaliden-Boulevard her, ein Kurier, der in der Richtung nach der Charentoner Linie entlang galoppierte, in einer hellblauen Jacke mit gelbem Kragen und Treffen auf allen Nähten, schwarzen Beinkleidern zum Zeichen tiefer Trauer, desgleichen die breitbordierte Mütze mit Krepp umschlungen ...

An dem Zügel kam das großherzogliche Wappen von Gerolstein im schwarzen Relief zum Vorschein ...

Der Kurier ließ sein Pferd im Schritt gehen, musste es jedoch bald anhalten, da er mitten in die Pöbelmasse hinein geraten war, und trotzdem er »Achtung! Achtung!« in einem fort schrie, so behutsam und geschickt er sein Pferd lenkte, so wurden doch im Nu Drohungen wider ihn laut.

»Der will wohl mit seinem Biest über unsre Köpfe wegreiten?« – »Hat dieser Himmelhund aber Silber auf seinem Leibe!« rief der lahme Junge. – »Er soll uns nicht wild machen,« schrie ein anderer, »sonst reißen wir ihn von seiner Schindmähre in den Straßendreck!« – »Und schneiden ihm die Tressen von den Lumpen, die Micou schon einschmelzen wird!« grölte ein vierter. – »Stoßen dem Lakai ein Eisen in den Leib, wenn er nicht parieren will!« rief das Skelett dem Kurier ins Gesicht, während er sein Pferd am Zügel packte, denn das Gedränge war so stark geworden, dass der Räuber darauf verzichtet hatte, seine Galoppade bis zur Linie Sankt-Jakob fortzusetzen.

Der Kurier war ein kräftiger, entschlossener Mann, der sich nicht besann, seinen Peitschenstiel zu schwingen und dem Skelett zuzurufen:

»Losgelassen, oder ich schlage dir den Peitschenstiel über den Kopf!«

»Hund! Riskiers nur!« schrie das Skelett, ohne der Aufforderung Folge zu leisten ...

»Platz da!« rief der Kurier wieder, »wer hat hier ein Recht, mich anzuhalten? Hinter mir her kommt der Wagen meines Herrn. Hörst du nicht schon die Peitschen knallen? Platz hier für mich und meinen Herrn!«

»Was geht mich dein Herr an?« rief das Skelett, »tot steche ich ihn, wenns mir einfällt – hab ohnehin noch keinen wirklich großen Herrn kalt gemacht!«

Da rief der lahme Junge: »Herren gibts nicht mehr – wir machens wie unsre Altvordern – wer Herr sein will, muss aufs Schafott! Das Volk ist Justiz! Das Volk ist Justiz!« – Und während er den Vers aus der Marseillaise sang: *»En avant, en avant! Marchons contre leur canons!«* packte er einen Stiefel des Kuriers und hing sich mit seiner ganzen Last daran, sodass der Kurier im Sattel wankte. Ein derber Schlag mit der Peitsche züchtigte den frechen Bengel, aber im nächsten Augenblick stürzte sich der Pöbel über den

Kurier, und wenngleich er seinem Rosse die Sporen einsetzte, gelang es ihm doch nicht, sich durch die Menschenmasse hindurchzuarbeiten, auch nicht, seinen Hirschfänger zu ziehen. Im Nu war er vom Pferde gerissen und wäre gelyncht worden, hätte nicht die Ankunft von Rudolfs Kutsche die Aufmerksamkeit der Menge abgelenkt.

Der mit vier Pferden bespannte Wagen des Fürsten fuhr schon eine Zeit lang im Schritt, und zwei von den Dienern, die wegen Sarahs Abscheiden in Trauer gingen, waren klugerweise von ihrem Hinterplatz abgestiegen und gingen, da die Kutsche sehr niedrig war, neben dem Verschlage her. »Achtung!« riefen die Postillone wieder und fuhren mit der größtmöglichen Vorsicht.

Rudolf, wie seine Tochter, in Trauer gekleidet, blickte mit inniger Freude in ihr sanftes, liebliches Gesicht, das von einem schwarzen Krepphute umrahmt war, der die blendende Weiße ihres Teints und den Glanz ihres schönen blonden Haars kräftig hervorhob, während in ihren blauen Augen sich das herrliche Blau des Himmels zu spiegeln schien. Zwar zeigte ihr mild lächelndes Gesicht, wenn sie den Blick auf ihren Vater richtete, Glück und Ruhe, wenn aber ihres Vaters Blicke nicht auf ihr ruhten, machte dieser Ausdruck schnell einem melancholischen Anfluge Platz, der sich wie ein Schatten über das Gesicht lagerte.

»Du bist doch nicht ungehalten, liebes Kind,« fragte Rudolf lächelnd, »dass ich dich so zeitig aus deiner Ruhe aufgescheucht habe?«

»Nicht doch, lieber Vater! Wir wollten doch zeitig abreisen, und es ist ja schon so früh hell!«

»Ich dachte, die Reise würde sich besser einrichten lassen,« sagte Rudolf, »wenn wir uns beizeiten auf den Weg machten, auch dass sie dich weniger angreifen möchte. Murph wird dich mit meinem Gefolge, unter dem sich auch deine Bedienung befindet, auf der ersten Raststation treffen!«

»Sie denken immer nur an mich, mein lieber Vater!«

»Kann ich jetzt wohl einen andern Gedanken haben?« erwiderte der Fürst lächelnd, »du bist ja meine einzige Tochter! Komm, neige deine Stirn!«

Marie beugte sich zu ihrem Vater nieder, und Rudolf küsste sie. In diesem Augenblick erreichte der Wagen die Volksmenge und verlangsamte sein Tempo auf höchst auffällige Weise. Erstaunt ließ Rudolf das Kutschfenster herunter und fragte seinen neben dem Schlage hergehenden Diener, was es gebe und was der Lärm zu bedeuten habe?

»Es ist eine solche Volksmenge hier, dass die Pferde nicht weiter können.«

»Und was will das Volk?« fragte Rudolf.

»Es heißt, Königliche Hoheit, eine Hinrichtung ..«

»Das ist ja schrecklich, dass gerade uns so etwas in den Weg kommen muss,« rief Rudolf.

»Was ist Ihnen, Vater?« fragte Marie besorgt.

»O, nichts,« versetzte Rudolf, »nichts, Kind!«

»Aber was ist denn das für Geschrei?« fragte Marie, »hören Sie doch nur! Die Leute drängen näher und näher heran ... Jesus Christus!« schrie sie auf, »was hat das zu bedeuten?«

»Franz, sage den Kutschern, sie möchten auf der Stelle umdrehen und die Charentoner Straße entlang fahren,« befahl Rudolf.

»Dazu ist es zu spät, Königliche Hoheit,« versetzte der Diener, »denn wir sind schon mitten im Gedränge ... verdächtiges Gesindel hält unsre Pferde an!«

Franz konnte nicht weiter sprechen; die Menge, gereizt durch die wüsten Prahlereien von Niklas und dem Skelett, umringte mit lautem Geschrei den Wagen. Aller Drohungen und Anstrengungen der Postillone ungeachtet, wurden die Pferde zum Stehen gebracht, und überall zeigten sich wilde, drohende Gesichter. Alle übrigen weit überragend, trat jetzt das Skelett an den Wagenschlag.

»Vater, Vater,« rief Marie, »Achtung, Achtung!« – und inbrünstig schlang sie die Arme um ihn.

Der Räuber steckte den hässlichen Kopf zum Wagen herein und fragte, die Zähne fletschend: »So? Sie sind also der Herr des Wagens?«

Wäre nicht Marie an seiner Seite gewesen, so hätte Rudolf sicher seinen aufbrausenden Charakter nicht bändigen können. So aber hielt er an sich und fragte kalt und gemessen: »Was wollt Ihr von mir, und warum haltet Ihr meinen Wagen an?«

»Warum? Weil es uns halt so beliebt!« versetzte das Skelett, die knochigen Fäuste auf den Schlag legend: »Es kommt eben jeder an die Reihe ... Gestern hast du die Kanaille geschurigelt, heute wird sich die Kanaille dafür rächen, sobald du dich mucksen solltest.«

»Vater, Vater,« klagte Marie, »wir sind verloren!«

»Sei nur ruhig, Kind,« erwiderte Rudolf, »ich rate schon, worauf die ganze Komödie hinausgeht ... Es ist letzter Karnevalstag, die Leute sind im Rausche – ich will sie bald vom Halse haben.«

»Aussteigen, aussteigen!« schrie Niklas, »warum fährt solch ein Kerl mitten ins Volk hinein?«

»Wie es scheint, haben Sie ein paar Maß über den Durst getrunken,« fuhr Rudolf den frechen Wicht an, eine Börse aus der Tasche ziehend und dem Schreier hinwerfend, »da! Nehmt das, haltet aber meinen Wagen nicht länger auf!«

Der lahme Wicht fing sie auf ... »So? Du willst auf die Reise?« rief der Bandit, »hast wohl viel Moos bei dir? Heraus damit, oder ich mache dich kalt! Zu riskieren habe ich nichts, denn ich fordere dir dein Geld am helllichten Tagend.. Also: Dein Geld oder dein Leben!« Mit diesen Worten riss der von Wein und Blutdurst völlig berauschte Bandit den Schlag auf ...

Rudolfs Geduld war zu Ende. Mariens Angst nahm mit jeder Minute zu. Besorgt um sie und in der Meinung, eine Kraftäußerung möchte den Elenden, den er für betrunken hielt, einschüchtern, sprang er aus dem Wagen, den Räuber an der Kehle zu packen. Im ersten Augenblick wich dieser zurück, dann aber riss er ein langes Dolchmesser aus dem Gürtel und stürzte auf Rudolf los ...

Als Marie den Dolch des Räubers über dem Haupte ihres Vaters sah, stieß sie einen herzzerreißenden Schrei aus, sprang aus dem Wagen und umschlang Rudolf mit den Armen ...

Hätte sich nicht in diesem Augenblick ein Mann aus der Menge mit übermenschlicher Anstrengung den Weg zu dem Skelett freigemacht, so wäre es um Rudolf und Marienblümchen geschehen gewesen ... Der Mann war kein anderer als Schuri ... Gerade als der Bandit den Fürsten mit dem Messer anfallen wollte, fiel ihm Schuri in den Arm, packte ihn am Kragen, und drückte ihn zur Erde nieder ...

Der Räuber, obgleich unversehens von hinten gepackt, konnte sich umdrehen und erkannte Schuri auf der Stelle ..

»Ha!« schrie er, »der Mann aus La Force? Der Kerl in der grauen Bluse! Warte, diesmal entgehst du mir nicht!« Und wie rasend stürzte er über Schuri her und rannte ihm das Messer bis ans Heft in die Brust ...

Schuri wankte wohl, fiel aber nicht - denn die Menge stand so dicht gedrängt, dass kein Platz für einen liegenden Menschen gewesen wäre ...

»Die Wache! Die Wache!« riefen verschiedene Stimmen.

Bei diesen Worten zerstreute sich die Menge, angesichts des Ermordeten, denn jeder fürchtete für seine Haut - und war wie durch einen Zauberschlag nach allen Seiten hin zerstoben ... Auch das Skelett, Niklas und der kleine, lahme Wicht waren verschwunden, wie in den Erdboden gesunken ...

In Begleitung der Wache kam der Kurier des Fürsten, dem es gelungen war, den Weg durch die Menge zu gewinnen und die Wache zu alarmieren. Aber auf dem Schauplatze des traurigen Ereignisses war außer Rudolf, Marien und dem in seinem Blute schwimmenden Schuri niemand mehr zugegen.

Die Diener des Fürsten hatten Schuri an einen Baum gestützt.

Der ganze Vorgang hatte sich weit schneller abgespielt, als es gedauert hat, ihn zu erzählen, und zwar wenige Schritte vor dem Wirtshause, aus welchem das Skelett mit seinem Anhange gekommen war.

Bleich und tiefbewegt hielt der Fürst seine ohnmächtige Tochter umschlungen, während die Postillone sich damit befassten, das Geschirr ihrer Pferde wieder in Ordnung zu bringen.

»Geschwind!« befahl der Fürst seinen Leuten, »bringt den Unglücklichen ins Gasthaus hinüber. Du aber,« wandte er sich an seinen Kurier, »fahre geschwind nach meinem Palais zurück und hole David, den Doktor, her. Er wollte erst um elf Uhr wegfahren. Du wirst ihn also noch zu Hause antreffen.«

Kurz nachher fuhr der Wagen im Galopp davon. Die beiden Diener trugen Schuri in den niedrigen Saal, in welchem die Orgien gefeiert worden waren, und wo noch einige von den Weibern sich aufhielten, die daran teilgenommen hatten.

»Armes Kind,« sagte Rudolf zu seiner Tochter, »ich werde dich in eine Stube dort bringen, wo du auf mich, warten magst, denn ich kann den mutigen Mann auf keinen Fall bloß meinen Leuten überlassen.«

»Ach, mein lieber Vater,« sagte Marie, »lassen Sie mich nicht allein! Ich stürbe ja vor Angst ... nein, nein! Ich will bei Ihnen bleiben, bei Ihnen! Bei Ihnen!«

»Aber was du sehen wirst, wird deine Nerven erschüttern, Kind!«

»Verdanke ich nicht diesem Manne das Leben meines Vaters?« fragte Marie tief erschüttert, »so lassen Sie mich also ihm zusammen mit Ihnen danken und ihn pflegen und trösten.«

Der Fürst befand sich in arger Verlegenheit. Er begriff recht gut, dass es für sein Kind schlimme Bedenken hatte, allein in einer Stube solches gemeinen Wirtshauses zu verweilen, und so entschloss er sich zu dem kleineren Übel und erlaubte ihr, mit in den Saal zu kommen, worin man Schuri gebettet hatte.

Der Wirt war im Verein mit mehreren Mägden eifrig um den Verwundeten bemüht, und suchte das Blut zu stillen, das ihm aus der verwundeten

Brust rann. Schuri hatte gerade die Augen aufgeschlagen, als Rudolf eintrat. Das todbleiche Gesicht bekam, als seine Augen den Fürsten erblickten, jäh wieder Leben, und schwach lächelnd, sagte er mit matter Stimme:

»Ach, Herr Rudolf, es war doch wirklich gut, dass ich mit bei der Affäre war!«

»Du bist eben mutig und aufopferungsvoll wie immer ... und dabei hast du mich ja schon einmal gerettet!« sagte Rudolf in bewegtem Tone zu ihm.

»Ich wollte - an die Linie von Charenton - gehen, um Sie - vorbeifahren zu sehen; - zum Glück wurde ich - von dem Gedränge aufgehalten. Übrigens musste mir - das begegnen - ich habe es Martial gesagt; ich ahnte es.«

»Ahntest es? Wirklich?«

»Ja, Herr Rudolf, - der Traum vom Feldwebel, den ich heut Nacht wieder gehabt habe -«

»Vergiss das und hoffe; die Wunde wird nicht tödlich sein -«

»Ach, das Skelett hat gut gezielt. - Es schadet aber nichts; ja, ich hatte recht, als ich zu Martial sagte, ein Wurm wie ich - könnte auch manchmal einem - großen Herrn - wie Ihnen - nützlich sein - wir sind nun quitt - Herr Rudolf. - Sie haben mir gesagt, ich hätte ein Herz und Ehre im Leibe, - und diese Worte, sehen Sie - Ach, ich ersticke. - Gnädigster Herr - ohne Ihnen etwas zumuten zu wollen, das Sie nicht tun können oder dürfen - erweisen Sie mir die Ehre - und reichen Sie mir die Hand; - ich fühle, dass es - zu Ende geht.«

»Nein, es kann nicht sein - es kann nicht sein!« rief der Fürst, indem er sich über den Schuri-Mann bog und die kalte Hand des Verwundeten drückte, - »nein, du wirst leben, du wirst leben!«

»Herr Rudolf - sehen Sie, - es gibt - da oben - etwas! - ich habe gemordet - durch einen Messerstich und - ich sterbe - durch einen - Messerstich,« sagte Schuri mit immer schwächer werdender Stimme.

In diesem Augenblick fiel sein Blick auf Marienblume, die er noch nicht bemerkt hatte. - Auf seinem Gesicht malte sich Erstaunen, er machte eine Bewegung und sagte:

»Ach - mein - Gott! - die Schalldirne! Die - Schall - dir - ne!«

»Ja, - sie ist meine Tochter! Sie segnet dich dafür, dass du ihr den Vater erhalten!«

»Sie - Ihre Tochter! - das - erinnert mich daran - wie - wir miteinander - bekannt - wurden - Herr Rudolf - und - an die - Faustschläge - aber - dieser Messerstoß - ist - auch gut. - Ich habe - das Messer gebraucht - und sterbe durch - ein Messer. - Es ist ganz - recht.«

Noch einmal holte er tief Atem; dann ließ er den Kopf zurücksinken. Er verschied.

Draußen hörte man Pferdegetrappel und Wagengerassel; der Kurier war dem Wagen von Murph und David begegnet, die früher abgefahren waren, als bestimmt gewesen.

David und der Squire traten in die Stube.

»David,« sagte Rudolf, seine Tränen trocknend und auf Schuri zeigend, »ist keine Hoffnung mehr?«

»Keine, Königliche Hoheit,« sagte der Arzt nach kurzer Untersuchung.

Während dieser Minute hatte eine schreckliche, stumme Szene sich zwischen Marie und der Wirtin vom »weißen Kaninchen« abgespielt, die Rudolf nicht bemerkt hatte.

Als Schuri halblaut den Namen der Schalldirne ausgesprochen, hatte die Wirtin rasch aufgeschaut und das Mädchen erblickt.

Das schreckliche Weib hatte auch bereits Rudolf erkannt: man nannte ihn »gnädigster Herr, Königliche Hoheit«, - und er - er nannte die Schalldirne seine Tochter; - solche Verwandlung ging über die Begriffe der Frau, die ihr ehemaliges Opfer unverwandt anstierte.

Marie stand bleich und unbeweglich da und schien durch diesen Blick wie festgebannt zu sein.

Der Tod Schuris und das unerwartete Erscheinen der Wirtin, das die Erinnerung an ihr früheres Leben schmerzlicher als je heraufbeschwor, bedünkte sie eine traurige Vorbedeutung. Sie konnte von diesem Augenblick an eine Ahnung nicht niederkämpfen, und Ahnungen haben oft auf Charaktere gleich dem Ihrigen einen unabweislichen Einfluss.

Bald nach diesen traurigen Begebnissen hatte Fürst Rudolf mit seiner Tochter Paris für immer verlassen.

Dreizehnter Teil.

Briefwechsel zwischen dem Prinzen Heinrich von Herkausen-Oldenzaal und dem Grafen Maximilian von Kaminietz.

Zeit: etwa anderthalb Jahre nach Rudolfs Abreise aus Paris und dem Tode Schuris ...

Oldenzaal, am 25. August 1840. Lieber Max! – Eben komme ich von Gerolstein, wo ich ein Vierteljahr Gast beim Großherzog und seiner Gesippschaft gewesen bin. Ich rechnete darauf, von Dir ein paar Worte hier zu finden, die mir Deine baldige Ankunft in Oldenzaal melden würden. Stelle Dir meine Überraschung, meinen Verdruss vor, als ich erfahre, dass Du noch wochenlang im Ungarlande festgehalten sein wirst ..

Ich habe Dir seit vier Monaten nicht schreiben können, wusste ich doch bei Deiner abenteuerlichen Weise, zu reisen, niemals recht, wohin ich meine Briefe richten sollte. Dagegen hattest Du mir feierlich versprochen, als wir uns in Wien trennten, am 1. August wieder hier in Oldenzaal zu sein.

Ich muss also dem Vergnügen, Dich bei mir zu sehen, entsagen; ich hätte gar zu gern mit Dir gesprochen, habe ich Dir doch gewissermaßen mein Herz auszuschütten! Dir, meinem ältesten und liebsten Freunde! Denn wenn wir auch beide noch immer junge Leutchen sind, so datiert doch unsre Freundschaft schon seit »Anno Toback«, hätte ich fast hinzugesetzt ... aber seit unserer frühesten Kindheit, entspricht den Umständen genauer.

Was soll ich Dir sagen? Seit einem Vierteljahre etwa ist mit mir eine förmliche Wandlung vorgegangen, denn ich stehe vor einem jener Momente im menschlichen Leben, die über ein ganzes Dasein entscheiden ..

Urteile also hiernach, wie sehr mir Deine Ratschläge fehlen, wie sehr ich es vermisse, Dich an meiner Seite zu haben!

Freilich, ich weiß ja, dass Du mir nicht mehr so lange fehlen wirst, wie Du mir eben gefehlt hast; und was Dich auch im Ungarlande zurückhalten mag, kommen wirst Du ja, Max! Und Du musst kommen, ich beschwöre Dich, Freund! Brauche ich doch Trost aus Freundesmund, und kann ich doch nicht zu Dir kommen! Nein, nein! Das ginge unter keinen Umständen! Also, Freund, komm, komm schnell!

Am Nachmittag.

Mich hat mein Vater aus Gerolstein abgerufen, weil seine Gesundheit, die stets zu wünschen lässt, seit Kurzem viel Ursache zu Klagen gibt, sodass er täglich schwacher und hinfälliger wird ... Es geht wirklich nicht mehr an, dass ich ihn allein lasse ... Ach, und doch habe ich Dir soviel, so unendlich viel zu erzählen, Freund! Habe Dir zu erzählen von Lebensabschnitten, wie ich sie ereignisvoller und romantischer noch nie gekannt habe!

Es ist wirklich recht bedauerlich und auch recht wunderlich, dass wir gerade jetzt so weit voneinander sein müssen, während wir doch sonst so aneinanderhingen, dass man uns die »Unzertrennlichen« oder wohl gar »die Zwillingsbrüder« zu nennen liebte ... Und wir waren auch wirklich ein Freundespaar, wie man es sich inniger kaum wohl vorstellen kann ... Waren wir nicht immer gewissermaßen stolz darauf, den Beweis dafür zu erbringen, dass wir nicht bloß Fantasiefiguren seien wie Schillers Carlos und Posa, sondern den süßen Zauber eines zärtlichen, innigen Freundschaftsbundes zu schätzen, zu genießen verstehen!

Abends.

Ach, mein teuerster Freund, warum bist Du nicht an meiner Seite? Warum warest Du nicht an meiner Seite?

Seit einem Vierteljahre strömt mein Herz über von unaussprechlich traurigen und doch auch wieder so unaussprechlich trauten und süßen Empfindungen!

Und ich musste alles allein mit mir verarbeiten! Konnte Dich nicht teilhaftig machen all jener seelischen Wandlungen, die sich in mir vollzogen!

Und doch kennst Du all meine launenhafte Empfindsamkeit, hast oft genug die Tränen in meinem Auge gesehen, wenn mir irgendeine liebe Tat, ein Zeichen von menschenfreundlicher Gesinnung zu Ohren kam ... oder wenn wir zusammen auf irgendeinem Hügel unsers lieben Heimatlandes saßen und dem herrlichen Sonnenuntergange zuschauten oder im stillen Zauber einer milden, klaren Sternennacht schwelgten!

Besinnst Du Dich noch auf unsern prächtigen Ausflug vergangenes Jahr nach den Ruinen von Oppenfeld, am Ufer des mächtigen Sees, und wie wir an dem schönen Abend zusammen träumerisch am Strande saßen und Luftschlösser bauten?

Seltsamer Abstand zwischen damals und heute! Es war gerade drei Tage vor dem blutigen Zweikampfe, zu dessen Sekundanten ich Dich nicht nehmen mochte, denn unter Deinen Augen blessiert zu werden, wäre mir zu schmerzlich gewesen! Saint-Remy, der junge französische Edelmann, der Gesandtschaft am Gerolsteiner Hofe attachiert, fiel, von meinem Sekundanten durchbohrt – und was war der frivole Anlass zu dem Duell? Ein geringfügiger Zwist beim Spiel! Apropos, weißt Du auch, was aus der sakrischen Sirene geworden ist, die Saint-Remy mit nach Oppenfeld brachte, und die, wenn ich mich recht entsinne, Cecily David hieß?

Lieber Freund! Ich sehe, wie Du mitleidig die Lippen kräuselst, dass ich mich in so losen Erinnerungen bewege, dass ich immer und immer wieder mit der Vergangenheit mich befasse, statt zu jenen Mitteilungen ernster Natur zu gelangen, auf die ich Dich vorbereitet habe ... aber es wird mir schwer, Freund, und wenn ich mir auch sage, dass ich unrecht daran tue, so zögere ich doch damit, schiebe doch den Augenblick hinaus, wo ich Dir mein Herz ausschütten sollte, denn ich kenne Deine Sittenstrenge und fürchte böse Worte aus Deinem Munde ... weil ich ohne Überlegung - nicht mit klugem Vorbedacht - aber was will das heißen bei einem Alter von 21 Jahren? - sondern ins Gelag hinein, toll und unbesonnen gehandelt habe! Weil ich mich blindlings von dem Strome habe hinwegreißen lassen, der mich packte ... Und erwacht aus dem zauberhaften Traume bin ich erst seit meinem Aufbruch von Gerolstein, nachdem ich ein volles Vierteljahr darin gefangen gewesen, mich sorglos ein Vierteljahr lang darin gewiegt habe ... Ach! Und mein Erwachen ist traurig, so traurig. -

Am zweiten Tage, morgens.

Und doch, lieber Max, - ich nehme all meinen Mut zusammen - will ich nun beichten. Höre mich nachsichtsvoll an! - Wenn ich mich auch nicht getraue, die Augen zu Dir aufzuschlagen, denn ich merke, dass Du zwischen den Zeilen liest, dass Deine Züge ernst und streng werden - Du kalter Stoiker!

Ich hatte auf ein halbes Jahr Urlaub erhalten, wandte Wien den Rücken und verweilte einige Zeit bei meinem Vater. Damals stand es um seine Gesundheit noch gut - er empfahl mir, meiner vortrefflichen Tante, der Prinzessin Juliane, die auch Oberin des Gerolsteiner Stiftes ist, einen Besuch zu machen.

Ich habe Dir wohl schon gesagt, dass meine Urgroßmutter eine Cousine des Urgroßvaters des jetzt regierenden Großherzogs war und dass dieser, Gustav Rudolf mit Namen, mich und meinen Vater zufolge dieses verwandtschaftlichen Verhältnisses immer mit der herzlichsten Freundschaft, als seine »Vettern« behandelt hat ..

Du weißt wohl ferner, dass der Großherzog während der langen Reise, die er jüngst nach Frankreich unternahm, meinem Vater die Regierung seines Landes übertrug - als Verweser natürlich nur. -

Dass ich von diesen Nebenumständen, lieber Freund, nicht aus Ehrgeiz spreche, sondern nur, um Dir die Ursachen jener großen Vertraulichkeit zu erklären, in der ich während meines Aufenthaltes in Gerolstein mit dem Großherzog und seiner Familie gelebt habe, weißt Du.

Ebenso wirst Du Dich erinnern, dass wir im vorigen Jahre auf einer Rheinreise erzählen hörten, dass unser Fürst in Frankreich die Gräfin Mac Gregor wiedergefunden und sich mit ihr *in extremis* habe trauen lassen, um die Geburt einer Tochter zu legitimieren, die ihm besagte Gräfin in heimlicher, nachmals wegen gewisser, dabei unterlaufener Formfehler als ungültig erklärten Verbindung geboren hatte. Diese Quasi-Ehe hatte unser jetzt regierender Großherzog seinerzeit wider den strengen Willen seines in Gott ruhenden, allerhöchsten Vaters geschlossen.

Dieses junge, jetzt in aller Form anerkannte und in all ihre Rechte feierlich eingesetzte Mädchen ist die liebenswürdige Prinzessin Amalie, - ihren früheren Namen hat der Großherzog fallen lassen, weil er ihm und seiner Tochter eine Reihe recht unangenehmer Erinnerungen wachruft - es ist eine höchst interessante Dame. Lord Dudley, der sie im vorigen Jahre in Gerolstein kennenzulernen die Ehre hatte, entwarf bekanntlich im vorigen Jahre in Wien eine so begeisterte Schilderung von ihr, dass wir ihn alle der Übertreibung ziehen - aber - wer mir gesagt hätte, Freund! Nein, es ist tatsächlich nicht zu glauben, wie wunderlich doch das Schicksal mit uns Menschen spielt!

Am zweiten Tage, mittags.

Ich war wirklich so ergriffen, dass ich mein Schreiben schon wieder unterbrechen musste, Freund ... Ich bilde mir ein, dass Du mein Geheimnis schon witterst und dass ich Dir also kaum noch viel zu sagen haben dürfte ... Immerhin will ich Dir getreu in der Reihenfolge, wie die Ereignisse sich vollzogen haben, weiter berichten ..

Also: Das Kloster von Sankt-Hermangild, dessen Äbtissin meine Tante ist, befindet sich in unmittelbarer Nähe von Gerolstein, man hat kaum eine halbe Stunde Wegs bis dahin - und der Park der Abtei reicht eigentlich bis dicht an die Vorstadt von Gerolstein. - Dort hatte mir meine Tante ein sehr schmuckes, vom Kloster selbst völlig abgeschiedenes Haus zur Verfügung gestellt.

Um Tage meiner Ankunft ließ sie mir sagen, es sei am andern Morgen großer Empfang und Hoffestlichkeit, bei der der Großherzog seine demnächstige Vermählung mit Frau Marquise von Harville, die mit ihrem Vater, dem Grafen von Orbigny, seit einiger Zeit in seiner Residenz weile, offiziell anzeigen werde.

Von verschiedenen Seiten werde der Fürst deshalb getadelt, da es doch nahe gelegen habe, dass er diesmal eine Verbindung mit einem souveränen Hause hätte nachsuchen müssen - denn seine erste Gemahlin, die verstorbene Großherzogin, hatte dem bayrischen Königshause angehört - andere, und zu ihnen gehörte meine Tante, gratulierten ihm, dass er, statt den Lockungen ehrgeiziger Konvenienzrücksichten zu folgen, eine junge liebenswürdige Dame aus einem der ältesten Adelsgeschlechter Frankreichs gewählt habe, da es sich hier doch um eine wahre Liebesheirat handle ...

Dass meine Tante für den Großherzog allzeit die innigste Zuneigung gefühlt hat, weißt Du, auch, dass sie seine trefflichen Eigenschaften besser als mancher andere zu schätzen versteht ...

Als ich mit ihr über die Festlichkeit, der ich am andern Tage beiwohnen sollte, mich unterhielt, sagte sie: »Mein lieber Junge, das Merkwürdigste, was dir morgen zu sehen beschieden sein dürfte, wird sicher die Perle von Gerolstein sein.«

»Wen verstehen Sie darunter, liebe Tante?«

»Ei, unsre Prinzessin Amalie!« erklärte sie.

»Das großherzogliche Töchterlein?« fragte ich lachend; »ei, Lord Dudley hat uns ja bereits in Wien eine so enthusiastische Skizze von ihr gegeben, dass ich wirklich gespannt bin!«

»Mein Junge,« erwiderte die Tante, »in meinem Alter exaltiert man sich nicht mehr so leicht für jemand, deshalb wirst du wohl auch an die Unparteilichkeit meines Urteils glauben, Neffe ... Nun, ich muss dir aber sagen, dass mir in meinem Leben noch kein so bezauberndes Wesen vor Augen gekommen ist, wie unsere Prinzessin Amalie ... Ich erzählte dir ja gern von ihrer wirklich engelgleichen Schönheit, wenn sie nicht mit einem schier unwiderstehlichen Liebreize ausgestattet wäre, der hoch über ihrer physischen Schönheit steht: Das ist ihre Unschuld und Anmut, ihre Bescheidenheit, ohne dass sie sich in ihrer Würde etwas vergäbe ... Von der ersten Stunde an, dass der Großherzog mich mit ihr bekannt machte, habe ich für dies allerliebste Mädchen die lauterste Zuneigung empfunden ... Und mir geht es nicht allein so: Seit einer Woche ungefähr ist Erzherzogin Sophie bei uns in Gerolstein: die stolzeste, hochmütigste Fürstin, die ich kenne ...«

»Das stimmt, Tante! Wenigstens möchte ich ihrer Ironie niemals anheimfallen! Und ihrem beißenden Witze entgehen tatsächlich nur sehr wenige ... In Wien wird die Erzherzogin gefürchtet, ohne Übertreibung darf man das sagen ... Und vor ihren Augen hat Prinzessin Amalie Gnade gefunden?«

»Sophie schwärmt für sie! Vorgestern machte sie dem Versorgungshause einen Besuch, das bekanntlich unter ihrem Protektorate steht, und da hat sie zu mir gesagt: »Nun, meine Liebe, das muss ich sagen, Ihre neue Prinzessin wirkt ja richtig ansteckend durch ihre Seelengüte ... ein so sanftes, liebenswürdiges, harmloses Wesen wie sie habe ich ja, so alt ich bin, noch nicht gesehen.«

»Ei,« sagte ich darauf zu meiner Tante, »da scheint die Prinzessin ja eine richtige Zauberfee zu sein!«

»In meinen Augen ist,« wiederholte die Tante, »eben die schon erwähnte Mischung von Würde mit Sanftmut und Bescheidenheit der eigentliche

Reiz, mit dem sie alle Gemüter bestrickt und ihrer physischen Schönheit eine ganz eigentümliche Steigerung verleiht. Ihr liebliches Antlitz gewinnt dadurch tatsächlich einen himmlischen Anstrich.«

»Und dass solche Eigenschaft bei Prinzessinnen nicht gerade häufig vertreten ist, erfahren wir jungen Männer leider recht oft zu unserm lebhaften Bedauern und nicht minder lebhaften Verdrusse.«

»Du darfst nicht vergessen, Neffe, dass diese Eigenschaft bei ihr um so höher anzuschlagen ist, als sie ja erst seit Kurzem zu ihrem Range erhoben worden ist. Ganz sicher lässt es auf einen hohen Grad von Gemütsstärke schließen, dass sie sich von aller Hoffart freizuhalten verstanden hat.«

»Hat sie, wenn sie mit Ihnen sprach, liebe Tante, ihrer früheren Schicksale niemals erwähnt?«

»Nein, aber als ich ihr sagte, welche Achtung wir ihr als der Tochter unseres Landesherrn und Familienoberhauptes schuldig seien, und dass da Altersrücksichten nicht mitzusprechen hätten, da hat mich die Unbefangenheit, verschmolzen mit Erkenntlichkeit und Verehrung, ganz unsagbar ergriffen, zeigte mir doch ihre so liebenswürdige wie edle Zurückhaltung, dass sie ihre jetzigen Verhältnisse nicht etwa derart berauschten, dass sie alle Vergangenheit vergäße, dass sie im Gegenteil meinem Alter all die zarte Rücksicht entgegenbrachte, die ich ihrer höheren Stellung bereitwilligst einräumte.«

»Es gehört wirklich,« bemerkte ich zu meiner Tante, »ein feiner Takt dazu, um diese zarten Nuancen zu unterscheiden.«

»Liebes Kind! Je öfter ich die Prinzessin gesehen habe, desto mehr gratulierte ich mir zu dem ersten Eindrucke, den sie auf mich gemacht hatte. Was sie, seitdem sie hier ist, Gutes gestiftet hat, ist unglaublich; – und alles dieses mit einer Überzeugung, mit einer Reife des Urteils, die mich bei einer Person ihres Alters staunen machen. Urteile selbst! – auf ihre Bitte hat der Großherzog in Gerolstein eine Anstalt für arme kleine verwaiste Mädchen von fünf bis sechs Jahren und für jene verwaisten oder verlassenen Mädchen gegründet, die sechzehn Jahre alt sind, dieses verhängnisvolle Alter für die Unglücklichen, die schutzlos sind gegen Verführung oder Not. Edle geistliche Frauen meiner Abtei beaufsichtigen und unterrichten die Zöglinge. So oft ich das Haus besuche, sehe ich, wie diese armen Mädchen die gute Prinzessin anbeten. Jeden Tag bringt sie einige Stunden in der Anstalt zu, die unter ihrem besonderen Schutze steht, und ich wiederhole es Ihnen, liebes Kind! Es ist nicht bloß Achtung, Erkenntlichkeit, was die Mädchen und die geistlichen Frauen für die Prinzessin fühlen, sondern weit eher fanatische Schwärmerei.«

»Also ist die Prinzessin tatsächlich ein Engelsgeschöpf!« rief ich.

»Wie du sagst, ja, wie du sagst!« erwiderte meine Tante, »denn du kannst dir nicht vorstellen, mit welch rührender Liebenswürdigkeit sie ihre Schutzbefohlenen behandelt, und mit welch frommer Sorgfalt sie über ihnen wacht. Ich habe Unglück noch nie mit solchem Zartgefühl, mit solcher Schonung behandeln sehen – man möchte sagen, dass die Prinzessin sich von schier unwiderstehlichem Mitgefühl zu dieser Klasse armer, verlassener Wesen hingezogen fühlt. Können Sie es glauben, dass die Tochter eines regierenden Großherzogs die armen Dinger immer nur »meine lieben Schwestern« anredet?«

Zwei Stunden später.

Ich muss Dir bekennen, lieber Max, dass mir bei diesen Worten meiner Tante Tränen in die Augen treten wollten. Meinst Du nicht auch, dass solches Wesen ein Fürstenkind mehr ziert als alles andere? Du weißt, wie aufrichtig ich bin, und ich versichere Dir, dass ich die Worte meiner Tante Dir buchstäblich genau mitgeteilt habe, und dass ich kein Jota vom Tatsächlichen auch fürderhin abweichen werde.

»Aber, liebe Tante,« bemerkte ich, »wenn die Prinzessin wirklich ein so reizendes Wesen ist, dann wird es mir schwerlich leicht fallen, morgen bei der Vorstellung gleichgültig zu bleiben. Du kennst ja meine hochgradige Schüchternheit und weißt recht gut, dass mir ein vornehmer Charakter immer mehr imponiert als ein vornehmer Rang, und dass ich der Prinzessin deshalb morgen als recht blöder Simpel gegenübertreten werde, erscheint mir als ausgemacht ... Nun, komme es so oder anders: Ich füge mich im Voraus in mein Schicksal!«

»Lass nur gut sein, mein lieber Neffe,« versetzte darauf die Tante, »Prinzessin Amalie wird nachsichtig gegen dich sein. Zudem bist du ja auch für sie gar nicht einmal eine neue Bekanntschaft.«

»Was sind das für Reden, Tante!«

»Na, anders ist's doch nicht, Neffe!«

»Aber wieso?« fragte ich eifrig.

»O, du besinnst dich doch, dass du in deinem sechzehnten Jahre aus Oldenzaal mit deinem Vater nach Russland und England reistest, und dass ich damals von dir ein Bild malen ließ in dem Kostüm, das du auf dem ersten Maskenballe trugst, den die verwitwete Frau Großherzogin gab.«

»O ja, darauf besinne ich mich allerdings noch, Tante,« sagte ich, »auch auf das Kostüm eines Pagen aus dem sechzehnten Jahrhundert, das ich damals trug.«

»Nun, der wackre Künstler, der das Bild malte, hat dich damals vorzüglich getroffen. Kurz nachdem die Prinzessin mit dem Großherzog in Deutschland angekommen, machten sie beide bei mir Visite, und dein Bild fiel ihr sogleich auf. Sie fragte mich ganz ungeniert, wer denn der hübsche Page aus verwichener Zeit sei. Der Großherzog lächelte und meinte: »Es stellt einen Vetter von uns dar, der jetzt wohl, nach der Tracht zu schließen, meine Liebe, an die dreihundert Jahre alt sein könnte, der jedoch zu seiner Zeit ein Ritter ohne Furcht und Tadel war und immer das Herz auf dem rechten Flecke gehabt hat ... Sage es doch selbst: Spricht aus seinem Blicke nicht Mut und aus seinem Lächeln nicht Herzensgüte?«

Erlaube, lieber Max, dass ich mich hier unterbreche: Ich möchte aber nicht, dass Du hier ungeduldig und geringschätzig die Achseln zucktest! Und ich glaube fast, Du tust es, wenn Du merkst, was für wunderliche Begriffe ich über mich selbst zu entwickeln anfange ... Aber es fällt mir schwer, anders zu schreiben, glaub mir! Und in der Folge meines Berichtes werden Dir noch all die Umstände klar werden, die mich zu solchen Empfindungen bewegen mussten ... Drum breche ich den Zwischensatz hier wieder ab und fahre fort:

Meine Tante sagte weiter: »Unsre Prinzessin Amalie, getäuscht durch diesen harmlosen Scherz, teilte mir die Ansicht ihres Vaters über den so stolzen und doch wieder so sanften Gesichtsausdruck von dir mit und vertiefte sich eine Zeit lang in das Bild ... Als ich sie später wieder in Gerolstein traf, hat sie mich mit schelmischem Lächeln gebeten, ihr doch zu sagen, ob über jenen »Neffen aus der guten alten Zeit« wieder etwas zu hören gewesen sei? Da habe ich ihr den kleinen Betrug offen bekannt und ihr gesagt, dass der schmucke Page aus dem 16. Jahrhundert kein anderer sei als mein Neffe, Prinz Heinrich von Herkausen-Oldenzaal, und dass er, vom Kostüm abgesehen, dem Originale täuschend ähnlich sei, in seinem 21. Lebensjahre stehe und Gardekapitän Seiner k. k. Apostolischen Majestät des Kaisers von Österreich sei ... Ich sage dir, Neffe, wie die Prinzessin diese Aufklärung aus meinem Munde hörte, ist sie kirschrot geworden, gleich darauf aber wieder bitter ernst, wie sie es gewöhnlich ist. Aber gesprochen hat sie seitdem von dem Bilde kein einziges Mal mehr. Daraus aber kannst du ersehen, lieber Neffe, dass du ihr gar nicht so wildfremd erscheinen wirst, wie du es dir gedacht hast, im Gegenteil deiner Cousine ein recht bekanntes Gesicht zeigen wirst ... Mach dir also keinerlei Sorge, sondern bestrebe dich vielmehr, deinem Konterfei alle mögliche Ehre anzutun.«

Diese Unterhaltung hat, wie schon gesagt, lieber Max, am Abend vor dem Tage stattgefunden, an welchem ich der Prinzessin, meiner neubacknen Cousine, präsentiert werden sollte ... Ich verabschiedete mich bei meiner Tante und begab mich in meine Wohnung ...

Ich bin immer offen gegen Dich gewesen, lieber Max, und habe aus meinem Herzen zu keiner Zeit eine Mördergrube gemacht. Drum will ich Dir auch jetzt bekennen, welch albernen und törichten Einbildungen ich mich hingegeben habe, als ich nach dieser Unterhaltung mit mir allein war.

Am dritten Tage, morgens.

Du hast mir so oft gesagt, lieber Max, dass ich keinen Schimmer von Eitelkeit an mir hätte, ich glaube auch, dass ich frei von diesem Gebrechen bin, aber ich muss es hier ausdrücklich sagen, denn wenn ich in Deinen Augen nicht als selbstgefälliger Tor erscheinen will, dürfte es mir schwerfallen, in der Schilderung des weiteren Verlaufes dieser Begebenheit fortzufahren.

Als ich allein in meinem Zimmer war, musste ich wohl oder übel mit dem ewig wiederkehrenden Gedanken an die junge Prinzessin, die sich mein Bild angesehen und beifällig darüber geäußert hatte, fertig zu werden suchen. Am meisten beschäftigte mich die Frage der Prinzessin, ob über den »Vetter aus der guten alten Zeit« bei meiner Tante Weiteres verlautet habe?

Nichts war indessen törichter als die Hoffnung, dass sich auf einen so unbedeutenden Umstand wie diesen irgendwelches Luftschloss bauen lasse. Immerhin hatte mich der Fall nicht bloß interessiert, sondern - ich bekenne Dir das ebenso unverhohlen wie alles andere, was zu meinem Berichte gehört - er hatte mich sogar in einen gewissen Grad von Begeisterung versetzt.

Sicher hatten die Lobsprüche, die der Prinzessin aus dem Munde einer so gereiften und urteilsstrengen Dame wie meiner Tante zuteilgeworden waren, mir einen noch wesentlich höheren Begriff von ihrem Werte beigebracht, als ich bisher von ihr fassen konnte ... diese Lobsprüche hatten indessen auch mich für die Auszeichnung empfänglicher gemacht, die sie mir - oder vielmehr meinem Bilde - hatte zuteilwerden lassen ... Genug! Diese Auszeichnung rief in mir so törichte Gedanken wach, dass ich mich, nachdem ich nun gelernt habe, die jüngste Vergangenheit mit kühlerem Blicke zu betrachten, selbst frage, wie es wohl habe geschehen können, dass ich mich von solchen Gedanken derart habe hinreißen lassen können, dass ich im Grunde genommen gar nicht weit mehr vom Rande des Abgrundes war ...

Wenn ich auch mit dem großherzoglichen Hause verwandt bin und von dem Großherzog selber nie anders als mit freundlichem Wohlwollen aufgenommen worden bin, so habe ich doch zu der Hoffnung, mit der Prinzessin eine eheliche Verbindung einzugehen, nicht den allergeringsten Anlass. Wohl nicht einmal in dem Falle, dass wir beide in Liebe zueinander entbrannt wären ... Und wie konnte ich mir derlei Gedanken einbilden? ... Unsere Familie ist ja makellos, aber sie ist arm im Vergleich zu den bedeutenderen Reichtümern des großherzoglichen Zweiges; es ist wohl nicht zu viel gesagt, wenn man unsern Großherzog für den reichsten aller deutschen Fürsten hält ... Und weiter: War ich nicht gerade erst 21 Jahre alt? Und war ich nicht bloß einfacher Gardekapitän? Wie konnte der Großherzog auch nur im entferntesten daran denken, sich einen solchen Schwiegersohn auszusuchen?

All diese Erwägungen hätten mich freilich wohl abhalten können, mich mit Gedanken zu befassen, denen es an jeglichem Boden fehlte. Aber wenn ich auch eine wirkliche Leidenschaft noch nicht empfand, von der Vorahnung einer solchen war ich durchaus nicht frei ... Leider aber überließ ich mich weiteren kindischen Ideen dieser Art. So trug ich einen Ring am Finger, den mir ehedem die liebe, gute Gräfin Thekla – die Du ja auch kennst – gegeben, und wenn auch solches Pfand einer, gelinde gesagt, törichten Passion mich nur wenig fesseln konnte, so opferte ich es doch ohne Weiteres der neu in meinem Herzen erwachten Leidenschaft: Der arme Ring verschwand in den Fluten des unter meinem Fenster vorbeirauschenden kleinen Flusses.

Soll ich Dir erzählen, wie ich die Nacht verbrachte? Das wäre wohl unnütz? Denken wirst Du es Dir ja doch können ... Ich hatte erfahren, dass die Prinzessin eine engelschöne Blondine sei ... Ich suchte mir ihre Gesichtszüge, ihre Erscheinung, den Klang ihrer Stimme zu vergegenwärtigen; suchte mir den Ausdruck ihres Bildes vor die Seele zu zaubern; wenn mir dann das Porträt von mir einfiel, das ihre Aufmerksamkeit geweckt hatte, dann musste ich mir sagen, dass der Künstler, von dem es herrührte, mir beispiellos geschmeichelt hatte, um sich den Beifall meiner Eltern, besonders meiner in mich verliebten Tante zu sichern. Ja, mehr noch: Ich verglich das romantische Pagenkostüm aus dem 16. Jahrhundert mit der nüchternen Uniform eines Gardekapitäns Seiner k. u. k. Apostolischen Majestät und musste mir sagen, dass ein Vergleich zwischen beiden Trachten zu meinem Vorteil keineswegs ausfallen konnte.

Diesen kindischen Gedanken, lieber Freund, folgten ja, wie ich nicht unerwähnt lassen will, oft auch edlere Empfindungen ... ich fühlte mich tief ergriffen, wenn ich mir die Prinzessin als gütige Fee vor die Augen hielt, die sich der armen verlassenen Geschöpfe, die in der von ihr ins Leben gerufenen Anstalt weilten, so liebevoll annahm, vor die Seele führte ...

Am dritten Tage, mittags.

Wie ich Dir sagen muss, lieber Freund, ich habe die Nacht, von der ich Dir erzähle, und einen Teil des andern Tages in wirklicher Seelenangst verbracht. Du weißt, dass ich niemals im Leben mir auf meine persönlichen Vorzüge das geringste zugute getan habe; immerhin wollte der Gedanke nicht von mir weichen, dass mein Bild einen gewissen Eindruck auf die Prinzessin gemacht habe; ein Glück wenigstens, dass ich mir nach wie vor gegenwärtig hielt, dass mich eine unübersteigliche Kluft von ihr schied. Und doch wollte der Gedanke nicht von mir weichen, dass sie mich nach dem Bilde nicht wiedererkennen möchte, dass ich dem Bilde *in natura* nicht das Wasser zu reichen vermöchte ... Ich hatte sie noch mit keinem Blicke gesehen, war aber im Voraus der festen Meinung, dass sie mich kaum eines Blickes für wert halten werde ... und doch hatte ich es fertiggebracht, ihr das Pfand zu opfern, das ich zur Erinnerung an meine erste Liebe am Finger getragen hatte!

Zwei Stunden später.

Endlich ist sie da, die wichtige Stunde des feierlichen Empfanges bei Hofe! Ich passte verschiedene Uniformen an, musste aber zugeben, dass eine immer unvorteilhafter saß als die andere, und fuhr endlich, höchst unzufrieden mit meiner Persönlichkeit, nach dem großherzoglichen Palaste ...

Gerolstein ist zwar nur eine knappe Viertelstunde von der Abtei entfernt – wie ich schon einmal bemerkt habe – und doch bestürmten mich auf dieser kurzen Fahrt tausenderlei Gedanken! All die törichten Betrachtungen, mit denen ich mich befasst hatte, schwanden hin vor einer einzigen ernsten, trüben, fast bedrohlichen Ahnung, die mich zufolge einer jener seltsamen Krisen überkam, die zuweilen ein ganzes Menschenleben bestimmen: einer Ahnung, dass ich in Liebe, leidenschaftlicher Liebe entbrennen würde – in einer Liebe, wie der Mensch sie nur einmal im Leben empfindet ... und dass mich diese Liebe, um das Maß meines Verhängnisses vollzumachen, weil sie eben auf ein so hohes und würdiges Ziel sich richtete, auf Lebenszeit unglücklich machen würde!

Darüber entsetzte ich mich so, dass ich auf einmal den gescheiten Einfall bekam, den Wagen halten zu lassen, wieder nach der Abtei zu fahren und von da die Rückfahrt zu meinem Vater zu unternehmen, es der Tante überlassend, wie es ihr gelingen werde, meine schnelle Abreise bei dem Großherzoge zu rechtfertigen oder wenigstens zu entschuldigen ...

Leider sollte mich aber eine jener bedeutungslosen Ursachen, wie sie sich oft im Leben finden, die aber häufig von so ernsten Folgen begleitet sind, an der Ausführung dieses Entschlusses verhindern.

Mein Wagen hatte am Eingange der zum Palaste führenden Allee gehalten. Ich bog mich aus dem Schlage, in der Absicht, dem Kutscher zuzurufen, dass er umkehren solle, als mich Baron von Keller erblickte, der mit seiner Gemahlin auch zu Hofe fuhr und auch halten ließ ...

»Mein Prinz, kann ich Ihnen irgendwie gefällig sein?« fragte der Baron diensteifrig, »ist mit Ihrem Wagen was passiert? Steigen Sie doch mit zu uns ein! Sie wollen doch ebenfalls nach dem Schlosse?«

Es wäre doch leicht gewesen, irgendeine Ausrede zu ersinnen; aber - war es Mangel an Willensstärke oder der heimliche Wunsch, mich von dem gefassten Entschlusse freizumachen? Kurz, ich erwiderte ziemlich betreten, dass ich meinen Kutscher erst habe Erkundigung einziehen lassen wollen, ob durch den neuen Pavillon oder durch den Marmorhof gefahren werden solle ...

»Ei, durch den Marmorhof, Prinz,« antwortete der Baron, »ist doch heute großer Empfangstag! Sagen Sie doch Ihrem Kutscher, er solle hinter mir herfahren: Ich werde Ihnen den Weg zeigen.«

Ich glaube, Max, Du weißt, dass ich an Vorbestimmungen glaube ... Nachdem mir etwas in den Weg gekommen war, meinte ich, das Schicksal wolle nicht, dass ich in die Abtei zurückkehre, mir all das geahnte Herzeleid zu ersparen, und so überließ ich mich meinem Sterne ... Du kennst wohl das großherzogliche Palais nicht? Es wird vielfach behauptet von Leuten, die alle Hauptstädte Europas gesehen haben, dass, Versailles ausgenommen, keine fürstliche Residenz als Ganzes genommen einen so majestätischen Eindruck wecke, wie sie ...

Wenn ich mich hier bei mancherlei Einzelheiten aufhalte, so liegt der Grund lediglich darin, dass ich mich jetzt wieder all der Herrlichkeit erinnere, wobei ich mich freilich auch wieder frage, wie sie mich nicht auf der Stelle an meine Nichtigkeit habe erinnern können: War ja doch die Prinzessin Amalie die Tochter des reichen Fürsten, dem all diese Schätze zu eigen gehörten!

Am vierten Tage, morgens.

Der Marmorhof ist im weiten Halbkreise gebaut und heißt darum so, weil er mit Ausnahme eines breiten Granitweges, auf dem die Wagen zu- und abfahren, ganz mit Marmorplatten aller erdenklichen Farben und Muster belegt ist, die die prächtigsten Mosaiken bilden. In seiner Mitte hat er ein mächtiges Breccia-Bassin, in das aus einer großen Porphyrvase unaufhörlich mächtige Wasserströme herniederstürzen. Der »Marmorhof« benamste Ehrenhof ist kreisförmig mit einer Reihe weißer Marmorstatuen umgeben, die vergoldete Fackeln tragen, aus denen abends blendendes Gaslicht flammt und mit denen medizäische Vasen auf reich gearbeiteten Sockeln abwechseln, aus denen sich mächtige Lorbeerrosen erheben, deren dunkles Laub in der hellen Beleuchtung metallischen Grüns erglänzt ...

Die Wagen hielten am Fuße einer doppelten Terrasse mit Balustraden, die zu der Vorhalle des Palais führt. Am Fuße derselben hielten Reiter vom Garderegimente des Großherzogs, der, wie Du ja weißt, seine Garden unter den größten und schönsten Unteroffizieren seines Kontingents auswählt. Oben vor der Vorhalle, an jeder Seite des Eingangs, standen zwei Grenadiere, zu dem großherzoglichen Garde-Infanterie-Regimente gehörig, bis auf die Farbe des Rockes und der Aufschläge, wie mir gesagt wurde, ganz in der Uniform der Grenadiere Napoleons. In der Vorhalle waren Schweizer in glänzenden Livreen mit ihren Hellebarden postiert. Ich stieg eine prächtige Treppe aus weißem Marmor hinauf, die zu einem von Jaspissäulen getragenen Portikus führte, über den sich eine mit Malereien und Vergoldungen geschmückte Kuppel erhob. Hier stand in zwei langen Reihen die Dienerschaft versammelt.

Ich trat nun in den Garden-Saal, an dessen Tür sich ein Kammerherr und ein Adjutant Seiner Hoheit aufhielten, um die zur persönlichen Vorstellung bestellten Personen zu dem Großherzoge zu führen. Meine Verwandtschaft mit dem großherzoglichen Hause - wenn sie auch ziemlich entfernten Grades war - verschaffte mir diese Ehre; - ein Adjutant schritt mit mir durch eine lange Galerie, die von Kavalieren in Hoftracht und ihren Damen angefüllt war.

Langsam passierte ich diese glänzende Versammlung. Ein paar Worte drangen zu meinen Ohren, die meine Bewegung noch vermehrten. Von allen Seiten erklangen Worte der Bewunderung über die engelhafte Schönheit der Prinzessin Amalie, über die beispiellose Liebenswürdigkeit der

Marquise von Harville, über das wahrhaft kaiserliche Aussehen der Erzherzogin Sophie, die mit dem Erzherzoge Stanislaus von München gekommen war und bald wieder nach Warschau weiter zu reisen gesonnen war. Bei aller Gerechtigkeit, die man den beiden Damen zuteil werden ließ und zuteil werden lassen musste – herrschte nur eine Stimme über den wahrhaft idealen Liebreiz der Prinzessin Amalie, die aller Herzen mit wahrer Zaubergewalt gefangen nahm!

Je mehr ich mich dem Platze näherte, wo der Großherzog mit seiner Tochter weilte, desto heftiger schlug mir das Herz. Als ich in die Salontür trat, – ich vergaß Dir zu sagen, dass Hofkonzert und Ball war – fing Liszt eben an zu spielen, und alles noch so leise Geflüster verstummte jäh. Wartend, bis der berühmte Künstler zu Ende gespielt, verweilte ich an der Türnische.

Von hier aus, Max! Sah ich zum ersten Male die Prinzessin Amalie. Einen Moment gestatte mir, diesen Moment zu schildern! Ein unwiderstehlicher Reiz verknüpft sich mir mit dieser Erinnerung ... und ich kann nicht anders, als mich darein zu versenken ...

Stelle Dir einen großen, mit königlicher Pracht möblierten Salon vor, mit reichen, roten Seidentapeten ausgeschlagen, über die eine breite, goldne Girlande hinläuft ... alles von blendenden Lichtmengen erhellt. In der ersten Reihe auf hohen, reich vergoldeten Armsesseln saßen die Erzherzogin Sophie, neben ihr der Fürst, die Honneurs des Hauses machend; links von ihr die Marquise von Harville, und rechts von dem Fürsten die Prinzessin Amalie. Per Großherzog trug die Obersten-Uniform seiner Garde. Das Glück, sein Kind wiedergefunden zu haben, wie auch die Gegenwart der Marquise, der Geliebten seines Herzens, schien ihn so zu verjüngen, dass er nicht älter als dreißig Jahre zu sein schien. Die Uniform hob die Eleganz seiner Gestalt und die Vornehmheit seiner Gesichtszüge kräftig hervor. Neben ihm stand, in Feldmarschallsuniform, Erzherzog Stanislaus. Dann folgten die Ehrendamen der Prinzessin Amalie, die Gemahlinnen der Großwürdenträger, zuletzt diese selbst.

Soll ich Dir aber- und abermals wiederholen, dass die Prinzessin Amalie nicht sowohl durch den hohen Rang, den sie bekleidete, hervorstach als durch die unbeschreibliche physische Schönheit, mit der sie diese gesamte glanzvolle Umgebung überstrahlte? ... Verdamme mich nicht, lieber Freund, sondern lies erst, was ich Dir hier mitteile. Meine Schilderung steht klaftertief unter der Wirklichkeit, und doch wird es Dich nicht verwundern, dass ich die Prinzessin anbetete, dass ich, kaum dass ich sie gesehen, in Liebe zu ihr entbrannte, und dass der Glut und dem elementaren Ausbruch meiner Leidenschaft nur die Heftigkeit und die ewige Dauer gleichkommen ...

Die Prinzessin erschien in einer schlichten Robe aus weißer Seide, geschmückt wie die Erzherzogin Sophie mit dem großen Bande des Sankt-Nepomukordens, das ihr von der Kaiserin von Russland verliehen worden war. Ein kostbares Perlendiadem umgab die schöne und edle Stirn, wunderbar zu den breiten blonden Haarflechten stimmend, die ihre leicht geröteten Wangen umrahmten. Die schlohweißen Arme, weißer fast als die sie einhüllenden Spitzen, guckten aus Halbhandschuhen hervor, die bis an den mit schelmischen Grübchen wunderlieb gezierten Ellbogen heranreichten. Aber etwas Herrlicheres als ihren in einem weißen Atlasschuh steckenden Elfenfuß hätte sich schwerlich jemand denken können.

In dem Moment, da ich sie sah, blickten ihre schönen blauen Augen wie träumerisch - ich weiß nicht, ob infolge irgendwelches ernsten Gedankens, der sie erfüllte, oder unter der Einwirkung der elegischen Musik, die der Künstler vortrug ... aber ihr leichtes Lächeln schien mir unaussprechlich sanft und zum Herzen zu gehen ... Sie hielt den Kopf leicht geneigt, während sie ein Sträußchen weißer Nelken und Rosen, das sie in der Hand hielt, entblätterte.

Was ich in diesem Augenblick empfand, werde ich nie in Worte kleiden können. Alles, was mir meine greise Tante von der unendlichen Herzensgüte Amaliens gesagt hatte, kam mir wieder in die Gedanken. O, lächle nur, Freund! Als ich das wunderliebliche Mädchen so träumerisch und nachdenklich, ja fast traurig in dieser glänzenden Umgebung sah an der Seite ihres hervorragenden Vaters, mit aller Liebe umgeben, ja man könnte sagen, vergöttert von ihm, da, lieber Freund, wahrhaftig, da war es mir, wie wenn ich weinen müsste ...

Ich habe es Dir schon immer gesagt, Max, meiner Meinung nach ist der Mensch unvermögend, vollständiges Glück zu genießen: Seine geistige Fähigkeit ist zu eng bemessen, über ein gewisses Maß reicht seine Fassungsgabe dafür eben nicht aus. Aber aus demselben Grunde meine ich auch, dass es vereinzelte über dieses Durchschnittsvermögen hinaus begabte Individuen gibt, die es zuweilen mit schmerzlicher Bitterkeit empfinden mögen, wie allein und vereinsamt sie hier auf Erden stehen, und die dann das höhere Maß ihres Gemütslebens beklagen, weil es sie eben gar vielen Täuschungen und seltsamen Friktionen aussetzt, für die alle Durchschnittsnaturen gar kein Verständnis haben.

Mir kam es in jenem Augenblicke so vor, als stehe Prinzessin Amalie unter der deprimierenden Empfindung solches Bewusstseins. Ganz unvermutet ... ich glaube, durch einen wunderlichen Zufall veranlasst, wendete sie die Augen nach der Seite hin, wo ich stand ...

Am vierten Tage, früh.

Du kennst die strenge Etikette am großherzoglichen Hofe, weißt, wie scharf die Rangunterschiede bei uns gezogen werden. Mein Titel und meine verwandtschaftlichen Beziehungen zum Großherzoge berechtigten mich - während sich die mich im ersten halben Stündchen umgebenden Persönlichkeiten zurückgezogen hatten - zum Verweilen ... sodass ich fast allein, und in auffälliger Weise sichtbar, vor dem Eingange der Galerie stand ...

Auf diese Weise erklärt es sich, dass mich die aus ihrem Sinnen erwachende Prinzessin sehen musste ... Und dass sie mich sah, entging mir auch nicht, ja ich meinte wahrzunehmen, dass sie eine leichte Bewegung, wie wenn sie überrascht sei, machte und sogar errötete.

Bei meiner Tante hatte sie, wie ich Dir erzählte, mein Bildnis gesehen, und mich wiedererkannt. Nichts ist einfacher als das ... Kaum eine Sekunde lang hat sie mich angesehen, aber dieser einzige jähe Blick zündete bei mir wie ein elektrischer Funken ... Ich fühlte, wie mir das Blut in die Wangen schoss. Ich senkte die Blicke zu Boden, blieb ein paar Minuten lang stehen, ohne dass ich es wagte, zu der holden Erscheinung aufzusehen. Und als ich es endlich wieder wagte, war sie in eine Unterhaltung mit der Erzherzogin Sophie vertieft, die ihr mit der wohlwollendsten Teilnahme zuzuhören schien.

Liszt machte in seinem Spiele eine Pause von ein paar Minuten. Er sollte drei Piècen spielen. Die kurze Unterbrechung nahm der Großherzog wahr, ihm auf die liebenswürdigste Weise seinen Beifall auszudrücken.

Als er auf seinen Platz zurücktrat, sah er mich, nickte mir huldreich zu und sagte, auf mich zeigend, ein paar Worte zu der Erzherzogin, die mich nun auch ansah und dann ihrerseits ein paar Worte zu dem Großherzoge sagte, der sich, wie ich deutlich zu sehen meinte, eines Lächelns nicht enthalten konnte, dann ihr antwortete und ein paar Worte an die Prinzessin richtete. Mir kam es so vor, als ob sie sich verlegen oder doch beklommen fühlte, ja als ob sich wieder eine leichte Röte über ihre Wangen schliche ...

Ich kam mir vor wie auf der Folter. Es war mir im höchsten Grade zuwider, dass mir die Etikette wehrte, vor Beendigung des Konzertes den Platz, den ich innehatte, zu wechseln. Zum Glück begann Liszt sein Spiel wieder. Ein paar Mal sah ich noch verstohlen zu der Prinzessin hinüber, die mir nachdenklich und, wie ich nicht anders sagen kann, fast verstimmt vorkam. Mir schnürte diese Beobachtung das Herz zusammen. Ich meinte nicht anders, als dass ich die Ursache zu der Missstimmung, die sie fühlte, sei. Irgendwelche Schuld daran traf mich freilich nicht, denn ich hatte mir meinen Platz doch nicht selbst aufgesucht ... aber ich glaubte, die Ursache zu dieser Verstimmung zu erraten ...

Wahrscheinliche hatte der Großherzog sie gefragt, ob sie mich nach jenem Porträt »des Vetters aus alter Zeit« wiedererkenne, ob sie eine gewisse Ähnlichkeit zwischen Bild und Original noch fände ... vielleicht machte sie sich in ihrer Harmlosigkeit einen Vorwurf darüber, mich nicht gleich erkannt und selbst darauf hingewiesen zu haben, dass dies der Fall sei.

Endlich war das Liszt-Konzert vorbei. Ich folgte dem Adjutanten. Er geleitete mich zum Großherzoge, der so liebenswürdig war, mir ein paar Schritte entgegenzukommen, mich huldvoll bei der Hand nahm und zu der Erzherzogin Sophie führte ...

»Sie erlauben wohl, gnädige Hoheit, dass ich Ihnen meinen Vetter, den Prinzen Heinrich von Herkausen-Oldenzaal, vorstelle?«

»Ich meine, den Prinzen schon in Wien gesehen zu haben,« erwiderte die Erzherzogin, »und ihn wiederzusehen, bereitet mir aufrichtige Freude.«

Darauf wandte der Großherzog sich zu seiner Tochter ... »Liebe Amalie,« sagte er, »du musst nun auch unsern lieben Prinzen Heinrich kennenlernen, den Sohn des Prinzen Paul, meines liebsten Freundes, der zu meinem Leidwesen heute von Gerolstein fern sein muss.«

»Sie lassen Ihren Herrn Vater wohl wissen,« setzte meine Cousine liebenswürdig hinzu, »dass auch ich es lebhaft beklage, ihn zu meinem Ehrentage nicht in meines gütigen Vaters Nähe zu sehen.«

Nie zuvor hatte ich den süßen Klang ihrer Stimme gehört ... Stelle Dir vor, Freund, Du hörtest einen jener harmonischen Herzensakkorde, die alle Fibern einer Menschenseele erzittern machen! ... Aber was für triviale Redensarten schreibe ich da! Du siehst, wie machtlos meine Feder ist, zu Papiere zu bringen, was ich empfunden habe!

Am vierten Tage, mittags.

Es war mir nicht möglich, Freund, Dir weiter zu schreiben. Meine Empfindungen stürmten so wild in der Brust, dass es mich hinaustrieb, mir im Freien Ablenkung zu suchen.

Der Großherzog richtete wieder das Wort an mich.

»Lieber Heinrich,« sagte er, »hoffentlich verweilen Sie einige Zeit bei Ihrer Tante, die ich - ich brauche es Ihnen wohl nicht erst zu sagen - verehre und liebe wie eine Mutter ... Kommen Sie morgen, wenn wir den Empfangstag mit seiner Förmlichkeit hinter uns haben, zu uns aufs Schloss! Verkehren

Sie ganz bei uns wie in der Familie. Machen Sie mit uns Ausfahrten, gehen Sie mit uns spazieren, essen Sie bei uns ... Sie wissen ja doch, lieber Heinrich, dass Ihnen meine Wertschätzung immer gehört hat, dass ich in Ihnen eines unserer tüchtigsten Familienmitglieder erblicke.«

»Königliche Hoheit, ich weiß wirklich nicht, wie ich für all dieses Wohlwollen mich dankbar erweisen soll.«

»Das können Sie leicht haben, lieber Heinrich!« erwiderte der Großherzog, und ich meinte, einen schelmischen Zug in sein Gesicht treten zu sehen ... »bitten Sie Ihre Cousine um die zweite Quadrille ... Die erste gehört von Rechts wegen dem Erzherzoge.«

Ich trat zur Prinzessin Amalie, verneigte mich tief und fragte, beklommenen Herzens – wie ich Dir mit heiligem Ernste versichere, lieber Freund:

»Darf ich gnädige Hoheit bitten, mir solche Gunst zu gewähren?«

»Aber, Kinder,« rief der Großherzog launig, »tituliert euch doch nach alter deutscher Sitte einfach Vetter und Base! Solch steifes Zeremoniell schickt sich doch nicht unter engen Verwandten!«

»Nun, liebe Base,« fragte ich noch einmal, »darf ich auf die zweite Quadrille rechnen?«

»Mit Vergnügen tanze ich sie mit Dir, Vetter!« antwortete Amalie.

Am fünften Tage, morgens.

Ich kann Dir wirklich nicht sagen, wie glücklich mich die väterliche Zuneigung des Großherzogs macht ... wie wohl es mich berührt hat, als er mich aufforderte, die strengen Formeln der Etikette beiseite zu setzen und mich als Familienmitglied ungezwungen zu bewegen ... Eine innige Dankbarkeit erfüllt mich. Aber um so ernstere Vorwürfe mache ich mir, dass ich Liebe zu der Prinzessin fühle, denn ich verhehle mir nicht, dass hierdurch ernste Verwickelungen für uns entstehen können ... kann doch der Großherzog sie unter keinen Umständen billigen!

Ich hatte den festen Vorsatz gefasst, nie ein Wort zu sprechen – das meiner Cousine die Vermutung nahe legen könnte, dass ihr mein Herz entgegenschlägt ... ich fürchtete jedoch, ich möchte mich durch meine Blicke oder meine Aufregung verraten – und trotzdem ich willens war, diese Empfindung in meinem Herzen zu vergraben, kam ich mir doch schuldbewusst vor.

Die Prinzessin tanzte mit dem Erzherzog Stanislaus die erste Quadrille. Ich hatte also Muße, meine Betrachtungen anzustellen. Wie überall, ist auch hier der Tanz einer Quadrille nichts anderes als ein Spaziergang nach dem Takte der Musik, aber das musste jedermann erkennen, dass sich eine elegantere Quadrilletänzerin, eine graziösere Figur unmöglich finden ließ, als die Prinzessin Amalie.

Mit einer seltsamen Wonne erwarte ich die Momente der Ruhe im Tanze, die es mir verstatten würden, mich der Unterhaltung mit ihr zu widmen. Ich war genug Herr über mich selbst, die Verwirrung zu verbergen, die über mich gekommen, als ich mich zur Frau Marquise von Harville begab, um meine Partnerin von ihr abzuholen.

Des Vorfalles mit dem Bilde wiederum gedenkend, meinte ich, die Prinzessin möchte meine Verlegenheit teilen. Ich täuschte mich auch nicht. Fast wörtlich entsinne ich mich des ersten kurzen Gesprächs, das wir führten ... Ich setze es für Dich hierher ...

»Hoheit, erlauben also,« sagte ich zu ihr, »dass ich Sie, wie der Herr Großherzog es wünschte, mit dem traulichen Worte Base anspreche?«

»Freilich, Vetter,« erwiderte sie, »meinem Vater zu gehorchen, wird immer das Glück meines Lebens ausmachen.«

»Auf diese Erlaubnis, Base, bin ich um so stolzer, als ich bereits Gelegenheit bekommen habe, Sie durch meine Tante ganz besonders schätzen zu lernen.«

»Das beruht ja dann auf Gegenseitigkeit, Vetter, mir hat mein Papa auch schon mancherlei Schönes von Ihnen gesagt« - und wie wenn sie das Wort bereute, setzte sie schüchterner hinzu: »Zudem habe ich Sie ja schon im Bilde gekannt, wenn ich mich so ausdrücken darf. Frau Äbtissin von Sankt-Hermangild hat meinem Papa und mir vor Kurzem ein Bild gezeigt, das Sie - wenn ich nicht irre - in Pagentracht zeigt ..«

»Ganz recht, in der Pagentracht des 16. Jahrhunderts,« erwiderte ich beglückt.

»Und ich habe Sie auch auf der Stelle nach dem Bilde wiedererkannt,« sagte sie, »als ich Sie vorhin - während der herrlichen Konzertmusik - zufällig mit dem Blicke traf ... trotz der Kostümverschiedenheit ..« Dann aber, wie wenn ihr darum zu tun sei, das Thema schnell zu wechseln, setzte sie hinzu: »Es ist doch erstaunlich, welch großartiges Talent dieser Musiker hat - Liszt heißt er, nicht wahr?«

»Ganz recht, Hoheit,« antwortete ich, »ein bewunderungswürdiges Talent! Und Sie hörten ihm wirklich andächtig zu!«

»Es war auch entzückend,« sagte sie, »ich könnte nicht sagen, wie mich die klagenden Weisen ergriffen haben.«

»Ein rechtes Glück, Base,« sagte ich, »dass Sie die rechten Worte nicht finden, die solch trauriger Melodie zum Ausdruck verhelfen.«

Ob nun meine Rede sie verletzt hatte, oder ob sie mir ausweichen wollte, oder vielleicht auch gar nicht gehört hatte, was ich sagte, sie zeigte plötzlich auf den Großherzog, der am Arme der Erzherzogin durch den Ballsaal schritt ..

»O, sehen Sie doch nur meinen Papa - sehen Sie nur, wie schön er ist, Vetter, und welch edlen Ausdruck sein Gesicht zeigt ... Mir scheint, jedermann müsse ihn weit mehr lieben als verehren.«

»O,« rief ich, »nicht allein hier am Hofe genießt er Liebe. Klingen Segnungen eines Volkes zur späten Nachwelt hinüber, dann wird der Name Rudolf von Gerolstein mit Recht der Unsterblichkeit angehören.«

Es war aufrichtige Begeisterung, die mir solche Worte in den Mund legte - Du weißt ja selbst, Freund, dass man das Reich des Fürsten als Deutschlands Paradies bezeichnet ...

Dir den dankbaren, liebevollen Blick zu schildern, den meine Base mir zuwarf, wäre, für mich wenigstens, ein Ding der Unmöglichkeit.

Tief ergriffen, sagte sie: »Aus der Verehrung, die Sie meinem Vater entgegenbringen, ersehe ich, wie würdig Sie der Zuneigung sind, die er für Sie im Herzen trägt.«

»Es kann ihn niemand aufrichtiger bewundern, niemand ihn inniger lieben als ich,« versetzte ich, »hat er nicht außer den seltenen Eigenschaften, die einen großen Herrscher ausmachen, auch jenen Geist der Güte, der solche Fürsten zum Gott ihres Volkes macht?«

»O, Sie sprechen ja nur zu wahr,« rief die Prinzessin, abermals tief bewegt.

»Ach, ich weiß es, und jeder seiner Untertanen weiß es ebenso gut, wie ich ... jeder fühlt mit ihm Freude und Schmerz, und jeder beeifert sich, der Frau von Harville, die er sich zur Gattin erkoren, die innigsten Huldigungen entgegenzubringen ... jeder preist sich glücklich, sie als künftige Großherzogin zu begrüßen.«

»O, diese Frau ist der Liebe meines Vaters würdiger als jede andere, sei sie auf noch so hoher Stufe geboren ... ihr ein schöneres Lob Ihnen gegenüber zu spenden, wäre niemand möglich.«

»Und Sie dürfen sich wohl ein Urteil erlauben,« sagte ich, »denn Sie kannten die Frau Marquise doch schon in Frankreich, Base.«

Kaum waren diese Worte aus meinem Munde, als Amalie die Augen zu Boden senkte und ihre Züge auf die Zeit einiger Sekunden den Ausdruck einer tiefen Traurigkeit zeigten, die mich stumm vor Überraschung machte ..

Wir waren gerade mit der letzen Figur der Quadrille zu Ende. Einen Moment hatte sie uns getrennt ... und als ich sie jetzt zu der Marquise zurückführte, hatten sich ihre Züge noch nicht wieder aufgehellt.

Am sechsten Tage, morgens.

Ich war der Meinung und glaube es noch, dass meine Anspielung auf Amaliens Vergangenheit in Frankreich ihr jenen schmerzlichen Eindruck verursacht hatte, von dem ich Dir eben erzählte. Vielleicht, weil sie dadurch an den Tod ihrer Mutter erinnert wurde?

Während dieses Abends bemerkte ich einen Umstand, der Dir kindisch erscheinen mag, mir aber einen neuen Beweis für die Zuneigung, die dieses Mädchen allen einflößt, gebracht hat. – Ihr Perlenreif hatte sich etwas verschoben, die Erzherzogin Sophie, der sie gerade den Arm gab, war so gütig, ihr den Schmuck wieder zu richten. Für den sprichwörtlich gewordenen Stolz der Erzherzogin war eine solche Aufmerksamkeit fast nicht zu glauben. Auch schien die Prinzessin, die ich genau beobachtete, in diesem Augenblick so verlegen, – ich möchte fast sagen, betroffen über diese liebenswürdige Aufmerksamkeit, dass ich eine Träne in ihren Augen zu sehen meinte.

So verlief, Freund! Mein erster Abend zu Gerolstein. Wenn ich ihn Dir mit allen seinen Einzelheiten erzählt habe, so habe ich es darum getan, weil alle diese Umstände später für mich von ernsten Folgen sein sollten.

Am sechsten Tage, abends.

Von nun ab werde ich mich kürzer fassen, Dir nur noch ein paar besondere Umstände, die mein öfteres Zusammensein mit der Prinzessin und ihrem Vater betreffen, mitteilen.

Am Morgen nach diesem Feste war ich unter der sehr kleinen Zahl von Personen, die zur Vermählung des Großherzogs mit der Marquise von Harville geladen waren. Nie habe ich Amalien glücklicher und fröhlicher gesehen als während dieser feierlichen Handlung. Sie ließ keinen Blick von ihrem Vater und der Marquise und betrachtete beide mit einer Art frommen Entzückens, das ihrem Antlitz einen neuen Reiz verlieh – man hätte sagen können, das unaussprechliche Glück des Fürsten und der Marquise spiegelte sich darauf wider.

An diesem Tage war meine Base sehr mitteilsam. Ich führte sie auf dem Spaziergange, der nach dem Diner durch die prächtig beleuchteten Gärten gemacht wurde, am Arme.

»Ich glaube,« sagte sie mit Bezug auf die von ihrem Vater beschlossene Verbindung, »dass uns das Glück von Menschen, denen unsere Liebe gehört, noch süßer ist, als unser eigenes Glück; denn in dem Genusse persönlichen Glückes liegt immer ein Teil von Selbstsucht.«

Wenn ich Dir diese Bemerkung meiner Base anführe – lieber Freund, so geschieht es, damit Du das Gemüt dieses anbetungswürdigen Geschöpfes kennenlernest, das, wie das ihres Vaters, den Geist der Güte in sich trägt.

Am siebenten Tage, morgens.

Ein paar Tage nach der feierlichen Hochzeit zog mich der Großherzog in ein längeres Gespräch, fragte mich, welche Pläne ich für meine Zukunft hätte, wie sich mein bisheriges Leben gestaltet hätte. Er gab mir weise Ratschläge, die schmeichelhaftesten Ermutigungen, brachte die Rede auf verschiedene Maßnahmen, die er in seinem Lande zu treffen gedachte, und bewies mir dabei ein so hohes Vertrauen, dass ich gerechterweise stolz sein durfte. Dass ich mich dadurch außerordentlich geschmeichelt fühlte, werde ich Dir, lieber Freund, nicht erst zu sagen brauchen. Aber dass mich auf Augenblicke doch ein Gedanke beschlich – nenne ihn meinetwegen töricht, Freund! – kann ich Dir ebenfalls nicht verhehlen ... Ich meinte auf Momente, der Fürst habe erraten, was in meinem Herzen vorging, und verfolge mit seiner Weise, sich mit mir zu befassen, die Absicht, mich zu sondieren, vielleicht sogar, mich zu einer Offenbarung zu bestimmen?

Leider war diese vage Hoffnung von keiner langen Dauer. Der Fürst beendigte das Gespräch mit der Meinung, er halte die Zeit der großen Kriege für beseitigt, und er möchte es für gut halten, wenn ich meinen Namen, die Bildung, die ich genossen, und die Freundschaft, die meinen Vater mit dem Fürsten Metternich verbände, wahrnähme, um anstelle der militärischen die diplomatische Laufbahn zu verfolgen, denn alle Fragen, die einst auf der Walstatt ausgetragen worden, dürften hinfort in den Kanzleien der Diplomatie zur Lösung gelangen, zudem ja solche Form der Erledigung weit mehr im eigentlichen Interesse der Völker läge; darum glaube er mit Bestimmtheit, dass es in Zeit von wenigen Jahren einem erhabenen, erleuchteten Geiste vorbehalten sein werde, eine große, herrliche Rolle in der Politik zu spielen und für die Welt mehr Segen zu stiften als all seine Vorgänger ...

Er bot mir seine Verwendung und Fürsprache an, soweit er mir die Anfänge der neuen Laufbahn erleichtern könne, und bat mich mit wirklich recht dringenden Worten, seinem freundlichen Rate zu folgen ...

Dass mir der Großherzog, falls er andere Pläne mit mir gehabt hätte, derartige Mitteilungen nicht gemacht hätte, wirst Du ebenso gut begreifen, Freund, wie ich mir das auf der Stelle sagte ... Ich dankte ihm lebhaft für seine Güte und erklärte, dass ich mich seinem Rate selbstverständlich fügen würde ...

Am siebenten Tage, abends.

In den ersten Tagen hatte ich bei all meinen Besuchen im Palaste mich der größten Zurückhaltung befleißigt. Der Großherzog bestand jedoch darauf, dass ich mich größerer Ungezwungenheit befleißige, und so fügte es sich bald, dass ich fast immer schon um drei Uhr nachmittags mich einfand.

Das Leben im großherzoglichen Schlosse spielte sich in der anmutigen, überaus schlichten Weise der deutschen Höfe ab, an das Leben in den großen Schlössern Englands erinnernd, indessen noch anheimelnder durch den wirklich gemütvollen Ton und die wohltuende Ungezwungenheit der deutschen Sitte.

Sobald es das Wetter erlaubte, unternahmen wir lange Spazierritte mit dem Großherzoge und seiner jungen Gemahlin, meiner Base und den Kavalieren des Hauses. Waren wir gezwungen, im Schlosse zu verweilen, unterhielten wir uns mit der Musik. Die Großherzogin sang vorzüglich. Mir fiel in der Regel die Aufgabe zu, sie zu begleiten. Auch meine Base sang viel: sie hatte eine sehr hübsche Stimme, sang unvergleichlich rein, und ich muss sagen, dass ich mich von keinem Gesange so im tiefsten Inneren erschüttert gefühlt habe wie durch den ihren. Oft auch besuchten wir die höchst wertvollen Sammlungen des Fürsten, die Gemälde- und Kupferstich-Sammlungen oder seine überreiche Bibliothek. Wurde im Hoftheater eine Oper gespielt, begleitete ich in der Regel die großherzogliche Familie in ihre Loge.

Die Tage vergingen mir wie ein schöner Traum; allmählich behandelte mich meine Base mit geschwisterlicher Vertraulichkeit, sie machte kein Hehl aus ihrem Vergnügen, mich um sich zu sehen, vertraute mir, was sie interessierte, bat mich hin und wieder sie zu begleiten, wenn sie mit der Großherzogin die Waisenhäuser besuchte, sprach mit mir von meiner Zukunft mit einem ernsten und überlegten Interesse, das mich bei einem jungen Mädchen von ihrem Alter befremdete, liebte es, mich über meine

Kindheit, über meine, ach, so oft beweinte Mutter zu befragen. So oft ich meinem Vater schrieb, bat sie mich, ihn von ihr herzlich zu grüßen; – zuletzt übergab sie mir für ihn eine herrliche Stickerei, an der sie lange gearbeitet hatte. Was soll ich Dir noch sagen, mein Freund! Ein Bruder und eine Schwester, die sich nach jahrelanger Trennung wiedergefunden haben, können sich nicht vertrauter bewegen. –

Am achten Tage, morgens.

Vielleicht wunderst Du Dich über ein derartiges Verhältnis, Freund, zwischen zwei jungen Leuten, besonders nach den Bekenntnissen, wie ich sie gemacht, je offener und vertrauensvoller mir meine Base aber entgegentrat, desto eifriger war ich auf meiner Hut, desto schärfer hielt ich mich im Zügel, weil mich die Furcht ergriff, dieser traute Umgang könne sonst abgebrochen werden – und, ach! Er war mir Lebensbedürfnis geworden. –

Was meine Zurückhaltung noch mehrte, war der Umstand, dass meine Base mir so ganz ungezwungen, so wahrhaft freundschaftlich entgegentrat, dass ich mir kaum noch zweifelhaft darüber war, dass sie meine Leidenschaft für sie überhaupt nicht geahnt hat ...

Immerhin bin ich mir in dieser Hinsicht noch nicht so unbedingt sicher, und zwar infolge eines Umstandes, den ich Dir auf der Stelle auseinandersetzen will ...

Hätte nämlich unsre geschwisterliche Vertraulichkeit unbeanstandet fortbestehen können, dann wäre mir solches Glück vielleicht ausreichend gewesen. Aber eben weil ich in Wonne darüber schwebte, kamen mir Gedanken, dass mein Dienst in der neuen Laufbahn, die der Fürst mir anempfohlen hatte, mich nach Wien oder anderswohin ins Ausland rufen könnte; auch, dass der Tag kommen könnte, an welchem der Großherzog sich hinsichtlich einer standesgemäßen Vermählung seiner einzigen Tochter entscheiden möchte.

Mir bereiteten diese Gedanken eine um so größere Qual, als der Augenblick meiner Abreise von Gerolstein immer näher rückte. Meiner Base fiel die Veränderung, die mit mir vor sich ging, sehr bald auf. Sie sagte mir, es käme ihr so vor, als ob ich seit einiger Zeit verdrießlich, verstimmt sei. Ich suchte ihren Fragen auszuweichen, erklärte meine trübe Stimmung damit, dass mich seit ein paar Tagen eine gewisse Unruhe über die Gestaltung meiner Zukunft befallen hätte.

»Aber daran zu glauben,« erwiderte sie, »fällt mir recht schwer, denn soviel ich weiß, will doch mein Papa sich an verschiedene ihm befreundete

Herren wenden, um Ihnen die Wege ebnen zu helfen ... Ich dächte, er behandelte Sie liebevoll wie seinen Sohn? Und kommt Ihnen nicht sonst alles mit Liebe entgegen? Ich sollte meinen, Sie hätten doch weder einen Grund, sich um Ihre Zukunft zu sorgen, noch sich anderswie unglücklich zu fühlen!«

Ich konnte meiner Stimmung nicht Herr werden und antwortete: »Nun, Missstimmung ist's ja eigentlich auch nicht, die mich beherrscht, sondern mehr ein Kummer, der auf mich wirkt.«

»Und weshalb?« fragte sie mich teilnahmsvoll, »ist Ihnen denn etwas Unangenehmes passiert?«

»Liebe Base, eben sagten Sie, Ihr Herr Vater behandle mich wie einen Sohn, und alles käme mir hier mit Achtung und Liebe entgegen ... Nun, binnen Kurzem werde ich mich all diesen Verhältnissen entziehen und – Gerolstein verlassen müssen ... Und das ist's, was mich bedrückt – das ist's, was mir die Lust am Leben verleidet.«

»Ist Ihnen die Erinnerung denn so ganz gleichgültig? Gilt Ihnen die Erinnerung, an Personen, die uns einst lieb und wert waren, so wenig?«

»Das will ich nicht sagen,« erwiderte ich, »aber es gibt Ereignisse, die oft gar viele jähe Veränderungen herbeiführen ..«

»Nun, es gibt aber auch Neigungen, die dauerhaft sind, die über dem Wechsel der Zeiten stehen ... und eine solche Neigung dürfte wohl die sein, die mein Vater zu Ihnen hegt ... und wohl auch diejenige, die in meinem Herzen für Sie lebt ... Sie wissen wohl, Vetter, dass Bruder und Schwester sich eigentlich niemals im Leben entfremden sollen!«

Dabei sah sie mich mit ihren großen blauen Augen so innig an, dass wenig fehlte, so wäre ich ihr zu Füßen gestürzt ... Ich stand wirklich auf dem Punkte, mich zu verraten. Ihr Blick machte mich ganz verwirrt. Zum Glück gelang es mir noch einmal, mich zu beherrschen.

»Wohl wahr,« antwortete ich, »dass es Neigungen gibt, die von Dauer sind; aber die Beziehungen zueinander kommen in andere Bahnen, die Stellung, die der Mensch innehat, verändert sich ... Meinen Sie zum Beispiel, Base, dass zwischen uns, wenn ich nach Jahren zurückkäme, dies liebe, traute Verhältnis, wie es jetzt herrscht, fortleben würde?«

»Und warum sollte es nicht der Fall sein können?« fragte sie.

»Weil Sie dann doch gewiss schon vermählt sein würden!« rief ich, »weil Sie dann andere Verpflichtungen, andere Rücksichten haben werden, weil Sie für Ihr armes Brüderchen dann wohl kaum noch einen Gedanken freihaben möchten!«

Am neunten Tage, mittags.

Ich schwöre Dir, Freund! Kein Wort weiter habe ich gesagt und weiß nicht, ob sie in den Worten ein Geständnis gefunden, das sie verletzt hat, oder ob sie, wie ich, traurig ergriffen war von dem Gedanken an die Wendungen, die die Zukunft in unsere Beziehungen bringen musste, - statt mir zu antworten, verharrte sie einen Augenblick in Schweigen, dann stand sie plötzlich auf, sie war bleich, tief ergriffen, und nachdem sie einige Augenblicke lang die Stickerei der jungen Gräfin von Oppenheim, einer ihrer Ehrendamen, betrachtet hatte, die während unsers Gesprächs in einer Fensternische gesessen, ging sie fort.

Am Abend erhielt ich von meinem Vater abermals einen Brief, der mich hierher zurückrief. Am andern Morgen begab ich mich zum Großherzoge, um mich zu verabschieden. Er sagte mir, dass seine Tochter leidend sei, dass er es übernehmen wolle, ihr meine Grüße zu bestellen; dann umarmte er mich väterlich, bedauerte meine schnelle Abreise, beklagte den wankenden Gesundheitszustand meines Vaters, kam wieder auf die neue Laufbahn zu sprechen, die ich antreten sollte, und fügte hinzu, dass er mich gern wieder in Gerolstein sehen werde. Bei meiner Ankunft hier fand ich zu meiner Freude den Vater bei besserer Gesundheit, wenn er auch noch immer recht schwach und angegriffen ist. - Leider entging ihm meine Niedergeschlagenheit nicht, und er drang wiederholt, wenn auch vergebens, in mich, ihm die Ursache meines Kummers anzuvertrauen. Ich wagte es nicht; - Du kennst seinen strengen Widerwillen gegen alles, was irgendwie nach Verstellung oder Heimlichtuerei aussieht.

Am zehnten Tage, morgens.

Gestern habe ich allein bei ihm gewacht. Ich dachte, er sei eingeschlafen. Mich befielen trübe Gedanken, und die Tränen waren mir nahe ... Die Erinnerung an die schönen Gerolsteiner Tage stimmte mich ganz trübselig.

Mein Vater sah, dass ich dem Weinen nahe war, während ich, in meinen Kummer vertieft, nicht merkte, dass er wach war.

Da fragte er mich in seiner rührenden Güte, was mir sei. Ich sagte, die Unruhe über sein Befinden stimmte mich so weich, aber er ließ sich durch diese Ausflucht nicht irreführen ...

Und nun, Freund, da Du alles weißt, nun sage mir selbst: Ist meine Situation nicht verzweifelt? Was soll ich beginnen? Wozu soll ich mich entschließen? ...

Am zehnten Tage, mittags.

Nein, es ist mir nicht möglich, Dir die Angst zu beschreiben, die ich fühle! Was wird noch werden? Für mich ist alles, alles verloren, und ich bin tatsächlich der unglücklichste Mensch, wenn mein Vater die Absicht, mit der er sich trägt, nicht aufgibt ...

Latz Dir erzählen, was vorgegangen ist ...

Eben bin ich mit dem Briefe an Dich fertig, und wollte ihn zur Post geben, als der Vater, von dem ich meinte, er schliefe in seinem Zimmer, zu mir in sein Privatkabinett tritt, wohin ich mich zurückgezogen, um Dir zu schreiben. Kaum sah er den vollbeschriebenen Briefbogen liegen, als er mir mit freundlichem Lächeln die Frage stellte, an wen ich geschrieben habe?

»An meinen Freund Max,« antwortete ich.

»O! Dass er dir ein guter Freund ist und dein volles Vertrauen genießt, weiß ich ja,« antwortete der Vater, »er ist ein recht glücklicher Mensch!« setzte er hinzu, und mir hörten sich die letzten Worte so an, als ob er einen leichten Vorwurf hineinlegen wolle ...

Mich berührte das so eigentümlich, dass ich, ohne zu überlegen, ihm den Brief, der für Dich bestimmt war, reichte und ihn bat, doch zu lesen, was ich geschrieben hatte.

Freund! Er hat alles gelesen, Wort für Wort; und weißt Du, was er zu mir sagte, nachdem er eine Zeit lang, in Nachdenken versunken, dagesessen hatte?

»Ich will dir was sagen, Heinrich,« sagte er, »ich werde dem Großherzog über alles, was in Gerolstein vorgefallen, unverzüglich berichten.«

»Vater, um Gottes willen nicht!« rief ich erschrocken.

»Es verhält sich doch alles, was du hier niedergeschrieben, der Wahrheit gemäß?«

»Gewiss, Vater!«

»Dann hast du dich wie ein Ehrenmann betragen, Heinrich, und das wird der Großherzog schon zu würdigen wissen. Aber du sollst dich auch weiterhin des dir bewiesenen Wohlwollens würdig zeigen, und das könnte leicht nicht der Fall sein, wenn du von seinem Anerbieten insoweit Missbrauch triebest, nach Gerolstein zurückzufahren und dich mit seiner Tochter in ein Verhältnis einzulassen.«

»Aber, Vater, wie können Sie glauben?«

»Soviel ich sehe, bist du leidenschaftlich verliebt, und Leidenschaft wird früher oder später zur schlimmen Ratgeberin.«

»Vater, also wollten Sie dem Großherzog schreiben?«

»Dass du in deine Base närrisch verschossen bist!«

»Das würde mich unglücklich machen, Vater!«

»Nun, bist du verliebt in deine Base oder nicht?« fragte der Vater.

»Ich bete sie an - aber -«

»Nun, dann muss ich dem Großherzog schreiben, muss für dich um die Hand seiner einzigen Tochter anhalten.«

»Vater, an diese Möglichkeit zu denken, ist für mich doch Wahnsinn!«

Aber mein Vater fiel mir ins Wort, indem er seinen ersten Gedanken weiter spann: »Mag sein. Und doch muss ich dem Großherzog über die Sache reinen Wein einschenken. Was mich dazu bestimmt, werde ich ihm auseinandersetzen. Er hat dich mit herzlicher Gastfreundschaft aufgenommen, hat dir alle erdenkliche Güte und Liebe erwiesen. Ihn zu täuschen, wäre weder deiner noch meiner würdig. Ich weiß, wie sehr er die Offenheit liebt. Ich zweifle ja nicht im geringsten, dass er deinen Antrag abschlägig bescheiden wird; aber du wirst dann zum wenigsten wissen, dass du dich der Prinzessin nicht mehr in so ungezwungener Weise nähern darfst.« - Nach einer Weile fuhr mein Vater fort: »Du hast mich den Brief, den du an deinen Freund geschrieben hast, unaufgefordert lesen lassen. Das verdient meinerseits unverhohlene Anerkennung ... Aber da ich durch diesen Brief alles erfahren habe, was mit dir vorgegangen ist; da ich nun den Zustand deines Herzens kenne, ist es Pflicht für mich, den Großherzog in Kenntnis zu setzen, Pflicht auch gegen dich um deiner Herzensruhe willen ... Und diese Pflicht werde ich ohne Säumen erfüllen.« Am zehnten Tage, abends.

Lieber Freund! Du weißt, mein Vater ist der beste Mensch auf Gottes Erde, aber von eisernem Willen, wenn es sich um irgendeinen Fall handelt, den er für seine Pflicht hält. Du wirst Dir also ausmalen können, welche Unruhe und Angst mich befallen hat ... Offen und ehrenhaft ist ja der Schritt, den er tun will, ganz ohne Frage, und doch bedrückt er mich unsäglich ...

Wie wird der Großherzog solch wahnwitziges Begehren auffassen? Wird er sich nicht verletzt dadurch fühlen? Und wird seine Empfindung nicht von der Prinzessin geteilt werden? ... Wird sie nicht alles Recht dazu haben, mir zu zürnen, dass ich meinen Vater mit solcher Erklärung an den Großherzog herantreten lasse, ohne vorher ihre Einwilligung dazu zu erbitten?

O bedauere mich, Freund! Beklage mich! Weiß ich doch nicht, was ich denken soll! Kommt es mir doch vor, wie wenn ich in einen Abgrund hinunter starrte ... als ob mich ein gefährlicher Schwindel erfasste ...

Lass mich schließen, Freund! Der Brief hat eine unheimliche Länge bekommen ... und zehn volle Tage habe ich gebraucht, ihn zu vollenden ... Ich hätte schneller damit fertig sein sollen; aber es ist mir nicht möglich gewesen, anders als bruchstückweis an ihn zu schreiben ... Noch einmal, Freund, beklage mich, denn wenn dieses Fieber noch länger in mir rasen sollte, dann fürchte ich um meinen Verstand ... Drum lebe wohl, Freund, drum lebe wohl! Von ganzem Herzen und auf alle Zeit

Dein treuer Freund Heinrich, Prinz von Herkausen-Oldenzaal.

Und nun möge uns der Leser nach dem Schlosse Gerolstein begleiten, das unsre schöne und liebe Freundin, früher Schalldirne, dann Marienblümchen, jetzt Prinzessin Amalie als einzige Tochter des Großherzogs Günther Rudolf von Gerolstein beherbergt ...

Vierzehnter Teil.

Erstes Kapitel.

Prinzess Amalie.

Rudolf hatte das Zimmer, das Marienblümchen oder, wie wir sie jetzt ihrem Stande nach nennen müssen, Prinzess Amalie innehatte, sehr geschmackvoll und vornehm einrichten lassen. Vom Balkon des Betzimmers erblickte man die beiden Türme des Klosters der heiligen Hermangild. Über diesen wieder ragte ein bewaldetes Gebirge, an dessen Fuß die Abtei lag.

Es war an einem schönen Morgen, da sah Marienblümchen über diese reizende Landschaft hin, die sich malerisch vor ihren Augen ausdehnte. Sie hatte sich sehr schlicht frisiert und trug ein hellblau gestreiftes, leichtes Frühlingskostüm. Sie saß in einem kunstvoll geschnitzten Armstuhl aus Ebenholz, der mit rotem Sammet gepolstert war, stützte den Arm auf die Lehne und ließ den Kopf in der weißen, von lichtblauen Adern durchzogenen Hand ruhen.

An ihrer gedrückten Haltung, der Blässe ihres Gesichts, dem starren Blick und einem bittern Lächeln war leicht zu erkennen, dass sie sich in tieftrauriger Stimmung befand. Sie seufzte, die Hand sank in den Schoß, der Kopf fiel auf die Brust herab. Es schien, als neige sie sich unter der Last eines übergroßen Unglücks.

Eine ältliche Dame von ernster, vornehmer Erscheinung trat herein und räusperte sich, um Marienblume auf sich aufmerksam zu machen. Amalie erwachte aus ihrer Träumerei und grüßte die eintretende Frau. »Was bringen Sie, liebe Gräfin?« fragte sie. – »Seine Hoheit lassen bitten, ihn zu erwarten. Er wird in einigen Minuten hier sein,« antwortete die Hofdame der Prinzessin. – »Eben dachte ich voller Verwunderung daran, dass ich heute meinen Vater noch nicht ans Herz drücken durfte. Täglich erwarte ich ihn am Morgen voller Sehnsucht. Hoffentlich habe ich das Vergnügen, Sie, liebe Gräfin, nun zwei Tage nacheinander bei mir zu sehen, mir nicht dahin zu deuten, dass Fräulein von Harneim erkrankt wäre?«

»Euer Hoheit können beruhigt sein,« antwortete die Gräfin, »Fräulein von Harneim hat mich nur gebeten, sie zu vertreten. Sie wird die Ehre haben, morgen wieder den Dienst bei Euer Hoheit selbst zu versehen. Hoheit werden darüber doch nicht ungehalten sein?« – »O, nein! Es ist mir nur lieb, zwei Tage Sie und zwei Tage Fräulein von Harneim um mich zu haben.« – »Sie sind zu gütig, Prinzessin. Ihre Güte ermutigt mich, Ihnen eine Bitte vorzutragen,« – »Sprechen Sie, liebe Gräfin. Sie wissen, ich bin stets bereit, Ihnen einen Gefallen zu tun.«

»Es ist wahr, ich bin es nicht anders gewöhnt, als dass Euer Hoheit sehr gütig zu mir sind,« antwortete die Gräfin. »Allein es handelt sich hier um eine sehr peinliche Sache, von der ich gewiss nicht sprechen würde, wenn sich hier nicht eine große Wohltat verrichten ließe. Es ist da nämlich ein armes, unglückliches Mädchen, das sich leider schon von Gerolstein entfernt hatte, ehe Euer Hoheit Ihr so segensreiches, barmherziges Werk für schutzlose Mädchen begonnen.«

»Und was hat dieses Mädchen getan? Was soll für sie geschehen?« – »Ihr Vater, ein Abenteurer, ging nach Amerika und ließ Frau und Tochter im Elend zurück. Die Mutter starb, die Tochter war im Alter von sechzehn Jahren sich selbst überlassen und ging mit einem Manne, der sie verführt hatte, nach Wien. Er ließ sie, wie dies immer geschieht, bald im Stich, und sie geriet nun auf die Bahn des Lasters und wurde binnen Kurzem, wie so viele andere, ein Schandfleck ihres Geschlechts.«

Marienblume schlug die Augen nieder, und ein Schauer überflog sie. Die Hofdame bemerkte dies, glaubte, das Ehrgefühl der Prinzessin verletzt zu haben, und fuhr dann fort: »Verzeihen mir Euer Hoheit, dass ich vor Ihnen von Entarteten spreche, allein die Arme bereut ihren Fehltritt so tief, dass ich glaubte, um etwas Mitleid mit ihr bitten zu dürfen.« – »Mit Recht,« antwortete die Prinzess Amalie. »Erzählen Sie weiter! Alle Verirrungen, die bereut werden, verdienen unser Mitleid.«

»Nachdem die Unglückliche zwei Jahre lang ein Leben der Schande geführt hatte, kam das Licht der Gnade über sie. Von Gewissensbissen gemartert, kehrte sie hierher zurück und mietete sich zufällig bei einer Witwe ein, deren Frömmigkeit und Herzensgute allgemein bekannt sind. Ermutigt durch die Liebe dieser Frau, gestand die Arme ihr alles, was sie verbrochen, versicherte ihr, dass sie den Makel ihrer Vergangenheit durch harte Buße wieder gut machen wolle und bat um das Glück, in ein Kloster aufgenommen zu werden, um sich durch einen frommen Wandel mit Gott und den Menschen wieder zu versöhnen! Die würdige Matrone schrieb nun an mich, da sie wusste, dass ich die Ehre habe, der nächsten Umgebung Euer Hoheit anzugehören, und bat mich, die Arme Euer Hoheit zu empfehlen, damit sie vielleicht durch Ihre Vermittlung von der Oberin des Klosters, der Prinzessin Juliane, als Novizin in St. Hermangild aufgenommen würde. Ich habe mich selbst überzeugt, dass die Reue des Mädchens aufrichtig ist, indem ich vorher erst ein paar Mal persönlich mit ihr gesprochen habe. Nicht weil sie zu alt oder zu hässlich wäre, kehrt sie auf den Pfad der Tugend zurück; denn sie zählt kaum achtzehn Jahre, ist sehr schön und besitzt auch einiges Geld, das sie zu einem mildtätigen Zweck hingeben will, wenn sie Aufnahme im Kloster findet.«

»Ich will mich gern für Ihren Schützling verwenden, liebe Gräfin«, antwortete Marienblümchen, nur mit Mühe ihre Bestürzung verbergend, denn sie selber hatte ja ein solches Leben geführt wie die Arme, die um Gnade bat. »Das Mädchen hat gefehlt, doch sie bereut – da ist es nur gerecht, sich ihrer zu erbarmen.« – »Ich höre Seine Hoheit kommen,« sagte die Hofdame, ohne die wachsende Ergriffenheit Marienblümchens zu bemerken.

Rudolf trat mit einem großen Rosenstrauß in der Hand ein. Die Gräfin zog sich zurück. Kaum war sie gegangen, so flog Marienblume an ihres Vaters Brust, lehnte den Kopf an seine Schulter und blieb so ein Weilchen, ohne ein Wort zu sprechen.

»Guten Tag, mein Kind!« sagte Rudolf. »Sieh die Rosen hier! Ich habe sie heute für dich gepflückt. Deshalb konnte ich nicht früher kommen. Das ist wohl der schönste Strauß, den ich dir je gebracht habe.« – Er trat ein paar Schritte zurück, um seine Tochter zu betrachten, und als er sie in Tränen sah, warf er die Blumen auf den Tisch, nahm ihre Hände fest in die seinen und rief: »Du weinst! Was ist dir denn?« – »Nichts, mein guter Vater,« antwortete Marienblume, trocknete die Tränen und versuchte zu lächeln. - »Ich beschwöre dich, sage mir, was dich betrübt!«

»Ich versichere Ihnen, lieber Vater, es ist nicht von Belang. Die liebe Gräfin hat um meine Teilnahme für ein armes Mädchen geworben - und ihre Erzählung hat mich tief gerührt.« - »Ists wirklich nichts weiter?« - »Weiter nichts,« sagte Marienblume und nahm das Bouquet, das Rudolf hastig aus der Hand gelegt hatte. »Welch prächtiger Strauß! Und wenn ich bedenke, dass Sie mir jeden Tag einen bringen - einen selbst gepflückten!« - »Liebes Kind!« sagte Rudolf, ängstlich seine Tochter betrachtend, »du verheimlichst mir etwas. Du lächelst so traurig und gezwungen. Sage mir doch, was dich bedrückt. Lass die Blumen jetzt!«

»O, Sie wissen, ich habe die Rosen von jeher gern gehabt. Sie erinnern sich doch noch,« setzte sie mit schmerzlichem Lächeln hinzu, »des armen, kleinen Rosenstocks, von dem ich die Stücke immer aufbewahrt habe -?« - Bei dieser Erinnerung an die Vergangenheit rief Rudolf: »Unglückliches Kind! Mein Argwohn trifft also zu. Ach, und ich hatte gehofft, du würdest sie über meiner väterlichen Liebe vergessen können.«

»Verzeihen Sie mir, lieber Vater - diese Worte sind mir wider Willen entschlüpft - ich bereite Ihnen Kummer.« - »Nein, armer Engel; doch diese Rückblicke müssen fürchterlich sein. Sie werden dein Leben vergiften, wenn du dich ihnen nicht entreißest.« - »Mein Vater, es geschah durch Zufall - seit wir hier sind, war's das erste Mal -«

»Es ist das erste Mal, dass du mit mir darüber sprichst - aber wohl nicht das erste Mal, dass du daran denkst. Schon längst war mir deine traurige Stimmung aufgefallen, und oft schrieb ich es der Vergangenheit zu. Aber da ich nicht genau wusste, weshalb du betrübt seiest, so konnte ich mich nicht dazu entschließen, von selbst das Gespräch auf diese böse Zeit zu bringen, den vernichtenden Einfluss dieser Erinnerungen zu bekämpfen, dir zu beweisen, wie unbillig es ist, wenn du ihnen Gewalt über dich einräumst. Hätte deine Betrübtheit einen andern Grund gehabt, so fürchtete ich eben, in dir die Gedanken erst zu erwecken, die ich verscheucht sehen wollte. So befand ich mich in schwieriger Lage dir gegenüber. Wenn ich auch kein Wort zu dir sprach, so beschäftigte ich mich stets mit den Dingen, die dich bedrücken mochten. Durch die Eheschließung, die all mein Wünschen erfüllte, glaubte ich deinem Seelenfrieden einen festen Halt zu verleihen. Ich meinte, wenn deine Gedanken bei dem Umgang mit der Frau, die dich in deinem Unglück kannte und mütterlich liebte, etwa doch zu deiner Vergangenheit zurückkehren sollten, so würdest du selber in dem Glauben leben, das Vergangene sei durch deine Leiden hinreichend gesühnt, und gerecht gegen dich sein. Wenn doch meine Frau, die infolge ihrer vorzüglichen Eigenschaften die Achtung aller genießt, dich als Tochter, ja als Schwester liebt, so muss dich das völlig beruhigen. Sagt dir diese Liebe nicht, dass du ein Opfer des Unglücks und keine Sünderin warst, und dass du für das Elend, das dich von der Geburt an verfolgte, nicht zur Verantwortung zu ziehen bist? Und hättest du auch gefrevelt, wäre nicht alles tausendfach abgebüßt durch das Gute, das du getan hast?«

»Lieber Vater –!« – »Bitte, lass mich dir all meine Gedanken mitteilen, da einmal ein glücklicher Zufall das Gespräch auf diesen Gegenstand gelenkt hat. Lange schon wollte ich davon sprechen, nur fand ich das Herz nicht dazu. Möge es nun wenigstens von heilsamem Einfluss sein. Ich habe an dir eine so heilige Aufgabe zu erfüllen, ich habe dich für soviel erlittnen Jammer zu entschädigen, dass ich sogar meine Liebe zu Frau von Harville, meine Freundschaft zu Murph bezwungen hätte, wenn ich hätte glauben müssen, ihre Anwesenheit würde dich zu schmerzlich an die Vergangenheit mahnen.«

»Wie können Sie das glauben, lieber Vater? Die Anwesenheit dieser guten Menschen, die wissen, was ich war, und mich dennoch lieben, bildet ja gerade ein deutliches Zeichen des Vergessens und Verzeihens. Wie können Sie nur von einer Aufgabe mir gegenüber, von Opfern um meinetwillen sprechen?« – »Kind, bis zu dem Augenblick, wo du mir zurückgegeben wurdest, war dein ganzes Leben nichts als Jammer, Schmerz und Not, und alles, was du zu erdulden hattest, werfe ich mir selber vor, als hätte ich's verschuldet. Mein einziger Wunsch ist daher, dich so glücklich zu machen, wie du unglücklich warst, dich so zu erheben, wie du erniedrigt worden, und ich glaube, die letzten Spuren der Vergangenheit sollten ausgemerzt sein, wenn du siehst, dass dir die ehrenhaftesten, vorzüglichsten Personen die Ehrerbietung bezeigen, die dir zukommt –«

»Mir zukommt? O, nein, mein Vater, nicht mir, sondern nur dem Range, oder vielmehr dem, der ihn mir wiedergegeben –« – »Nicht um deines Ranges willen achtet man dich, sondern um deiner selbst willen. Es gibt Huldigungen, die dem Stande, aber auch andere, die der Anmut und Schönheit gebracht werden. Du kannst darin nur deshalb nicht unterscheiden, weil du dich selbst nicht kennst und nicht weißt, wie viel natürlichen Geist und Takt du besitzest – Eigenschaften, die mich stolz auf dich machen. Du findest dich in diese dir so neuen und schweren Formen des Zeremoniells mit einer Würde und Schlichtheit, die dir die Wertschätzung der hochmütigsten Standespersonen erworben hat.«

»Man liebt Sie so sehr, Vater, dass man mir Achtung entgegenbringt, nur um Ihnen zu gefallen –« – »Keinesfalls, mein Kind,« antwortete der Fürst. »Ich wiederhole, du weißt selber nicht, welche göttlichen Eigenschaften du hast. In fünfzehn Monaten war deine Erziehung soweit beendet, dass selbst die gewissenhafteste Mutter entzückt von dir sein mühte. Du gehörst in der Tat zu den wenigen auserlesenen Charakteren, die geboren sind, eine Königin darin zu unterweisen, wodurch Liebe und Verehrung zu erwerben sind, wie man verlassene, entwürdigte Geschöpfe glücklich macht und sich ihre Hingebung und Anbetung gewinnt.«

»O, Vater, haben Sie Mitleid mit mir –« – »Zu lange schon,« versetzte der Fürst, »drängt es mich, dir das zu sagen. Lass mich hinzufügen, dass auch Clemence das Gleiche oft geäußert hat. Mit Tränen in den Augen hat sie mehrmals schon zu mir gesagt: Wie wunderbar, dass dieses liebe Kind nach all dem Elend, dass sie durchgemacht hat, noch geblieben, was sie ist, dass das Unglück diese edle Natur nicht gebrochen, sondern vielmehr alle ihre herrlichen Eigenschaften und Vorzüge zur vollen Blüte gebracht hat.«

Bei diesen Worten des Fürsten öffnete sich die Tür, und Clemence, Großherzogin von Gerolstein, trat mit einem Briefe in der Hand herein. »Mein Gemahl,« sagte sie zu Rudolf, »hier ist ein Brief für dich aus Frankreich. Ich bringe ihn dir selber, weil ich mein bequemes Kind heute Morgen noch gar nicht zu sehen bekommen habe. Da muss ich mich selbst zu ihr verfügen,« und Clemence schloss Marienblume zärtlich in die Arme. »Der Brief kommt zur rechten Zeit,« sagte der Fürst heiter, nachdem er ihn rasch gelesen. »Wir sprachen eben beide von der Vergangenheit, von diesem Drachen, liebe Clemence. Daher diese Anwandlungen von Schwermut! Doch von wem ist der Brief?« – »Von der guten Lachtaube – der Frau Germains.«

»Von Lachtaube?« rief Marienblume. »O, wie freut es mich, wieder einmal von ihr zu hören!« – »Lieber Freund,« flüsterte Clemence dem Herzog zu, »fürchtest du nicht, dass dieser Brief schmerzliche Erinnerungen in ihr wachrufen könnte?« – »Gerade diese Erinnerungen will ich zunichte machen, und der Brief Lachtaubens gibt mir eine herrliche Waffe dagegen in die Hand; denn dieses seelensgute Weib betete ja stets unser Kind an.« Und mit lauter Stimme las Rudolf:

»Meierei von Bouqueval, 15. August 1841.

Gnädigster Herr!

Ich nehme mir die Freiheit, Ihnen zu schreiben, weil ich Ihnen ein großes Glück mitzuteilen habe, das uns beschert wurde, und weil ich Sie, dem wir schon so viel verdanken, um eine Gunst bitten möchte. Seit zehn Tagen bin ich Mutter eines kleinen Engels, einer Tochter, die meinem Germain wie aus den Augen geschnitzt ist. Er freilich meint, sie sähe nur mir ähnlich, und unsere gute Mutter Georges sagt, sie hätte von uns beiden etwas. Übrigens müssen Ihnen die Ohren tüchtig klingen, denn es vergeht kein Tag, wo wir beide uns nicht anschauen und sagen: Sind wir nicht glücklich? Leben wir nicht im Paradies? Und dann kommt natürlich Ihr Name auf unsere Lippen – verzeihen Sie, dass ich hier was durchstreiche, aber, ich habe aus Versehen »Herr Rudolf« geschrieben, wie ich Sie früher nannte, und das kann ich doch nicht stehen lassen. Nun, also, gnädigster Herr, unsere Bitte lautet: Wählen Sie doch einen Namen für unser Kind. So haben wir es mit den Paten ausgemacht. Und wissen Sie, wer Pate ist? Der Steinschneider Morel und seine Tochter Luise, auch zwei, die Ihnen ihr Glück verdanken. Morel hat mit dem Gelde, das Sie ihm gegeben, einen Handel mit Edelsteinen angefangen. Das Geschäft geht so gut, dass er seine Familie gut ernähren und alle seine Kinder etwas Ordentliches lernen lassen kann. Luise soll einen ehrlichen, arbeitsamen Handwerker heiraten, der Herz genug hat einzusehen, dass sie an ihrem Unglück unschuldig gewesen.

Martial kommt in Algier sehr gut weiter. Er hat letztens großen Ruhm geeintet, indem er mit seinen Knechten eine Bande raubender Araber mutig zurückgeschlagen. Seine Frau, die tapfer an seiner Seite gefochten hat, ist leicht verwundet worden. Ich glaube, es freut Sie, wenn ich Ihnen Nachrichten von denen schreibe, deren gütige Vorsehung Sie gewesen sind.

Wir befinden uns in Bouqueval bei unserer guten Mutter. Germain geht des Morgens ins Geschäft und kommt abends wieder. Ich konnte früher das Landleben nicht leiden, jetzt finde ich, es gibt nicht Schöneres. Das kommt wohl daher, weil sich mein guter Germain hier draußen so wohl fühlt. Da fällt mir ein – Sie werden wissen, wo das liebe Mädchen, die Schalldirne ist. Wenn Sie Gelegenheit dazu finden, so sagen Sie ihr doch, man gedenkt ihrer hier als des besten, sanftesten, liebsten Wesens von der Welt.

Also, nicht wahr. Sie schlagen unsere Bitte nicht ab? Wenn Sie unserm Mädchen einen Namen aussuchen, so wird ihr das Glück bringen. Zum Schlusse will ich noch vermelden, dass wir mit unsern bescheidnen Mitteln Gutes zu tun trachten, wo immer wir können. Dies sage ich nicht, um zu prahlen, sondern damit Sie sehen, dass Ihre Lehren und Taten auf guten Boden gefallen sind. Wir sagen immer zu denen, die wir unterstützen: Nicht uns dankt, sondern Herrn Rudolf, dem besten, edelsten Menschen, der auf Erden wandelt. Und alle halten Sie nicht für einen Menschen, sondern für einen Heiligen. Glauben Sie mir. Wenn unsere Kleine buchstabieren lernt, so wird das erste Wort, das sie lesen lernt, Ihr Name sein, und dann die Worte, die Sie auf meinen Brautkorb schrieben: Arbeit und Tugend! – Ehre und Glück! Ich habe die Ehre, gnädigster Herr, mich Ihnen mit herzlichster Verehrung und Dankbarkeit zu empfehlen

als Ihre untertänigste

Lachtaube, Frau Germain.«

P. S. Indem ich den Brief noch einmal lese, finde ich, dass ich Sie sehr oft als »Herr Rudolf« anrede. Nicht wahr, Sie verzeihen mir das? Haben wir Sie doch unter diesem Namen kennengelernt, und unter diesem Namen verehren und segnen wir Sie allezeit!«

Zweites Kapitel.

Erinnerungen

»Gute kleine Lachtaube!« rief Clemence gerührt, als Rudolf den Brief vorgelesen hatte. »So einfach schreibt sie und doch so gefühlvoll!« – »Ja,« antwortete Rudolf, »sie hat verdient, was man ihr Gutes erwiesen. Ihr Herz ist wie Gold, und unser Kind hier –« Doch erschrocken über Marienblumen Blässe und Traurigkeit, unterbrach er sich und rief: »Was ist dir?«

»O, wie anders ihr Leben und wie anders meines!« seufzte das Mädchen. »Arbeit und Tugend! Ehre und Glück! Diese vier Worte sagen, was ihr Leben gewesen und was es bleiben wird. Als Mädchen tugendhaft und fleißig, als Frau geliebt und geehrt, als Mutter glücklich – das ist ihr Los, während ich –«

»Lieber Gott, was redest du da?« – »O, verzeihen Sie mir, lieber Vater! Bezichtigen Sie mich nicht des Undanks! Doch was hilft all Ihre unerschöpfliche Zärtlichkeit, was meiner zweiten Mutter Liebe, was all der Glanz um mich her – meine Schande ist doch nicht auszumerzen. Selbst Ihre Fürstenmacht kann das Geschehene nicht ungeschehen machen. Nochmals, verzeihen Sie mir, mein Vater! Ich verschwieg es Ihnen bisher, aber die Erinnerung an mein Dirnentum bringt mich zur Verzweiflung und wird mich töten!«

»Clemence, höre!« rief Rudolf, verzweifelnd. – »Unglückliches Kind!« sagte Clemence und presste des Mädchens Hände in den ihren, »unsere Zärtlichkeit, die verdiente Liebe aller um Sie her beweisen Ihnen doch, dass die Vergangenheit für Sie nur ein böser, leerer Traum gewesen sein soll! – »O, welch bitteres Verhängnis!« rief Rudolf. »Wie verwünsche ich jetzt meine Zurückhaltung, die mich schweigen ließ! Nur zu lange wuchert schon der unglückliche Gedanke in ihrer Seele, nun ist es zu spät, den beklagenswerten Wahn zu bekämpfen. O, wie unglücklich macht mich das!«

»Mut, mein Gemahl!« sagte Clemence, »du sagtest selber, es sei gut, dass wir nun den Feind kennen, gegen den wir uns zu wenden haben. Wir wissen jetzt, weshalb unser liebes Kind so schwermütig ist, und wir werden ihren Gram besiegen, denn wir haben Vernunft, Gerechtigkeit und Liebe auf unserer Seite.«

Marienblume schwieg und schien nach Fassung zu ringen. Nach einer Weile nahm sie Rudolf bei der einen, Clemence bei der andern Hand und sprach im Tone tiefer Ergriffenheit: »Hören Sie mich, mein lieber Vater und Sie, meine gute Mutter! Es ist ein feierlicher Tag der Entscheidung. Gott hat nicht gewollt, dass ich Ihnen noch länger verhehlen soll, was ich im Herzen empfinde. Doch auch ohnedies hätte ich Ihnen bald gestehen müssen, was mich quält, denn ich hätte es nicht länger für mich behalten können –« – »O, ich begreife alles,« rief Rudolf voll Schmerz, »nun ist jede Hoffnung verloren!« – »Meine Hoffnung beruht auf der Zukunft, mein Vater,« antwortete Marienblume, »und diese Hoffnung leiht mir Kraft, jetzt so zu Ihnen zu sprechen.«

»Und was kannst du von der Zukunft erwarten, armes Kind, da die Gegenwart nur Schmerz und Trübsal für dich hat?« – »Das will ich Ihnen sagen, lieber Vater. Doch zuvor erlauben Sie mir, Ihnen vor Gott, der mich hört, zu gestehen, was mein Herz bewegt.« – »Sprich, sprich, wir hören,« sagte Rudolf, indem er sich mit Clemence zu Marienblume setzte.

»Solange ich in Paris war, bei Ihnen, mein Vater,« begann Marienblume, »war ich glücklich, so glücklich, dass mich diese schönen Tage durch jahrelanges Leid nicht zu teuer erkauft dünkten. Sie sehen, ich habe da wenigstens kennengelernt, was es heißt, glücklich zu sein.« – »Nur auf einige Tage?« – »Doch dafür war das Glück ungetrübt. Sie widmeten sich mir mit zärtlichster Liebe, und ich gab meiner Dankbarkeit und Neigung rückhaltlos Raum. Die Zukunft war für mich wie ein Zauber: Ich sollte einen Vater haben, den ich anbeten konnte, eine Mutter, die ich doppelt lieben konnte, da ich die erste nie gekannt. Und dann war ich so stolz darauf, Ihr Kind zu sein! Als die, die in Paris Ihre Umgebung bildeten, mich Hoheit nannten, schmeichelte mir dieser Titel. Wenn ich damals einmal der Vergangenheit gedachte, so sprach ich zu mir selbst: Ich, die einst so niedrig stand, so tief gesunken war, ich lebe jetzt in Glanz und Pracht ein königliches Dasein. Das Glück kam mir eben zu überraschend. Ihre Macht wob einen solchen Glanz um mich her, dass man mir wohl nicht verübeln darf, wenn ich mich blenden ließ.«

»Nicht verübeln? Das war ja doch ganz natürlich, armes Kind. Es war nicht unrecht, auf einen Rang stolz zu sein, der dir zukam, dich zu freuen über die Vorzüge des Standes, zu dem ich dich wieder erhoben. Ach, ich erinnere mich gar wohl! Damals warst du von Herzen froh und fielst mir oft, überwältigt von Glück, an die Brust und riefst in einem Tone, wie ich ihn seither nicht mehr von dir vernommen: O, Vater, zu viel, zu viel des Glücks! Leider dachte ich stets nur daran, wie glücklich du damals gewesen, und habe mich dann über die späteren traurigen Stimmungen nicht weiter beunruhigt.«

»Aber sagen Sie mir doch, liebes Kind, wodurch ist die ungetrübte und durchaus gerechtfertigte Freude in solche Schwermut verwandelt worden?« fragte Clemence. – »Durch einen traurigen, unvorhergesehenen Umstand,« antwortete Marienblume und erbebte leise. »Sie erinnern sich doch jenes entsetzlichen Auftritts, mein Vater, der sich bei unserer Abreise von Paris ereignete? Da, als der Schuri-Mann ermordet war und in die Wirtsstube gebracht war, als er seinen Geist aushauchte, wissen Sie, wen ich da erblickte? Die Wirtin vom weißen Kaninchen!«

»Dieses Ungeheuer hast du wiedergesehen? Und wo?« – »Sie haben sie nicht bemerkt, sie stand in der Wirtsstube, wo der Schuri-Mann starb, unter den Frauen, die sich mit hereingedrängt hatten.« – »Ach!« rief Rudolf bekümmert. »Ich begreife. Erschüttert über den Tod des Mannes, glaubtest du in dieser Begegnung einen Fingerzeig Gottes erblicken zu sollen.« – »Sie deuten meine Gedanken richtig,«.antwortete Marienblume. »Als ich dieses Weib erblickte, war mir zumute, als wenn all mein Glück auf einmal vernichtet würde. Die Vorsehung schien mich für meinen Stolz, meine Freude zu strafen und mich daran zu erinnern, dass ich die Sünden der Vergangenheit nur durch Reue und Demut sühnen könne!«

»Allein für diese Vergangenheit bist du nicht verantwortlich zu machen, armes Kind – du wurdest betört, vergewaltigt –« begütigte Clemence die sich in Erinnerungen Peinigende, – »Du bist in den Abgrund hineingestoßen worden wider deinen Willen und konntest von selbst nicht wieder heraus, so sehr du auch die Gesellschaft verabscheutest, in der du dich bewegen musstest. Du wärest für immer an diese Hölle gefesselt gewesen, wenn nicht der Zufall mich dir in den Weg geführt hätte.« – »Doch diese Schändlichkeiten, lieber Vater, haben mich berührt, vergiftet, und nichts kann diese entsetzlichen Erinnerungen tilgen. Sie haben mich in die ländliche Stille von Bouqueval verfolgt, sie haben mich in Saint-Lazare gepeinigt, sie folgen mir bis in diesen Palast, bis in die Arme des Vaters, bis an die Stufen des Thrones.« Und das Mädchen brach in bittere Tränen aus.

Rudolf und Clemence standen stumm vor diesem Ausbruch unversöhnlicher Gewissensbisse, sie konnten nur mit ihrer Tochter weinen, denn sie fühlten, wie ohnmächtig sie seien, das arme Mädchen zu trösten.

»Seitdem,« fuhr Marienblume fort, die Tränen trocknend, »sagte ich mir täglich voll bittrer Scham: Man ehrt und achtet dich, die Edelsten des deutschen Volks begegnen dir zuvorkommend, die Schwester eines Kaisers hat sich vor dem versammelten Hofstaat herabgelassen, mir das Stirnband umzulegen – und ich habe im tiefsten Abschaum von Paris gelebt als Duzschwester von Mördern und Dieben. Verzeihen Sie mir, mein Vater, aber je höher ich gestellt wurde, um so tiefer war der Gram über die Niedrigkeit meines frühern Lebens. Bedenken Sie doch, was es heißt, das gewesen zu sein, was ich war! Und nun mitanzusehen, wie ehrwürdige Herren sich vor mir neigen, wie junge, edle Mädchen und ehrbare Frauen sich geehrt fühlen, wenn sie mir nahe kommen dürfen, wie erhabene Fürstinnen mich liebevoll behandeln. Mich dünkt dies frevelhaft, ja ich habe das Gefühl, als lästerte ich alles, was heilig ist! O, was leide ich bei dem Gedanken, dass meine Vergangenheit bekannt werden könnte! Wie würde man dann die verachten, die man jetzt so verehrt.«

»Aber, Kind, meine Gattin und ich kennen deine Vergangenheit und lieben dich doch.« – »Ihrer beiden Zärtlichkeit ist blind.« – »Und alle die Wohltaten, die du getan hast, seit du hier weilst, die fromme Anstalt, die allen verwaisten, verlassenen Mädchen eine Zuflucht bietet, dein Wille, sie deine Schwestern zu nennen und wie solche zu behandeln, ist denn das alles nichts, Fehltritte abzubüßen, an denen dich gar keine Schuld trifft? Doch ich sehe es wohl, alle Vernunftgründe sind machtlos gegen eine so feste Überzeugung, von der Vergangenheit nicht loszukommen. Die Kluft zwischen deiner Vergangenheit und deiner jetzigen Stellung muss für dich eine beständige Marter sein. Vergib mir nur, insoweit ich daran schuld bin!«

»Ich Ihnen vergeben, lieber Vater? Großer Gott, was denn?« – »Dass ich an deine große Gewissenhaftigkeit, deine Empfindlichkeit nicht vorher gedacht habe. Ich kannte dein feinfühlendes Herz und hätte alles voraussehen sollen. Allein ich war zu stolz auf dich und glaubte, dich so hoch heben zu können, dass du das Vergangne darüber vergessen würdest. Nun ist das Gegenteil eingetreten. Je höher ich dich hob, um so tiefer sahst du den Abgrund des Geschehenen unter dir gähnen. Und daran trage ich die Schuld. Ich glaubte, gut zu tun, und habe mich getäuscht. O, ich wähnte, mir sei verziehen, allein die Rache des Himmels ist noch nicht befriedigt. Ich soll noch büßen im Unglück meiner Tochter.«

Es klopfte an die Tür. Der Fürst öffnete, und Murph erschien mit einem Briefe. – »Verzeihung, dass ich störe,« sagte Walter. »Ein Bote des Fürsten von Herkausen-Oldenzaal bringt dieses Schreiben, das Eurer Hoheit unverzüglich übergeben werden soll.« – »Ich danke dir, mein guter Murph,« sagte Rudolf. »Bleibe, denn ich werde gleich mit dir zu reden haben.« – Dann öffnete er den Brief und las, was folgt:

»Eure Hoheit!

Darf ich die Hoffnung hegen, dass die Verwandtschaft, in der ich zu Euer Hoheit stehe, und die Freundschaft, mit der Sie mich beehren, einen Schritt verzeihlich erscheinen lassen, der wohl eine große Kühnheit wäre, würde er mir nicht durch meine Wahrhaftigkeit nahegelegt. Es sind fünfzehn Monate her, gnädiger Herr, seit Sie aus Paris zurückkehrten in Begleitung einer Tochter, die Ihnen um so teurer war, als Sie sie schon für verloren hielten, während sie doch stets bei der Mutter geweilt hatte, die Sie dann, um Ihre Tochter zu einem legitimen Kinde zu erheben, heirateten.

Ihre Tochter ist also von fürstlicher Geburt, zudem von unvergleichlicher Schönheit und von hohem Geiste, wie mir meine Schwester, die Äbtissin von Sankt-Hermangild schreibt, die das Glück hat, die vielgeliebte Tochter Eurer Hoheit oft zu sehen.

Nun, gnädiger Herr, komme ich ohne Umschweife auf den Gegenstand dieses Briefes, da eine Krankheit mich zu meinem Bedauern verhindert, persönlich mit Eurer Hoheit zu sprechen. Mein Sohn hat, als er in Gerolstein weilte, Prinzessin Amalie fast täglich gesehen. Er liebt sie mit aller Glut seiner Natur, aber er hat ihr seine Liebe noch nicht gestanden. Ich hielt es nun für meine Pflicht, Ihnen dies mitzuteilen. Sie haben meinen Sohn freundlichst an Ihrem Hofe aufgenommen, haben ihn eingeladen, wiederzukommen, und ihm Ihre Freundschaft zuteil werden lassen. Da würde ich mich Ihres Vertrauens unwert machen, wenn ich Ihnen diese Angelegenheit verheimlichte. Ich weiß freilich, es wäre töricht von uns, die Hoffnung zu hegen, dass wir in ein noch engeres Verhältnis zur Familie Eurer Hoheit kommen könnten. Aber ich weiß auch, dass Sie der liebevollste Vater sind, und wenn Sie meinen Sohn für einen Ihrer Tochter würdigen Mann halten und glauben würden, dass er Prinzessin Amalie glücklich zu machen imstande wäre, so würden Sie trotz des Standesunterschiedes und trotz unseres geringeren Vermögens Ihre Einwilligung zu diesem Bunde nicht versagen.

Mir kommt es nicht zu, meinen Sohn Heinrich zu loben, doch darf ich wohl an die Lobsprüche erinnern, die Eure Hoheit selbst ihm gezollt haben. Doch wie auch Ihre Entscheidung ausfallen wird, ich versichere Ihnen, wir werden uns ihr ehrerbietig unterwerfen, und ich werde nach wie vor bleiben

Eurer Königlichen Hoheit ergebenster Freund und Diener Gustav Paul, Prinz von Herkausen-Oldenzaal.«

Drittes Kapitel.

Bekenntnisse

Als Rudolf diesen Brief gelesen hatte, stand er eine Weile in Nachdenken versunken, dann erhellte ein Strahl der Hoffnung sein trauriges Gesicht, und er trat zu seiner Tochter zurück, die Clemence vergebens zu trösten versuchte.

– »Mein Kind,« sagte er, »du hast recht, dieser Tag soll ein Tag feierlicher Bekenntnisse sein. Ich ahnte nicht, dass deine Worte in so unerwartetem Sinne zutreffen sollten.«

– »Und was ist es, mein Vater, das Sie bewegt?« fragte Marienblume. – »Was hast du, mein Freund?« setzte Clemence hinzu.

»Ursache zu neuen Befürchtungen,« antwortete Rudolf. »Du hast mir deinen Kummer nur zur Hälfte bekannt.« – »Lieber Vater,« sagte Marienblume errötend, »bitte, erklären Sie sich näher.« – »Das kann ich jetzt auch – nachdem du uns hast wissen lassen, wie tief du an deinem Schicksal verzweifelst. Höre mich an, geliebte Tochter. Du hältst dich für sehr unglücklich – nein, du bist es. Als du beim Beginn unserer Unterredung von einem Auswege sprachst, der dir verbliebe, da habe ich dich verstanden. Nicht wahr, du wolltest in ein Kloster gehn?« – »Mein Vater!«

– »Ists so, mein Kind?« – »Ja, sofern Sie es mir gestatten,« antwortete Marienblume mit erstickter Stimme.

»Sie wollen uns verlassen!« rief Clemence. – »Das Kloster Sankt-Hermangild ist so nahe bei Gerolstein, dass wir uns oft hätten sehen können!« – »Aber bedenken Sie doch, liebes Mädchen, diese Gelübde gelten für immer – Sie sind aber noch nicht achtzehn Jahre alt, und vielleicht kommt eines Tages –« – »O, ich werde diesen Entschluss nie bereuen – ich werde Ruhe und Vergessen in der Einsamkeit des heiligen Hauses finden, wenn nur Sie, lieber Vater, und Sie, teure Mutter, mir Ihre Liebe erhalten.« »Ein gottgeweihtes Leben mit seinen Pflichten und Tröstungen könnte allerdings,« antwortete Rudolf, »deinen Gram lindern, wenn auch nicht heilen. Obwohl es sich dabei auch um mein halbes Lebensglück handelt, so wäre es doch möglich, dass ich deinen Entschluss billigte.« – »Wie? Auch du, Rudolf?« rief Clemence. – »Erlaube mir, mich ganz zu erklären, liebe Gattin,« antwortete Rudolf, und sich zu seiner Tochter wendend, fuhr er fort: »Ehe wir dieses Äußerste beschließen, müssen wir prüfen, ob sich dir nicht eine andere Zukunft bieten könnte, die deinen und unsern Wünschen besser entsprechen würde.« Marienblume und Clemence machten eine Bewegung des Erstaunens, und Rudolf fragte, seine Tochter fest anschauend: »Wie stehst du zu deinem Vetter, dem Prinzen Heinrich?«

Marienblume zitterte und wurde blutrot. Nach einem Augenblick des Zauderns warf sie sich schluchzend in ihres Vaters Arme. – »Du liebst?« – »Sie hatten mich ja nie danach gefragt, mein Vater!« antwortete Marienblume, die Tränen trocknend. – »Du liebst ihn also?« fuhr Rudolf fort, seine Tochter an sich drückend. »Du liebst ihn sehr, mein süßes Kind?«

»O, wenn Sie wüssten, was es mich gekostet hat, Sie von dieser Liebe nichts merken zu lassen!« entgegnete Marienblume. »Bei der geringsten Frage hätte ich die Wahrheit sagen müssen, allein aus Scham hätte ich es wohl nie gewagt.« – »Und du glaubst, Heinrich weiß darum, dass du seine Liebe zu dir erwiderst?« fragte Rudolf. – »Großer Gott, nein, Vater!« rief Marienblume, »das will ich nicht hoffen! Nein, mein Vater, ich glaube auch nicht, dass er mich liebt. O, nein! Das wäre ein zu großes Unglück für ihn!«

»Und wie ist es zu dieser Liebe gekommen, mein Engel?« – »Ach, ohne dass ich's gewahr wurde. Sie erinnern sich doch des Porträts eines Pagen?« – »Das im Zimmer der Äbtissin von Sankt-Hermangild hing? Das war Heinrichs Bild.« – »Ja, mein Vater. In der Meinung, dieses Bild stelle einen Knaben dar, der längst nicht mehr unter den Lebenden weilte, machte ich eines Tages in Ihrer Gegenwart, lieber Vater, kein Hehl daraus, wie sehr ich von der Schönheit des Gesichts hingerissen war. Sie sagten mir damals scherzend, das Bild sei das eines Verwandten aus früheren Zeiten, der schon in jugendlichem Alter hohen Mut und große Gaben gezeigt habe. Seit diesem Tage betrachtete ich das Bild gern und rief mir stets seine Züge ins Gedächtnis zurück. Ich tat es ohne jedes Bedenken, denn ich hielt es ja für das Bild eines längst verstorbnen Vetters. Nach und nach gewöhnte ich mich ganz an diesen Gedanken und bildete mir ein, dieses Bild stelle einen Verlobten von mir dar, einen Bräutigam jenseits des Grabes, den ich vielleicht droben im Himmel wiedersehen würde. Und mich dünkte, dass dies die einzige Liebe sei, die sich für ein Herz geziemte, dem es nicht erlaubt ist, hienieden jemand zu lieben außer seinem Vater! Verzeihen Sie mir diese traurigen Kindereien –«

»Im Gegenteil, armes Kind,« sagte Clemence tief ergriffen, »nichts ist rührender.« – »Nun verstehe ich,« setzte Rudolf hinzu, »warum du mir eines Tages mit kummervoller Miene vorwarfst, ich hätte dir über dieses Bild nicht die Wahrheit gesagt.« – »Ja, lieber Vater, stellen Sie sich meine Bestürzung vor, als eines Tages mir die Äbtissin sagte, das Bild sei das ihres noch lebenden Neffen, eines Verwandten von uns. Ich suchte nun meine Gefühle zu unterdrücken, aber desto mehr ergriffen sie von meinem Innern Besitz. Und nun hörte ich auch, wie oft Sie, mein Vater, Charakter und Geist des Prinzen Heinrich lobten. Ich liebte ihn nun wohl, allein ich tröstete mich bei dem Gedanken, dass dieses traurige Geheimnis kein Mensch auf Erden erfahren sollte. Ich – ich Verworfne wagte zu lieben? Hatte ich mich nicht damit zu begnügen, Sie und meine Mutter zu lieben, denen ich alles verdankte? Da endlich sah ich bei jenem Feste, das Sie der Erzherzogin Sophie gaben, meinen Vetter zum ersten Male. Er glich dem Bilde so sehr, dass ich ihn sogleich erkannte, und am selben Abend stellten Sie, mein Vater, ihn mir vor und gestatteten uns jene Vertraulichkeit im Verkehr, die bei unserer nahen Verwandtschaft erlaubt war.«

»Und dann gewannt Ihr Euch lieb?« - »Ach, lieber Vater, er sprach von seiner Bewunderung für mich, von seiner Achtung, seiner Anhänglichkeit, und dann hatten Sie mir ja auch schon soviel von seinen Vorzügen erzählt -«. - »Er verdiente es auch. Es gibt keinen edleren Charakter, kein besseres, mutigeres Herz!«

»Ach, loben Sie ihn nicht so, mein Vater, ich bin ohnedies schon unglücklich genug. Mit jedem Tage ward ich mir mehr der Gefahr bewusst, in der ich mich befand, indem ich mit dem Prinzen Heinrich zusammentraf, und doch gab es keinen Ausweg. Obwohl ich blindes Zutrauen zu Ihnen, mein Vater, hegte, fand ich doch nicht das Herz, Ihnen meine Befürchtungen mitzuteilen. Ich bot alle meine Kraft auf, diese Liebe zu verbergen, und ich hatte in diesen Tagen, wo Prinz Heinrich und ich wie Bruder und Schwester miteinander verkehrten, Augenblicke wahren Glücks, in denen ich die Vergangenheit vergaß: Allein diesen seligen Momenten folgte um so tiefere Verzweiflung, wenn ich dann wieder in die Gewalt meiner Erinnerungen zurücksank. Verfolgten sie mich schon mitten unter den Huldigungen von Leuten, die mir gleichgültig waren, wie sehr erst, wenn Prinz Heinrich mir die zartesten Schmeicheleien zuflüsterte. O, was stand ich aus, wenn Prinz Heinrich mich einmal über meine Kindheit befragte! Lügen musste ich - immer lügen und dabei immer mich fürchten vor dem Blicke dessen, den ich liebte, zittern vor ihm, wie der Verbrecher vor seinem unerbittlichen Richter! O, mein Vater, ich weiß, die Schuld traf mich allein, denn ich hatte kein Recht zu solch einer Liebe, aber ich habe diese unglückliche Leidenschaft auch durch tausend Qualen gebüßt. Als dann Prinz Heinrich abreiste, erkannte ich erst, wie sehr ich ihn eigentlich liebte. Diese verhängnisvolle Liebe macht das Maß meines Elends voll. Nun wissen Sie alles, mein Vater, und nun sagen Sie selbst, was bleibt mir noch anderes übrig, als ins Kloster zu gehn?«

»Es gibt noch eine andere Zukunft für dich, mein Kind - und diese andere Zukunft ist ebenso heiter und schön, wie das Kloster traurig und öde.« - »Was sagen Sie, mein Vater?« - »Höre nun auch mich an! Du fühlst wohl, meine Liebe zu dir sieht schärfer, als dass mir dein Verhältnis zu Heinrich ein Geheimnis hätte bleiben können. Schon nach einigen Tagen wusste ich genau, dass er dich liebt - vielleicht noch inniger, als du ihn liebst.«

»O, nein Vater, es ist unmöglich, er liebt mich nicht so -« - »Ich sage dir, er liebt dich - er liebt dich bis zum Wahnsinn!« - »O, mein Gott, mein

Gott!« – – »Höre mich an! Als ich jenen Scherz betreffs des Bildes machte, wusste ich nicht, dass Heinrich sobald seine Tante in Gerolstein besuchen würde. Als er kam, lud ich ihn ein, uns oft zu besuchen, denn mir war er von jeher wert wie ein Sohn gewesen. Nach einigen Tagen schon konnten Clemence und ich nicht mehr daran zweifeln, dass zwischen euch beiden sich ein Liebesverhältnis entspann. Wenn deine Lage schmerzlich war, so war die meine peinlich und heikel. Als Vater konnte mir Heinrichs Liebe zu dir, da ich seine vorzüglichen Eigenschaften kannte, nur lieb sein, denn ich hätte mir keinen würdigeren Gatten für dich erträumen können.«

»Erbarmen, mein Vater, Erbarmen!« – »Aber als Mann von Stand und Ehre muhte ich zugleich auch an die traurige Vergangenheit meines Kindes denken. Weit entfernt, Heinrich in seinen Wünschen entgegenzukommen, gab ich ihm, wenn wir miteinander sprachen, oft Ratschläge, die auf das gerade Gegenteil von dem, was er von mir vielleicht erwartet hätte, hinzielten. Er hätte danach fast denken müssen, dass ich nicht gesonnen sei, ihm die Hand meiner Tochter zu geben. Ich musste in dieser heikeln Lage als Mann von Ehre und als Vater mich streng neutral verhalten, durfte Heinrichs Liebe nicht bestärken, musste ihn aber auch ebenso freundlich wie zuvor behandeln. Du warst bisher so unglücklich gewesen, nun sah ich dich unter dem Einfluss dieser reinen, edlen Liebe aufleben – da wollte ich dir um keinen Preis diese schönen, seltnen Freuden rauben. Wenn ich auch vermutete, dass dieses Liebesband später getrennt werden müsste, so hättest du dann wenigstens einige Tage unschuldigen Glückes kennengelernt. Hinwiederum konnte aber auch diese Liebe dir vielleicht Ruhe für alle Zeiten bescheren.«

»Ruhe für alle Zeiten?« – »Höre mich ganz an. Heinrichs Vater, Prinz Paul, schreibt eben an mich. Er hofft zwar nicht, dass ich meine Einwilligung zu diesem Bunde geben würde, bittet mich aber doch im Namen seines Sohnes, um deine Hand und erklärt dessen aufrichtigste, innigste Liebe zu dir.«

»O, mein Gott! Mein Gott! Wie glücklich hätte ich werden können!« rief Marienblume, das Gesicht in beiden Händen bergend. – »Mut, meine Tochter,« antwortete Rudolf. »Wenn du nur willst, kann dieses Glück dir immer noch werden.« – »Niemals! Haben Sie denn vergessen –?« – »Nichts habe ich vergessen. Wenn du morgen ins Kloster gehst, so verliere ich dich nicht nur auf immer, sondern auch du beginnst ein Leben voll Tränen und Trauer. Nun. Wenn ich dich verlieren soll, so lass mich dich wenigstens glücklich verbunden sehen mit dem Manne, den du liebst und der dich vergöttert!«

»Mit ihm vermählt - ich mit ihm, Vater?« - »Ja, doch unter der Bedingung, dass ihr beide gleich nach der Trauung, die nur unter Murphs und Baron Grauns Zeugenschaft geschlossen werden soll, nach Italien abreist, um dort in einem stillen, abgelegenen Orte als Privatleute zu leben. Und weißt du, mein Kind, warum ich mich entschließe, dich von mir zu geben, warum ich verlange, dass Heinrich Rang und Titel mit seinem Weggang von Deutschland ablegen soll? Weil ich überzeugt bin, bei stillem, schmucklosem Leben wirst du mit der Zeit die verhasste Vergangenheit vergessen können, die dir deshalb so schmerzlich ist, weil sie zu den Huldigungen und der Pracht, die dich hier umgeben, in so grellem Kontrast steht. »

»Rudolf hat recht,« sagte Clemence. »Wenn Sie mit Heinrich und Ihrem Glück allein sind, mein Kind, werden Sie bald nicht mehr an Ihre früheren Leiden zurückdenken.« - »Und da es unmöglich sein wird, lange ohne dich zu leben, mein Kind, so werden Clemence und ich dich alljährlich einmal besuchen.«

»Und wenn eines Tages, armes Kind, die Wunden, an denen Sie so leiden, vernarbt sind, wenn Sie im Glück Vergessenheit gefunden haben -« - »Vergessenheit im Glück?« murmelte Marienblume, wie in Träumen versunken. - »Gewiss, mein Kind,« fuhr Clemence fort, »wenn Sie täglich allein sind mit dem Manne, der sie segnet, anbetet und liebt - da werden Sie keine Zeit mehr haben, an die Vergangenheit zu denken - und selbst wenn Sie ihrer noch einmal gedenken, wie könnten Sie sich dadurch dann noch betrüben lassen? Wie könnten Sie dann noch an Ihrem und Ihres Gatten Glück zweifeln?« -

»Vater, Mutter!« rief Marienblume. »Mir sollte noch ein solches Glück beschieden sein?« - »Ja, mein geliebter Engel, und dann werden wir alle glücklich sein - und ich werde Heinrichs Vater gleich schreiben, dass ich in die Heirat willige,« sagte Rudolf und drückte Marienblume in unsäglicher Rührung an die Brust. »Beruhige dich, unsere Trennung wird nur zeitweilig sein. Die Ehe wird neue Pflichten für dich bringen, die deine Gedanken ablenken, und wenn du dann erst Mutter bist -«

»Ach!« rief Marienblume mit einem Schrei des Schmerzes. »Ich - Mutter? Nimmermehr! Ich bin dieses heiligen Namens unwert - ich müsste mich vor meinem Kinde zu Tode schämen, wenn es mich einmal nach meiner Jugend» Zeit fragte!« - »Was sagt sie?« rief Rudolf, bestürzt über diesen plötzlichen Rückfall in die kaum überwundene Verzweiflung. - »Ich - Mutter?« fuhr Marienblume fort, »ich - geliebt von einem reinen, unschuldigen Kindlein? Ich, die ich sonst verachtet war, sollte den keuschen Namen einer

Mutter in den Schmutz ziehen? Elende Törin, die ich war, mich in solche Hoffnungen wiegen zu lassen!«

»Um Gottes willen, meine Tochter, so höre mich doch!«

Doch bleich und schön, in aller Majestät eines unheilbaren Jammers, richtete Marienblume sich auf und sprach: »Mein Vater, vergessen Sie nicht, dass Prinz Heinrich vor unserer Vermählung über meine ganze Vergangenheit aufgeklärt werden müsste.« – »Das habe ich auch nicht vergessen,« antwortete Rudolf, »er soll alles erfahren. Aber er wird auch erfahren, welches Verhängnis dich schuldlos in den Abgrund riss – er wird auch erfahren, wie heldenhaft du selber dich in deiner niedrigen Lage erhoben hast!«

»Und er wird fühlen,« setzte Clemence hinzu, indem sie Marienblume zärtlich in die Arme schloss, »dass, wenn ich Sie mit Stolz meine Tochter nenne, er Sie, ohne zu erröten, seine Gattin nennen darf!« –

»Und ich, meine Mutter,« antwortete Marienblume gefasst, »liebe Prinz Heinrich viel zu sehr, als dass ich ihm eine Hand geben könnte, die die schmutzigsten Banditen von Paris berühren durften.«

Wenige Tage nach dieser schmerzlichen Szene war in der Amtszeitung von Gerolstein zu lesen:

»Gestern fand in der großherzoglichen Abtei von Sankt-Hermangild, in Gegenwart Seiner Königlichen Hoheit des regierenden Großherzogs und des gesamten Hofes die feierliche Einkleidung Ihrer Hoheit der Prinzessin Amalie statt.

Das Gelübde des Noviziats wurde von den folgenden Herren: Karl Maximus, Erzbischof von Oppenheim, Hannibal Andreas, Fürsten von Delft, Bischof von Ceuta und apostolischem Nuntius entgegengenommen. Die Novize empfing den päpstlichen Segen.

Die Predigt hielt der ehrwürdige Reichsgraf, Peter von Asfeld, Domherr des Kapitels zu Köln. Er sprach über die Worte:

»Veni creator optime«

Viertes Kapitel.

Das Gelübde

Rudolf an Clemence.

Gerolstein, am 18. Januar 1842.

Du beruhigst mich heute über den Gesundheitszustand Deines Vaters, meine Teuere, und lässt mich hoffen, dass Du Ende dieser Woche mit ihm hierherkommen wirst. Ich hatte ihm gleich gesagt, in dem, mitten im Walde gelegnen Schlosse Rosenberg würde er den Unbilden unsers rauen Winters ausgesetzt sein. Allein seine Leidenschaft für die Jagd machte ihn taub gegen meine Vorstellungen. Ich bitte Dich, Clemence, verlass mit Deinem Vater, sobald es sein Zustand erlaubt, diese wilde Gegend, in der es nur die abgehärteten, aber nun ausgestorbnen Germanen der Urzeit aushalten konnten.

Ich fürchte, Du könntest auch krank werden. Die Strapazen der schnellen Reise, die Besorgnisse, die Dich bedrückten, bis Du Deinen Vater erreichtest, all dies muss Dich sehr mitgenommen haben. Aber weshalb durfte ich Dich, nicht begleiten!

Clemence, sei nicht unbesonnen! Ich weiß, Du liebst Deinen Vater sehr und tust alles für ihn. Aber denke auch an mich! Ich würde verzweifeln, wenn bei dieser Reise Deine Gesundheit aufs Spiel gesetzt würde. Ich bedauere doppelt, dass Dein Vater leidend ist, weil seine Krankheit Dich nötigt, mich zu einer Zeit zu verlassen, wo Deine Zärtlichkeit mir Trost gebracht hätte.

Die feierliche Ablegung des Ordensgelübdes, die uns unser Kind für immer entziehen soll, ist auf morgen, den dreizehnten Januar, festgesetzt. Für mich ein Verhängnis-' voller Tag! Am dreizehnten Januar habe ich den Degen wider meinen Vater gezogen.

O, meine Teuerste, zu frühe glaubte ich, mir sei verziehen. Über der süßen Hoffnung, mit Dir und meiner Tochter zusammenzuleben, hatte ich vergessen, dass bisher nur dieses arme Wesen gestraft worden war, dass meine Züchtigung noch bevorstünde.

Und nun ist sie gekommen. Heute ist es ein halbes Jahr her, dass die unglückliche Amalie uns die doppelte Qual ihrer Seele bekannte – ihren unheilbaren Gram über die Vergangenheit – ihre unglückliche Liebe zu Heinrich.

Diese zwei bittern Empfindungen, eine durch die andere noch gesteigert, mussten sie zu dem unerschütterlichen Entschlusse führen, den Schleier zu nehmen. Du weißt, meine Teure, trotzdem wir mit aller Kraft unserer Liebe ihr diesen Vorsatz auszureden versuchten, konnten wir uns doch nicht verhehlen, dass wir in ihrer Lage ebenso würdig, mutig gehandelt hätten. Was konnte man auch auf die schrecklichen Worte erwidern:

»Ich liebe Prinz Heinrich zu sehr, um ihm eine Hand zu reichen, die die schmutzigsten Banditen von Paris berühren durften!«

Sie hat der unauslöschlichen Erinnerung an ihre Schmach ihre Liebe zur Sühne gebracht – sie hat dem Glanze dieser Erde entsagt, ist von den Stufen des Thrones herabgestiegen, um im Büßerhemd auf dem kalten Marmorpflaster einer Kirche zu knien, sie hat ihr Engelsköpfchen zur Erde geneigt, und ihr schönes blondes Haar, das ich so sehr liebte, ist unter der Schere gefallen.

Heute Morgen habe ich sie wiedergesehen, sie kam mir nicht mehr so blass vor, und trotzdem sie versichert, sich ganz wohl zu fühlen, so bin ich doch um ihre Gesundheit besorgt. Prinzessin Juliane ist zu ihren Gunsten von dem Posten der Äbtissin zurückgetreten, und morgen wird daher unser geliebtes Kind zur Oberin gewählt werden. Es herrscht unter den Nonnen volle Einstimmigkeit, ihr diese Würde zu übertragen. Alle sind, seit Amalie ihr Noviziat angetreten, des Lobes voll über ihre Frömmigkeit, ihre Barmherzigkeit und ihre gewissenhafte Befolgung aller Ordensvorschriften. Sie hat im Kloster bald denselben Einfluss über alle gewonnen, den sie überall ausübt, ohne es zu wollen oder zu wissen.

Mein Gespräch mit ihr an diesem Morgen hat mich in meiner Befürchtung bestärkt. Sie hat in der Einsamkeit und Strenge des klösterlichen Lebens noch nicht Ruhe und Vergessen gefunden. Indessen wünscht sie sich zu ihrem Entschluss Glück; denn sie glaubt, damit eine unabweisbare Pflicht erfüllt zu haben.

Marienblume betet und unterwirft sich den strengsten und härtesten Kasteiungen, sie pflegt und tröstet die armen Kranken, die in das Spital des Klosters gebracht werden, sie besorgt sich ihre Zelle ganz allein und hat das Anerbieten einer Schwester, ihr dabei zu helfen, zurückgewiesen, sie hat die vertrockneten Zweige ihres kleinen Rosenstocks unter dem Christusbilde aufgehängt, sie ist das geliebte, verehrte Beispiel der ganzen Gemeinde – aber sie hat mir heute Morgen bekannt, dass sie in der strengen Ordnung des klösterlichen Lebens doch nicht den erwarteten Trost fände, und dass ihr trotz allem unaufhörlich die Vergangenheit erscheine, nicht nur, wie sie gewesen ist, sondern auch, wie sie hatte sein können.

»Nun,« rief ich aus in törichter Hoffnung, »so ist ja immer noch Zeit. Heute läuft deine Probezeit als Novize ab, erst morgen sollst du das feierliche Gelübde ablegen. Noch kannst du frei sein – entsage diesem strengen Leben, da es dir doch nicht den erwarteten Trost bringt. Wenn du einmal doch leiden musst, so leide wenigstens in unseren Armen, unsere Liebe lindert dann vielleicht besser deinen Schmerz.«

Sie schüttelte traurig den Kopf und antwortete: »Ohne Zweifel ist es traurig, einsam im Kloster zu leben, wo ich gewöhnt war, in jedem Augenblick ein Zeichen Ihrer Zärtlichkeit zu empfangen. Ohne Zweifel verfolgen mich auch hier peinvolle Erinnerungen, aber ich habe hier doch auch das Bewusstsein, einer Pflicht genügt zu haben. Ich sehe eben ein, dass ich mich an jedem andern Orte am falschen Platze befinden würde, Ihnen und mir selbst zur Qual - denn auch ich habe meinen Stolz. Wenn morgen auch alle erführen, aus welchem Schmutze Sie mich gezogen haben, so würden sie doch, wenn sie mich reuevoll am Fuße des Kruzifixes liegen sähen, in Rücksicht auf meine Demut und Bußfertigkeit mir das Vergangene verzeihen. Im andern Falle aber, wenn sie mich wie vor wenigen Monaten inmitten der Pracht und des Glanzes an Ihrem Hofe erblickten - nicht wahr, Sie begreifen, mein Vater? Hier habe ich doch immerhin Anspruch auf eine gewisse Achtung - nämlich auf die, die man überall aufrichtiger Reue entgegenbringt.«

Ach, liebe Clemence! Was sollte ich darauf erwidern? Dieses unglückliche Kind denkt im Punkt der Ehre und des Herzens so scharf und logisch, dass man nichts dagegen vorbringen kann. Man muss sich da in das Unvermeidliche fügen.

Ich habe sie, wie immer, mit gebrochenem Herzen verlassen. Ich hatte zwar keine Hoffnung in diese Unterredung gesetzt, aber der Gedanke: Heute noch kann sie dem Kloster entsagen, war mir doch gekommen. Du siehst, ihr Wille ist unerschütterlich, und leider muss ich ihren Gründen beipflichten.

Ich habe es Dir oft gesagt, meine Teuere, wenn nicht Pflichten, die noch heiliger sind als die Pflichten gegen meine Familie, mich in der Mitte meines Volks zurückhielten, das mich liebt und dessen schützende Vorsehung ich gewissermaßen sein soll, so wäre ich mit Dir, meiner Tochter, Heinrich und Murph fortgezogen, um einsam, glücklich und unbekannt in einem weltfernen Winkel zu leben. Dort, fern von dem herrischen Zwang einer Gesellschaft, die die Wunden, die sie schlägt, die Übel, die sie mit sich bringt, nicht zu heilen imstande ist, hätten wir unser armes Kind wohl zum Vergessen, zum Glücke geleiten können, was hier inmitten des höfischen Zeremoniells unmöglich ist. O herbes Verhängnis! Ich kann nicht abdanken, ohne dem Glück meines Volkes zu schaden, das auf mich baut! Die guten Leute, sie ahnen nicht, was es mich kostet, sie glücklich zu machen!

Lebe Wohl, meine vielgeliebte Clemence! Welch ein Trost für mich, dass ich nun wenigstens Dich habe! Was wäre ich jetzt ohne Dich! Guter Engel meiner schlimmen Tage, kehre mir bald wieder! - Dir mein Leben und meine Liebe, mein Herz und meine Seele!

Rudolf.«

P. S. Ich vergaß, Dir Nachricht von unserm armen Heinrich zu geben. Es geht besser mit ihm, und sein Zustand bietet keinen Anlass mehr zu unmittelbarer Besorgnis. Sein guter Vater, obwohl selbst krank, pflegt ihn aufopfernd.

»Kloster Sankt-Hermangild, 4 Uhr morgens. Erschrick nicht, Clemence, dass ich zu solcher Stunde von solchem Orte an Dich schreibe! Gott sei Dank, die Gefahr ist vorüber, aber die Krisis war furchtbar. Als ich Dir gestern geschrieben, ergriff mich ein seltsames Vorgefühl, und ich dachte daran, wie blass Amalie gewesen, wie schwach und kränklich sie seit einiger Zeit sei, dass sie die Nacht im Gebet in der weiten, kalten Kirche zubringen sollte, und ich schickte David und Murph zur Prinzessin Juliane mit der Bitte, dass sie den beiden erlauben möge, bis morgen früh in dem Außengebäude zu bleiben, wo früher Heinrich gewohnt hat. So konnte meine Tochter doch augenblickliche Hilfe haben, wenn es, wie ich befürchtete, über ihre Kräfte ginge, diese grausame Pflicht zu erfüllen und eine eisige Januarnacht wachend in der Kirche zuzubringen. Ich hatte Marienblume auch geschrieben, ich achtete vollauf die Vorschriften des Ordens, aber sie möchte doch an ihre Gesundheit denken und die Nacht nicht in der Kirche, sondern in ihrer Zelle zubringen. Aber sie antwortete mir darauf, sie fühle sich sehr wohl imstande, die Vorschrift genau zu erfüllen. Ihr Brief beruhigte mich einigermaßen, sollte doch auch ich eine traurige Nachtwache vollbringen.

Als die Nacht herangekommen war, verschloss ich mich in dem Pavillon, den ich in der Nähe des meinem toten Vater geweihten Monuments erbauen ließ. Gegen ein Uhr morgens hörte ich Murphs Stimme. Ich erschrak heftig, denn Murph kam aus dem Kloster.

Wie ich geahnt, hatte das unglückliche Kind nicht die Kraft gehabt, diese grausame Vorschrift innezuhalten, von der selbst Prinzessin Juliane sie nicht befreien konnte, so strenge sind die Ordensregeln. Um acht Uhr abends war Amalie auf dem kalten Kirchenpflaster niedergekniet, bis Mitternacht hatte sie gebetet – aber um diese Zeit erlag sie der bittern Kälte, der eignen Aufregung und wurde ohnmächtig. Zwei Frauen, die auf Befehl der Äbtissin bei ihr wachten, hoben sie auf und trugen sie in ihre Zelle.

David wurde geholt, und Murph begab sich eilends zu mir. Ich flog hin, Prinzessin Juliane empfing mich und teilte mir mit, dass David den Rat gegeben hätte, mich nicht sogleich zu ihr zu lassen, da mein Anblick sie aufregen könnte. Sie habe sich von der Ohnmacht erholt und befände sich soweit ganz wohl.

Ich fürchtete, man sage dies nur, um mir ein großes Unglück zu verheimlichen, aber man versicherte mir aufs Neue, dass dem nicht so sei. Ich konnte nun an den Beteuerungen der würdigen Juliane nicht mehr zweifeln und wartete voller Unruhe auf weitere Nachrichten.

Nach einer Viertelstunde erschien David. Es geht besser, sagte er mir, ja sie hatte ihre Nachtwache durchaus fortsetzen wollen und schließlich eingewilligt, auf einem Polster zu knien. Ich war empört, dass man diesem Ansinnen nachgegeben hatte, aber David sagte mir, es sei sehr gefährlich gewesen, ihr den Willen nicht zu tun. Das Einzige, was sich hätte tun lassen, sei, dass Prinzessin Juliane ihr die Erlaubnis gegeben habe, die Kirche schon mit dem Glockenschlag der Morgenhora zu verlassen, um sich auf die Feier vorzubereiten und ein wenig auszuruhen.

»So ist sie jetzt wieder in der Kirche?« fragte ich. – »Ja, gnädiger Herr,« antwortete David. »Die Wache dauert jetzt aber nur noch eine halbe Stunde.«

Ich ließ mich auf unsere Tribüne führen, von wo aus, man das ganze Kirchenschiff übersehen kann. Dort im Halbdunkel der Kirche, die nur von der ewigen Lampe erhellt wurde, sah ich sie knien, die Hände gefaltet, in inbrünstiges Gebet versunken. – Da kniete auch ich nieder und betete für mein Kind.

Es schlug drei Uhr – zwei Schwestern, die in Chorstühlen gesessen und sie bewacht hatten, traten nun auf sie zu und sprachen leise mit ihr. Sie machte das Zeichen des Kreuzes, stand auf und ging durch den Chor. Als sie durch den schmalen Lichtstreifen der Lampe hindurch kam, erschien mir ihr Gesicht so weiß wie der lange Schleier, der sie umfing.

Ich wollte zu ihr, aber ich fürchtete, sie von Neuem aufzuregen, und schickte statt dessen David. Er kam mit der Nachricht zurück, sie befände sich ganz wohl und wolle versuchen, etwas zu schlafen. – Ich bleibe in der Abtei, um der heute morgen stattfindenden Zeremonie beizuwohnen. Morgen werde ich den Bericht über die traurigen Ereignisse dieses verhängnisvollen Tages beenden. Auf baldiges Wiedersehen! Mein Herz ist gebrochen. Beklage mich!

Dein Rudolf.

Fünftes Kapitel.

Der dreizehnte Januar

Rudolf an Clemence.

Der dreizehnte Januar! Doppelt unglücklicher Jahrestag!

Meine Teuerste, wir haben sie auf immer verloren. Es ist alles aus. Lass Dir erzählen!

Gestern klagte ich den Zufall an, der Dich von mir fernhält; heute bin ich froh, dass Du nicht hier bist. Dein Schmerz würde zu groß sein.

Ich war an diesem Morgen kaum ein Stündchen eingeschlummert, als mich Glockengeläut weckte. Ich erschrak, denn es klang schauerlich - wie Totengeläut. - Meine Tochter ist tot für uns - tot, hörst Du? Von heute an, Clemence, musst Du um sie trauern. Ob unser Kind unter dem Marmor eines Grabsteins ruht oder hinter dem Gemäuer eines Klosters begraben ist - was macht das aus? Von heute an, hörst Du, muss sie für tot gelten. Übrigens ist sie sehr schwach und kränklich. Der viele Kummer hat sie sehr angegriffen.

Nach meinem gestrigen Brief wirst Du begreifen, dass es vielleicht besser für sie wäre, sie wäre wirklich tot. Tot! Diese drei Buchstaben sehen schauerlich aus, findest Du das nicht auch, wenn man sie auf eine schöne, hoffnungsvolle, angebetete Tochter anwendet - ein engelgleiches Kind, das kaum achtzehn Jahre alt ist! Was fruchtet es ihr, was uns, dass sie in der öden Einsamkeit eines Klosters langsam hinsiecht? Was hilft es, dass sie noch am Leben ist, wenn sie doch für uns verloren bleibt? - Was ich da sage, ist entsetzlich. So egoistisch ist die Liebe eines Vaters.

Um die Mittagsstunde ist ihre feierliche Einkleidung vollzogen worden. Hinter den Vorhängen unsers Kirchensitzes habe ich die Zeremonie mit angesehen. Sonderbar, alle verehren sie und glauben, sie würde durch innere Eignung zu dem geistlichen Stande hingezogen und man müsste in der Vollziehung ein glückliches Ereignis erblicken. Nach abgelegtem Gelübde wurde unser Kind in den Kapitelsaal zurückgeführt, wo nun die Wahl der neuen Äbtissin erfolgen sollte. Dank meinem fürstlichen Vorrecht hatte auch ich Zutritt und erwartete nun Marienblumens Rückkehr aus der Kirche. Sie kam bald. Sie war so aufgeregt und erschöpft, dass zwei Schwestern sie stützen mussten. Ich erschrak - weniger über ihre Blässe und ihr entstelltes Gesicht - als über ihr seltsames Lächeln. Clemence, ich sage Dir, unser Kind ist zu Tode getroffen. Ich hoffe nicht mehr für ihr Leben, seit ich sie gesehen. Es ist besser, wir bereiten uns auf ihren Tod vor - wäre doch auch ihr Leben nur eine Kette von Unglück!

Amalie trat in den großen Saal, und alle Stühle wurden besetzt. Sie nahm bescheiden auf dem letzten linkerhand Platz. Am obersten Ende saß Prinzessin Juliane, ihr zur Seite die Großpriorin und eine andere Würdenträgerin des Klosters. Die Äbtissin hielt den goldnen Hirtenstab - das Zeichen ihres Ranges - in der Hand. Inmitten tiefer Stille erhob sie sich und sprach:

»Geliebte Töchter! Mein, hohes Alter zwingt mich, diesen Stab jüngeren, kräftigeren Händen zu übergeben. Ich bin durch eine Bulle unsers Heiligen Vaters dazu ermächtigt. Ich werde also die, auf die eure Wahl fällt, dem Herrn Erzbischof von Oppenheim zur Einsegnung vorführen. Unsere

Großpriorin wird das Ergebnis der Wahl verkünden, und ich werde der Gewählten Ring und Stab übergeben.«

Unsere Tochter saß mit gefalteten Händen unbeweglich da, sie ahnte nicht, dass sie gewählt werden sollte. Nur ich wusste um ihre Erhebung, da die Äbtissin es mir mitgeteilt hatte. Die Großpriorin nahm nun eine Liste und las:

»Jede unserer Schwestern ist vor acht Tagen aufgefordert worden, ihre Stimme abzugeben und bis auf den heutigen Tag darüber zu schweigen, für wen sie gestimmt hat. Im Namen aller andern verkünde ich nun, dass die Wahl gefallen ist auf Prinzessin Amalie, die durch ihre große Frömmigkeit und hohe Tugend die Würdigste unter uns ist.« Ein Gemurmel freudiger Überraschung ging durch die Versammlung; aller Blicke wendeten sich voll zärtlicher Teilnahme auf unsere Tochter.

Marienblume wurde noch bleicher, ihre Kniee zitterten, und sie schien sich nur mühsam im Stuhle aufrecht zu halten. Die Äbtissin begann nun mit ernster Stimme:

»Meine Tochter! Ist es wirklich die Schwester Amalie, die frühere Großherzogin von Gerolstein, die ihr als die Würdigste unter euch anerkennt? Erwählt ihr alle sie zu eurer Oberin? Es antworte eine jede nach der Reihe.«

Und jede Schwester sprach mit lauter Stimme: »Frei und aus eignem Willen habe ich gewählt und erkenne Amalie als Oberin an.« – Von unbeschreiblicher Rührung ergriffen, fiel mein armes Kind in die Knie und verharrte mit gefalteten Händen in dieser Stellung, bis alle ihre Stimme abgegeben hatten. Hierauf übergab die Äbtissin Ring und Stab der Großpriorin und trat auf meine Tochter zu, um ihr die Hand zu reichen und sie zum Äbtissinnenplatz zu geleiten.

»Steh auf, liebe Tochter,« sagte sie zu ihr. »Nimm den Platz ein, der dir gebührt. Nicht dein irdischer Rang, sondern deine himmlischen Tugenden haben ihn dir erworben.« –Marienblume trat zitternd ein paar Schritte vor. In der Mitte des Saales angelangt, blieb sie stehen und sprach:

»Verzeiht mir, heilige Mutter, ich möchte zu meinen Schwestern sprechen.« – »Erst nimm deinen Platz ein, von dort lass dann deine Stimme hören.« – »Dieser Platz, heilige Mutter, kann nicht der meine sein,« antwortete Marienblume leise. »Ich verdiene diese hohe Würde nicht.«

– »Was sagst du?« versetzte die Äbtissin. »All deine Schwestern wünschen es,«

»Erlauben Sie vorerst,« sagte Marienblume, »dass ich hier öffentlich und auf den Knien feierlich Beichte ablege – Sie und meine Schwestern werden bald sehen, dass ich im Gegenteil nur die niedrigste Stellung in Ihrer Mitte verdiene –« Ich erriet, was Marienblume bekennen wollte, und rief, von Entsetzen ergriffen: »Mein Kind, ich beschwöre dich!« –

Marienblume warf mir einen langen Blick zu – sie hatte mich verstanden. Sie sah ein, dass die Schande ihrer Enthüllungen auch auf mich fallen würde, dass man mich dann der Lüge bezichtigen könnte, da ich ja stets die Meinung erregt hatte, Marienblume hätte ihre Mutter nie verlassen.

Sie schwieg und senkte ihr Haupt tief zur Erde. – »Mein Kind,« sagte die Äbtissin, »du täuschest dich in übergroßer Bescheidenheit. Du bist einstimmig erwählt, das allein kann dir ein Beweis für deine Würdigkeit sein. Nicht Ihre Hoheit Prinzessin Amalie ist gewählt worden, sondern Schwester Amalie. Denn für uns beginnt dein Leben erst von dem Tage an, da du ins Kloster getreten bist. Und das musterhaft fromme Leben, das du seit diesem Tage geführt, das ist's, was wir belohnen. Hättest du vor deinem Eintritt ins Kloster auch das sündhafteste Leben geführt, dein Verhalten hier hätte genügt, die schwerste Schuld zu büßen.« Diese Worte der Äbtissin taten Marienblume unendlich wohl. »Dann glaube ich, die Wahl annehmen zu können,« sagte sie mit matter Stimme. »Da ich mich aber sehr schwach fühle, so bitte ich Euch, die Feier der Einweihung um einige Tage aufzuschieben.«

»Das soll geschehen,« antwortete die Äbtissin. »Nur nimm deinen Platz ein, dass unsere Schwestern dir ihre Huldigung darbringen können.« Nach diesen Worten steckte sie ihr ihren Ring an den Finger, legte den Stab in ihre Hände und ließ sie auf dem Sitze Platz nehmen. Nun kamen die Schwestern eine nach der andern, knieten vor ihr nieder und küssten ihr die Hand. Ich sah, sie wurde mit jedem Augenblick erregter – das rührende Schauspiel überstieg ihre Kräfte – sie fiel in Ohnmacht.

Wir trugen sie ins Zimmer der Äbtissin. David versicherte mir, sie würde sich erholen. Möge er sich nicht täuschen! Als sie zu sich gekommen war, strahlte ihr Gesicht zu meiner Überraschung in engelhafter Heiterkeit. Aber ich fürchtete doch, hinter dieser Seligkeit die heimliche Hoffnung auf endliche Erlösung zu erblicken.

Die Äbtissin ließ mich mit ihr allein, und mein armes Kind bat mich inbrünstig um Verzeihung, dass sie vor allen hätte bekennen wollen, aus welchem Abgrund ich sie errettet, dass sie dadurch auch mich hätte verunglimpfen wollen. Ich beruhigte sie, und sie fügte hinzu: »Lieber Vater, ich habe noch lange zu leben, aber ich muss doch tot sein für diese Welt, und alles Irdische hat nichts mehr mit mir zu schaffen. Da will ich heute auch allem entsagen, was mich noch an diese Welt knüpft. Sie werden mir meine letzten Bitten erfüllen.« – »Befiehl,« antwortete ich, »ich werde alles tun, was du wünschest.«

»Ich wünsche, dass meine gute Mutter den Stickrahmen, an dem ich zuletzt noch gearbeitet habe, zu sich nehme und verwahre. Ich wünsche, dass Sie, mein Vater, den Lehnstuhl zu sich nehmen, in dem ich so oft gesessen und gegrübelt habe. Ich wünsche, dass die gute Madame Georges mein kleines Schreibzeug zum Andenken an mich erhält. Der ehrwürdige Pfarrer aus Bouqueval soll das schöne Christusbild aus meinem Zimmer bekommen. Mein Perlenstirnband soll der lieben Lachtaube geschickt werden, es passt schön zu ihrem schwarzen Haar. Die Wölfin, die sich mit Martial in Algier befindet - Sie wissen doch, wo - soll zum Dank dafür, dass sie mir das Leben rettete, mein goldnes Kreuz erhalten. Sie alle sollen erfahren, dass diese Sachen Andenken an Marienblume sein sollen.«

»Ich werde deine Wünsche erfüllen - doch hast du niemand vergessen unter denen, die dich lieben?« - Sie sah mich an und verstand - einer Frage vorgreifend, die auf ihren Lippen schwebte, antwortete ich: »Es geht ihm besser. Er ist außer Lebensgefahr. Sein Vater lebt neu auf, da er seinen Sohn genesen sieht. Was gibst du Heinrich? Welches Andenken an dich soll er haben?«

»Vater, geben Sie ihm meinen Betschemel. Den habe ich oft mit Tränen benetzt, wenn ich den Himmel um Kraft bat, den Geliebten zu vergessen, dessen Liebe ich nicht verdiente! Was das Asyl für Waisen und verlassne Mädchen anbetrifft, so wünsche ich, mein Vater -«

Hier brach Rudolfs Brief ab und enthielt nur noch die fast unleserlichen Worte: »Murph wird dieses Schreiben beenden - ich habe nicht die Kraft dazu - o des dreizehnten Januar!«

Der Schluss des Briefes, von Murph geschrieben, lautete:

Gnädige Frau!

Auf Befehl Seiner Hoheit beende ich diesen traurigen Bericht. Die beiden Briefe unsers gnädigen Herrn haben Sie ja schon auf die Nachricht vorbereitet, die ich zu melden habe. Es sind wohl drei Stunden seitdem her, dass der gnädige Herr schrieb und ich im Zimmer nebenan wartete, um die Briefe sogleich durch Eilboten abzuschicken. Plötzlich kam die Prinzessin Juliane mit verstörter Miene herein. »Sir Walter.« sagte sie, »Seine Königliche Hoheit muss etwas Schreckliches erfahren. Bereiten Sie ihn, darauf vor. Aus Ihrem Munde trifft es ihn vielleicht minder schwer.«

Ich begriff, was geschehen war, und hielt es in der Tat für ratsam, die Botschaft selber zu bestellen. Die Prinzessin hatte mir mitgeteilt, Amalie läge im Sterben und Seine Hoheit müsse sich beeilen, wenn er noch ihre letzten Seufzer hören wolle. Ich eilte zu Seiner Hoheit hinein, der die Kunde schon von meinem Gesicht ablas und mit mir ins Kloster eilte.

Prinzessin Amalie war in ihre Zelle gebracht worden. Eine Schwester wachte bei ihr. David war gerufen worden und hatte vergebens versucht, die verlöschenden Lebensgeister zu wecken. Er muhte einsehen, dass menschliches Können hier nichts mehr zu verrichten imstande sei. Die Prinzessin hatte die Sterbesakramente empfangen, als Seine Hoheit eintrat. Ein schwacher Schimmer von Bewusstsein war ihr noch geblieben - in den über der Brust gefalteten Händen hielt sie die Überreste ihres kleinen Rosenstocks.

Der gnädige Herr stürzte zu ihrem Bette hin, fiel auf die Knie und schluchzte: »Mein Kind! Mein Kind!« - Prinzessin Amalie hörte ihn, öffnete die Augen, erkannte ihn, lächelte und antwortete mit kaum vernehmlicher Stimme: »Mein guter, lieber Vater, verzeih mir - auch Heinrich - auch du, meine teure zweite Mutter! Verzeiht mir alle!«

Dies waren ihre letzten Worte. - Eine Stunde noch schwebte sie sanft zwischen Leben und Tod - dann war sie hinüber. Der gnädige Herr sprach kein Wort - sein Schweigen war entsetzlich - er drückte ihr die Augen zu, küsste sie mehrmals, entzog ihren kalten Händen die Überreste des Rosenstockes und ging hinaus. Ich folgte ihm, er kehrte in das Haus vorm Kloster zurück, zeigte mir den begonnenen Brief und sagte nur: »Ich kann nicht weiter» schreiben. Mein Kopf droht zu springen. Schreibe du der Großherzogin, dass sie keine Tochter mehr hat.«

Das habe ich nun hiermit getan, doch nun möge mir als dem ältesten Diener des gnädigen Herrn auch erlaubt sein, die Bitte hinzuzufügen, die dringende Bitte: Kommen Sie so schnell wie nur irgend möglich zurück! Nur Ihre Anwesenheit kann unsern gnädigen Herrn vorm Wahnsinn erretten!

Damit ist mein trauriges Amt erfüllt. Empfangen Sie die Versicherung meiner Ehrfurcht und Hochachtung, mit der ich die Ehre habe zu verbleiben

Eurer Königlichen Hoheit gehorsamster Diener Walter Murph.

Am Vorabend des feierlichen Trauergottesdiensts für Prinzessin Amalie traf Clemence mit ihrem Vater in Gerolstein ein, und Rudolf war am Begräbnis seiner Tochter, der armen Marienblume, nicht allein.

Ende.

www.ingramcontent.com/pod-product-compliance
Lightning Source LLC
Chambersburg PA
CBHW060818310726
48980CB00002B/332

* 9 7 8 3 8 4 6 0 8 4 6 6 3 *